O FABRICANTE DE LÁGRIMAS

ERIN DOOM

O FABRICANTE DE LÁGRIMAS

Tradução
Isabela Sampaio

Copyright © 2021 Adriano Salani Editore s.u.r.l. – Milano. By arrangement with Villas-Boas & Moss Agência Literária. All rights reserved.
Copyright da tradução © 2023 por Casa dos Livros Editora LTDA. Todos os direitos reservados.
Título original: *Fabbricante di lacrime*

Todos os direitos desta publicação são reservados à Casa dos Livros Editora LTDA. Nenhuma parte desta obra pode ser apropriada e estocada em sistema de banco de dados ou processo similar, em qualquer forma ou meio, seja eletrônico, de fotocópia, gravação etc., sem a permissão do detentor do copyright.

CENTRO PER IL LIBRO E LA LETTURA Esta obra foi traduzida com a contribuição do Centro per il libro e la lettura do Ministério da Cultura da Itália.

Publisher: *Samuel Coto*
Editora executiva: *Alice Mello*
Editora: *Lara Berruezo*
Editoras assistentes: *Anna Clara Gonçalves e Camila Carneiro*
Assistência editorial: *Yasmin Montebello*
Copidesque: *Bruna de Oliveira Sales*
Revisão: *Thaís Carvas e Pérola Paloma*
Design de capa: *Andrea Balconi*
Ilustração de capa: *Alessia Casali (AC Graphics)*
Adaptação de capa: *Anderson Junqueira*
Diagramação: *Abreu's System*

Dados Internacionais de Catalogação na Publicação (CIP)
(Câmara Brasileira do Livro, SP, Brasil)

Doom, Erin
 O fabricante de lágrimas / Erin Doom ; tradução Isabela Sampaio. – 1. ed. – Rio de Janeiro : HarperCollins Brasil, 2023.

 Título original: Fabbricante di lacrime.
 ISBN 978-65-6005-034-1

 1. Romance italiano I. Título.

23-163442   CDD-853

Índices para catálogo sistemático:
1. Romances : Literatura italiana   853

Eliane de Freitas Leite – Bibliotecária – CRB-8/8415

Os pontos de vista desta obra são de responsabilidade de seu autor, não refletindo necessariamente a posição da HarperCollins Brasil, da HarperCollins Publishers ou de sua equipe editorial.

HarperCollins Brasil é uma marca licenciada à Casa dos Livros Editora LTDA.
Todos os direitos reservados à Casa dos Livros Editora LTDA.
Rua da Quitanda, 86, sala 601A – Centro
Rio de Janeiro, RJ – CEP 20091-005
Tel.: (21) 3175-1030
www.harpercollins.com.br

*Para aqueles que acreditaram desde o início.
E até o fim.*

PRÓLOGO

No Grave, tínhamos várias histórias.
 Relatos sussurrados, contos de ninar... Lendas na ponta da língua, iluminadas pela chama de uma vela. A história mais conhecida era a do fabricante de lágrimas.
 Falava de um lugar distante e remoto...
 Um mundo onde ninguém chorava, e as pessoas viviam com a alma vazia, despidas de emoções. Mas, escondido de todos, em uma imensa solidão, havia um homenzinho vestido de sombras. Um artesão solitário, pálido e encurvado que, com olhos claros feito vidro, produzia lágrimas de cristal.
 As pessoas iam à casa dele e pediam para chorar, para experimentar um pingo de sentimento, porque o amor e a mais compassiva das despedidas se escondem nas lágrimas. São a extensão mais íntima da alma, aquilo que, mais do que a alegria ou a felicidade, nos faz sentir verdadeiramente humanos.
 E o artesão lhes ajudava...
 Inseria as próprias lágrimas nos olhos das pessoas com tudo que tinha dentro de si, e as pessoas choravam: de raiva, de desespero, de dor e de angústia.
 Eram paixões dilacerantes, desilusões e lágrimas, lágrimas, lágrimas; o artesão infectava um mundo puro, tingia-o com os sentimentos mais íntimos e extenuantes.
 — Lembre-se: não se pode mentir para o fabricante de lágrimas — diziam-nos no fim da história.
 As pessoas nos contavam essa lenda para nos ensinar que toda criança pode ser boa; que *deve* ser boa, porque ninguém nasce mau. Não é da nossa natureza.
 Mas, para mim...

Para mim, não era bem assim.
Para mim, não se tratava de uma simples lenda.
Ele não se vestia de sombras. Não era um homenzinho pálido e curvado, de olhos claros feito vidro.
Não.
Eu conhecia o fabricante de lágrimas.

1
UMA NOVA CASA

*Vestida de dor, ela ainda era a coisa
mais linda e resplandecente do mundo.*

— Estão querendo adotar você.
Jamais imaginei que ouviria aquelas palavras em toda a minha vida.
Na infância, eu havia desejado tanto aquilo que, por um momento, desconfiei que tivesse cochilado e estivesse sonhando. De novo.
Mas aquela não era a voz dos meus sonhos.
Era o tom áspero da sra. Fridge, temperado com a nota de decepção da qual jamais havia nos poupado.
— Eu? — perguntei quase sem voz, incrédula.
Ela me olhou, franzindo o lábio superior.
— Sim.
— Tem certeza disso?
A sra. Fridge apertou a caneta com os dedos rechonchudos, e o olhar que me lançou me fez encolher os ombros na mesma hora.
— Ficou surda agora, é? — vociferou, irritada. — Ou por acaso acha que a surda sou eu? Será que todo esse ar livre entupiu os seus ouvidos?
Com os olhos arregalados de espanto, tratei logo de balançar a cabeça, negando.
Não era possível. Não podia ser.
Ninguém queria adolescentes. Ninguém queria os mais velhos, jamais, por qualquer que fosse o motivo... Era um fato. Era mais ou menos como acontecia nos canis: todo mundo queria os filhotes, porque eram fofinhos, inocentes, fáceis de adestrar; ninguém queria os cachorros que passaram a vida inteira ali.
Não foi uma verdade que eu, criada debaixo daquele teto, tive facilidade de aceitar.

Enquanto éramos pequenos, pelo menos reparavam em nós. Mas, à medida que íamos crescendo, os olhares se tornavam cada vez mais circunstanciais e a compaixão dos outros nos entalhava para sempre entre aquelas quatro paredes.

Mas agora... *Agora...*

— A sra. Milligan quer conversar um pouco com você. Está te esperando lá embaixo; dê uma volta pelo instituto com ela e tente não estragar tudo. Faça o favor de maneirar nas suas besteiras e, talvez, com um pouco de sorte, consiga ir embora daqui.

Tudo estava girando.

Enquanto descia as escadas, sentindo o vestido bom roçar os joelhos, me perguntei mais uma vez se tudo aquilo não passava de um dos meus inúmeros devaneios.

Só podia ser um sonho. Ao pé da escada, fui saudada por um rosto gentil: pertencia a uma mulher um pouco mais velha, que segurava um sobretudo nos braços.

— Oi — disse com um sorriso, e me dei conta de que olhava diretamente para mim, *nos olhos*, como não acontecia havia um bom tempo.

— Bom dia... — exalei, quase sem voz.

Ela disse que já tinha me visto antes, no jardim, ao passar pelo portão de ferro forjado. Havia me avistado entre a grama alta e os feixes de luz que atravessavam as árvores.

— O meu nome é Anna — apresentou-se quando começamos o passeio.

A voz dela era aveludada, suavizada pelo passar dos anos, e eu a observava com fascínio; me perguntei se era possível ser conquistada por um som ou se apegar a algo que tinha acabado de ouvir pela primeira vez.

— E você? Como se chama?

— Nica — respondi, tentando conter a emoção daquele momento. — Eu me chamo Nica.

Ela me observou com curiosidade, e nem cheguei a prestar atenção onde pisava, tamanha era a vontade de retribuir aquele olhar.

— É um nome bem peculiar. Nunca tinha ouvido, sabia?

— É... — Notei que a timidez fazia o meu semblante parecer evasivo e inquieto. — O meus pais que escolheram. Eles... bem, eram dois biólogos. Nica é o nome de uma borboleta.

Não me lembrava de quase nada dos meus pais. Guardava apenas vagas lembranças, como se os visse por trás de um vidro bem embaçado. Se eu fechasse os olhos e permanecesse em silêncio, conseguia ver dois rostos desfocados olhando para mim de cima.

Eu tinha cinco anos quando eles morreram.

O afeto dos meus pais era uma das poucas coisas de que eu me recordava; e de longe a que mais me dava saudade.

— É um nome muito bonito. *Nica...* — Ela brincou com o nome nos lábios, quase como se quisesse saborear o som. — Nica — repetiu, decidida; então, assentiu com a cabeça, delicadamente.

Anna me olhou bem no rosto e eu me senti radiante. Parecia que a minha pele estava ficando dourada diante daqueles olhos, como se brilhasse com a retribuição de um simples olhar. Não era pouca coisa, não para mim.

Passamos o tempo passeando pelo instituto. Ela me perguntou se eu estava ali fazia muito tempo e eu respondi que praticamente havia crescido naquele lugar; o dia estava muito bonito e demos uma volta pelo jardim, passando perto da hera trepadeira.

— O que você estava fazendo antes... quando eu te vi? — perguntou entre um assunto e outro, indicando um canto distante, entre os brotos de urze selvagem.

O meu olhar voou para aquele ponto e, sem nem saber o motivo, senti o impulso de esconder as mãos.

"Não faça besteira", havia me advertido a sra. Fridge, e naquele momento as palavras ecoavam na minha cabeça.

— Gosto de ficar ao ar livre — respondi devagar. — Gosto... das criaturas que vivem aqui.

— Tem animais por aqui? — perguntou ela, com certa ingenuidade, mas eu não me expliquei bem e sabia disso.

— Os menorezinhos, sim... — respondi vagamente, prestando atenção para não pisar em um grilo. — Aqueles que muitas vezes a gente nem vê...

Corei um pouco quando os nossos olhares se cruzaram, mas ela não me perguntou mais nada. Em vez disso, compartilhamos um silêncio leve, entre o chilrear dos gaios e os cochichos das crianças que nos espiavam da janela.

Ela me disse que o marido chegaria a qualquer momento. *Para me conhecer*, deu a entender, e senti o coração me deixando leve, como se eu pudesse sair voando. Enquanto voltávamos, me perguntei se seria possível engarrafar aquelas sensações e guardá-las para sempre. Escondê-las na fronha e observá-las brilhar como se fossem uma pérola na penumbra da noite.

Fazia um bom tempo que eu não me sentia tão feliz.

— Jin, Ross, não corram — falei de brincadeira quando os dois meninos passaram entre a gente, agitando a saia do meu vestido.

Eles deram risadinhas e subiram correndo as escadas, fazendo as velhas tábuas rangerem.

Quando meus olhos reencontraram os da sra. Milligan, notei que estava me observando. Ela alternava o olhar entre uma íris e outra com uma pontada do que quase poderia ser chamado de... admiração.

— Você tem olhos lindíssimos, Nica — revelou-me depois de um instante, sem aviso prévio. — Sabia disso?

Mordi as bochechas de vergonha e me vi sem palavras.

— Você já deve ter ouvido isso um monte de vezes. — Ela me incitou discretamente, mas a verdade era que não, ninguém no Grave jamais havia me dito qualquer coisa do tipo.

As crianças mais novas me perguntavam ingenuamente se eu enxergava em cores, como as outras pessoas. Diziam que os meus olhos eram "da cor do céu quando chora", porque eram de um cinza surpreendentemente claro, mosqueado, fora do comum. Eu sabia que muitos achavam estranho, mas ninguém nunca havia confessado achar bonito.

Aquele elogio fez meus dedos tremerem discretamente.

— Eu... Não, mas obrigada — balbuciei, toda sem jeito, o que a fez sorrir.

Escondida, belisquei as costas da mão e acolhi aquela dor sutil com uma alegria infinita.

Era real. Era tudo real.

Aquela mulher estava mesmo ali.

Uma família para mim... Uma vida para recomeçar fora dali, fora do Grave...

Sempre tive certeza de que ainda ficaria um bom tempo trancada dentro daquelas paredes. Mais dois anos, até o meu aniversário de dezenove anos. Até que se prove o contrário, aquela era a idade em que um jovem se tornava legalmente adulto no estado do Alabama.

Mas não mais, eu não precisava mais esperar atingir a maioridade. Não, chega de rezar para que alguém viesse me buscar...

— O que é isso? — perguntou a sra. Milligan, sem mais nem menos.

Ela havia levantado a cabeça e observava, extasiada, o ar que a rodeava.

Foi naquele instante que ouvi também. Uma melodia belíssima. Ali, entre as rachaduras e o reboco desgastado, ressoavam as vibrações de notas harmoniosas e profundas.

Uma música angelical se propagou pelas paredes do Grave, cativante como o canto de uma sereia, e eu senti os nervos se encresparem na carne.

A sra. Milligan se afastou, fascinada, seguindo o som, e só me restou ir atrás dela, tensa. Ela chegou em frente ao arco de um cômodo, a sala de visitas, e ali parou.

Assim permaneceu, enfeitiçada, sem tirar os olhos da fonte daquela maravilha invisível: o velho piano vertical, obsoleto e meio desafinado, que, no entanto, seguia cantando.

E aquelas mãos... Aquelas mãos brancas, de pulsos definidos, que deslizavam fluidas e sinuosas ao longo da dentadura de teclas.

— Quem é... — disse a sra. Milligan depois de um momento, com um suspiro. — Quem é aquele rapaz?

Cerrei os dedos nas dobras do vestido; hesitei e, lá no fundo da sala, ele parou de tocar.

Deteve os braços, pouco a pouco, com os ombros retos, relaxados, delineados contra a parede.

E, então, sem pressa, como se tivesse previsto, *como se já soubesse*, ele se virou.

Ao fazer isso, vimos uma auréola de cabelo espesso e preto como as asas de um corvo. Um rosto pálido, com mandíbulas pronunciadas, no qual se destacavam dois olhos afiados, mais escuros do que carvão.

E ali estava, com um encanto letal. A beleza sedutora dos seus traços, com aqueles lábios brancos e feições bem esculpidas, deixou a sra. Milligan em silêncio ao meu lado.

Ele nos olhou por cima do ombro, com algumas mechas de cabelo roçando as maçãs do rosto salientes e os olhos baixos, brilhantes. Senti um calafrio e tive certeza de tê-lo visto sorrir.

— É o Rigel.

Eu sempre tinha desejado uma família, mais do que qualquer outra coisa. Tinha rezado para que existisse alguém para mim, alguém que estivesse disposto a me levar consigo, a me dar a chance que eu nunca tive.

Era bom demais para ser verdade.

Pensando bem, a ficha ainda não tinha caído. *Ou, quem sabe... eu não queria que caísse.*

— Tudo bem? — perguntou a sra. Milligan.

Estava sentada ao meu lado, no banco de trás.

— Sim. — Fiz um esforço para responder, esboçando um sorriso. — Tudo... ótimo.

Cerrei os dedos no colo, mas ela não notou. Virou-se novamente e, de tempos em tempos, mostrava-me alguma coisa pela janela enquanto a paisagem fluía à nossa volta.

Só que eu mal a ouvia.

Aos poucos, fui direcionando o olhar para o reflexo do vidro à frente. Ao lado do banco do motorista, ocupado pelo sr. Milligan, uma mecha de cabelo preto roçava o encosto.

Ele olhava para fora desinteressado, com o cotovelo na porta e a têmpora apoiada nos nós dos dedos.

— Ali atrás está o rio — comentou a sra. Milligan, mas aqueles olhos pretos não se viraram para o ponto que ela indicava. Por baixo dos cílios escuros, as íris observavam a paisagem com indiferença.

Então, de repente, como se tivesse me ouvido, as pupilas dele encontraram as minhas.

Ele me interceptou no reflexo do vidro, com olhos penetrantes, e eu fui logo baixando o rosto.

Piscando e assentindo com um sorriso, voltei a atenção para Anna, mas senti aquele olhar perfurar o ar da cabine, me prendendo.

Depois de algumas horas, o carro reduziu a velocidade até entrar em um bairro arborizado.

A casa dos Milligan era um chalé de tijolos como muitos outros. Tinha uma cerca branca, com uma caixa de correio e um cata-vento aninhado entre as gardênias.

Vi de relance um damasqueiro no pequeno jardim dos fundos e estiquei o pescoço para dar uma olhada, observando aquele canto verde com interesse genuíno.

— Está pesado? — indagou o sr. Milligan quando peguei a caixa de papelão que continha os meus poucos pertences. — Precisa de ajuda?

Neguei, feliz com a gentileza, e ele foi abrindo caminho.

— Venham, por aqui. Ah, o caminho de acesso está meio desnivelado... Tomem cuidado com aquele ladrilho, está solto. Estão com fome? Querem comer algo?

— Deixa eles arrumarem as coisas primeiro — interveio Anna, tranquila, e ele ajustou os óculos no nariz.

— Ah, claro, claro... Vocês devem estar cansados, né? Venham...

Ele abriu a porta da casa. Notei o tapetinho na soleira com a palavra LAR e, por um momento, senti o coração disparar.

Anna inclinou o rosto, afável.

— Pode entrar, Nica.

Dei um passo à frente e cheguei à entrada estreita.

A primeira coisa que me chamou a atenção foi o cheiro.

Não era o cheiro de mofo dos quartos do Grave, nem o das infiltrações que manchavam o reboco dos tetos.

Era um cheiro peculiar, carregado, quase... íntimo. Tinha algo de especial, e me dei conta de que era o mesmo cheiro de Anna.

Olhei para o interior da casa com brilho nos olhos. O papel de parede meio desbotado, as molduras ao longo da parede; a toalhinha de mesa bem ao lado, perto da tigela que guardava as chaves. Tudo aquilo tinha um ar tão vivo e pessoal que fiquei parada na porta por um instante, incapaz de dar um passo à frente.

— É meio pequena — comentou o sr. Milligan, constrangido, coçando a cabeça, mas não foi o que eu achei.

Meu Deus, era... perfeita.

— Os quartos ficam lá em cima.

Anna subiu o estreito lance de escadas e eu aproveitei o momento para olhar de soslaio para Rigel.

Ele segurava a caixa com um braço e olhava ao redor sem levantar a cabeça: o olhar deslizava sinuosamente de um lado para o outro, sem deixar transparecer nada.

— Klaus? — disse o sr. Milligan, procurando alguém. — Onde foi que se meteu?

Eu o ouvi se afastar enquanto subíamos as escadas.

Nós nos instalamos nos dois quartos disponíveis.

— Aqui ficava uma segunda sala de estar — comentou Anna, abrindo a porta daquele que seria o meu quarto. — Depois virou um quarto de hóspedes. Sabe, caso viesse algum amigo do... — Ela hesitou, interrompendo-se por um momento. Depois, piscou e esboçou um sorriso. — Não tem importância... Enfim, agora é o seu quarto. Gostou? Se preferir mudar alguma coisa, ou trocar algum móvel de lugar, não sei...

— Não... — sussurrei da soleira da porta de um quarto que eu finalmente poderia chamar de *meu*.

Chega de quartos compartilhados e de persianas que cortam a luz do amanhecer; chega de pisos frios e empoeirados e da monotonia das paredes cor de rato.

Era um quartinho discreto, com um belo piso de madeira e um espelho comprido de ferro forjado no canto mais distante. O vento que entrava pelas janelas esvoaçava de leve as cortinas de linho, e os lençóis limpos destacavam-se, com um branco radiante, sobre uma cálida colcha carmesim. Quando dei por mim, estava acariciando um dos cantos imaculados, com a caixa ainda debaixo do braço. Dei uma olhada para ver se a sra. Milligan já tinha ido embora e tratei de me abaixar rapidinho para cheirá-los; um aroma fresco de roupa lavada inebriou as minhas narinas; fechei os olhos e inspirei fundo.

Como era bom...

Olhei ao redor, incapaz de processar que todo aquele espaço era só para mim. Botei a caixa na mesinha de cabeceira e a abri, enfiando a mão no fundo. Peguei o boneco em forma de lagarto, meio desbotado e surrado — a única lembrança que me restava dos meus pais — e o posicionei no centro da almofada.

Olhei para o travesseiro com brilho nos olhos.

Meu...

Passei o tempo organizando os meus poucos pertences. Pendurei as camisas uma a uma nos cabides, o suéter cheio de bolinhas, as calças; conferi as meias e empurrei as mais esburacadas para o fundo da gaveta, na esperança de que passassem despercebidas.

Enquanto descia as escadas, após ter dado uma última olhadinha na porta do meu quarto, eu me perguntei, cheia de expectativa, se aquele cheiro que pairava no ar logo iria me impregnar também.

— Têm certeza de que não querem comer nada? — perguntou Anna, mais tarde, nos olhando com apreensão. — Nem um lanchinho?

Recusei a oferta com um agradecimento. Tínhamos parado em um fast-food no meio do caminho e eu ainda estava cheia.

Mas ela não parecia muito convencida; me olhou por um momento e, em seguida, voltou o olhar para cima do meu ombro.

— E você, Rigel? — perguntou, hesitante. — Pronunciei direitinho? É Rigel, né? — repetiu cautelosamente, recitando o nome do jeito que estava escrito.

Ele fez que sim, antes de também recusar a proposta.

— Então, tá... — concordou ela. — Tem biscoito, de qualquer maneira, e o leite está na geladeira. Agora, se quiserem ir descansar... Ah, o nosso quarto é o último, lá no fundo, do outro lado do corredor. Se precisarem de qualquer coisa...

Ela se importava.

Ela se importava, me dei conta, enquanto sentia uma leve vibração no peito, *se importava comigo, se eu estava comendo, se não estava comendo, se eu precisava de alguma coisa...*

Ela se interessava de verdade, e não só para passar na fiscalização do serviço social, como a sra. Fridge fazia no momento em que precisávamos nos apresentar limpos e de barriga cheia diante dos inspetores.

Não. Anna genuinamente se importava.

Enquanto voltava ao andar de cima, deslizando os dedos por toda a extensão do corrimão, me ocorreu a ideia de descer na calada da noite e comer biscoitos na bancada da cozinha, como eu via as pessoas fazendo na TV, nos filmes que espiávamos pela fresta da porta quando a sra. Fridge caía no sono sentada na poltrona.

Um som de passos me fez dar a volta.

Rigel apareceu na escada. Ele se virou, dando as costas para mim, mas por algum motivo tive certeza de que tinha me visto.

Por um momento, lembrei-me de que ele também estava naquele quadro primorosamente criado.

Que aquela nova realidade, por mais bonita e desejada que fosse, não era só doçura, afeto e maravilhas. Não: lá no fundo havia um contorno mais escuro, como uma queimadura, a marca de um cigarro.

— Rigel.

Sussurrei o nome dele sem querer, como se tivesse escapulido dos meus lábios antes que eu pudesse impedir. Ele parou no meio do corredor vazio e eu hesitei, incerta.

— Agora... agora que nós...

— Agora que nós *o quê?* — inquiriu a voz dele, daquele jeito tortuoso e sutil que, por um momento, me fez estremecer.

— Agora que nós estamos aqui, juntos — prossegui, olhando para as costas dele —, eu... queria que desse certo.

Que tudo aquilo desse certo, por mais que ele também estivesse lá e que eu não pudesse fazer nada a respeito. Por mais que ele fosse aquela marca carbonizada; por um momento, rezei para que ele não devorasse aquele bordado finíssimo... Em um rompante de desespero, desejei que aquele sonho rendado não se desfizesse.

Por um instante, ele ficou imóvel; depois, sem dizer uma palavra, voltou a andar. Dirigiu-se para a porta do quarto e, com isso, senti os ombros ficarem pesados.

— Rigel...

— Não entre no meu quarto — disparou ele. — Nem agora e nem no futuro.

Lancei-lhe um olhar inquieto e senti o meu pedido de paz indo por água abaixo.

— É uma ameaça? — perguntei em voz baixa enquanto ele girava a maçaneta.

Eu o vi abrindo a porta, mas, no último segundo, deteve-se: girou o queixo e me encarou por cima do ombro. Então avistei, pouco antes que a porta se fechasse, o sorriso perigosamente cortante desenhado no canto da mandíbula dele.

Aquele sorrisinho malicioso me condenou.

— É um conselho, *mariposa*.

2
CONTO DE FADAS PERDIDO

*Às vezes, o destino é
uma trilha irreconhecível.*

O nome da minha instituição era Sunnycreek.
    Ficava no fim de uma rua acabada e sem saída, na periferia esquecida de uma cidadezinha no sul do estado. Acolhia crianças desafortunadas como eu, mas nunca ouvi os outros a chamarem pelo nome verdadeiro.
    Todos a chamavam vulgarmente de Grave, *tumba*, e logo de cara já dava para entender o motivo: todo mundo que ia parar ali parecia condenado a ter uma vida *acabada* e *sem saída*, exatamente como aquela rua.
    No Grave, eu sentia como se estivesse atrás das grades.
    Durante os anos que passei naquele lugar, todos os dias desejei que alguém me tirasse de lá. Que me olhasse nos olhos e me escolhesse, dentre todas as crianças presentes na instituição. Que me quisesse do jeito que eu sou, por mais que eu não fosse grande coisa. Mas ninguém nunca me escolhera. Ninguém me quisera ou me notara... Eu sempre fui invisível.
    Diferente de Rigel.
    Ele não tinha perdido os pais, como muitos de nós. Nenhum infortúnio tinha atingido a família dele quando era pequeno.
    Rigel fora encontrado em frente ao portão da instituição, em um cesto de vime, sem bilhete nem nome, abandonado no meio da noite, tendo apenas as estrelas, gigantes adormecidas, para velar o seu sono. Não tinha mais que uma semana de vida.
    Deram-lhe o nome de *Rigel*, em homenagem à estrela mais luminosa da constelação de Orion, que naquela noite brilhava como se fosse uma teia de diamantes sobre um leito de veludo preto. Com o sobrenome Wilde, preencheram o vazio da identidade dele.

Para todos nós, ele tinha nascido ali. Até a aparência o denunciava: desde aquela noite, mantinha a pele pálida como a lua e os olhos sombrios, confiantes, típicos de alguém que nunca tivera medo do escuro.

Desde pequeno, Rigel era o queridinho do Grave.

"Filho das estrelas", como a tutora que trabalhava ali antes da sra. Fridge o chamava; ela o adorava tanto que o ensinou a tocar piano. Passava horas e horas com ele, demonstrando uma paciência que jamais tivera conosco e, nota após nota, o transformara no rapaz impecável que se destacava entre as paredes cinzentas da instituição.

Rigel era bom em tudo, com dentes perfeitos, notas sempre altas e balas que a tutora lhe dava às escondidas antes do jantar.

O menino que todo mundo desejaria ter.

Mas eu sabia que não era bem assim. Tinha aprendido a enxergar o que havia *por baixo de tudo*: por baixo dos sorrisos, da boca imaculada, da máscara de perfeição que ele exibia diante de todos.

Ele, que carregava a noite dentro de si, escondia nas dobras da alma a escuridão de onde o haviam arrancado.

Rigel sempre tivera um comportamento *estranho* comigo.

Um comportamento que eu nunca consegui explicar.

Como se eu tivesse feito alguma coisa para merecer aquele tratamento ou o silêncio que o acompanhava quando, na infância, eu o notava me observando de longe. Tudo começou em um dia como outro qualquer, não consigo nem me lembrar do momento exato. Ele passou por mim e me derrubou, machucando os meus joelhos. Levei as pernas ao peito e limpei a grama, mas, ao olhar para cima, não vi um pingo de arrependimento em seu rosto. Ele ficou ali, de pé, o olhar fixo no meu à sombra de uma parede rachada.

Rigel dava puxões bruscos nas minhas roupas, puxava as pontas do meu cabelo, desfazia as minhas tranças; as fitas caíam aos seus pés como se fossem borboletas mortas e, entre os cílios úmidos, eu via um sorriso cruel se abrir nos lábios dele antes de fugir.

No entanto, nunca tocava em mim.

Em todos aqueles anos, ele nunca encostou em mim, nem de raspão. As bainhas, o tecido, o cabelo... Ele me empurrava e me puxava, e eu acabava com as mangas alargadas, mas nunca fiquei com uma marca sequer na pele, como se Rigel não quisesse deixar provas. Ou talvez fossem as minhas sardas que o repelissem. Talvez me desprezasse a ponto de não querer me tocar.

Rigel passava bastante tempo sozinho e quase nunca procurava a companhia das outras crianças. Mas eu me lembro de uma vez, quando tínhamos mais ou menos quinze anos... Um novo garoto tinha chegado ao Grave, um loirinho que, algumas semanas mais tarde, seria transferido para uma casa de acolhimento. Quase que imediatamente, fizera amizade com Rigel — o outro garoto era pior do que ele, se é que era possível. Os dois ficavam apoiados em uma das paredes deterioradas. Rigel de braços cruzados, lábios indecifráveis e um brilho de divertimento nos olhos. Eu nunca os tinha visto brigar por nada.

Porém, em um dia como outro qualquer, o garoto aparecera para jantar com um hematoma sob a pálpebra e a maçã do rosto inchada. A sra. Fridge lhe lançara um olhar hostil e perguntara, com a voz estrondosa, o que raios tinha acontecido.

— Nada — murmurara ele sem tirar os olhos do prato. — Caí na escola.

Mas não tinha sido "nada" coisa alguma, eu sabia. E, ao erguer o olhar, vi Rigel baixar a cabeça para esconder o rosto dos demais. Ele tinha *sorrido*, e aquele sorrisinho sutil havia se materializado como uma rachadura na máscara perfeita.

E, quanto mais se alargava, mais destacava a beleza dele, de uma maneira que eu jamais gostaria de admitir.

Não havia algo doce, suave ou gentil.

Não...

Rigel queimava os olhares, chamava atenção como o esqueleto de uma casa em chamas ou a carcaça de um carro destruído na beira da estrada. Era cruelmente bonito e, quanto mais tentávamos não olhar para ele, mais aquele charme tortuoso se fincava atrás dos nossos olhos. Infiltrava-se por baixo da pele, espalhava-se como uma mancha até atingir a carne.

Ele era assim: sedutor, solitário, insidioso.

Um pesadelo que se vestia dos seus sonhos mais secretos.

Naquela manhã, acordei como em um conto de fadas.

Lençóis limpos, aroma delicioso e um colchão em que não se sentiam as molas. Eu não saberia desejar algo além disso.

Sentei-me ainda sonolenta; por um momento, o conforto daquele quarto todinho só para mim fez com que eu me sentisse mais sortuda do que nunca.

No instante seguinte, como uma nuvem sombria, eu me dei conta de que ocupava apenas metade daquele conto de fadas. Ali havia também aquele cantinho escuro, a queimadura, e era impossível me livrar dele...

Balancei a cabeça de leve. Pressionei as pálpebras com os pulsos, tentando suprimir tais pensamentos.

Eu não queria pensar naquilo. Não iria permitir que estragassem as coisas, nem mesmo ele.

Eu conhecia bem demais o procedimento para nutrir qualquer ilusão de ter achado uma acomodação definitiva.

Todos pareciam acreditar que a adoção funcionava como um encontro com final feliz, no qual, depois de algumas horas, você era levado para a casa de uma nova família e se tornava parte dela automaticamente.

Não era assim que a banda tocava; isso só acontecia com filhotinhos de animais.

A adoção propriamente dita era um processo bem mais demorado. Primeiramente, havia um período de permanência com a nova família, para ver se a convivência era viável e a relação com os membros, tranquila. Essa é a fase da guarda provisória. Durante esse período, não era raro surgirem incompatibilidades e problemas que prejudicavam a harmonia familiar e, dependendo de como se desse esse período, a família decidiria se seguia em frente ou não. Era muito importante... Os pais só concluiriam a adoção se tudo corresse bem e não houvesse contratempos.

Por isso, eu ainda não podia me considerar de fato membro daquela família. Pela primeira vez, estava vivendo um conto de fadas belíssimo, mas frágil, capaz de se estilhaçar feito vidro nas minhas mãos.

Eu vou ser boa, prometi a mim mesma mais uma vez. *Vou ser boa e vai correr tudo bem.* Faria tudo ao meu alcance para que desse certo. *Tudo...*

Desci a escada, determinada a não deixar ninguém estragar aquela oportunidade.

A casa era pequena e não tive trabalho para achar a cozinha; ouvi algumas vozes e, hesitante, me encaminhei para lá.

Quando cheguei à porta, fiquei sem palavras.

Os Milligan estavam sentados à mesa de jantar, ainda de pijama e com os chinelos quase saindo dos pés.

Anna ria enquanto passava os dedos pela xícara fumegante e o sr. Milligan servia cereal na tigela de cerâmica, com um sorriso sonolento no rosto.

E, bem no meio dos dois, estava Rigel.

O cabelo preto me atingiu como um soco, uma contusão direto na pupila. Tive que piscar para me dar conta de que não estava imaginando aquilo. Ele estava contando alguma coisa, com os ombros delicados em uma pose relaxada e o cabelo desgrenhado emoldurando o rosto.

Os Milligan o encaravam com brilho nos olhos e, de repente, riram em uníssono quando ele disse uma frase em particular. A risada leve dos dois zumbia nos meus ouvidos, como se eu tivesse me partido ao meio e estivesse a mundos de distância.

— Ah, Nica — exclamou Anna —, bom dia!

Dei de ombros discretamente; eles fixaram os olhos em mim e, de alguma maneira, senti que estava sobrando ali. Por mais que tivesse acabado de chegar e mal os conhecesse. Por mais que eu que devesse estar ali, não ele.

As íris pretas de Rigel ergueram-se na minha direção. Elas me encontraram sem precisar procurar, como se ele já soubesse e, por um instante, imaginei ter visto o canto da boca dele se franzir em um movimento abrupto. Em seguida, inclinou o rosto para o lado e abriu um sorriso angelical.

— Bom dia, Nica.

Ondas de gelo permearam a minha pele. Não me mexi; não consegui responder, sentindo-me cada vez mais mergulhada naquela espécie de confusão fria.

— Dormiu bem? — Sr. Milligan puxou a cadeira para mim. — Venha tomar café!

— Estávamos nos conhecendo um pouquinho — disseram, e eu desviei o olhar para Rigel, que agora me observava como uma pintura perfeita entre os Milligan.

Eu me acomodei com certa relutância enquanto o sr. Milligan voltava a encher o copo de Rigel e ele sorria para o anfitrião, perfeitamente à vontade, o que me fez ter a sensação de estar sentada em um covil de espinhos.

Vou ser boa. Olhei fixamente para os Milligan enquanto eles trocavam algumas palavras, de frente para mim, e a frase *vou ser boa* atravessou a minha cabeça como um raio escarlate, *vou ser boa, eu juro...*

— Como está se sentindo sobre o seu primeiro dia, Nica? — perguntou Anna, delicada mesmo de manhã cedo. — Está nervosa?

Tentei deixar os receios de lado, embora sentisse a resistência que me causavam.

— Ah... não. — Procurei relaxar um pouco. — Não estou com medo... Eu sempre gostei de ir à escola.

Era verdade.

A escola era um dos pouquíssimos pretextos que nos permitiam sair do Grave. Enquanto percorríamos o caminho até a escola pública, eu andava olhando para cima. Ao longo do trajeto, observava as nuvens e me iludia imaginando ser igual aos outros, tinha devaneios de entrar em um avião e voar rumo a mundos remotos e livres.

Aquele era um dos raros momentos em que eu quase conseguia me sentir normal.

— Já liguei para a secretaria. — Anna nos informou. — A diretora vai receber vocês dois imediatamente. A escola confirmou a inscrição e eles me garantiram que vocês podem começar a assistir às aulas desde já. Sei que está tudo sendo feito às pressas, mas espero que dê certo. A escola deixou vocês se candidatarem a vagas na mesma turma, caso queiram — acrescentou ela.

Anna me pareceu confiante, então fiz um esforço para disfarçar o desconforto.

— Ah, sim... Obrigada.

Mas percebi que alguém me examinava. Rigel estava me observando: as íris se destacavam, profundas e afiadas, por baixo das sobrancelhas erguidas e olhavam diretamente para mim.

Desviei o olhar como se tivesse me queimado. Senti uma vontade visceral de me afastar, e, com a desculpa de que ia me vestir, levantei-me da mesa e fui embora da cozinha.

Enquanto eu colocava paredes e mais paredes entre nós, senti algo se revirar no estômago e aquele olhar infestar os meus pensamentos.

— Vou ser boa — sussurrei para mim mesma, agitada —, *vou ser boa... eu juro...*

De todas as pessoas do mundo, ele era a última que eu queria que estivesse ali.

Será que eu conseguiria ignorá-lo?

A nova escola era um prédio cinza e quadrado.

O sr. Milligan parou o carro e algumas crianças passaram pelo capô, correndo para chegar à aula. Ele ajeitou os óculos enormes no nariz e apoiou as mãos sobre o volante, todo sem jeito, como se não soubesse onde colocá-las. Eu descobri que gostava de estudar as expressões dele: o sr. Milligan tinha uma personalidade dócil e desajeitada, e provavelmente por isso me despertava tanta empatia.

— Anna vem buscar vocês mais tarde.

Apesar de tudo, senti uma emoção mais agradável do que as outras só de pensar que, ali fora, haveria alguém esperando por mim, pronto para me levar para casa. Fiz que sim do banco de trás, com a mochila surrada no colo.

— Obrigada, sr. Milligan.

— Ah, pode... podem me chamar de Norman — começou a dizer, com as orelhas um pouco vermelhas, enquanto descíamos.

Observei o carro desaparecer na rua até que ouvi passos atrás de mim. Eu me virei e vi Rigel seguindo sozinho em direção à entrada.

Acompanhei a figura esbelta dele com os olhos, o movimento fácil e confiante dos ombros largos. Havia algo de hipnótico no jeito como ele se movia e caminhava, com passadas precisas, como se o chão se moldasse aos seus sapatos.

Passei pela entrada depois dele, mas, sem querer, prendi a alça da mochila na maçaneta. Arregalei os olhos e o puxão me fez esbarrar em alguém que estava entrando naquele momento.

— Que porra é essa? — ouvi ao me virar. Um garoto afastou o braço, irritado, com alguns livros na mão.

— Desculpa — sussurrei quase sem voz, e o amigo que estava atrás dele o cutucou.

Prendi o cabelo atrás da orelha e, quando os nossos olhares se cruzaram, tive a sensação de que ele estava me reavaliando. O aborrecimento desapareceu do seu rosto e ele permaneceu imóvel, como se eu o tivesse fulminado com os olhos.

Um instante depois, sem mais nem menos, ele soltou os livros que segurava.

Fiquei olhando para os livros caídos aos seus pés e, como vi que ele não iria se abaixar para pegá-los, eu mesma os peguei.

Devolvi tudo, sentindo-me culpada por ter esbarrado nele, e me dei conta de que ele não tinha tirado os olhos de mim em nenhum momento.

— Obrigado... — O garoto deu um sorriso preguiçoso, enquanto o olhar vagava por mim de uma forma que me fez corar, e pareceu achar isso divertido, ou quem sabe intrigante. — Você é nova? — perguntou.

— Vamos, Rob — insistiu o amigo —, estamos atrasados pra caralho.

Mas ele não parecia estar a fim de ir embora, e eu senti algo beliscar a nuca: uma sensação de picada, como uma agulha perfurando o ar atrás de mim.

Tentei me livrar daquele pressentimento; recuei um passo e, de cabeça baixa, balbuciei:

— Eu... tenho que ir.

Cheguei à secretaria, que ficava um pouco mais à frente. Notei que a porta estava aberta e, ao entrar, torci para não ter deixado a secretária esperando. Foi só quando atravessei a soleira que percebi a silhueta ao lado.

Quase dei um pulo.

Rigel estava apoiado na parede, de braços cruzados. Com a perna dobrada, a sola tocando a parede e a cabeça levemente inclinada, encarava o chão.

Ele sempre tinha sido bem mais alto do que os outros meninos e consideravelmente mais intimidador, mas eu não precisava me agarrar a tais desculpas para recuar um passo no mesmo instante. Tudo a respeito dele me intimidava, tanto a aparência quanto o seu interior.

O que é que Rigel estava fazendo ali, perto da porta, quando havia uma fileira de cadeiras do outro lado da sala de espera?

— A diretora vai receber vocês agora. — A secretária surgiu da diretoria e me trouxe de volta à realidade. — Venham.

Rigel se afastou da parede e passou por mim sem sequer me olhar. Entramos no escritório enquanto a porta se fechava atrás de nós. A diretora, uma mulher jovem, austera e bonita, nos convidou a sentar nas cadeiras em frente à escrivaninha; deu uma olhada nos nossos históricos, fazendo algumas perguntas sobre o método de ensino da nossa antiga escola, e, quando chegou ao histórico de Rigel, pareceu muito interessada no que estava escrito ali.

— Liguei para a instituição de vocês. — anunciou. — Pedi algumas informações sobre o rendimento escolar dos dois... Você foi uma grata surpresa, sr. Wilde — disse ela com um sorriso, virando a página. — Notas altas, conduta impecável, nada fora do lugar. Um verdadeiro exemplo de aluno. Os seus professores foram só elogios. — Ela ergueu os olhos, satisfeita. — Vai ser um prazer tê-lo conosco na Burnaby.

Eu me perguntei se existia alguma chance de a diretora entender que estava cometendo um erro, que aqueles elogios não refletiam a realidade das coisas, porque os professores nunca souberam olhar *o que havia por baixo*, assim como todo mundo.

Queria ter reunido força o suficiente para pôr isso para fora.

Mas Rigel sorriu daquele jeito que combinava tão bem com ele, e eu me perguntei como as pessoas não percebiam que aquele afeto nunca chegava ao olhar, que os olhos dele viviam escuros e impenetráveis, por mais que brilhassem como facas.

— As duas representantes lá fora vão acompanhá-los às suas salas — disse a diretora. — De todo modo, vocês têm permissão, caso tenham interesse, de pedir vagas na mesma turma, a partir de amanhã.

Eu tinha esperanças de evitar aquela pergunta. Apertei as bordas da cadeira e me inclinei para a frente, mas Rigel foi mais rápido.

— Não.

Pisquei e me virei para ele. Rigel abriu um sorriso e uma mecha de cabelo roçou a sobrancelha escura.

— Não precisa.

— Têm certeza? Depois não vão mais poder mudar.

— Ah, sim. Vamos ter tempo de sobra para ficarmos juntos.

— Muito bem, então — disse a diretora, vendo que eu permanecia em silêncio. — Podem ir para a aula. Sigam-me.

Desviei o olhar de Rigel. Fiquei de pé, peguei a mochila e a segui para fora do escritório.

— Duas alunas do último ano estão esperando por vocês aqui na frente. Tenham um bom dia.

A diretora voltou para o escritório e eu atravessei o recinto sem olhar para trás. Precisava me afastar dele e era o que eu teria feito, se no último segundo não tivesse sentido um impulso diferente falar mais alto. Não consegui me conter quando o meu corpo se virou para encará-lo.

— O que foi isso?

Mordi os lábios. Eu tinha acabado de fazer uma pergunta inútil e não precisei vê-lo erguer a sobrancelha para me dar conta disso. Mas eu desconfiava das intenções de Rigel e não conseguia acreditar que ele não daria um jeito de me atormentar.

— Por quê? — Rigel inclinou o rosto, e a presença escultural dele fez com que eu me sentisse ainda mais insignificante. — Você *não pode* ter acreditado que eu queria ficar na mesma sala que *você*, né?

Contraí os lábios, arrependendo-me de ter feito aquela pergunta. A intensidade dos olhos dele me deu um embrulho no estômago e a ironia pungente fez a minha pele arder.

Não respondi. Agarrei a maçaneta da porta para ir embora. Mas algo me impediu.

Uma mão passou por cima do meu ombro e segurou a porta, deixando-me paralisada. Eu vi dedos finos pressionando o batente e, de repente, cada vértebra do meu corpo sentiu a presença dele atrás de mim.

— Sai do meu caminho, mariposa — avisou. O hálito quente dele fez cócegas na minha cabeça e eu me retesei. — Entendeu?

A tensão gerada pelo corpo dele tão perto do meu foi o suficiente para me fazer congelar. "Fique longe de mim", dizia Rigel, mas era *ele* quem estava me prendendo contra a porta, respirando em cima de mim, impedindo-me de ir embora...

Por fim, Rigel passou por mim e, com os olhos quase arregalados, eu o vi se afastar, sem me mexer.

Se estivesse no meu controle...

Se estivesse no meu controle, eu o teria excluído da minha vida para sempre. Junto com o Grave, a sra. Fridge e a dor que marcou a minha infância. Eu não iria querer acabar na mesma família que ele. Para mim, aquilo era uma desgraça. Era como se eu estivesse condenada a carregar o peso do meu passado nas costas sem nunca conseguir ser livre de verdade.

Como é que eu poderia explicar isso?

— Oi!

Eu não tinha percebido que havia saído mecanicamente da secretaria. Levantei a cabeça e dei de cara com um sorriso radiante.

— Sou da mesma turma que você. Bem-vinda à Burnaby!

Eu vi Rigel no corredor, o cabelo preto se movimentando no ritmo dos passos firmes; a garota que o acompanhava mal parecia saber onde pisava: estava olhando para ele fascinada, como se a novata fosse ela, e os dois desapareceram na esquina.

— Eu sou Billie — apresentou-se a minha guia. Em seguida, estendeu a mão para mim, sorrindo de orelha a orelha, e eu a apertei. — Qual é o seu nome?

— Nica Dover.

— Micah?

— Não, *Nica* — repeti, marcando bem o N, e ela levou o indicador ao queixo.

— Ah, é diminutivo de Nikita!

Eu me vi sorrindo.

— Não — balancei a cabeça —, só Nica.

A curiosidade com que Billie me olhava não me deixou desconfortável, como acontecera com aquele garoto pouco antes. Ela tinha um rosto genuíno, emoldurado por cachos cor de mel, e olhos brilhantes que davam ao seu semblante um ar apaixonado.

Enquanto caminhávamos, reparei que Billie me observava com grande interesse, mas foi só quando os nossos olhares voltaram a se cruzar que entendi o motivo: ela também foi arrebatada pela particularidade das minhas íris.

"São seus olhos, Nica", diziam as crianças mais novas quando eu perguntava por que me olhavam tão intrigadas. "A Nica tem os olhos da cor do céu quando chora: grandes, brilhantes, como diamantes cinzentos."

— O que aconteceu com os seus dedos? — perguntou ela.

Olhei para as pontas dos dedos envoltos em curativos.

— Ah — balbuciei, escondendo-os desajeitadamente nas costas —, nada...

Abri um sorriso, tentando me esquivar da conversa, e as palavras da sra. Fridge surgiram na minha cabeça novamente: "Não faça besteira".

— É para não roer as unhas — soltei.

Ela pareceu acreditar, tanto é que levantou as mãos, orgulhosa, mostrando-me as pontas roídas.

— E qual o problema? A essa altura, já cheguei no osso! — Então, virou a mão e começou a examiná-la. — A minha avó fala que eu tenho que mergulhá-las na mostarda. "Assim você vai ver como a vontade de pôr a mão na boca passa rapidinho", diz ela. Mas nunca cheguei a experimentar. A ideia de passar a tarde inteira com os dedos mergulhados no molho me deixa meio... sabe... perplexa. Imagina se eu precisar receber uma entrega?

3
Divergências de pensamento

*Os gestos, bem como os planetas,
são movidos por leis invisíveis.*

Billie me ajudou a me ambientar.
 A escola era grande e havia várias opções de atividades para escolher; ela me mostrou as salas das diferentes matérias, me acompanhou a todas as aulas e me apresentou aos professores. Tentei não ficar muito no pé dela, porque não queria ser um incômodo, mas Billie me disse que, pelo contrário, ficava feliz em me fazer companhia. Ao ouvir essas palavras, senti o coração se contrair de uma satisfação que eu nunca tinha sentido antes. Billie era gentil e prestativa, duas qualidades que, de onde eu vim, não eram muito comuns.
 Quando o sinal tocou, indicando o fim das aulas, saímos juntas da sala, e ela passou uma longa faixa de couro pela cabeça, soltando o cabelo cacheado em seguida.
 — Uma máquina fotográfica?
 Estudei com interesse o objeto que pendia do seu pescoço e ela ficou radiante.
 — É uma Polaroid! Nunca tinha visto uma? Os meus pais me deram essa aqui de presente há um tempão. Eu amo fotografia, a parede do meu quarto é cheia de fotos! A minha avó diz que eu tenho que parar de ficar enchendo as paredes, mas depois sempre a encontro espanando as fotos enquanto assobia... E, no fim das contas, ela acaba se esquecendo do que me disse.
 Tentei acompanhar a conversa e, ao mesmo tempo, não esbarrar em ninguém; eu não estava acostumada com aquele vaivém tão intenso, mas Billie não parecia se importar: seguiu falando pelos cotovelos enquanto trombava com todo mundo.
 — Eu gosto de fotografar as pessoas, acho interessante ver os movimentos do rosto sendo imortalizados. Miki sempre esconde a cara quando tento

tirar foto dela. É tão bonita que dói, mas ela não gosta... Ah, olha ela lá! Está bem ali! — Billie levantou o braço, eufórica. — Miki!

Tentei vislumbrar essa amiga fantasma de quem ela havia falado comigo a manhã inteira, mas não tive tempo de localizá-la antes que Billie começasse a me puxar pela alça da mochila, arrastando-me em meio à multidão.

— Venha, Nica! Venha conhecê-la!

Com dificuldade, tentei acompanhá-la, mas só consegui dar alguns passos.

— Ah, você vai ver, vai gostar dela! — comentou, agitada. — Miki sabe ser um amor de pessoa. É muito sensível! Já te disse que ela é a minha melhor amiga?

Tentei fazer que sim, mas Billie me deu mais um puxão, fazendo-me seguir em frente. Quando, depois de vários empurrões, alcançamos a amiga, Billie correu e parou atrás dela, dando um pulinho.

— Olá! — cantarolou ela, radiante. — Como foi a aula? Você fez educação física com o pessoal da seção D? Essa é a Nica!

Ela me empurrou e por pouco não dei de cara com a porta aberta do armário.

Uma mão surgiu do metal e afastou a porta.

Um amor, dissera Billie, e me preparei para sorrir.

Diante de mim, surgiram olhos intensamente maquiados. Pertenciam a um rosto atraente e meio anguloso, com uma espessa cabeleira preta que desaparecia sob o capuz de um moletom soltinho. Um piercing pendia da sobrancelha esquerda e os lábios estavam ocupados mascando um chiclete.

Miki me olhou desinteressada e se limitou a me observar por um instante; depois, ajeitou a alça da mochila no ombro, bateu a porta do armário com um estrondo que me assustou e nos deu as costas, afastando-se pelo corredor.

— Ah, não esquenta, ela é sempre assim — avisou Billie, enquanto eu seguia petrificada e de olhos arregalados. — Fazer amizade com os novatos não é o forte dela. Mas no fundo ela é uma fofa!

No fundo... muito no fundo?

Eu olhei para Billie com cara de assustada, mas ela deu o assunto por encerrado e me convenceu a seguir em frente; fomos até a porta, cercadas por uma multidão de alunos, e, ao chegarmos à entrada, Miki estava ali. Observava as sombras das nuvens que se moviam pelo cimento do pátio enquanto fumava um cigarro com o olhar absorto.

— Que dia lindo! — disse Billie com um suspiro, toda alegre, tamborilando os dedos na máquina fotográfica. — Onde você mora, Nica? Se quiser, minha avó pode te dar uma carona. Hoje ela vai fazer almôndega e Miki vai comer lá em casa. — Ela se virou para a amiga. — Você vai comer lá em casa, né?

Eu a vi fazer que sim sem muito entusiasmo, soltando uma baforada de fumaça, e Billie abriu um sorriso.

— E aí? Você vem com a gen...

Alguém esbarrou nela.

— Ei! — protestou Billie, esfregando o ombro. — Que falta de educação é essa? Ai!

Outros alunos passaram apressados por nós e Billie se aconchegou em Miki.

— O que está acontecendo?

Havia algo de errado. Os alunos entravam correndo, alguns com o celular a postos, outros com uma expressão de terror no olhar. Pareciam agitados com alguma coisa que vibrava no ar e eu me encostei na parede, assustada com a multidão em polvorosa.

— Ei! — rosnou Miki para um garotinho que parecia animadíssimo. — Que droga é essa que está acontecendo?

— Eles estão brigando! — gritou ele, pegando o celular. — Está tendo uma briga lá nos armários!

— Estão brigando? Quem?

— Phelps e o garoto novo! Caramba, o garoto está dando uma surra nele! *No Phelps!* — exclamou, fora de si. — Preciso filmar!

Ele saiu às pressas e eu me vi contra a parede, os braços rígidos e os olhos esbugalhados, olhando para o nada.

O... garoto novo?

Billie apertou Miki como se ela fosse uma bolinha antiestresse.

— Violência, não, eu imploro! Não quero ver... Quem é que seria louco de brigar com Phelps? Só um *irresponsável*... Ei! — exclamou, com olhos arregalados. — Nica! Aonde você está indo?

Àquela altura, eu já não a ouvia mais: a voz dela desapareceu em meio à massa de alunos. Ultrapassei as pessoas, abrindo caminho entre ombros e costas, presa como uma borboleta em um labirinto de caules. O ar crepitava de um jeito quase sufocante. Deu para ouvir direitinho o som de pancadas, o estrondo de um ruído metálico e, em seguida, algo atingindo o chão.

Consegui chegar ao centro da multidão enquanto a gritaria martelava nas minhas têmporas: enfiei a cabeça debaixo de um braço e, por fim, arregalei os olhos.

Havia dois alunos caídos no chão, tomados por uma raiva cega. Era difícil distingui-los em meio a tanta fúria, mas não havia necessidade de ver os rostos: aquele inconfundível cabelo preto se destacava como uma mancha de tinta.

Rigel estava ali, esmagando a camisa do outro entre os dedos, com as juntas rosadas, em carne viva, enquanto massacrava o garoto debaixo de si. Os olhos reluziam com um brilho insano, que fez os meus ossos tremerem e o sangue gelar. Dava socos brutais e rápidos, com uma ânsia que beirava o assustador, e o outro tentava reagir dando-lhe golpes furiosos no peito, mas não havia piedade no olhar acima dele. Ouvi o estalar de cartilagem enquanto os gritos enchiam o ar e as pessoas erguiam a voz, incitando-os...

Então, tudo parou de repente.

Os professores abriram caminho em meio à multidão e literalmente se jogaram em cima dos dois, separando-os. Um dos professores agarrou Rigel pelo colarinho e o puxou com força, os outros se lançaram sobre o que estava no chão, que agora encarava o rival com olhos selvagens.

As minhas pupilas se fixaram nele. Foi só naquele momento que consegui reconhecê-lo: era o garoto daquela manhã. O garoto em quem esbarrei na entrada, aquele dos livros.

— Phelps, você voltou da suspensão hoje! — gritou um professor. — Essa já é a terceira briga! Você passou dos limites!

— Foi ele! — berrou o garoto, fora de si. — Eu não fiz nada! Ele me deu um soco sem motivo!

O professor puxou Rigel e o fez recuar um passo. Quando ele abaixou a cabeça, vi aquele sorriso sarcástico se abrindo sob o cabelo desgrenhado.

— Foi ele! Olha pra ele!

— Chega! — vociferou o professor. — Já pra direção! Vamos!

Eles os levantaram pelos ombros, e percebi muita condescendência no modo como Rigel se deixou ser levado: virou o rosto e cuspiu na fonte, sem que ninguém o contivesse, enquanto o outro ia atrás dele, sob o controle do professor.

— E vocês, já pra fora! — gritou. — Guardem esses celulares! O'Connor, se você não sumir daqui imediatamente, vou cuidar da sua expulsão! Vocês também, vamos! Não tem nada para ver aqui!

Os alunos começaram a se mexer a contragosto, dispersando-se em direção à saída. A turba se dissipou depressa e eu fiquei ali, frágil e invisível, a sombra dele ainda nos olhos, batendo, batendo, *batendo* sem parar...

— Nica!

Billie chegou às pressas, puxando Miki pela alça da mochila.

— Meu Deus, você quase me matou de susto! Está tudo bem? — Ela olhou para mim com olhos arregalados, chocada. — Não acredito, então era o seu irmão!

Senti um estranho calafrio. Fiquei sem palavras e olhei para ela, desnorteada, quase como se tivesse levado um tapa. Em um momento de total confusão, percebi que Billie se referia a Rigel.

Claro... ela não sabia da situação. Não sabia que tínhamos sobrenomes diferentes, só sabia o que a diretora havia explicado. Na verdade, para ela, éramos da mesma família, mas a maneira como tinha dito aquilo soou como se ela tivesse arranhado um quadro-negro.

— Ele... Ele não é...

— Você deveria ir à secretaria e esperá-lo por lá! — interrompeu-me, angustiada. — Nossa, brigar com Phelps no primeiro dia... Ele deve ter se machucado!

Eu tinha certeza de que não era ele quem estava machucado. Ainda me lembrava do rosto inchado do outro garoto quando tiraram as mãos de Rigel de cima dele.

Mas Billie me empurrou para a frente, apreensiva.

— Vamos!

E as duas me acompanharam até a entrada. Eu me vi torcendo as mãos. Como eu poderia fingir que não estava chocada e abalada com o que havia presenciado e, em vez disso, demonstrar preocupação por ele? Ainda me lembrava da loucura no seu olhar, de forma clara e inequívoca. Era uma situação absurda.

Da porta, ouviam-se vozes bem altas.

O menino incriminado gritava feito um louco, tentando defender o seu caso, e o professor gritava ainda mais alto. Percebi que a voz soava histérica, exasperada, provavelmente por ser a milésima briga em que o aluno se envolvia. Mas o que mais me chamou a atenção foi o choque da diretora e as palavras de descrença com que se referia a Rigel: ele, que era tão bom, que era tão perfeito, que não era de fazer esse tipo de coisa. Ele, que "jamais provocaria algo de tamanha gravidade", e o garoto protestou ainda mais alto, jurando que nem sequer o havia provocado, mas o silêncio que a outra parte manteve, dando a entender que não tinha intenção de se defender daquelas acusações, clamava inocência.

Quando, meia hora mais tarde, a porta se abriu, Phelps saiu para o corredor.

O lábio estava rachado e havia várias manchas vermelhas nas partes do rosto em que a pele que cobria os ossos era menos densa. Ele olhou para mim distraído, sem prestar atenção, mas depois de um momento me olhou de novo, como se de repente tivesse percebido que já tinha me visto antes. Não tive tempo de decifrar o olhar de espanto dele, pois o professor o levou embora...

— Acho que dessa vez vão expulsá-lo — murmurou Billie enquanto ele desaparecia no corredor.

— Já estava na hora — rebateu Miki. — Depois do *ocorrido* com as meninas do primeiro ano, ele merecia ser preso em um chiqueiro.

Ouvimos a maçaneta da porta novamente.

Billie e Miki se calaram quando Rigel saiu. As veias que percorriam os pulsos dele pareciam um labirinto de marfim e a sua presença magnética era suficiente para atrair o silêncio. Tudo na aparência dele criava uma sugestão difícil de ignorar.

Foi só naquele momento que ele reparou na gente.

Não. *Na gente, não.*

— O que *você* está fazendo aqui?

O tom de surpresa ao dizer aquelas palavras não me passou despercebido. Ele me lançou um dos seus olhares e, naquele momento, percebi que não fazia ideia do que responder. Nem eu mesma sabia o que estava fazendo ali, esperando-o como se realmente estivesse preocupada.

Rigel me dissera para ficar longe dele, havia rosnado tão perto do meu cérebro que ainda dava para ouvir a voz dele reverberando entre um pensamento e outro.

— Nica queria ter certeza de que você estava bem — interveio Billie, chamando a atenção dele. Ela sorriu timidamente enquanto levantava a mão. — Oi...

Ele não respondeu, e Billie pareceu se intimidar diante daquele olhar. As bochechas dela ficaram coradas, tingidas de vergonha pelo fascínio visceral dos olhos pretos que a encaravam.

E Rigel notou. *Ah, e como notou.*

Ele sabia perfeitamente. Sabia o quanto a máscara que usava era atraente, a maneira como a usava, o que provocava nos outros. Ele a ostentava com ar de desafio e arrogância, como se o simples fato de deter aquele encanto sinistro o fizesse brilhar com uma luz sedutora, ambígua, exclusivamente dele.

Rigel sorriu com o canto da boca, charmoso e mesquinho, e parecia que Billie ia encolher.

— Você queria *ter certeza* — zombou ele, olhando para mim — de que eu estava... *bem*?

— Nica, não vai nos apresentar ao seu irmão? — tagarelou Billie, e eu desviei o olhar.

— Não somos parentes — soltei, quase como se alguém tivesse feito isso por mim. — Rigel e eu estamos prestes a ser adotados.

As garotas se viraram para mim e me observaram, e eu encarei os olhos dele, com coragem, sustentando o olhar.

— Ele não é meu irmão.

Notei que ele me encarou, divertindo-se sombriamente com os meus esforços, aquele sorriso afiado nos dentes.

— *Ah*, não fale desse jeito, Nica — insinuou, sarcástico —, fica parecendo até que é um *alívio*.

E é mesmo, disse a ele com os olhos. Rigel me observou de soslaio, queimando-me com as íris escuras.

De repente, um toque vibrou no ar. Billie tirou o celular do bolso e arregalou os olhos.

— Temos que ir, a minha avó está lá fora esperando a gente. Já está me ligando...

Ela olhou para mim e eu fiz que sim.

— Então... a gente se vê amanhã.

Billie esboçou um sorriso que tentei retribuir, mas eu ainda sentia os olhos de Rigel sobre mim; foi só naquele momento que notei que Miki o encarava: ela o estudava por baixo da sombra do capuz, observando-o atentamente com as sobrancelhas franzidas.

No fim das contas, ela também se virou, e as duas se afastaram pelo corredor.

— Você tem razão sobre uma coisa.

Lenta e afiada, a voz dele deslizou como unhas sobre seda assim que ficamos sozinhos. Abaixei o queixo e me atrevi a olhá-lo.

Ele estava encarando o ponto onde as meninas tinham acabado de desaparecer, mas não sorria mais. Lentamente, seu olhar se moveu em direção ao meu, preciso feito uma bala.

Eu poderia jurar que o senti sendo gravado à força na minha pele.

— Eu não sou seu *irmão*.

Naquele dia, decidi apagar Rigel, as palavras e o olhar violento dele da minha mente, e, para me distrair à noite, li até tarde. A lâmpada da mesinha de cabeceira espalhava pelo quarto uma luz suave e calmante que conseguiu dissipar qualquer preocupação.

Anna ficou admirada quando perguntei se podia pegar aquele livro emprestado. Era uma enciclopédia ilustrada com desenhos maravilhosos, mas ela achou surpreendente que o assunto pudesse me interessar.

Na verdade, era um tema que me fascinava.

Enquanto os meus olhos percorriam as anteninhas e as asas cristalinas, percebi o quanto eu adorava me perder naquele mundo leve e colorido que sempre folheei com uma infinidade de curativos coloridos.

Eu sabia que todo mundo achava incomum.

Eu sabia que era diferente.

Cultivava esquisitices como quem cultiva um jardim secreto para o qual só eu tinha a chave, pois sabia que muita gente não me entenderia.

Tracei a curva de uma joaninha com o indicador; lembrei-me de todos os desejos que eu tinha formulado quando, na infância, via-as voar entre as palmas abertas. Eu as observava voar pelo céu e, desamparada, desejava poder fazer o mesmo, eclodir em uma vibração prateada e voar para fora das paredes do Grave...

Um barulho me chamou a atenção. Eu me virei para a porta. Achei que tivesse imaginado, mas logo depois ouvi de novo; era como algo raspando na madeira.

Fechei a enciclopédia com cuidado e afastei as cobertas. Caminhei lentamente até a porta, girei a maçaneta e coloquei a cabeça para fora. Vi algo se movendo na escuridão. Uma sombra deslizou pelo chão, rápida e suave, e pareceu parar, esperar por mim, examinar-me um segundo. Por fim, desapareceu na escada, um instante antes de a curiosidade me levar a segui-la.

Pensei ter visto uma cauda felpuda, mas não fui rápida o suficiente para alcançá-la. Agora eu estava no andar de baixo, em silêncio e totalmente sozinha, incapaz de localizá-la. Suspirei, pronta para voltar ao andar de cima, mas, naquele momento, percebi que a luz da cozinha estava acesa.

Será que Anna ainda estava acordada? Eu me aproximei para ter certeza, mas logo desejei não ter feito isso. Quando abri a porta, os meus olhos encontraram os de alguém que já me encarava.

Era Rigel.

Estava sentado ali, com cotovelos apoiados na mesa, o cabelo desenhando pinceladas limpas e bem-definidas no rosto ligeiramente abaixado, sombreando o olhar. Rigel segurava alguma coisa em uma das mãos, e só depois de um instante percebi que era gelo.

Ao encontrá-lo, fiquei paralisada.

Eu tinha que me acostumar com aquilo, com a possibilidade de esbarrar com ele o tempo todo. Não estávamos mais no Grave, aquele não era mais o grande espaço da instituição, e, sim, o de uma casa pequena onde morávamos juntos.

Mas, quando se tratava dele, a ideia de me acostumar parecia impossível.

— Você não deveria estar acordada a essa hora.

A voz dele, amplificada pelo silêncio, me deu um arrepio na espinha.

Tínhamos apenas dezessete anos, mas havia algo estranho nele, algo difícil de explicar. Uma beleza obsessiva e uma mente capaz de fascinar qualquer um. Era absurdo. Quem se deixava moldar pelos modos dele caía no erro: Rigel parecia ter nascido para aquilo, para moldar e dobrar as pessoas como se fossem metal. Isso me assustava, porque ele não era como os outros garotos da nossa idade.

Por um momento, tentei imaginá-lo adulto, e a minha mente viajou até chegar ao rosto de um homem terrível, de charme corrosivo e olhos mais escuros do que a noite...

— Está a fim de ficar me encarando? — perguntou ele, sarcástico, enquanto pressionava o gelo em cima do hematoma no pescoço.

Naquele momento, parecia relaxado, com uma atitude arrogante que me fazia querer ir embora. Como sempre.

Mas, antes que eu pudesse cair na real e fugir dele, abri a boca e falei:
— Por quê?
Rigel arqueou a sobrancelha.
— Por que o quê?
— Por que deixou que escolhessem você?

Os olhos de Rigel se fixaram nos meus, como se estivessem imbuídos de uma espécie de consciência.

— Você acha que fui eu que decidi? — perguntou lentamente, estudando-me por um bom tempo.

— Acho — respondi, com cautela. — Você fez acontecer... Você tocou piano. — Os olhos dele ardiam com uma intensidade quase irritante enquanto eu dizia: — Você, que sempre foi aquele que todo mundo queria, nunca permitiu que ninguém te levasse embora.

Poucas famílias haviam passado pelo Grave. Elas olhavam para as crianças, estudavam-nas como se fossem borboletas em uma caixinha de vidro. Os pequenos eram os mais bonitinhos e coloridos, os que mais mereciam atenção.

Mas, então, elas o viam, com o rostinho imaculado e as boas maneiras, e pareciam se esquecer de todo mundo; olhavam para a borboleta preta e ficavam fascinadas com a estranha forma dos seus olhos e as belas asas, como de veludo, a graciosidade com que se movia acima de todas as outras crianças.

Rigel era um item de colecionador, único, sem igual. Não transparecia a insignificância dos outros órfãos, mas vestia-se com ela, lançando sobre si aquele cinza como se fosse um véu que lhe caía maravilhosamente bem.

No entanto, sempre que alguém manifestava o desejo de adotá-lo, ele fazia o que fosse possível para estragar tudo. Organizava desastres, fugia, comportava-se mal. E, no fim, os interessados iam embora dali, sem saber o que as mãos dele podiam fazer naquele piano.

Mas, naquele dia, não. Naquele dia ele tocou, fez com que o notassem em vez de dissuadi-los.

Por quê?

— É melhor você ir dormir, mariposa — sugeriu Rigel, com a voz sutil e zombeteira. — O sono está te pregando peças.

Era isso que ele fazia... me *mordia* com as palavras. Era sempre assim. Rigel me acariciava com as suas provocações e depois me esmagava com um sorriso, fazendo-me duvidar de tudo até não ter mais certeza de nada.

Eu deveria desprezá-lo. Pelo seu caráter, pela sua aparência, pela forma como ele sempre sabia estragar as coisas. Era como eu deveria me sentir, mas... parte de mim não conseguia.

Porque Rigel e eu tínhamos crescido juntos, tínhamos passado a vida entre as grades da mesma prisão. Eu o conhecia desde pequeno, e parte da minha alma já o tinha visto tantas vezes que não sentia mais o distanciamento cru que eu gostaria que ele tivesse provocado em mim. De uma forma estranha, eu tinha me acostumado com ele, desenvolvendo aquela empatia em relação a uma pessoa com quem se divide algo há muito tempo.

Nunca fui boa em odiar. Por mais que eu tivesse motivos.

Talvez, apesar de tudo, eu ainda esperasse que esse pudesse ser o conto de fadas que eu queria que fosse...

— O que aconteceu com aquele garoto hoje? — perguntei. — Por que vocês brigaram?

Rigel inclinou o rosto, talvez se perguntando como era possível que eu ainda estivesse ali. Tive a impressão de que estava me avaliando com os olhos.

— *Divergências* de pensamento. Nada que seja da sua conta.

Ele me olhou fixamente para me induzir a ir embora, mas não obedeci. Não queria obedecer.

Pela primeira vez quis ousar dar um passo à frente em vez de recuar. Queria mostrar a ele que, apesar de tudo, eu estava disposta a ir mais longe. *Arriscar*. E, quando ele pressionou o cubo de gelo contra a sobrancelha, contraindo a testa de dor, a lembrança de uma voz distante veio, abrindo caminho dentro de mim.

"É a delicadeza, Nica. Delicadeza, sempre... Lembre-se disso", dizia a voz, baixinho.

Senti as pernas avançarem.

Rigel cravou os olhos em mim quando entrei de vez na cozinha. Fui até a pia, peguei um pedaço de papel toalha e o mergulhei em um pouco de água fria; tive certeza de que as pupilas dele pressionavam os meus ombros.

Em seguida, aproximei-me e o olhei inocentemente, entregando-lhe o papel.

— O gelo é duro demais. Coloque isso aqui na ferida.

Rigel pareceu quase surpreso por eu não ter fugido dali. Examinou o papel toalha sem convicção, desconfiado como um animal selvagem, e, ao ver que ele não ia pegar... em um gesto de boa vontade, tentei eu mesma aplicá-lo.

Não tive tempo de me aproximar: ele me fulminou com o olhar e se afastou bruscamente. Uma mecha de cabelo preto deslizou pela têmpora enquanto Rigel me olhava de cima a baixo, implacável.

— Não — me advertiu com um olhar cruel —, não se atreva a encostar em mim.

— Não vai doer... — Balancei a cabeça e estiquei um pouco mais os dedos, mas, daquela vez, Rigel os afastou com um empurrão.

Levei a mão ao peito e, ao encará-lo, tomei um susto: os seus olhos estavam me incinerando, como se as pupilas fossem estrelas pulsantes, lançando uma luz que, em vez de irradiar calor, emitia um gelo ardente.

— Não se atreva a encostar em mim assim, toda casual. *Nunca*.

Cerrei os punhos, enfrentei aquele olhar que pretendia me castigar e perguntei:

— Caso contrário...?

Ouvi um barulho violento da cadeira.

Rigel se levantou bruscamente, veio para cima de mim e, como fui pega de surpresa, sobressaltei-me. Ele me obrigou a recuar e, de repente, mil sinais de alerta dispararam debaixo da minha pele enquanto eu tropeçava nos passos dele até colidir com o balcão da cozinha. Levantei o queixo e, tremendo, agarrei a borda de mármore com as duas mãos.

Os olhos dele me prenderam como uma mordaça escura. O corpo, àquela altura tão perto do meu, gritou como se estremecesse, e eu mal conseguia respirar, totalmente engolida pela sua sombra.

Então... Rigel se inclinou sobre mim.

Ao aproximar o rosto do meu ouvido, a respiração dele ardia como veneno.

— *Caso contrário...* eu não vou parar.

Quando me afastou sem cerimônia, o ar que ele deslocou bagunçou o meu cabelo.

Ouvi o som do gelo batendo na mesa e os seus passos sumirem enquanto ele me deixava ali, imóvel, como uma estátua petrificada contra o mármore.

O que tinha acabado de acontecer?

4
CURATIVOS

*A sensibilidade
é um refinamento da alma.*

O sol tecia fios de luz entre as árvores. Era uma tarde de primavera e o aroma das flores impregnava o ar.

O Grave era uma silhueta gigantesca atrás de mim. Deitada no gramado, eu olhava para o céu com os braços estendidos, como se quisesse abraçá-lo. A minha bochecha estava inchada e dolorida, mas eu não queria chorar de novo, então observava a imensidão que se estendia acima de mim, deixando as nuvens me embalarem.

Será que um dia eu seria livre?

Um ruído quase imperceptível chamou a minha atenção. Ergui a cabeça e localizei alguma coisa se movendo na grama. Fiquei de pé e resolvi me aproximar com cuidado, segurando o cabelo com as mãos.

Era um pardal. Ele raspava a poeira com as garras em forma de alfinete e tinha olhos pequeninos que brilhavam feito bolas de gude pretas, mas uma das asas estava esticada de uma forma que não era natural e não conseguia voar.

Quando me ajoelhei, um chiado agudo e inquieto emanou do seu bico e senti que o havia assustado.

— Desculpa — sussurrei na mesma hora, como se ele conseguisse me entender.

Eu não queria machucá-lo; pelo contrário, gostaria de ajudá-lo. Sentia o desespero dele como se fosse meu: eu também não conseguia voar, também queria sair dali, também me sentia frágil e impotente.

Éramos iguais. Pequenos e indefesos contra o mundo.

Estendi os dedos, sentindo a necessidade de fazer alguma coisa para salvá-lo. Eu era só uma criança, mas queria devolver-lhe a liberdade, como se aquele gesto pudesse, de alguma maneira, devolver a minha.

— Não tenha medo... — segui dizendo ao pássaro, na esperança de que aquilo pudesse tranquilizá-lo.

Eu era pequena o bastante para acreditar que ele realmente pudesse compreender minhas palavras. O que eu poderia fazer? Teria condições de ajudá-lo? Enquanto o pássaro se afastava, morrendo de medo, algo veio à tona nas minhas lembranças.

"É a delicadeza, Nica", sussurrou a voz da minha mãe. "Delicadeza, sempre... Lembre-se disso." Os olhos doces dela ficaram gravados na memória.

Segurei o pardal entre as mãos com ternura, sem machucá-lo. Não desisti, nem quando ele me bicou, nem quando as garras arranharam os meus dedos.

Abracei-o contra o peito e prometi que pelo menos um de nós seria livre.

Voltei para a instituição e a primeira coisa que fiz foi pedir ajuda a Adeline, uma menina mais velha, enquanto rezava para que a diretora não descobrisse o meu achado: temia a crueldade dela mais do que qualquer outra coisa.

Juntas, nós o imobilizamos com um palito de picolé tirado do lixo e, nos dias seguintes, levei as sobras das refeições para o local onde eu o mantinha escondido.

Ele bicou os meus dedos várias vezes, mas eu jamais desisti.

— Eu vou curá-lo, você vai ver — jurava, com as pontas dos dedos avermelhadas e doloridas, enquanto ele arrepiava as penas do peito. — Não se preocupe...

Eu passava horas olhando para ele de longe, para não assustá-lo.

— Você vai voar — sussurrava —, um dia você vai voar e ser livre. Ainda falta um pouco, espere mais um pouquinho...

O pardal me bicava enquanto eu examinava a asa. Ele tentava me manter afastada, mas eu insistia, com delicadeza. Arrumava a caminha de grama e folhas para ele e sussurrava, pedindo que tivesse paciência.

E, no dia em que ele ficou curado, no dia em que voou das minhas mãos, me senti menos suja e sem graça pela primeira vez na vida. Um pouco mais viva.

Um pouco mais livre.

Como se eu pudesse voltar a respirar.

Eu havia redescoberto dentro de mim cores que não achava que tinha: as da esperança.

E, com os dedos cobertos de curativos coloridos, minha existência também não parecia mais tão cinza.

Puxei a ponta de plástico com cuidado.

Soltei o dedo indicador, o que estava coberto com o curativo azul, e vi que ainda estava meio inchado e avermelhado.

Alguns dias antes, eu tinha conseguido libertar uma vespa que estava presa em uma teia de aranha. Tentei não romper o tecido finíssimo, mas não fui rápida o suficiente e ela me picou.

"Nica está lá com os bichos dela", diziam as crianças quando éramos mais novos. "Ela passa o tempo todo com eles, ali, entre as flores." Todos já tinham se acostumado com a minha peculiaridade, talvez porque, na nossa instituição, a esquisitice fosse algo mais comum do que a normalidade.

Eu sentia uma estranha empatia por tudo que era pequeno e incompreendido. O instinto de proteger todos os tipos de criaturas surgiu quando eu era criança e não me abandonou mais. Esse instinto moldou o meu estranho mundinho com cores só minhas, que me faziam sentir livre, viva e leve.

As palavras de Anna no primeiro dia me vieram à mente, quando ela me perguntou o que eu estava fazendo no jardim. O que será que ela pensaria? Será que me acharia estranha?

Perdida em pensamentos, virei-me de repente quando notei uma presença atrás de mim. Arregalei os olhos e, com um salto bem rápido, afastei-me.

Rigel me seguiu com os olhos, e o meu pulo fez a mecha de cabelo que roçava a testa dele tremular. Eu o encarei sem relaxar os olhos, pois ainda estava assustada depois do nosso último encontro.

A minha reação não o afetou em nada. Pelo contrário: ele só contraiu os lábios em um sorriso torto.

Depois, passou por mim e entrou na cozinha. Ouvi Anna cumprimentá-lo enquanto eu encolhia os ombros; toda vez que ele se aproximava, os arrepios não me davam trégua, mas daquela vez eram justificados. Eu tinha passado o dia inteiro revivendo o ocorrido e, quanto mais pensava naquilo, mais aquelas palavras indecifráveis me atormentavam.

O que ele queria dizer com "não vou parar"? Não vai parar de fazer... o quê?

— Ah, aí está você, Nica. — Anna me saudou enquanto eu entrava com cuidado.

Eu ainda estava imersa em reflexões quando uma explosão de cor, de um roxo ardente, saturou a minha visão.

Um imenso buquê de flores dominava o centro da mesa, recheado de botões macios que preenchiam o vaso de cristal com graciosidade. Olhei para o arranjo fascinada, boquiaberta diante daquela maravilha.

— Que lindas...

— Gostou? — Fiz que sim em resposta à pergunta de Anna, e ela abriu um sorriso. — Mandei trazer hoje à tarde. Elas vêm lá da loja.

— Loja?

— A minha loja.

Os meus olhos se voltaram para o sorriso autêntico de Anna, com o qual eu ainda não tinha me acostumado.

— Você... vende flores? É florista?

Mas que pergunta óbvia! Corei de leve, mas ela fez que sim, direta e sincera.

Eu amava as flores quase tanto quanto amava as criaturas que viviam nelas. Ao acariciar uma pétala, a sensação de veludo fresco beijou a ponta do meu dedo indicador nu.

— Minha loja fica a alguns quarteirões daqui. É meio antiga e fora de moda, mas não me faltam clientes. É muito bom ver que as pessoas ainda gostam de comprar flores.

Eu me perguntei se Anna não tinha sido feita sob medida para mim, se alguma coisa na maneira como ela tinha me visto naquele dia nos unira, embora nunca tivéssemos trocado um olhar. E eu queria acreditar naquilo... Por um instante, enquanto ela me olhava por trás de toda aquela exuberância ornamentada, eu quis acreditar que sim.

— Boa noite!

O sr. Milligan entrou na cozinha vestido de maneira peculiar: estava usando um uniforme azul empoeirado, com luvas de pano áspero saindo do bolso; havia vários aparelhos pendurados no cinto de couro.

— Chegou bem na hora do jantar! — disse Anna. — Correu tudo bem hoje?

Norman devia ser jardineiro; tudo nas roupas dele parecia sugerir isso, inclusive a tesoura de poda que pendia do cinto. Achei que não poderia existir um casal mais esplêndido, ao menos até Anna pôr as mãos nos ombros dele e, no auge das minhas expectativas, anunciar:

— Norman trabalha com dedetização.

Eu me engasguei com a própria saliva.

O sr. Milligan colocou o boné e então pude ver o logotipo acima da aba: um grande inseto petrificado atrás de uma barra de proibição. Com olhos congelados e narinas anormalmente dilatadas, fiquei olhando para aquela imagem.

— Dedetização? — exclamei com voz estridente depois de um momento.

— Ah, sim! — Anna acariciou os ombros dele. — Você não tem noção de quantas criaturas infestam os jardins desta região! Semana passada, a nossa vizinha encontrou dois ratos no porão. Norman teve que impedir uma invasão...

Naquele momento, eu já não gostava tanto assim das tesouras.

Olhei para a barata de patas dobradas como se tivesse engolido algo desagradável. Foi só quando notei que os dois estavam olhando para mim que me forcei a esticar os lábios de alguma maneira, e consegui recuperar o ímpeto de esconder as mãos.

Para além do vaso de flores, do outro lado do cômodo, senti, sem sombra de dúvida, o olhar de Rigel.

Em poucos minutos, nós quatro estávamos reunidos à mesa. Eu me senti desconfortável ouvindo Norman falar do trabalho; tentei esconder a tensão, mas ter Rigel sentado ao meu lado não me ajudou em nada a relaxar. Mesmo sentado, ele se impunha sobre mim, e eu não estava acostumada a ficar tão perto dele.

— Já que estamos nos conhecendo um pouco... por que não me contam algo sobre vocês? — sugeriu Anna com um sorriso. — Vocês se conhecem há muito tempo? A diretora não disse nada para a gente... Vocês se davam bem na instituição?

Um crouton caiu da minha colher e foi parar na sopa.

Ao meu lado, Rigel também ficou imóvel.

Será que existia pergunta pior do que aquela?

Anna e eu trocamos um olhar e, de repente, a terrível possibilidade de que ela pudesse ler a verdade nos nossos olhos me deu embrulho no estômago. Como ela reagiria se soubesse que eu não suportava nem estar ao lado dele? A nossa relação era sinistra e indefinida, o mais longe possível de uma família. E se eles decidissem que era impossível? Mudariam de ideia?

Entrei em pânico. E, antes que Rigel pudesse fazer qualquer coisa, eu me inclinei para a frente e fiz uma besteira.

— Claro. — Senti a mentira grudar na minha língua e me apressei em sorrir. — Rigel e eu sempre nos demos muito bem. Na verdade, somos tipo... irmãos.

— É mesmo? — perguntou Anna, surpresa, e eu engoli em seco como se, sem mais nem menos, tivesse me tornado vítima da minha própria mentira.

Eu tinha certeza de que Rigel faria de tudo para me contradizer.

Percebi o erro tarde demais, no instante em que me virei e vi a mandíbula cerrada dele.

Eu o havia chamado de "irmão" de novo. Se existia alguma maneira de fazer o jogo virar contra mim, *de me colocar contra ele*, eu mesma tinha acabado de articular com os meus próprios lábios.

Com uma calma forçada, Rigel ergueu o rosto, olhou para os Milligan e, com um sorriso impecável, disse:

— Ah, com certeza. Eu e Nica somos muito unidos. *Inseparáveis*, me arrisco a dizer.

— Mas que maravilha! — exclamou Anna. — É uma ótima notícia. Então vocês devem estar muito felizes por estarem aqui juntos! Que sorte, hein, Norman? Que os meninos se deem tão bem.

Eles comentaram como estavam satisfeitos, e eu não notei o guardanapo cair nos meus joelhos.

Mas, depois de um momento, vi que o *meu* guardanapo estava em cima da mesa.

Agora, Rigel estava com a mão na minha coxa, querendo pegar o guardanapo. Ele apertou o meu joelho e o contato teve um efeito avassalador em mim: era como se eu o sentisse em carne viva.

A cadeira raspou no chão. De repente, me vi de pé, com o coração na garganta e o sr. Milligan olhando para mim espantado. Eu estava com falta de ar.

— Preciso... preciso ir ao banheiro.

Eu me afastei, olhando para o chão.

A escuridão do corredor me envolveu e, assim que fiz a curva, encostei-me na parede. Tentei acalmar os batimentos cardíacos, contê-los a todo custo, mas nunca fui boa em esconder as minhas emoções. Ainda dava para sentir a presença dos dedos dele, como se tivessem me marcado a fogo. Ainda dava para sentir aqueles dedos na minha pele...

— Você não deveria fugir assim — disse uma voz atrás de mim. — Vai preocupar os nossos supostos pais.

No fim das contas, era Rigel quem tecia a história, ele era a aranha. Os meus olhos correram para localizá-lo e o encontraram ali, com o ombro apoiado no canto. O charme venenoso dele era infeccioso. *Ele* era infeccioso.

— Então isso é um jogo para você? — desabafei, tremendo. — Só um jogo?

— Foi você que fez tudo, mariposa — retrucou, inclinando a cabeça. — É assim que espera conseguir a aprovação deles? Mentindo?

— Fique longe de mim — falei enquanto me afastava, trêmula, para aumentar a distância entre nós.

Aqueles olhos pretos eram precipícios, e exerciam sobre mim um poder que eu não sabia definir. Eles me assustavam.

Rigel abaixou o queixo, observando a minha reação com um olhar impenetrável.

— É *assim* que é a nossa relação... — murmurou ele, com a voz penetrante.

— Você tem que me deixar em paz! — explodi, tremendo.

Derramei sobre ele toda a minha amargura, por menos convincente que fosse, e então uma sombra, cujo significado eu não sabia discernir, cruzou os olhos dele.

— Se Anna e Norman vissem... se eles vissem... *se* vissem que você me despreza tanto... que só sabe me evitar... que *não é* perfeita como eles pensam... eles poderiam mudar de ideia, certo?

Eu o olhei perplexa, como se ele tivesse lido os meus pensamentos. Senti-me terrivelmente exposta. Rigel me conhecia bem, sentia a minha alma simples, aquele espírito genuíno que ele nunca tivera.

Eu só queria uma chance, mas, se eles soubessem a verdade, se vissem que era impossível vivermos juntos... poderiam nos mandar de volta. Ou talvez só um de nós. E a dúvida tomou conta de mim, devorou os meus pensamentos: *qual dos dois eles prefeririam?*

Tentei negar a mim mesma, mas foi em vão. Como se eu não tivesse notado o jeito como Norman e Anna olhavam para ele, cheios de adoração. Ou o belo piano na sala, polido com um cuidado incrível.

Como se eu não soubesse que ele sempre tinha sido o escolhido.

Eu me espremi contra a parede. *Fique longe de mim,* gostaria de gritar na cara dele, mas a dúvida me dominou e o meu coração começou a disparar.

A frase *vou ser boa* ecoou na minha garganta. *Vou ser boa, vou ser boa...* Eu não queria voltar para aquelas quatro paredes por nada nesse mundo, me lembrar do eco dos gritos e me sentir presa novamente. Eu precisava daqueles sorrisos, daqueles olhares que, pela primeira vez, me escolheram. Eu não podia voltar atrás, não podia, não, não, não...

— Um dia eles vão entender quem você é de verdade — falei, olhando para o chão, com a voz baixinha.

— Ah, é? — perguntou Rigel, incapaz de conter uma pitada de diversão na voz. — E quem sou eu?

Cerrei os punhos e ergui o olhar, assumindo uma expressão lúcida de reprovação. E, com um sentimento de animosidade que me fez tremer, olhei bem nos olhos dele e retruquei, firme:

— Você é o fabricante de lágrimas.

Houve um longo silêncio.

Então... Rigel jogou a cabeça para trás e caiu na gargalhada.

A risada acariciou os seus ombros com uma facilidade assustadora, e eu notei que ele tinha entendido.

Ele riu de mim, o fabricante de lágrimas, com lábios sedutores e dentes brilhantes, e aquele som não me deixou enquanto eu me afastava pelo corredor. Nem mesmo quando me tranquei no quarto, sozinha, com todas aquelas paredes e tijolos que me mantinham longe dele.

E, ali, as lembranças começaram a fluir...

— Adeline... Você andou chorando?

A cabecinha loira destacava-se nas rachaduras do reboco. Ela estava toda encolhida no fundo, pequena e curvada, como sempre fazia quando estava triste.

— Não — respondeu ela, mas os olhos ainda estavam vermelhos.

— Não minta, senão o fabricante de lágrimas vai te levar embora.

Ela abraçou as pernas com os bracinhos.

— Eles só contam isso para assustar a gente.

— Você não acredita? — sussurrei.

No Grave, todos nós acreditávamos que era verdade. Adeline me lançou um olhar inquieto e percebi que ela não era exceção. Tinha só dois anos a mais do que eu e era uma espécie de irmã mais velha para mim, mas certas coisas nunca deixam de nos assustar.

— Hoje na escola falei disso com um menino — confidenciou ela. — Não está aqui com a gente. Ele contou uma mentira e eu disse: "Olha, você não pode mentir para o fabricante de lágrimas". Mas ele não entendeu. Nunca ouviu falar dele. Mas conhece uma lenda parecida... do bicho-papão.

Eu a observei sem entender. Nós duas estávamos no Grave desde bem pequenininhas, e eu tinha certeza de que ela também não entendia.

— E esse tal de bicho-papão? Ele faz as pessoas chorarem? Entrarem em desespero? — perguntei.

— Não... Mas ele disse que dá medo. E que leva as pessoas embora. É aterrorizante.

Pensei nas coisas que me davam medo. E um porão escuro me veio à mente.

Pensei nas coisas que me aterrorizavam. E Ela me veio à mente.

E, então, entendi. Ela era o meu bicho-papão, o bicho-papão de Adeline e de muitos de nós. Mas, se quem tinha dito aquilo era um menino que não fazia parte da instituição, aquilo queria dizer que existiam vários outros vagando pelo mundo.

— Existem muitos bichos-papões — falei. — Mas só um fabricante de lágrimas.

🦋

Sempre acreditei em contos de fadas.

Sempre esperei viver um.

E agora... eu estava dentro de um deles.

Caminhava entre as páginas, percorria caminhos de papel.

Mas a tinta estava vazando.

Eu tinha ido parar na história errada.

5
CISNE NEGRO

*Até o coração tem uma sombra que
o segue por onde quer que ele vá.*

Eu estava suando. As têmporas latejavam. O quarto era pequeno, empoeirado, abafado. E estava escuro. Estava sempre escuro.
Eu não conseguia mexer os braços. Arranhava o ar, mas ninguém me ouvia. A pele ardia, eu tentava estender a mão, mas não conseguia — a porta se fechava e a escuridão caía sobre mim...

🦋

Acordei com um sobressalto.
A escuridão que me cercava era a mesma dos meus pesadelos, e eu demorei uma eternidade para encontrar o interruptor. Ainda estava segurando as cobertas.
Quando a luz inundou o quarto, desenhando os contornos da minha nova casa, o coração não parava de bater forte na garganta.
Os pesadelos tinham voltado. Não... Na verdade, eles nunca foram embora. Trocar de cama não havia sido suficiente para deixar de tê-los.
Agitadíssima, passei a mão pelos pulsos. Os curativos ainda estavam ali, nos dedos, acalmando-me com suas cores. Lembrando-me de que eu era livre.
Eu conseguia enxergá-los, então não estava escuro. *Não estava escuro, eu estava segura.*
Respirei fundo, tentando encontrar alívio. Mas ainda tinha aquela sensação na pele. Ela sussurrava, falando para eu fechar os olhos, esperando por mim agachada no escuro. Estava ali por mim.
Será que um dia eu seria verdadeiramente livre?
Afastei as cobertas e desci da cama. Passei a mão no rosto e saí do quarto em direção ao banheiro.

A luz iluminou os azulejos brancos e limpos: o espelho brilhante e as toalhas macias feito nuvens me ajudaram a lembrar como eu estava longe daqueles pesadelos. Tudo tinha mudado. Era outra vida...

Abri a torneira da pia, molhei os pulsos com água fria e, pouco a pouco, recuperei a paz interior. Fiquei um tempão ali, enquanto colocava as ideias no lugar e a luz voltava a iluminar os cantos mais escuros.

Ia ficar tudo bem. Eu não vivia mais em meio a lembranças. Não precisava mais ter medo. Estava longe, segura, protegida. Estava livre. E tinha a oportunidade de ser feliz...

Quando saí do banheiro, percebi que já era manhã.

Naquele dia, tínhamos biologia no primeiro tempo, então fiz de tudo para não me atrasar para a aula. O professor Kryll, que dava a matéria, não era conhecido pela paciência.

A calçada em frente à escola também estava lotada de alunos naquela manhã. Fiquei bem surpresa quando ouvi uma voz na multidão me chamando:

— Nica!

Billie estava parada em frente ao portão, e os cachos balançavam no ritmo do movimento eufórico do braço. Ela sorria de orelha a orelha, e eu me vi olhando para ela perplexa, pois toda aquela atenção era novidade para mim.

— Olá... — Eu a cumprimentei timidamente, tentando não demonstrar o quanto estava feliz por ela ter me reconhecido em meio a tanta gente.

— E aí, como tem sido a primeira semana de aula? Já desenvolveu tendências suicidas? Kryll é enlouquecedor, né?

Cocei a bochecha. Para dizer a verdade, eu achei a classificação dos invertebrados algo fascinante, mas, pelo jeito que todo mundo falava dele, parecia até que ele tinha instituído uma espécie de regime terrorista para a matéria que ministrava.

— Na verdade — deixei escapar, hesitante —, não achei tão ruim...

Ela caiu na gargalhada, como se eu tivesse feito uma piada.

— Claro! — respondeu, dando-me um tapinha brincalhão que me fez pular.

Enquanto caminhávamos juntas, notei que Billie tinha uma pequena máquina fotográfica de crochê pendurada no zíper da mochila.

No instante seguinte, ela se iluminou. Saiu correndo, eufórica, e só parou quando chegou perto de alguém de costas, agarrando-a por trás.

— Bom dia! — exclamou Billie, feliz da vida, enquanto abraçava a mochila de Miki.

Ela se virou com uma expressão fúnebre: as olheiras eram bem visíveis naquele rosto privado de sono.

— Chegou cedo! — disse Billie. — Como você está? Que aulas tem hoje? Vamos voltar juntas para casa depois?

— São oito horas da manhã — protestou Miki — e você já está dando uma surra no meu cérebro.

Miki notou que eu estava ali. Levantei a mão para cumprimentá-la, mas ela nem se dignou a responder. Percebi que ela também tinha um bonequinho de crochê pendurado no zíper: uma cabeça de panda, com dois grandes círculos pretos ao redor dos olhos.

Naquele momento, algumas meninas passaram por nós, abafando gritinhos empolgados, e se juntaram a um grupo maior em frente a uma sala. Algumas esticavam o pescoço para olhar para dentro, outras cobriam a boca com as mãos, escondendo sorrisos cúmplices. Pareciam um enxame de louva-a-deus.

Miki olhou para aquela pequena multidão com uma expressão entediada.

— Por que estão gritando desse jeito?

— Vamos lá ver!

Nós três nos aproximamos; ou melhor, Miki se aproximou e Billie a seguiu, agarrando alegremente a alça da minha mochila. Alcançamos o grupinho de garotas e eu também tentei dar uma espiada lá dentro, àquela altura movida pela curiosidade.

Percebi tarde demais que era a sala de música.

Fiquei petrificada.

Rigel estava ali, de perfil, perfeito como em um quadro. A luz inundava a sala e o cabelo preto se destacava naquele ambiente escuro, emoldurando o rosto atraente; os dedos esguios roçavam bem de leve as teclas do piano, produzindo espectros de melodias que se dissolviam no silêncio.

Era esplêndido.

Afastei esse pensamento com todas as minhas forças, mas fui facilmente derrotada. Ele parecia um cisne negro, um anjo amaldiçoado capaz de emitir sons misteriosos e sobrenaturais.

— Caras desse tipo existem mesmo? — sussurrou uma das meninas.

Rigel nem estava tocando nada. As mãos dele modulavam acordes simples, mas eu sabia o que poderiam criar, caso quisessem.

— Que gato...

— Como ele se chama?

— Não entendi, tem um nome estranho...

— Ouvi dizer que ele se safou da briga com só uma detenção! — sussurraram elas, meio confusas e meio empolgadas. — Não foi nem suspenso!

— Por um cara assim, eu ficaria de castigo todos os dias...

Elas riram meio alto demais e eu senti uma pontada na boca do estômago. Olhavam para Rigel como se ele fosse um deus, deixavam-se encantar pelo príncipe dos contos de fadas, sem saber que era o lobo. O diabo, afinal, não era o mais belo dos anjos?

Por que será que ninguém parecia notar?

— Shhh, assim ele vai ouvir vocês!

Rigel levantou a cabeça.

Elas ficaram em silêncio.

Era impressionante. Tudo nele era perfeito, as feições imaculadas e delicadas, e aí tinha *aquele* olhar. Um olhar que queimava a alma, literalmente. Aqueles olhos escuros, penetrantes e sagazes faziam um contraste com o rosto de tirar o fôlego.

Ciente de que não estava mais sozinho, ele se levantou e veio na nossa direção.

Eu me encolhi, baixei os olhos e murmurei:

— Está ficando tarde, temos que ir para a aula.

Mas Billie não me ouviu. Sem se dar conta, ela ainda me segurava pela alça da mochila, e as garotas atrás de mim também não se moveram para me deixar passar.

Rigel chegou à porta com todo o seu esplendor. As meninas permaneceram imóveis, cativadas pela atitude misteriosa que emanava daquela beleza violenta. Pareciam enfeitiçadas. Ele pôs a mão na porta de correr para fechá-la, mas uma das meninas botou o braço no caminho e teve a audácia de mantê-la aberta.

— Seria uma pena se você fizesse isso — disse ela com um sorriso. — Você sempre toca tão bem assim?

Rigel encarou a mão que mantinha a porta aberta como se não fosse grande coisa.

— Não — respondeu ele com uma ironia fria —, às vezes eu toco pra valer...

Ele deu um passo à frente, olhando-a nos olhos, e a garota foi forçada a recuar. Rigel a olhou por um longo instante antes de passar por ela. Em seguida, foi embora.

Quando olhares alusivos começaram a voar pelo grupinho, virei o rosto, desassociando-me daquela agitação geral.

Depois daquela noite no corredor, eu tinha começado a fazer o que fazia no Grave: ficar longe dele. Eu não conseguia apagar a risada de Rigel da mente. Não conseguia me livrar dela.

— O seu irmão parece de outro planeta...

— Ele não é meu irmão — retruquei bruscamente, como se ela tivesse queimado os meus lábios.

As duas olharam para mim e, no mesmo instante, as minhas bochechas começaram a arder. Eu não era de responder daquela maneira, mas como elas podiam achar que éramos parentes? Éramos o completo oposto um do outro.

— Desculpa — disse Billie, incerta. — Você está certa, eu... tinha esquecido.

— Tudo bem — a tranquilizei em um tom afetuoso, esperando ter consertado a situação.

O semblante de Billie se suavizou e ela deu uma olhada no relógio pendurado na parede.

— Meu Deus, temos que ir ou Kryll vai acabar com a gente! — exclamou com olhos arregalados. — Miki, até mais tarde, boa aula! Vamos, Nica.

— Tchau, Miki — sussurrei antes de seguir Billie. Ela não me respondeu, mas notei que nos observava enquanto saíamos juntas.

Será que me via como uma intrusa?

— Como você e Miki se conheceram? — perguntei enquanto chegávamos à sala.

— É uma história engraçada. Foi por causa dos nomes — respondeu Billie, divertida. — Eu e Miki temos nomes meio... incomuns, pode-se dizer. No primeiro dia de aula, eu falei com ela que tinha um nome bem estranho, e ela me disse que não poderia ser mais estranho do que o dela. Agora, só usamos os nossos apelidos. Mas, daquele dia em diante, nos tornamos inseparáveis.

Eu já tinha entendido que Miki era peculiar. Claro, não dava para dizer que eu a conhecia, mas não duvidava da afeição que tinha por Billie. Ela era seca, mas, quando as duas se falavam, era evidente a confiança que brilhava naqueles olhos. A amizade entre elas era como uma calça confortável que a gente usa a vida inteira com total segurança e familiaridade.

No fim daquele dia de aula, eu estava me sentindo cansada, mas satisfeita.

— Já estou indo, vó! — disse Billie ao atender o celular.

Nós estávamos saindo da escola, enquanto os alunos se reuniam no pátio e conversavam, animados.

— Tenho que ir, o carro da minha avó está estacionado em fila dupla, e se ela levar outra multa vai ter um piripaque. Ah, sim... O que acha de me dar o seu número de telefone?

Reduzi a velocidade até parar, e ela me acompanhou.

Billie riu, agitando as mãos.

— Eu sei, eu sei. Miki diz que eu sou irritante, mas você não dá ouvidos, né? Só porque uma vez mandei um áudio de sete minutos para ela, ela fala que eu sou tagarela...

— Eu... não tenho celular — respondi.

Senti um calor no peito que bloqueava as palavras. Na verdade, eu queria ter falado que não me importava que ela falasse tanto. Que estava tudo bem ela ser assim, porque, ao me mostrar aquela confiança, eu conseguia me sentir menos estranha e diferente. Conseguia me sentir *normal*. E era ótimo.

— Você não tem celular? — perguntou ela, espantada.

— Não... — murmurei, mas então o som inesperado de uma buzina me deu um susto.

Pela janela de um Jeep Wrangler enorme, surgiu a cabeça de uma senhorinha que usava óculos escuros. Ela gritou algo que não entendi muito bem para o senhor atrás dela e ele abriu a boca, ultrajado.

— Meu Deus, vão processar a minha avó... — disse Billie, passando a mão pelos cachos. — Desculpa, Nica, tenho que ir! Até amanhã, tá? Tchau!

Ela saiu correndo feito um inseto e desapareceu entre as pessoas.

— Tchau... — sussurrei, acenando.

Eu me senti incrivelmente leve: respirei fundo e, prendendo o sorriso, parti para casa. Tinha sido um dia longo, mas eu só sentia um formigamento de felicidade.

Os Milligan já tinham pedido desculpa por não poderem nos levar de carro todos os dias: Norman trabalhava até tarde e a loja exigia a presença assídua de Anna.

Mas eu gostava de caminhar. Além disso, agora que Rigel tinha que cumprir a detenção, eu tinha a casa todinha só para mim à tarde.

Tomei cuidado para não pisar em uma fileira de formigas que atravessava a calçada; passei por cima da maçã mordida que elas estavam comendo e me dirigi para o bairro.

A cerca branca ocupou a minha visão. A caixa de correio dizia MILLIGAN, e eu andei até lá, feliz e serena, mas com o coração trêmulo. Talvez eu nunca fosse me acostumar a ter um lugar para onde voltar...

Entrei em casa e fui acolhida por um silêncio hospitaleiro. Eu estava memorizando tudo: a intimidade, os corredores estreitos, a moldura vazia na mesa do corredor, que talvez já tenha abrigado uma foto.

Na cozinha, roubei uma colher de geleia de amora e comi perto da pia.

Eu era perdidamente apaixonada por geleia. No Grave, só nos davam em dias de visitas; os convidados gostavam de ver que éramos bem tratados, e passeávamos pela instituição com as nossas roupas boas, fingindo que aquilo era o normal.

Peguei o que precisava para fazer um sanduíche, cantarolando trechos de músicas com a boca fechada. Eu estava me sentindo em paz. Talvez até já tivesse feito uma amiga. Duas pessoas boas queriam me dar uma família. Tudo parecia brilhante e perfumado, até os meus pensamentos.

Quando o sanduíche já estava pronto, percebi que tinha um pequeno convidado.

Uma lagartixa espiava da parede, por trás da fileira de xícaras. Certamente tinha entrado pela janela aberta, curiosa com o cheiro.

— Olá — sussurrei para ela.

Como não havia olhos que pudessem me julgar, não senti vergonha. Sabia que, se alguém me visse, provavelmente me acharia maluca. Mas, para mim, era normal. Secreto, mas espontâneo.

Havia pessoas que falavam sozinhas; eu, por outro lado, falava com os animais. Era assim desde pequena e, às vezes, eu tinha certeza de que eles me entendiam melhor do que as pessoas. Falar com uma criatura era realmente mais estranho do que falar consigo mesmo?

— Sinto muito, mas não tenho nada para te dar — informei à lagartixa, batendo as pontas dos dedos nos lábios.

Aqueles dedinhos achatados lhe davam um ar engraçado e inofensivo, e eu sussurrei:

— Você é tão pequenininha...

— Ah — disse uma voz atrás de mim —, Nica!

Norman surgiu pela porta da cozinha.

— Oi, Norman — falei, surpresa por ele ter passado em casa para o almoço.

Às vezes eu o encontrava, mas acontecia muito raramente.

— Passei para fazer um lanche rápido... Com quem você estava falando? — perguntou, ocupado com o cinto, e eu esbocei um sorriso.

— Ah, era só... — Mas congelei. O logotipo da barata morta saltou aos meus olhos.

Eu me virei de repente para o animalzinho perto de mim e empalideci ao vê-lo inclinar a cabecinha e retribuir o olhar. Antes que Norman pudesse levantar a cabeça, peguei a lagartixa em um piscar de olhos e a escondi às costas.

— Ninguém.

Norman me lançou um olhar perplexo e eu dei de ombros com uma risadinha fraca. Senti um movimento entre as palmas das mãos, como o de uma pequena enguia, e contraí os pulsos quando ela mordiscou o meu dedo.

— Tá... — murmurou ele, aproximando-se, enquanto eu olhava em todas as direções em busca de alguma fuga.

— Tenho muito trabalho pela frente, uma cliente me ligou hoje de manhã e eu tenho que passar no depósito para pegar... a artilharia pesada. Se é que me entende. A senhora Finch é maluca, ela jura que tem um vespeiro no...

— Ah, meu Deus! — exclamei tragicamente, apontando para algo atrás dele. — O que é aquilo ali?

Norman se virou e eu aproveitei a chance: peguei a lagartixa com uma das mãos e a atirei pela janela. Ela deu uma pirueta no ar como um pião e, em seguida, pousou em algum lugar na grama macia do jardim.

— É a lâmpada...

Norman se virou novamente e eu abri um sorriso radiante. Ele me olhou hesitante e, por mais que eu esperasse que ele não tivesse percebido a minha extravagância, a expressão no rosto dele dizia o contrário. Ele me perguntou se eu estava bem e eu o tranquilizei, tentando parecer confortável, até que finalmente me deixou sozinha de novo. Assim que ouvi a porta se fechar outra vez, respirei fundo, meio desanimada.

Será que um dia eu causaria uma boa impressão? Agradaria, apesar do meu jeito meio extravagante e fora do comum?

Olhei para os curativos nas mãos e suspirei. Acabei me lembrando dos pesadelos, mas os tranquei em um canto distante antes que pudessem estragar tudo.

Lavei as mãos e comi com calma, saboreando cada instante daquele momento tão normal, em uma casa tão normal. Enquanto degustava a refeição, observei em silêncio a tigelinha no canto da cozinha.

Durante aqueles dias, ouvi várias vezes o ruído de algo arranhando a porta, mas, quando falei disso com Anna, ela disse com um aceno de mão:

— Ah, não se preocupe, é só Klaus. Mais cedo ou mais tarde ele resolve dar as caras... Ele é do tipo solitário.

Eu me perguntei quando ele se apresentaria.

Depois de lavar a louça e ver se tudo estava em ordem, do jeito que Anna havia deixado, fui para o meu quarto e passei a tarde estudando.

Eu me perdi entre equações algébricas e datas da Guerra Civil e, quando terminei o dever de casa, já era noite. Ao me alongar, notei que o dedo mordido pela lagartixa estava vermelho e latejava um pouco. Talvez eu devesse pôr um curativo... *Verde que nem ela*, pensei enquanto saía do quarto.

Perdida em pensamentos, cheguei ao banheiro e estendi a mão para alcançar a maçaneta, mas, antes que eu pudesse pegá-la, ela deslizou para baixo e a fechadura destravou.

Levantei a cabeça no instante em que a porta se abriu e me deparei com dois olhos pretos cujo magnetismo me fez tremer de surpresa. Recuei na mesma hora.

Rigel surgiu na porta; fios de vapor deslizavam pelos ombros, o que me fez deduzir que tivesse acabado de tomar banho.

A presença dele causou em mim aquela mesma sensação desconfortável e visceral.

Eu nunca tinha conseguido encará-lo com indiferença; seus olhos profundos eram abismos dos quais parecia impossível escapar. Eram os olhos do fabricante de lágrimas. Não importava que não fossem claros como na lenda. Os olhos de Rigel eram perigosos, por mais que fossem completamente opostos aos da história.

Ele apoiou o ombro no batente da porta; o cabelo quase roçava o batente, mas, em vez de se afastar, Rigel cruzou os braços e ficou me encarando.

— Eu preciso entrar — disse a ele, com a voz firme.

O vapor seguia fluindo, conferindo a ele um aspecto de demônio encantador nos portões do inferno. Estremeci ao me imaginar entrando naquela névoa e desaparecendo em volta do seu perfume...

— Pode entrar — sugeriu ele, sem se mexer.

Fechei a cara e o encarei com reprovação, ciente do comportamento dele.

— Por que está fazendo isso?

Eu não queria brincar, só queria que ele parasse de fazer aquilo, que me deixasse em paz.

— Isso o quê?

— Você sabe muito bem o que eu quero dizer — respondi, tentando me impor. — Você sempre fez isso. Desde sempre.

Era a primeira vez que eu ousava falar com ele de forma tão direta. A nossa relação sempre fora de silêncios, de palavras não ditas, sarcasmo e inocência, mordidas e recuos. Eu nunca tinha perdido tempo tentando compreender o comportamento dele, sempre mantive distância. Para ser mais exata, eu nem poderia chamar aquilo de relação.

Ele levantou um canto da boca e abriu um sorriso zombeteiro.

— Eu não resisto.

Cerrei os dedos.

— Você não vai conseguir — rebati com toda a determinação que havia dentro de mim. A voz saiu limpa e forte, e então vi Rigel fechar a cara.

— Não vou conseguir o quê?

— Você sabe! — exclamei.

Eu estava tensa, quase na ponta dos pés, pegando fogo de emoção. Seria obstinação ou desespero?

— Não vou deixar, Rigel. Não vou deixar você estragar as coisas... Ouviu?

Eu era baixinha e tinha um monte de curativos nos dedos, mas olhei bem nos olhos dele porque sentia a necessidade de proteger o meu sonho.

Eu acreditava na beleza e na bondade da alma, nos modos gentis e nos gestos silenciosos, mas Rigel trazia à tona lados de mim que eu não reconhecia. Era exatamente como na lenda...

Naquele instante, notei que o semblante dele havia mudado. Rigel não sorria mais e, em compensação, os seus olhos pretos estavam fixos nos meus lábios.

— Repete — murmurou ele, devagar.

Contraí a mandíbula, resoluta.

— Você não vai conseguir.

Rigel me encarou intensamente; o olhar percorreu todo o meu corpo, e senti um arrepio que abalou a minha confiança. O lento exame a que ele estava me submetendo me deu um embrulho no estômago, como se ele estivesse me *tocando*. No instante seguinte, Rigel descruzou os braços e começou a se mover.

— Repete — sussurrou, dando um passo à frente.

— Você não vai estragar as coisas — disparei, inquieta.

Mais um passo.

— De novo.

— Você não vai estragar as coisas...

Mas, quanto mais eu repetia, mais ele se aproximava.

— De novo — exigiu ele, implacável, e eu fiquei tensa, confusa e perturbada.

— Você não vai estragar as coisas... Não...

Mordi os lábios e, daquela vez, fui eu quem dei um passo, mas para trás. Ele estava bem na minha frente.

Eu me vi obrigada a levantar o queixo e, com o coração na garganta, encarei aqueles olhos penetrantes. Estavam fixos em mim. O reflexo do pôr do sol não era mais do que uma partícula de luz devorada pelos olhos dele.

Rigel avançou mais um passo, como se quisesse enfatizar suas palavras, e eu recuei mais um pouco, mas a parede já estava atrás de mim. Pisquei os olhos e, no mesmo instante, vi que os olhos dele estavam muito próximos dos meus. Fiquei ainda mais tensa quando ele baixou o rosto até o meu ouvido, e a sua voz profunda retumbou dentro da minha cabeça.

— Você não tem noção de como a sua voz soa delicada e inocente.

Tentei não estremecer, mas a minha alma parecia estar nua diante de Rigel, que me fazia tremer sem sequer me tocar.

— As suas pernas estão tremendo. Você não consegue nem ficar perto de mim, né?

Reprimi o impulso de esticar as mãos para afastá-lo. Havia algo... algo que me dizia que, por mais que eu o conhecesse, não deveria tocá-lo. Que, se eu colocasse as mãos no peito dele para empurrá-lo, romperia aquela distância de forma irreparável.

Entre nós havia uma fronteira invisível. E, desde o primeiro momento, os olhos de Rigel me diziam para não cruzá-la, para não cometer esse erro.

— O seu coração está disparado — murmurou perto da artéria do meu pescoço, que pulsava com os batimentos cardíacos. — Por acaso tem medo de mim, mariposa?

— Rigel... Por favor, pare com isso.

— Ah, não, não, Nica. — Rigel rosnou baixinho, estalando a língua como se estivesse me repreendendo. — É *você* que precisa parar com isso. Esse tom de passarinho indefeso... só vai piorar as coisas.

Não sei de onde tirei forças para empurrá-lo. Só sei que, um momento antes, Rigel estava ali, com o hálito venenoso na minha pele, e, no instante seguinte, já estava a alguns passos de distância, com as sobrancelhas erguidas.

Mas não tinha sido eu... Algo disparou por cima dos sapatos dele, fazendo-o recuar: dois olhos amarelos se destacaram na penumbra, observando-nos com pupilas reptilianas.

O gato sibilou para ele com as orelhas abaixadas, depois disparou escada abaixo feito um raio e quase derrubou Anna nos degraus.

— Klaus! — exclamou ela. — Você quase me fez tropeçar! Seu gato safado, finalmente decidiu dar as caras?

Anna apareceu no patamar, surpresa ao nos ver ali.

— Ah, Rigel, ele sempre se esconde no seu quarto! Tem o hábito de se refugiar debaixo daquela cama...

Não ouvi mais nada, porque aproveitei a deixa para fugir.

Enfiei-me às pressas no banheiro, esperando, assim, conseguir isolar a presença nociva de mim, do mundo, de tudo. Apoiei a testa na superfície dura da porta antes de fechar os olhos, mas ele ainda estava ali, preso em algum lugar, com aquela voz sedutora e a aura devastadora.

Tentei me desvencilhar, mas o vapor me envolveu, impregnando-me com o perfume dele.

Aquilo me invadiu até chegar ao estômago.

Era inútil respirar, tive a sensação de que havia sido inundada por dentro.

Nem todos os venenos têm um antídoto. Alguns se infiltram na nossa alma, nos atordoam com o seu aroma e têm os olhos mais lindos que existem.

E não há cura para eles.

Nenhuma.

6
UMA GENTILEZA

*Quem tem a primavera na alma
sempre vai ver um mundo florido.*

Rigel me desestabilizava.

Durante dois dias, não consegui me livrar daquela sensação.

A sensação de tê-lo misturado ao meu sangue.

Às vezes, eu tinha certeza de que sabia tudo sobre ele.

Em outras, eram tantas as áreas de sombra que o constelavam que eu me convencia do contrário.

Rigel era como uma fera elegante vestida com um manto bonito; por dentro, porém, escondia uma alma selvagem e imprevisível, às vezes assustadora, que o tornava inacessível a todos.

Por outro lado, ele sempre tinha feito de tudo para me impedir de compreendê-lo: a cada vez que eu chegava perto demais, Rigel me *mordia* com palavras e rosnava para que eu ficasse longe, como tinha feito naquela noite na cozinha. Mas então aconteciam certas situações, ilógicas e contraditórias, e eu não conseguia explicar o comportamento dele.

Ele me confundia, me incomodava. Era traiçoeiro, e seria melhor se eu tivesse seguido o aviso dele: ficar longe.

Tirando a minha relação com ele, não dava para dizer que as coisas não estavam indo bem. Eu adorava a minha nova família.

Norman tinha uma ternura desajeitada e Anna cada vez se parecia mais com o sonho que eu imaginara tantas vezes na infância. Era maternal, esperta, atenciosa e sempre se preocupava com a minha alimentação e o meu bem-estar. Eu já sabia que era muito magra, que não tinha a tez rosada e saudável das outras garotas da minha idade, mas não estava acostumada com esse tipo de atenção.

Ela era uma mãe de verdade e, embora eu não tivesse coragem de lhe dizer, eu estava me afeiçoando a ela como se já fosse "minha".

A menina que, anos antes, sonhava em abraçar o céu e encontrar alguém que a libertasse, agora olhava para aquela realidade com olhos encantados.

Será que eu conseguiria não acabar perdendo tudo?

🦋

Depois de mais uma tarde de lições de casa, saí do meu quarto. Eu estudava muito e fazia questão de ser ótima. Além disso, queria que Anna e Norman ficassem orgulhosos de mim.

Para a minha surpresa, esbarrei em alguém no corredor.

Era Klaus, o gato da casa.

Definitivamente tinha decidido dar as caras. Senti um quentinho no peito ao encontrá-lo em frente ao meu quarto, porque amava animais e ficava muito feliz em interagir com eles.

— Olá — sussurrei com um sorriso.

Ele era muito bonito: os pelos compridos e macios feito algodão-doce, de um belo cinza-pólvora, emolduravam dois esplêndidos olhos amarelos, bem redondinhos. Anna me disse que ele tinha dez anos, mas ele os exibia com muito orgulho e dignidade.

— Como você é lindo... — bajulei, perguntando-me se ele me deixaria fazer carinho.

Klaus me encarou com olhões desconfiados. Em seguida, levantou o rabo e foi embora.

Eu o segui feito uma garotinha, observando-o apaixonada, mas ele me lançou um olhar carrancudo, dando a entender que não estava curtindo aquilo. Então, pulou pela janela e aterrissou no telhado, deixando-me sozinha no corredor. Devia ser mesmo do tipo solitário...

Eu estava prestes a ir embora quando um barulho me chamou a atenção. Não reparei logo de cara: era um som ofegante que vinha do quarto ao lado. Mas não era um quarto qualquer...

Era o quarto de Rigel.

Percebi que era a respiração dele. Eu sabia que não deveria entrar, que tinha que manter distância, mas ouvi-lo respirar daquele jeito me fez esquecer das minhas intenções por um momento. A porta estava entreaberta e olhei lá dentro.

Vi a figura imponente de relance. Ele estava parado no centro do quarto, de costas para mim. Pela fresta, dava para ver as veias inchadas nos braços rígidos e os punhos cerrados na altura dos quadris.

Foram os punhos que me chamaram a atenção. A pele das juntas estava tensa e os dedos contraídos estavam sem sangue. Percebi a tensão que percorria os músculos até o ombro e não consegui entender.

Ele parecia... *furioso?*

O chão me traiu com um rangido antes que eu pudesse ver melhor. Os seus olhos dispararam na minha direção e eu levei um susto. Recuei por instinto, mas, no instante seguinte, a porta se fechou, interrompendo qualquer suposição.

Os meus pensamentos estavam a mil por hora enquanto eu encarava o quarto. Será que ele tinha percebido que era eu? Ou só que havia alguém? Senti uma pontada de vergonha no peito enquanto aquelas dúvidas atormentavam a minha alma. Mordi o lábio e recuei antes de voltar a apertar o passo.

Enquanto descia as escadas, impedi que a minha mente insistisse naquilo. Rigel não era da minha conta. De forma alguma...

— Nica — ouvi a voz de Anna me chamando —, pode me ajudar aqui?

Ela estava carregando uma cesta com roupas recém-lavadas. Deixei a inquietação de lado e fui imediatamente até lá, ansiosa como em todas as vezes que ela se dirigia a mim.

— Claro.

— Obrigada. Eu ainda tenho que bater mais uma leva, se você puder guardar essas coisas enquanto isso... Você sabe onde fica?

Peguei a cesta perfumada e lhe garanti que conseguiria encontrar a gaveta exata onde ela guardava as toalhinhas de renda.

O chalé não era tão grande, e eu o percorri de ponta a ponta, parando de vez em quando para encher uma gaveta ou abrir a porta de um armário; aprendi onde ficavam algumas coisas e pude conhecer a casa mais a fundo. Enquanto guardava as minhas roupas no quarto, fiquei constrangida por Anna ter visto como elas estavam velhas e puídas.

Ao sair do quarto, percebi que havia apenas algumas camisas na cesta.

Eram masculinas. Eu as acariciei com os dedos, pensativa. Na mesma hora me perguntei, embora já tivesse certeza da resposta, se Norman usaria roupas tão gastas.

Eram de Rigel.

Eu me virei para a porta do quarto dele. Depois do que tinha acontecido poucos minutos antes, a ideia de ir lá outra vez me paralisou. Eu não tinha certeza se ele havia me reconhecido, mas sabia que ele me proibira em absoluto de entrar ali. Rigel tinha sido bem claro quanto a isso.

Mas eu estava fazendo um favor para Anna. Com tudo que ela havia feito por mim, como eu poderia lhe negar um gesto tão pequeno? Garanti que ela poderia confiar a mim uma tarefa tão simples como aquela, e não queria ter que voltar até lá e engolir as minhas palavras.

Eu ainda não tinha me decidido, mas, no fim das contas, parei diante daquela porta.

Engoli em seco, levantei a mão, me preparei e bati de leve. Não tive resposta.

Será que eu tinha demorado muito? A ideia de que talvez ele não estivesse mais no quarto acendeu uma chama dentro de mim e me deu coragem. Rigel tinha me falado para não entrar e seria melhor ouvi-lo, mas talvez eu pudesse aproveitar a ausência dele para deixar as roupas ali sem encontrá-lo.

Segurei a maçaneta e a abaixei...

Tomei um susto assim que vi o metal escorregando debaixo dos meus dedos.

A porta se abriu e todas as minhas esperanças foram frustradas. O olhos dele me capturaram como se fossem uma maldição.

Quando me vi diante de Rigel, as minhas pernas tremeram.

Como um garoto de dezessete anos conseguia me queimar com o olhar daquela forma?

— Será que eu *posso* saber o que você pretendia fazer? — perguntou ele, em um tom lento e frio.

O semblante não prometia nada de bom. Olhei na mesma hora para as roupas e ele fez o mesmo.

— Eu... — gaguejei. — Essas roupas são suas, só queria deixá-las...

— *Que parte* — retrucou Rigel, voltando a olhar para mim — da frase "não entre no meu quarto" não ficou *clara* para você?

Engoli em seco e, por um momento, pensei que a dureza fria que irradiava dos olhos dele fosse me esmagar.

— Anna me pediu — expliquei. Senti a necessidade de garantir a ele e a mim mesma que nenhum interesse pessoal me levara até ali, apenas o senso de dever. Percebi tarde demais que aquelas palavras tinham gosto de mentira. — Ela me pediu ajuda. Estou só fazendo um favor...

— Faça um favor a si mesma. — Com um gesto brusco, Rigel arrancou a cesta das minhas mãos. As pupilas mordazes e repreensivas me deixaram paralisada. — Saia da minha frente, Nica.

Rigel sempre me chamava de Nica quando me hostilizava, e não de mariposa. Era como se me chamar pelo nome desse um tom definitivo às suas palavras.

Ele estava prestes a fechar a porta quando cerrei os punhos e senti o leve roçar dos meus curativos perfurando o ar.

— Foi só uma gentileza — comentei em tom de reprovação, tentando em vão fazer frente à atitude dele. — Por que você não consegue entender isso?

A porta parou.

Vi uma sombra cair sobre as íris escuras de Rigel quando ele, com os olhos cravados em mim e os lábios incrivelmente firmes, murmurou:

— Uma *gentileza*?

Fiquei tensa. Ele voltou a abrir a porta e eu senti cada músculo do meu corpo enrijecer.

Rigel deu um passo à frente, alto e intimidador, e eu engoli em seco enquanto ele apoiava o pulso no batente da porta, bem acima do meu rosto, pairando sobre mim com olhos gélidos.

— Eu não quero a sua *gentileza*. — Ele cuspiu as palavras de forma lenta e ameaçadora. — O que eu *quero* é que você saia do meu caminho.

Aquela voz profunda me atingiu intimamente. Fundiu-se ao meu sangue. Eu me afastei na mesma hora e os olhos dele me seguiram com uma precisão incrível.

Eu o encarei, assustada com o efeito que ele causava em mim. Pela primeira vez na vida, eu queria sentir raiva, desprezo ou rancor pela forma como ele me tratava, mas o meu peito ardia com um desconforto muito mais profundo, quase dolorido.

No instante seguinte, ele voltou a fechar a porta e o silêncio me envolveu novamente.

Afundei os dentes nos lábios e cerrei os punhos, tentando afastar aquelas sensações. Por que eu estava tão magoada? Sempre fora assim. Aquele era só um dos vários contrastes entre nós. Eu tinha sido muito estúpida de pensar o contrário.

Rigel me *atacava* desde sempre, não queria que eu o tocasse, que me aproximasse ou que tentasse compreendê-lo. Não queria nada de mim, mas, ao mesmo tempo, sabia me atormentar como ninguém. Às vezes, parecia querer me destruir; outras, odiava até me ter por perto.

Era uma criatura relutante, enigmática e sombria. Um verdadeiro lobo.

Ele tinha o encanto da noite e olhos distantes e frios como a estrela que lhe dava nome. E eu... Eu tinha que parar de esperar que as coisas mudassem.

Fui ao encontro de Anna para lhe dizer que tinha acabado, tentando esconder o meu estado de espírito. Em resposta, ela me agradeceu com um lindo sorriso e depois me perguntou se eu queria tomar um chá. Aceitei alegremente e acabamos conversando no sofá com duas xícaras fumegantes.

Eu lhe perguntei sobre a loja e ela me falou de Carl, o assistente, um rapaz muito bom que a auxiliava. Eu a ouvia com entusiasmo, tentando não perder nenhum detalhe, e mais uma vez me vi cativada pela luz e pelo calor que o seu sorriso emanava. A voz dela parecia uma carícia, uma luva que me aquecia e protegia. O cabelo claro e as feições delicadas brilhavam diante dos meus olhos como se emanassem uma luminescência que só eu enxergava.

Para mim, Anna tinha o brilho de um conto de fadas, e ela nem fazia ideia disso. De vez em quando, eu olhava para ela e me lembrava da minha mãe, daqueles olhos doces me encarando ao sussurrar para mim, quando eu era criança: "É a delicadeza, Nica. Delicadeza, sempre... Lembre-se disso".

Eu gostava muito dela. E não só porque, lá no fundo, sentia uma necessidade desesperada de afeto, não só por eu sempre ter sonhado com um sorriso ou um carinho... mas também por Anna ter uma sensibilidade rara e um zelo que eu nunca tinha encontrado em ninguém.

Quando terminei de conversar com ela, subi para o meu quarto para pegar a enciclopédia que peguei emprestada e devolvê-la ao lugar. No andar de baixo havia um cômodo com uma biblioteca que ocupava a parede inteira. Entrei lá com o livro enorme abraçado contra o peito e apreciei o jeito como a luz reverberava no ambiente. Os últimos raios de sol banhavam as cortinas brancas, criando um clima quentinho e acolhedor; o piano de cauda emitia um brilho suave no centro, como um trono sem rei.

Fui até a parede repleta de livros e devolvi a enciclopédia ao lugar de origem. Precisei ficar na ponta dos pés, porque a prateleira era meio alta, e o livro quase caiu das minhas mãos, mas no fim das contas consegui guardá-lo.

Quando me virei, o meu coração disparou.

Rigel estava com o ombro apoiado na porta e o olhar fixo em mim. Aquela figura imponente parecia bloquear a luz quente que me cercava, e de repente a minha pele começou a experienciar uma série de sensações que estavam além do meu controle. A aparição dele foi tão inesperada que não tive tempo de me controlar: o meu coração acelerou e eu fiquei boquiaberta. Mas nada se comparava ao que senti quando dei de cara com o olhar dele: atento e profundo, como o de um gato estudando a presa.

Desejei não ter reagido daquela forma à presença dele. A sensação de desconforto que Rigel causava em mim só se igualava à atração doentia que cada canto do seu rosto emanava. O nariz reto, os lábios perfeitamente proporcionais ao rosto, o maxilar anguloso que dava aos traços delicados uma harmonia impecável e... aquele olhar. Os olhos afilados se destacavam abaixo do arco das sobrancelhas e continham uma segurança desestabilizadora e provocante.

— Vai ser sempre assim, né? — Fui eu que falei. Assim que me dei conta disso, não consegui mais esconder o véu de melancolia que havia nas minhas palavras. — A nossa relação... não vai mudar, nem mesmo agora que estamos aqui.

Naquele momento, notei que ele estava segurando um livro de Chesterton sob os braços cruzados. Eu o tinha visto lendo nos últimos dias, então imaginei que Rigel estivesse ali porque havia terminado a leitura.

— Você diz isso como se não gostasse — respondeu ele com a voz sinuosa.

Recuei um pouco, por mais que ele estivesse distante, porque aquele timbre causava um efeito estranho em mim.

Rigel inclinou lentamente a cabeça e olhou para mim com cautela.

— Você queria que fosse diferente?

— Eu queria que você fosse menos hostil — respondi sem pensar muito, perguntando-me por que aquilo tinha soado quase como um apelo. — Eu queria que você não me olhasse sempre assim... desse jeito.

— *Desse* jeito... — repetiu Rigel.

Ele sempre fazia isso. Transformava as minhas afirmações em perguntas e as modulava naquele tom lento e tortuoso, enfatizando as palavras com a língua.

— Desse jeito — sussurrei, obstinada —, como se me visse como uma inimiga. Você entende tão pouco de gentileza que, quando alguém te mostra, você nem consegue reconhecê-la.

O que eu não queria admitir para mim mesma era que aquilo doía.

Doía quando ele falava comigo daquela maneira.

Doía quando ele me hostilizava.

Doía quando não me dava a chance de melhorar as coisas.

Depois de tanto tempo, eu já deveria estar acostumada, deveria temê-lo e ponto final, mas... Eu só queria consertar tudo. Era o meu jeito.

— Eu sei reconhecer gentileza. Mas acho hipócrita. — Rigel me olhava com olhos sérios e reflexivos. — É um comportamento artificial... um convencionalismo inútil.

— Você está errado — argumentei. — Gentileza é sinceridade. E não exige nada em troca.

— É mesmo? — Os olhos dele brilharam quando ele os semicerrou por um instante. — Eu tenho que discordar. Gentileza é algo forçado, ainda mais quando é dirigida a *qualquer um*.

Imaginei ter sentido que havia algo a mais por trás das palavras, mas me concentrei no que ele tinha acabado de dizer, pois o significado me escapava. O que Rigel quis dizer com aquilo?

— Não entendi do que você está falando — sussurrei, admitindo estar confusa.

Tentei interpretar o raciocínio, mas Rigel só me encarou com aqueles olhos de arrepiar e um olhar que penetrava a alma.

O meu coração começou a bater nos mais diferentes lugares e tive uma sensação de pânico ao me dar conta de que tudo aquilo era graças ao simples olhar dele.

— Para você, eu sou o fabricante de lágrimas — declamou. — E nós dois sabemos o que você quis dizer. "Você não vai estragar tudo", você me falou... Eu sou o lobo da história, não sou? Então me diga, Nica: ser gentil com alguém que você quer que suma não é... *hipocrisia*?

O cinismo me impressionou. Para mim, a gentileza era uma virtude, era a forma como a delicadeza se manifestava, mas ele invertera tudo em um raciocínio tão distorcido que tinha até lógica. Rigel era sarcástico, desdenhoso e sagaz, mas eu nunca tinha imaginado que a sua visão de mundo tão incisiva pudesse ser a justificativa.

— Como você queria que fosse? — A voz dele me despertou. Fiquei alarmada quando o vi se afastar da porta e vir na minha direção. — A nossa *relação*... Como deveria ser?

Eu recuei até sentir os livros espetarem as minhas costas. A voz dele era pura seda, sempre no limiar entre um sussurro e um rosnado e, às vezes, era difícil entender se ele estava segurando a raiva ou querendo ir mais fundo.

— Não chegue perto — avisei, mal conseguindo conter a agitação. — Você me fala para ficar longe e aí... e aí... — As palavras morreram na minha boca.

Rigel já pairava sobre mim, uma presença avassaladora de olhos fixos nos meus. Ao pôr do sol, o seu cabelo ostentava reflexos venenosos.

— Vamos lá. *Eu quero te ouvir* — sussurrou impiedosamente, inclinando de leve a cabeça. Eu mal batia no peito dele, e o ar pulsava entre nós como se fosse uma criatura viva. — Olhe só você. Até a minha voz te assusta.

— Não entendo o que você quer, Rigel. Não entendo... Em um instante você me hostiliza, no outro...

Você respira em cima de mim, eu queria dizer, mas o meu coração me impediu de falar. Eu o sentia pulsando na garganta, como um alarme me lembrando de como Rigel estava perto de mim.

— Você sabe por que os contos de fadas terminam com as palavras "para sempre", Nica? — sibilou ele, implacável. — Para nos lembrar de que existem coisas destinadas à eternidade. Coisas imutáveis. Coisas que não mudam. É da natureza delas serem o que são, caso contrário, a história inteira não se sustentaria. Não dá para subverter a ordem natural sem subverter o fim. E você, tão fantasiosa... você, que não faz nada além de *alimentar esperanças*... que se apega tanto ao seu final feliz, poderia imaginar um conto de fadas *sem* o lobo?

A voz dele era um sussurro feroz e profundo, sempre pronto para me aterrorizar.

Ele me fez estremecer mais uma vez quando mergulhou nos meus olhos, observando-me por baixo dos longos cílios por um instante que pareceu interminável. Essas palavras, orbitando como a poeira de uma galáxia incompreensível, bagunçaram a minha mente.

Em seguida, de repente, Rigel levantou a mão e a aproximou do meu rosto. Por instinto, fechei os olhos, como se tivesse medo de ser atacada. Ele estendeu a mão e...

Nada aconteceu. Arregalei os olhos, o coração ainda batia forte, mas, àquela altura, Rigel já estava longe, decidido a desaparecer do outro lado da porta. Tive uma intuição e, ao me virar, percebi que ele simplesmente tinha recolocado o livro na estante atrás de mim.

Os batimentos desaceleraram, mas eu estava confusa e perturbada demais para conseguir organizar os pensamentos.

Como eu deveria interpretar os gestos dele?

E aquelas palavras? O que significavam?

Notei que o marcador ainda estava no livro. Eu tinha certeza de que ele havia terminado a leitura, então, depois de um momento, peguei o exemplar e o abri.

Em uma das duas páginas marcadas, um trecho me chamou a atenção.

Alguém havia sublinhado a lápis.

O coração foi ficando pesado à medida que eu lia, afundando em universos nebulosos até se perder.

"O senhor é um demônio?"
"Eu sou um homem", respondeu padre Brown gravemente.
"E, portanto, todos os demônios habitam em meu coração."

7
Pouco a pouco

Você já viu uma estrela cadente?
Já a viu brilhar à noite?
Ela era assim.
Rara. Minúscula e poderosa.
Com um sorriso que iluminava tudo,
mesmo enquanto desmoronava.

Naquela manhã, o vento soprava.

Dobrava os talos da grama e mantinha o céu claro. O ar estava limpo e fresco, como um detergente com aroma de limão. Na nossa região, fevereiro sempre foi um mês ameno.

A sombra de Rigel à minha frente deslizava pelo asfalto como uma pantera de chumbo fundido. Observei os passos precisos, um pé na frente do outro, dominante até na maneira de andar.

Eu tinha mantido distância desde o instante em que saímos de casa: estava alguns passos atrás, cautelosa, e ele, desde que começara a andar, não se virou uma vez sequer.

Depois do episódio da noite anterior, a minha mente não me dava trégua.

Fui dormir com a voz dele na cabeça e acordei a sentindo no estômago. Por mais que eu tivesse tentado me livrar dela, ainda sentia o cheiro dele na pele.

Fiquei pensando na citação e naquelas palavras como se fossem notas dissonantes de uma canção indecifrável. Quanto mais eu tentava entender a melodia que movia os gestos de Rigel, porém, mais eu me aprofundava nas contradições.

Um segundo mais tarde, esbarrei nas costas dele e contraí os olhos, deixando escapar um grunhido. Eu não tinha percebido que ele havia parado. Levei a mão ao nariz enquanto ele me olhava por cima do ombro, irritado.

— Desculpa... — deixei escapar.

Mordi a língua e desviei o olhar. Nós ainda não tínhamos nos falado desde a noite anterior, e ter que fazer isso por causa da minha falta de jeito me deixou envergonhada.

Rigel voltou a andar e esperei até que ele estivesse a alguns passos de distância para fazer o mesmo.

Em poucos minutos, estávamos atravessando a ponte que cruzava o rio. Era antiga, uma das primeiras construções da cidade, e a única que eu tinha reconhecido de longe no dia em que chegamos. Alguns funcionários estavam fazendo trabalhos de inspeção. Norman reclamava todo dia que chegava atrasado por esse motivo, e eu entendia por quê.

Já tínhamos chegado ao portão da escola quando algo chamou a minha atenção na beira da estrada. Algo capaz de me emocionar de modo sutil e profundo e de despertar a minha alma de criança.

Um caracolzinho caminhava pelo asfalto, desavisado e imprudente. Os carros passavam zunindo por ele como gigantes escandalosos, mas ele não parecia notar. A lentidão acabaria o levando direto para baixo das rodas de um carro, então, sem pensar duas vezes, corri na direção dele. Não sei dizer o que dava em mim nesses momentos, mas eu me sentia mais eu mesma do que quando fingia ser como os outros. Para mim, era uma necessidade tentar ajudar criaturas tão pequenas. Um instinto que vinha do coração.

Desci da calçada e o peguei antes que ele atravessasse a rua e encontrasse a morte. Todo o meu cabelo caiu para um lado do rosto, mas, assim que vi que o caracol estava fora de perigo e inteiro, abri um sorriso espontâneo.

— Peguei você — sussurrei, percebendo tarde demais que eu tinha acabado de fazer uma burrice.

Ouvi o ronco de um motor atrás de mim: era um carro se aproximando a toda velocidade. O meu coração foi até a boca. Nem tive tempo de me virar quando algo me puxou com força.

De repente, me vi na calçada de olhos arregalados, ouvindo o som raivoso de uma buzina passando por mim.

Alguém tinha agarrado o meu suéter na altura do ombro e agora o esmagava no ar. Quando vi quem era, me engasguei.

Rigel me observava com a mandíbula contraída e os olhos afiados como lâminas de aço. Ele me soltou abruptamente, quase com nojo, e a parte agora folgada do meu suéter caiu sobre o ombro.

— Porra — resmungou ele entredentes. — Onde você está com a cabeça?

Abri a boca para falar, mas não consegui articular uma única palavra. Estava incrédula e perplexa. Antes que eu pudesse fazer qualquer coisa, ele me deu as costas e me largou ali, indo em direção ao portão.

Eu o observei se afastar enquanto segurava o caracol nas mãos. Vários olhares femininos se ergueram em direção a Rigel, acompanhados por numerosos sussurros. Após a briga do primeiro dia, os garotos o deixavam passar, cautelosos, enquanto as garotas o olhavam cheias de cobiça, como se esperassem que ele também se atirasse em cima delas.

— Nica!

Billie estava vindo na minha direção. Antes que ela chegasse, corri para deixar o caracol em segurança; o pousei na mureta, perto de um arbusto, e me certifiquei de que não corria o risco de sair rolando.

— Oi — disse à minha amiga enquanto ela passava por um grupinho de garotas eufóricas do primeiro ano.

Naquele dia, havia mais confusão do que de costume, todos pareciam mais barulhentos, mais agitados, mais animados. Senti algo estranho no ar, uma espécie de empolgação que não conseguia entender.

— Cuidado — me avisou ela quando outro grupinho exaltado passou correndo por nós.

— O que está acontecendo? — perguntei quando começamos a andar.

Afinal de contas, era uma sexta-feira como outra qualquer e eu não entendia o motivo de tanto rebuliço.

— Você não sabe que dia é segunda-feira? — perguntou Billie enquanto levantava a mão para cumprimentar Miki no portão, dando-me um tempo para responder.

Pensei no assunto por um momento, tentando captar algo que claramente me escapava.

— É... dia 14 — murmurei sem entender.

— E isso não te diz nada?

Eu me senti uma tonta, pois, ao olhar ao redor, notei que todas as garotas da minha idade sabiam perfeitamente bem que dia era segunda-feira. Com plena certeza. Mas eu não era como elas, tinha crescido em um contexto muito peculiar, que me afastava até mesmo das ocasiões mais banais.

— Ah, fala sério! É o dia mais cafona do ano... — cantarolou ela. — E é comemorado a dois...

Tive um estalo e corei na mesma hora.

— Ah... é o Dia dos Namorados. São Valentim.

— *Bingo!* — gritou Billie, bem na cara de Miki: ela olhou feio para a amiga, com o capuz levantado e a fumaça do cigarro levada pelo vento.

— Você comeu pacotes de açúcar no café da manhã de novo? — perguntou bruscamente.

— Bom dia, Miki — a cumprimentei com voz afável.

Os olhos dela encontraram os meus e eu levantei a mão devagar, tentando não parecer invasiva. Bem devagar, Miki deu uma tragada no cigarro, mas, como em todas as manhãs, não acenou de volta.

— Eu estava tentando explicar a Nica por que todo mundo está tão eufórico — informou Billie, dando uma cutucada na amiga. — Afinal, o Dia das Flores só acontece uma vez por ano!

Eu inclinei a cabeça.

— Dia das Flores? O que é isso?

— Ah, é só o evento mais esperado do ano letivo — respondeu Billie, nos pegando pelo braço sem muito entusiasmo. — Uma data que agita as massas!

— Uma data que agita a minha bile, isso sim — respondeu Miki, mas a amiga a ignorou.

— Todo ano, no Dia dos Namorados, um comitê monta um pavilhão especial dedicado às rosas! Cada aluno pode dar uma rosa para quem quiser, anonimamente, e cada variedade tem um significado! Ah, você tem que ver, circulam buquês de todas as cores! Para as garotas mais populares, para os jogadores do time... Um ano, até o treinador Willer encontrou o escaninho cheio. Algumas pessoas juraram que tinham visto a diretora se esgueirando por perto... — Miki revirou os olhos e Billie começou a rir, dando pulinhos. — Ah, é o dia dos dramas! E das declarações e dos corações partidos... Resumindo, é o Dia das Flores!

— Parece legal... — constatei, esboçando um sorriso.

— Como um dia em um manicômio — murmurou Miki, e Billie lhe deu um empurrãozinho.

— Já deu de mau humor, hein? Ah, não dê bola pra ela, Nica — disse Billie, agitando a mão. — No ano passado ela recebeu quatro rosas lindas. E todas vermelhonas...

Ela levou uma cotovelada nas costelas e caiu na gargalhada. Miki enfiou o filtro entre os dedos e o jogou fora, atirando-o perto do murinho onde eu tinha deixado o caracol.

Naquele momento, notei que havia um garoto sentado bem ali. Parei para observá-lo por um momento e, assim que tive certeza de ter visto direito, arregalei um pouco mais os olhos.

Miki e Billie começaram a discutir, uma implicando com a outra. Eu me virei para elas, incerta, mas, antes que notassem, aproveitei a distração das duas e me afastei sem fôlego.

Atravessei o pátio e me aproximei do desconhecido: as árvores se movimentavam atrás dele, desenhando uma sombra rendada sobre seu corpo.

— Hum, licença... — murmurei.

Ele não me ouviu; continuou ouvindo música com os olhos no celular. Cheguei um pouco mais perto e estendi os dedos.

— Licença... Licença?

Ele franziu a testa e levantou a cabeça; em seguida, piscou para evitar a luz do sol e me encarou um tanto entediado.

— Sim? — perguntou.

— O caracol...

— Hã?

Cruzei os dedos debaixo do queixo e arregalei os olhos.

— Eu, é... Posso... Posso tirar o caracol da sua calça?

Ele piscou e me encarou com as narinas levemente dilatadas.

— Desculpa, o quê?

— Eu queria pegar o caracol...

— Você quer pegar *o meu caracol*?

— Isso, mas... vou ter cuidado — apressei-me em dizer quando ele me olhou chocado. — É que eu tinha deixado ele aqui depois de tirá-lo da estrada, e se você ficar parado... Queria só colocá-lo em um lugar seguro...

— Mas que raios você está... *Ah, merda!*

Ele viu o rastro de baba na calça jeans e os fones de ouvido caíram. Então, levantou-se com cara de nojo e eu me inclinei quando ele tentou tirar o caracol da perna.

— Espere!

— Sai, sai, porra!

— Por favor!

Peguei o caracol antes que ele o derrubasse no chão ou, pior ainda, pisasse nele. O garoto cambaleou para trás, olhando para o bichinho nas minhas mãos com uma careta de nojo.

— Cacete! Não tinha outro lugar para deixar? Que nojo, porra!

O caracol se escondeu e eu lancei ao menino um olhar meio ofendido. Conferi se a casca não estava quebrada e o abriguei entre as mãos para mantê-lo aquecido.

— Ele é tímido... — murmurei com certa irritação.

Parte de mim torceu para que ele não tivesse ouvido, mas eu não tinha falado baixo o bastante.

— Quê? — questionou, vagamente enfurecido.

— Ele não fez de propósito — falei em voz baixa, em defesa ao caracol. — Ele não entende. Você não concorda?

O garoto me encarou com olhos alucinados, enojado e incrédulo. Eu me senti infantil, pequena e estranha, como uma criança trancada em um mundo que os outros sempre veriam daquela forma.

— Ele não é nojento... — continuei argumentando, devagar, como se quisesse defender parte de mim. — É uma criatura muito frágil... Só pode se defender. Não tem como ferir nada nem ninguém.

O meu cabelo fazia cócegas nas laterais do rosto enquanto eu permanecia ali, com o queixo ligeiramente inclinado.

— Às vezes eles saem com a chuva. É um presságio de enchentes e tempestades... Eles sentem, sabe? Antes de todo mundo...

Eu me aproximei lentamente da mureta, carregando-o junto ao peito.

— Dentro da concha, ele fica protegido. É a casa dele. — Eu me agachei ao pé de uma árvore, à beira do campo que ficava antes da cerca, por onde ninguém passava. — Mas, se ela rachasse ou quebrasse, as lascas se alojariam do lado de dentro e acabariam o matando. Ele não teria como sobreviver. De maneira alguma. Porque é o refúgio dele, o único abrigo que tem. É... triste, né? — murmurei, amargurada. — Aquilo que o protege também é o que pode acabar o machucando.

Eu o deixei perto das raízes, depositando-o com cuidado. O caracol continuou escondido, com medo de sair, e eu remexi um pouco a terra, procurando a parte de baixo, onde o solo era mais úmido, para que ele ficasse bem.

— Pronto... — sussurrei, esboçando um sorriso.

Nos meus gestos havia toda a delicadeza que a minha mãe tinha me ensinado.

Voltei a me levantar, colocando lentamente uma mecha atrás da orelha. Quando ergui os olhos, percebi que o garoto estava me observando o tempo todo.

— Nica, ei! — chamou Billie do portão, de braço erguido. — O que você está fazendo? Vamos, já estamos atrasadas!

— Estou indo! — Segurei uma alça da mochila com ambas as mãos e olhei timidamente para o garoto. — Tchau — sussurrei, antes de sair correndo.

Ele não respondeu; em compensação, senti o seu olhar me seguir até eu entrar.

🦋

— Está a fim de almoçar lá em casa hoje? — Eu a ouvi me perguntando quando as aulas terminaram.

O estojo que eu estava guardando na mochila escorregou dos meus dedos e eu corri para pegá-lo enquanto observava Billie com as bochechas coradas. A proposta me pegou totalmente desprevenida.

— A minha avó faz questão. Outro dia ela te viu em frente à escola e quase teve um treco! Disse que você está muito magrinha... Ela passou a manhã inteira cozinhando, acho que não aceitaria um não como resposta. Só se você estiver a fim, obviamente.

— Tem... tem certeza? — perguntei, insegura, enquanto saíamos da sala de aula.

Eu não sabia o que dizer. O medo de ser um incômodo sempre me perseguia, junto com a sensação de que todo mundo acabaria querendo se livrar de mim, como se no fundo não me quisessem de verdade.

Mas Billie era legal e, acenando com a mão, me deu um dos seus sorrisos.

— Óbvio! Vovó quase me derrubou da cama hoje de manhã. Apontou o dedo para mim e deixou bem claro: "Fale para a sua amiga que ela é a nossa convidada hoje!". Ela disse que você tem cara de quem nunca comeu a torta de batata dela. Um sacrilégio! — Billie riu e olhou para mim. — E aí, você vem?

— Antes eu teria que pedir permissão, sabe? Para confirmar que não tem problema.

— Ah, claro! — respondeu ela enquanto eu pegava um cartão com o número de Anna.

Fui à secretaria e perguntei educadamente se eu podia fazer uma ligação.

— Para a minha família — especifiquei à secretária, e, quando ela fez que sim, senti uma pontada de felicidade e orgulho.

Anna atendeu no terceiro toque e não apenas me deu permissão, como também ficou muito feliz por eu não estar excluída. Ela me disse que eu podia ficar fora o quanto quisesse, que não precisava voltar às pressas para casa e, ao ouvi-la, o meu apreço só aumentou. Anna confiava em mim, era tolerante e permissiva. Embora estivesse sempre bem atenta, não exercia um controle sufocante, respeitava as minhas liberdades e eu valorizava muito essa atitude.

— Ótimo, vou falar com a vovó! — exclamou Billie, enviando uma mensagem para ela.

Eu me senti leve. Abri um sorriso tão exagerado que chegou até os meus olhos, consciente da oportunidade que Billie estava me dando de aproveitarmos a companhia uma da outra.

— Obrigada — falei, e ela esboçou um sorriso, franzindo a testa.

— Imagina! É a gente que agradece!

— Ninguém nunca tinha me convidado...

Os olhos dela procuraram os meus, como se de repente ela tivesse se lembrado de alguma coisa importante, mas então teve que se virar quando um grupo de garotinhas animadas passou por nós. No corredor, vi que as pessoas esvaziavam os armários e retiravam os cadeados antes de sair.

— O Dia das Flores já está batendo à porta — comentou Billie com um sorriso. — Estão montando o pavilhão das rosas lá no ginásio. Aí, na segunda-feira, os membros do comitê vão circular pela escola e distribuí-las para os alunos.

— Por que tem tanta gente esvaziando os armários? — perguntei, intrigada. — E por que estão deixando as portas destrancadas?

— Ah, é meio que uma tradição! Algumas pessoas entregam a rosa pessoalmente para o destinatário. Os mais ousados, pode-se dizer. Ou talvez apenas os mais exibicionistas... Fato é que, quem quiser, pode deixar o armário aberto. Assim, quem tiver uma rosa para presentear pode colocá-la lá entre uma aula e outra. Enfim, é uma boa pedida para quem não tem coragem! E, além disso, é divertido abrir a portinha e descobrir que alguém deixou uma rosa para você. E aí quebrar a cabeça tentando descobrir quem foi, quem pensa em você, quem não pensa, com que cor fazem isso! E brincar de "bem me quer, mal me quer", será ele, ela, aquele outro...

— Você gosta muito desse evento, né? — arrisquei.

Billie riu, dando de ombros.

— E quem não gosta? Todo mundo parece bêbado! As garotas ficam loucas, competindo para ver quem consegue mais flores. E os garotos mais bonitinhos se tornam presas cobiçadas! É tipo assistir a um documentário sobre abutres!

Arqueei a sobrancelha e Billie caiu na gargalhada.

Ela seguiu me contando histórias do Dia das Flores enquanto nos dirigíamos para a saída.

— Espere! — Eu a interrompi, apalpando os bolsos. — O cartão com o número de Anna... Devo ter deixado na secretaria.

Eu ainda não tinha tido tempo de decorá-lo, então era o único contato dela que eu tinha. Pedi desculpas, morrendo de vergonha, e garanti que voltaria logo. Não queria fazê-la esperar, então corri até a secretaria e, felizmente, encontrei o cartão no balcão. Aliviada, guardei-o depressa no bolso e fiz o caminho de volta.

Mas, no corredor, alguém esbarrou em mim. Era um garoto. Um verdadeiro destrambelhado. Ele passou correndo por mim e a tensão projetada do seu corpo era tão violenta que chamou não só a minha atenção, mas a de quem passava naquele momento. Senti um embrulho no estômago e o atribuí àquela demonstração óbvia de raiva: uma raiva intensa e nervosa, que pressagiava violência. Esse tipo de coisa sempre me assustava.

— *Você!* — gritou. — Que porra você disse para a minha namorada?

Ele tinha parado em frente a uma porta. Eu a reconheci e imediatamente senti um enjoo: era a sala de música. Eu sabia que, àquela hora, era para estar vazia, mas intuí quem estava ali dentro. Alguns alunos se reuniram no local, atraídos pela cena. Quando me aproximei, impelida por uma força inexplicável, pude confirmar que era mesmo Rigel.

Ele estava sentado no banco, silencioso e impecável. Os pianos exerciam sobre ele uma atração estranha e difícil de entender. Eu não chamaria de paixão; estava mais para uma espécie de chamado do qual ele não conseguia escapar.

— Você me ouviu? Estou falando com você!

Eu estava certa de que ele tinha ouvido, mas Rigel não perdeu a compostura; inclinou a cabeça para o lado e, muito calmamente, olhou para ele.

— Eu te vi falando com ela, importunando-a. — O garoto aproximou-se ainda mais e o ameaçou: — Nem pense nisso, entendeu?

A expressão de Rigel era impenetrável, como se o discurso não tivesse surtido o menor efeito sobre ele. Mas eu estava inquieta. Asas pretas de anjo envolviam o seu corpo, escondidas e invisíveis aos olhos de todos, mas eu temia o momento em que ele as abriria para mostrar o pior de si mesmo.

— Não fique aí achando que pode fazer tudo o que der na telha só porque é novato. Não é assim que as coisas funcionam por aqui.

— E quem é que decide isso? — perguntou Rigel, irônico. — *Você?*

Rigel o fulminou com o olhar e se levantou. Era mais alto do que o outro, mas o que mais intimidava era a total falta de calor nos olhos. Aquelas íris de tubarão arranhavam a pele.

— Se eu fosse você, me preocuparia com *outra coisa* — respondeu Rigel. — Quem sabe perguntar à sua namorada por que eu estava perdendo o meu tempo com ela...

Rigel passou por ele e o garoto cerrou os punhos, confuso e furioso.

— Que porra você disse? — rosnou enquanto Rigel lhe dava as costas, pegando as folhas que tinha apoiado no piano. — Aonde pensa que vai? Eu não terminei! — berrou o garoto, fora de si. — E olha pra mim enquanto eu falo com você, babaca!

Ele o agarrou com força pelo ombro e, no instante em que pôs a mão em Rigel, eu desejei que não tivesse feito isso. Depois de um instante, uma mão pegou o pescoço do garoto e, com uma brutalidade sem precedentes, esmagou o rosto dele contra o piano. Ouvi um barulho terrível, senti o coração disparar e notei que alguém perto de mim prendeu a respiração.

Senti palpitações na garganta enquanto Rigel empurrava e cravava as unhas na cabeça do garoto, arrancando dele um grunhido entrecortado. Ele imprimiu toda a sua fúria no crânio do garoto e, depois de um momento, tão rápido quanto o havia agarrado, o soltou. O outro desabou no chão, atordoado, sem ter tempo de se levantar. Fiquei arrepiada com a velocidade com que Rigel tinha reagido, o poder com que o tinha segurado e a força com que o atacara.

Rigel se virou e se abaixou para pegar as folhas que tinham caído no chão. Todo mundo estava prendendo a respiração.

— A sua namorada tirou uma foto minha — murmurou, arrastando a voz. — Aposto que ela não te contou. Bom, aproveitando que você está aqui, fale com ela para não fazer mais isso.

Então, ele notou a minha presença ali e me encarou.

— Mas fale com *gentileza*, por favor... — acrescentou, sarcástico.

E, com isso, foi embora antes que algum professor chegasse. Eu congelei, o coração batendo forte. Olhei ao redor e vi que algumas garotas o seguiam com os olhos, assustadas, mas não menos fascinadas com o encanto enigmático e agressivo que a sua figura irradiava.

Rigel tinha acabado de dar uma demonstração de violência, frieza e indiferença.

No entanto, apesar de tudo, todas as garotas gostariam de se deixar engolir pelo perigoso mistério que emanava daqueles olhos.

Quando voltei ao pátio, bastante abalada, estava com um gosto estranho na boca. Ainda podia visualizar aquela cena diante dos meus olhos...

— Ah, aí está você! — Billie me trouxe de volta à realidade com um sorriso. — Achou?

Pisquei os olhos, tentando esconder a agitação. Rigel me causava sensações incompreensíveis, profundas e perturbadoras.

— Achei — limitei-me a sussurrar.

Em seguida, mordi o lábio e desviei o olhar, para que ela não notasse que alguma coisa estava acontecendo.

— É melhor irmos — disse ela. O Wrangler imenso estava parado no meio do trânsito, entre motoristas irritados e ciclomotores enfileirados. — A coisa não parece muito boa.

— Espera, mas... não temos que esperar Miki?

— Ah, não, ela não vem — respondeu, tranquila. — Hoje não pode.

Eu achei que ela vinha com a gente, mas...

Passamos pelo portão e fomos correndo até o carro. Quando abri a porta, a avó de Billie nos espiou por trás dos óculos escuros.

— Oi, vó! Como está o quadril hoje?

— Chega de papo, subam — nos ordenou com autoridade, e nós obedecemos.

Eu me acomodei no banco de trás, observando-a com olhos de boa menina.

— Essa é Nica — disse Billie, apresentando-me, enquanto a avó ligava o carro.

Levantei a mão, tímida, e ela me olhou pelo retrovisor. Instintivamente, o medo de que ela não gostasse de mim me deu um aperto no peito, e tive medo de não corresponder às expectativas dela, seja lá quais fossem.

— Oi, querida — respondeu ela com uma voz calorosa, e então relaxei.

Aliviada, abri um sorriso. Decidi curtir o momento e empurrei Rigel para um canto da minha mente, longe de todo o resto.

A casa de Billie não era muito longe da escola. Ficava em um bairro tranquilo perto do rio, em uma rua tão estreita que quase não dava para o Wrangler passar.

Tivemos que subir alguns degraus antes de chegarmos a uma linda portinha vermelha, ao lado de um guarda-chuva de latão.

O apartamento era pequeno, mas aconchegante, com as paredes cheias de fotos e quadros, todos meio tortos e amontoados; as vigas de madeira expostas sustentavam o teto, e o piso visivelmente gasto conferia ao ambiente um clima intimista que me fez sentir acolhida e protegida. Havia um cheiro de assado no ar que me deu água na boca. Comi até explodir, e descobri que, por trás daquele jeito meio rabugento, a avó de Billie escondia um temperamento afetuoso e muito maternal.

Ela fez questão de que eu comesse mais um pedaço da torta e me perguntou há quanto tempo eu tinha me mudado. Respondi que vinha de uma instituição, e, quando lhe disse com um sorriso esperançoso que estava em fase de adoção, uma ternura profunda se revelou no seu rosto. Falei sobre o dia em que conheci Anna, aquela manhã em que a vi ao pé da escada e o passeio que fizemos pelo jardim, naquela tarde de sol.

A avó ouviu atentamente, sem me interromper. Quando terminei de falar, levantou-se, estendeu a mão por cima da mesa e me deu mais uma fatia de torta.

Depois do almoço, Billie me mostrou o quarto dela.

Mas, antes de entrar, baixou as persianas e acendeu a luz.

Então, inúmeras faíscas de luz explodiram nas paredes e eu prendi a respiração: cobrinhas luminosas rastejavam por elas, criando um verdadeiro labirinto de fotografias.

— Ah, mas que...

Um flash me cegou feito um raio: pisquei os olhos, atordoada, e vi o sorriso de Billie se abrindo por trás de uma máquina fotográfica.

— Você estava com uma cara muito fofa — disse Billie enquanto abaixava a máquina entre risadas e puxava o instantâneo.

Ela sacudiu a foto algumas vezes antes de entregá-la para mim.

— Pode ficar.

Peguei aquele quadradinho branco e vi as cores emergirem como em um passe de mágica: ali estava eu, com uma expressão um tanto sonhadora e um vago sorriso suavizando os lábios; ao meu redor, aquele universo de vaga-lumes se refletia nos meus olhos e os fazia brilhar como espelhos cheios de luz.

— Pode ficar! Te dou de presente.

— Sério? — sussurrei, encantada com um presente tão lindo, que aprisionava o tempo e capturava as cores.

Segurar um fragmento de vida na palma da mão parecia obra de uma espécie de encantamento.

— Claro. Eu tenho várias, não esquenta! Vovó já tentou me dar álbuns para guardar, mas não consigo me encontrar com tanta ordem. Está vendo? — disse, apontando para aquela galáxia de fotos. — As imagens do amanhecer a leste, e as do pôr do sol a oeste. Os céus perto da escrivaninha; assim, quando eu estudo, me sinto mais leve. E as pessoas ao redor da cama, para não me sentir sozinha quando não consigo dormir. Eu olho para os sorrisos e caio no sono antes de terminar de contá-los.

— De onde veio essa paixão por fotografia? — perguntei enquanto passava por todos aqueles rostos.

— Dos meus pais.

Ela disse que eles tinham ido embora fazia meses. Eram fotógrafos de fama internacional que trabalhavam para revistas importantes, como a *National Geographic* e a *Lonely Planet*, razão pela qual o trabalho deles os fazia constantemente dar a volta ao mundo em busca de paisagens exóticas e cenários sugestivos em todos os rincões da Terra. Eles não paravam muito em casa, então a avó tinha ido morar com ela.

— Isso é muito legal, Billie — comentei em voz baixa, fascinada por aquela realidade surpreendente. Vi fotos dos pais dela nas montanhas do Grand Canyon, ao pé de uma pirâmide maia e em meio a uma explosão de borboletas, dentro de uma tenda indígena. — Você deve ter muito orgulho deles...

Ela fez que sim, toda boba, olhando para eles.

— Tenho mesmo. Às vezes não conseguimos nos falar, porque estão em lugares tão remotos que não têm sinal nem internet. A última vez que falei com eles foi há quatro dias.

— Você deve sentir muita saudade.

Billie olhou melancólica para uma foto em que os pais apareciam sorrindo, acariciou-a com os dedos, como se os cumprimentasse, e eu senti a nostalgia dela como se fosse minha.

— Um dia eu vou ser que nem os meus pais. Vou embora junto com eles e vou encher o quarto de fotos em que eu também apareço. Você vai ver — garantiu, com um desejo implícito —, quando eu for mais velha, vou estar bem ali, atrás da camada de esmalte que nos separa.

🦋

Foi ótimo, eu pensava enquanto caminhava pela rua.

Senti uma paz imensa. Estava voltando para *casa* depois de um almoço e uma tarde na casa de uma *amiga*. Existia sensação mais esplêndida do que se achar normal? E se sentir... *aceita*?

Passei na frente da escola, serena. Era incomum ver a calçada tão vazia. No entanto, um movimento me chamou a atenção. Vi uma pessoa de costas, espremida entre as portas, cabelo preto balançando de um lado para o outro.

Tive a impressão de que a conhecia...

— Miki? — chamei assim que a alcancei.

Ela deu um pulo e se virou abruptamente. A camisa, presa entre as portas, fez um barulho alto ao rasgar.

Eu arregalei os olhos e me impedi de estender as mãos para ela em um gesto involuntário. Ofegante, olhei para a manga descosturada.

— Eu... eu... mil desculpas... — arrisquei, morta de vergonha.

Miki olhou para o rasgo e cerrou os dentes.

— Perfeito. Era a minha camiseta favorita — disse ela.

Contraí os dedos, desolada. Tentei falar alguma coisa, mas ela não me deu tempo: passou por mim sem sequer me olhar.

— Miki, espere aí, por favor — balbuciei. — Desculpa, eu não queria... Vi você ali e só quis dar oi...

Ela não perdeu tempo em me responder. Continuou andando, mas eu tomei impulso e a ultrapassei.

— Posso consertar pra você!

Eu não queria que ela fosse embora assim. Sabia que Miki confiava em poucas pessoas, já tinha entendido que ela era introvertida, desconfiada e reservada, mas não queria que me odiasse. Eu queria fazer alguma coisa, queria continuar tentando, queria... *queria...*

— Sou boa de costura, posso consertar para você se quiser, não vou demorar muito. — Eu a encarei com olhos suplicantes. — Moro aqui pertinho. Não vou demorar, pode acreditar, vai ser questão de dois minutos...

Miki diminuiu o passo até parar. Dei um passo à frente e disse em voz baixa, com toda a sinceridade do mundo:

— Por favor, Miki, me deixe consertar.

Me deixe tentar, eu lhe implorava. *Me dê uma chance, só uma, não peço mais nada.*

Miki se virou para mim lentamente e eu vi uma centelha de esperança nos olhos dela.

— Chegamos — falei um pouco mais tarde, apontando para a cerca branca. — Aquela é a minha casa.

Miki caminhava ao meu lado sem dizer nada. Era estranho estar tão perto dela. Olhei de soslaio para o estojo de violino que ela carregava, mas contive a curiosidade antes que se materializasse na minha língua.

— Venha, por aqui.

Ela olhou ao redor com certa cautela.

— Pode ir para a cozinha. Já, já eu te encontro.

Tirei a mochila e fui atrás da velha caixa de biscoitos onde Anna guardava os utensílios de costura.

Voltei até Miki e a encontrei encarando a chaleira em forma de vaca; coloquei a lata em cima da mesa e a convidei a se aproximar.

— Pode se sentar aqui.

Eu a acomodei na ilha da cozinha para que o braço ficasse na altura adequada. Ela tirou a jaqueta de couro enquanto eu procurava um carretel de linha da cor certa.

Achei um cinza bem escuro, em tom de antracito. A costura da camiseta estava levemente desbotada, então imaginei que, se eu fizesse um bom trabalho, pareceria um efeito de fábrica. Assenti para mim mesma, peguei uma agulha e comecei a passar a linha. Então, vi uma pitada de nervosismo no olhar que Miki me lançou.

— Não se preocupe — falei, com calma —, não vou espetar você.

Eu me inclinei para a frente e juntei as duas pontas, segurando-as delicadamente. Depois, comecei a remendar com cuidado. Mantive os dedos por baixo, para sentir a agulha antes que chegasse à pele dela. Percebi que Miki recuou quando acidentalmente encostei nela com a ponta dos dedos, mas não reclamei: o que ela estava me concedendo naquele momento tinha um valor imenso para mim.

Depois de alguns instantes, notei que ela não tirava os olhos de mim.

— Quase lá — tranquilizei-a em voz baixa. Ela observou a precisão com que a agulha desaparecia no tecido e reaparecia logo depois.

— Onde você aprendeu a costurar? — perguntou em tom neutro.

— Ah, eu costuro desde sempre. Quando eu estava na instituição, não tinha ninguém que fizesse isso por nós, então eu mesma remendava as minhas roupas. No início, eu era um desastre, só sabia furar os dedos... Fui aprendendo com o tempo. Não queria sair por aí toda esfarrapada — comentei, levantando o rosto. Os nossos olhares se encontraram e eu sorri. — Queria ser limpa e arrumadinha.

Miki me encarou e eu abaixei o rosto novamente. Continuou me observando até eu me esticar em direção à lata para pegar a tesoura e concluir o serviço.

— Prontinho! — anunciei. — Terminei.

Ela olhou para a manga e examinou a costura certinha. De repente, parou em determinada área.

— O que é *isso*?

Contraí os lábios quando ela notou algo que não existia ali antes: bem no ponto onde o remendo terminava, na altura da clavícula, havia o rosto de um panda bordado com linha.

— Eu, bom... não tinha como consertar o tecido nessa parte aí — gaguejei, com um vago sentimento de culpa —, e eu sei que você gosta de pandas... Quer dizer, eu acho que gosta, já que você tem um chaveiro de panda pendurado na mochila, e... achei fofo...

Ela me encarou e eu levantei as palmas das mãos:

— Mas dá pra tirar! É só usar a ponta de uma tesoura, então puxar a linha e pronto. É só um segundo...

O toque do telefone interrompeu a minha enrolação.

— Ah, você está em casa! — exclamou Anna, alegre, quando corri para atender.

Queria saber se eu já tinha voltado. Mais uma vez, notei que ela se importava comigo e, como sempre, senti um aperto no coração. Ela me perguntou como tinha sido o almoço e me avisou que também voltaria em breve.

Assim que desliguei, vi que Miki já tinha colocado a jaqueta e pegado o estojo do violino. Eu queria muito perguntar sobre o instrumento, mas preferi não ser invasiva.

Abri a porta para ela com um sorriso e, no mesmo instante, notei que alguém tinha invadido a casa.

— Ah — falei, simpática. — Oi, Klaus.

O velho gato me lançou um olhar azedo. Deixei Miki passar e não resisti ao impulso de estender a mão para acariciá-lo, mas ele se afastou bruscamente e tentou me arranhar.

Levei a mão ao peito, envergonhada por ter tentado encostar nele sem permissão, ou talvez por ter sofrido uma rejeição tão flagrante na frente de Miki.

Eu a olhei de soslaio e vi que estava me observando.

— Parece que não está de bom humor hoje — comentei com uma risada nervosa. — No geral, ele é muito brincalhão. Não é? Hein, Klaus?

Klaus sibilou e me mostrou os dentes com raiva antes de sair. Eu o vi sumir escada acima e me senti um pouco desanimada.

— Às vezes, ele pode parecer meio temperamental... — murmurei. — Mas no fundo, lá no fundo, tenho certeza de que tem um bom coração.

— Obrigada. — Eu a ouvi sussurrar.

Surpresa, levantei a cabeça, mas Miki já tinha me dado as costas. Ela desapareceu pela porta e foi embora sem mais delongas.

"É a delicadeza, Nica", dizia a voz da minha mãe.

E eu não conhecia outra maneira de me comunicar com o mundo.

Mas talvez...

Talvez o mundo estivesse começando a me entender.

8
TÃO CELESTIAL

*Forte é quem sabe tocar as fraquezas
dos outros com delicadeza.*

Certa vez, li uma frase de Foucault que dizia: "Desenvolva a sua estranheza legítima".

Sempre cultivei a minha em segredo, porque, quando cresci, ensinaram-me que, aos olhos dos outros, a normalidade era mais aceitável.

Eu falava com animais que não podiam me responder. Salvava bichinhos que as pessoas nem notavam. Dava valor a coisas consideradas insignificantes, talvez porque quisesse mostrar que criaturas menores, como eu, também podiam ser importantes.

Levantei a mão. Eu estava no jardim de casa e o sol beijava suavemente a folhagem do damasqueiro. Levei os dedos ao tronco e ajudei uma lagartinha verde brilhante a subir nele.

Eu a encontrara no quarto, embaixo da janela, e estava lhe devolvendo à liberdade.

— Pronto — sussurrei, quase sem voz.

Sorri enquanto a observava se mexer em uma fenda do tronco. Então, entrelacei os dedos e fiquei ali, olhando para ela, calma e silenciosa.

Eu sempre tinha ouvido dizer que só o que era grande tinha força para mudar o mundo.

Nunca quis mudar o mundo, mas sempre achei que grandes gestos ou demonstrações de força não faziam a diferença. Para mim, eram as pequenas coisas. As ações diárias. Simples atos de bondade realizados por pessoas comuns.

Cada um, por menor que seja, pode deixar um pouco de si neste mundo.

Quando voltei para casa, senti vontade de sorrir. Era sábado de manhã e o aroma do café torrado se espalhava pela cozinha. Fechei os olhos, contente, e inspirei aquele perfume maravilhoso.

— Tudo bem? — ouvi alguém perguntar com delicadeza.

Era a voz de Anna. Mas, ao levantar as pálpebras, vi que não tinha perguntado para mim.

Ela estava com a mão na cabeça de Rigel.

Ele estava de costas, com o cabelo preto rebelde e a mão em volta da xícara de café. Ele fez que sim, mas eu mal me dei conta. Os dedos e as veias que subiam até o antebraço dele me hipnotizaram.

Aquelas mãos... Elas emanavam uma agressividade implacável e, ao mesmo tempo, criavam melodias de outro mundo. Os nós dos dedos fortes e os ligamentos ágeis pareciam modelados para subjugar, mas os dedos eram capazes de acariciar as teclas com uma lentidão incrível...

Estremeci quando Rigel se levantou.

Ele se fez presente com toda a sua altura e, por um momento, o aroma de café perdeu a intensidade. Em seguida, ele foi até a porta e recuei um passo.

Ao perceber aquele gesto, ele fixou os olhos nos meus.

Eu não sabia explicar... Tinha medo de Rigel, mas não compreendia o que me apavorava nele. Talvez fosse a maneira como aqueles olhos se cravavam na gente, violando as suas vítimas, ou quem sabe fosse aquela voz madura demais para um garoto da idade dele. Talvez fosse pelo fato de ele ter noção de como podia se tornar violento.

Ou talvez... Talvez fosse aquela tempestade de arrepios que ele me causava toda vez que respirava perto de mim.

— Está com medo de que eu morda, mariposa? — sussurrou pertinho do meu ouvido enquanto passava por mim.

Eu me afastei na mesma hora, mas, àquela altura, ele já tinha sumido, confiante, atrás de mim.

— Oi, Nica!

Tomei um susto ao notar que Anna estava sorrindo para mim.

— Café?

Fiz que sim, tensa, mas, para o meu alívio, constatei que ela não tinha notado a breve conversa com Rigel. Eu me juntei a Anna à mesa e tomei café da manhã com ela.

— O que acha de passarmos um tempo juntas hoje?

Deixei cair um biscoito no leite. Levantei a cabeça e olhei para ela com as sobrancelhas arqueadas, confusa.

Anna queria passar um tempo comigo?

— Você e eu? — perguntei, para ter certeza. — Só nós duas?

— Pensei em curtir uma tarde sem homens... totalmente feminina — respondeu. — Você não quer?

Fiz que sim na mesma hora, tentando não quebrar a xícara. O meu coração se iluminou e todos os meus pensamentos brilharam no reflexo daquela luz.

Anna... *queria estar comigo*, por uma tarde inteira, uma hora, a duração de um passeio. Pouco importava o quanto, o simples fato de ela ter me chamado fez a minha alma resplandecer.

O conto de fadas exalava perfume quando ela estava perto de mim.

Reluzia com o seu cabelo e brilhava com os seus sorrisos.

Tinha o som das suas risadas e o calor dos seus olhos.

E eu queria viver dentro daquela história para sempre.

— Nica, essa? Ah, não, espera... O que acha dessa outra?

Eu estava alucinada. A loja de roupas era imensa. Eu já tinha experimentado várias peças, mas Anna chegou com mais uma e a pôs na minha frente. De novo, em vez de ver como a camisa tinha ficado em mim, eu apenas a encarei, boquiaberta. Sentia o cheiro de casa, a proximidade, e eu estava encantada, sonhando acordada. Não dava para acreditar que estava mesmo ali, com um monte de sacolas apoiadas nas panturrilhas e mais algumas que ela queria acrescentar. Não dava para acreditar que Anna queria gastar dinheiro *comigo*, mesmo sabendo que não podia pedir nada em troca.

Quando tinha proposto que passássemos um tempo juntas, jamais imaginei que me levaria para fazer compras ou que quisesse comprar alguma coisa para mim, que dirá camisas, saias ou roupas íntimas novas.

Eu sentia a necessidade de me beliscar para me convencer de que era tudo verdade.

— Gosta?

Eu a olhei com olhos sonhadores.

— Sim, muito... — sussurrei atordoada, e ela riu.

— Você disse a mesma coisa todas as outras vezes, Nica. — Ela me olhou nos olhos, do jeito que eu gostava. — Você deve ter preferências!

Senti as bochechas arderem de vergonha.

A verdade era que eu gostava de tudo. Por mais exagerado e inacreditável que parecesse, era assim.

Eu queria encontrar as palavras para poder explicar a ela também. Para fazê-la entender que cada uma das opções era, para mim, ouro puro.

Que aquele tempo era algo que ninguém tinha me dado antes.

Que, quando se vive só de desejos e fantasias, aprende-se a apreciar as pequenas coisas: um trevo de quatro folhas descoberto por acaso, uma gota de geleia achada na mesa, a força de um olhar correspondido.

E preferências...

Preferências eram um privilégio que eu nunca tivera condições de bancar.

— Gosto de cores — murmurei com uma hesitação quase infantil. — Coisas coloridas... — Peguei um pijama com estampa de abelhas felizes. — Tipo esse!

— Eu acho... Na verdade, tenho quase certeza de que esse pijama é de criança — objetou Anna, piscando.

Fiquei vermelha e boquiaberta, conferindo a etiqueta na mesma hora. Ela começou a rir. Em seguida, pôs a mão no meu braço.

— Venha, já vi a mesma estampa na seção de meias.

Uma hora depois, eu já estava com um monte de meias novas.

Eu não sentiria mais as correntes de ar nas noites de inverno, nem as farpas que grudavam no tecido puído sob os pés. Quando Anna saiu da loja, eu a segui com todas as minhas sacolas, que formavam uma espécie de caos extático.

— Ah, amor! — disse ela, atendendo o celular. — Sim, ainda estamos aqui... Claro, tudo ótimo — acrescentou com um sorriso enquanto pegava algumas sacolas que estavam comigo. — Só umas coisinhas... Não... Não, Carl me ajuda, mas segunda de manhã eu mesma tenho que abrir. Cadê você? — Ela parou e o rosto se iluminou. — É mesmo? Perto de qual entrada? Não achei que você viesse pra cá! E por que não... Quê?

Vi que Anna estava ouvindo atentamente, surpresa. Ela arregalou os olhos e levou a mão à boca.

— Ah, Norman! — exclamou, maravilhada. — Não está brincando, né? Mas... mas que coisa incrível! Amor! — Ela começou a rir. — Que boa notícia! Esse é o nosso ano, não falei? E tenho certeza de que vai ser uma baita divulgação para a empresa!

Fiquei ao lado dela sem entender do que estava falando, e ela o parabenizou novamente, dizendo o quanto aquilo a deixava feliz.

— Tudo bem? — perguntei quando a ligação terminou.

— Com certeza! Não é grande coisa, na verdade, mas Norman acabou de receber uma notícia que estava esperando há um tempão... A empresa dele vai participar de uma convenção anual! Foi selecionada junto com poucas outras, é uma oportunidade excepcional... Faz um bom tempo que ele espera esse momento! — Com um sorriso, Anna fez sinal para que eu fosse com ela. — Vamos, ele está aqui também! A convenção vai acontecer daqui a uma semana, a essa altura Norman nem tinha mais esperança... Amanhã posso preparar o assado! Afinal de contas, é domingo, e bem que podíamos comemorar com um belo almoço. O que acha?

Fiz que sim, feliz de vê-la tão animada.

Cruzamos o shopping e Anna continuou me contando sobre o encontro anual, um evento muito conceituado entre os especialistas do setor. Chegamos à segunda grande entrada e, uma vez lá, ela me indicou outra loja de roupas.

— Ele deveria estar aqui... Norman! Ei!

Ele acenou e veio ao nosso encontro.

— Ah, estou muito feliz por você! — exclamou Anna, abraçando-o e fazendo-o corar.

— É, bom... bem que você me disse. Você não erra nunca. Oi, Nica! — Ele sorriu para mim, todo sem jeito, e eu retribuí.

Anna alisou os ombros da jaqueta dele.

— Eu vou te acompanhar com muito prazer, você sabe! A gente fala disso com calma depois... Mas por que você veio aqui? Achei que fosse ficar em casa hoje!

— Vim aqui com Rigel... Ele também precisava comprar umas coisas — respondeu.

No mesmo segundo, uma sensação desconhecida atravessou a minha pele e os meus olhos se puseram a procurá-lo.

— Me perdi dele entre uma seção e outra, eu acho... — Ele coçou a cabeça e Anna sorriu.

— Nica, quer dar uma volta? — Ela indicou as prateleiras. — Talvez você encontre algo de que goste. Por que não dá uma olhada?

Hesitei, mas no instante seguinte decidi deixá-los conversar e entrei na loja, olhando ao redor com cautela.

Tentei me concentrar nas roupas, mas não consegui. Eu sabia que ele estava ali em algum lugar, com aqueles olhos abismais e a presença avassaladora.

Enquanto eu vagava entre as prateleiras, uma das sacolas escorregou dos meus dedos e caiu no chão. Eu me abaixei para pegá-la, mas, naquele momento, alguém esbarrou em mim.

Uma voz masculina praguejou e eu arregalei os olhos.

— Desculpa... — murmurei. — Deixei cair uma sacola e...

— Preste atenção — disse o garoto, e pegou um suéter que tinha deixado cair.

Corri para pegar as minhas coisas espalhadas e ele me entregou a sacola; estendi a mão para pegá-la e senti que ele resistiu um pouco quando eu sussurrei:

— Obrigada...

— Ei, peraí... Eu conheço você.

Levantei o rosto e então ele piscou; por um momento, me pareceu familiar. Ele me examinou minuciosamente.

— Você é a garota do caracol. É você, né? — perguntou, para a minha surpresa.

Agora eu sabia onde já o tinha visto: na mureta da escola, no dia anterior. Fiquei impressionada por ele se lembrar de mim. Normalmente, ninguém se lembrava.

— Uau, quanta sacola — declarou ele, do nada. — Você é uma daquelas pessoas viciadas em compras, é?

— Ah — murmurei, saindo do meu devaneio —, não, quer dizer, eu...

— Então você é uma gastadeira — comentou ele, encarando-me com um sorriso meio artificial.

— Essa é uma rara exceção, na verdade...

— Sim, é o que todas dizem, eu imagino — respondeu ele. — Mas o primeiro passo para superar um problema não é admitir que ele existe?

Tentei refutar essas palavras, mas ele me interrompeu de novo:

— Ah, fique tranquila, vou guardar o seu segredo — falou, com conhecimento de causa. — Mas eu nunca tinha te visto na Burnaby...

— Entrei há pouco tempo — respondi, notando que ele tinha dado um passo à frente.

Por um momento, perguntei-me por que ele ainda estava ali, conversando comigo.

— E está no último ano?

— Estou...

— Bom, então seja bem-vinda — murmurou.

Os lábios se curvaram e ele me estudou cuidadosamente.

— Obrigada...

— Talvez, garota-caracol, você devesse saber o meu nome. O que acha? Assim, da próxima vez que quiser me alertar sobre a presença de alguma criatura rastejante nas proximidades, vai saber como me chamar. — Ele estendeu a mão e sorriu, confiante. — Aliás, vou simplificar as coisas. Eu sou...

— *Alguém que está no meio do caminho.*

Uma voz gelada atravessou o ar e me deixou paralisada. O garoto se virou e deu de cara com uma presença ameaçadora atrás de si.

As íris pretas de Rigel encontraram as do outro e seguiram cada movimento dele enquanto ele abria a boca, se virava e olhava para mim.

— Ah, hum... desculpa... — gaguejou, pego de surpresa.

Ele deu um passo para o lado e se espremeu contra a prateleira para deixá-lo passar.

Rigel o ultrapassou com um passo lento e preciso, sem tirar os olhos dele, sem a devida diligência ou a cortesia que se reserva a alguém preso em uma posição incômoda.

De repente, parou atrás de mim, tão perto que foi impossível ignorá-lo. A atração que o corpo dele exerce era irreprimível e muito forte, desestabilizadora.

— Ah... — murmurou o garoto, olhando para nós. — Vocês estão... juntos?

Rigel ficou em silêncio e eu me afastei um pouco, desconfortável. Suprimi a vontade de buscar nos olhos dele quais eram as suas intenções e entrelacei os dedos, sem jeito.

— De certa forma... — respondi.

O garoto olhou para ele, quase a contragosto.

— Oi... — falou, hesitante.

Mas Rigel, ainda atrás de mim, não respondeu. Eu tinha certeza de que os olhos dele ainda o encaravam.

E então, de repente... senti a mão de Rigel acariciando uma mecha do meu cabelo.

Uma onda de estupefação me paralisou. Eu não conseguia me mexer.

O que ele estava fazendo?

Rigel estava... me tocando?

Não... Senti o contorno preciso das pontas dos dedos dele: elas abriram caminho através da mecha, sem puxá-la, sem me tocar. Enroscaram-na em câmera lenta, e então olhei para ele.

Rigel observava o garoto com sobrancelhas arqueadas, lançando-lhe um olhar demorado. Em seguida, os seus olhos me encontraram, interceptando o meu olhar tenso e confuso.

Por um instante, pensei ter sentido os dedos se fecharem com força no meu cabelo.

— Já estamos indo — disse ele com a voz profunda. — Vamos.

Se Rigel não estivesse tão perto, eu teria percebido antes que Anna estava atrás dele; vi que ela me indicava com um gesto que estávamos indo embora e recuperei a compostura.

— Ah... — Olhei de relance para Rigel, insegura, e me virei para o garoto, segurando as sacolas. — Tenho que...

— Claro. — Ele assentiu, enfiando as mãos nos bolsos.

— Tchau, então — falei, com um aceno de despedida, antes de ir embora.

Rigel tirou a mão do meu cabelo, virou-se e começou a andar na minha frente. Observei os ombros largos e me dei conta de que a minha garganta estava meio seca. Ainda conseguia sentir os dedos dele no cabelo.

O que tinha dado nele?

— Encontrou alguma coisa?

Ergui a cabeça ao ouvir a voz de Norman. Os óculos grossos lhe davam a aparência de uma coruja.

— Ah, não... — respondi, levantando as mãos. — Já comprei coisa demais.

Ele fez que sim, possivelmente mais sem jeito do que eu, e aproveitei para parabenizá-lo pela convenção. Ele me respondeu com um murmúrio envergonhado, mas percebi o sorriso entre uma palavra e outra.

Norman me disse que esperava aquele momento havia muito tempo; somente as empresas mais conceituadas eram convidadas a participar e os debates tratavam das últimas novidades do setor: venenos para ratos, inseticidas inovadores, truques e estratagemas para todos os tipos de parasitas.

Pouco depois de ouvir o que ele estava me dizendo, senti a cabeça pesar. Passei em frente a uma vitrine e, por mais que eu não tivesse tido tempo de ver o meu semblante abatido enquanto Norman falava com entusiasmo sobre os últimos pesticidas do mercado, tive a sensação de que não estava bem.

— Ei, está tudo bem? — o ouvi perguntar, hesitante, ao reparar no meu rosto. — Você está meio esverdeada...

— Nica!

Anna estava acenando alguns metros à frente. Estava radiante. Fiquei aliviada com a interrupção.

— Venha ver esse vestido!

Quando cheguei à frente da loja, pude ver o que tinha chamado a atenção dela.

Na vitrine havia um lindo vestido pastel; simples, feito de um tecido muito macio que se moldava ao busto e acariciava os quadris. Tinha alças finas, uma fileira de pequenos botões de madrepérola no peito e, na cintura, a saia se abria em dobras onduladas que lhe davam um brilho delicado.

Mas o que mais me impressionou foi a cor do tecido. Aquele tom claro da cor do céu, como pétalas de não-me-esqueças, as flores que, quando pequena, eu esfregava nas roupas do Grave para que não parecessem tão cinzentas.

Fiquei encantada, assim como ficava ao observar as nuvens no jardim da instituição. O vestido tinha algo que me lembrava aqueles momentos, algo delicado e limpo como o céu atrás do qual eu corria em busca de liberdade.

— Não é lindo? — disse Anna, acariciando o meu pulso, e eu fiz que sim lentamente.

— Quer entrar e experimentar?

— Não, Anna, eu... Você já comprou um monte de coisas para mim...

Mas ela já tinha aberto a porta e estava se dirigindo à vendedora.

— Olá. Queríamos experimentar aquele vestido ali. — Então, apontou para um canto da vitrine, indicando a qual estava se referindo.

— Venham — instruiu a vendedora cordialmente —, vou trazer agora mesmo! — E desapareceu na sala dos fundos.

Puxei de leve a manga de Anna.

— Anna, sério, não precisa...

— Ah, por que não? — respondeu ela com um sorriso. — Quero ver como fica em você. Você não vai querer me negar esse desejo, né? Afinal, é o nosso dia juntas.

Eu ia balbuciar alguma coisa, insegura, mas a vendedora voltou à loja.

— Ah, não tem mais nenhum no estoque! — disse, esfregando as costas da mão na testa. — Mas não tem problema, eu pego o da vitrine!

A moça foi até o manequim e tirou a peça com delicadeza.

— É o último! Pronto. — Ela colocou a peça nos meus braços e eu a observei, fascinada. — Os provadores ficam desse lado. Venha comigo!

Anna fez sinal para que eu acompanhasse a vendedora, mas não sem antes pegar as sacolas; vi Norman entrar na loja e, depois de um momento, Rigel apareceu atrás dele.

Segui a vendedora até os provadores, localizados em um canto meio escondido, e entrei no dos fundos.

Tomei o cuidado de conferir se a cortina estava bem fechada e então me despi; puxei o vestido pela cabeça e ele ficou preso em um emaranhado de cabelo. Eu nunca tinha sido muito boa em me vestir, talvez porque as roupas que eu usava no Grave fossem sempre largas e meio surradas, ou talvez porque, nas raras vezes em que tinha usado roupas boas, eu sempre me via dominada pela euforia de finalmente usá-las na frente de alguém.

O vestido deslizou colado ao busto e se encaixou na minha cintura. Senti vergonha pela forma como ele abraçava perfeitamente os seios e deixava as pernas tão à mostra; olhei para o vestido, incapaz de desviar a atenção.

Tentei alcançar o zíper, mas não consegui.

— Anna...? — chamei, hesitante. — Anna, não estou conseguindo fechar o vestido...

— Ah, não se preocupe — respondeu ela do lado de fora. — Só vir aqui, eu te ajudo.

Anna estendeu as mãos e puxou o zíper. Então, antes que eu pudesse fazer qualquer coisa, ela abriu a cortina, pegando-me totalmente desprevenida.

— *Meu Deus!* — Ela sorriu em êxtase assim que me viu. — Ficou ótimo! Ah, Nica, como você está linda!

Eu me encolhi quando ela olhou para mim com admiração.

— Parece feito sob medida para você! Já viu como está linda? Olhe! Olhe só como ficou!

Anna se pôs ao meu lado e eu vi o meu rosto corado surgindo por baixo do cabelo.

— Como estão as coisas? — a vendedora perguntou um pouco depois, então congelou quando me viu.

— Ah! — Ela veio boquiaberta na minha direção, admirando-me alegremente. — Parece um anjo! Senhora, ficou maravilhoso!

Anna se virou.

— Não é?

— Só faltam as asas! — brincou a moça, e eu me escondi logo que ouvi pessoas entrando na loja.

Cocei a bochecha e abaixei o rosto.

— Ah, eu...

— Você gostou? — perguntou Anna.

— Você gostou?

— Nica, como é que eu poderia não gostar? Olhe só pra você!

Eu me olhei. Levantei o rosto e me olhei. De verdade.

E nos meus olhos hesitantes descobri um brilho que não imaginei ter visto antes. Havia algo no meu olhar que nem eu soube interpretar.

Era algo vivo.

Delicado.

Luminoso.

Ali estava eu.

Ali estava eu usando o céu que sempre tinha desejado. Ali estava eu brilhando por dentro, como se um dos meus sonhos estivesse costurado na minha pele. Como se nunca mais tivesse que esfregar flores em mim mesma para me sentir menos suja...

— Nica? — chamou Anna, e eu abaixei o rosto.

Os meus olhos ardiam. Esperava que ela não me ouvisse fungar enquanto segurava a bainha do vestido e sussurrava:

— Gostei... Gostei muito. Obrigada.

Senti a mão de Anna no ombro. A ternura com que ela o apertou me fez ter vontade de tê-la ao meu lado todos os dias. Ela estava me dando tanto... Coisas demais para um coração tão mole quanto o meu. Eu não conseguia mais pensar na possibilidade de perdê-la. Se algo desse errado na adoção, eu nunca mais a veria.

— Vamos levar o vestido — disse Anna.

Voltei para o provador. Passei os dedos pelo vestido, pela fileira de botõezinhos brancos que seguiam a curva do busto.

Como era bonito...

Mas, quando chegou o momento de tirá-lo, lembrei que não conseguiria sozinha.

— Anna, desculpa, você pode me dar uma ajuda? — pedi em voz alta, aproximando-me da saída do provador.

Abri a cortina apenas o suficiente para pôr as costas para fora, sem me virar.

Esperei pacientemente, mas ela não disse nada. No entanto, eu ainda sentia uma presença ali atrás, em algum lugar; joguei o cabelo por cima do ombro, afastando-o das costas para que não atrapalhasse.

— O zíper, Anna... — especifiquei, tímida. — Desculpa, mas eu não alcanço. Você poderia me ajudar?

Houve um longo silêncio atrás de mim.

Então, depois de um instante... ouvi o som de passos decidindo se aproximar.

Vieram sem pressa na minha direção e pararam atrás de mim.

Uma mão segurou firme a gola do vestido e a outra parou no zíper, contornando a aba de metal com gestos arrastados. Então, lentamente, puxou-o para baixo.

Um ruído agudo e áspero invadiu os meus ouvidos enquanto o zíper descia.

— Ótimo, obrigada — falei quando o vestido já estava aberto até a altura das escápulas.

Mas o zíper não parou.

Continuou descendo com uma lentidão desconcertante, e eu o senti deslizar pela minha espinha.

— Anna, já está bom assim... — falei com jeitinho, mas os dedos dela seguraram a borda perto do pescoço e o zíper não parou de descer.

Foi descendo mais e mais, passou pela cintura, até a curva das costas. O vestido se abriu, soltou-se da minha pele como asas de besouro, e minha voz ficou mais aguda.

— Anna...

Tic.

O estalo simples do metal se encaixando na base de tecido. O zíper chegara ao fim. Olhei para o meu reflexo com os braços em volta do busto para segurar o vestido.

Percebi que agora poderia tirá-lo sem problemas; pisquei os olhos, esboçando um sorriso.

— Ótimo... obrigada... — murmurei antes de fechar a cortina.

Balancei a cabeça, deixando o vestido deslizar pelas pernas, e fiquei só de calcinha. Em seguida, vesti as roupas e saí.

Não havia ninguém em frente aos provadores.

Procurei Anna, mas não a vi e, quando voltei para a frente da loja, ela estava parada perto do balcão segurando o celular. Norman estava do lado de fora, olhando as vitrines.

— E aí, tudo bem? — perguntou.

— Sim, obrigada... — Sorri, apertando o vestido. — Sem você não teria conseguido tirá-lo.

Anna levou a mão ao peito e olhou para mim como se estivesse se desculpando.

— Ah, me perdoe, Nica, meu celular tocou e eu esqueci! Espero que não tenha tido muita dificuldade. Conseguiu abrir o zíper?

Olhei para Anna sem deixar de sorrir, mas não estava entendendo o que ela tinha acabado de me dizer.

— Sim... graças a você — repeti.

Anna olhou para mim, confusa, e eu fiquei ainda mais intrigada. Uma sensação incomum abriu caminho dentro de mim e um pressentimento insano me invadiu.

Desviei um pouco mais o olhar.

Rigel estava do lado de fora, encostado em uma pilastra. Os olhos afiados encaravam tudo ao redor, quase entediados, e os braços estavam cruzados sobre o peito.

Não... Como eu podia pensar uma coisa dessas?

— Vamos lá!

A vendedora se aproximou e me olhou com uma expressão radiante.

— Então você vai levar, certo? Foi uma escolha muito acertada — disse com um sorriso. — Ficou divino em você!

— Obrigada — respondi meio envergonhada, corando, e ela me olhou com entusiasmo.

— E lembre-se de que pode combiná-lo com qualquer coisa. Até com um estilo um pouco mais casual, se quiser... Olhe. — Ela pegou algo de um cabide. — Um desses já faz a diferença, me diz se não é uma graça!

Percebi tarde demais que era um cinto.

Ela o envolveu na minha cintura, mas os meus braços ainda estavam nas laterais do corpo, então o couro encostou na minha pele.

Bastou um instante.

Eu o senti na carne.

Eu senti a fricção.

Eu o senti me apertar, me espremer, me envolver e depois se fechar até me paralisar...

Arranquei o cinto violentamente. Em seguida, recuei, os olhos arregalados. A vendedora me olhou espantada, com as mãos ainda estendidas, enquanto eu continuei recuando até topar com o balcão. O meu corpo se contraiu. Senti aquela taquicardia gelada, lá de longe, perfurando o coração e ameaçando explodir. Tentei me controlar, mas as mãos tremiam e eu tive que pressioná-las contra uma superfície para me agarrar à realidade.

— O que está acontecendo? — perguntou Anna, que tinha se virado para procurar Norman. Ela me viu tremendo e ficou preocupada. — Nica, o que houve?

A minha pele estava retesada. Eu precisava me acalmar de qualquer maneira, lutar contra aquelas sensações, mantê-las sob controle... Olhei para o rosto de Anna e desejei que ela não me visse assim, que me visse apenas como a pessoinha perfeita que, pouco tempo antes, tinha admirado com aquele vestido no corpo.

Uma garota que ela queria ao seu lado.

Uma garota que não lhe daria problemas ou preocupações.

— Nada — sussurrei, tentando soar convincente, mas as cordas vocais não tiveram piedade de mim.

Engoli em seco, tentando controlar as sensações do corpo, mas foi inútil.

— Não está se sentindo bem? — perguntou Anna, observando-me com preocupação.

Ela se aproximou um pouco mais e os seus olhos me pareceram enormes e avassaladores, como lentes de aumento.

A situação piorou. Senti uma necessidade mórbida e visceral de cobrir o corpo, escapar do olhar dela e me esconder até sumir.

Não olhe para mim, alguma coisa dentro de mim suplicou. Uma ansiedade descontrolada se desprendeu da minha pele e me fez sentir inadequada, pequena, suja e culpada. O coração batia furiosamente e mergulhei nos meus medos a uma velocidade vertiginosa, agarrada aos olhos deles.

Ela me descartaria.

Ela me jogaria no lixo, porque era isso que eu merecia.

Era lá que eu deveria ficar.

Era lá que gente como eu ia parar.

Eu nunca viveria um conto de fadas.

Eu nunca teria um final feliz.

Nessa história não havia princesas.

Não havia fadas. Nem sereias.

Havia só uma menina...

Que nunca tinha sido *boa* o suficiente.

9
ROSAS E ESPINHOS

> *Você sabe o que faz as rosas serem tão bonitas?*
> *Os espinhos.*
> *Não há nada mais esplêndido*
> *do que algo que não se pode*
> *segurar entre os dedos.*

Uma tontura por conta do calor e da emoção.
Uma sensação de desmaio.
Foi assim que expliquei o que tinha acontecido comigo no shopping, escondendo as reações o melhor que pude. Tinha tentado manter o alerta enviado pelo meu corpo sob controle, contendo-me com todas as minhas forças, e, depois de ter passado muito tempo tranquilizando-a, Anna finalmente acreditara em mim.
Descobri que não gostava de mentir para ela, mas não pude evitar. A simples ideia de lhe contar a verdade me deixava enjoada e sem fôlego. Não podia falar e ponto final.
Eu não podia dizer a ela o que tinha provocado aquelas sensações, porque elas vinham de profundezas nas quais nem eu gostaria de entrar.
— Nica? — ouvi na manhã de segunda-feira.
Anna estava na porta. Com olhos claros como pedaços do céu. Parte de mim desejou que ela nunca mais me visse como tinha me visto naquela tarde.
— O que está procurando? — perguntou ao me ver revirando a escrivaninha.
Eu sabia que Anna acreditara no que eu tinha dito, mas aquilo não a impedia de se preocupar comigo.
— Ah, nada, só uma foto — murmurei enquanto ela se aproximava. — No outro dia a minha amiga me deu uma e... Não estou conseguindo achar.
Era inacreditável. Billie tinha acabado de me dar a foto e eu já tinha perdido?
— Já olhou na mesa da cozinha? — Fiz que sim, colocando o cabelo atrás da orelha. — Você vai acabar encontrando. Tenho certeza de que não perdeu.

Anna inclinou o rosto e arrumou uma mecha de cabelo na minha clavícula, penteando-a com os dedos. No instante em que me olhou nos olhos, uma centelha de carinho aqueceu o meu peito.

— Tenho algo para você.

E, de repente, ela pôs uma caixinha bem debaixo do meu nariz.

Assim que reagi, olhei para a embalagem de papelão sem saber o que dizer. Quando abri, não pude acreditar no que os meus olhos estavam vendo.

— Sei que é meio velho — comentou Anna enquanto eu o tirava da caixa —, é claro que não é o modelo mais recente, mas... Bom, assim eu sempre vou saber onde você e Rigel estão. Também dei um a ele.

Um celular. Anna me deu um celular de presente. Fiquei olhando para ele, sem saber o que dizer.

— Já está com chip e o meu número salvo nos contatos — explicou com voz tranquila. — Pode me ligar sempre que precisar. Também salvei o número de Norman.

Eu não conseguia expressar o que estava sentindo naquele momento, segurando algo tão importante entre os dedos.

Lembrei-me de todas as vezes em que sonhei trocar números com uma amiga ou ouvi-lo tocar em algum lugar, sabendo que alguém estava me procurando e queria falar comigo.

— Eu... Anna, não sei nem... — murmurei. Olhei para ela encantada, cheia de gratidão. — Obrigada.

Para mim, era surreal. Eu, que nunca tinha tido nada meu, a não ser aquele bonequinho em forma de lagarto...

Por que Anna se preocupava tanto comigo? Por que ela me dava vestidos, camisas e objetos tão duradouros? Eu sabia que não deveria alimentar esperanças, sabia que nada era definitivo ainda... Mas, mesmo assim, tudo o que eu podia fazer era *torcer*.

Torcer para que Anna quisesse ficar comigo.

Torcer para que pudéssemos ficar juntas, que ela estivesse se afeiçoando a mim assim como eu estava me afeiçoando a ela...

— Eu sei que as garotas da sua idade têm celulares de última geração, mas...

— É perfeito — sussurrei, atendo-me ao significado do gesto. — É absolutamente perfeito, Anna. Obrigada.

Ela sorriu com um toque de ternura e pôs a mão no meu cabelo. Senti um quentinho no peito.

— Ah, Nica... Por que você não veste as roupas que a gente comprou? — perguntou ela, meio desapontada. — Não gosta mais?

— Não — respondi na mesma hora. — Pelo contrário... gosto muito!
Na verdade, gostava até demais.

No instante em que as coloquei ao lado das minhas roupas velhas, não consegui ver tudo na mesma gaveta. Assim, deixei as roupas novas nas sacolas, arrumadas e guardadas como se fossem relíquias.

— Eu estava só esperando o momento certo para usá-las. Não queria estragá-las de jeito nenhum — murmurei, quase sem voz.

— Mas são roupas — observou Anna. — São feitas para serem usadas. Você não quer usar todas aquelas meias coloridas que escolhemos juntas?

Fiz que sim com convicção, sentindo-me meio infantil.

— Está esperando o quê, então?

Ela fez carinho em mim antes que eu baixasse o rosto.

Anna tinha acabado de me dar mais um pedacinho dela, e eu só podia me sentir feliz por ter tido aquela conversa em que ela, mais uma vez, me revelava gotas de uma normalidade com que sempre sonhei.

Naquela manhã, cheguei à escola sozinha.

Tinha demorado para me arrumar e não fora necessário ver o cabideiro vazio para saber que Rigel não tinha me esperado.

Melhor assim. Afinal, eu tinha prometido a mim mesma, mais uma vez, que ficaria longe dele.

Quando Billie tinha me falado do Dia das Flores, na sexta-feira anterior, eu imaginara um dia cheio de romantismo.

Eu sempre havia pensado que o Dia dos Namorados fosse uma data íntima e discreta, que não exigisse grandes atos, porque no fundo o amor se encontra nos gestos mais escondidos.

Não poderia estar mais enganada.

O pátio estava abarrotado feito um formigueiro. O ar estava carregado de uma atmosfera efervescente, quase elétrica, que deixava todos inquietos como gafanhotos.

Por toda parte, rosas amarelas, vermelhas, azuis e brancas criavam um mosaico variado. Eram todas muito vistosas, sem espinhos e carregadas de significado.

Alguns alunos circulavam com cestas cheias de buquês e liam os cartões pendurados em cada flor. Quando se aproximavam de um grupo de garotas, todas prendiam a respiração, para depois começarem a gritar quando a escolhida recebia a dela. As demais escondiam caretas de decepção ou suspiros de expectativa.

Tentei chegar à entrada sem acabar no meio de alguma cena importante. Não pude deixar de concordar com Billie: era o dia do drama.

Havia meninas trocando flores cor-de-rosa, que simbolizavam a amizade delas, enquanto outras apontavam o dedo para elas, ofendidas; namoradas ciumentas que acusavam os próprios namorados de terem dado rosas escarlate para essa e aquela outra, esquecendo-se de agradecer pelas flores que tinham em mãos.

Reconheci um colega de classe; ele correu até uma garota, abraçou-a por trás e pôs uma flor diante do nariz dela, fazendo-a sorrir.

Eu os observei com carinho, até levar uma ombrada de uma líder de torcida furiosa, para dizer o mínimo.

— Rosa? *Rosa?* Depois de tudo o que a gente já fez, é isso que eu sou para você? Só uma amiga? — rugiu para um cara bonito, que coçou a cabeça, aflito.

— Bom... É, Karen... De certa forma...

— Então enfia essa amizade naquele lugar, porra! — gritou ela, jogando a flor na cara dele, e eu me afastei arregalando os olhos, levemente apavorada.

Lá de longe, avistei uma juba encaracolada de um loiro inconfundível.

— Billie, oi! — exclamei enquanto ia até ela. — Licença, por favor...

O rosto de Billie se iluminou quando quase parei bem na frente dela.

— Nica, chegou na hora certa! Os dramas estão apenas começando!

Vi Miki enfiando duas rosas vermelhas no armário dela.

— Odeio esse dia — murmurou com pesar, jogando as flores lá dentro com grosseria.

— Bom dia, Miki — falei com carinho.

Ela me lançou um olhar distraído, como fazia todas as manhãs, mas daquela vez percebi um pouquinho de delicadeza nos olhos.

— Duas rosas vermelhas e o dia ainda nem começou — brincou Billie, enquanto eu abria o meu armário. — Aposto que vem mais aí... O que me diz, Nica?

Ela me cutucou, virou-se para mim e me lançou um olhar radiante.

— Nossa, como você está colorida hoje! — observou, examinando-me de cima a baixo.

Apertei as mangas da blusa que estava vestindo. Tive vontade de sorrir, contente por não estar mais usando todo aquele cinza.

— Anna comprou um monte de coisas novas para mim — respondi, e vi Miki me olhar.

— Ah, eu amo todas essas cores! Quem sabe, talvez você também receba uma linda rosa *vermelho-flamejante*...

— Vamos para a aula — rosnou Miki, com uma energia que não tinha logo pela manhã. — Se eu ouvir mais uma palavra, juro que...! *Ei!* Largue isso agora!

Billie se afastou, brincalhona, e, antes que eu me desse conta, estendeu a mão depressa e pegou o cadeado do meu armário também.

— Os dois vão ficar comigo! Ahá! — exclamou ela, triunfal. — Vamos! Todo mundo faz isso no Dia das Flores!

— Você *não quer* morrer, ou quer? — sibilou Miki com os olhos em chamas.

— Fala sério, estou apenas encorajando alguns admiradores tímidos! Quem sabe quantas flores você poderia encontrar aí depois das aulas...

— Eu estava errada. Você quer mesmo ter um final *trágico*.

A risada animadíssima de Billie ainda enchia os meus ouvidos quando percebi uma presença inconfundível em frente à secretaria, uma figura que chamou a atenção.

Rigel saiu pela porta e chegou ao corredor.

Caminhava entre as pessoas, que se separavam feito água diante dele, e mantinha o olhar fixo à frente.

Eu o segui com os olhos sem nem me dar conta. Rigel sempre irradiava aquela confiança desdenhosa, como se estivesse ciente do mundo e, ao mesmo tempo, o ignorasse deliberadamente. Ele sabia atrair olhares, mas não os retribuía. Não se importava com ninguém, mas a cada passo parecia se afirmar acima de todos.

Quando parou em frente à porta do próprio armário, notei o grande caule verde preso no trinco.

Prendi a respiração.

Era uma rosa branca esplêndida.

Alguém a deixara ali na esperança de que ele a pegasse.

Era linda. Eu a observei em silêncio, mas Rigel abriu o cadeado e a rosa caiu no chão.

Ela se perdeu em meio à poeira e às embalagens de chiclete enquanto ele se afastava sem sequer olhar para a flor.

— Ele não pegou — ouvi algumas garotas sussurrarem. — Não pegou nem a dela!

Eu me virei para ver quem eram, meio confusa, e vi que elas o seguiam com olhos ávidos.

— Eu te disse que ele não aceitou a rosa de Susy — disse uma das duas.

— Ela deu a ele pessoalmente... Eu tinha certeza de que ele ia pegar, mas passou por ela e seguiu em frente.

— Talvez tenha namorada...

Eu me forcei a não continuar ouvindo. Era incômodo escutar pessoas falando dele daquela forma. Todas o desejavam ardentemente, como se ele fosse inatingível, o príncipe de um conto de fadas sem título. Afinal, Rigel tinha uma beleza rara, sutil como a lâmina de uma faca e tão letal quanto. E, mesmo quando ia embora, deixava para trás um rastro de sussurros.

— Vou para a aula — murmurei, tentando afastar aquele peso que pressionava o meu peito.

Não sabia o que era, porém não gostava daquilo.

Mas a possibilidade de descobrir...

Agradava-me ainda menos.

O dia passou com uma velocidade espantosa.

No meio da aula, dois integrantes do comitê bateram à porta. Entraram com cestos de vime, trazendo no rosto os sorrisos de quem distribui alegrias e lágrimas com um mero gesto.

Fiquei surpresa ao ver uma menina recebendo uma rosa azul raríssima.

— É fácil deduzir quem mandou — sussurrou Billie ao meu lado. — O azul representa a sabedoria. Alguém admira a inteligência dela, e com certeza não é uma tonalidade que um dos energúmenos do time daria... Olhe só a cor que Jimmy Nut ficou!

Vi o meu colega se esconder atrás do livro de história e sorri.

Então, um membro do comitê parou na nossa frente.

Surpresa, vi que ele estava lendo o nome em um cartão; depois, separou uma flor das outras e a trouxe para nós, enquanto eu arregalava os olhos.

Eu me virei. Ao meu lado, Billie sorriu.

— É para mim? — perguntou ela.

O garoto fez que sim e Billie pegou a rosa.

— É branca — constatei, radiante. — Não é o símbolo do amor puro?

— Recebo todo ano — confessou com ternura. — Eu nunca recebo muitas flores. Na verdade, praticamente nenhuma... Mas, todo ano, eu ganho essa.

— Ela a virou delicadamente, admirando-a. — É sempre branca... Todo ano. Uma vez cheguei a ver a sombra de um garoto perto do meu armário, mas nunca descobri quem me mandou.

Notei um leve rubor nas bochechas dela e então entendi por que ela amava tanto o Dia das Flores.

— Você tem que pôr na água — disse a ela com um sorriso delicado. — Depois da aula eu te acompanho.

Quando saímos da sala no fim do dia, Billie ainda carregava a flor na mão.

— A rosa está ficando triste — comentou ela, sorrindo. — Olhe!
— Ela vai se recuperar. — Observei as pétalas ligeiramente flácidas. — Vamos à fonte!

Desnecessário dizer que a fonte em questão estava mais movimentada do que uma tigela de alpiste, com uma longa fila de garotas exibindo as próprias flores com orgulho e se gabando para as amigas.

— Tem uma torneira no final do pátio — propôs Billie —, vai ser mais rápido.

Nós nos viramos e seguimos contra o fluxo.

Enquanto nos dirigíamos aos fundos da escola, Billie retomou o papo, muito animada.

— Aliás, e a minha foto? Você guardou? — perguntou ela, feliz da vida.

Senti um embrulho no estômago.

A ideia de ter perdido aquela foto me enchia de vergonha. Billie tinha compartilhado a sua paixão comigo e eu tinha adorado o presente, mas acabei perdendo-o, e não fazia ideia de como fiz isso. Não queria que ela achasse que eu não me importava, então me vi tendo que mentir de novo.

— Guardei — respondi, engolindo em seco.

Ao vê-la sorrir daquele jeito, prometi a mim mesma que, quando chegasse em casa, iria procurar a foto e achá-la. Simplesmente não podia ter desaparecido no ar. Não era possível que eu a tivesse perdido de verdade...

Chegamos aos fundos, onde havia uma superfície de concreto com uma cesta ao lado da cerca; a torneira ficava bem ao lado dela.

— Espere aí! — Billie deu um tapa na testa. — Deixei a garrafa na sala! — Ela arregalou os olhos e acrescentou: — Espero que o zelador ainda não tenha chegado!

Ela voltou correndo, prometendo que seria rápida. Sozinha com os meus pensamentos, não consegui parar de pensar onde estaria aquela foto...

Um barulho me trouxe de volta à realidade.

Ouvi um som de passos, mas não consegui identificar de onde vinha. Reparei nas janelas que davam para as salas de aula do primeiro andar: uma delas estava aberta.

— Não me surpreende te encontrar aqui.

Congelei no mesmo instante.

Aquela voz.

Eu não conseguia descrever a sensação de ouvi-la tão perto. Era como se ele estivesse ao meu lado, com os olhos pretos e o charme irreprimível.

Dei um passo para o lado, com o corpo tenso, e confirmei as minhas suspeitas.

Rigel estava ali.

Ainda estava sentado, como se tivesse ficado para trás lendo um último parágrafo. Estava guardando o livro na mochila e, ao lado dele, por trás, havia uma cascata de fios brilhantes.

Eu a reconheci na mesma hora: era a garota que tinha segurado a porta da sala de música no dia que ele estava tocando. O mínimo que se podia dizer era que ela era muito atraente. O corpo esguio e as formas sinuosas lhe conferiam a aparência de uma fada. Ela estava de pé, ao lado da escrivaninha dele, e notei que tinha mãos muito bem-cuidadas, com unhas pintadas de uma cor clara; eram delicadas e perfeitas, bem diferente das minhas, cheias de arranhões e curativos. E os longos dedos dela seguravam...

Uma rosa vermelha.

— Você espera que eu aceite? — perguntou Rigel a ela, indiferente, com uma pitada de escárnio na voz.

Não tinha um fio de cabelo fora do lugar, mas no olhar prevalecia aquele brilho intimidador capaz de subjugar qualquer um.

— Bom... seria legal.

Aquele sussurro causou um efeito estranho: me incomodou. Rigel fechou a mochila e se levantou da cadeira.

— Eu não sou legal.

Depois, passou pela garota e se dirigiu ao corredor, mas ela estendeu a mão e o segurou pela alça da mochila.

— Então você é o quê? — perguntou, tentando chamar a atenção dele.

Rigel, por outro lado, a ignorou e nem se dignou a se virar. Ela arriscou um passo à frente e se aproximou daquelas costas largas.

— Eu queria saber mais sobre você. Quero desde o primeiro dia em que te vi, sentado naquele piano — disse suavemente, fazendo Rigel se virar devagar. — Adoraria que a gente se conhecesse melhor... — A garota ergueu a rosa e olhou diretamente nos olhos dele. — Você poderia pegar a flor... E me contar alguma coisa sobre você. Tem muitas coisas que eu ainda não sei, Rigel Wilde... — sugeriu ela em tom sedutor. — Por exemplo, que tipo de cara você é?

Rigel não estava mais seguindo em direção à porta.

Ficou olhando para a rosa, enquanto o cabelo preto emoldurava o rosto perfeito e as feições esculturais. Então o encarei... e não havia o menor brilho nos olhos dele.

Estavam impassíveis. Insensíveis. Duas paredes de diamante desprovidas de emoções.

Estavam vazios, frios, remotos, como estrelas mortas.

Ele a encarou. E eu entendi que ele estava prestes a lhe mostrar a sua máscara.

Rigel ergueu o canto da boca... e sorriu. Sorriu como sempre fazia, persuasivo como um animal malévolo.

Aquele sorriso enviesado era de tirar o fôlego, envenenava com a maldade e cativava com o poder de sedução. Era o sorriso de quem não permitia que ninguém se aproximasse.

Ele estendeu a mão e a fechou em volta da flor, sem tirar os olhos da garota. Começou a apertá-la e afundou lentamente os dedos até esmagá-la. Vários pedaços de pétalas se espalharam aos seus pés, como um punhado de borboletas mortas.

— Sou do tipo *complicado* — sibilou em resposta à pergunta dela.

Aquele timbre baixo e rouco me alcançou pelo ar e me deu um arrepio na espinha.

Em seguida, Rigel se virou e foi embora. Os passos desaparecendo para além da porta.

Mas eu o sentia. Como se ainda estivesse ali. A voz dele tinha aberto um caminho dentro de mim. Pairava no ar como um hematoma, violento e silencioso.

Levei um susto quando uma mão tocou o meu ombro. Eu me virei e Billie olhou para mim, confusa.

— Te assustei? — perguntou ela entre risos. — Desculpa! Encontrei a garrafa. Tive que discutir com o zelador, mas, no fim das contas, consegui recuperá-la! — Então, mostrou-me a garrafa, triunfante, e eu a encarei quase sem vê-la.

Nós a enchemos e voltamos. Billie estava falando comigo, mas eu não conseguia prestar atenção nela.

Não parava de pensar em Rigel.

Na elegante máscara por trás da qual ele se escondia.

No sorriso cínico e insolente, como se aquela tentativa de conhecê-lo fosse algo divertido e digno de pena.

Como ele fazia aquilo? Como enfeitiçava as pessoas daquela maneira?

Como impunha a sua vontade com o olhar e instilava medo no instante seguinte?

Do que Rigel era feito? De carne ou de pesadelos?

Billie avistou Miki em meio à multidão e correu atrás dela, radiante como um girassol.

— Miki! Olhe! Esse ano também!

Miki observou a rosa com o olhar distraído, cansada daquele dia, e Billie sorriu.

— Viu só? É branca!

— Como em todos os outros anos... — murmurou Miki enquanto abria o armário.

Uma rosa vermelha caiu no chão e ela fez um esforço para não dar bola, empurrando os livros naquela confusão de papéis e caules.

Billie se abaixou para pegá-la e a devolveu com um sorriso contente. Miki congelou. Ela olhou para Billie por um instante enquanto pegava lentamente a flor da mão da amiga. Então, deu uma última olhada na rosa e a jogou no armário junto com o resto.

— Hum... Você não acha que coloquei muita água? Será que é demais? E se eu a afogar? Nica, o que você acha? — perguntou Billie, virando-se para mim, e eu disse a ela que as flores certamente podiam fazer coisas mirabolantes, mas se afogar não era uma delas.

— Tem certeza? — perguntou. — Não queria estragá-la, parece tão delicada...

— Licença? — interveio uma voz, de repente.

Havia um garoto parado atrás de Miki, totalmente inconsciente de estar segurando entre as mãos um artefato vermelho brilhante.

— Licença?

Ele sorriu, confiante, e eu e Billie o encaramos enquanto ele insistia em dar um tapinha no ombro de Miki. Mas, de repente, empalideceu quando ela se virou com olhos em chamas.

— *Que foi?* — rosnou ela, amável como um touro furioso, acabando com qualquer boa intenção.

— Eu só queria... — O garoto parecia aflito.

Ele mexeu na rosa e o olhar de Miki tornou-se ainda mais penetrante.

— *O quê?*

— N... não... nada.

Ele se apressou em recuar, escondendo a flor nas costas. Esboçou uma risada nervosa e saiu correndo como se os pés estivessem pegando fogo.

Houve um instante de silêncio enquanto o observávamos bater em retirada.

— Uma coisa tem que ser dita — a voz de Billie ecoou no ar depois de um momento. — Todo mundo te acha bonita.

Miki levantou as mãos e Billie deu um gritinho cômico.

Elas começaram uma discussão acalorada, contorcendo-se como cobras d'água; enquanto isso, abri o armário, reprimindo um sorriso.

No instante seguinte...

O mundo parou.

O meu sorriso sumiu e todo o barulho foi engolido por aquela porta aberta, como se devorado por um buraco negro.

E assim era ela.
Preta.
Preta como uma noite sem lua.
Preta como eu nunca imaginei que algo tão delicado pudesse ser.
Preta como tinta.

Embora estivesse abalada demais para respirar, estendi a mão e a tirei daquela gaiola de metal. A rosa preta surgiu como um hematoma diante dos meus olhos, eriçada e selvagem, as pétalas impregnadas de um trágico fascínio.

Não era um caule liso e inofensivo como todos os outros. Estava cravejado de espinhos, que se prenderam nos meus curativos e quebraram a barreira de proteção.

Encarei a flor como se não fosse real.

E, daquela vez, não tive dúvidas. Sabia o que era.

O meu coração bateu forte e um mecanismo se acionou na parte de trás do cérebro. Percebi algo que eu já deveria ter entendido há tempos, e os livros caíram no chão enquanto eu recuava, os espinhos cravados nos dedos.

Eu não tinha perdido aquela foto.

Eu nunca a perderia.

E, quanto mais certeza tinha, mais aquela rosa se agarrava aos meus dedos, varrendo qualquer sombra de indecisão.

Eu me virei e comecei a correr.

O mundo me pareceu desfocado enquanto eu atravessava o corredor, depois o pátio e os portões, movida por um instinto irreprimível.

As pessoas olhavam desnorteadas para a flor que eu segurava na mão e os murmúrios se multiplicavam à medida que eu passava:

— É preta... — exclamavam.

— Ninguém nunca viu uma rosa preta...

E as meninas, inquietas:

— Que linda!

Mas é preta, preta, preta, eu não parava de pensar enquanto corria para casa sem sequer olhar para trás.

Enfiei a chave na fechadura às pressas, largando a mochila na escada e o casaco no último degrau. E, então, a minha ofensiva terminou ali, em frente àquela porta.

A rosa arranhava a pele da minha mão como se eu não conseguisse soltá-la, com todos aqueles espinhos cravados nos curativos.

Como se fosse a prova. A materialização daquela dúvida que agora gritava o nome *dele*.

Por mais louco, insano, ilógico e absurdo que fosse...

Será que tinha sido ele? Será que foi ele que pegou a minha foto?

"Não entre no meu quarto", dissera.

Em um rompante, abaixei a maçaneta e entrei.

Sabia que ele não estava ali, porque à tarde ficava preso na detenção. Fechei a porta atrás de mim e olhei ao redor.

Observei aquele ambiente desconhecido. Tudo ali estava no lugar certo: as cortinas lisinhas, a cama feita.

Era impossível não notar a ordem quase artificial que reinava naquele quarto. Parecia que Rigel nunca tinha dormido ali, por mais que os livros estivessem na mesinha de cabeceira e as roupas, dentro das gavetas.

Por mais que ele passasse a maior parte do tempo entre aquelas paredes...

Não.

Engoli em seco.

Aquele era o quarto *dele*.

Rigel dormia ali, estudava ali, vestia-se ali. A camiseta que estava na cadeira era de Rigel, a toalha que despontava do guarda-roupa era de Rigel, aqueles cadernos em cima da escrivaninha também eram dele, repletos da sua caligrafia elegante.

O perfume no ar era o de Rigel.

Uma estranha sensação de desconforto tomou conta de mim. Os espinhos pareciam abrir caminho em meio aos curativos, lembrando-me de ser rápida.

Avancei com cuidado, chegando perto da escrivaninha. Vasculhei os papéis empilhados, afastei alguns livros, depois olhei dentro do armário, na cômoda, até no bolso dos casacos.

Revistei tudo, certificando-me de colocar todas as coisas de volta no lugar. Olhei todas as gavetas da mesinha de cabeceira, que estavam meio vazias, mas a foto não estava ali.

Não estava...

Parei no meio do quarto e esfreguei o pulso na testa.

Àquela altura, eu já tinha procurado em todos os lugares.

Quer dizer, não. Não *em todos os lugares*...

Eu me voltei para a cama. Olhei o travesseiro, a borda do lençol perfeitamente alinhada; os cantos dobrados, sem um único vinco fora do lugar. E, por fim, o colchão.

E me lembrei das vezes em que eu escondia os pedaços de chocolate que nos serviam durante as visitas debaixo das molas, para comê-los sem que ninguém visse; lembrei-me dos palitos de picolé que guardava ali para que a diretora não encontrasse...

Eu deveria tê-lo ouvido.

Talvez, se eu não tivesse enfiado a mão embaixo do colchão para levantá-lo, tivesse me dado conta antes.

Talvez, se eu não tivesse segurado a rosa com tanta força entre os dedos, teria sentido o gelo que precedeu aquelas palavras.

— Eu já te *disse* pra não entrar no *meu* quarto.

De repente, mergulhei na mais sombria das realidades.

Eu tinha caído em uma armadilha.

Como se eu estivesse petrificada, os meus olhos se moveram até encontrarem os dele.

Rigel estava ali, diante da porta aberta, sombrio e instransponível como só ele sabia ser.

Terrível. Eu não poderia definir de outra maneira.

As pupilas eram pregos cravados na minha pele. Afiados e felinos, os olhos pretos brilhavam como abismos prontos para me engolir.

Eu não conseguia me mexer. Até o meu coração congelou.

Naquele momento, ele me pareceu tão alto e imponente que dava medo: os ombros tensos e os olhos implacáveis eram os de um guardião de pesadelos.

E eu tinha acabado de violar suas fronteiras.

Ainda estava tentando reagir quando, lentamente, sem dar um passo sequer... ele ergueu o braço. Levantou a mão e a apoiou na porta aberta. Em seguida, empurrou-a atrás de si.

O clique da fechadura me petrificou. Ele tinha acabado de fechar a porta.

— Eu... — Engoli em seco. — Estava só...

— *Só?* — repetiu ele, com a voz ameaçadora.

— Procurando uma coisa.

O olhar dele transmitia uma dureza assustadora. Esmaguei a rosa, sem saber no que mais me segurar.

— Uma coisa... no meu quarto?

— Eu estava procurando uma foto.

— E achou?

Hesitei, os lábios tremendo.

— Não.

— Não — sussurrou em tom conclusivo, estreitando os olhos.

A aura terrível que emanava da presença dele sugeria que eu deveria fugir para o mais longe possível dali.

— Você entra na toca do lobo, Nica, e depois espera que ele não te despedace.

Meu corpo inteiro ficou tenso quando ele veio na minha direção.

Todos os meus sentidos gritaram para que eu recuasse, mas eu me recusei a ceder.

— Foi você? — perguntei de repente, mostrando a rosa preta. — Foi você que me deu?

Rigel parou onde estava. Os olhos, secos e inexpressivos, concentraram-se na flor e ele ergueu a sobrancelha.

— Eu? — perguntou, incapaz de conter um toque de divertimento. Ele contraiu os lábios e abriu um sorriso zombeteiro, cheio de maldade. — Dar uma flor... *pra você?*

As palavras dele eram como mordidas. A confiança que eu havia sentido momentos antes vacilou, dando lugar à incerteza.

Olhei para baixo, hesitando diante dele, daquele jeito que tanto o divertia, e a curva que o sorriso fazia nos seus lábios se afiou feito uma faca.

Rigel me alcançou em poucos passos e tirou a rosa da minha mão.

Fiquei boquiaberta enquanto ele levantava a flor e começava a arrancar as pétalas; uma chuva de confetes pretos começou a cair sobre mim.

— Não! Não! Solta!

Lutei para recuperá-la. Era minha; apesar de tudo, aquela rosa era minha! Era um presente inocente, e depois que Rigel começou a zombar dela assim, senti a necessidade de defendê-la mais do que nunca.

Arranhei desesperadamente o tecido que cobria os braços dele para recuperá-la, mas ele a ergueu mais alto para que eu não pudesse alcançá-la.

Rigel rasgou e desintegrou cada pétala e, em um ataque de desespero, fiquei na ponta dos pés.

— Rigel, pare com isso! — Eu me agarrei ao peito dele. — *Pare com isso!*

Arregalei os olhos enquanto perdia o equilíbrio.

Em um gesto instintivo, eu me apoiei nele, mas Rigel não devia estar esperando aquilo, pois só consegui arrastá-lo comigo.

Caí na cama e senti o colchão ceder sob as minhas costas.

Não tive tempo de pensar em nada... Algo caiu em cima de mim e o teto sumiu entre os meus cílios semicerrados. Por um momento, só consegui enxergar um mosaico de pontos vagos que me obrigou a fechar os olhos.

Senti algo se acomodar delicadamente no meu cabelo e na curva do pescoço. Eram pétalas. Eu as reconheci com muita dificuldade enquanto um peso saía do meu peito.

Quando consegui focar a imagem...

Fiquei sem fôlego.

O rosto de Rigel estava a um palmo do meu.

O corpo dele pairava sobre mim.

Foi tudo tão inesperado que o meu coração quase saiu pela boca. Um dos joelhos de Rigel estava apoiado entre as minhas coxas e o tecido da sua calça beliscava a minha carne. A respiração dele, úmida e ofegante, queimava a minha boca, e as mãos estavam afundadas em cada lado do meu rosto como as garras de uma águia.

Mas, assim que vi a perturbação nos olhos dele, comecei a tremer. Naquele olhar havia algo que eu nunca tinha visto antes, um brilho de secar a garganta.

Um brilho que se refletia nos meus lábios entreabertos, no ar que inflava o meu peito ritmicamente e no rubor que aparecia nas minhas bochechas. Estávamos tão próximos que as batidas na minha garganta eram as dele.

O meu espanto era o dele.

A minha respiração era a dele...

Tudo era dele, até a minha alma.

Um calafrio me percorreu. A minha mente gritou em desespero. Reunindo forças que nunca achei que tivesse, eu o empurrei para longe de mim.

Em seguida, levantei-me da cama e saí correndo dali.

Tropecei pelo corredor e cheguei ao meu quarto. Ao entrar, fechei a porta e pressionei as costas contra ela, deslizando até chegar ao chão.

O coração martelava contra as costelas, causando-me uma dor enorme, e calafrios me devoravam. A pele ainda anunciava a presença de Rigel, como se tivesse sido impressa em mim por toda parte.

O que ele estava fazendo comigo?

Que veneno tinha injetado em mim?

Tentei regular a respiração, mas algo queimava dentro de mim e se agitava loucamente.

Sussurrava no ouvido, brincava com as batidas do coração e caminhava entre os pensamentos.

Alimentava-se das sensações e as transformava em calafrios.

Não tinha lógica.

Não tinha medida.

E não tinha sequer... delicadeza.

10
UM LIVRO

A inocência não é algo que se perde.
A inocência é algo que se é,
não importa o quanto doa.

Não conseguia me mexer. As minhas pernas tremiam, eu não enxergava nada. A escuridão era completa. As minhas pupilas se moviam de um lado para o outro, como se esperassem alguém. As unhas arranhavam o metal, febris e espasmódicas, mas eu não conseguia me libertar. Jamais conseguiria.
Ninguém viria me salvar. Ninguém responderia aos meus gritos. As têmporas latejavam, a garganta ardia, a pele rachava por dentro e eu estava sozinha... sozinha...
Sozinha...
Arregalei os olhos com um soluço abafado.
O quarto estava girando, eu sentia um embrulho no estômago: levantei-me, estava com falta de ar. Tentei me acalmar, mas o suor era como gelo nas costas, prendendo o terror na pele.
Arrepios viscosos percorriam todo o meu corpo e o coração ameaçou explodir no peito.
Eu me aconcheguei na cabeceira da cama e abracei o boneco em forma de lagarto que os meus pais tinham me dado, como quando eu era pequena.
Estava a salvo. Aquele era outro cômodo, em outro lugar, em outra vida...
Mas a sensação persistia. Ela me esmagava, me dobrava sobre mim mesma. Quando dei por mim, estava de volta àquele lugar, naquela escuridão. Voltava a ser criança.
Talvez ainda fosse.
Talvez eu nunca tivesse deixado de ser. Algo dentro de mim havia se quebrado muito tempo antes, permanecera pequeno, infantil, ingênuo e assustado.
Havia deixado de crescer.

E eu sabia... sabia que não era como os outros, porque eu ia crescendo, mas aquela parte deformada de mim continuava criança.
Eu ainda olhava o mundo com os mesmos olhos.
Reagia com a mesma ingenuidade.
Procurava a luz nos outros como a havia procurado *Nela* quando era pequena, sem jamais encontrá-la.
Eu era uma borboleta acorrentada.
E possivelmente...
Sempre seria.

— Nica, você está bem?
Billie me olhava com a cabeça inclinada e a cabeleira volumosa presa para trás com uma faixa.
Eu tinha passado a noite em claro, tentando não mergulhar nos pesadelos, e o meu rosto refletia isso.
A escuridão não me trazia paz. Eu tinha tentado deixar a luz da cabeceira acesa algumas vezes, mas Anna percebera e, pensando que tivesse sido um descuido meu, entrara no quarto e a desligara. Eu não ousei dizer a ela que preferia dormir com a luz acesa, como uma criancinha.
— Estou — respondi, tentando soar natural. — Por quê?
— Não sei... Você está mais pálida do que o normal. — Os olhos dela me estudaram de perto. — Parece cansada... Não dormiu direito?
A ansiedade me puxou como um fio. No mesmo instante, comecei a sentir uma agitação injustificada. Eu estava acostumada com aquele tipo de reação, muitas vezes me via assaltada por preocupações exageradas que alimentavam a minha parte mais frágil e infantil. Era sempre assim quando se tratava *daquilo*.
As mãos suavam, o coração parecia prestes a quebrar e eu só queria ficar invisível.
— Está tudo bem — respondi em voz baixa.
.Eu me perguntei se tinha soado convincente, mas Billie pareceu ter de fato acreditado.
— Se quiser, posso te dar a receita de uma infusão relaxante — aconselhou. — A vovó fazia para mim quando eu era pequena. Depois eu te mando!
Após Anna ter me dado o celular, Billie me pediu no mesmo instante para salvarmos nossos números, além de me dar algumas instruções sobre como configurá-lo.

— Vou pôr uma borboleta — ela me informara ao salvar meu nome na lista de contatos. — São emojis — me explicara, toda animada. — Olha, o da minha avó é um rolo de massa. E coloquei um panda no nome da Miki, mas aquela ingrata não merece. Ela salvou o meu contato com um emoji de cocô...

Havia tanta coisa para aprender que no momento eu mal conseguia enviar uma mensagem sem me atrapalhar.

— Terminaram de fofocar? — perguntou uma voz indignada. — Não trouxe vocês aqui para se divertirem. Essa é uma aula como outra qualquer! *Silêncio!*

As conversas paralelas morreram. O professor Kryll examinou cada aluno que ocupava o laboratório. Depois, ordenou que colocássemos os óculos de proteção e prometeu suspender quem não usasse os instrumentos corretamente.

— Por que você escreve seu endereço de casa na capa dos livros? — Billie me perguntou em voz baixa enquanto eu empurrava o livro de biologia para um canto da mesa que estávamos dividindo.

Observei a etiqueta com meu nome, a matéria, o ano e tudo mais.

— Por quê? É esquisito? — questionei envergonhada, lembrando-me da alegria que senti ao escrever o endereço de casa. — Assim, se eu perder, as pessoas vão saber de quem é, não?

— E o nome já não era suficiente? — respondeu ela entre risadas, fazendo-me corar.

As pessoas poderiam se confundir...

— Estão todos prontos? — berrou Kryll, atraindo todos os olhares.

Coloquei os óculos e ajeitei o cabelo atrás das orelhas.

Parte de mim estava eufórica. Eu nunca tinha tido uma aula no laboratório antes!

Vesti as luvas de plástico e estudei a sensação delas nos meus dedos.

— Espero que ele não faça a gente estripar enguias, que nem da última vez — murmurou alguém atrás de mim. Franzi as sobrancelhas com um sorriso inseguro.

Estripar?

— Muito bem — anunciou Kryll. — Agora podem colocar o material em cima da mesa.

Virei para o lado e achei uma pasta com uma caneta presa por um barbante. Peguei o material enquanto ele acrescentava:

— E lembrem-se: o bisturi não corta os ossos.

— O bisturi não corta... o quê? — perguntei ingenuamente, antes de cometer o erro de olhar para baixo.

Senti a pele se arrepiar com um espasmo terrível.

A rã morta jazia de braços abertos sobre uma tábua de corte de metal.

Olhei para ela horrorizada enquanto o sangue sumia do meu rosto. De repente, percebi o que estava acontecendo: na minha frente, dois garotos examinavam a fileira de facas como se fossem açougueiros experientes; um pouco mais adiante, uma garota ajustava as luvas com um estalido; perto da porta, outro garoto, inclinado para a frente, com certeza não estava fazendo respiração boca a boca com sua rã.

Socorro!

Eu me virei a tempo de ver Kryll saindo do que parecia ser uma câmara de tortura — um depósito dentro do qual entrevi frascos, ampolas e recipientes cheios de borboletas esvoaçantes, besouros, centopeias e cigarras.

Senti meu estômago se revirar.

Billie ergueu o bisturi, sorridente.

— Quer cortar primeiro? — ela me propôs, como se estivéssemos falando de um bolo de carne.

Àquela altura, tive certeza de que estava passando mal.

Eu me agarrei à mesa e a pasta escorregou das minhas mãos.

— Nica, o que houve? Você está bem? — ela me perguntou.

Alguém atrás de mim se virou para me olhar.

— Eu... não. — Engoli em seco, pálida.

— Você está meio verde... — comentou Billie, examinando-me. — Não tem medo de rã, não, né? Não se preocupe, ela está morta! *Mortinha da Silva!* Viu só? Olha! — E começou a cutucá-la com o bisturi, enquanto eu a observava, apavorada.

Meus óculos embaçaram com minha própria respiração e, pela primeira vez na vida, rezei para ser punida e expulsa da aula.

Não, aquilo não. Eu não conseguiria. Não conseguiria de jeito nenhum...

— Eu não acredito nisso — disse uma voz atrás de mim —, a defensora dos caracóis tem medo de uma rãzinha...

Na mesa logo atrás da minha, reconheci o garoto que eu tinha encontrado na mureta e no shopping.

Ele abriu um sorriso, com os óculos puxados por cima do cabelo.

— Oi, garota-caracol.

— Oi... — sussurrei. Ele me olhou como se quisesse dizer alguma coisa, mas, no instante seguinte, Kryll nos mandou voltar ao trabalho aos gritos.

— Não se preocupe, Nica, eu cuido disso — Billie me tranquilizou ao ver que eu estava usando a pasta como escudo. — Você claramente nunca teve uma aula em laboratório antes! E não precisa ter vergonha, tá? É brincadeira de criança! Deixa que eu corto e você escreve o que acontece.

Fiz que sim com dificuldade, dando uma olhada à minha volta.

Espiei a rã, lançando-lhe um olhar de compaixão. No entanto, arrependi-me no momento em que Billie sorriu e empunhou o bisturi.

— Muito bem! Então... cuidado com os respingos!

Eu me encolhi enquanto um som viscoso perfurava os meus ouvidos. Aproximei a pasta do rosto até conseguir enxergar apenas a página em branco.

— Aí está! Esse é o coração! Ou é um pulmão? Caramba, que macio... Que cor estranha ele tem! Olha aqui que coisa... Nica, você está anotando?

Fiz que sim rigidamente, escrevendo de qualquer maneira.

— Ah, *meu Deus*... — eu a ouvi murmurar.

Virei a página segurando a caneta com força.

— Ah, é tão viscoso... Escuta só que barulho pegajoso ela faz... *eca*...

Talvez tenha sido a providência. O destino. A salvação.

Fosse o que fosse, tinha vindo na forma de um pedaço de papel.

Eu o vi na mesa, bem ao meu lado.

Quando o abri nervosamente, vi que dentro havia apenas duas letras. "Ei."

Alguém limpou a garganta e eu me virei. O garoto estava de costas para mim, mas notei que o canto de uma página de seu caderno estava rasgado.

Entreabri os lábios, incerta, mas tomei um susto antes que pudesse fazer qualquer coisa.

— Dover! — gritou o professor, e eu arregalei os olhos. — O que é que você tem aí? — Várias pessoas se viraram na minha direção.

Ah, não!

— O... onde?

— Aí! Você está segurando alguma coisa, eu vi!

Ele se aproximou a passos largos e eu comecei a olhar ao redor freneticamente. O pânico tomou conta de mim.

O que Anna e Norman diriam se soubessem que eu não estava prestando atenção na aula? Que tinha sido flagrada com um bilhete nas mãos?

Eu não sabia o que fazer. Não raciocinei. Vi o professor vindo furioso na minha direção e, num rompante de desespero, virei-me de costas para ele e enfiei o papel na boca.

Mastiguei feito uma maníaca, mandando ver como raramente tinha feito na minha vida de privações.

E, como se não existisse limite para a vergonha, eu me vi cara a cara com o garoto que o havia passado para mim; em choque, ele me viu devorar o papel.

No fim das contas, pelo menos consegui sair viva da situação.

Kryll não se convencera muito ao ver que eu não tinha nada nas mãos.

Ele me lançara um olhar desconfiado, depois ordenara que eu não me distraísse de novo e continuasse a tarefa.

Eu me perguntei o que ele pensaria se me visse nesse momento, acelerando o passo pela calçada, os braços em volta do tronco como se estivesse com dor de barriga.

Quando já estava longe o suficiente, espiei por cima do ombro.

Eu estava perto da ponte, onde a grama descia até o rio. Fiquei de joelhos e abri o zíper do moletom.

O besouro voava agitado dentro do frasco que eu segurava nas mãos. Eu o observei em meio às mechas de cabelo úmidas que emolduravam o meu rosto.

— Não se preocupe — confidenciei a ele como se fosse nosso segredo —, eu já te tirei de lá.

Tirei a tampa e apoiei o frasco no chão. Ele ficou no fundo, assustado demais para sair.

— Vai — sussurrei —, antes que alguém te veja...

Virei o frasco e o besouro caiu entre os caules das plantas, mas não se mexeu.

Olhei para ele. Era pequeno, diferente. Muitos o teriam achado nojento, assustador, mas eu só sentia pena. Metade das pessoas não o teria notado, porque era insignificante, outras o teriam matado por ser considerado feio demais.

— Você não pode ficar aqui... Vão te machucar — sussurrei com amargura. — As pessoas não entendem... Têm medo. Vão te esmagar só para não terem que passar por você.

O mundo não estava acostumado a ver seres diferentes como nós. O mundo nos trancava em instituições só para nos esquecer, nos mantinha longe de tudo, na poeira, e superava a nossa existência, porque assim era mais confortável. Ninguém queria nos ter por perto, o simples fato de nos ver já os incomodava.

Eu sabia muito bem disso.

— Vamos... — Raspei um pouco a terra perto das patas do besouro e então ele abriu as asas, ergueu-se no ar e desapareceu. Suspirei e senti o coração ficar mais leve. — Tchau...

— Ah, meu Deus... Parece que falar sozinho não é direito exclusivo dos loucos.

Escondi o frasco. Eu não estava sozinha. Havia duas garotas me observando com olhares irônicos e cheios de pena. Reconheci uma delas: era a garota que tinha dado a rosa vermelha a Rigel. O cabelo brilhoso e as mãos muito bem-cuidadas eram os mesmos que eu tinha visto pela janela.

Quando os nossos olhares se encontraram, ela sorriu para mim com ar de pena.

— Assim você assusta os pombos.

De repente, senti uma pontada de vergonha no estômago. Será que tinham me visto soltar uma criatura do laboratório? Tomara que não, caso contrário, eu ia me dar mal de verdade.

— Eu não estava fazendo nada — falei, apressada, a voz soando fraca e aguda demais, e as duas caíram na gargalhada.

Entendi na mesma hora que o que as divertia não era o que eu tinha feito, mas eu mesma. Elas estavam rindo de mim.

— "Eu não estava fazendo nada" — repetiu a outra, me imitando com uma voz ridícula. — Quantos anos você tem? Parece até uma garotinha recém-saída do Ensino Fundamental.

Elas encararam os curativos coloridos e eu mergulhei nas minhas inseguranças, assim como acontecia quando era pequena.

Refleti que elas tinham razão. Eu me encolhi até me sentir uma garotinha em comparação a elas, um bichinho insípido e estranho com mãos arranhadas e pele cinza opaca, como a de um monstrinho que ficara trancado por tempo demais.

Elas me viram em um daqueles momentos em que eu entrava no meu próprio mundinho, e não havia nada mais vulnerável para mim.

— As criancinhas do jardim de infância lá do fim da rua também têm amigos imaginários. Talvez você possa ir lá e conversar com elas. — Elas começaram a rir. — Vocês podem trocar sucos de caixinha... Mas sem brigar. Vai, vai lá com os seus amiguinhos.

A garota da rosa chutou a minha mochila.

Sobressaltada, eu a puxei para perto de mim, mas ela pisou na minha mão. A dor me fez retirá-la imediatamente: olhei perdida para a garota, sem conseguir entender aquela atitude. Ela me encarou de cima e fez com que eu me sentisse patética.

— Talvez eles possam te ensinar a não bisbilhotar a conversa dos outros. Por acaso os seus pais nunca te disseram que é falta de educação?

— Nica!

Uma nova voz surgiu entre a gente.

Atrás das duas garotas, com um punho apoiado na lateral do corpo, uma figura não muito alta nos encarava com cautela.

Era Miki.

— O que você está fazendo? — perguntou, ríspida.

A garota sorriu para ela.

— Ah, olha só quem está aqui. O centro social está fazendo uma convenção, eu não sabia. — Ela levou as unhas pintadas aos lábios. — Que amor! Devo providenciar um chá para vocês?

— Tenho uma ideia melhor — respondeu Miki. — Por que vocês não metem o pé daqui?

Algo se alterou na expressão da garota, mas a amiga olhou para o chão e se escondeu atrás dela.

— O que você disse, babaca?

— Ei, vamos embora... — sugeriu a companheira.

— Não tem nenhuma veia para cortar por aqui?

— Claro — rebateu Miki. — Estou com a lâmina aqui, por que a gente não começa pelas suas?

— Vamos embora, vai — sussurrou a outra de novo, puxando a manga da amiga.

A garota examinou Miki da cabeça aos pés com cara de nojo.

— Sua nerd esquisita — disse ela, com desgosto.

Em seguida, virou-se e seguiu pela calçada com a amiga, sem nem olhar para trás. Quando as duas já estavam longe o bastante, Miki olhou para mim.

— Elas te empurraram?

Olhei para cima e me levantei do chão.

— Não — respondi, baixinho.

Eu a senti procurando os meus olhos, com cautela, como se quisesse me sondar, e torci para que ela não conseguisse ler a vergonha no meu olhar.

— E você, o que está fazendo aqui? — perguntei, tentando desviar a atenção dela. — Vai pegar o ônibus para voltar para casa?

Miki hesitou. Olhou para o cruzamento que ficava a cerca de vinte metros da gente.

— Vão me buscar no fim da rua — respondeu ela, relutante.

Segui a direção que os olhos indicaram.

— Ah... Mas por quê?

Eu esperava não ter soado muito invasiva. A verdade era que, naquele momento, eu sentia vergonha demais para não falar além da conta.

— Prefiro assim.

Talvez Miki não gostasse que os outros vissem quem vinha buscá-la, ou como voltava para casa. Talvez não se sentisse à vontade, então respeitei o silêncio e não fiz mais perguntas.

— Tenho que ir — disse Miki quando o celular tocou no bolso.

Ela olhou para a tela sem desbloqueá-la e eu assenti, colocando o cabelo atrás da orelha.

— Até amanhã, então — falei. — Tchau.

Ela passou por mim sem muita cerimônia e seguiu em frente. Eu a vi descer a calçada, e a minha voz dominou o espaço:

— Miki!

Ela se virou para mim.

Eu a observei por um instante. E então... sorri. Sorri com os olhos serenos, em paz, enquanto o vento bagunçava o meu cabelo.

— Obrigada.

Miki me deu um olhar demorado, sem dizer nada. E me observou como se, pela primeira vez desde que me conhecera, finalmente conseguisse me enxergar.

Cheguei em casa alguns minutos mais tarde.

O calor da entrada me abraçou, assim como acontecia todos os dias. Eu me senti mimada, aninhada, segura.

Mas congelei quando vi a jaqueta de Rigel pendurada em um dos ganchos.

Pensei nele de repente e, antes que eu me desse conta, algo se contorceu no meu peito.

Agora que a punição tinha acabado, eu teria que me acostumar com a presença dele o tempo inteiro.

Eu havia passado a manhã toda tentando não pensar nele. Lembrar-me daquela respiração na minha boca me fazia tremer mais do que nunca.

Não era normal o efeito que Rigel causava em mim.

Não era normal ainda senti-lo em cima de mim.

Não era normal o jeito como a voz dele fazia o meu sangue ferver.

Não havia nada que fosse normal, talvez nunca tenha havido.

Eu queria esquecê-lo. Lavá-lo da minha pele. Arrancá-lo de mim.

Mas qualquer coisinha me fazia mergulhar de volta naquelas sensações...

De repente, a campainha me tirou desses devaneios.

Com um sobressalto, fui em direção à porta.

Quem poderia ser àquela hora? Anna já estava na loja e eu tinha certeza de que Norman não passaria em casa; com a iminência da convenção, ele dedicava todo o tempo livre que tinha aos preparativos.

Espiei por trás do vidro texturizado e abri a porta.

A última pessoa que eu esperava ver estava à minha frente.

— Oi... — O garoto me cumprimentou levantando a mão.

Era ele. Do laboratório. Do shopping. Do caracol.

Encarei-o espantada.

O que ele estava fazendo ali?

— Desculpa aparecer aqui do nada... Hum... Estou atrapalhando? — perguntou, coçando o pescoço. Fiz que não com a cabeça, impactada com a visita inesperada. — Então, tá. Eu... Só passei para te dar isso aqui — comentou, e então me entregou algo. — Espero que não tenha interrompido nada, mas... você esqueceu no laboratório.

Era o meu livro de biologia. Peguei-o com cuidado, surpresa comigo mesma.

Eu tinha esquecido? Como era possível? Tinha certeza de que a mesa estava vazia quando saí do laboratório. Será que, na pressa de pegar o frasco, não percebi?

— Vi o endereço na parte de cima e, bom... como por acaso eu estava pela área...

Eu me perguntei o que estava acontecendo comigo; nunca na vida tinha me dado ao luxo de me distrair a ponto de perder algo.

Primeiro a foto, agora o livro...

— Obrigada — respondi, segurando o livro com firmeza entre os dedos; o garoto parou quando os meus olhos claros encontraram os dele. Baixei o queixo e toquei a ponta do nariz com o indicador. — Ando perdendo tudo ultimamente — brinquei, meio nervosa, tentando minimizar aquela situação na qual nunca havia me encontrado até aquele momento. — Não sei onde estou com a...

— Eu sou Lionel. — Levantei o rosto e ele pareceu se envergonhar; por um momento, encarou o chão antes de se voltar para mim. — Meu nome é Lionel. Afinal, pelo que me lembro, a gente ainda não tinha se apresentado.

Ele estava certo. Abracei o livro com uma pontinha de timidez.

— Eu sou Nica — respondi.

— Sim, eu sei.

Lionel esboçou um sorriso e apontou para a etiqueta com o meu nome na capa.

— Ah, verdade...

— Bom, sem dúvida é um progresso, não acha? Agora pelo menos você sabe o meu nome, caso tenha algum caracol por aí...

Ele riu e eu franzi o nariz enquanto um sorriso se espalhava pelas minhas bochechas.

A gentileza dele me atingiu como uma lufada de ar fresco. Não pude deixar de pensar no altruísmo de vir até a minha casa só para me trazer um livro.

Lionel tinha uma espessa cabeleira loira e um sorriso largo, que se estendia até as íris cor de avelã. Havia algo de espontâneo naqueles olhos. Algo que inspirava serenidade.

No entanto, de repente, o olhar dele mudou.
Ele desviou os olhos e encarou algo atrás de mim.
Um leve movimento do ar foi o bastante para que eu entendesse.
No instante seguinte, dedos finos pousaram no batente da porta, logo acima da minha cabeça. Uma mão pálida, com pulsos largos e definidos, que disparou um alarme na minha mente. Eu congelei e cada centímetro da minha pele reagiu à presença dele.

— Você está perdido?

Meu Deus, a voz dele. Aquele timbre rouco e insinuante. Ela ecoou no meu ouvido, tão perto que me vi atravessada por um arrepio quente.

Segurei o livro com força e desejei na mesma hora que ele se afastasse de mim.

— Não, eu... na verdade, eu estava passando por aqui. Sou Lionel — disse ele, olhando para Rigel com uma pontada de desconfiança. — Também estudo na Burnaby.

Rigel não respondeu, e o desconforto daquele silêncio se espalhou pela minha pele, então mordi as bochechas e tomei a iniciativa:

— Lionel veio trazer um livro que esqueci.

Senti, com toda certeza, o olhar de Rigel na minha nuca.

— Mas que *gentil*.

Lionel inclinou um pouco a cabeça e o olhou com atenção.

A aparição de Rigel sempre criava uma desordem estranha nas pessoas, uma perturbação difícil de explicar.

— Sim, pois é... A minha turma e a de Nica fazem as horas práticas do professor Kryll juntas. Somos colegas de laboratório — explicou ele, olhando para Rigel como se houvesse um ponto aonde quisesse chegar. — E... você? — perguntou, com as mãos nos bolsos.

"E você, quem seria?", parecia perguntar.

Rigel apoiou o pulso contra a porta, olhou para Lionel por baixo das sobrancelhas escuras e deu um meio sorriso, insolente e confiante. Foi só naquele momento que percebi que ele não estava usando moletom nem suéter: uma simples camiseta se ajustava ao peitoral definido, abaixo da auréola de cabelo preto.

— Não consegue adivinhar?

Rigel falou daquele jeito bem típico, daquele jeito astuto que incitava dúvidas, como se o fato de estar em casa comigo pudesse dar margem a várias interpretações.

Eles trocaram um olhar que eu não consegui definir, mas, quando Rigel olhou para mim, a expressão parecia deixar claro que a última palavra tinha sido dele.

— Anna está ao telefone — comentou. — Quer falar com você.

Quando me virei para ele daquela distância, tive noção de como estávamos próximos. Dei um passo para o lado para me afastar de Rigel e olhei ao redor da sala.

Anna estava esperando para falar comigo?

— Obrigada de novo por isso. Sério mesmo — murmurei para Lionel, sem saber direito o que acrescentar. — Tenho que ir lá... Até mais!

Eu me despedi dele com um pouco de pressa antes de correr até o telefone. Ele se inclinou na minha direção e tive a impressão de que ia falar alguma coisa, mas Rigel foi mais rápido.

— Até logo, Leonard.

— Na verdade, é Lion...

Em seguida, ouvi a batida seca da porta.

II
BORBOLETA BRANCA

Há um mistério em cada um de nós.
É a única resposta para tudo o que somos.

Eu sempre pensei que Rigel fosse como a lua.
Uma lua escura que mantinha o lado oculto escondido de todos, brilhando na escuridão até ofuscar as estrelas.

Mas eu estava errada.

Rigel era como o sol.

Vasto, ardente e inacessível.

Queimava a pele.

Cegava.

Desnudava os pensamentos e semeava dentro de mim sombras que envolviam tudo.

Quando eu chegava em casa, a jaqueta dele estava sempre ali. Bem que eu queria poder dizer que não me importava com aquilo, mas seria mentira.

Tudo era *diferente* quando ele estava por perto.

Os meus olhos o procuravam.

O meu coração afundava.

A minha mente não me dava trégua, e o único jeito de evitar encontrar aquele olhar perturbador era me trancar no quarto o dia inteiro, até Anna e Norman voltarem para casa.

Eu me escondia dele, mas a verdade era que existia algo que me assustava muito mais do que aquele olhar penetrante ou o temperamento indiferente e imprevisível.

Algo que se agitava no meu peito, mesmo quando paredes e tijolos nos separavam.

Certa tarde, porém, resolvi deixar as inseguranças de lado e ir ao jardim para aproveitar um pouco do sol.

Nessa região, o mês de fevereiro era ameno, claro e fresco — nunca tínhamos invernos excessivamente rigorosos.

Para aqueles que, assim como eu, tinham nascido e vivido no sul do Alabama, não era difícil imaginar estações tão amenas: árvores sem folhas e ruas molhadas, nuvens brancas em um céu que já cheirava à primavera ao amanhecer.

Amei sentir a grama sob os pés descalços de novo.

O sol desenhava um rendilhado de luzes na grama enquanto eu estudava à sombra de um damasqueiro, reencontrando um resquício de serenidade.

A certa altura, um barulho chamou a minha atenção.

Eu me levantei e me aproximei, curiosa, mas, assim que descobri a origem do som, vi que não era nada de promissor.

Era uma vespa. Uma das patas estava presa na lama e, toda vez que tentava voar, as asas zumbiam.

Apesar de toda a minha delicadeza, não pude deixar de olhar para ela com medo, estranhamente hesitante diante de um bichinho em apuros. As abelhas eram muito fofas, com as patinhas rechonchudas e o pescoço peludo, mas sempre tive um certo medo de vespas.

Alguns anos antes, eu tinha levado uma picada feia: doera por vários dias e eu não estava muito a fim de reviver aquela dor.

Mas a vespa seguiu se debatendo de forma tão inútil e desesperada que a parte mais terna de mim falou mais alto: aproximei-me insegura, dividida entre o medo e a compaixão. Tentei ajudá-la com um graveto, tensa, mas saí correndo com um grito estridente assim que ela soltou aquele zumbido cavernoso de novo. Depois, voltei com o rabinho entre as pernas, aflita, tentando ajudá-la mais uma vez.

— Não me pica, por favor — implorei enquanto o graveto quebrava na lama —, não me pica...

Quando consegui libertá-la, senti uma sensação de alívio no peito. Por um instante, quase sorri.

Então, a vespa levantou voo.

E eu empalideci.

Larguei o graveto e corri feito louca: escondendo o rosto nas mãos, gritando de uma maneira vergonhosa e infantil. Tropecei nos meus próprios pés e perdi o equilíbrio nos ladrilhos da entrada. Teria caído se alguém não tivesse me segurado no último segundo.

— O que... — Ouvi atrás de mim. — Você está louca?

Eu me virei de supetão, desnorteada, ainda segurando as mãos que me envolviam. Dois olhos me encaravam, perplexos.

— Lionel?

O que ele estava fazendo ali no jardim?

— Eu juro que não estou perseguindo você — disse ele, envergonhado.

Lionel me ajudou a ficar de pé e eu tirei um pouco de sujeira da roupa, surpresa por encontrá-lo ali. Ele apontou para a rua.

— Moro aqui perto. Alguns quarteirões mais adiante... Eu estava passando pela calçada e ouvi você gritar. Levei o maior susto — comentou em tom de reprovação, me olhando feio. — Posso saber o que você estava fazendo?

— Não, nada. Tinha um inseto... — Fiquei enrolando enquanto buscava a vespa com os olhos. — Fiquei assustada.

Ele me observou com a sobrancelha franzida.

— E... não dava pra matá-lo, em vez de gritar?

— É claro que não. Que culpa ele tem se eu tenho medo? — Fiz uma careta ligeiramente irritada.

Lionel me observou por um instante, surpreso.

— Você está... bem, então? — perguntou, olhando para os meus pés descalços.

Fiz que sim lentamente, e ele parecia não saber mais o que dizer.

— Tá... — limitou-se a murmurar, antes de concentrar o olhar em um ponto aleatório dos próprios sapatos. Em seguida, fungou e me lançou um último olhar. — Então... tchau.

Assim que Lionel se virou, me dei conta de que eu não havia nem agradecido. Ele tinha me impedido de cair, corrido para verificar se eu estava bem. Sempre tinha sido muito gentil comigo...

— Espera! — Eu o vi se virar. De repente, percebi que estava indo na direção dele com um pouquinho de entusiasmo demais. — Você... você quer um picolé?

Ele me olhou meio intrigado.

— No... inverno? — questionou, mas eu assenti sem titubear.

Lionel me encarou como se estivesse me examinando. Em seguida, pareceu entender.

— Eu topo.

🦋

— Picolé em fevereiro — comentou Lionel enquanto eu mordiscava o meu, feliz da vida.

Estávamos sentados na calçada e eu lhe dei o de maçã verde.

Eu adorava picolé. Quando Anna descobriu isso, comprou para mim aqueles picolés com balas congeladas de bichinhos dentro, e eu os encarei fascinada, incapaz de expressar a minha adoração.

Lionel e eu conversamos um pouco. Perguntei onde ele morava, se também passava pela ponte sobre o rio em meio à gritaria dos trabalhadores.

Descobri que era fácil falar com Lionel. De vez em quando, ele me interrompia no meio de uma frase, mas eu não ligava muito.

Ele me perguntou há quanto tempo eu tinha chegado, se eu gostava da cidade e, enquanto eu respondia, ele parecia me olhar de soslaio.

A certa altura, também me perguntou sobre Rigel. Fiquei tensa com aquela pergunta, como toda vez que o nome dele era mencionado.

— No início, eu não tinha entendido que ele era seu irmão — confessou Lionel, depois de eu ter explicado vagamente que Rigel era da minha família.

Ele encarou a bala de crocodilo na palma da mão antes de comê-la.

— Você pensou que ele fosse o quê? — perguntei.

Tentei não pensar em como ele tinha se referido a Rigel. Cada vez que eu ouvia alguém chamando Rigel de meu irmão, sentia o impulso de arranhar a primeira superfície que alcançasse com as unhas.

Lionel riu com entusiasmo enquanto balançava a cabeça.

— Deixa pra lá — respondeu, tranquilo.

Ele não me perguntou sobre a minha infância. E eu não fiz menção ao Grave. Nem ao fato de que, na verdade, aquele garoto dentro de casa não era realmente o meu irmão.

Foi bom fingir que eu era normal, só para variar. Nada de instituições, de diretoras, de colchões furados e molas que arranhavam as costas.

Apenas... Nica.

— Espera, não joga fora! — Eu o parei depressa quando Lionel estava prestes a quebrar o palito de picolé. Ele me olhou intrigado enquanto eu o arrancava da mão dele.

— Por quê?

— Eu guardo — respondi em voz baixa.

Ele me observou com um misto de diversão e curiosidade.

— Como assim? Você não é uma daquelas pessoas que fazem maquetes nas horas vagas, né?

— Ah, não. Eu imobilizo as asas dos pássaros quando eles se machucam.

Lionel olhou para mim sem palavras; então, pareceu concluir que eu estava brincando e começou a rir.

Pensativo, ele me observou enquanto eu me levantava e limpava a poeira da parte de trás da calça jeans e ficou um instante em silêncio.

— Escuta, Nica...

— Hum?

Sorri enquanto me virava para ele: as minhas íris o atingiram como um oceano de prata, prendendo-o no lugar. Vi o reflexo dos meus olhos grandes envolvendo os dele e, por um momento, Lionel pareceu incapaz de dizer qualquer coisa.

Ele fechou os lábios e me encarou, distante.

— Você... Você tem... olhos que... — Lionel balbuciou algo ininteligível e eu franzi as sobrancelhas.

— Quê? — perguntei, inclinando o rosto.

Ele balançou a cabeça, apressado. Em seguida, passou a mão pelo rosto e desviou o olhar.

— Nada.

Encarei-o sem entender, mas me esqueci do assunto na hora de me despedir. Eu ainda tinha que terminar o dever de casa.

— A gente se vê na escola amanhã.

Comecei a subir a entrada da garagem e Lionel pareceu perceber que era o momento de ir embora.

Ele hesitou antes de levantar o rosto.

— Podíamos pegar o número de telefone um do outro — deixou escapar, de repente, como se aquela sugestão estivesse na ponta da língua por um tempo.

Pisquei, surpresa, e o ouvi limpar a garganta.

— Sim, sabe... Assim, se eu faltar a aula, posso te perguntar qual foi o dever de casa.

— Mas a gente não é da mesma turma — observei inocentemente.

— É, si... sim, mas estamos no mesmo laboratório — enfatizou. — Talvez eu possa acabar perdendo alguma dissecação *importante*... Nunca se sabe... E aí Kryll ia reclamar à beça... Mas tanto faz, se você não quiser, não importa, tá? É só falar...

Ele continuou gesticulando, e não pude deixar de pensar que era meio bizarro.

Balancei a cabeça para conter aquele rio de palavras. Em seguida, abri um sorriso.

— Tudo bem.

Naquela tarde, Anna voltou antes do previsto.

Faltavam alguns dias para a convenção dos dedetizadores e ela me perguntou se eu estava precisando de algo, pois poderia comprar para mim.

— Vamos voltar no mesmo dia — avisou. — Vamos sair de madrugada e o voo dura uma hora e meia. Estaremos em casa depois do jantar, provavelmente perto da meia-noite. Seu celular funciona direitinho, né? Você já teve alguma dificuldade para ligar? Se surgir algum problema...

— Vamos ficar bem — tranquilizei-a com voz delicada, desejando não estragar aquele evento tão importante, pelo qual Norman esperava havia anos. — A gente sabe se virar, Anna, não precisa se preocupar com nada. Eu e Rigel...

Mas então me detive. O nome dele ficou preso na minha garganta feito um caco de vidro.

Só então percebi que teria que ficar sozinha em casa com ele o dia inteiro. Só com aquela presença preenchendo o silêncio dos cômodos. Só com o som dos passos dele e aqueles olhos que faziam barulho...

— C... como? — perguntei com um sobressalto, voltando à realidade.

— Você pode chamar Rigel? — repetiu Anna, colocando alguns pacotes de molho de tomate na bancada. — Eu queria falar disso com ele também...

Fiquei tensa e não me mexi. A ideia de ir procurá-lo, abordá-lo ou me encontrar de novo diante da porta dele me paralisava da cabeça aos pés.

Mas ela levantou o rosto para me olhar e eu me vi contraindo os lábios.

Vou ser boa, sussurrou uma vozinha dentro de mim.

Anna não sabia sobre o relacionamento controverso que Rigel e eu tínhamos.

E tinha que continuar não sabendo.

Ou eu correria o risco de perdê-la...

Eu me virei de forma quase mecânica e, sem dizer uma palavra, preparei-me para atender ao pedido dela.

Descobri que Rigel não estava no quarto: a porta estava entreaberta e ele não estava lá.

Procurei-o pela casa, sem encontrá-lo, espreitando os quartos na ponta dos pés, até que a lógica me levou ao lado de fora.

Os últimos raios de sol incendiavam os botões de gardênia; galhos escuros se destacavam contra todo aquele laranja, como se fossem as artérias capilares de um céu lindíssimo.

Percorri a varanda, com os pés descalços beijando a madeira, e parei assim que o vi.

Rigel estava no quintal, de costas para mim. A luz do entardecer banhava as roupas dele e espalhava reflexos escuros inesperados no cabelo, como sangue arterial.

Só consegui ver um segmento bem estreito do rosto dele. Estava cercado por um silêncio tão perfeito que me senti uma intrusa. Fiquei observando-o à distância, como sempre fazia, e não pude deixar de me perguntar por que estava ali.

Sim, justo ali, no meio daquela calmaria, com uma das mãos no bolso da calça e aquele suéter meio largo no pescoço; os ombros suaves e uma leve brisa acariciando os pulsos...

Você está olhando demais para ele, parte de mim me advertiu, *está olhando demais para ele. E não deveria.*

Mas, antes que eu pudesse desviar o olhar, uma vibração no ar chamou a minha atenção.

Uma borboleta branca voou pelo jardim, dançando por toda parte; deslizou pelos galhos da árvore e, de repente, pousou no suéter de Rigel.

Ela permaneceu suspensa na altura do coração, ingênua e corajosa. Ou talvez só louca e desesperançosa.

De repente, encarei-o e os meus olhos o estudaram, inquietos, com urgência.

Rigel inclinou a cabeça; os cílios roçaram as maçãs do rosto salientes enquanto ele olhava para a borboleta, as asas abertas para capturar o calor, frágil e inocente sob o olhar dele.

Em seguida, ele levantou um braço. E, antes que a borboleta pudesse voar, Rigel colocou a mão sobre ela e a aprisionou entre os dedos.

O meu coração afundou.

Com um peso imenso no peito, esperei o momento em que ele a esmagaria. Esperei ouvir o estalo que faria ao sufocá-la, como eu tinha visto tantas crianças fazerem no Grave.

Eu estava tão tensa que parecia até que Rigel estava *me* esmagando. Esperei, esperei e...

Ele abriu os dedos.

E a borboleta estava ali. Subiu pela mão dele, inocente e despreocupada, e ele ficou observando-a, com o crepúsculo nos olhos e o vento despenteando o cabelo.

Rigel a viu voar para longe. O olhar dele subiu ao céu e o sol desenhou, na minha frente, um espetáculo nunca antes visto.

Encarei-o, envolto naquela luz quente e pura que nunca pensei que lhe cairia bem... Ele, que parecia ser feito para sombras e buracos negros, cinza e trevas. Eu tinha até chegado a acreditar que ele era quase perfeito assim: um anjo exilado que não pode ser outra coisa senão o que é, um belo Lúcifer condenado a amaldiçoar o paraíso por toda a eternidade.

Mas, naquele momento...

Olhando-o à luz daquele gesto, em meio às cores vívidas, suaves e quentes, percebi que nunca o tinha visto tão esplêndido como naquele momento.

Você está olhando demais para ele, sussurrou meu coração. *Sempre olhou demais para ele, para o fabricante de lágrimas, a tinta que tece a história. Não deveria, não deveria.* Então, juntei as mãos, juntei os braços. E me contraí, antes de me dirigir a ele.

— Rigel.

Vi que ele baixou as pálpebras. Então, virou a cabeça e me olhou por cima do ombro com as íris profundas.

Senti como se voassem para dentro de mim, cavando abismos nas minhas entranhas sem que eu tivesse dado permissão.

Incendiaram a minha pele e eu me arrependi de todo aquele tempo que passei encarando-o, arrependi-me de não conseguir sustentar o olhar dele sem sentir que estava se apropriando de algo de mim.

— Anna quer falar com você.

Você sempre olhou demais para ele.

Eu me afastei às pressas, fugindo daquela visão. Mas tive a impressão de que parte de mim ainda estava ali, presa para sempre naquele momento.

— Ele já está vindo — avisei a Anna antes de sair da cozinha.

Fui dominada por emoções indefiníveis, das quais não sabia como me livrar.

Fiz um esforço para lembrar que ele tinha destruído a rosa, que tinha me expulsado do quarto dele, advertido-me para sempre ficar fora do caminho. Eu me lembrei do escárnio, da dureza e do desprezo que tantas vezes enchiam os olhos de Rigel e me assustei com as sensações que, apesar de tudo, não me deixavam em paz.

Eu deveria desprezá-lo. Querer que ele fosse embora. Mas... *mas...*

Eu não deixava de procurar a luz.

Não conseguia desistir.

Rigel era enigmático, cínico e manipulador como um demônio. Que provas ele precisava me dar antes que eu desistisse?

Passei o resto do dia no quarto, atormentada pelos meus pensamentos.

Depois do jantar, Anna e Norman sugeriram que fizéssemos um passeio pelo bairro, mas eu recusei. Não conseguiria curtir a companhia deles nem parecer sorridente e despreocupada como gostaria, então os observei partir com uma pontada de melancolia.

Eu me demorei nos degraus antes de decidir voltar para cima.

De repente, enquanto eu subia a escada, acordes angelicais se espalharam pelo ar.

As pernas pararam de me obedecer, assim como os pulmões.

Uma melodia encantadora ganhou vida atrás de mim e tudo se transformou em uma partitura em que as notas capturavam as batidas aceleradas do meu coração.

Eu me virei na direção do piano.

Era como se teias de aranha invisíveis puxassem os meus ossos; eu deveria ter voltado ao andar de cima, seguir o bom senso, mas... os meus pés me levaram até a soleira daquele cômodo.

Eu o encontrei ali, de costas, o cabelo preto sobressaindo-se à luz da lâmpada. Em cima do piano havia um lindo vaso de cristal, no qual Anna tinha arrumado um buquê de flores. Dava para ver as mãos imaculadas movendo-se pelas teclas com gestos fluidos e experientes, a fonte daquela magia invisível. Fiquei olhando para ele, fascinada, ciente de que não tinha percebido a minha presença.

Sempre tive a impressão de que ele queria dizer alguma coisa com as músicas que tocava.

Que, por mais silencioso que Rigel soubesse ser, aquela era, de certa forma, a maneira dele de se expressar. Havia uma linguagem silenciosa naquelas notas que eu nunca conseguira interpretar, mas dessa vez... desejei poder entender o que estavam sussurrando.

Eu nunca o ouvira tocar peças alegres ou festivas. Nas melodias dele sempre havia algo comovente e indefinido, de partir o coração.

A certa altura, Klaus pulou no piano. Aproximou-se de Rigel e o cheirou de cabeça baixa, como se achasse que o conhecia.

Os dedos pararam lentamente. Rigel virou o rosto para o gato, estendeu a mão e o pegou pela nuca para colocá-lo no chão.

Mas, de repente, os ombros dele ficaram tensos. No instante seguinte, afundou os dedos violentamente no pelo de Klaus e o gato se debateu e bufou, mas foi inútil: Rigel se levantou e o jogou para longe, arranhando as teclas do piano e derrubando o vaso de flores, que caiu no chão com um ruído ensurdecedor. O cristal se estilhaçou em mil pedaços e a violência que eu tinha acabado de presenciar fez o meu coração pular pela boca.

Eu estava apavorada. Aquele momento de paz foi interrompido por uma fúria cega e eu cambaleei para trás, chocada. Fugi dali e corri escada acima com sons dissonantes tocando ao fundo.

Enquanto o pânico me dominava e as batidas do meu coração ofuscavam minha mente, lembrei-me de um acontecimento já desbotado pelo passar do tempo...

🦋

— É de dar medo.
— Quem?

Peter não respondeu. Ele era tímido, muito magro e sempre tinha pavor de tudo. Só que, daquela vez, os olhos sussurravam algo diferente.

— Ele...

Por mais que eu fosse apenas uma criança, entendi de quem Peter estava falando. Muitos tinham medo de Rigel, porque ele era esquisito até mesmo para crianças como nós.

— Tem alguma coisa errada com ele.

— Como assim? — perguntei, insegura.

— Ele é violento. — Peter estremeceu. — Ele se mete em brigas e machuca todo mundo por diversão. De vez em quando eu o observo... Ele arranca a grama aos montes. Parece ficar fora de si. E arranha a terra como se fosse um animal. É feroz e raivoso, só sabe fazer o mal.

Engoli em seco e o encarei por baixo das tranças desfeitas.

— Não tem por que ter medo — tranquilizei-o. — Você nunca fez nada contra ele...

— Como assim "você"? Você fez algo com ele?

Mordi as costuras dos curativos, sem saber o que responder. Rigel me fazia chorar e me deixava desesperada, mas eu não sabia por quê. Só sabia que, dia após dia, a situação ficava cada vez mais parecida com a da fábula que nos contavam antes de dormir.

— Você não vê — sussurrou Peter com a voz fantasmagórica. — Você não escuta, mas eu divido o quarto com ele. — Ele se virou para me olhar e o seu semblante me assustou. — Você não sabe quantas coisas ele destruiu sem motivo. Ele acordava no meio da noite e me mandava sair, aos berros. Você percebe como ele sorri às vezes? Percebe aquela careta? Não é como os outros. Ele é desequilibrado e cruel. Ele é mau, Nica... Todos nós deveríamos ficar longe dele.

12
ACRASIA

A alma que rosna, sibila e arranha costuma ser a mais vulnerável.

Violento e cruel.
Essa era a definição dele.
Manipulador com quem queria encantar, terrível com o restante.
Rigel me mostrava o sangue nas mãos, os arranhões no rosto, a crueldade nos olhos quando machucava alguém. Rosnava para que eu ficasse longe, mas, ao mesmo tempo, aquele sorriso sombrio e zombeteiro parecia me desafiar a fazer o contrário.
Ele não era um príncipe. Era um lobo. E talvez todos os lobos parecessem príncipes esplêndidos e delicados; caso contrário, Chapeuzinho Vermelho não se deixaria enganar.
Essa era a conclusão que eu sabia que precisava aceitar.
Não havia luzes.
Não havia esperança.
Não com alguém como Rigel.
Por que eu não conseguia entender isso?
— Estamos prontos — avisou Norman.
O dia da partida havia chegado rápido demais e, enquanto eu colocava as malas de viagem ao pé da escada, senti um desconforto estranho e inexplicável.
Quando Anna e eu nos entreolhamos, entendi que me sentia assim porque sabia que só a veria de novo mais tarde.
Por mais que eu estivesse ciente do meu apego excessivo, vê-los indo embora me causava uma estranha sensação de abandono que remontava à infância.
— Vocês vão ficar bem? — perguntou Anna, preocupada.
A ideia de nos deixar um dia inteiro sozinhos a preocupava, principalmente por estarmos em uma fase delicada da adoção. Eu sabia que ela não conside-

rava um bom momento para viajar, mas eu a havia tranquilizado dizendo que nos veríamos naquela noite e que, quando ela voltasse, nos encontraria ali.

— A gente liga quando pousar.

Ela ajeitou o lenço e eu fiz que sim, tentando sorrir. Rigel estava logo atrás de mim.

— Não se esqueçam de colocar a comida do Klaus — lembrou Norman e, apesar de tudo, senti o rosto se iluminar.

Olhei ansiosamente para o gatinho e o vi me lançar um olhar sinistro antes de passar por mim, mostrando-me o traseiro, sem sequer encostar na gente.

Anna apertou o ombro de Rigel enquanto me olhava. Ela sorriu para mim e colocou uma mecha de cabelo atrás da orelha.

— A gente se vê hoje à noite — disse ela, toda delicada.

Fiquei onde estava enquanto eles se dirigiam à porta. Parei perto da escada e acenei para os dois antes de saírem.

O clique da fechadura ecoou no silêncio da casa.

Poucos instantes depois, ouvi passos atrás de mim, mas só tive tempo de ver as costas de Rigel desaparecendo no andar de cima. Ele foi embora sem se dignar a me olhar.

Encarei fixamente o ponto em que ele desaparecera antes de me virar: observei a porta da frente e suspirei.

Eles voltariam logo, logo...

Fiquei parada na entrada, como se Norman e Anna pudessem reaparecer a qualquer momento. Eu me vi sentada no chão, de pernas cruzadas, sem saber como. Tamborilei os dedos no piso, seguindo um sulco na madeira, e me perguntei para onde Klaus tinha ido.

Inclinei a cabeça na direção da sala e o vi no centro do tapete, lambendo a pata. Ele movia a cabecinha para cima e para baixo e não pude deixar de achá-lo fofo.

Será que estava a fim de brincar?

Eu me agachei atrás da parede e o espiei. Então, tentando me esconder, rastejei na direção dele.

Assim que me viu, ele baixou a pata e se virou para me estudar: parei no mesmo instante e o encarei como se fosse uma pequena esfinge. Então, lançou-me um olhar irritado e começou a abanar o rabo.

Klaus se virou de costas e eu continuei rastejando na direção dele.

Parei de novo assim que ele me olhou: começamos uma espécie de brincadeira de "batatinha frita 1, 2, 3", enquanto ele se virava para me lançar olhares fulminantes e eu avançava como um besouro.

Mas, quando cheguei à beira do tapete, Klaus deu um miado nervoso e eu decidi parar.

— Não quer brincar? — perguntei a ele, um pouquinho decepcionada, esperando que se virasse novamente.

Mas Klaus sacudiu o rabo algumas vezes e foi embora. Eu me sentei sobre os calcanhares, meio frustrada, antes de resolver subir ao meu quarto para estudar.

Cheguei ao andar de cima me perguntando a que horas Anna e Norman pousariam no aeroporto. Estava imersa em pensamentos quando algo chamou a minha atenção: ao me virar, o meu olhar foi atraído para o centro do corredor.

Rigel estava imóvel, de costas, a cabeça ligeiramente inclinada para a frente. Parei assim que vi a mão dele encostada na parede. Percebi que os dedos estavam contraídos.

O que ele estava fazendo...?

Abri a boca, suspensa no limiar de uma confiança que não existia entre nós.

— Rigel?

Pensei ter visto os nervos do pulso dele se contraírem de leve sob a pele, mas ele não se mexeu.

Virei a cabeça para o lado, tentando ver o rosto dele, e, conforme me aproximava, ouvia as velhas tábuas rangendo sob os meus pés. Quando cheguei perto o suficiente, tive a sensação de que ele contraiu as pálpebras.

— Rigel — chamei mais uma vez, com cautela. — Você está... bem?

— Estou *ótimo* — retrucou ferozmente, de costas para mim, e quase dei um pulo quando ouvi a voz dele chiar entre os dentes daquela maneira.

Eu me detive, mas não por causa do tom hostil. Não... me detive porque aquela mentira era tão insustentável que me impediu de ir embora.

Estendi a mão na direção dele.

— Rigel...

Mal tive tempo de tocá-lo quando Rigel puxou o braço. Ele se virou com um sobressalto e se afastou de mim, encarando-me fixamente.

— *Quantas* vezes eu já te disse para não encostar em mim? — sibilou em tom ameaçador.

Eu recuei. Olhei para ele com um semblante angustiado e senti que aquela reação estava me machucando mais do que eu gostaria de admitir.

— Eu só queria... — E então me perguntei por que, *por que* eu não aprendia. — Só queria ter certeza de que você estava bem.

Naquele momento, notei que as pupilas dele estavam ligeiramente dilatadas.

No instante seguinte, o semblante mudou.

— Por quê? — A boca dele se contraiu em uma careta de pura ironia, tão exagerada que ele próprio notou o excesso. — Ah, claro — corrigiu-se rapidamente, estalando a língua como se tivesse feito aquilo de propósito para me machucar. — Porque você é assim. É da sua natureza.

Cerrei os pulsos, tremendo.

— Para com isso.

Mas ele deu um passo na minha direção. Pairou sobre mim com aquele sorriso mordaz e venenoso, de uma brutalidade cruel.

— É mais forte do que você, né? Você queria me ajudar? — sussurrou ele, implacável, com as pupilas em forma de agulha. — Você queria... *me consertar*?

— Para com isso, Rigel! — Recuei instintivamente. Os meus punhos estavam cerrados, mas eu ainda era frágil, delicada e indefesa demais. — Você parece fazer de tudo, de tudo para... para...

— Para? — incitou ele.

— Para ser odiado.

Por mim, eu gostaria de ter soltado. *Por mim, só por mim, como se estivesse me punindo.*

Como se eu tivesse feito alguma coisa para merecer o pior dele.

Cada ataque era um castigo; cada olhar, um aviso. Às vezes, eu tinha a impressão de que, com aqueles olhares, ele queria me dizer alguma coisa e ao mesmo tempo enterrá-la sob camadas de arranhões e espinhos.

E, enquanto eu o olhava, engolida pela sombra que projetava sobre mim, quase pensei ter visto algo brilhante naqueles olhos, lá no fundo, que nem eu tinha visto antes.

— E você me odeia? — A voz dele, amplificada pela proximidade, preencheu os meus ouvidos. O rosto estava ligeiramente inclinado na direção do meu para compensar a desproporção das nossas alturas. — Você me odeia, mariposa?

Alternei o olhar entre as íris de Rigel, derrotada.

— É isso que você quer?

Rigel fechou lentamente a mandíbula e fixou o olhar no meu. Depois, olhou por cima do meu ombro e não foi necessário ouvi-lo pronunciar aquela única sílaba para saber qual seria a resposta. Não foi necessário ouvir o tom áspero e lento com que a botava para fora, quase como se fosse custoso até para ele.

— Sim.

Ele me libertou da sua presença desaparecendo escada abaixo.

Fiquei onde estava, com o eco daquelas palavras, até que o barulho da porta da frente me informou de que ele tinha saído.

Passei o dia inteiro sozinha.

A casa ficou silenciosa, como um santuário vazio. Só o barulho da chuva quebrou a ausência de sons — o reflexo das gotas nas janelas riscava as minhas pernas e deixava rastros de vidro no assoalho. Eu olhava a água cair com o olhar perdido, sentada no chão.

Gostaria de ter palavras para explicar como eu me sentia. Arrancá-las de dentro de mim, alinhá-las no chão como peças de um quebra-cabeça e vê-las se encaixando de alguma forma. Estava esgotada.

Parte de mim sempre soube que as coisas não iriam dar certo.

Eu sabia desde o início. Desde que botei os pés para fora do Grave. Tinha grandes esperanças, como acontecia durante a infância, porque no fundo eu só sabia viver assim, polindo e lixando.

Mas a verdade era que eu não conseguia enxergar para além do que havia ali. A verdade era que aquela mancha preta nunca desapareceria, não importava para onde se olhasse.

Rigel era o fabricante de lágrimas.

Para mim, ele sempre estivera no centro da lenda. A personificação do conto. O tormento que tantas vezes me fizera chorar quando criança.

O fabricante de lágrimas era o mal.

Ele nos fazia sofrer, nos manchava de angústia até nos reduzir às lágrimas. Ele nos fazia mentir e entrar em desespero. Foi assim que nos ensinaram.

Eu me lembrava de que Adeline não via as coisas dessa forma. Ela dizia que, de outro ponto de vista, a história podia ser interpretada de uma maneira diferente. Que não havia só maldade, porque, se as lágrimas eram o preço dos sentimentos, também continham amor, carinho, alegria e paixão. Havia dor, mas também felicidade.

— Isso é o que nos torna humanos — dizia ela.

Valia a pena sofrer em troca de ter sentimentos.

Mas eu não conseguia ver as coisas como ela.

Rigel destruía tudo.

Por que não se deixava ser pintado? Por que eu não podia pintá-lo de ouro, como fazia com todo o resto?

Eu faria isso devagar, *com delicadeza*, sem machucá-lo. Juntos, poderíamos ter sido algo diferente, por mais que eu fosse incapaz de imaginar outra coisa a não ser a maneira como ele sempre me olhava.

Mas poderíamos ter sido um conto de fadas que se sustentaria. Sem lobos, sem ataques, sem mais temores.

Uma família...

Ouvi o toque do celular na escrivaninha, indicando que eu tinha recebido uma mensagem. Eu me encolhi e soltei um suspiro: tinha quase certeza de que era Lionel.

Nos últimos dias, ele me escrevera várias vezes e nós conversamos muito. Ele havia me contado várias coisas sobre si mesmo, os seus hobbies, os esportes que praticava, os torneios de tênis que havia vencido. Ele gostava de compartilhar os sucessos comigo e, por mais que não perguntasse nada sobre mim, era legal ter alguém com quem conversar sem ter medo de acabar importunando Billie toda vez.

Mas aquela tarde foi diferente.

Lionel tinha me escrito e eu não conseguira deixar de contar a ele sobre Rigel.

Aquele ocorrido tinha se cravado em mim feito um espinho. Acabei dizendo a verdade: que não éramos realmente irmãos, que não éramos parentes de sangue, e Lionel ficou em silêncio por um longo instante.

Talvez eu não devesse ter falado tanto sobre mim. Talvez eu o tenha entediado ao voltar a atenção para mim mesma quando Lionel estava me falando do último troféu que havia ganhado.

Então começara a chover e o meu único pensamento tinha sido que *ele* estava lá fora, naquela parede de chuva, sem nenhum guarda-chuva.

Porque, no fundo, eu só sabia viver assim. Polindo e lixando, por mais que, quanto mais eu tentasse, mais arestas surgissem.

O toque do telefone invadiu a casa.

Caí na real de repente, como se tivesse acabado de levar um banho de água fria.

Saí do quarto, mas voltei correndo e peguei o celular.

Cheguei à sala e fui atender às pressas.

— Alô?

— Nica — disse uma voz calorosa. — Oi! Tudo bem?

— Anna — respondi, feliz, mas confusa.

Ela já havia me ligado perto da hora do almoço para avisar que eles tinham chegado e que estava nevando por lá. Eu não estava esperando outra ligação dela.

Tive certeza de ter percebido um tom diferente na voz dela e me dei conta de que a linha estava com interferência.

— Estou ligando do aeroporto. O tempo aqui piorou. Está nevando muito, a tarde inteira assim, e não tem previsão de melhora até amanhã de manhã. Estamos todos na fila, mas... Ah, Norman, deixa o senhor passar. Sua mala... Com licença! Nica, está me ouvindo?

— Sim, estou. — Engoli em seco, ouvindo os chiados do telefone.

— Fecharam todos os portões — a ligação chiou outra vez —, estão cancelando os voos e agora estamos esperando ser realocados, mas não param de transmitir uma gravação falando sobre o fechamento devido ao mau tempo... Ah, esper... Nica... Nica?

— Estou ouvindo, Anna — respondi, segurando o telefone com as duas mãos, mas a voz dela soava distante e com eco.

— Estão dizendo que não tem voos previstos até amanhã de manhã. — Foi o que consegui entender, e então a voz de Norman discutindo com alguém surgiu nos meus ouvidos. — Ou pelo menos até a tempestade passar — concluiu, e eu fiquei ali, em meio ao silêncio da casa, assimilando aquelas palavras. — Ah, Nica, meu bem, eu sinto muito... Não fazia ideia de que... Com licença, e a fila? Tem uma fila aqui, não está vendo? Está pisando no meu lenço! Sério, sei que garantimos... Nica? Eu sei que dissemos que estaríamos de volta hoje à noite...

— Está tudo bem — apressei-me em dizer, tentando tranquilizá-la. — Anna, não precisa se preocupar. Temos bastante comida.

— Você disse que está chovendo forte? O aquecedor está ligado, né? Você e Rigel estão bem?

Senti a garganta seca.

— Estamos bem — respondi lentamente. — A casa está quentinha, não se preocupe. E Klaus já comeu. — Eu me virei para o gato, que estava descansando nos fundos da sala. — Ele comeu tudo e agora está tirando uma soneca na poltrona. — Obriguei-me a sorrir, enquanto do outro lado da linha ouvia um zumbido preocupado. — Sério, Anna... fiquem tranquilos. É só uma noite... Tenho certeza de que logo, logo eles vão resolver tudo, mas, enquanto isso... Não se preocupem com a gente. Nós... estamos esperando vocês aqui.

Conversamos mais um pouco. Anna me perguntou se sabíamos trancar o portão da frente e sugeriu que ligássemos para ela caso surgisse algum problema. Desfrutei da atenção dela até a hora de encerrar a chamada.

Quando desliguei, me vi envolta na escuridão da noite.

— Só você e eu, hein? — murmurei para Klaus com um sorriso. O gato abriu um olho e fechou a cara para mim.

Acendi o abajur e peguei o celular que tinha deixado em cima da mesinha. Eu ainda não tinha respondido à mensagem de Lionel.

Franzi a testa quando percebi que ele tinha me mandado uma foto. Enquanto a abria, um raio iluminou as janelas.

Eu não estava preparada para o que aconteceria a seguir.

Eu deveria ter sentido. Assim como se sente o cheiro da chuva antes de uma tempestade.

Eu deveria ter sentido, como se pressentem as calamidades e o desastre que elas causarão antes mesmo que aconteçam.

A porta da frente se abriu, deixando entrar uma rajada de vento gelado, e por pouco não derrubei o celular.

Rigel surgiu em toda a sua altura, cerrando os punhos encharcados, enquanto o cabelo cobria o rosto. Os sapatos estavam enlameados, e os cotovelos, vermelhos, exatamente onde as mangas expunham os antebraços.

Estava com uma aparência terrível. Lábios azuis de frio, roupas pingando; ele fechou a porta sem sequer olhar para mim. Eu, por outro lado, o encarava, paralisada e inquieta.

— Rigel...

Foi então que ele se virou para mim. E, quando vi o estado em que se encontrava o rosto dele, senti uma pontada dolorida no peito.

O corte no lábio dele me atingiu como se eu tivesse levado um tapa na cara. O vermelho do sangue escorria pela mandíbula lívida e se misturava com a água da chuva; a sobrancelha cortada contrastava violentamente com a palidez da pele. Analisei o rosto dele, apavorada, passando por todas aquelas feridas.

— Rigel — sussurrei sem fôlego, mas fiquei sem palavras. Eu o segui com os olhos quando ele passou pela porta. — O que... O que aconteceu com você?

Fiquei tão aflita diante de todo aquele sangue que só notei que os nós dos dedos de Rigel estavam esfolados quando ele passou por mim. Aquela visão transformou a preocupação em um pressentimento, mas a ficha não teve nem tempo de cair... Recebi outra mensagem no celular e imediatamente olhei para a tela.

Senti o sangue congelar nas veias e se transformar em espinhos e cacos de vidro que se cravaram nos ossos das mãos.

Por um instante, fiquei sem fôlego. Senti a cabeça girar e o mundo se apagar até sumir.

O rosto de Lionel apareceu no celular, manchado de hematomas e sangue; o cabelo estava bagunçado e marcas de soco cobriam a pele dele. Recuei um passo, cambaleante, com pernas que mal me sustentavam.

E, na última mensagem, cada letra era um alfinete cravado nas minhas pupilas:

"Foi ele."

— O que você fez...

Levantei o rosto, com o espectro daquela imagem ainda preso no olhar. Os meus olhos se depararam com as costas de Rigel.

— O que você fez... — Tremi ainda mais, e dessa vez a minha voz o fez parar.

Rigel se virou para mim com os punhos cerrados. Ele me encarou com olhos roxos e, na mesma hora, reparou no celular que eu estava segurando.

Ele ergueu um canto dos lábios e esboçou algo que mal parecia um sorriso.

— Ah, a ovelha gritou "lobo"! — exclamou com uma voz maldosa.

Senti algo explodir na parte de trás da cabeça. Algo que se espalhou pelas minhas artérias, queimando cada centímetro de sangue e me espremendo com uma mordida ardente.

Quando Rigel se virou e se preparou para sair, meus nervos me fizeram tremer. Minhas têmporas latejavam e meus olhos, arregalados e molhados de lágrimas, embaçaram tudo.

Eu me perdi de vista. Tudo ao meu redor foi sugado.

Restou apenas um calor sufocante.

Apenas uma raiva irracional que eu nunca tinha sentido antes.

E algo explodiu.

Senti o impulso e bati nele violentamente. Agarrei o tecido encharcado da sua roupa, os cotovelos, os ombros, onde quer que eu conseguisse alcançar. Diante daquele cerco inesperado, Rigel recuou enquanto as lágrimas escorriam pelo meu rosto.

— Por quê? — gritei com a voz entrecortada, tentando agarrá-lo. — *Por quê?* O que foi que eu te fiz?

Ele me empurrou para trás, tentando chegar às escadas. Desvencilhou-se dos meus dedos como se fossem aranhas e olhou obstinadamente para a frente enquanto eu arranhava o tecido com unhas cheias de curativos, tentando machucá-lo.

— O que foi que eu fiz para merecer isso? — gritei, com a garganta dolorida. — O quê? *Me fala!*

— Não encosta em mim. — Ele ousou sibilar e, então, não enxerguei mais nada.

Lutei contra aquelas mãos que tentavam me manter longe. Eu o ataquei e então Rigel rosnou para mim:

— *Já disse* para não...

Mas não o deixei terminar. Eu o agarrei pelo antebraço e lhe dei um puxão fortíssimo.

A violência do gesto foi explosiva.

Por um instante, havia apenas meus dedos enterrados na pele nua e exposta de Rigel e eu descarregando toda a minha tensão nele.

A única coisa que percebi quando ele me empurrou foi o reflexo raivoso do cabelo preto.

As garras de ferro cravadas no meu ombro para me segurar.

E o contorno daquela boca... que foi na minha direção e se fechou nos meus lábios.

13
ESPINHOS DE PESAR

Na primeira vez que a viu, eles tinham cinco anos.

Havia chegado em um dia como outro qualquer, perdida como todos os demais, patinhos órfãos de mãe.

Ela havia ficado ali, a silhueta contra o ferro do portão, confusa em meio àquele outono que envolvia o cabelo castanho e os sapatos de couro desamarrados.

Não tinha sido nada mais do que isso. Recordava-se dela com a insignificância de quem se recorda de uma pedra qualquer: temperamento meio apagado e ombros delicados, aquelas cores de mariposa, de inseto rejeitado. O silêncio de um choro mudo que ele tinha visto tantas vezes em rostos sempre distintos.

Então, em um redemoinho de folhas, ela se virara.

Virara-se na direção dele.

E um tumulto vibrante parara a terra, parara o coração de Rigel: fora atingido por um olhar que nunca tinha visto antes, dois círculos prateados que brilhavam mais do que cristal. Eram olhos deslumbrantes de um cinza incrível — e, em uma emoção digna de contos de fadas, ele tinha visto pupilas cheias de lágrimas e íris sobrenaturais, claras feito vidro.

Ele se sentira despedaçar quando ela o olhara.

Ela o olhara, e os seus olhos eram os do fabricante de lágrimas.

🦋

Disseram-lhe que o amor verdadeiro não tem fim.

Quem lhe dissera isso foi a diretora, quando ele perguntara o que era o amor.

Rigel nem se lembrava de onde tirara aquilo, mas passara todas as manhãs da infância procurando o amor no jardim, dentro dos troncos vazios das árvores e dos bolsos de outras crianças. Ele vasculhara o peito e virara os sapatos de cabeça para baixo, em busca daquele amor de que tanto falavam, mas só mais tarde compreendera que era mais do que uma moeda ou um apito.

Foram os garotos mais velhos que lhe contaram, aqueles que já haviam experimentado a sensação na pele. Os mais imprudentes, ou talvez apenas os mais insanos.

Falavam do assunto como se estivessem embriagados de algo que não podia ser visto ou tocado, e Rigel não podia deixar de pensar que eles pareciam ainda mais confusos com aquele ar de quem estava perdido, mas felizes com a própria confusão. Eram náufragos à deriva, mas embalados pelo canto das sereias.

Disseram-lhe que o amor verdadeiro não tem fim.

E lhe disseram a verdade.

Tinha sido inútil se livrar dele. O amor grudara nas paredes da sua alma como o pólen de um mel que ele nunca tinha pedido, o amor o emaranhara e o sujara, fechando todas as vias de fuga. Era uma sentença que escorria néctar e veneno, que pingava pensamentos, respirações e palavras e que grudava nas pálpebras, na língua, em cada um dos dedos.

Ela havia cavado o peito dele com um olhar e o dilacerado com um bater de cílios. Havia marcado o seu coração com aqueles olhos de fabricante de lágrimas, e Rigel o vira ser arrancado sem nem ao menos ter tempo de segurá-lo.

Nica o despojara de tudo em um piscar de olhos, reduzindo-o a nada mais que um verme, uma coceira ardente no centro do peito. Ela o deixara sangrando na soleira da porta, sem sequer tocá-lo, com aquela graciosidade impiedosa que fazia a terra se dobrar, e aquelas cores suaves de mariposa, um rastro de sorrisos delicados.

Disseram-lhe que o amor verdadeiro não tem fim.

Mas não lhe disseram que o amor verdadeiro nos destroça até os ossos quando cria raízes dentro de nós... e nunca mais nos solta.

Quanto mais a olhava, mais difícil era desviar o olhar.

Havia uma espécie de suavidade na leveza com que ela se movia, algo infantil, pequeno e genuíno. Ela encarava o mundo das grades do portão, com as mãos presas às barras, e esperava, *desejava* como ele nunca tinha feito.

Ele a via correr descalça pela grama não cortada, embalar ovos de pássaros nos braços e esfregar flores nas roupas para que parecessem menos cinzentas.

E Rigel se perguntara como algo tão frágil e insosso poderia ter uma força capaz de causar tanto mal. Ele rejeitara aquele sentimento com a prepotência e a obstinação do garotinho que era, enterrara-o sob os órgãos e sob a pele, tentando sufocar aquela semente que precisava ser eliminada antes que germinasse.

Não podia aceitar aquilo.

Não queria aceitar aquilo: ela, tão anônima e insignificante. Ela, que não sabia de nada, não podia entrar na vida dele daquele jeito e lhe partir o coração e a alma sem sequer pedir permissão.

Aquele abismo não tinha controle, devorava e dilacerava tudo ao redor; desintegrava qualquer freio com uma agressividade aterradora, e Rigel o escondera, talvez o tenha escondido porque tinha medo do abismo, porque admitir aquilo em voz alta seria o mesmo que lhe dar uma inevitabilidade que ele não estava preparado para aceitar.

Mas o verme se aprofundara ainda mais, afetara as veias e criara raízes. Parecia atraí-lo na direção dela, tocando em nervos que ele nem sabia que existiam, e Rigel tinha sentido a mão tremer ao empurrá-la pela primeira vez.

Ele a vira cair e não precisara verificar os arranhões para devorar aquela certeza, bebê-la com avidez. *Contos de fadas não sangram*, dissera a si mesmo, convencido ao vê-la fugir. *Contos de fadas não têm arranhões nos joelhos*, e aquilo tinha sido o suficiente para despojá-la de cada dúvida, arrepio e sombra.

Ela não era o fabricante de lágrimas. Ela não o dissolvia em um choro incontrolável, não havia inserido gotas de cristal sob as suas pálpebras.

Mas o coração chorava toda vez que a via.

E talvez ela tivesse inserido outra coisa, Rigel dissera a si mesmo, um veneno muito mais doloroso que a alegria e a tristeza. Uma toxina que queimava, esfolava e envenenava — agora, o verme já tinha brotos e pétalas como dentes; toda vez que ela ria, o verme afundava mais um pouco, como garras no cérebro e presas no espírito.

E então Rigel a empurrava, a sacudia, puxava-lhe o cabelo para que ela parasse de rir. Ele encontrava satisfação apenas por um instante, quando ela o olhava com íris assustadas e cheias de lágrimas — o paradoxo de ver todo aquele desespero em olhos que deveriam fazer o mundo chorar o fazia sorrir.

Mas durava apenas alguns segundos, o tempo de vê-la correr, então a dor voltava com a ferocidade de um monstro, agarrando-o enquanto rezava para vê-la voltar.

Ah, ela sempre sorria.

Mesmo quando não havia motivo para tal. Mesmo depois que ele machucava os joelhos dela de novo. Mesmo quando ele a via aparecer pela manhã, com os castigos da diretora ainda impressos nos pulsos e o cabelo solto caindo sobre os ombros.

Ela sorria e tinha olhos tão puros e sinceros que Rigel sentia o contraste com a própria escuridão.

— Por que você insiste em ajudá-las? — perguntara um menino alguns anos mais tarde.

Rigel a observava de uma janela no andar de cima. Ali, sentada na grama, com as pernas de corça imersas na vegetação.

Ela erguera o rosto, cercada por vários bichinhos; salvara um lagarto de algumas crianças que queriam espetá-lo com gravetos e o réptil, por sua vez, a mordera.

— Você ajuda todas essas criaturas... mas elas só te machucam.

Nica encarara a outra criança com um olhar transparente, pontuado pelo piscar das pálpebras.

E parecera o sol quando ela franzira os lábios. Fora uma luz vívida, uma maravilha esplêndida, e até o verme se calara, derrotado, quando ela erguera dois leques de dedos cheios de curativos coloridos.

— Sim... — sussurrara ela, com um sorriso caloroso e sincero — *Mas olha só que cores lindas.*

Sempre soubera que havia algo de errado com ele.

Ele nasceu sabendo.

Sentira isso desde que se entendia por gente; Rigel se convencera de que essa era a razão pela qual havia sido abandonado.

Ele não funcionava como os outros, não era como os outros — *olhava para Nica e, quando o vento soprava no longo cabelo castanho, via asas polidas nas costas dela, um brilho que desaparecia no instante seguinte, como se nunca tivesse existido.*

E não era necessário ver os olhares da diretora nem o jeito como ela balançava a cabeça quando as famílias o escolhiam. Rigel os observava do jardim e via naqueles rostos uma pena que nunca havia pedido.

Sempre soubera que havia algo de errado consigo e percebera que, à medida que crescia, o verme se ramificava dentro de cada veia de forma monstruosa.

Ele o escondera com rancor, reprimira-o com um misto de raiva e obstinação. E, quanto mais envelhecia, pior ficava; quanto mais adulto se tornava, mais espinhos apareciam, porque ninguém lhe dissera que o amor devorava daquele jeito, ninguém lhe advertira de que tinha raízes de carne, que esmagava e que queria *mais e mais e mais* sem nenhum freio: um olhar, *só mais um olhar*, a pontinha de um sorriso, uma batida do coração.

"Não se pode mentir para o fabricante de lágrimas", cochichavam as outras criancinhas à noite. Elas se comportavam bem para que ele não as levasse embora.

E Rigel sabia disso, todos sabiam, seria como mentir para si mesmo. *Ele sabe tudo, conhece cada emoção que nos faz tremer, cada respiração corroída pelo sentimento.*

"Não se pode mentir para o fabricante de lágrimas": as palavras serpenteavam como um eco, e Rigel se escondia e se segurava. Às vezes, morria de medo de que ela pudesse *vê-lo* com aqueles olhos — a ânsia por tocá-la, a necessidade de sentir o calor da pele dela. O desespero com que desejava deixar a sua marca em Nica, como ela deixara a dela nele com apenas um olhar. Por mais que a simples ideia de tocá-la o enlouquecesse, por mais que a ideia de sentir aquela carne preencher as suas mãos fizesse o verme que havia dentro dele estremecer.

E não queria saber como ela o teria olhado, com aquele coração limpo e puro, se soubesse do mal-estar desesperado que ele carregava dentro de si.

Para Rigel, o amor não eram borboletas no estômago e mundos açucarados. *O amor se resumia a enxames vorazes de mariposas e a um câncer dilacerante*, ausências incômodas feito arranhões, lágrimas que ele bebia diretamente dos olhos *dela*, para morrer mais devagar.

E talvez ele só quisesse se deixar destruir... Por ela, por aquele veneno brutal que ela injetara nele.

Às vezes, pensava em se entregar àquele sentimento e deixar-se invadir até não sentir mais nada. Se não fosse o tremor feroz que o assustava, que lhe dobrava os ossos, se não fosse tão doloroso imaginar sonhos em que ela corria ao seu encontro, em vez de fugir.

— Dá medo, né? — murmurara um menino, em um dia em que o céu estava tingido de uma escuridão cruel.

Até ele, que nunca tinha olhado para o céu, levantara a cabeça. E, na imensidão, avistara nuvens lívidas e rugidos avermelhados, como um mar tempestuoso.

— Sim... — Ele ouvira crescendo dentro de si, antes de fechar os olhos.
— *Mas olha só que cores lindas.*

Aos treze anos, as meninas o olhavam como se Rigel fosse o sol, sem saber que havia um monstro voraz dentro dele.

Aos quatorze, elas eram girassóis que o seguiam aonde quer que ele fosse, com olhares adoradores e anseios crescentes. Ele se lembrava da avidez de Adeline, embora ela fosse mais velha. A devoção com que o tocava, com que se curvava diante dele — *e, naqueles momentos, Rigel via o cabelo comprido e mechas castanhas, olhos cinzentos que jamais o olhariam com tamanho desejo.*

Aos quinze, elas eram os monstros vorazes. Brotavam em suas mãos como flores macias, e Rigel alimentara o verme com garotas que sempre tinham uma pitadinha dela, uma centelha, um perfume.

Aquilo só havia piorado as coisas: não se pode enganar o amor quando ele arde com tanta violência e se funde com as batidas de um coração que não é o seu. Ele precisava tanto dela que a situação se tornara insuportável. Rigel sentira o rancor transformar os pensamentos em cacos de vidro, afiando agulhas e espinhos dentro do peito.

E então descontava sua frustração em Nica, chamando-a daquele apelido, *mariposa*, como se quisesse minimizar o impacto que ela lhe causava; ele a atacava com palavras ofensivas, na esperança de ocupar um lugar nos seus pensamentos, de lhe provocar uma parcela ínfima da dor que ela lhe infligia diariamente — ela, que o arruinara; ela, que não compreendia, *que em hipótese alguma poderia compreender*.

Ela, pura e silenciosa como era, jamais se acomodaria por vontade própria naquele lugar caótico e sujo que era o coração dele.

E, quanto mais Nica crescia... mais Rigel ficava perturbado com aquela beleza de tirar o fôlego.

Aquela beleza que não o deixava dormir à noite e o obrigava a torcer os lençóis por causa dos desejos reprimidos.

Quanto mais Nica crescia, mais ele ardia com um desejo excruciante, espinhos de dentes e presas que paravam de sorrir quando ela chorava.

Tinha sido naquela época que o garotinho novo chegara ao Grave.

Rigel nem se dignara a pensar nele, estava ocupado demais lutando contra um amor incômodo e complicado.

Mas o garoto era louco, louco o bastante para chegar perto dele, para não ter medo. E, no fundo, Rigel não desgostava dos loucos, achava a tolice deles divertida. Era uma boa distração.

Talvez até pudessem ter se tornado amigos, se não fossem tão parecidos.

Talvez até pudesse tê-lo considerado alguma coisa, se não tivesse se visto tantas e tantas vezes no reflexo daquele sorrisinho e naqueles olhares cheios de um sarcasmo sinistro.

— Você acha que Adeline também faria comigo o que ela faz com você? — perguntara ele certa tarde, com um toque de sarcasmo na voz.

Rigel não pudera evitar: sentira o mesmo sorriso sarcástico se abrindo nos lábios.

— Quer dar uma volta?

— Por que não? Ou então Camille... Tanto faz.

— Camille tem pulga — insinuara Rigel, com aquele humor cruel e desdenhoso que substituía temporariamente a queimação no peito.

O verme cochilava em um labirinto de veias, velando arranhões e suspiros.

— Ah, então Nica. Aquele rostinho inocente me dá vontade de fazer tantas *coisas* com ela... Você não faz ideia de como mexe comigo. Você acha que ela ia curtir? *Ah*, seria divertido... Aposto que se eu enfiasse a mão entre aquelas coxas ela nem teria forças para me afastar.

Ele não sentira a cartilagem arranhando as articulações da mão. Não sentira os dedos nem a ferocidade com que rasgaram o ar e estragaram aquela tarde ensolarada.

Mas sempre se lembraria do vermelho do sangue sob as unhas após tê-lo puxado pelo cabelo.

Também não se esqueceria do olhar dela no dia seguinte. Rigel nunca havia visto tal raio de luz. Um grito mudo de terror e acusação que ele ouvira encaixar-se lá dentro, no buraco que ela deixara nele.

Na amargura daquele destino tragicômico, Rigel tivera vontade de rir. Ele sorrira, porque doía demais.

No fundo, sempre soubera que havia algo de errado com ele.

Quando ambos foram escolhidos, Rigel sentira o laço da condenação apertar-lhe o coração.

Em todo caso, ficar com ela era melhor do que a perspectiva excruciante de vê-la partir: tocar piano tinha sido um gesto extremo e desesperado, uma última tentativa de mantê-la com ele, presa àqueles laços da alma que ela arrancaria desastrosamente, alheia e delicada, só de ir embora dali.

E agora Rigel sabia que teria que cumprir uma sentença de prisão perpétua: nem mesmo nos seus pesadelos mais sombrios imaginaria um inferno mais doloroso do que ficar tão próximo de Nica, unidos e divididos pela mesma família.

A única maneira de considerá-la uma irmã era sabendo que a carregava no sangue, como uma toxina que jamais sairia do corpo.

— Você viu como ela me olhou?

— Não... Como foi que ela te olhou?

Rigel não havia se virado; continuara guardando os livros novos no armário enquanto ouvia a conversa.

— Como se estivesse implorando para pegar outra coisa... Viu como ela se abaixou rapidinho para devolver os meus livros?

— Rob — dissera o amigo no armário ao lado —, você não vai querer repetir a história das garotas do primeiro ano...

— Vai por mim, está estampado no rosto dela. Ela grita com os olhos. As que parecem mais santinhas são justamente as que fazem coisas que você nunca imaginaria.

Em seguida, ele os ouvira novamente.

— Ah, vai, vamos ver quanto tempo eu levo — apostara Rob, achando graça. — Eu chuto uma semana. Se ela abrir as pernas antes, a próxima rodada de bebida é por sua conta.

Rigel não se surpreendera com o sorriso que atravessara o seu rosto como uma faca; tinha visto os lábios se estreitarem sobre os dentes, refletidos na porta fechada.

Não conseguira parar de sorrir nem quando aquele reflexo brilhara nos olhos do menino: a satisfação de vê-lo no chão seria tão grande que nem lhe passara pela cabeça reprimi-la.

🦋

Ele sempre se lembraria da expressão no rosto dela.

Com aquela força indomável que, de vez em quando, emergia da delicadeza de Nica, com aquela coragem que fazia os olhos brilharem com a sombra de um anjo caído em desgraça.

— Um dia eles vão entender quem você é de verdade — sussurrara ela, naquela voz que assombrava os pensamentos de Rigel desde que conseguia se lembrar.

E ele não tinha conseguido conter a curiosidade, a inquietação, não com ela assim tão perto.

— Ah, é? — pressionara ele. — E quem eu sou?

Não conseguira tirar os olhos dela. Prendera a respiração até o momento em que Nica estava prestes a pronunciar o veredito, pois, mesmo naquela penumbra, ela brilhava, projetando um reflexo diferente, verdadeiro, tão límpido que o enlouquecia.

— Você é o fabricante de lágrimas — dissera.

E Rigel sentira o maremoto se formar. Um forte tremor se apoderara dele, e o verme abrira as mandíbulas para rir tão alto que a risada brotara dos lábios como sangue de um coração que bombeia petróleo.

Sentira um aperto no peito e uma dor tão forte que, naquele sofrimento amargo, só conseguira encontrar alívio. Ele enganara o sofrimento com um sorrisinho maldoso, como sempre fazia, e o engolira com a resignação arrogante dos vencidos.

Ele... o fabricante de lágrimas?

Ah, se ela soubesse...

Se soubesse... *o quanto o fazia tremer, sofrer e se desesperar... Se ela tivesse a menor suspeita...* então ele teria sentido uma pontada de alívio, uma centelha de calor que se acenderia em meio à umidade e ao breu, mas sumira instantaneamente em uma explosão de terror gelado.

Ele desistira daquela esperança como se ela o queimasse, porque a verdade era que Rigel era incapaz de imaginar algo mais terrível do que ver aqueles olhos límpidos serem manchados por sentimentos tão turvos, espinhosos e extremos.

Percebera tarde demais que a amava com um amor sombrio e infame, que mata lentamente e consome até o último suspiro; e sentia que o verme o empurrava, sussurrando-lhe as palavras que devia dizer, os gestos que ousava compor; às vezes, Rigel mal conseguia se conter.

Nica era preciosa demais para ser arruinada.

Rigel a observara partir e, no silêncio que ela deixara para trás, ele sentira outro vazio, o abismo de um último olhar que ela nem sequer lhe concedera.

— Foi você?

Espinhos. Espinhos e mais espinhos.

— Foi você que me deu?

Espinhos e dentes, e dentes e *dentes*. Ele olhara para o chão, para a prova da sua fraqueza, uma rosa que não conseguira não lhe dar e que agora gritava a culpa dele de forma ensurdecedora.

Ele descobrira que o preto era a cor do fim.

Da angústia e da tristeza, dos amores destinados a nunca verem a luz. Um símbolo tão tristemente apropriado que Rigel se perguntara se no solo retorcido do seu coração não teria nascido um jardim de rosas pretas.

Mas tinha sido um impulso estúpido, uma rachadura na obstinação com que ele sempre tentava afastá-la, e se arrependera instantaneamente, no momento em que a encontrara em seu quarto segurando aquelas pétalas incriminadoras.

Ele se apressara em colocar a máscara, e a mantivera erguida com um sorriso tão artificial que ameaçava cair.

— Eu? — Rigel torcera para que ela não notasse a tensão evidente nos pulsos. — Dar uma flor... *pra você?*

Dissera aquilo da maneira mais desagradável possível. E soltara a frase com sarcasmo e descaramento, rezando para que ela acreditasse.

Nica abaixara o rosto e não vira o terror nos olhos de Rigel — por um momento, ele temera que ela tivesse entendido; por um momento, a dúvida corroera a sua alma, e ele tinha visto uma vida de tremores e mentiras cair, totalmente despedaçada.

Assim, fizera a única coisa que sabia fazer, o único remédio que conhecia para o medo: morder e atacar, desintegrar cada suspeita antes que ela pudesse tomar conta.

E Rigel tinha se visto morrer um pouco nos olhos de Nica enquanto arrancava a rosa das mãos dela.

Ele despedaçara a flor na frente dela e, movido pela grande frustração que se apossara dele, enquanto arrancava cada pétala, desejara poder fazer aquilo consigo mesmo, com aquela flor crivada de sentimentos que carregava dentro de si.

Mas foi só quando os dois caíram na cama que tudo havia congelado.

As veias uivavam na carne e o coração trovejava com tamanha violência que Rigel o sentira germinar e criar raízes.

Ele se vira refletido nos olhos dela pela primeira vez.

E o terror nublara a visão com um desejo tão enervante que ele sentira um lampejo de pura e cega esperança: *consternação*, ali, diante do cabelo de Nica, das mãos de Nica, dos olhos de Nica.

Nica, a um respiro de distância, à mercê do corpo dele, como Rigel só ousara esperar nas suas fantasias.

Sentira-se desenraizado e, em meio àquela loucura, queria lhe dizer que a via toda noite, que nos seus sonhos eles ainda eram crianças e ela sempre trazia consigo um detalhe luminoso, uma luz que a tornava perfeita.

Que ela *era* perfeita, porque ele não conseguia imaginar nada mais puro.

Queria lhe dizer que a odiava por sua bondade, pelo jeito como sempre sorria para todos, por seu coração de mariposa que se preocupava com todo mundo, até com ele, sem exceções. *Que Nica o iludia por se importar com ele*, quando, na verdade, era simplesmente o jeito dela, e era assim com todos.

Todas as coisas que Rigel gostaria de lhe dizer se acumularam na ponta da língua em um caos latejante, uma aglomeração de palavras e emoções, medos e angústias pulsantes. Tudo ali o queimava, espinhos no palato, amor entre os dentes.

Ele se vira forçado a se afastar antes que fizesse qualquer coisa.

E tudo desmoronara em uma chuva de escombros, de cacos de vidro. Desmoronara com uma parte dele, e Rigel pagara por cada gota de esperança com pesar.

Ele sabia que ela jamais o desejaria; *sabia disso*, no fundo ele sabia, sempre soubera. Havia sido Rigel quem instigara aquilo.

No entanto, ele fechara os olhos, para ao menos salvar-se do doloroso sofrimento de vê-la fugir.

Precisava ir embora dali.

Precisava afastar-se dela, daquela casa — ele enlouqueceria se ouvisse o som da voz dela outra vez, ou se sentisse o contorno daqueles dedos através do tecido quando ela tentara tocá-lo no corredor.

A chuva encharcara as suas roupas, inundando todas as emoções. Rigel cerrara os punhos e a mandíbula, andando de um lado para o outro como uma fera enjaulada entre grades invisíveis.

— Você!

Um grito atravessara a tempestade.

Rigel tinha visto uma figura raivosa avançando na sua direção. Não precisara se esforçar para reconhecê-lo, embora estivesse ensopado de chuva.

Empurrara o verme para trás enquanto a silhueta avançava até ele.

— Leonard? — arriscara, levantando a sobrancelha, indeciso.

— É *Lionel* — rosnara o outro, àquela altura a poucos passos de distância.

Rigel pensara que, depois de tudo, pouco importava se o nome era Lionel ou Leonard. Ambas as opções o irritavam. Tudo naquele cara o irritava.

— E existe algum motivo, *Lionel*, para você ficar andando pelo bairro como uma espécie de maníaco?

— Maníaco? — Lionel o encarara com as feições retorcidas pela raiva. — *Eu, maníaco?* Mas que cara de pau, hein, porra? — respondera enquanto se aproximava, cada vez mais tenso. — Se tem um maníaco aqui, é você!

Rigel lhe lançara um olhar zombeteiro, o canto da boca curvado.

— É mesmo? Pena que eu moro aqui — respondera, percebendo nos olhos do outro sinais claros de que ele estava alterado. — Certamente não posso dizer o mesmo de você. E agora *sai do meu caminho*.

Rigel acabara de atacá-lo, como fazia com todo mundo, mas com todo o sarcasmo, com todo o desprezo de que era capaz. Cravara os dentes nele, procurando causar-lhe *dor, dor, dor*, e o outro cerrara os punhos em um acesso de raiva.

— Os seus joguinhos de merda não funcionam mais — desafiara Lionel, encharcado até os ossos, e Rigel achara aquilo tão ridículo que ficara genuinamente irritado. — Acha que eu não sei? Acha que Nica não me contou? Você não é irmão dela! Você não é nada, nada vezes nada. Chega de rodeá-la como se tivesse algum direito sobre ela!

O verme o arranhara e tomara conta dos seus pulsos. Rigel os contraíra, ardendo de raiva.

E ele? Que direito ele tinha? Ele, que não fazia a menor ideia do que o ligava a Nica. O que ele achava que sabia?

— Já você — dissera, jogando-se para a frente com raiva e repudiando a ideia de que ela fosse considerada um objeto —, *você*, que a conhece há um dia, tem direitos sobre ela, *né*?

— Sim, tenho — retrucara Lionel, esboçando um meio sorriso sob os projéteis de chuva. — Ela me manda mensagens o dia todo e me disse que não quer mais te ver. É ela que me procura — enfatizara as palavras, como se quisesse jogá-las na cara dele, e Rigel as recebera como um tapa na cara, ou talvez no coração, pois ardia terrivelmente, corroía o estômago, e ele precisara se esforçar para não demonstrar o quanto aquela constatação lhe machucara.

O sorriso de Lionel tinha um tom de satisfação triunfante.

— Ela me procura e fica dizendo o tempo todo que não te suporta. Odeia ter que morar com você, ter que te ver todo dia. Ela te odeia profundamente! E...

— Ah, então ela fala tanto assim de mim? — insinuara Rigel, cheio de veneno. — Mas que pena. Porque ela nunca fala de você. — Estalara a língua. — *Nunca*. — Tivera o cuidado de enfatizar as sílabas. — Tem certeza de que você existe?

Lionel berrara tão perto que dava para sentir o calor da raiva e da tensão.

— E COMO EU EXISTO! Ela sempre me procura. E, quando você finalmente for embora...

Rigel jogara a cabeça para trás e caíra na gargalhada.

Tinha sido uma risada áspera, de raiva e desprezo. De dor, uma dor sombria e extenuante, porque lhe fazia um mal terrível, porque aquelas palavras — o ódio que ela professava por ele, a intimidade que compartilhava com aquele garoto — vibravam com uma verdade tão inegável que o dano era irreparável.

Porque Rigel sempre soubera que espinhos geram mais espinhos, que o que ele carregava dentro de si era muito sórdido e degradado para ser aceito por uma alma dócil e limpa como a de Nica.

Ele sempre soubera daquilo, mas ouvir em voz alta quebrara tudo o que ainda restava. Além do mais, era paradoxal e grotesco que ele, por mais desencantado que estivesse, ainda conseguisse encontrar pontinhas de esperança entre os espinhos, já que eram aquelas que mais machucavam quando se caía em cima delas.

Em meio aos escombros, a única luz que ele sabia que existia era a que ela projetava.

Uma luminescência que o mantinha acordado à noite. Que iluminava cada uma das suas lembranças.

Ela reluzia como uma estrela vibrante, estrela que, apesar disso, não conseguia consolá-lo na solidão daquele sentimento devastador.

E, naquele momento, a luz se acendera...

Nica era um farol que irradiava calor — *ela, sempre sorridente* — e Rigel queria desligá-la, libertá-la daquele amor que não conhecia gentileza.

Se pudesse, teria feito, mas, como em todas as vezes, não conseguira danificar aquela luz tão delicada onde residiam os sentimentos por ela. E acabara agarrando-se à luz com todas as forças, abraçara-a com o desespero de uma alma que se recusava a largá-la.

— Quando você for embora...

— Sim — respondera, mastigando cada palavra, cáustico, enquanto protegia dentro de si a memória de Nica —, pode esperar sentado.

O primeiro soco cortara o seu lábio.

Rigel sentira o sangue se misturando com a chuva e não pôde deixar de pensar que, apesar de tudo, aquela dor física era melhor do que o aviltamento de momentos antes.

O segundo soco não acertara o alvo e Rigel o devolvera a Lionel com toda a fúria de uma fera ensandecida. Pousara na mandíbula dele com um estrondo sinistro, capaz de atravessar até a tempestade.

Rigel não parara nem quando o outro respondera aos golpes, nem mesmo quando sentira um corte na sobrancelha. Também não parara quando os nós dos dedos se esfolaram ou quando o cabelo encharcado entrara nos olhos e o cegara, como se alfinetes tivessem sido cravados ali.

Não parara até ser o único a ficar de pé e Lionel rolar no chão com uma careta.

Ele o olhara de cima, com raios e um oceano escuro acima da cabeça, e cuspira sangue no asfalto.

Não queria imaginar, naquele momento, como Nica o olharia.

— Até mais, *Leonard* — sibilara para o garoto enquanto se afastava.

Deixara-o na chuva, contorcendo-se no próprio erro.

E tinha visto a desgraça e a miséria... Ele as sentira como uma culpa ensurdecedora nas íris sempre esplêndidas de Nica.

Ele a notara pela primeira vez na vida: uma mancha naquela pureza linda e cândida, uma onda violenta que devastara o seu peito quando ela erguera o rosto do celular e o condenara com os olhos.

Ele se lembraria para sempre de como era morrer.

Rigel olhara para aqueles olhos de fabricante de lágrimas e soubera que não podia mentir para ela.

Sabia que não podia negar, porque os arranhões e o sangue gritavam nos nós dos dedos, porque Lionel já tinha falado, e Rigel entendera naquele exato momento que a expressão carregada de decepção era o preço doloroso que teria que pagar por todas as mentiras.

Por ter ficado quieto e se escondido, por afastá-la cada vez mais antes que ela entendesse.

Abrira um sorriso cheio de espinhos, mas por dentro se sentia murcho. Uma agonia corrosiva oprimia o seu peito.

Ele lhe dera apenas o que ela esperava, exibira a máscara que sabia que tinha pintado no rosto; só fizera o que sempre fazia, porque no fundo sabia que ela só o via assim, como alguém mesquinho e irrecuperável.

— Ah, a ovelha gritou "lobo"!

Rigel só se lembraria de flashes do que acontecera a seguir.

Fragmentos confusos, fora de foco — *os olhos, a luz e as mãos dela em todos os lugares. O cabelo, o perfume dela e os lábios* se movendo enquanto pronunciavam palavras que ele não ouviria, pois estava ocupado demais tentando fugir do calor que ela irradiava como um sol.

Mãos e curativos enredados nos braços dele, o verme rosnando e berrando, *e ela pertinho, bem pertinho, tão brava e tão perto* que o fizera estremecer.

E, mesmo em meio a todo aquele desespero e à urgência feroz com que tentara se afastar dela, Rigel não tivera escolha a não ser admitir que, por mais que ardesse de raiva e desolação, Nica era sempre, em todas as circunstâncias, absurdamente linda.

Mesmo com todos aqueles curativos e dedos machucados, Nica era absurdamente linda.

Mesmo enquanto batia nele e tentava machucá-lo, arranhá-lo, devolver-lhe tudo que ele, e só ele, fora responsável por arruinar, Nica ainda era a coisa mais linda que os olhos de Rigel já tinham tocado.

E tinha sido por causa disso, daquele encanto que ela irradiava mesmo sem saber, que ele não tinha conseguido se conter a tempo.

Ela estava perto demais e, quando ele a afastara, o verme o puxara para a frente e pousara na sua boca.

E, pela primeira vez...

Pela primeira vez na vida, *de verdade*, tinha sido como abandonar-se a toda aquela beleza e toda aquela dor. Deixar-se invadir, morrer de um alívio exaustivo, mergulhar de cabeça no abismo e pousar sobre pétalas de rosa, depois de ter passado uma vida inteira entre espinhos.

Abandonar-se àquele calor até não sentir mais nada.

Ou simplesmente render-se a ela, à luz que pulsava no seu peito com uma paz tão doce, iluminando cada canto daquela guerrilha sem fim.

Talvez o nosso maior medo seja aceitar que alguém possa nos amar sinceramente pelo que somos.

Cambaleei para trás e perdi o equilíbrio.

A violência com que me afastei fez a sala girar — o celular caiu no chão e eu recuei em estado de choque, fechando os olhos.

Estava sem fôlego. Um arrepio me fez pular quando toquei os lábios com dedos trêmulos.

Encarei o rosto à minha frente com olhos devastados e o gosto de sangue, o sangue *dele*, na minha boca dolorida. Notei um pequeno corte na carne dos meus lábios.

Ele tinha me mordido.

No fim das contas, Rigel tinha realmente me atacado.

Observei a sua respiração irregular, a boca vermelha e brilhante; o movimento com que ele enxugava o sangue dos lábios e os olhos turvos, por trás dos quais julguei ter visto brilhar uma centelha fugaz, mas incandescente.

A forma como ele me olhou me fez reviver por um instante o reflexo de uma lembrança.

O mesmo olhar silencioso e acusador com que eu o encarara uma noite, muitos dias antes.

"Um dia eles vão entender quem você é de verdade."

"Ah, é? E quem eu sou?"

"Você é o fabricante de lágrimas."

Rigel contraiu a mandíbula com força.

— *Você* é o fabricante de lágrimas.

Ele cuspiu aquelas palavras com voz áspera e laboriosa, como se lhe tivessem escapado, mas, ao mesmo tempo, expeliu-as como se fossem um veneno retido na boca por tempo demais.

Eu congelei, atordoada, tremendo enquanto ele se virava com pressa e desaparecia escada acima.

14
Desarmante

Alguns amores não se cultivam.
São como as rosas silvestres:
raramente florescem e nos ferem
com seus espinhos.

Eu me lembrava dela, da minha mãe.
Cabelo crespo e perfume de violetas, olhos cinzentos como o mar de inverno.

Mas me lembrava dela porque tinha mãos quentinhas e um sorriso gentil, porque sempre me deixava segurar os espécimes que estudava.

"Vai devagarzinho", sussurrava naquela lembrança, enquanto uma belíssima borboleta azul deslizava das mãos dela para as minhas. "É importante ter delicadeza, Nica", dizia-me. "Delicadeza, sempre... Lembre-se disso."

Eu queria lhe dizer que tinha acreditado naquilo.

Que eu tinha guardado aquelas palavras dentro de mim, um tijolinho com o qual construí o meu coração.

Queria lhe dizer que sempre me lembrava delas, mesmo quando o calor das suas mãos se foi e as minhas se encheram de curativos, a única cor que me restava.

Mesmo quando os meus pesadelos eram pontuados pelo estalo do couro.

Mas, naquele momento...

Só queria dizer à minha mãe que, às vezes, a delicadeza não era o bastante.

Que as pessoas não eram borboletas e que eu poderia ir tão devagarzinho quanto quisesse, mas elas não se permitiriam ser tratadas com cuidado. Eu sempre me veria coberta de mordidas e arranhões, e acabaria com um monte de feridas que não conseguia curar.

Essa era a verdade.

Na escuridão do quarto, eu me sentia uma boneca esquecida. O olhar vazio, os braços em volta dos joelhos.

A tela do celular voltou a se acender, mas não me levantei para atender. Não tive coragem de ler mais nada.

Eu já sabia o que estava escrito ali, a sequência de mensagens de Lionel trazia uma acusação atrás da outra.

"Olha o que ele fez."
"Eu falei pra ele parar."
"Foi ele que começou."
"*A culpa é dele.*"
"Ele me atacou sem motivo."

Eu já tinha visto aquilo acontecer muitas vezes, não tinha mais forças para duvidar que fosse verdade.

No fundo, Rigel sempre tinha sido isso.

Violento e cruel, assim Peter o definira. E, por mais que eu tentasse encaixá-lo nas páginas dessa nova realidade, ele nunca estaria ali.

Ele sempre me oprimiria e me destruiria, e eu acabaria perdendo pedaços de mim mesma, dia após dia.

Naquele momento, desejei que Anna e Norman nunca tivessem viajado; desejei que Anna estivesse ali, dizendo-me que para tudo na vida tinha um jeito...

Teria acontecido de qualquer maneira, os meus pensamentos sussurravam para mim. *Quer eles tivessem ficado em casa ou não, mais cedo ou mais tarde tudo iria pelo ralo.*

Eu me esvaziei com um suspiro. Engoli em seco e me dei conta de que estava morrendo de sede.

Decidi me levantar. Já estava ali havia horas, lá fora estava um breu.

Antes de sair, conferi se o corredor estava vazio; encontrar Rigel era a última coisa que eu queria.

Desci a escada no escuro; não estava mais chovendo, o brilho da lua por trás das nuvens iluminava os contornos dos móveis e permitia que eu me movesse sem dificuldade.

Cheguei ao andar de baixo, imerso na escuridão. Já estava na cozinha quando, de repente, tropecei em algo que quase me fez cair. Fiquei sem fôlego. Agarrei-me à parede e, piscando repetidas vezes, encarei o chão.

O que...

Logo encontrei o interruptor.

A luz feriu os meus olhos. No instante seguinte, respirei fundo e recuei em um gesto instintivo.

Rigel estava deitado de bruços no chão, com o cabelo espalhado pelo piso.

O pulso branco se destacava contra a madeira e um leque de mechas pretas cobria-lhe o rosto. Não estava se mexendo.

A visão do corpo imóvel me chocou tanto que, quando dei mais um passo para trás, senti um calafrio percorrer a espinha.

A minha mente ficou em branco. Aquela visão bateu de frente com a imagem que eu tinha de Rigel, com a força, a ferocidade e a autoridade inabalável dele.

Eu o encarei com olhos arregalados, incapaz de emitir um som.

Era ele.

Ali, no chão, imóvel.

Era...

— Rigel — falei, em um sussurro entrecortado.

De repente, senti o coração disparar contra as costelas e a realidade me atingiu de uma só vez. Um calafrio violento me tirou da inércia. Eu me agachei ao lado dele, respirando com dificuldade.

— Rigel — murmurei.

Nesse instante, me dei conta de que havia um ser humano deitado aos meus pés. Percorri desordenadamente o corpo dele com os olhos; as mãos tremendo, incapazes de tocá-lo, sem saber onde pousar.

Meu Deus, o que tinha acontecido com ele?

O pânico tomou conta de mim. Uma enxurrada de pensamentos inundou a minha mente enquanto eu o encarava com olhos febris, quase sem fôlego.

O que eu deveria fazer?

O quê?

Aproximei os dedos o suficiente para sentir a têmpora dele; eu o toquei com a pontinha dos curativos e tomei um susto.

Rigel estava fervendo. Meu Deus, estava quente feito ferro em brasa...

Dei uma última olhada nele antes de correr até a sala. Subi a poltrona como um gato para alcançar o telefone.

Em toda a minha vida, eu nunca havia encontrado alguém no chão daquela forma. Talvez fosse o pânico, talvez fosse simplesmente a minha incapacidade de lidar com a situação, mas me peguei discando com mãos trêmulas o número da única pessoa em quem consegui pensar em tal momento de necessidade.

A única com quem sabia que poderia contar. A única em quem eu, que nunca tive um ponto de referência na vida, consegui pensar.

— Anna! — exclamei antes que ela pudesse responder. — Aconteceu... aconteceu que... *Rigel!* — anunciei, apertando o telefone. — É sobre Rigel!

Ouvi um grunhido baixinho acompanhado de um farfalhar de tecido.

— Nica... — respondeu ela, sonolenta. — O que...

— Eu sei que está tarde — falei apressadamente. — Me desculpa, mas... é importante! Rigel está caído no chão, ele... ele...

De repente, a respiração de Anna soou mais próxima.

— Rigel? — Percebi uma leve agitação na voz dela. — Caído no chão? Como assim? Rigel não está bem?

A urgência da situação me obrigou a botar as palavras para fora. Eu as alinhei, uma após a outra, e expliquei que havia o encontrado ali, estendido no chão.

— Ele está ardendo de febre, mas não sei... Anna, não sei o que fazer!

Anna entrou em pânico. Percebi a sua agitação e a ouvi afastar as cobertas, acordar Norman e anunciar que queria pegar um ônibus ou qualquer coisa que pudesse levá-los para casa.

Fiquei arrependida de tê-la assustado com a minha inaptidão. Talvez, se eu tivesse mais confiança, poderia ter chamado uma ambulância ou ter simplesmente percebido que Rigel só havia desmaiado por culpa da tontura causada pela febre.

Mas, dominada pelo pânico, liguei para ela, que estava a muitos quilômetros de distância e não podia fazer nada. Senti vontade de morder as mãos por ter sido tão estúpida.

— Meu Deus, eu sabia que a gente tinha que voltar, eu sabia — lamentou Anna com a voz trêmula. — Rigel estaria na cama e talvez, *talvez*...

Anna parecia fora de si. Eu me perguntei se aquela situação não estava indo um pouco longe demais, mas, como eu nunca tinha tido ninguém que se importasse comigo, não conseguia dimensionar o que estava acontecendo. Talvez não fosse um exagero, talvez fosse assim nas outras famílias também. Talvez, se eu tivesse sido menos precipitada...

— Anna, com a febre eu posso... eu posso lidar. — Queria reparar o meu erro, ser útil de alguma maneira. Ao perceber o pânico dela, senti a necessidade de acalmá-la. — Posso tentar levá-lo para cima e colocá-lo na cama...

— Ele precisa de uma compressa fria — interrompeu com a voz ansiosa. — Meu Deus, quanto frio ele deve ter passado no chão! E os remédios! Tem remédio para febre lá no banheiro, na portinha ao lado do espelho, aquele de tampa branca! Ah, Nica...

— Não precisa se preocupar — falei, embora estivesse claro que, ali, preocupação era o que não faltava. — Pode deixar comigo, Anna! Se você me disser direitinho o que eu preciso fazer, eu...

Gravei a enxurrada de instruções que ela me deu. Encerrei a ligação com a promessa de ligar de novo, depois de ter garantido que havia entendido tudo.

Voltei ao corredor e parei a um metro de Rigel; em seguida, suspirei e decidi não perder mais tempo.

Bem que eu gostaria de dizer que o coloquei nas costas e o carreguei escada acima com dignidade... mas a realidade não chegou nem perto disso.

A primeira coisa que me vi fazendo, por menos óbvia que fosse, foi tocá-lo.

Rigel nunca tinha me deixado encostar nele, nem mesmo chegar perto o suficiente para isso. Quando coloquei uma mão no ombro dele, insegura, percebi que os meus dedos tremiam.

— Rigel... — Aproximei o rosto e o meu cabelo se espalhou sobre as costas dele. — Rigel, agora... agora você precisa me ajudar...

Consegui virá-lo de costas e tentei fazê-lo se sentar, mas sem sucesso. Passei o braço por trás do pescoço dele e levantei a cabeça; o cabelo preto saiu do chão e pousou no meu antebraço. A cabeça caiu para trás e a pele tensa e branca do pescoço se destacou diante dos meus olhos.

— Rigel...

Vê-lo tão indefeso me deu um aperto no peito. Engoli em seco, olhei com preocupação para a escada e voltei a encará-lo. Enquanto o observava tão de perto, sentada no chão com ele nos braços, nem percebi que o segurava mais forte do que o necessário.

— A gente tem que ir lá pra cima — falei, devagar e delicada, mas resoluta. — Rigel, só a escada. Só a escada... — Contraí os lábios e o levantei pelo torso. — Vamos!

Bom... talvez *vamos* fosse um exagero.

Afinal de contas, eu cuidava de pássaros feridos e ratos que tinham caído em armadilhas, então estava acostumada com criaturas de tamanho bem diferente.

Tentei convencê-lo a fazer um esforço e lhe perguntei se pelo menos estava me ouvindo. Quando vi que ele não respondia, comecei a arrastá-lo pelo chão. Soprei mechas de cabelo do rosto enquanto os meus pés deslizavam, mas de alguma forma conseguimos chegar ao pé da escada.

Agarrei Rigel pela camisa e consegui puxá-lo para cima o suficiente para que ficasse apoiado de costas contra a parede. Ele era alto e imponente e eu era minúscula em comparação.

— Rigel... por favor... — implorei com a voz desgastada pelo esforço excruciante. — Sobe!

Tive sucesso nessa empreitada titânica. Com um gemido exausto, prendi o abdômen dele com a cabeça e o impedi de deslizar de volta para o chão: desabei sob o peso dos seus ombros e as minhas pernas vacilaram.

Cerrei os dentes de ansiedade.

Subimos com dificuldade enquanto ele mal parecia conseguir se manter de pé. O braço dele estava em volta do meu pescoço e eu sentia a sua mandíbula contra a minha têmpora.

Senti certo alívio quando chegamos ao andar de cima, mas, no último degrau, escorreguei. Arregalei os olhos, mas era tarde demais: as paredes começaram a girar e nós dois caímos no chão com um baque ensurdecedor.

Bati com o osso do quadril na quina do degrau e mordi a língua de tanta dor.
— Ai, meu Deus...
Engoli em seco, trêmula. Senti o gosto metálico de sangue. Como é que eu podia ser tão desastrada?
Rastejei em direção a Rigel. Senti uma pontada no quadril e a minha mão correu para o osso enquanto eu conferia, alarmada, se ele não tinha batido a cabeça.
Não consegui mais levantá-lo.
Mancando, eu o arrastei até o quarto dele e, com uma dificuldade sobre-humana, pedindo um último esforço aos meus músculos, consegui erguê-lo sobre o colchão e acomodá-lo debaixo das cobertas.
Passei o pulso pela testa e tirei um momento para recuperar o fôlego. O braço de Rigel estava pendurado para fora da cama e o cabelo, esparramado sobre o travesseiro.
Exausta, corri até o banheiro e enchi um copo d'água. Em seguida, abri a portinha e achei os remédios de que precisava.
Peguei um comprimido do frasco e ouvi o rangido das molas quando me sentei na borda do colchão.
Levantei a cabeça dele e apoiei a nuca na dobra do cotovelo.
— Rigel, você tem que tomar isso... — tentei dizer, na vã esperança de que ele fosse me ouvir, de que se permitisse ser ajudado, pelo menos uma vez. — Vai fazer você se sentir melhor...
Ele não se mexeu. A palidez do seu rosto era alarmante.
— Rigel — tentei de novo, apoiando o comprimido na ponta dos lábios dele —, vamos...
A têmpora dele estava na altura do meu quadril, a testa encostava nas costelas, logo abaixo do meu peito, e de repente o comprimido escorregou entre os meus dedos.
Corri para recuperá-lo, vasculhando as dobras do cobertor com gestos agitados, os nervos à flor da pele.
Acabei enfiando o comprimido na boca de Rigel com uma falta de jeito sem limites. Os lábios se abriram docilmente sob a pressão dos meus dedos. Por pouco não os rocei com o indicador quando o remédio desapareceu lá dentro.
Ao me virar para pegar o copo, a minha mão tremia.
Consegui ao menos fazê-lo tomar um golinho de água. A garganta de Rigel se contraiu e ele finalmente engoliu o comprimido.
Acomodei a cabeça dele no travesseiro e me levantei na mesma hora, com as bochechas desconfortavelmente quentes.
Desci para a cozinha e preparei a compressa fria do jeito que Anna havia me ensinado. Depois, voltei ao andar de cima e a posicionei sobre a pele fervente.

Fiquei parada ao lado da cama, tentando organizar os pensamentos.

Será que eu tinha me esquecido de alguma coisa?

Estava repassando as instruções de Anna quando, de repente, ouvi o celular tocar em algum lugar.

Corri para atender depois de ter dado uma olhada em Rigel. O nome de Anna piscava na tela.

Agora que a situação havia se acalmado, percebi ainda mais a agitação dela. Eu lhe disse que tinha feito tudo o que ela dissera, tintim por tintim, sem me esquecer de nada. Acrescentei que tinha fechado as cortinas e pegado um cobertor extra, e ela me informou que eles iriam pegar um ônibus em poucos minutos e que chegariam em casa ao amanhecer.

— Estaremos aí o mais rápido possível — assegurou com a voz preocupada. Senti um estranho quentinho no peito diante de toda aquela preocupação. — Nica, qualquer coisa...

Fiz que sim, agitada, e me dei conta de que ela não estava me vendo.

— Fica tranquila, Anna... Se acontecer alguma coisa, te ligo na mesma hora.

Ela me agradeceu por ter cuidado dele e, após as últimas recomendações, desligou com a promessa de que nos veríamos em breve.

Refiz os meus passos, entrei no quarto e encostei a porta para manter o calor ali dentro.

Aproximei-me da cama a passos silenciosos, coloquei o celular na mesinha de cabeceira e, erguendo lentamente os olhos, encontrei o rosto de Rigel.

— Eles já estão voltando — sussurrei.

As feições dele estavam petrificadas, como alabastro polido. Da mesma forma, fiquei imóvel ao lado da cama, refém daquele rosto.

Não sei quanto tempo fiquei ali de pé o olhando, inquieta e indecisa, antes de sentir as molas cedendo sob o meu peso.

Eu me sentei na beirada do colchão, como se tivesse medo de acordá-lo.

Por um momento, não pude deixar de imaginar a reação feroz de Rigel se ele soubesse que eu não só havia entrado no quarto dele, como estava sentada na cama, olhando para ele, como se não temesse as consequências.

Ele teria gritado comigo. Teria me expulsado. Teria me olhado com aquele desprezo que me cortava como uma lâmina.

"*Você* é o fabricante de lágrimas."

Lembrei-me daquela acusação com uma dor amarga e indefinida. Eu? Como poderia ser eu? O que ele quisera dizer com aquilo?

Contemplei o seu rosto adormecido com a submissão de quem observa uma fera, ciente de não conseguir entendê-la.

Mas...

Mas, olhando para ele naquele momento... senti algo inexplicável. Uma paz indefinida.

As belas feições estavam relaxadas, os longos cílios sombreavam as graciosas maçãs do rosto e os lábios calmos; naquele momento, os traços orgulhosos estavam mergulhados em uma serenidade que eu nunca havia visto nele.

Rigel nunca tinha me permitido vê-lo assim. Havia sempre uma careta que desfigurava os seus lábios ou um olhar obscurecido por más intenções.

Engoli em seco e uma série de sensações indescritíveis apertaram o meu coração. Enquanto observava o movimento delicado e profundo do peitoral amplo e a pele do pescoço vibrando suavemente com as batidas do coração... notei ele nunca parecera tão bonito.

As bochechas delineadas e as sombras abaixo das pálpebras não arruinavam a harmonia do seu rosto. Pelo contrário, davam-lhe o encanto de uma juventude corrompida e desbotada; e não havia palidez que não lhe acrescentasse charme. Não havia cicatriz, corte ou ferida capaz de ofuscar aquela luz.

Tranquilo daquele jeito, ele ficava lindo.

Como tanto esplendor poderia esconder algo tão... sombrio e incompreensível?

Como era possível que o lobo tivesse uma aparência tão delicada, se o seu único propósito era ser assustador?

De repente, uma respiração irregular o fez abrir um pouco a boca. Rigel mexeu levemente a cabeça e o pano deslizou para o lado: sem nem pensar, inclinei-me sobre ele para segurar a compressa, tensa. Prendi a respiração e os meus olhos se moveram inquietos até encontrarem o rosto dele, mas ele...

Ele continuou imóvel, a um suspiro de distância. Eu o observei no limiar de uma intimidade que Rigel jamais me permitiria. Eu o observei não como o fabricante de lágrimas.

Apenas como... Rigel.

Apenas como um rapaz doente e adormecido, com um coração e uma alma iguais aos de muitos outros.

E uma tristeza inexplicável me dominou. Devastadora e impotente. Cheia de hematomas que ele havia deixado dentro de mim sem sequer me tocar.

Eu te odeio, gostaria de dizer, como qualquer pessoa teria feito no meu lugar. *Eu te odeio, não suporto os seus silêncios, não suporto nada do que você me diz.*

Odeio o seu sorriso, a forma como você não me quer por perto, todos os ataques.

Eu te odeio pela maneira como você sabe estragar as coisas mais lindas, pela violência com que se afasta, como se fosse eu quem te privasse de alguma coisa.

Eu te odeio... porque você nunca me deu outra escolha.

Mas nada saiu da minha boca.

Aquele pensamento não se concretizou, dissolveu-se no meu coração, e a resignação me esvaziou por completo. De repente, senti-me completamente exausta.

Porque não era verdade.

Eu não odiava Rigel. Nunca o odiaria.

Eu só queria entendê-lo.

Eu só queria ver que ali embaixo realmente existia alguma coisa, moldada na sombra de um coração como tantos outros.

Eu só queria convencer o mundo de que ele estava errado.

— Por que você sempre me afasta? — sussurrei, angustiada. — Por que não me deixa te entender?

Eu jamais encontraria uma resposta para aquelas perguntas.

Ele jamais as daria.

Eu me senti afundar pouco a pouco no colchão, cada vez mais sonolenta. A escuridão me engoliu.

E, no fim das contas, a única coisa que consegui fazer... a única retribuição que pude lhe dar foi um suspiro lento e muito longo.

15
ATÉ O OSSO

*Você pode dilacerar o amor,
renegá-lo, arrancá-lo do coração,
mas ele sempre saberá
como te encontrar.*

Tudo ardia ao redor dele.
Era uma prisão macia e fervilhante.
Onde ele estava? Não sabia. Não conseguia entender. Sentia apenas uma dor que irradiava pelo corpo todo, como se a febre dobrasse os ossos dentro dos músculos.

No entanto, naquela letargia densa e artificial, *ela* apareceu como em um sonho.

Tinha contornos tão nebulosos que ninguém saberia que era Nica, não fosse o fato de que ele a conhecia de cor, com todas as nuances e detalhes.

Ele conseguiu imaginá-la direitinho, mesmo em meio à confusão desorientadora da febre. Parecia até que ela estava ali, ao lado dele, irradiando um calor que não lhe pertencia.

Ah, como os sonhos são maravilhosos...

Neles não há medos ou restrições. Ele não precisava se conter, se esconder ou recuar. Ali, poderia tocá-la, vivê-la e senti-la sem a necessidade de explicações, e Rigel poderia ter se apaixonado por aquele mundo irreal, se a felicidade efêmera que ele tocava todas as noites não deixasse cicatrizes tão profundas no coração.

Porque a ausência de Nica ardia. Cavava buracos com a mesma ternura com que esbanjava carícias. E ele sentia cada um daqueles cortes pela manhã, quando acordava em meio a lençóis vazios, sem a presença dela.

Mas, naquele momento...

Quase parecia que podia tocá-la. Que dava para perceber as próprias mãos passando pela cintura esbelta dela e envolvendo-a até sentir que algo o preenchia.

Ele conseguia se mexer. Embora estivesse delirando, sentia-se consciente.

Será que estava? Não, impossível. Só em sonhos ele a encontrava ao seu lado.

Claro, ela era muito real... Ele a abraçou e afundou o rosto no cabelo dela, como fazia todas as noites.

Queria arder no seu perfume, achar conforto naquela eterna e doce amargura onde Nica, em vez de fugir, o embalava em braços que prometiam nunca deixá-lo partir.

E foi como se... Ah, foi como se... se de fato pudesse sentir aquele corpo respirando bem perto dele e pulsando contra ele...

🦋

Algo fez cócegas no meu queixo.

Movi o rosto, enterrando-o no frescor do travesseiro.

Os passarinhos cantavam; o mundo se desenrolava fora de mim, mas demorei a acordar.

Senti um tremor na testa e entreabri os olhos. Fios de luz sutis obscureciam a minha visão; sonolenta, pisquei os olhos e, pouco a pouco, a realidade começou a tomar forma ao meu redor.

Enquanto eu me concentrava, reparei na estranha posição em que me encontrava. Estava quente ali. Por que eu não conseguia me mexer?

Eu esperava ver os contornos do meu quarto, mas não foi o que aconteceu. Algo preto ocupava toda a minha visão.

Era cabelo.

Cabelo?

Arregalei os olhos, assustada.

Rigel estava completamente em cima de mim.

O peito dele era uma parede ardente de carne e músculos; os ombros largos me envolviam e os braços me seguravam pela cintura com gentileza. O rosto estava escondido abaixo do meu, afundado na cavidade do meu pescoço. Dava para sentir o hálito quente dele roçando a minha pele.

Nossas pernas estavam sobrepostas, e o lençol, chutado sabe-se lá quando, estava pendurado na lateral do colchão. Fiquei sem fôlego. Por um instante, esqueci como se respirava.

Enquanto sufocava de ansiedade, notei que os meus braços estavam esticados para a frente: um passava por baixo do pescoço dele, o outro repousava suavemente na cabeça dele, acariciado por mechas pretas.

Minha mente explodiu em um delírio terrível. Uma súbita sensação de claustrofobia fechou a minha garganta e o meu coração começou a martelar contra a pele.

Como foi que acabamos assim?
Quando? Quando foi que me deitei na cama?
E os cobertores? Os cobertores... Não tinham cobertores também?
Senti as mãos dele embaixo de mim, presas entre o colchão e o meu corpo, segurando-me com delicadeza, mas, ao mesmo tempo, com certa firmeza.
Rigel... Rigel estava me abraçando.
Estava respirando em cima de mim.
Ele, que nunca deixara que eu o tocasse, estava com o rosto colado ao meu pescoço e os braços agarrados a mim de tal maneira que era impossível saber onde eu começava e ele terminava.
A incredulidade me dominou.
Tentei me mexer, mas, no mesmo instante, o cheiro do cabelo dele atingiu o meu nariz com força total.
O perfume de Rigel me envolveu como uma sombra intensa e vibrante. Eu não saberia como descrevê-lo. Era... vigoroso, insidioso e selvagem como ele. Lembrava chuva e trovão, grama molhada, nuvens carregadas e o estalo do temporal.
Rigel tinha cheiro de tempestade. Qual é o cheiro da tempestade?
Virei o rosto de lado e tentei escapar daquelas sensações, mas não consegui.
Eu gostava. Gostava do cheiro dele... Achava irresistível, quase familiar. Tive a trágica percepção de senti-lo como algo *meu*. Eu, que permanecia na chuva até a roupa ficar ensopada. Eu, que sempre me sentia livre no vento. Eu, que já havia abraçado o céu inúmeras vezes, senti-me completamente inebriada por aquele cheiro.
Não podia ser verdade.
Era loucura.
Fechei os olhos, tentando não tremer naqueles braços dos quais eu sempre tinha fugido... Tentei me afastar e o cabelo dele deslizou entre os curativos.
Congelei.
Rigel ainda estava dormindo, perdido em um sono profundo, e eu mal movi a ponta dos dedos. Senti o coração bater suavemente na garganta enquanto tocava naquelas mechas em volta do meu pescoço.
Eram... eram...
Eu as toquei devagar, com cuidado. E, quando vi que ele não se mexia... afundei as mãos no cabelo dele, lentamente. Era incrivelmente fofo, macio e agradável ao toque.
Eu me vi examinando-o com o coração acelerado. Cada respiração, cada contato era algo novo e ao mesmo tempo absurdamente perturbador. Aquele momento ficaria marcado na minha memória para sempre.

Enquanto eu o acariciava com o máximo de cuidado, pensei tê-lo ouvido suspirar bem baixinho.

A respiração dele teve o efeito de uma onda quente e invisível na minha pele, tranquilizando-me.

Pouco a pouco, a realidade se dissipou e acabou se reduzindo à moldura dos batimentos cardíacos de Rigel. O coração dele pulsava devagar, reconfortante e delicado.

O que havia naquele coração?

Por que ele o mantinha preso como uma fera se podia bater tão suavemente?

Em um impulso desesperado, desejei poder tocar o seu coração como estava fazendo com ele. Senti o batimento reverberar no meu estômago com uma gentileza desconcertante, e então descansei a bochecha na cabeça dele, derrotada.

Desisti... porque não tinha forças para lutar contra algo tão delicado.

Semicerrei as pálpebras e, com um suspiro cansado, abandonei-me nos braços do único garoto de quem deveria ficar longe. Deixei-me embalar pelo coração dele. *E por um momento...* Por um momento, ali, abraçada a Rigel, afastados do mundo, daquilo que sempre tínhamos sido... *só por um instante, sim, coração contra coração, perguntei-me por que nós não podíamos ficar assim para sempre...*

A vibração do celular me trouxe de volta à realidade.

Pisquei, entorpecida, e o quarto girou diante dos meus olhos.

Recuei, ainda nos braços de Rigel, e tentei estender a mão.

Não foi o suficiente.

— Rigel — sussurrei lentamente, sem saber direito o que dizer. — O celular... pode ser Anna...

Ele não me ouviu; continuou dormindo profundamente, com o rosto afundado abaixo do meu.

Apoiei a mão no ombro dele, tentando fazê-lo afrouxar o aperto com que os seus braços me envolviam, mas foi inútil.

— Rigel... eu preciso atender!

O celular parou de tocar de repente.

Suspirei baixinho e voltei a me recostar no travesseiro.

Era Anna, eu sentia; talvez quisesse me avisar que estava chegando. Meu Deus, ela devia estar tão preocupada...

Virei-me novamente para o meio da cama; a respiração de Rigel era uma carícia quente contra a minha pele e eu nem percebi que estava com a mão apoiada no cabelo dele quando falei com a voz clara, mas delicada:

— Rigel, preciso levantar agora.

Parte de mim estava com medo de acordá-lo.
Estava com medo da reação dele.
Estava com medo de vê-lo me afastar de novo...
— Rigel — murmurei a contragosto. — Rigel, me deixa sair, por favor...
Falei gentilmente no ouvido dele, esperando que a suavidade da minha voz surtisse algum efeito.
Então, algo aconteceu.
A minha voz pareceu se misturar aos sonhos dele. Rigel exalou no meu pescoço e soltou um gemido baixo, então se agarrou ainda mais a mim. Aquele perfume me envolveu como uma luva sedutora.
— Rigel — repeti, quase sem voz, enquanto os músculos dele escorregavam e deslizavam, farfalhando os lençóis.
Ele me apertou ainda mais e o calor do seu corpo aumentou. Tive certeza de que ele estava esfregando o nariz na minha pele.
Senti a barriga se contrair e as bochechas corarem. Imaginei que ele estivesse sonhando, porque se movia com um impulso lento que me fez senti-lo ainda mais apegado ao meu corpo.
Talvez eu devesse ir ainda mais devagar. Com *delicadeza*...
Aproximei mais os lábios; afastei o cabelo da orelha dele com os dedos, segurei-o com cuidado e sussurrei, mais suave do que um suspiro:
— *Rigel*...
Mas isso pareceu ter piorado as coisas, porque os lábios dele se abriram e a respiração ficou mais profunda. Tornou-se longa, lenta, quase íntima, como se de alguma forma estivesse difícil respirar.
Então, de repente, ele trouxe a mandíbula angulosa para mais perto de mim.
E os lábios pousaram no meu pescoço.
Um batimento descompassado me tirou o fôlego. Todo o meu ser estremeceu de surpresa e eu cravei os dedos nos ombros dele em um estalo.
Experimentei uma sensação ensurdecedora, mas só senti os seus braços me apertando ainda mais. Rigel moveu os lábios no meu pescoço, abrindo-os e pressionando-os com tanta delicadeza que me contorci e me contraí ao mesmo tempo.
Estava tão tensa, incrédula e chocada que nem consegui encontrar a voz para protestar. Um aglomerado de sensações loucas me devorou por dentro e senti que flores de fogo brotavam na minha pele.
Eu me contorci e, por fim, apressei-me para empurrá-lo com os antebraços.
— *Rigel* — falei com a voz arrastada, mas ele abriu a boca e os dentes acariciaram a minha carne, sonolentos.

Entendi que Rigel não estava dormindo, e sim em um estado semiconsciente causado pela febre. Um delírio. Devia ser um delírio.

Deixei escapar um gemido quando ele me deu uma leve mordida. Contraí a mandíbula e implorei que me desse uma trégua. Aquela língua, aquela boca, aquelas mordidas — *tudo* — eram de enlouquecer, uma tempestade de arrepios tão fortes que eu duvidava que conseguisse suportá-los. Eram demais para mim.

A situação piorou quando ouvi o som de uma porta se fechando e, em seguida, os passos entrando na casa.

O pânico tomou conta de mim. *Anna e Norman.*

— Nica! — chamou Anna, procurando por mim, e eu afundei os dedos nos ombros de Rigel.

Ah, meu Deus, não, não, não...

— Rigel, você tem que me deixar sair. — O meu coração saltava como um inseto inquieto. — Agora!

A boca dele me aturdia. Eu estava rígida e o meu corpo pegava fogo, parecia até que estava delirando.

O joelho de Rigel deslizou entre as minhas pernas e eu senti os músculos se contraírem, agitados. Juntei as coxas instintivamente e soltei um suspiro rouco.

— Nica! — chamou Anna de novo e eu arfei.

A minha respiração soava incrivelmente ruidosa. Lancei um olhar alarmado em direção à porta. Ela estava pertinho, estava ali, estava... *estava...*

Em um ataque de pânico, agarrei o cabelo de Rigel com força e o puxei bruscamente.

Ouvi um gemido baixinho enquanto ele caía de costas no colchão, e eu escapuli da cama.

Quando, no instante seguinte, a porta se escancarou de repente, a mão de Anna estava se estendendo, prestes a pegar a maçaneta.

Ela encarou, surpresa, o meu rosto alterado e vermelho assim que abri a porta.

— Nica?

— Ele está bem melhor agora — murmurei furiosamente, enquanto Rigel jazia enterrado sob o travesseiro que eu tinha jogado na cabeça dele.

Passei correndo por ela, com o cabelo desgrenhado, e desapareci com a mão no pescoço.

Eu me afastei daquele quarto com os joelhos trêmulos, a mente transtornada e o coração preso ali, onde a boca de Rigel ainda queimava de um jeito que eu jamais poderia esquecer.

Algumas horas mais tarde, eu ainda não conseguia tirar aquela sensação da cabeça.

Eu a sentia abrindo caminho pela minha pele.

Queimava.

Atormentava-me.

Pulsava em todos os lugares, como uma contusão invisível.

Acariciei o pescoço com a ponta dos dedos enquanto descia a escada. Eu tinha detectado um pouco de vermelhidão ao me olhar no espelho e esperava do fundo do coração que o cabelo solto desse um jeito de disfarçar a situação.

Porém, por mais que eu tentasse esconder, o que me incomodava não estava na superfície, mas nas profundezas. Algo navegava dentro de mim como um navio no meio de uma tempestade e eu ainda não conseguia ver uma maneira de me salvar.

Entrei na cozinha quando já era fim de tarde. Eu pretendia buscar um pouco de água, mas, em vez disso, parei na soleira.

Rigel estava sentado à mesa.

Estava vestindo um suéter azul ligeiramente largo no pescoço e notei que, embora ainda estivesse meio abatido, não deixava de ser fascinante. O cabelo preto, espesso e bagunçado, destacava-se na luz da tarde, e ele olhava diretamente para mim.

O meu coração deu marcha à ré e parou um pouco abaixo da garganta.

— Eu... Ah — murmurei desajeitadamente, mordendo a língua. Olhei para a caixinha na minha mão. — Anna me pediu para trazer os seus remédios — expliquei, como se não soubesse de que outra forma preencher aquele silêncio. — Eu... bom... vim pegar água. — Percebi que Rigel estava segurando um copo e contraí os lábios. — Acho que não precisa mais...

Ergui a cabeça lentamente, incerta, e as minhas bochechas formigaram quando percebi que os olhos de Rigel não tinham desviado um milímetro do meu rosto. Eles estavam incrivelmente vívidos e brilhantes, nem mesmo a exaustão parecia diminuir a profundidade daquele olhar. As íris se destacavam como diamantes negros contra a tez.

— Como... está se sentindo? — sussurrei um tempo depois.

Rigel desviou o olhar, franziu a sobrancelha escura e abriu um sorriso irônico.

— Uma maravilha...

Girei a caixa entre a ponta dos dedos, envergonhada, e desviei o olhar na mesma direção que o dele.

— Você se lembra de alguma coisa da noite passada?

Foi mais forte do que eu. Eu precisava saber.

Precisava saber se ele se lembrava de alguma coisa. Um detalhe minúsculo, por mais que fosse irrelevante...

Na mesma hora, fragmentos da minha alma rezaram para que fosse o caso. A pergunta me envolveu como se o destino do mundo dependesse disso.

Porque... para mim, alguma coisa tinha mudado.

Eu tinha visto Rigel frágil pela primeira vez na vida, tinha tocado nele, acariciado a sua pele, me aproximado. Eu tinha cuidado dele. Ele me parecera humano e indefeso, e até mesmo a criança dentro de mim teve que abrir mão da ideia imbatível do fabricante de lágrimas e enxergá-lo pelo que ele era.

Um garoto que rejeitava o mundo.

Um garoto solitário, rude e complicado que não deixava ninguém tocar o seu coração.

— Você se lembra de alguma coisa do que aconteceu? — perguntei mais uma vez e notei que ele estava prestes a olhar para mim de novo.

Qualquer coisa... Qualquer coisa serviria... Qualquer coisa, desde que não veja mais o lobo que sempre me mantivera afastada...

Rigel me olhou com relutância, um tanto confuso.

Ele se recostou na cadeira e voltou a exibir a sua aura intimidadora.

— Ah, sim... Alguém deve ter me levado para o quarto. — Ele olhou ao redor da cozinha brevemente antes de voltar a cravar os olhos em mim, insolente. — Imagino que deva agradecer a você pelo hematoma no ombro.

A lembrança da nossa queda atravessou os meus pensamentos. Depois daquele golpe baixo, o sentimento de culpa me deixou sem palavras.

No entanto, não saí do lugar. Rigel tinha acabado de deixar a entender que ainda existia entre nós a mesma fronteira de antes, mas eu não cedi. Não recuei, não me escondi atrás do cabelo; continuei parada na soleira da cozinha, olhando para a caixa de remédios, pois dentro de mim pulsava algo que, apesar da aparência frágil, brilhava: esperança. Clara e inabalável, ela sempre esteve comigo, desde pequena. A mesma que agora apontava para ele, sem intenção de desistir.

Em vez de me retirar, uma força desconhecida me impeliu a entrar.

Atravessei a cozinha e me aproximei da mesa onde ele estava sentado; então, abri a caixa e tirei um comprimido da embalagem.

— Você tem que tomar dois — falei, com suavidade. — Um agora e um de noite.

Rigel olhou para o comprimido branco. Em seguida, lentamente, voltou a olhar para mim.

Entrevi nos olhos dele algo indescritível. Talvez a noção de que eu tinha me aproximado, apesar do sarcasmo. Ou talvez por eu não ter demonstrado ter medo dele...

Por um momento, achei que ele fosse tentar me afugentar.
Por um momento, acreditei que ele fosse zombar de mim ou me ofender.
Em vez disso, Rigel inclinou o rosto e baixou o olhar.
Em silêncio, sem dizer uma palavra, estendeu a mão e pegou o comprimido. Senti um quentinho no peito quando ele levantou o copo. Uma felicidade irreprimível me invadiu e eu me inclinei para a frente:

— Espera, precisa de mais água...

Os meus dedos roçaram os dele.

Foi uma questão de segundos.

Rigel afastou a mão bruscamente e se levantou: o barulho da cadeira cortou o ar e o copo explodiu no piso, espalhando vidro por toda parte.

Ele se afastou de forma tão inesperada e com tanta força que cambaleei para trás.

Encarei o rosto dele com falta de ar. A repulsa com que acabara de rejeitar o contato me feriu como um daqueles cacos de vidro.

Senti a decepção chegar quando ele ergueu o rosto de repente e me encarou. Eu a senti se infiltrar em mim como raízes de uma árvore morta, bem onde antes brilhara a esperança.

E...

Foi como se eu tivesse murchado.

Ardia.

Respirar *ardia*.

Ele deveria ter se controlado, mas aquele contato inesperado o abalara profundamente, e Rigel sentira um calor muito mais intenso do que o da febre.

Reprimiu um palavrão. Em um acesso de pânico, Rigel se perguntou se ela havia notado que ele se afastara com um calafrio.

Mas, quando reuniu coragem para olhar para ela, sentiu o vazio. Viu a decepção naqueles olhos incrédulos e sentiu a dor desolar cada centímetro da sua alma.

Nica abaixou lentamente o rosto e cada segundo daquele pequeno movimento era como uma farpa cravada na pele.

Rigel a viu se agachar. As mãos minúsculas recolheram os cacos de vidro que brilhavam como pedras preciosas nos raios de sol da tarde, e ele se perguntou se ela teria feito o mesmo com os cacos do coração dele, se tivesse permissão para tocá-los.

Por mais que fossem tão escuros. E sujos.

Por mais que exalassem todo o desespero que ele sempre despejara em cima dela.

Por mais que cortassem, arranhassem e esfolassem, e cada fragmento fosse da cor dos seus olhos prateados, cada pedacinho um sorriso que ele apagara nos lábios dela.

E Rigel sabia que deveria apenas ter agradecido. Ele lhe devia muito mais do que deixava transparecer.

Sabia disso, mas estava tão acostumado a morder e a arranhar que, àquela altura, já era um instinto. Ou talvez a verdade fosse mais simples: talvez não pudesse mostrar outra coisa a não ser aquela natureza maligna que havia forjado para si mesmo.

A noção de que ela, tão pura e límpida, pudesse conhecer tais sentimentos desesperados o apavorava.

— Rigel... — sussurrou Nica. Ele ficou imóvel, petrificado, como acontecia toda vez que ouvia *aquela* boca acolhendo o seu nome. — Você... realmente não se lembra de nada?

A dúvida foi abrindo caminho lentamente: *do que deveria se lembrar?*

Havia alguma coisa da qual deveria se lembrar?

Não, estava tudo bem assim, disse a si mesmo com urgência. A mera ideia de ter o toque de Nica enquanto o acompanhava ao andar de cima já o fazia perder a cabeça.

No entanto, não se lembrar era ainda pior.

— Que importância isso tem? — ouviu-se perguntar, com mais grosseria do que gostaria.

O tom de voz escapou antes que Rigel pudesse impedir, e ele se arrependeu na mesma hora, assim que a viu hesitar.

Nica ergueu o rosto e o encarou.

O olhar dela o percorreu com doçura, as sardas brilhando naqueles traços finos e delicados e os lábios se destacando como um castigo proibido.

Ela o olhou daquele jeito que era tão dela, como uma ninfa indefesa, um cervo, com uma inocência de tirar o fôlego.

E Rigel de repente percebeu que ela estava ajoelhada diante dos seus pés.

Ele se sentiu pegando fogo de novo, dessa vez em um ponto bem abaixo do peito.

Desviou o olhar rapidamente. O tormento lhe cerrou os lábios com força e Rigel sentiu a necessidade de se livrar daquela visão: sem uma palavra, contraiu a mandíbula e a contornou.

Ele teria ido embora, se ela não o tivesse parado pelo coração.

Teria ido embora, se ela não tivesse escolhido justo aquele momento para pronunciar o nome dele mais uma vez e fazer a terra parar sob os seus pés.

Jamais se esqueceria do que a ouviu dizer.

— Rigel... eu não te odeio.

Eu havia acabado de lhe dizer a verdade.

Não importava quantas vezes eu fugisse.

Não importava quantos ataques ele direcionasse a mim.

Não importava quantas vezes ele tentasse me afastar.

Não importava o que quer que fosse...

Eu não conseguia romper aquele fio tênue que nos unia desde sempre.

E eu não podia voltar atrás... Não depois de senti-lo cair nos meus braços, indefeso. Não depois daquela manhã, quando Rigel deixara em mim sensações que me marcaram muito além da pele.

Eu o tinha *visto*.

Não como o fabricante de lágrimas que era, mas como o garoto que sempre havia sido.

"E você me odeia?", lembrei-me da nossa conversa no corredor. *"Você me odeia, mariposa?"*

Não...

Rigel endireitou a cabeça.

Foi como ver algo já previsto, programado e dolorosamente imutável tornar-se realidade.

No entanto, não me machucou menos.

Ele se virou na minha direção, observando-me por um momento. Em seguida, sorriu.

— Está mentindo para o fabricante de lágrimas, Nica — disse, lenta e amargamente. — E você sabe que não deveria.

Ali estávamos de novo, separados por aquela fronteira onde eu era a garota do Grave e ele, o fabricante de lágrimas.

No mesmo ponto de partida de quando éramos crianças.

A história estava destinada a se repetir.

A regra era sempre a mesma: é preciso se perder na floresta e derrotar o lobo.

Só assim se chega ao final feliz.

Os contos de fadas, afinal, terminam com as palavras "para sempre".

Será que haveria uma exceção para nós dois?

16
ALÉM DO VIDRO

*Os amores silenciosos
são os mais difíceis de tocar,
mas sob a superfície brilham
com uma imensidão sincera e magnífica.*

Cerrou os dedos com toda a força que tinha.
Não o estava machucando o suficiente.
As unhas o feriram, afundaram na pele lisa, mas Rigel não parou de fazer força.
— Já falei pra me dar — sibilou novamente, com aquele tom de voz que sempre assustava todo mundo.
— Não! É meu!
O outro garoto se contorceu como um cão selvagem. Tentou arranhá-lo e empurrá-lo. Rigel puxou o cabelo dele com violência, arrancando um gemido raivoso de dor; ele o dobrava com toda a força que tinha à sua disposição.
— Me dá — vociferou, afundando as unhas na pele do oponente. — Agora!
O outro obedeceu. Abriu o punho e deixou cair algo no chão. No momento em que pousou aos seus pés, Rigel o soltou e lhe deu um empurrão.
O garoto rolou no chão e apoiou as mãos na terra; lançou-lhe um olhar feroz, morrendo de medo, depois se levantou às pressas e saiu correndo.
Rigel o observou partir, ofegante, com pequenos arranhões nos joelhos. Abaixou-se para pegar o que havia obtido e o apertou entre os dedos.
Os arranhões doíam. Mas ele não se importava.
Bastou vê-la de longe para não sentir mais aquela queimação nos joelhos.
Ao entardecer, de fato, ela apareceu na entrada do dormitório comunal. Com a mão sob as pálpebras, enxugava as lágrimas que não paravam havia dias.
De repente, Nica levantou a cabeça e olhou para a própria cama, que ficava depois de todas as outras. E o seu rosto de menina se iluminou.

O mundo brilhou com aquela luz e de repente tudo pareceu mais claro. Ela correu para a cama e Rigel a viu passar pelas janelas até se jogar no travesseiro.

Ele a viu pegar o boneco em forma de lagarto, a única lembrança que tinha dos pais. Foi só naquele momento que Rigel se deu conta de como estava surrado e estragado. Na pequena batalha que tivera com o outro garoto, as costuras se soltaram e o forro estava saindo na parte da frente, como uma nuvem de espuma.

Mas Nica estreitou os olhos e, em meio a um rio de lágrimas, sorriu.

Ela abraçou o boneco como se fosse a coisa mais preciosa do mundo.

Rigel a observou em silêncio enquanto ela embalava o pequeno tesouro. Ele ficou ali, escondido no canto do jardim, e, naquele alívio infinito, sentiu brotos nascerem entre todos os seus espinhos.

— Você está bem?

Cortinas cheias de sol e luz suave.

A figura de Anna estava de pé, de costas para mim. Tinha pronunciado aquelas palavras com uma delicadeza única.

Rigel, sentado à mesa de frente para ela, apenas fez que sim, sem olhá-la nos olhos. Fazia dois dias que não ia à escola por causa da febre.

— Tem certeza? — perguntou, em um tom de voz mais suave.

Preocupada, ela afastou uma mecha de cabelo dele, expondo o corte na sobrancelha.

— Ah, Rigel... — Ela suspirou com uma pitada de exasperação. — Como você arrumou essas marcas?

Rigel continuou olhando para o lado e não falou nada; os dois trocaram um silêncio que eu não entendi, e Anna não insistiu.

Eu não entendia por que insistia em olhar para eles. O jeito de Anna havia roubado o meu coração, eu amava aquele comportamento maternal; no entanto, sempre que eu observava os dois conversando, tinha a impressão de que estava deixando passar alguma coisa.

— Não estou gostando da cor desse corte — disse Anna, concentrando-se na sobrancelha dele. — Pode infeccionar. Você não desinfeccionou, né? — Ela inclinou de leve a cabeça dele. — Precisaria... Ah, Nica!

Voltei a mim quando ela notou a minha presença. De repente, fiquei envergonhada pela maneira como estava observando os dois, escondida como uma ladra.

— Você me faria um favor? No banheiro lá de cima tem álcool e algodão. Traz pra mim?

Fiz que sim, evitando Rigel com os olhos. Não havia falado com ele desde a última vez.

As ocasiões em que eu me pegava observando tinham se tornado excessivas, e o pior era que eu nem percebia.

Algo tinha ficado suspenso entre nós e não queria sair da minha cabeça.

Voltei logo depois com o que Anna havia me pedido e a encontrei limpando a ferida dele com um guardanapo; antecipei o seu pedido e umedeci uma bola de algodão.

Quando lhe entreguei, Anna chegou um pouco para o lado, concentrando-se em analisar o corte. Entendi que ela estava abrindo espaço para mim e hesitei.

Ela queria que eu cuidasse daquilo?

Dei um passo à frente, incerta. Passei pela figura de Anna e surgi diante de Rigel.

Por um brevíssimo instante, ele me olhou. Os olhos passaram freneticamente por minhas mãos, meu cabelo, meu rosto, meus ombros, e então se afastaram com a mesma rapidez, voltando a encarar o lado oposto.

Ao me aproximar, sem querer rocei o joelho dele e pensei ter visto um músculo se agitar na mandíbula antes de Anna inclinar mais o rosto dele.

— Bem aqui... — disse ela, indicando o ponto.

Rigel parecia estar se esforçando ao máximo para não rejeitar aquele contato com toda a brusquidão de que era capaz. Ele não se esquivou, mas senti que a situação estava testando o seu autocontrole.

Sequei a sobrancelha dele com cuidado. Eu estava tensa. Em parte porque tinha medo de machucá-lo, em parte porque essa proximidade ultrapassava o limite que me era permitido.

O pescoço dele parecia contraído. Rigel olhava obstinadamente para o lado, apertando a mão no joelho com tanta força que a pele dos nós dos dedos parecia prestes a rasgar.

Eu sabia que toda aquela atenção o irritava, simples assim. Ele nunca tinha sido muito fã de cuidado e preocupação, isso o incomodava. Até mesmo na infância, quando todo mundo só queria implorar por um carinho, Rigel nunca demonstrara interesse por esse tipo de gentileza.

Não era como eu, que teria dado qualquer coisa para receber tanto cuidado.

De repente, o telefone de casa tocou.

Anna se virou tão depressa que eu tomei um susto.

— Ah... Pode continuar, Nica, já volto.

Eu lhe lancei um olhar suplicante, mas foi em vão: Anna foi embora e me deixou sozinha com Rigel.

Lutando para não deixar transparecer nada, apenas continuei fazendo o que ela havia me pedido, mas foi impossível não reparar na mão de Rigel. As unhas estavam cravadas na carne, como se aquela proximidade fosse mais do que ele conseguia suportar.

Os meus batimentos cardíacos desaceleraram.

Será que ele odiava tanto assim a ideia de me ter por perto?

Ele me detestava a esse ponto?

Por quê?

A tristeza me invadiu. Eu realmente tinha esperado que as coisas pudessem mudar, mas havia um abismo entre nós. Um precipício intransponível.

E, por mais que eu tivesse esperança, por mais que tudo tivesse mudado para mim, aquele muro ainda existia e existiria para sempre.

Ele sempre me afugentaria.

Sempre destruiria qualquer esperança.

Sempre pareceria distante e inacessível.

Olhei para Rigel uma última vez, apenas para sentir as garras daquela tristeza afundarem na minha carne em um gesto de confirmação. Talvez eu quisesse me machucar o suficiente para desistir, para extinguir toda e qualquer esperança. Só assim eu poderia aceitar...

Mas o meu coração começou a bater descompassado.

Os ombros de Rigel não estavam mais tensos. Os dedos afrouxaram sobre o joelho, como se o tivessem pressionado por tempo demais e finalmente desistido. E o rosto dele...

No semblante relaxado, os olhos não apontavam mais para o lado com teimosia, mas com *resignação*. Enquanto eu examinava a ferida, as íris, agora lânguidas, estavam repletas de um sofrimento que, ao mesmo tempo, parecia aliviá-lo.

Exausto. Rendido. Esgotado.

Foi assim que o meu olhar incrédulo o encontrou. Tão diferente de si mesmo que parecia até outra pessoa.

Tremi diante daquela visão, fraca e consternada. O meu coração saltou do peito e começou a bater tão forte que chegava a doer.

Rigel suspirou de boca fechada, como se não quisesse ser ouvido nem por si mesmo, e eu me senti desmoronar.

Havia algo a mais. Eu podia notar. Queria sussurrar para ele que as coisas não precisavam ser assim, que poderíamos ser um conto de fadas diferente, se ele quisesse.

Encarei-o com amargura, querendo muito entendê-lo.

E, por instinto... O meu dedo deslizou sobre a pele dele e acariciou a têmpora, lentamente.

Ele me pareceu tão frágil com aquela expressão atormentada que não percebi o gesto.

Rigel se sobressaltou. Os olhos dele dispararam na minha direção e congelaram ao verem que eu estava olhando para ele, *que eu estava olhando para ele o tempo todo.*

Ele agarrou a minha manga e se levantou de supetão.

Antes que eu pudesse assimilar, me vi com o braço levantado acima da cabeça e o olhar dele fixo no meu, dominada por aquele corpo. Eu o encarei sem fôlego, ancorada nos seus olhos arregalados, por trás dos quais vi lampejos de emoções irreprimíveis. Aquele hálito quente fez cócegas na pele do meu rosto, que reagiu na mesma hora, corando.

— Rigel... — sussurrei, quase sem voz, assustada.

Senti a pressão na minha manga aumentando lentamente. Os dedos amassavam o tecido e os olhos pararam nos meus lábios. Senti a garganta ficar seca. Ele sugou toda a minha energia e, de repente, me senti fraca.

Um silêncio vibrante pontuou aquele momento com uma série de fragmentos pulsantes, enquanto o meu coração tremia, trovejava, exigia um só respiro...

Então, Rigel me soltou.

Foi tão repentino que, por um momento, fiquei sem chão. Cambaleei e, em meio àquela confusão ensurdecedora, ouvi passos se aproximando.

— Eram uns amigos. Estavam ligando para saber se...

Anna parou na porta e piscou quando Rigel passou por ela e saiu do recinto.

Em seguida, virou-se para mim.

— Tudo bem? — perguntou.

Não encontrei palavras para responder.

🦋

Mais tarde, enquanto tentava estudar, os pensamentos não me davam trégua.

Todos eles se aglomeravam ao redor de Rigel como abelhas brancas, desconcentrando-me. Pisquei, tentando afastá-los; no entanto, pareciam estar fixos ali, como a mancha que uma luz forte deixa nos olhos quando a encaramos por muito tempo.

Voltei ao presente quando recebi uma notificação de mensagem no celular.

Baixei o lápis e dei uma olhada: era Billie.

Mais um vídeo de cabras. Ultimamente, ela vinha me mandando um monte. Eu não sabia por que elas tinham que gritar daquela forma, mas, toda vez que eu abria um vídeo, me pegava encarando a tela, encantada. Bem no dia anterior, ela me enviara um de uma lhama que pulava muito feliz e, inexplicavelmente, perdi meia tarde de estudo.

Suspirei e abri um sorrisinho. Era infantil, mas aqueles vídeos conseguiam me dar serenidade. Eu apreciava a consideração de Billie como se fosse um tesouro a ser guardado: eu tinha alguém que se lembrava de mim, que não precisava de um motivo para me mandar uma mensagem, que confiava em mim e me considerava uma amiga. Tudo aquilo era novidade.

De repente, o celular tocou.

Encarei a tela iluminada e hesitei antes de atender.

— Alô? Ah... Oi, Lionel.

Nos últimos dias, ele havia me procurado várias vezes: no celular, no intervalo entre uma aula e outra na escola... mas vê-lo me causava uma sensação estranha, quase um desconforto.

Eu não queria afastá-lo, mas, depois do que havia acontecido com Rigel, toda vez que eu o via, o rosto dele me lembrava do ataque.

Parte de mim queria apagar aquele momento, varrê-lo e fingir que nunca acontecera...

Mas, logo que passei a me esquivar, Lionel começou a me escrever com mais insistência. Queria saber se Rigel tentara se defender desacreditando-o com mentiras e palavras falsas.

Eu lhe disse que não e ele se acalmou na mesma hora.

— Olha pela janela — pediu e, assim que obedeci, fui surpreendida pela presença dele ali embaixo.

Lionel acenou para mim e eu acenei de volta, um tanto incerta.

— Eu estava de passagem — explicou com um sorriso. — Por que não desce? Podemos dar uma volta.

— Eu adoraria, mas tenho que terminar o dever de casa...

— Ah, vamos, está sol. O dia está lindo — retrucou ele, com a voz suave. — Não vai me dizer que prefere ficar trancada em casa.

— Mas eu tenho prova de física na sexta...

— Só uma voltinha. Vai, desce.

— Lionel, eu gostaria muito — respondi, segurando o celular com as duas mãos —, mas realmente tenho que estudar...

— E eu não? É só um passeio. Mas, bom, já que você não quer...

— Não é que eu não queira — fui logo dizendo.

— Então qual é o problema?

Eu o observei da janela e, por um instante, perguntei-me se ele sempre fora tão insistente. Talvez fosse eu que estivesse sendo mais evasiva do que o normal...

— Tudo bem. — Finalmente cedi. Afinal de contas, ele tinha dito que seria só uma voltinha, né? — Vou colocar um sapato. Daqui a pouquinho estou aí.

Ele abriu um sorriso.

Peguei uma jaqueta na hora e calcei um tênis. Depois, me olhei no espelho e conferi se dava para ver a vermelhidão no pescoço. Aquela marca ainda estava ali, como uma memória que não queria se apagar. E pensar que os lábios de Rigel a deixaram ali fazia o meu sangue fervilhar. Resolvi amarrar um lenço verde-garrafa por cima e desci.

Avisei a Anna que estava de saída, mas depois me detive e voltei, passando primeiro pela cozinha.

— Oi — cumprimentei Lionel diante do portão de casa. Parei na frente dele, pondo uma mecha de cabelo atrás da orelha, e depois estendi a mão.
— Aqui.

Lionel olhou para o picolé que eu estava lhe entregando. Em seguida, ergueu o olhar para mim e eu retribuí com um sorriso caloroso.

— Tem um crocodilo dentro.

Ele me observou impressionado. E abriu um sorriso vitorioso.

🦋

Lionel tinha razão: o dia estava lindo.

Mordiscávamos os picolés enquanto passeávamos pela rua.

Escutei com atenção quando ele me contou do carro novo que o pai havia comprado; ele não parecia satisfeito com aquilo. Reclamou várias vezes da escolha, por mais que, pelo que eu tenha entendido, fosse um modelo caro.

Levei um tempão para me dar conta de que o caminho arborizado não acompanhava mais a rua.

— Ei, espera aí... — falei enquanto olhava ao redor, confusa. — A gente andou demais. Eu não... não conheço esse lugar.

Ele nem pareceu me ouvir.

— Lionel, a gente já saiu do bairro — tentei dizer, diminuindo o passo até parar.

Ele seguiu em frente até perceber que eu não estava mais o seguindo.

— O que está fazendo? — perguntou, olhando para mim. — Ah, não esquenta. Conheço bem essa área — acrescentou com tranquilidade. — Vem.

Eu o olhei com uma expressão que não saberia explicar. Ele também percebeu.

— O que foi?

— É que a gente combinou de dar uma volta pelo bairro...

Em que momento ele se deu conta de que estávamos nos afastando demais?

— A gente só esticou um pouquinho o trajeto — respondeu enquanto eu me aproximava lentamente. Ele me encarou e, por fim, baixou o rosto. — Para dizer a verdade, eu moro aqui pertinho... — confessou, chutando uma pedrinha. — A cinco minutos de distância. — Ele me deu outra olhada e, em seguida, voltou a encarar os pés. — Agora que já viemos até aqui... bem que você poderia dar um pulinho lá.

Notei que ele estava levemente envergonhado e aquilo me amoleceu. Entendi que Lionel gostaria de me mostrar a casa dele. Eu também gostava da minha e sentia uma ponta de carinho e orgulho, por isso não hesitei em convidar Miki. Presumi que com ele fosse igual.

Relaxei e sorri.

— Tudo bem.

Lionel pareceu feliz com a resposta. E me lançou um olhar bem animado antes de se endireitar e coçar o nariz.

Quando chegamos, notei que era uma casinha muito bem-cuidada.

A garagem era automática e tinha um portão com uma maçaneta polida e reluzente. Os paralelepípedos perfeitamente nivelados formavam um tapete que levava aos fundos do imóvel, onde vi de relance uma cesta de basquete e um cortador de grama vermelho de última geração. Fileiras de violetas perfeitas cercavam o jardim com precisão milimétrica. Não pude deixar de pensar em como eram diferentes das gardênias selvagens e alegres que enfeitavam a nossa cerca.

Quando entrei, um ambiente limpo e espaçoso se abriu diante dos meus olhos, com piso de mármore. Cortinas brancas projetavam sombras nos cômodos e nenhum som perturbava o silêncio.

Era uma linda casa.

Lionel largou o casaco em cima de uma poltrona e pareceu achar incomum eu ter limpado cuidadosamente os sapatos no tapete antes de entrar.

— Nossa, que sede... Não se preocupa, não tem ninguém em casa a essa hora.

Ele desapareceu atrás de uma porta e, quando o segui, descobri que era a da cozinha.

Eu o encontrei na geladeira, segurando uma garrafa d'água e um copo do qual bebia com vontade.

Foi só quando estava prestes a devolver a garrafa à geladeira que ele se deu conta de que eu estava olhando.

Lionel me encarou por um momento e piscou.

— Ah, claro... Quer um pouco d'água também?

Prendi o cabelo atrás da orelha, feliz com aquela gentileza.

— Obrigada.

Ele me passou um copo com um sorriso todo orgulhoso e eu o levei aos lábios, grata pela sensação de frescor que inundou a minha garganta. Eu queria mais, mas Lionel já tinha guardado a garrafa.

Ele me mostrou a casa de cabo a rabo.

Reparei que havia vários porta-retratos espalhados em cima de mesinhas, prateleiras e estantes: Lionel estava em quase todos, em diferentes idades, e as mãos viviam ocupadas com um sorvete ou um carrinho de brinquedo.

— Ganhei esse no mês passado — anunciou orgulhoso, exibindo o troféu do último torneio de tênis.

Eu o parabenizei e ele pareceu bem contente com isso; em seguida, me mostrou as medalhas e, quanto mais eu admirava os troféus, mais Lionel parecia se orgulhar.

— Tem uma coisa que eu queria que você visse — comentou com um sorriso astuto. — É uma surpresa... Vem.

Eu o segui pela casa, passando pela bela sala de estar, até ele parar em frente a uma porta fechada.

Ele se virou e eu o olhei de baixo, ingênua e curiosa.

— Fecha os olhos — disse com um sorrisinho astuto.

— O que tem nesse cômodo? — perguntei, observando a linda porta de mogno.

— É o escritório do meu pai... Fecha os olhos, vai — insistiu ele com uma risada.

Quando me dei conta, já estava rindo por reflexo enquanto abaixava as pálpebras, curiosa com aquele jogo.

Eu o ouvi abrindo a porta. Ele me conduziu para a frente e nós entramos juntos.

As mãos dele me direcionaram para um ponto específico da sala. Os dedos me apertaram levemente antes de se afastarem, como se quisessem imprimir algo em mim.

— Tá bom... Pode abrir agora.

Abri os olhos.

Era um escritório lindíssimo.

Mas não foi isso que me deixou petrificada.

Assim que levantei as pálpebras, o que me assaltou foi aquela parede cheia de molduras de diferentes formatos e tamanhos.

E o número *desproporcional* de insetos que pairavam por trás do vidro.

Dezenas de besouros brilhosos, o ciclo das crisálidas, além de abelhas, libélulas de várias cores, louva-a-deus e até mesmo uma coleção de conchas de caracóis, todas perfeitamente alinhadas.

Eu me vi encarando aquela coleção como se alguém também tivesse me embalsamado.

— Viu? — exclamou Lionel, todo orgulhoso. — Chega mais perto e olha só!

Ele me arrastou para a frente do quadro das borboletas. Encarei, com olhos arregalados, todos aqueles corpinhos imóveis, perfurados por alfinetes, e Lionel apontou para um espécime abaixo.

— Dá uma olhada no que está escrito aqui.

"Nica Flavilla", dizia a legenda escrita em caracteres elegantes ao lado de uma graciosa borboletinha laranja brilhante.

— Ela tem o seu nome! — declarou ele com um sorriso orgulhoso, como se tivesse acabado de me mostrar uma descoberta incrível que deveria me deixar lisonjeada.

Senti o sangue sumir do rosto; só conseguia ver asas estendidas e abdomens empalados, mas Lionel não soube interpretar o meu silêncio.

— Incrível, né? Nas horas vagas, o meu pai coleciona um monte de coisas, mas tem muito orgulho dessa coleção em particular. Acho que ele a confeccionou com as próprias mãos quando era... Ei, Nica, tudo bem?

Eu tinha me encostado na beirada da mesa. A minha boca estava fechada com força, como se eu estivesse prestes a vomitar o picolé no chão de mármore.

— Está passando mal? O que aconteceu?

Ele me bombardeou de perguntas e eu engoli em seco mais uma vez, sentindo algo se mexer sob o esterno.

— Espera aqui, tá? Vou pegar mais água pra você. Já volto.

Ele saiu do escritório e eu tentei me acalmar. A surpresa tinha pregado uma peça em mim, mas me forcei a respirar fundo. Eu já sabia que era especialmente sensível, mas essa era a última coisa no mundo que eu esperava.

Lionel voltou às pressas com a garrafa d'água.

Ele a passou para mim, mas só quando estendi a mão se deu conta de que tinha esquecido o copo.

— Espera.

Em seguida, desapareceu novamente. Eu estreitei os olhos e continuei engolindo o ar.

A sala tinha parado de girar. Pouco tempo depois, Lionel estava de volta com o copo, e eu o agradeci.

— Está se sentindo melhor? — perguntou depois que eu bebi.

Fiz que sim, tentando tranquilizá-lo.

— Foi só um instante... Agora estou bem.

— As emoções às vezes pregam peças na gente — comentou Lionel, abrindo um sorriso divertido. — Não estava esperando uma surpresa dessas, né?

Dei um sorriso nervoso e, para mudar de assunto, perguntei-lhe o que o pai fazia da vida. Fiquei sabendo que ele era tabelião e, depois, conversamos mais um pouquinho.

— Já está tarde — falei a certa altura, olhando para fora, depois de lembrar que ainda tinha muito dever de casa para fazer.

Saímos do escritório e Lionel insistiu em me acompanhar até em casa.

— Se quiser se refrescar rapidinho antes de sair, tem o banheiro ali...

Congelei.

Lionel seguiu o meu olhar e, quando viu que eu tinha parado, esboçou um sorriso.

— Aqui é onde a minha mãe guarda as coisas dela — explicou, apoiando a mão na porta de um cômodo.

Ele a escancarou e, diante dos meus olhos, surgiram longos bastões dos quais pendiam fitas brilhantes.

— Ela é professora de ginástica rítmica — disse, enquanto eu entrava no espaço, absolutamente fascinada.

Um espelho enorme ocupava toda a parede do fundo, junto com uns estranhos pinos de boliche que me pareciam estreitos demais.

— São maças — explicou Lionel. — Na época, minha mãe ganhou um monte de medalhas... Ela era boa. Mas agora só dá aula.

Observei as fotos, entusiasmada. Quantas cores, quanta graça! Parecia um cisne multicolorido, irradiando uma harmonia delicada e cativante.

— Que lindeza — comentei, radiante e sincera.

Eu me virei para ele e abri um sorriso com brilho nos olhos. Lionel me encarou, ligeiramente animado.

O reflexo dele sorriu para mim. Naquele olhar, identifiquei o mesmo brilho que eu tinha visto nas fotos em que ele segurava uma taça.

Eu o vi pegar um bastão e, de repente, uma longa fita serpenteou no ar, projetando brilhos cor-de-rosa. Segui aquela faixa ondulante, admirada, e ri quando Lionel a girou ao meu redor, formando espirais acima da minha cabeça.

Girei várias vezes, tentando capturar a fita com os olhos, procurando alguma maneira de acompanhá-la — e Lionel era apenas um sorriso desfocado do outro lado da seda.

Depois, a certa altura, a fita começou a me envolver.

De repente, senti o tecido grudar no corpo e o meu sorriso se despedaçou.

— Lionel... — deixei escapar.

O tecido imobilizou os meus braços e um terror visceral tomou conta de mim. Eu me senti como se estivesse sufocando. O corpo se contorceu, o coração disparou e o medo explodiu em um grito altíssimo.

O bastão caiu quicando no chão.

Recuei sob o olhar atordoado de Lionel. Eu estremecia violentamente enquanto arrancava a fita do corpo, ofegando com tanto desespero que mal conseguia respirar.

O sangue latejava nas têmporas e a minha mente acumulava uma série de pesadelos ainda vívidos, intercalando fragmentos escuros com a realidade, memórias de uma porta fechada e de um teto lascado.

— Nica?

Cravei os dedos nos cotovelos e me abracei com força, respirando com dificuldade.

— Eu... — Exalei, frágil e consternada. — Desculpa... Eu... Eu...

Lágrimas de desamparo arderam nos cantos dos olhos. Uma necessidade de me esconder me invadiu com uma insistência nauseante e, de repente, senti o olhar de Lionel revirar o meu estômago. Mergulhei nos meus terrores e voltei a ser criança.

Eu não deveria deixar que me vissem.

Desejei poder cobrir os braços, desaparecer, ficar invisível. Desejei arrancar a minha pele para que ele parasse de prestar atenção em mim.

"Você sabe o que acontece se você contar a alguém?"

Eu queria gritar, mas a minha garganta se fechou e não consegui dizer mais nada: virei-me e, com urgência, saí correndo do cômodo.

Encontrei a porta do banheiro e me tranquei ali dentro. A náusea fez com que eu me contorcesse e eu corri para a torneira: a corrente fria irrompeu do metal e inundou os pulsos.

Deixei-os ali, ensopados, enquanto Lionel batia insistentemente à porta, pedindo que eu a abrisse.

Algumas cicatrizes nunca deixam de sangrar.

Há dias em que se rompem e os curativos não bastam para conter as feridas: para mim, esses eram os momentos em que eu me dava conta de que ainda era tão ingênua, infantil e frágil quanto antes.

Eu era uma criança no corpo de uma garota. Encarava o mundo com olhos esperançosos porque não conseguia admitir para mim mesma que estava desiludida com a vida.

Eu queria ser normal, mas não era.

Eu era diferente.
Diferente de todos os outros.

No fim das contas, voltei para casa bem tarde.

O pôr do sol espreitava por entre as árvores e banhava o asfalto, tingindo-o de um preto brilhante.

Lionel me acompanhou até a cerca, em silêncio o tempo todo.

Depois de ter ficado no banheiro por um tempo interminável, pedi desculpas várias vezes pelo que havia acontecido. Tentei minimizar o ocorrido de todas as maneiras; eu disse a ele que havia levado um susto, que não tinha sido nada, que não havia motivo algum para se preocupar. Eu sabia como aquelas palavras soavam ridículas, mas isso não me impediu de torcer para que ele acreditasse nelas.

Lionel ficara desnorteado com a minha reação, não sabia se tinha feito algo errado, mas eu lhe garanti que estava bem e que não tinha acontecido nada. Não voltei a olhá-lo e ele também não disse mais nada. Eu queria apagar aquele momento da memória dele com todas as minhas forças.

— Obrigada por ter me acompanhado — murmurei na frente de casa.

Não tinha coragem de olhar diretamente para ele.

— De nada — foi tudo o que disse.

No entanto, pelo tom de voz, percebi que estava incomodado. Então encontrei forças para erguer o rosto. Sorri para ele, com uma pitada de tristeza, e Lionel tentou fazer o mesmo, mas acabou desviando o olhar para a casa dos Milligan.

Antes de me despedir, notei que ele estava concentrando a atenção em alguma coisa.

— Até logo.

Senti a mão dele me segurar.

Antes que eu pudesse me mexer, Lionel se inclinou sobre mim: os seus lábios encontraram a minha bochecha e a beijaram.

Pisquei e vi que ele estava esboçando um sorriso.

— Até logo, Nica.

Levei os dedos à bochecha e o observei se afastar, atordoada. Em seguida, entrei em casa.

Encontrei-a imersa no silêncio. Tirei a jaqueta e a pendurei no cabideiro, então atravessei o corredor para subir as escadas. Parei de repente quando notei a presença de alguém. Em meio aos últimos raios de sol, vi que a biblioteca abrigava uma figura silenciosa.

Rigel estava sentado ao piano.

Estava mergulhado em silêncio. Com um dedo, acariciava as teclas sem pressioná-las, e a sua presença irradiava pelo ar um encanto decadente e elegante que me invadiu como um arrepio.

Depois de um instante, o olhar deslizou por cima do ombro até parar em mim.

Senti a alma estremecer até os ossos. Ele nunca havia me olhado daquele jeito: o seu olhar me congelou e queimou ao mesmo tempo, de uma maneira inexplicável. Era um olhar amargo. Poderoso. E isso me chocou.

Rigel parou de me encarar e se levantou. Mas, antes que pudesse ir embora, eu me ouvi perguntar:

— O que aconteceu entre você e Lionel? — Eu nunca havia sido boa em me resignar, em desistir. Não fazia parte de mim. Dei um passo à frente. — Como foi que vocês acabaram brigando?

— Por que não pede para ele te contar? — retrucou Rigel em um tom tão venenoso que me assustou. — Ele já te contou tudo, *né*?

— Quero ouvir de você — sussurrei, a voz fraca.

Rigel inclinou o rosto atraente, um sorriso malicioso iluminando os lábios. Mas não os olhos.

— Por quê? Quer saber os detalhes de como eu esmaguei a cara dele? — perguntou com um ressentimento tão grande que me impressionou.

Não entendi. Por um momento, os meus olhos desviaram para a janela que dava para a frente da casa.

Será que ele tinha visto?

Ele fez menção de ir embora e me deixar ali, mas o meu corpo se mexeu instintivamente.

Não dessa vez.

Em um rompante de coragem, bloqueei o caminho. Um arrepio percorreu o meu corpo frágil quando olhei para ele: Rigel pairava sobre mim com o cabelo em chamas por conta do crepúsculo e eu me arrependi no mesmo instante do gesto precipitado.

Ele me lançou um olhar incisivo e, com uma voz estranhamente rouca, sibilou:

— Sai da frente.

— Me responde. — A minha voz se transformou em súplica. — Por favor.

— Sai da frente, Nica — repetiu, enfatizando as palavras.

Levantei a mão. Eu não entendia o que sempre me levava a buscar contato físico, mas, no caso dele, não conseguia me conter. Depois da noite em que cuidei de Rigel, eu não tinha mais medo daquele limite, pelo contrário: queria ultrapassá-lo.

O gesto foi suficiente para fazê-lo reagir. Mas, para a minha grande decepção, Rigel me impediu de fazer qualquer coisa: afastou-se de mim e me lançou um olhar gélido e ardente. Ele estava forçando a respiração. A reação dele parecia ser o resultado de um reflexo condicionado, embora a maneira como rejeitou um gesto tão inocente não tenha sido menos dolorosa para mim.

Mas ele deixava Anna tocá-lo. Deixava Norman tocá-lo também. E não tinha problemas em meter a mão em quem o provocava. Não afugentava ninguém daquela maneira. Só a mim.

— Você se incomoda tanto assim com a possibilidade de que eu encoste em você? — As minhas mãos tremiam. Estava sentindo um aperto quase doloroso no coração. — Quem é que você acha que cuidou de você quando teve febre?

— Eu não te pedi para fazer isso — disparou.

Ele reagiu como se eu o estivesse encurralando, mas aquelas palavras fizeram os meus olhos se arregalarem.

Relembrei das minhas mãos o segurando, o esforço para ajudá-lo a subir as escadas, o cuidado e a atenção com que estive ao lado dele a noite toda. Tudo aquilo tinha sido apenas um incômodo para ele?

Rigel cerrou o punho e contraiu a mandíbula. Em seguida, passou por mim como se mal visse a hora de se ver longe.

Àquela altura, o meu corpo tremeu tão forte que não me reconheci mais.

— Eu não posso encostar em você, mas a recíproca não é verdadeira, né?

Eu lhe lancei um olhar furioso e ardente. Em seguida, arranquei o lenço do pescoço com o coração fervendo como um vulcão.

— Isso não conta, né?

Rigel fixou os olhos no meu pescoço. Então, observou a marca vermelha enquanto eu franzia os lábios.

— Foi *você* que fez isso — deixei escapar — quando estava com febre. Você nem se lembra.

Algo nunca antes visto aconteceu. Os olhos dele o traíram: uma centelha de perplexidade surgiu nas suas pupilas e, pela primeira vez, vi a confiança desmoronar.

A bela máscara vacilou. O olhar dele esfriou e uma pitada de medo surgiu naquele rosto. Durou tão pouco que imaginei estar errada.

De repente, algo se escondeu nos olhos dele e o sorriso discreto retornou mais rápido do que nunca, tão feroz que apagou qualquer fragilidade.

Entendi no mesmo instante. Rigel estava prestes a me *atacar*.

— É claro que você não pode afirmar que eu estava consciente... — Ele deu uma risada sarcástica e, depois, estalou a língua. — Não é possível que você tenha *mesmo* acreditado que eu queria fazer isso com *você*, né? Com certeza eu estava tendo um sonho bom antes de você me interromper... Da próxima vez, Nica, não me acorda.

Rigel sorriu como um demônio encantador e me lançou um olhar desdenhoso. Ele estava acostumado a me intimidar assim e a reforçar a fronteira que nos separava.

Ele me deu as costas para ir embora, mas com certeza não esperava o que saiu dos meus lábios.

— Essa sua maldade parece quase uma armadura contra mim — comentei baixinho. — É como se alguém tivesse machucado você e você não soubesse como se defender de outra forma.

Ele se deteve.

As palavras atingiram o alvo.

Eu me recusava a continuar acreditando naquela máscara.

Quanto mais Rigel a usava, mais eu entendia que ele não queria mostrar aos outros o que havia por baixo.

Ele era cortante, sarcástico, complicado e imprevisível. Não confiava em ninguém.

Mas não era só isso.

Talvez um dia eu viesse a entender o mecanismo complexo que movia a alma dele.

Talvez um dia eu conseguisse compreender o mistério que dava voz a todos os gestos de Rigel.

Mas de uma coisa eu tinha certeza absoluta: fosse ele o fabricante de lágrimas ou não, nada fazia o meu coração palpitar como ele.

17
O MOLHO

Os diferentes são reconhecidos imediatamente.
Eles têm mundos onde os outros têm olhos.

Iríamos receber convidados naquele dia. Amigos de longa data de Norman e Anna viriam para o almoço.

Assim que fiquei sabendo, uma parte vibrante de mim eliminara qualquer outro pensamento e estava determinada a causar uma boa impressão.

Alisei o vestido que estava usando; era uma peça simples e branca, com mangas curtas que deixavam os ombros de fora e com um franzido no peito. No corredor, observei o meu reflexo em um espelhinho de prata e senti uma emoção desconhecida que me embrulhava o estômago. Eu não estava acostumada a me ver assim, arrumada, elegante e penteada como uma boneca.

Se não fosse pelos curativos nos dedos e pelos olhos cor de madrepérola, eu não teria me reconhecido.

Verifiquei se a trança cobria a lateral do meu pescoço. Com o passar dos dias, a marca foi diminuindo, mas era melhor não arriscar.

— Ah, mas que calorão! — exclamou uma voz feminina no corredor. — Ah, se eu soubesse... Aqui onde vocês moram não tem nenhum ventinho!

Os Otter chegaram.

A mulher que havia acabado de falar vestia um lindo sobretudo azul-cobalto. Anna tinha me dito que era costureira. Ela a beijou nas duas bochechas de um jeito muito sincero e familiar.

— Tudo bem estacionar o carro ali na passagem? George pode parar em outro lugar se estiver muito no meio do caminho...

— Está ótimo, fica tranquila.

Gentilmente, Anna tirou o chapéu das mãos da amiga e a convidou para entrar.

Elas caminharam de braços dados e a senhora Otter apoiou a mão no pulso de Anna.

— Como você está? — perguntou com uma pitada de apreensão.

Anna respondeu apertando a mão dela com carinho, mas percebi que estava olhando para mim enquanto seguiam em frente. A senhora Otter estava ocupada demais procurando os olhos da anfitriã para notar a minha presença.

Quando por fim pararam na minha frente, Anna anunciou com um sorriso:

— Dalma, essa é Nica.

Bom, chegou a hora...

Tentei conter o nervosismo e abri um sorriso.

— Olá.

A senhora Otter não respondeu. Ficou me olhando boquiaberta e com uma expressão de surpresa nos olhos. Mal podia acreditar no que estava vendo. Depois de um tempo, piscou e se virou para Anna.

— Eu não... — Ela parecia sem palavras. — Como...

Eu também busquei o olhar de Anna, tão confusa quanto Dalma, mas no instante seguinte a senhora Otter olhou para mim com uma expressão de surpresa totalmente diferente. Parecia ter entendido só naquele momento o motivo da apresentação. Anna ainda estava com uma das mãos apoiada na da amiga.

— Desculpa... — Ela finalmente se recompôs, embora parecesse sem fôlego. — Eu fui pega de surpresa. — Os lábios se fundiram em um sorriso tímido e ligeiramente incrédulo. — Oi... — sussurrou, calorosa.

Eu não conseguia me lembrar de já ter sido cumprimentada daquela maneira. Era como se ela tivesse me acariciado sem sequer me tocar.

Que sensação maravilhosa ser olhada assim...

Feliz, disse a mim mesma que talvez eu tenha causado uma boa impressão com o vestido branco.

— George! — chamou a senhora Otter, acenando com a mão. — Vem aqui.

O marido estava parabenizando Norman pela convenção e, quando Anna nos apresentou, o espanto dele não foi menor do que o da esposa.

— Uau! — exclamou, do nada, com aquele bigode enorme.

Anna e Norman riram.

— Era uma surpresa — murmurou Norman, desajeitado como sempre, enquanto o senhor Otter apertava a minha mão.

— Olá, senhorita.

Propus levar os casacos deles para pendurar no cabideiro, despertando o apreço do casal. Dalma apertou o braço de Anna e se virou para ela.

— Desde... desde quando?

— Não muito, na verdade — respondeu ela. — Lembra a penúltima vez que a gente se falou? Eles vieram para casa naquela mesma semana.

— Eles?
— Ah, sim. Nica não é a única... São dois. Norman, querido, cadê...
— Ele ainda está lá em cima trocando de roupa — respondeu rapidamente.
Os convidados trocaram um olhar hesitante, mas não falaram nada. Agora era a hora de Anna se dirigir a eles.
— E Asia?
Franzi a testa imperceptivelmente.
Asia?
A porta da frente se abriu de novo. Pisquei os olhos, surpresa, e vi alguém entrar em casa.
Uma figura esbelta emergiu contra a luz. Em uma das mãos segurava o celular e, na outra, a bolsa.
— Desculpa, recebi uma ligação — explicou a garota que acabara de entrar.
Ela limpou os pés no tapete, depois deixou a chave do carro na tigela do corredor e sorriu.
— Oi.
No mesmo instante, todos viraram as costas para mim.
Anna foi ao encontro dela de braços abertos e com um sorriso tão radiante que eu fiquei surpresa.
— Asia, querida!
Ela a abraçou com força e a garota retribuiu. Notei que era muito alta e que as roupas que usava pareciam feitas sob medida. Devia ser alguns anos mais velha do que Rigel e eu.
— Você parece bem, Anna... Tudo bem? Norman, oi!
Ela também o abraçou... Sim, Norman, cujo contato físico mais próximo que eu tinha visto havia sido um tapinha nas costas. Depois, lhe deu um beijo na bochecha.
No momento, todos os sorrisos eram direcionados a ela.
Observei a intimidade que reinava entre eles, como se brilhasse com uma luz diferente e inacessível.
Anna não tinha me contado que os Otter tinham uma filha...
— Venha — convidou, enquanto a garota procurava alguém com os olhos.
— Cadê Klaus? Acho bom aquele gato velho vir me cumprimentar...
— Asia, essa é Nica.
Asia não me notou imediatamente. Ela piscou algumas vezes, então baixou os olhos e me viu. Estendi a mão para cumprimentá-la.
— Olá. Prazer em conhecê-la.
Semicerrei os olhos, contente, e sorri para ela sob o olhar carinhoso de Anna. Voltei a olhar diretamente para a garota e esperei que ela retribuísse.

Mas Asia não se mexeu.

Não chegou nem a piscar. Os olhos ficaram tão imóveis que começaram a me causar um incômodo. Eu me senti como uma borboleta perfurada pelos alfinetes invisíveis de um colecionador.

Então, Asia se virou para Anna.

Ela a observou como se olhasse para a própria mãe, com um olhar que escondia uma necessidade.

— Não estou entendendo — foi tudo o que disse. Parecia esperar ter entendido mal.

— Nica está aqui com a gente — explicou Anna com a voz suave. — Estamos com a guarda provisória dela.

Eu sorri e me aproximei.

— Quer me dar o seu casaco? Posso pendurar para você.

Mais uma vez, Asia não pareceu sequer me ouvir.

Os olhos dela estavam fixos na mulher ao seu lado, como se Anna tivesse parado o mundo por um instante e agora o segurasse tranquilamente debaixo do braço, com uma calma que ela não conseguia aceitar.

— Eu — murmurou depois de um instante — acho que não entendi direito.

— Nica vai fazer parte da nossa família. Está em processo de adoção.

— Vocês querem...

— Asia — murmurou a senhora Otter, mas continuou olhando para Anna. Havia uma espécie de tremor nos olhos dela.

— *Eu não... estou entendendo* — sussurrou mais uma vez, mas não era a explicação que lhe escapava. Era o olhar de Anna, calmo, direcionado para mim.

De repente, instalou-se uma atmosfera fria e estranha que me fez sentir deslocada, como se eu tivesse feito algo errado simplesmente por estar entre as paredes daquela casa.

— Eu e Norman estávamos nos sentindo sozinhos — explicou Anna depois de um instante. — Queríamos... um pouco de companhia. Klaus... bom, vocês sabem, ele nunca foi muito sociável. Queríamos acordar e ouvir outra voz que não fosse a nossa.

Ela retribuiu o olhar de Asia e tive a impressão de vê-las conversando só com os olhos.

— Então, aqui estamos nós — interveio Norman, aliviando a tensão.

Anna foi ver como estava o assado e Asia a seguiu com um olhar perplexo, repleto de sentimentos que eu não consegui decifrar.

Dei um passo na direção dela e abri um sorriso.

— Se quiser me dar o seu casaco, eu penduro para você...

— Eu *sei* onde fica o cabideiro — interrompeu bruscamente.

Fiquei em silêncio e ela foi pendurar o casaco por conta própria.

Segurei uma ponta do vestido com força. Cada centímetro do meu corpo parecia deslocado enquanto Anna anunciava que o almoço estava quase pronto.

Dalma se aproximou de mim e disse, em tom afetuoso:

— Nica, nem cheguei a perguntar quantos anos você tem.

— Dezessete — respondi.

— E a outra garota? Também tem a sua idade?

— Tem outra garota? — perguntou Asia, o tom bem demorado.

— Ah, não — respondeu Anna. Aquelas duas sílabas fizeram todos congelarem. Os convidados a encararam e eu não consegui entender o que tinha acabado de acontecer. — Para dizer a verdade...

— Peço desculpas pelo atraso.

Todos se viraram.

Rigel estava ali.

A sua presença fascinante preenchia a sala e atraía toda a atenção. Uma camisa clara, que eu tinha certeza de que Anna havia insistido para que ele usasse, abraçava o seu peito. Ele ainda estava terminando de abotoar um dos punhos e tive a impressão de que nada lhe cairia melhor do que aquela roupa.

Uma mecha de cabelo escondia o corte na sobrancelha, conferindo-lhe um ar de carisma intrigante. Rigel ergueu o olhar e capturou todo mundo no feitiço daqueles olhos pretos.

Os convidados o encararam paralisados.

Eu sabia até que ponto Rigel desestabilizava as pessoas, mas isso não me impediu de notar como a reação deles era incomum. Ele, mais do que eu, deixou os convidados totalmente impressionados e incrédulos.

Rigel esboçou um sorriso tão persuasivo que conseguiu me revirar por dentro, por mais que ele nem estivesse olhando para mim.

— Bom dia. Meu nome é Rigel Wilde. Prazer em conhecê-los, senhor e senhora Otter.

Ele apertou a mão dos dois, perguntou se tinham feito uma boa viagem e eu os vi se derreterem feito barro nas mãos dele.

Asia estava petrificada. Ela o encarou com uma intensidade que me perturbou, e o olhar de Rigel deslizou em direção ao dela.

— Oi — completou ele com uma cortesia impecável.

Mas a saudação teve apenas o silêncio como resposta.

Eu ainda não tinha soltado os dedos do tecido do vestido.

— Bom, hum... — começou Norman. — Vamos comer?

Quando me acomodei na cadeira à esquerda de Norman, o olhar de Asia perfurou a minha pele.

Eu me perguntei se Asia queria se sentar no lugar em que eu estava, mas então a vi se sentar ao lado de Anna e conversar com ela sem parar.

Ao ver como as duas riam juntas, senti, com um aperto no peito, que, para Anna, Asia não era apenas a filha de uma amiga deles, mas muito mais. Asia era bonita, sofisticada, fazia faculdade e estava em perfeita sintonia com ela. Parecia conhecer Anna em aspectos que eram incompreensíveis para mim.

Desviei o olhar das duas e o direcionei para o outro lado da mesa.

Rigel estava sentado o mais longe possível de mim. No momento de nos sentarmos, os olhos dele se moveram para um assento próximo ao que eu estava ocupando, mas ele deu a volta e acabou se sentando do outro lado da mesa.

Além disso, desde que tinha chegado, ele não me olhara uma única vez.

Será que estava me ignorando?

Melhor assim, tentei me convencer.

A ideia de tê-lo por perto criava um vácuo no meu estômago. Prometi a mim mesma que não olharia para ele, porque os últimos momentos que compartilhamos já foram desagradáveis o suficiente.

— Nica, vai querer um pouco de assado? — perguntou Norman, olhando-me com a assadeira nas mãos. Eu me servi e ele abriu um sorriso. — Tem que colocar o molho — recomendou, gentilmente, depois se virou para a senhora Otter.

Procurei a molheira com os olhos e a encontrei do outro lado da mesa.

O molho, obviamente, estava justo ao lado de Rigel.

Desconsolada, encarei a molheira antes de notar o olhar ao lado de Rigel — Asia o estava observando de soslaio, mas com um interesse pungente e manifesto. Ela permitiu que os olhos percorressem as mãos, o cabelo e o perfil perfeito dele enquanto ele levava o garfo aos lábios. Por que o estava encarando daquela forma?

Rigel abriu um breve sorriso para a senhora Otter e desviei o olhar de novo.

Eu não deveria olhar para ele.

Mas o molho estava ali... Anna e eu tínhamos feito juntas... Era legítimo que eu quisesse pelo menos experimentar, né?

Dei mais uma olhada na molheira e mudei de ideia novamente. Rigel estava se servindo.

A mistura espessa escorria da colher que ele segurava entre os dedos e, com a outra mão, ele devolveu a molheira à mesa.

Em seguida... reparou que o polegar estava sujo. Eu o vi levá-lo à boca com o punho semicerrado, deslizando o dedo pelo lábio inferior e acariciando-o com a língua. Os lábios dele se fecharam ao redor da ponta do dedo e, depois, ele o deslizou lentamente para fora, lambendo o molho. Ao pousar a colher, Rigel olhou para mim: os seus olhos se destacaram sob as sobrancelhas, profundos e afilados, e perceberam que eu também estava olhando para ele.

— Nica... Você está bem?

Assustada, eu me virei para a senhora Otter, que me olhava estupefata.

— Você está corada, querida...

Desviei o olhar. As minhas pupilas vibravam, quase febris.

— O purê — guinchei quase sem voz — está... — Engoli em seco. — Picante.

Eu sentia os olhos *dele* perfurando o ar.

Meu estômago irradiava um calor esquisito por todo o corpo. Tentei ignorá-lo enquanto se espalhava dentro de mim com uma sensação de formigamento. Precisava me concentrar no almoço. Só no almoço...

Algum tempo depois, notei que Norman olhava fixamente para o meu assado.

— Ah, Nica, não vai provar o molho?

— Não — respondi categoricamente.

Norman piscou e eu me dei conta da resposta brusca que tinha acabado de dar.

Senti as bochechas queimarem de vergonha enquanto eu me apressava para me corrigir:

— É que... prefiro assim, obrigada.

— Sem molho?

— Isso!

— Tem certeza?

— Sim, de verdade.

— Vai, pede para eles te passarem...

— Eu *não* gosto de molho! — deixei escapar com a voz estridente.

Dizer que foi trágico era um eufemismo quando reparei que Anna, à minha frente, me olhava espantada, com o garfo perto da boca.

— Qu... quer dizer, não é que eu não goste! — grunhi desesperadamente, inclinando-me para a frente com os talheres na mão. — Eu adoro, é muito bom! Não tem molho melhor, mais saboroso e... e... *encorpado*! É só que... eu já comi tanto molho que...

— E aí, Rigel? — disse o senhor Otter de repente, e eu dei um pulo como se tivesse sido atingida por um raio.

Afastei apressada a mecha de cabelo que tinha caído no purê, suada e morta de vergonha. Do outro lado da mesa, Asia me observava com olhos críticos e semicerrados.

— Você tem um nome realmente único. Se não me engano, não existe uma constelação... sim, é, uma constelação com o mesmo nome?

Congelei com aquela pergunta. Com os olhos fixos em um ponto indeterminado da mesa, Rigel fez uma breve pausa antes de responder. O sorriso estava ali com a gente, mas os olhos pareciam estar em outro lugar.

— Não é uma constelação. É uma estrela — respondeu, comedido. — A mais brilhante da constelação de Orion.

O senhor e a senhora Otter pareciam encantados.

— Fascinante! Um garoto com nome de estrela... Que escolha curiosa!

O sorriso de Rigel brilhou com uma luz enigmática.

— Ah, sem sombra de dúvida... — brincou, com sarcasmo. — Com esse nome, não me deixaram esquecer as minhas origens remotas.

Essa resposta me atingiu direto no peito.

— Ah... — murmurou o senhor Otter, sem saber o que dizer. — Bom...

— Não é por isso.

Eu não tinha sussurrado. Mordi a língua. Tarde demais.

Todos se viraram para mim.

De repente, tornei-me o centro das atenções e olhei para baixo.

— Escolheram esse nome porque, quando foi encontrado, você tinha mais ou menos uma semana de idade. *Sete dias...* E Rigel é a sétima estrela mais brilhante do céu. Naquela noite, ela estava brilhando mais forte do que em todas as outras noites.

Depois dessas palavras, houve um momento de silêncio.

No instante seguinte, choveram comentários admirados. Todo mundo começou a falar ao mesmo tempo e, com uma pontinha de orgulho, Anna revelou a Dalma que, na instituição, nós éramos "muito próximos".

Olhei para Rigel.

Ele permaneceu imóvel e o rosto ainda estava inclinado. Pouco a pouco, o olhar deslizou pela mesa e se ergueu até me alcançar. Ele o traiu, pois demonstrava um certo espanto.

— Eu não sabia — comentou Anna, surpresa e sorrindo para mim. — A diretora não nos disse nada...

Desviei o olhar e as palavras saíram quase no automático.

— Na época ainda não era a senhora Fridge, e sim a diretora antes dela.

— É mesmo? — perguntou, maravilhada. — Também não sabia disso...

— Agora eu entendo — comentou Dalma sorridente. — Um garoto assim... deve ter chamado a sua atenção de cara.

Anna apertou a mão de Norman e algo pareceu mudar no ar. Todos sentiram. Então eu entendi. Talvez eu sempre soubesse. Havia algo a mais ali.

Anna sorriu com delicadeza.

— Rigel. Você poderia... Por favor?

Naquele estranho silêncio, Rigel pousou o guardanapo sobre a toalha e se pôs de pé. Saiu da cadeira sob os olhares incertos dos convidados e, a cada passo que dava, a compreensão ia crescendo nos olhos deles.

Quando as notas do piano começaram a se espalhar pela casa, os Otter congelaram. Asia reprimiu um tremor e esmagou o guardanapo entre os dedos, mas nada mais importava.

Ele começou a tocar e todo o resto desapareceu.

※

Uma gota fria deslizou pela minha coxa. Abracei os joelhos contra o peito, movendo os dedos dos pés na grama molhada. A chuva tamborilava ao redor.

— Talvez tenham gostado de mim... — murmurei como uma criança insegura. Continuei puxando tufos de grama com os dedos. — Nunca fui boa nisso... em agradar os outros, quero dizer. Sempre tenho a sensação de estar fazendo algo errado.

Ergui os olhos. Suspirei, perdida em pensamentos, observando o céu derramar gotas sobre mim.

— Mas, de qualquer maneira... não é como se eu pudesse perguntar a eles, né?

Virei o rosto. Ao meu lado, o ratinho continuava limpando o pelo molhado de chuva sem se importar com a minha presença.

Eu o encontrara preso, debatendo-se desesperadamente entre as malhas metálicas da rede. Consegui libertá-lo, mas, àquela altura, percebi que estava machucado; então passei um pouco de mel na patinha dele com um palito. O mel tinha propriedades calmantes.

Fiquei ali com ele e, sem notar, entrei no meu estranho mundinho. Comecei a conversar como se ele estivesse me ouvindo, porque nunca tive outra forma de me abrir.

Eu vinha de uma realidade onde isso era algo que me fora negado.

Não... me fora proibido.

Para os outros, era loucura. Mas, para mim... aquela era a única maneira de não me sentir sozinha.

Uma gota fria caiu na minha bochecha e eu franzi o nariz. No fim das contas, isso me fez sorrir. Eu estava ensopada de chuva, mas amava aquela sensação. De liberdade. E agora a minha pele estava com o mesmo perfume.

— Preciso ir... Eles já devem estar voltando.

Eu me levantei com o vestido colado na pele. Anna e Norman tinham saído para passear com os convidados e voltariam para casa a qualquer momento.

— Toma cuidado, viu?

Olhei para a criaturinha aos meus pés. Era tão pequenina, suave e desajeitada que eu não entendia como alguém podia ter medo dela. As orelhas redondas e o focinho pontudo evocavam em mim uma ternura que poucos entenderiam.

Quando voltei para dentro de casa, percebi o estado em que as minhas mãos estavam. Vários dedos estavam envoltos em curativos coloridos, alguns em diferentes alturas — amarelo, verde, azul e laranja. Mas estavam sujos de mel e molhados de chuva.

Fui para o quarto e os troquei cuidadosamente, um por um.

Enquanto conferia se tinha colado bem, fui ao banheiro me secar.

— Então — ouvi alguém sussurrar —, pode me dizer o que está acontecendo?

Parei na mesma hora.

O corredor estava vazio. Aquele sussurro tinha vindo da escada.

Quem é que estava ali na curva?

— Você não pode fazer isso — ouvi. — Você não disse mais uma palavra.

— Não consigo — sibilou a outra voz, ressentida.

Eu a reconheci. Era Asia.

— Não posso aceitar. Eles... como é que eles conseguem suportar isso?

— É escolha deles — disse a outra voz, que parecia cada vez mais com a da mãe dela. — É escolha deles, Asia...

— Mas você viu! Você também viu o que aquele garoto fez!

Rigel?

— O que isso quer dizer?

— O que quer dizer? — repetiu ela com desgosto.

— Asia...

— Não. Não fala. Não quero ouvir.

Tomei um susto quando ouvi o som de passos.

— Aonde você está indo?

— Deixei a bolsa lá em cima — respondeu a garota, terrivelmente perto.

Arregalei os olhos. Ela estava vindo na minha direção. Eu estava certa de que não deveria ter ouvido aquela conversa, então peguei a primeira maçaneta que encontrei: a do banheiro.

Entrei, me apoiei na porta, fechei os olhos e suspirei.

Não tinham me visto.

Quando os reabri, notei algo estranho: o vapor era tão espesso que condensava o ar.

E o meu coração parou.

Só de calça, Rigel estava me encarando por baixo do cabelo encharcado, com os olhos levemente arregalados. A água escorria pelo corpo dele em riachos transparentes, criando um espetáculo de gotas e relevos naturais que eu jamais poderia imaginar.

Senti a garganta secar e o cérebro se desligar.

Encarei Rigel sem conseguir respirar: era a primeira vez que eu o via sem camisa e aquela visão me impactou. Os ombros fortes, com músculos definidos, pareciam mármore sob a pele clara, e veias evidentes percorriam os pulsos largos até os antebraços. Os ossos do quadril se projetavam no elástico da roupa em um V perfeito, e as meias-luas do peitoral formavam uma visão ampla, sólida e obscena.

Era uma obra-prima, digna de enlouquecer qualquer um.

— O que você está... — começou a dizer Rigel, mas a voz dele falhou quando os olhos se concentraram no meu corpo.

No mesmo instante, lembrei-me do estado em que eu me encontrava.

O vestido encharcado delineava o formato da minha pélvis e grudava na curva do quadril, nos seios congelados e nas coxas encharcadas, às quais se agarravam com uma transparência que me deixou em pânico.

Eu o encarei com olhos arregalados e poderia jurar que ele estava olhando para mim da mesma maneira.

— Sai.

Os olhos dele fixaram os meus com urgência; a voz, geralmente aveludada e profunda, agora soava apenas como um rosnado rouco.

— Nica — ordenou ele, contraindo a mandíbula —, *sai daqui.*

O meu cérebro gritou para que eu o obedecesse. Queria fugir para o mais longe possível dali.

Mas não me mexi: Asia e Dalma estavam a poucos passos da gente, e as vozes ecoavam nitidamente do outro lado da porta. Eu não podia sair, não agora. O que elas pensariam se, ao abrirem a porta, me vissem naquele estado com Rigel? Ele seminu e eu encharcada, trancados juntos no banheiro?

— Falei para você sair — rosnou ele. — Agora!

— Espera...

— *Vai embora!*

Ele veio para cima de mim em dois passos e, então, eu fiz algo bem estúpido.

Segurei a maçaneta com as duas mãos e desviei para o lado, parando na frente da fechadura antes que a sombra dele me engolisse.

O movimento do ar fez o vapor rodopiar.

No instante seguinte... eu estava com os braços às costas, as mãos na maçaneta e o rosto virado para o lado.

E, à minha frente, cobrindo completamente o meu campo de visão, havia *apenas* ele.

O peito vibrava a um palmo de distância do meu rosto, bombeando uma respiração profunda e necessária, e as mãos estavam apoiadas na porta, uma de cada lado da minha cabeça.

O calor que ele emanava impregnou a minha pele encharcada. Fiquei sem fôlego.

O coração batia com tanta força que os meus sentidos se atrapalharam e eu não compreendia mais nada.

Rigel arfava com os dentes cerrados. As mãos pressionavam a porta com tanta violência que imaginei senti-las vibrar.

— Você... — murmurou ele, com uma pitada de ressentimento e amargura. — Você faz isso de propósito... — Em seguida, cerrou os punhos, sem forças. — Você *está de brincadeira comigo...*

Lábios, dentes e língua estavam bem ali, a um suspiro de distância. Tê-lo assim, tão perto e com tão pouca roupa, molhado e imponente, era demais. Parei de raciocinar e então imaginei o que aconteceria se eu tentasse *tocá-lo*. Bem ali, naquele exato momento... Acariciar aquela pele e descobrir que era quente, enérgica e compacta...

Será que ele permitiria?

Não. Provavelmente prenderia a minha mão contra a porta, acima da minha cabeça, como da última vez...

Achei que estivesse morrendo quando, depois de um momento interminável, Rigel virou o rosto. Ele o aproximou do meu cabelo, no ponto atrás da orelha, e então... inspirou profundamente.

O peito se expandiu lentamente enquanto ele inalava o meu cheiro.

Quando expirou, senti as orelhas zumbirem e o hálito quente dele inundando o meu pescoço.

Agora, o meu coração batia tão desesperadamente que chegava a doer.

— *Rigel...* — deixei escapar como um pedido desesperado.

Eu queria pedir a ele que se afastasse, mas tudo o que saiu foi aquele pio suplicante.

Ele cerrou os dentes. De repente, agarrou o meu cabelo e inclinou o meu rosto para trás, arrancando de mim um suspiro surpreso.

Nossos olhares colidiram. Eu estava ofegante e nem notei. As minhas bochechas queimavam e as pupilas pulsavam com a batida acelerada do meu coração.

— Quantas vezes mais... eu vou ter que dizer para você ficar longe de mim?

Aquelas palavras pareceram lhe custar um esforço que abalou as partes mais profundas do meu ser.

Eu o encarei com olhos tomados por emoções desesperadas.

— Não é culpa minha — sussurrei, mais baixo do que um suspiro.

Era ele.

Era ele que me impedia de ficar distante.

Era culpa dele.

O destino nos unira de forma tão indissolúvel que eu não conseguia mais formular um pensamento sem que ele estivesse presente. Àquela altura, eu não tinha forças para evitá-lo, nem mesmo quando estava prestes a me atacar.

A culpa era dele, só dele, porque ele tinha deixado impressões dentro de mim que eu não podia mais apagar.

Sensações que eu não sabia administrar.

Turbulências que eu não queria ignorar.

E eu tinha seguido a regra, porque ela é imutável: para derrotar o lobo, é preciso se perder na floresta.

Eu havia encontrado o lobo. Mas me perdera nas contradições dele.

E, de alguma forma, elas acabaram se tornando parte de mim, porque cada uma delas era uma emoção que Rigel havia pintado diretamente no meu ser, até me tornar menos cinza.

Àquela altura, eu estava acorrentada a ele por uma série de laços que não sabia definir.

Como é que eu poderia encontrar as palavras para explicar?

De repente, uma gota caiu do cabelo dele e atingiu a minha pálpebra.

Fechei os olhos, tremendo, e, quando os abri novamente, aquele rastro deslizou pela minha bochecha.

Abrindo caminho pelo rosto como uma lágrima.

Rigel a observou descer e alguma coisa se apagou no olhar dele. As íris escureceram como diamantes empoeirados e perderam o brilho.

Voltamos à infância.

Eu havia visto aquele momento se repetir várias vezes nos olhos dele, em todas as idades: eu de frente para ele, derramando as lágrimas que ele me causava.

Lentamente... Rigel me soltou.

Ele virou de costas e se afastou de mim como uma onda inescapável. A cada passo que ele dava, eu sentia aquele fio que nos unia esticar até doer.

— Sai.

Não havia aspereza no tom de voz. Apenas uma determinação resignada.

Eu nunca tinha me sentido tão ancorada ao chão. Tive a sensação de estar afundando. As mão tremiam.

Abaixei a cabeça e o olhar, carregado de emoções contraditórias, vibrou, lançando um brilho no piso. Então, como se estivesse recuperando a razão, fechei os olhos, dei meia-volta e abri a porta.

Naquele momento, não havia mais ninguém.

Atravessei o corredor vazio às pressas e quase escorreguei várias vezes.

De repente, o chão pareceu se desdobrar na forma de um caminho intransponível, como nos contos de fada.

Comecei a correr por uma floresta de arrepios.

Deslizei pelas páginas, seguindo um caminho de papel.

Eu tinha passado a vida inteira fugindo dele. Tinha rezado para me livrar da condenação daqueles olhos.

Mas não havia escapatória.

Os olhos dele brilhavam como estrelas.

E iluminavam um caminho...

Que levava ao desconhecido.

18

ECLIPSE LUNAR

Olhei para o amor e senti medo.
Ele tinha buquês de rosas nos vasos sanguíneos
e verrugas na pele, como reticências de frases nunca ditas.
Era mais eu do que eu jamais havia sido.

Depois daquela tarde no banheiro, Rigel fez o possível para se manter bem longe de mim.

Não que os momentos de convivência fossem muitos, mas os demais foram reduzidos ao mínimo, daquele jeito tão típico de Rigel, daquele jeito que ele tinha de invadir e se afastar, em silêncio, com discrição e distanciamento.

Durante o dia, ele me evitava. Pela manhã, saía de casa antes de mim.

Enquanto caminhava sozinha em direção à escola, lembrei-me de todas as vezes em que, caminhando com ele, eu ficava para trás, sem jamais ousar andar ao lado dele.

Eu não conseguia entender a natureza das sensações que ele despertava em mim.

Não era isso que eu queria desde pequena? Que ele ficasse longe de mim? Mesmo quando cheguei ali, eu só queria vê-lo desaparecer.

Eu deveria ter sentido alívio, mas...

Quanto mais os olhos dele me evitavam, mais os meus o procuravam.

Quanto mais ele me ignorava, mais eu me perguntava por quê.

Quanto mais longe Rigel ficava... mais eu sentia o fio que me ligava a ele se torcer, como se fosse uma extensão de mim.

Como naquele momento: eu estava caminhando pelo corredor, perdida em reflexões que tinham a ver com ele. Eu havia acabado de voltar da escola, mas, como sempre, estava imersa em pensamentos que me distanciavam do mundo, por isso demorei a notar que o piso tinha rangido. Depois, entendi que aquele ruído sutil vinha do cômodo ao lado.

A minha curiosidade insaciável me levou a deixar de lado o que me incomodava e colocar a cabeça para dentro da porta.

Fiquei paralisada de surpresa.

— Asia?

Ela se virou.

O que estava fazendo ali?

Ela estava parada, em silêncio, bem no meio do quarto. Na mão, segurava um lenço que eu já a tinha visto usando. Eu não fazia ideia do que ela estava fazendo na nossa casa. Quando tinha chegado?

— Não sabia que você vinha... — prossegui ao ver que ela não estava prestando atenção em mim.

Os olhos dela voltaram a percorrer as paredes como se eu não estivesse ali.

— O que... você está fazendo no quarto de Rigel?

Sem dúvida, devo ter dito algo inapropriado, porque Asia fechou a cara. Ela semicerrou os olhos até formarem duas linhas. Em seguida, passou por mim sem me responder e fui obrigada a me afastar para abrir caminho.

— Asia? — gritou Anna da escada. — Tudo bem? Conseguiu achar?

— Achei. Eu tinha deixado no banco do seu quarto. Tinha caído no chão.

Ela acenou com o lenço e o guardou na bolsa.

Anna veio até nós e acariciou o braço dela com um sorriso no rosto. Tive a impressão de que o calor que irradiava alcançou apenas ela.

— Mas que incômodo que nada — dizia em um tom afetuoso —, você sabe que pode passar aqui quando quiser. A faculdade fica no caminho, pode vir de vez em quando para dar um alô...

Sem um motivo aparente, uma sensação de insegurança se instalou no meu peito. Tentei deter esse sentimento, mas ele já havia se insinuado no meu coração, mesquinho e rancoroso, manchando tudo.

De repente, cada mínimo detalhe me pareceu amplificado ao máximo. Os olhos de Anna *brilhavam* quando falava com Asia. O afeto que sentia por aquela garota era profundo e maternal.

Anna sorria para ela, abraçava-a. Tratava-a como uma filha.

Afinal, quem era eu em comparação? O que as minhas poucas semanas ali poderiam valer diante de uma vida inteira?

Comecei a sentir aquela sensação de estranheza que me era tão familiar. Apertei os dedos e lutei para não me comparar com ela. Essas atitudes não eram do meu feitio, a competitividade nunca tinha me interessado, mas... Meu coração disparou. Eu mergulhei de cabeça na ansiedade e o mundo perdeu a luz.

Talvez eu nunca fosse ser o suficiente.

Talvez Anna tivesse entendido isso...

E se ela tivesse percebido que cometera um erro?

E se tivesse visto como eu era insossa, inútil e estranha?

Minhas têmporas latejaram. Medos injustificados começaram a abrir caminho pela pele, enquanto a minha mente me atormentava com imagens do Grave e dos portões se abrindo novamente para mim.

Vou ser boa.

Anna riu de novo.

Vou ser boa.

Senti um aperto na garganta.

Vou ser boa, vou ser boa, vou ser boa...

— Nica?

Eu juro.

Anna me olhou com a testa levemente franzida. Os lábios se abriram em um sorriso hesitante.

— Tudo... bem?

O sangue martelava na cabeça. Escondi o rosto atrás do cabelo e me forcei a assentir. Congelei.

— Tem certeza?

Assenti novamente e torci para que ela não insistisse. Anna era amorosa e atenciosa, mas tinha uma alma pura demais para duvidar da minha sinceridade.

— Então vou acompanhar Asia até lá embaixo... Trouxe flores da loja para você levar para casa... — Mal ouvi o que ela dissera e não entendi as últimas palavras.

Deixei que se afastasse e só então voltei a respirar.

Estiquei os dedos que havia esmagado. Era apenas mais um daqueles momentos, mas sempre parecia impossível combatê-los. Eu estava acostumada ao pânico injustificado, aos delírios causados por agitações inesperadas, ao sentimento de desorientação que me envolvia em bolhas sufocantes. Uma frase a mais gerava em mim uma ansiedade incontrolável; uma frase a menos alimentava as minhas inseguranças de forma monstruosa.

Às vezes, esses sentimentos me acordavam no meio da noite e eu não conseguia mais dormir. Eu revivia nos pesadelos um desconforto que esperava ter deixado para trás, mas sem sucesso.

O desconforto havia fincado raízes em mim e se escondido nas profundezas, esperando o momento certo para expor as minhas fragilidades.

Eu precisava escondê-las. Precisava me esconder. Parecer perfeita, porque só assim Anna e Norman me escolheriam. Só assim eu fugiria do passado, só assim eu teria uma família, só assim teria mais uma chance...

Fui ao banheiro e refresquei os pulsos. Respirei devagar, tentando me libertar do veneno que contaminava o meu coração. Sentir a água escorrer não acabava com todas aquelas reações, mas me tranquilizava, me lembrava que a pele estava livre, intacta, sem nenhuma limitação, e que eu não deveria mais me sentir como uma criança assustada.

Ela não estava mais impressa no meu corpo.

Só na minha mente.

Quando tive certeza de que estava melhor, desci. Norman estava almoçando em casa naquele dia e tive uma sensação de conforto ao vê-lo me cumprimentar com um sorriso, sentado na cadeira de sempre.

Percebi como a minha reação anterior havia sido injustificada: estávamos construindo algo ali, e Asia não poderia tirar isso de mim.

Naquele momento, notei que a cadeira ao lado da minha estava ocupada.

Rigel me ignorou totalmente: estava com o cotovelo apoiado na mesa e os olhos baixos, voltados para o prato.

Só em um segundo momento senti algo diferente no silêncio dele.

Ele parecia... contrariado.

— É só uma nota — disse Anna com tranquilidade. Ela cortou o frango com os talheres, procurando um olhar que ele não estava retribuindo. — Não é nada... Não precisa se preocupar.

De repente, senti que estava perdendo algo importante.

Enquanto me sentava, tentei desvendar o assunto daquela conversa e fiquei surpresa com a conclusão que tirei do que acabara de ouvir.

Rigel... havia tirado uma nota baixa?

Fiquei tão impactada que procurei uma resposta nos olhos dele e, pela expressão irritada, concluí que ele também havia sido pego de surpresa.

Rigel calculava cada gesto, cada consequência, sem deixar nada ao acaso. Mas não aquilo, aquilo não havia sido previsto nem levado em consideração. E ele não suportava se mostrar fraco ou virar o alvo de qualquer preocupação vinda de Anna.

O professor deve ter insistido para que ele conversasse sobre isso em casa, preocupado com o resultado inesperado do teste.

— Por que vocês não estudam juntos?

Congelei com o garfo perto da boca. Anna me olhava nos olhos.

— Oi?!

— É uma ideia perfeita, não? Você disse que foi bem no teste. — Ela sorriu com orgulho. — Talvez vocês dois possam fazer alguns exercícios jun...

— Não tem necessidade.

Rigel a cortou bruscamente. Foi totalmente inesperado ouvi-lo responder daquela maneira e, quando olhei para as mãos dele, vi que estavam mais rígidas do que o normal.

Anna o olhou surpresa e meio triste.

— Não vejo mal nenhum nisso — continuou ela, mais cautelosa. — Vocês dois poderiam se ajudar... Afinal, é a mesma matéria. Por que não tentam?
— Então, virou-se para mim. — Nica, o que acha?

Olhei para ela. Eu adoraria agradá-la, mas não podia negar que estava me sentindo desconfortável. Por que eu sempre me metia em situações como aquela? Teria sido mais fácil responder se Rigel não tivesse passado dia e noite me evitando como uma praga.

— Sim — murmurei um tempinho depois, tentando sorrir para ela. — Tudo bem...

— Você pode ajudar Rigel com alguns exercícios?

Concordei e Anna pareceu ficar feliz com a minha resposta. Ela sorriu e nos serviu mais uma porção de pimentões recheados.

Ao meu lado, Rigel continuou fechado no mesmo silêncio indecifrável.

No entanto, tive a impressão de que ele estava segurando os talheres com mais força do que o necessário.

Uma hora mais tarde, eu estava olhando para o meu quarto.

Anna havia nos aconselhado a estudar no andar de cima, já que um estoque de flores estava para chegar na parte da tarde e eles nos incomodariam com o barulho. Não tinha sido necessário olhar para Rigel para saber que certamente não estudaríamos no quarto dele.

Empurrei a escrivaninha para o meio do quarto; peguei outra cadeira e a coloquei ao lado da minha.

Por que as minhas mãos estavam suando?

A resposta era evidente. Eu não conseguia me imaginar ajudando Rigel com um exercício ou simplesmente lhe explicando algo. Era surreal. Ele sempre esteve um passo à frente de todo mundo... Quando é que deixara alguém ajudá-lo?

Além disso, não nos falávamos havia dias. Se não fosse por Anna e Norman, era provável que Rigel também tivesse me evitado na hora das refeições.

Por quê? Por que toda vez que eu sentia estar dando um passo à frente Rigel dava cinco para trás?

A princípio, não reparei que havia alguém atrás de mim. Quando me dei conta, levei um susto.

Ele estava na porta, imponente e silencioso.

As mangas da camisa estavam arregaçadas até os cotovelos e ele segurava alguns livros em uma das mãos.

Estava olhando para mim. Sob o cabelo preto, os olhos me encaravam impassíveis, como se ele já estivesse ali havia um tempo.

Calma, ordenei ao meu coração enquanto Rigel olhava ao redor com cautela.

— Eu já tinha pegado o livro — gaguejei.

Naquele momento, ele entrou com passos cautelosos e comedidos.

Eu gostaria de dizer que, àquela altura, já estava acostumada com ele, mas infelizmente não era o caso. Rigel não era um daqueles garotos com quem você se acostuma. Os olhos de pantera eram desestabilizadores.

A presença imponente dele preencheu o ambiente. Ele se aproximou de mim e então percebi que era a primeira vez que o via no meu quarto.

Por alguma razão absurda, o meu nervosismo aumentou.

— Vou pegar o caderno — falei, quase sem voz.

Afastei-me dele para pegar a mochila e separar o que precisava; em seguida, fui até a porta e fiz menção de fechá-la.

— O que você está fazendo? — perguntou, fixando os olhos de aço em mim.

— O barulho... — expliquei. — Pode incomodar a gente...

— Deixa a porta aberta.

Retirei a mão com cautela. Rigel me lançou um olhar demorado antes de se virar, e eu não entendi o motivo daquela especificação.

Era *tão* desconfortável assim estar no mesmo quarto que eu?

Senti um formigamento irritante no peito.

Aproximei-me sem dizer uma palavra e me sentei, sem tirar os olhos das páginas do livro, que folheei até perceber que ele havia se sentado ao meu lado.

Aquela tranquilidade não era normal entre nós, mas a razão ditava que eu resistisse.

No fim das contas, tratava-se apenas de estudar juntos, o que tinha de tão complicado?

Decidi criar coragem. Determinada, apontei a página de exercícios.

— Vamos começar com um desses.

Houve um momento de silêncio durante o qual notei que a tensão aumentava de maneira desproporcional. Será que Rigel percebeu o tremor na minha voz? Mantive a atenção focada no problema que tinha escolhido, incapaz de erguer os olhos.

Depois, sem dizer uma palavra... Rigel começou a escrever.

Surpresa, permaneci imóvel enquanto ele começava a traçar dados e uma solução, esperto e silencioso. O espanto aumentou ainda mais. A experiência me levara a acreditar que ele abriria o sorrisinho atrevido de sempre, que me atacaria e provavelmente iria embora zombando de mim.

Em vez disso, ali estava.

Ele não tinha ido embora. Tinha ficado e estava escrevendo...

Tomei um susto quando, depois de um tempo, vi que ele tinha parado de escrever. Encarei-o perplexa, pega de surpresa.

— Você j... já acabou?

Eu me estiquei para olhar o caderno e fiquei chocada. A solução estava toda ali, precisa e rigorosa, ao lado da mão firme.

Em quanto tempo tinha resolvido, três minutos?

— Tá... — admiti, envergonhada, avançando para questões mais complexas. — Vamos tentar esses.

Indiquei vários exercícios para ele com a ponta do lápis e Rigel começou a resolvê-los em ordem meticulosa, um após o outro. Fiquei encantada ao reparar como a caneta deslizava suave entre os dedos dele. A caligrafia era sinuosa e elegante, sem excessos. Parecia a letra de um garoto de outra época.

Notei que ele segurava a caneta de uma forma muito máscula. Os ossos do pulso eram bem definidos e os nervos estavam tensionados. Os dedos de pianista se mostravam compridos e fortes enquanto ele virava a página para continuar a escrever.

O meu olhar percorreu lentamente o antebraço de Rigel.

Observei o relevo das veias na pele, os ossos sólidos que transmitiam poder e segurança.

Quanto ao peito, os três primeiros botões da camisa estavam desabotoados e expunham a clavícula, que vibrava lentamente no ritmo de sua respiração calma.

Qual era a altura dele? Será que cresceria ainda mais? Mesmo assim, se ele se inclinasse sobre mim, eu teria a sensação de ser totalmente encoberta.

A têmpora estava apoiada no punho semicerrado, em uma postura casual, mas concentrada. O cabelo caía sobre os olhos, macio e preto, emoldurando perfeitamente os traços elegantes.

Ele era tão fascinante que me dava arrepios.

Tinha o poder de enfeitiçar o meu coração. De arrancar a minha alma e encantá-la como se fosse uma serpente.

Rigel era uma simbiose perfeita, uma mistura de seda e sombras que formava uma fusão letal.

Ele era terrível, mas, na sua irreverência, era também a criatura mais esplêndida que eu já tinha visto...

Estremeci.

A bolha dos meus pensamentos explodiu de repente sob a intensidade daqueles olhos.

Não estavam mais no papel.

Estavam fixados em mim.

— T... terminou? — perguntei com a voz rouca e beirando o ridículo.

Será que ele tinha notado que eu o encarava atordoada?

Rigel me estudou por um instante e, por fim, assentiu.

Como estava apoiado nos nós dos dedos, o olho dele adquiriu uma aparência ligeiramente alongada, conferindo-lhe um ar felino.

Eu me senti febril.

O que estava acontecendo comigo?

— Tudo bem... Agora vamos tentar alguma coisa diferente.

Virei as páginas me esforçando para esconder o nervosismo e decidi ir direto ao ponto, então indiquei um dos problemas que faziam parte da preparação para o teste. Rigel começou a resolver o exercício, imerso em um silêncio obstinado.

Dessa vez me concentrei nos cálculos, *só* nos cálculos. Segui os passos cuidadosamente, certificando-me de que tudo estava correto. Mas, logo depois, percebi que algo não batia.

— Não, Rigel... espera. — Eu me aproximei um pouco mais e, com o canto do olho, vi a mão dele parar. — Não... Não é assim.

Observei atentamente os passos; a lógica era impecável, mas não era a resolução certa para aquele problema.

Folheei o caderno e, com uma pontinha de hesitação, mostrei a ele a parte da teoria dos vetores.

— Viu? De acordo com a explicação, o módulo da diferença dos dois vetores com certeza é *maior* ou *igual* à diferença dos módulos dos dois vetores separados...

Tentei explicar em palavras o que o texto expressava por meio de uma fórmula. Depois, apontei para o exercício com o dedo indicador envolto em um curativo.

— Então o módulo deve ser transcrito assim...

Rigel observou as minhas anotações com uma atenção diferente. Estava de fato me ouvindo.

Ele continuou o exercício com mais calma, e acompanhei o passo a passo com os olhos.

— Ok... Assim. Agora tem que calcular. Exatamente...

Após seguir todos os passos, chegamos ao fim do problema. Pela primeira vez na vida, detectei uma pontada de insegurança nele, mas isso me estimulou a seguir em frente: ao fim do exercício, verifiquei se tudo tinha sido resolvido corretamente.

— Certo... — falei, vendo que ele estava olhando atentamente para a resolução. — Vamos tentar de novo.

Resolvemos um exercício após o outro. Os minutos corriam como o vento e, de tempos em tempos, eu quebrava o silêncio com um murmúrio ocasional.

Depois de mais ou menos uma hora, eu já havia riscado vários exercícios com o lápis.

Rigel estava concluindo o enésimo exercício e nós dois tínhamos conseguido atingir um estado de concentração profunda, só nosso.

— Ok... — Eu me inclinei sobre a mesa e acrescentei uma flechinha que Rigel tinha se esquecido de colocar em um vetor.

— O vetor S está localizado no eixo horizontal... exatamente...

Eu estava com os cotovelos apoiados na mesa. A minha concentração era tanta que eu não percebi que estava praticamente empoleirada na cadeira.

— O ângulo que o vetor forma com o eixo horizontal é de 45 graus...

Verifiquei todos os passos, concentrada, até chegar ao final.

Não havia nenhum equívoco, estava correto. Esse exercício também estava perfeito.

Será que eu tinha conseguido? Eu tinha realmente ajudado Rigel em alguma coisa?

E ele, pela primeira vez... tinha realmente se permitido receber ajuda?

Experimentei uma sensação vívida e poderosa de felicidade.

Eu me virei e sorri para ele com as pálpebras arqueadas em meias-luas risonhas.

— Você entendeu... — sussurrei.

Mas o que quer que eu quisesse acrescentar depois... perdeu o sentido.

Estávamos próximos. A um suspiro de distância.

Eu estava tão concentrada que não tinha percebido como havia me aproximado dele, com os cotovelos na mesa e o cabelo caindo em cascata nas costas.

E, quando virei a cabeça, me vi com as íris dele enterradas nas minhas. Eu me vi refletida naquele abismo escuro sem conseguir respirar.

E Rigel, com a cabeça ainda apoiada na mão, encarou-me com as pálpebras ligeiramente arregaladas e uma expressão fria.

Os meus olhos nos dele, como um eclipse lunar.

Os olhos de Nica.
Ele estava imóvel.
O coração tinha congelado.

Tudo havia parado bruscamente no instante em que o sorriso dela iluminara o mundo.

Ele sabia. Sabia que não deveria ter ido.

Sabia que não deveria ter permitido que ela se aproximasse daquele jeito.

E, àquela altura, era tarde demais: Nica olhara para ele, sorrira e arrancara mais um fragmento da sua alma.

Na escrivaninha, ele apertava a caneta com força. Aqueles tremores violentos vinham de dentro, de recessos ocultos que ela, tão próxima e luminosa, havia despertado.

Ela recuou e cada segundo daquele movimento lhe deu um alívio tão forte que chegava a doer.

— Rigel... — murmurou ela, quase com medo. — Eu queria fazer uma pergunta.

Nica olhou para baixo. Ela privou o mundo de luz só por um instante, enquanto juntava os dedos finos no colo.

— É uma coisa... que venho me perguntando há algum tempo.

Nica voltou a olhar para ele e Rigel implorou para que ela não notasse que a mão dele estava tremendo, bem no centro da mesa. Ela o encarou à sua maneira, com aqueles olhos arregalados e os cílios curvados como pétalas de margarida.

— O que você quis dizer? Quando falou que eu sou o fabricante de lágrimas?

Rigel não conseguia lembrar quantas vezes tinha imaginado aquela pergunta. Formulada justamente por ela, em mil cenários diferentes; vinha sempre nos momentos mais enervantes e destrutivos, aqueles em que ele chegava ao limite, aqueles em que os seus sentimentos exigiam a redenção de uma vida.

E ele lhe devolvia tudo aquilo que jamais havia conseguido expressar em palavras, jogava a verdade na cara dela e sangrava com cada espinho que arrancava. E era um sofrimento que se transformava em alívio, quando a luz adentrava aquelas mesmas feridas até aquecer cada uma delas.

Ela era a sua redenção.

No entanto, naquele momento... No momento em que Nica de fato havia lhe perguntado e *esperava* uma resposta, Rigel não sentiu nada além de um terror visceral.

Assim, antes que pudesse se dar uma chance, ouviu a própria voz responder:

— Esquece isso.

Nica olhou para ele, confusa, mas dolorosamente esplêndida.

— Quê?

— Eu disse *esquece isso*.
Ele a viu ficar triste.
— Por quê?
Ela sabia, tinha compreendido que era importante. Não se pode fazer certas acusações e esperar que sejam esquecidas. Ele podia ver isso nos olhos de Nica. Aquele olhar, para ele, era muito parecido com o inferno.
Rigel se perguntaria para sempre por que aqueles olhos pareciam tão decepcionados com as atitudes dele, com os silêncios. Ele se perguntaria a cada momento da vida o que era aquela ferida que escorria do olhar prateado de Nica.
Ele seria assombrado por aqueles olhos para sempre.
E Rigel só conhecia uma maneira de se defender de tal tormento.
— Não vai me dizer que acreditou naquilo — respondeu ele, sarcasticamente. — Achou mesmo que eu estava falando sério? — Ele lhe lançou um olhar desafiador por baixo das sobrancelhas e, então, ergueu um canto da boca. — Você passou esse tempo todo pensando nisso, mariposa?
Nica pareceu estremecer. O cabelo revelou a curva do pescoço dela e o verme mordeu as costelas de Rigel.
— Não faz isso. — A voz dela endureceu.
— Não faz *o quê*?
— Isso — respondeu Nica, que voltou a olhar para ele, obstinada. — Não age assim.
Ouvi-la dizer aquilo com tal determinação na voz o empurrou na direção dela.
Rigel sentia uma atração fatal quando arrancava esse lado dela. Em sua delicadeza, Nica exibia uma tenacidade que o enlouquecia.
— *Assim* é como eu sou — disse ele, enfatizando as palavras, enquanto se inclinava para mais perto daquele corpo pequeno.
— Não. *Assim* é como você se comporta.
Dessa vez, foi ela quem avançou na direção dele e Rigel quem recuou, com o corpo e com o coração.
— O que você quis dizer? — perguntou mais uma vez. — Rigel...
— Esquece — disparou ele com os dentes cerrados.
— Por favor...
— *Nica*.
— Me responde!
Os dedos de Nica agarraram o seu pulso descoberto e ele sentiu o coração arder.
Rigel se levantou de um salto e se desvencilhou bruscamente.
A violência do gesto reverberou nos olhos de Nica. Ele a viu cambalear em estado de choque e o quarto pareceu tremer.

Rigel se viu lutando contra as mordidas desesperadas do verme que açoitava o seu peito. Ele cerrou os punhos, tentando mantê-los firmes, e a encarou com olhos enormes e assustados.

— Não... — Ele respirou fundo, tentando se controlar. Queimava com tanta intensidade que teve medo de que Nica sentisse. — Não encosta em mim — ordenou Rigel, apressando-se em esboçar um sorriso e esconder-se por trás de uma careta maldosa que quase lhe doeu. — Já falei.

Ele não teve tempo de observar o brilho ferido nos olhos dela.

As íris de Nica se iluminaram de repente e ela investiu contra ele, o olhar brilhando de raiva.

— *Por quê?* — perguntou ela com a voz firme, mas quebrada. Parecia um animal ferido, curvado de dor. — Por que não? Por que não posso?

Rigel recuou, dominado por aquela fúria.

E, meu Deus, *como era linda*, com aquelas bochechas coradas, o olhar reluzente de tanta determinação. Meu Deus, como ela o machucava, como o atraía com um desejo irresistível.

Era demais, até mesmo para ele.

Não encosta em mim, Rigel teria dito de novo, teria implorado, mas Nica se aproximou, rompendo as defesas, queimando a sua pele novamente com aqueles dedinhos.

A alma torturada rachou de assombro.

E, no instante seguinte, ele ouviu apenas os dentes cerrando.

Ouviu apenas a respiração brusca de Nica.

꙳

A rajada de ar me tirou o fôlego.

Um segundo antes eu estava agarrada ao braço dele e, no seguinte, senti a parede atrás de mim.

Os olhos de Rigel me engoliram como abismos.

A respiração movimentava o peito dele e o antebraço estava apoiado em cima da minha cabeça, permitindo que tivesse controle sobre mim. O corpo dele, tão perto do meu que me transmitia todo o seu calor como se gritasse comigo, erguia-se sobre mim como um sol escaldante.

Tremi até dizer chega. Olhei nos olhos dele alternadamente, sem fôlego, a voz reduzida a um suspiro.

— E... eu...

Rigel segurou o meu rosto na mão. Capturou a minha mandíbula e a levantou em direção ao rosto dele, que agora estava inclinado sobre o meu.

As pontas dos dedos queimaram a minha pele e eu parei de respirar.

Furacões silenciosos giravam nos olhos dele. Rigel estava tão perto que a respiração batia contra a pele das minhas bochechas, causando uma sensação de formigamento.

Eu estava ofegante, com as bochechas tão quentes que dava para sentir a minha pele queimando sob o seu toque.

— Rigel... — sussurrei, confusa e assustada.

Um músculo se contraiu na mandíbula dele. O polegar saltou até a minha boca, como se quisesse interromper o sussurro que a fizera tremer.

Com um movimento lento... Rigel acariciou o meu lábio inferior. A ponta do dedo afundou na carne macia da boca, esfregando-a, *queimando-a*, fazendo-a vibrar.

Senti os joelhos cederem quando vi que os olhos dele estavam fixos no mesmo ponto em que estava me tocando.

— Esquece isso. — Os lábios dele articularam em um movimento hipnótico. Tive a sensação de não ouvir nada além do som da sua voz, correndo direto nas minhas veias.— Você precisa... esquecer.

Tentei interpretar aquela centelha de amargura no olhar dele, mas não consegui.

Aquelas íris pretas anunciavam furacões e tempestades, perigos e proibições... porém, o desejo de explorá-las aumentava a cada dia. O meu coração bateu mais forte e a constatação me assustou.

Perder-se na floresta significava encontrar o caminho.

Mas perder-se no lobo... significava perder o caminho para sempre.

Então, por que eu sentia tanta necessidade de trilhar o mundo dele e compreendê-lo?

Por que eu não me esquecia de tudo, como ele me pedia?

Por que eu enxergava galáxias nos olhos dele e, na sua solidão, uma alma que precisava ser tratada com cuidado?

Um instante depois, percebi que a mão de Rigel não estava mais no meu rosto.

Senti uma confusão inexplicável quando percebi que ele já havia se afastado. Pisquei e o vi segurando o livro com os nós dos dedos esbranquiçados enquanto saía do quarto a passos largos.

Rigel estava fugindo. Mais uma vez.

Perceber isso me chocou. Em que ponto os papéis se inverteram? Desde quando era ele quem fugia de mim?

Desde sempre, sussurrou uma vozinha. *Ele foge de você desde sempre.*

Talvez a semente da loucura tenha se enraizado em mim.

Eu não poderia tentar explicar de outra maneira enquanto, ignorando as palavras de Rigel e toda a minha lógica, me apressava em reunir força de vontade para ir atrás dele.

19

ABAIXO

> *Eu sei me defender de tudo,*
> *menos da ternura.*

— Rigel!
Eu o persegui pelo corredor, decidida a fazê-lo ouvir tudo o que eu tinha a dizer. Ele me lançou um olhar nervoso, mas me vi forçada a continuar na cola dele quando percebi que não estava me dando atenção. O seu jeito de andar traía uma urgência excessiva, como se estivesse ansioso para fugir de mim.
— Para, por favor. Quero conversar...
— Sobre o *quê*?
Rigel se virou para mim de repente, cerrando os dentes em uma tentativa de me intimidar. Parecia tenso, quase... assustado.
Sobre você, gostaria de ter respondido na hora, mas me contive, pois devia estar enlouquecendo. Àquela altura, eu já tinha entendido que Rigel era tão relutante e desconfiado quanto um animal selvagem, e confrontá-lo só aumentava a sua agressividade.
— Você nunca responde às minhas perguntas — questionei, em vez disso, escolhendo outras palavras. — Por quê?
Eu esperava induzi-lo a um confronto, mas entendi que não conseguiria quando ele desviou o olhar. Os olhos de Rigel eram a janela da alma dele, a única superfície clara na qual não podia se esconder. Eram pretos como tinta, mas no fundo brilhava uma luz que poucos conseguiriam distinguir. Quando ele voltou a andar, senti a necessidade de me jogar na frente dele para segurar aquela luz entre os dedos.
— Porque não é da sua conta — murmurou em um tom indecifrável.
— Seria da minha conta se você... me deixasse entender.
Talvez eu tenha ousado demais, mas consegui o que esperava: Rigel parou de andar. Quando, depois de um momento, comecei a me aproximar com cautela, ele parecia prestar atenção a cada passo que eu dava. Até virar

o rosto e enfim me encarar. O jeito como me olhou me lembrou uma presa indefesa e um caçador: Rigel era a presa e eu, a caçadora, apontando um rifle na direção dele.

— Eu só queria te entender, mas você não me dá uma chance. — Entrelacei o olhar ao dele e tentei não demonstrar tristeza. — Sei que você odeia quando invadem o seu espaço — logo acrescentei. — Sei também que não é do tipo que se abre. Mas, se você tentasse, talvez achasse o mundo mais leve. Você não precisa ficar sozinho. Às vezes, pode até descobrir que vale a pena confiar em alguém.

O olhar dele me seguiu enquanto eu me aproximava.

— Às vezes — sussurrei, chegando ainda mais perto — você pode encontrar pessoas dispostas a te ouvir...

Os olhos de Rigel estavam tão imóveis que ninguém poderia perceber o quanto eles tremiam. Emoções desconhecidas se seguiram, uma após a outra, rápidas e luminosas, e o meu coração tornou-se um delírio de batidas desconexas. Eu estava errada: o olhar de Rigel não era estéril e vazio, mas tão cheio de nuances simultâneas que era impossível captar apenas uma. Era uma aurora boreal que refletia o estado de espírito interior e, naquele momento, ele parecia chocado, confuso e assustado com o meu comportamento.

Então, de repente, Rigel fechou os olhos e delineou o meu rosto com um tremor nervoso.

Eu vi a mandíbula dele se contrair, uma veia se destacar na têmpora e o lindo rosto se fechar de maneira assustadora.

Não entendi o que havia acontecido, mas no mesmo instante ele deu um passo para trás e aumentou a distância entre nós. O contato visual se rompeu e eu perdi cada migalha que tinha acabado de conquistar com tanta dificuldade.

Será que eu havia falado algo que não deveria?

— Rigel...

— Fica *longe*.

A voz, dura e hostil, me atingiu bem no peito. Ele cuspiu as palavras, como se elas queimassem a língua e ele precisasse se livrar delas com urgência e, na mesma hora, me lançou um olhar febril.

Rigel agarrou a maçaneta da porta do quarto dele e, quando vi os nós dos dedos ficarem brancos, recuei. Encarei-o, confusa e magoada, sem entender o que eu tinha desencadeado; no instante seguinte, ele desapareceu do meu campo de visão, fechando a porta atrás de si.

Foi como se uma pedra tivesse caído no meu coração.

Por que ele reagira daquela maneira?

Tinha sido... *culpa minha*?
Onde foi que eu havia errado?
Eu queria entender, mas não conseguia.
Por que nós não conseguíamos nos comunicar?
Afoguei-me em um oceano de perguntas e as minhas inseguranças construíram um beco sem saída.
Tive que me resignar com o fato de que Rigel não queria compartilhar nada comigo. Ele era um enigma sem resposta, uma fortaleza na qual ninguém tinha permissão para entrar. Era uma rosa preta que defendia as próprias fragilidades ferindo e arranhando as pessoas com os seus espinhos.
Amargurada, vaguei pela casa e cheguei ao andar de baixo com passos desiludidos.
Parei em frente à sala de jantar. Ali, a nuvem de um perfume maravilhoso me envolveu, aliviando por um instante o desânimo que eu sentia.
Anna estava verificando o pedido e o chão havia se transformado em um tapete de fita adesiva e papel encerado: grandes vasos de tulipas preenchiam a sala inteira, e ela passaria a tarde toda certificando-se de que estavam perfeitos. Carl, o seu assistente, tinha assumido a loja na ausência dela.
Olhei para Anna da porta. O sol dourava o seu cabelo e sempre havia um toque de sorriso naqueles lábios, como uma luz deliciosa. Ela era o meu conto de fadas da vida real.
— Ah, Nica! — exclamou, feliz em me ver. — Já terminaram?
Olhei para baixo e senti uma pontada no peito. Eu não queria que ela notasse a decepção que manchava o meu coração. Gostaria de lhe contar todas as minhas preocupações, deixá-la saber sobre todos os meus anseios e inseguranças, mas eu não podia, tinha medo. Eu havia aprendido que as fraquezas eram algo a ser escondido e encoberto, que eram uma fonte de vergonha. Anna ia descobrir que eu era uma boneca usada e quebrada, e eu queria que os olhos dela sempre me vissem como uma garota perfeita, cheia de luz e digna de se ter por perto todos os dias.
Por um momento, quis que ela me abraçasse e me livrasse de toda e qualquer tristeza daquele jeito que só ela tinha, carinhoso e gentil, e que a fazia parecer uma mãe.
— Aconteceu alguma coisa com Rigel?
Percebi que ela havia se aproximado. Não respondi, e ela me deu um sorriso ligeiramente comovido.
— Você é bem transparente — comentou, como se fosse algo bom. — Dá para ver de cara as expressões no seu rosto, como se fosse um lago cristalino. Sabe o que dizem de pessoas como você? Que têm um coração honesto.

Ela colocou uma mecha de cabelo atrás da minha orelha e cada pedacinho da minha alma abraçou aquele gesto. Eu amava quando Anna me tocava com ternura, como se eu fosse uma das suas flores.

— Talvez eu esteja começando a conhecer vocês um pouquinho... Rigel é um garoto complicado, não? — Ela abriu um sorriso agridoce. — Mas dei uma passada lá em cima mais cedo. Vocês estavam trabalhando muito bem juntos. Tenho certeza de que você ajudou bastante.

Nunca tive muita fé em mim mesma, mas não ousei demonstrar o quanto tinha gostado daquelas palavras. Eu estava muito abatida e não conseguia disfarçar.

Anna não interrompeu o silêncio; pelo contrário, pareceu aceitá-lo e respeitá-lo. Então suavizou o tom de voz e, pegando-me de surpresa, perguntou:

— Quer me ajudar?

Ela me pegou pela mão. Aquele gesto mexeu comigo. Na mesma hora, a menininha que existia em mim voltou à vida e eu busquei o olhar dela, confusa com a intensidade das minhas emoções. Eu me permiti ser guiada até um vaso onde um buquê lindíssimo de tulipas esperava para ser enfeitado.

Eu estava atordoada demais para falar. Seguindo seus gestos delicados, segurei os caules com firmeza, reunindo-os em um arranjo compacto. Enquanto ela passava as mãos em volta deles e os envolvia com a fita, não pude deixar de achá-los belíssimos.

Anna enrolou as pontas, mostrando-me como se fazia, e eu a observei, fascinada pelo cuidado que ela dedicava a cada toque.

Arrumamos o buquê juntas. As tulipas formavam um esplêndido mosaico de tons de rosa e branco e, no fim, admiramos a composição.

— Ficou lindo... — constatei, encantada, recuperando um pouco a voz.

Então, uma tulipa surgiu debaixo do meu nariz.

Anna a estava me entregando com um sorriso. Peguei-a delicadamente com as pontas dos dedos. Acariciei o broto com o dedo sem curativo, apreciando a maciez.

— Você gosta?

— Muito...

Diligentemente, ela pegou uma tulipa rosa-escura e a enterrou sob o nariz.

— Lembra o quê?

Eu a encarei, confusa.

— Como?

— Tem cheiro de quê?

Olhei para ela sem entender, arqueando as sobrancelhas.

— De... tulipa?

— Ah, não, não, vamos... As flores nunca têm cheiro de flores! — repreendeu Anna, em tom leve e divertido. Os olhos dela brilhavam. — Lembra o quê?

Puxei o ar com vontade, sustentando o olhar entusiasmado dela.

Parecia... *parecia*...

— Bala... Bala de framboesa — respondi, e as pupilas de Anna brilharam intensamente.

— A minha tem cheiro de sachê de chá e... renda... sim, renda recém-tecida!

Disfarcei um sorriso por trás das pétalas. *Renda?*

Funguei melhor, observando Anna com olhos vivos e brilhantes.

— Bolha de sabão.

Trocamos olhares, ambas com o nariz enterrado nas pétalas.

— Talco de bebê... — acrescentou ela.

— Geleia de frutas silvestres...

— Pó-de-arroz!

— Algodão-doce.

— Algodão-doce?

— Sim, algodão-doce!

Anna me olhou com um sorriso de orelha a orelha e, depois, caiu na gargalhada.

Aquela risada me pegou de surpresa: senti o coração estremecer de espanto e fiquei olhando para ela com o batimento acelerado. Quando os seus olhos brilhantes pousaram em mim e percebi que eu era o motivo da alegria repentina, um amor ardente substituiu a descrença. Quis fazê-la rir mais, quis receber aquele olhar todos os dias e senti-lo inundar o meu coração.

A risada de Anna era como um conto de fadas, como um final feliz que já não parecia tão distante. Era uma daquelas risadas que fazem você sentir falta de algo que nunca teve.

— Tem razão — concedeu ela. — Lembra mesmo algodão-doce.

Senti a alma derreter quando ela pôs a mão no meu cabelo. O coração bondoso dela me contagiou, e nós duas acabamos rindo juntas em meio àqueles aromas que nos lembravam de mil coisas diferentes, menos de tulipas.

Passamos o restante do tempo decorando os outros vasos e, depois, voltamos para o andar de cima.

Eu me sentia leve e limpa. Havia recuperado a tranquilidade, porque Anna tinha um poder enorme sobre mim: o de trazer conforto para o coração.

Encontrei Klaus no corredor, então decidi brincar com ele um pouquinho. Pena que, logo depois, me vi correndo pela casa na tentativa de escapar dele.

Ele me perseguiu com miados raivosos, mordendo os meus calcanhares como um ser possuído enquanto eu descia a escada.

Cheguei à sala de estar e pulei para me empoleirar na poltrona, enquanto o gato, expondo as garras em um salto perfeito, cravou-as no apoio de braço.

Eu o encarei com as sobrancelhas arqueadas enquanto ele erguia o focinho. As patinhas malignas cortaram o ar várias vezes, tentando me alcançar.

Por fim, quando pareceu decidir que já havia me torturado o suficiente, ele se virou e foi embora, balançando-se com desdém.

Estiquei o pescoço para garantir que ele não havia feito a curva para me emboscar.

Bom... Pelo menos, podia-se dizer que eu tinha conseguido chamar a atenção dele...

A vibração do celular me trouxe de volta à realidade. Eu o tirei do bolso da calça jeans e vi que era Billie. Desbloqueei a tela e a mensagem que li me deixou feliz: "Vovó disse que faz muito tempo que você não vem ver a gente. Por que não vem estudar aqui amanhã?".

Abaixo, como sempre, havia um novo vídeo de uma mini cabra.

Àquela altura, eu já deveria ter me acostumado com o fato de Billie me ver como uma amiga, mas sentir-me apreciada continuava sendo uma sensação nova para mim. Estava prestes a responder, torcendo para não parecer eufórica demais, quando um farfalhar me distraiu.

Ergui os olhos.

O sofá contra a parede estava ocupado por uma figura alta, perfeitamente imóvel.

Estava com a cabeça encostada no apoio de braço e a camiseta escura misturava-se com o tecido do estofamento.

Quando me dei conta de que era Rigel, o meu coração parou.

Um braço descansava suavemente no peito, enquanto o outro estava jogado para trás, perto da cabeça; os dedos brancos pendiam no vazio, relaxados e entreabertos.

Estava dormindo.

Como é que eu não tinha notado a presença dele?

Achei incomum que ele estivesse descansando àquela hora da tarde. Algo dentro de mim me manteve ancorada à visão, mas a minha consciência me lembrou do que eu sentia e me aconselhou a ir embora. Eu não queria ficar ali, não depois do que tinha acontecido. A mera presença dele me incomodava.

Eu me levantei e dei uma última olhada no rosto plácido.

Observei os traços serenos, os cílios escuros como pinceladas de escuridão acima das maçãs do rosto elegantes. O cabelo preto emoldurava o rosto e se derramava sobre o apoio de braço como tinta. Estava tão tranquilo que parecia até indefeso.

Com o coração pesado, reconheci que era dolorosamente bonito.

E foi... foi insuportável.

— Não é justo — sussurrei.

Era culpa dele. Alguém tinha que assumir a responsabilidade por aquele aspecto de anjo que machucava o coração.

— Você finge ser um monstro para manter o mundo à distância e depois... depois fica aqui *assim* — acusei, desarmada por aquele ar de inocência. — Por quê? Por que você sempre tem que bagunçar tudo?

Eu queria esquecê-lo, mas não conseguia.

Sabia que havia algo frágil e brilhante em Rigel e, agora que o tinha visto, não conseguia abrir mão. Eu queria extraí-lo do mistério que o envolvia, trazê-lo à superfície e vê-lo brilhar nas minhas mãos. Eu era exatamente como uma mariposa. Estava disposta a me queimar para perseguir aquela luz.

De repente, congelei. Eu conseguia contar os cílios dele. Conseguia ver a pinta próxima aos lábios...

Perplexa, endireitei-me e recuei rapidamente, o sangue bombeando contra as costelas. Em seguida, olhei para ele, horrorizada comigo mesma.

Em que momento eu havia chegado tão perto?

Instintivamente, apertei o celular que ainda estava na minha mão, sem querer dando play no vídeo que Billie havia me mandado: a cabra começou a berrar a plenos pulmões e por pouco não deixei o aparelho cair.

Saí correndo com o coração na boca e tropeçando em tudo. Consegui fugir da sala pouco antes de Rigel acordar no susto, com olhos arregalados e os nervos à flor da pele, visivelmente perturbado com aquela gritaria.

Corri para o quarto, mas, assim que cheguei ao corredor, esbarrei em alguma coisa. Antes que tivesse tempo de processar o que estava acontecendo, uma nuvem de pelos me atacou e mordeu a minha panturrilha.

Eu estava certa... Klaus havia esperado para me atacar.

Que vergonha.

Esse pensamento se entranhou em mim até de noite, sem me dar trégua.

Eu preferiria me enterrar a ter que enfrentar Rigel. Por coincidência, ele alegou estar com uma forte dor de cabeça e não desceu para jantar.

Suspeitei que fosse por minha causa, porque os nervos de qualquer pessoa teriam sofrido ao serem acordados de tal maneira.

Ter um tempo a sós com Norman e Anna era o que eu sempre quis, mas não dava para ignorar a cadeira vazia ao meu lado. O meu olhar se desviava para lá o tempo inteiro, como se os meus desejos tivessem mudado e eu não me encaixasse mais naquele cenário de três pessoas.

Depois de ajudar Anna a tirar a mesa, fui à biblioteca para ler um pouco. Precisava me distrair, então procurei algo que me chamasse a atenção até os meus olhos se depararem com um título em particular: *Mitos, contos de fadas e lendas do mundo*.

Aquilo me atraiu na mesma hora. Acariciei a lombada com os dedos, tirei-o da estante e o segurei para admirá-lo. Era encadernado em couro e tinha estampas florais que cruzavam a capa de uma forma lindíssima.

Eu me acomodei na poltrona e comecei a folheá-lo. Estava curiosa para conhecer outras histórias além daquelas com as quais cresci. Com quais contos as outras crianças cresceram? Será que não conheciam mesmo a história do fabricante de lágrimas?

Procurei no sumário, mas não a encontrei. Em compensação, havia vários outros títulos que alimentaram a minha curiosidade, então comecei a ler.

— Estou começando a acreditar... que você está gostando disso.

Tomei um susto.

Tive uma forte sensação de déjà-vu. Agarrei o livro, do qual já tinha lido um bom número de páginas, e encontrei um par de olhos determinado a me observar.

— Gostando do quê? — perguntei, surpresa e impressionada de vê-lo ali.

— De me acordar nos piores momentos.

Pega no flagra. De repente, as minhas bochechas começaram a arder e olhei para Rigel com olhos arregalados de culpa.

Será que ele tinha vindo só para fazer esse comentário?

— Foi sem querer — respondi. Baixei o rosto, sem ter coragem de encará--lo. — Eu não tinha visto que você estava lá.

— Estranho — o ouvi retrucar. — Tive a impressão de que você estava... perto.

— Estava só de passagem. É você que resolve descansar em horários estranhos.

Rigel ficou me olhando com aquelas íris que devastavam a minha alma e me arrependi da escolha de palavras. Eu tinha medo de irritá-lo de novo, de vê-lo ficar alterado ou carrancudo.

Mas, acima de tudo, eu estava com medo de vê-lo ir embora.

Desde quando eu tinha me tornado uma pessoa tão contraditória?

— Desculpa — sussurrei, porque, no fim das contas, eu lhe devia isso.

Ainda estava decepcionada com a forma como as coisas tinham acontecido naquela tarde, mas não era da minha natureza ser vingativa. Eu não tinha feito aquilo de propósito e não queria que Rigel achasse isso.

Embora a presença dele me machucasse, eu gostaria de retomar aquela conversa no ponto em que a interrompemos. Mas não tinha esperança de que fosse acontecer.

Então... o instinto me sugeriu uma estratégia diferente.

— Certa vez você me disse que todas as histórias são iguais. Que seguem um esquema... O bosque, o lobo e o príncipe. Nem sempre é assim.

Abri o livro na página de *A pequena sereia*, de Andersen.

— Essa história se passa no mar e fala sobre uma garota apaixonada por um príncipe. Mas não tem lobos. Não segue as regras. É diferente.

— E tem final feliz?

Hesitei, porque Rigel parecia já saber a resposta para aquela pergunta.

— Não. No fim ele se apaixona por outra. E ela... morre.

De repente, perguntei-me por que tinha decidido me aprofundar no assunto. Eu havia acabado de lhe dar razão.

Tinha sido justamente naquela biblioteca, na última vez, que Rigel havia me falado sobre o compromisso de um final feliz: se a regra não for seguida, a ordem é alterada.

— É isso que elas ensinam — disse ele, cínico. — Sempre existe algo a combater... Só muda o tipo de monstro.

— Você está errado — sussurrei, decidida a fazer valer as minhas palavras. — As histórias não nos ensinam a nos resignar. Elas nos encorajam a não perder a esperança. Não nos explicam que existem monstros... mas que eles podem ser destruídos.

De repente, lembrei-me do que ele tinha me falado bem diante daqueles livros...

"E você, que se apega tanto ao seu final feliz, poderia imaginar um conto de fadas *sem* o lobo?"

Não havia sido uma frase sem sentido. Era impossível falar de forma direta com Rigel, havia sempre insinuações e significados ocultos no que ele dizia, mas era preciso ter coragem para captá-los.

— Eu aceito. Aceito a história sem lobo.

Ele insistia em ser o vilão da história, como se certas coisas estivessem destinadas a permanecerem as mesmas, mas eu queria fazê-lo entender que ele estava errado. Talvez assim ele parasse de lutar contra o mundo.

E contra si mesmo.

Rigel ficou me encarando sem se mexer, mas eu não sabia explicar por que senti que ele não acreditava em mim.

— E depois?

Fui pega de surpresa.

— Depois? — repeti, insegura.

Ele me sondou com os olhos, como se quisesse me estudar.

— O que vem depois? Como a história termina?

Não falei nada; não só porque não estava esperando aquela pergunta, mas principalmente porque... não tinha certeza do que responder. Eu queria surpreendê-lo, mas o meu silêncio bastou para que o seu semblante ficasse sombrio, como se ele tivesse acabado de receber uma confirmação.

— Tudo se curva às suas expectativas cor-de-rosa, né? — murmurou. — No seu mundo ideal e perfeito, cada um está no seu devido lugar. Exatamente como você quer. Mas você não sabe ver além disso.

O rosto dele se contraiu, como se eu o tivesse contrariado de novo.

Não... *Machucado?*

— Talvez a realidade seja diferente. Nunca parou pra pensar nisso? Talvez não seja como você acha que é, talvez nem tudo funcione como você quer. *Talvez* — enfatizou ele, sem dó nem piedade — existam pessoas que não querem estar no seu sonho perfeito. É isso que você não sabe aceitar. Você quer respostas, Nica, mas a verdade é que não está pronta para ouvi-las.

As palavras me atingiram como um tapa.

— Não é verdade — respondi, o coração a mil.

— Ah, não? — sibilou ele e, quando dei por mim, já estava de pé.

— Você tem que se livrar dessa armadura. Não precisa disso.

— O que você acha que veria?

— *Chega*, Rigel!

Eu estava tão nervosa que os meus olhos ardiam. Não conseguia falar com ele, a frustração me impedia de raciocinar, pensar e entender qualquer coisa.

Não conseguíamos nos entender porque falávamos línguas opostas. Rigel estava tentando me dizer alguma coisa, e eu estava ouvindo, mas ele falava em uma língua que nunca havia me ensinado. Uma língua dolorosa e cheia de significados que a minha alma não sabia interpretar. Eu sempre tinha sido cristalina como a água da nascente; ele, um oceano de abismos inexplorados.

Eu me abracei, como se assim pudesse me proteger daqueles olhos, e ele me encarou com um brilho estranho no olhar.

— Você é uma contradição — confessei, porque ele estava me enlouquecendo. — Você fala de contos de fadas como se fossem uma palhaçada para criancinhas, mas a verdade é que, assim como eu, você cresceu no Grave e também acredita neles.

Todas as crianças da instituição acreditavam nas histórias que nos contavam e todos iam embora de lá levando-as no coração. O nosso mundo era diferente, era um mundo que nos tornava incompreensíveis. Mas era a verdade.

Rigel não respondeu. Ele me encarou com aqueles olhos que aceleravam o meu coração e, em seguida, concentrou-se no livro que repousava sobre a poltrona.

Eu queria mostrar-lhe a luz, mas ele era prisioneiro das próprias sombras. Eu queria estender-lhe a mão, mas estava cansada de receber arranhões.

No entanto, nada partia mais o meu coração do que ver aquele brilho, que eu tanto procurava, morrer nos olhos dele.

Finalmente entendi que não estava lutando contra ele, mas contra algo que não conseguia ver.

Rigel não era apenas cínico e desconfiado; ele parecia desiludido com a vida. Havia nele algo de cru e visceral que eu nunca tinha visto em mais ninguém, que o impulsionava a jamais se deixar iludir, a rejeitar a todos, a enxergar o mundo com um desencanto que quase lhe queimava o estômago. *O que era?*

— Mitos, contos de fadas e lendas... Todos têm um fundo de verdade. — A sinceridade e o tom grave da voz dele me fizeram tremer. — Os mitos falam do passado. As lendas nos oferecem consciência do presente. E os contos de fadas... são para o futuro. Contos de fadas existem, mas são para poucos. Apenas os escolhidos. Contos de fadas são para aqueles que os *merecem*. Os outros estão condenados a sonhar com um final que nunca vão ver.

20
UM COPO D'ÁGUA

Não se pode esconder um coração trêmulo.

O quarto estava bagunçado e empoeirado, como sempre.
A escrivaninha ficaria linda sem todo aquele caos e as manchas pegajosas de conhaque deixadas pelos copos. Mas isso não importava.
Ele olhava para baixo.
Àquela altura, Rigel já conhecia de cor as manchas do piso.
— Olha só para ele. É um desastre.
Era sempre assim. Apesar de estar ali, os dois adultos no recinto sempre falavam como se ele não estivesse presente.
Talvez seja essa a forma que se fala dos problemas. Como se eles não estivessem ali.
— Olha só para ele — disse o médico à mulher mais uma vez.
Havia um toque de pena na voz do homem e, daquela vez, Rigel o odiou com cada fibra do corpo.
Rigel o odiou por sua compaixão, pois ele não a queria.
Ele o odiou porque o médico o fazia se sentir ainda mais errado.
Ele o odiou porque não queria se desprezar mais do que já se desprezava.
Mas, acima de tudo, ele o odiou porque sabia que o médico tinha razão.
O desastre não estava nas unhas sujas.
Não estava nas pálpebras que às vezes ele queria arrancar.
Não estava no sangue nas suas mãos.
O desastre estava dentro dele, tão enraizado que chegava a ser incurável.
— A senhora pode não aceitar, sra. Stoker. Mas o menino já mostra os primeiros sintomas. A incapacidade de se relacionar com os outros é só um dos sinais. E, em relação ao resto...
Rigel parou de ouvi-lo porque aquele "resto" era o que mais doía.
Por que ele era assim? Por que não era como os outros? Não eram perguntas para uma criança, mas ele não podia deixar de fazê-las.

Talvez pudesse ter perguntado aos pais. Mas eles não existiam.
E Rigel sabia o motivo.
O motivo é que ninguém gosta de desastres.
Os desastres são inconvenientes, inúteis e incômodos.
É mais fácil se livrar dos brinquedos quebrados do que guardá-los.
Quem é que poderia querer alguém como ele?

🦋

— Nica?
Pisquei, voltando à realidade.
— Como foi que você traduziu? A cinco...
Vasculhei as traduções, fazendo um esforço para me concentrar.
— "Ele o saudou" — li na minha folha. — "Ele o saudou antes de sair."
— Aí! — Billie se virou, triunfante. — Viu só?
Ao lado dela, Miki parou de mascar o chiclete e lhe lançou um olhar cético por baixo do capuz.
— E quem disse o contrário?
— Bom, você escreveu errado! — insistiu Billie, apontando para o caderno. — Aqui!
Miki encarou a folha fixamente.
— Ali está escrito "Ele o salvou". Não "saudou". É o próximo exercício.
Billie coçou a cabeça com o lápis, em dúvida.
— Ah — constatou ela. — Achei que fosse... Mas você tem letra de médico, hein? Quer dizer, olha aqui... Isso seria um "b"? — Miki semicerrou os olhos e ela lhe deu um sorriso radiante. — Você vai me deixar copiar os outros também?
— Não.
Observei o bate-boca das duas enquanto me perdia em reflexões.
Tínhamos nos encontrado para estudar, mas por algum motivo eu não estava conseguindo me concentrar. Minha mente viajava à menor distração.
Eu sabia que, na realidade, aquela distração tinha olhos pretos como a noite e um temperamento impossível.
As palavras de Rigel haviam ficado na minha cabeça e não queriam mais me deixar em paz.
De repente, a porta francesa da varanda se abriu e a avó de Billie apareceu em toda a sua gentileza contundente, imperiosa e enfarinhada.
— Wilhelmina! — trovejou ela, dando um susto na neta. — Você encaminhou a corrente de São Bartolomeu que eu te mandei?
Billie escondeu a cabeça, exasperada, mas tentou não ser vista.

— Não, vó...

— E está esperando o quê?

Não entendi do que estavam falando, mas a minha expressão confusa me rendeu uma meia explicação.

— A vovó ainda acredita que as mensagens trazem os santos até a porta... — esclareceu Billie, mas se assustou quando a avó inflou o peito.

— Encaminha! — ordenou, e então apontou o rolo para Miki. — Miki, encaminha você também. Acabei de te mandar!

— Ah, fala sério, vó! — lamentou-se Billie. — Quantas vezes eu já disse que essas coisas não funcionam?

— Besteira! Elas protegem a gente!

Billie revirou os olhos e se rendeu: pegou o celular.

— Tá bom... Mas depois podemos lanchar?

A avó, que estava de cara amarrada, ficou radiante de orgulho.

— Claro — disse ela, fazendo uma pose quase heroica enquanto batia o rolo na mão.

Enquanto isso, Billie começara a digitar furiosamente no celular.

— Vou mandar para algumas pessoas... Ah, Nica, vou mandar para você também!

Encolhi o pescoço quando o olhar da avó cortou o ar e parou em mim.

— Para... para mim?

— Sim, por que não? Assim todas nós ficaremos protegidas!

— Mas eu...

— Você tem que enviar para quinze contatos — explicou ela, e eu engoli em seco, porque a avó ainda estava de olho em mim.

Quinze contatos? Eu nem tinha quinze contatos!

— Pronto! — anunciou Billie.

De repente, o meu celular e o de Miki vibraram. A avó olhou para nós com orgulho, enquanto o avental balançava ao vento.

— Vou terminar de preparar o lanche de vocês — avisou ela, virando-se para voltar para dentro. Então, pareceu reconsiderar. — A propósito, você conseguiu falar com eles?

Billie olhou para ela e deu de ombros.

— O sinal caiu de novo — murmurou, e entendi que estava falando dos pais. — Mas acho que ouvi o grito de um camelo. Ainda estão no deserto de Gobi.

A avó fez que sim, mas lhe lançou um olhar carinhoso antes de voltar para dentro.

O silêncio se impôs como poeira entre a gente.

— Alguma novidade?

Fiquei surpresa ao ouvir aquelas palavras. Talvez porque fosse a voz sempre desinteressada de Miki que as pronunciara.

— Não.

Billie não ergueu o rosto; em vez disso, seguiu rabiscando o canto de uma página com gestos indolentes.

— Eles adiaram a data de novo. Não vão mais voltar no fim do mês.

De repente, a imagem que eu tinha de Billie adquiriu outra nuance.

As costas curvadas, os cachos caindo sobre os ombros como galhos pendurados. A luz que sempre iluminava os olhos dela agora era um pontinho preso em um olhar opaco.

— Mas... O papai tinha me falado que iríamos juntos àquela exposição fotográfica legal. Ele me prometeu. E promessa é dívida... né?

Ela levantou a cabeça e eu sustentei seu olhar.

— É — sussurrei com transparência.

Billie tentou erguer o canto dos lábios, mas pareceu lhe custar muito. Em seguida, piscou quando uma mão moveu um livro sobre a mesa.

Miki empurrou o próprio texto para baixo do nariz dela. Então, lhe lançou um olhar rápido e murmurou:

— Você não queria copiar os outros também?

Billie a encarou por um momento.

Depois, lentamente, abriu um sorriso.

Mais tarde, Billie tentou entrar em contato com os pais de novo. O sinal caiu algumas vezes, mas, por fim, justo quando ela estava prestes a perder as esperanças, alguém do outro lado atendeu. Nenhuma alegria se comparava à que eu vi no rosto dela quando a voz do pai soou do outro lado da linha.

Infelizmente, a ligação caiu antes que eles terminassem de falar, mas ela não se desanimou como eu temia: Billie caiu de costas na cama, extasiada, sonhando acordada com as maravilhas exóticas que os pais tinham acabado de lhe contar.

— Que incrível... — murmurou de olhos fechados. — Que lugares lindos... Vocês vão ver como um dia eu também vou estar lá! Vou ver o pôr do sol das barracas... As dunas, as palmeiras... Junto com eles... Fotografando o mundo...

A voz dela se transformou em um sussurro. Em seguida, passou a ser um leve movimento dos lábios e, por fim, nada.

Billie adormeceu assim, no meio da tarde, com o celular na mão e a esperança nos olhos, perdida naquela nuvem de cachos.

Tirei o celular da mão dela e o deixei na mesinha de cabeceira, observando-a dormir.

— Parecem boas pessoas — constatei, referindo-me aos pais dela.

Ela tinha colocado a ligação no viva-voz e eles nos cumprimentaram com entusiasmo; agora eu sabia de quem Billie tinha puxado a exuberância.

— São.

Miki não estava olhando para mim: os olhos estavam fixos no rosto adormecido da amiga.

O olhar estava impenetrável como sempre, mas tive certeza de ter percebido uma ponta de melancolia ali.

— Ela sente mais saudade deles do que diz. Só tem coragem de admitir à noite.

— À noite?

— Quando ela me liga — murmurou. — Ela sonha que eles estão de volta... Aí, acorda e eles não estão em casa. Às vezes ela sabe que exagera. Sabe que é o trabalho deles, que eles estão bem... Jamais diria isso a eles. Mas ela sente saudade — sussurrou. — Já faz muito tempo desde que foram embora.

"Miki sabe ser um amor de pessoa", lembrei-me das palavras de Billie. "É muito sensível." Até aquele momento, eu não tinha entendido totalmente. Mas agora consegui imaginá-la enquanto, na calada da noite, depois de um dia inteirinho escondida por trás das expressões herméticas, ela ia dormir com o celular do lado. Esperava apenas vê-lo se iluminar e, ao atender, tornava-se a única testemunha dos momentos em que Billie não tinha mais forças para sorrir.

Miki... era a família de Billie.

— Ela nunca vai estar sozinha — falei, olhando nos olhos dela e abrindo um sorriso afetuoso. — Ela tem você.

Miki ficou me observando quando ajeitei o cobertor de Billie.

— Vou beber água — anunciei.

Eu me levantei, alisei a camisa amarrotada e saí do quarto, tentando não fazer barulho. Esperava não incomodar muito procurando um copo na cozinha, mas depois lembrei que a avó tinha saído para jogar bridge com as amigas.

Mas, antes disso, voltei a abrir a porta que tinha acabado de fechar.

— Miki, licença. Você também quer á...

Não cheguei a terminar a frase. As palavras morreram na boca.

De olhos arregalados, vi apenas a cascata de cabelo preto perdida em um emaranhado de cachos.

E ela inclinada para a frente, com os lábios nos de Billie.

O tempo havia parado.

Eu estava imóvel.

Observei Miki se endireitar com movimentos lentos. Os olhos arregalados me encararam com tanta consternação que pareciam ferozes. Os lábios estavam entreabertos sob a sombra do capuz, mas a mandíbula estava contraída e as pupilas, alteradas.

— Eu... — arrisquei, procurando as palavras.

Abri a boca várias vezes, ofegante, mas não concluí a frase: ela voou para cima de mim e me empurrou para fora do quarto.

Miki fechou a porta ao sair e os olhos sombrios brilharam como brasas na luz do corredor. Pareciam querer me perfurar.

— *Você* — sibilou entredentes, apontando o dedo para mim. A voz dela saiu arranhada de um jeito que eu nunca tinha ouvido. — Você... não viu *nada*.

Fiquei em silêncio. Fechei a boca e olhei diretamente para ela, então desviei o olhar para a porta atrás dela, onde Billie ainda dormia. Voltei a olhar para Miki. Ela estava rígida à minha frente.

Depois, sem vacilar, dei de ombros e disse baixinho:

— Tá bom.

A pálpebra de Miki tremeu.

— *Quê?*

— Tá bom — repeti, simplesmente.

— *Tá bom?*

— Sim.

Ela me encarou com um olhar que estava no meio do caminho entre hostil e consternado.

— Como assim "tá bom"?

— Está tudo bem...

— Não, não está tudo bem!

— Eu não vi nada.

— É *claro* que viu!

— Vi o quê?

— *Você sabe o quê!*

— Não vi mesmo.

— *Não...* — disparou Miki, prestes a explodir, com o dedo apontado para mim e o rosto vermelho. — Você... Você não... *Você viu...*

Ela contraiu a mandíbula, soltou um grunhido raivoso e libertador e cerrou os punhos.

Fiquei em silêncio enquanto Miki ardia de frustração, os pulsos chegavam a tremer. Por um momento interminável, tudo o que se ouvia era o som da nossa respiração.

Eu realmente fingiria que estava tudo "bem".

Eu realmente ignoraria o que tinha visto, pensei, enquanto Miki balançava a cabeça com a expressão facial de quem gostaria de apagar aquele momento a todo custo. Se era isso que ela queria, era isso que eu faria.

No entanto, pela primeira vez desde que a conheci... Miki não estava se afastando.

Tinha acabado de brigar comigo e, por mais que eu soubesse que não estava ali por minha causa, e sim porque estava travando uma luta interna, *estava ali*.

E não consegui ignorá-la. Não do jeito que ela gostaria, embora talvez ela me odiasse um pouco por isso.

— Miki... Você gosta da Billie? — Minha voz saiu delicada e cristalina feito água.

Era uma pergunta boba, mas eu a fiz mesmo assim pois queria que ela compreendesse a simplicidade daquele momento.

Miki não respondeu. A amargura comprimiu os seus lábios e lhe deu um nó na garganta.

— Não tem problema nenhum... — Falei baixo, bem baixinho, como se as minhas cordas vocais estivessem moldando vidro, e a procurei com um olhar sem julgamento. — É uma coisa boa...

— Você *não* entende — disparou ela.

A frustração pingava dos olhos dela como gotas de cera e escorria pelos punhos cerrados em uma oração silenciosa.

Voltei a ficar em silêncio, porque talvez não entendesse mesmo.

Mas Miki estava ali, e eu, mais do que nunca, desejei encontrar os olhos dela, escondidos debaixo do capuz, e sentir que estavam me dando uma oportunidade, uma migalha que antes daquele momento eu nunca tivera coragem de pedir.

— Não, talvez não — murmurei, abaixando a cabeça. — Mas se você... se você quisesse me explicar... se decidisse me deixar entender... você poderia ver que talvez seja mais simples do que você acredita. E quem sabe pode até descobrir que não há nada de feio, inconfessável ou errado nisso. Que desabafar às vezes é melhor do que não dizer nada, porque tem coisas que nos fazem bem só no momento em que alguém nos ouve dizê-las. — Miki contraiu os lábios e eu a encarei com olhos sinceros, estendendo a palma da mão para ela, os dedos cheios de curativos. — Se você quiser me explicar, eu juro que vou fazer de tudo para te deixar confortável. Vou ficar em silêncio, sem te interromper, até quando você quiser. Se você quiser *tentar*... Prometo facilitar as coisas para você, e pode ser que seja tão fácil quanto respirar ou beber um copo d'água.

Eu a encarei com olhos sinceros e as suas pupilas brilhantes vacilaram.

— Miki... — sussurrei com afeto. — Quer beber um copo d'água?

Eu e Miki ficamos sentadas no chão perto da porta francesa da cozinha pelo que me pareceu um número interminável de horas. Por mais que houvesse algumas cadeiras a poucos metros de nós e a mesa com certeza fosse mais confortável do que o chão, não saímos dali: cada uma com um copo d'água, em silêncio, contemplando a luz perfurar a vegetação do outro lado da janela.

Ela não falou muito. Não saiu um monólogo daqueles lábios reservados. Nenhuma confidência libertou o que havia ali dentro.

Só ficamos uma ao lado da outra, compartilhando a respiração e a companhia.

— É você... — Foi tudo o que eu disse. — Aquela rosa branca que ela ganha todo Dia das Flores... É você.

Ela não falou nada e eu lhe ofereci novamente meu silêncio.

— Por que você não diz a Billie?

— Não é um sentimento correspondido.

Miki encarou o teto e eu olhei para ela.

— Não tem como saber sem perguntar...

— Não preciso perguntar — disse ela, amargurada. — Billie não gosta de... garotas.

Olhei para baixo. As minhas pernas, esticadas e relaxadas, contrastavam com as dela, abraçadas contra o peito.

Miki apagou o enésimo cigarro no cinzeiro, perdendo-se naquele gesto.

— Não consigo nem imaginar como ela me olharia.

— Billie te ama. Não te olharia de outra forma.

Mas ela balançou a cabeça e ficou encarando a parede à nossa frente com as íris desprovidas de ilusões ou esperanças.

— Você não está entendendo... A questão é justamente essa. Eu sou a melhor amiga dela — murmurou, como se fosse uma sentença que lhe fazia bem e mal ao mesmo tempo. — Nossa relação... é importante. É uma das coisas mais sólidas com as quais podemos contar. Dizer a verdade a ela... significaria atrapalhar isso. E, a partir daí, seria impossível voltar a ser como era antes. Não posso nem pensar em perder esse vínculo. Perder ela. Eu não... não posso abrir mão disso.

Ela olhava Billie através de uma muralha, de uma porta tão pequena e sem dobradiça que só lhe permitia enxergar arame farpado.

Era um ponto de vista bem diferente do meu, pois eu via prados coloridos onde quer que colocasse os olhos.

Abaixei a cabeça e encarei meus dedos. O silêncio foi se insinuando entre nós duas, lento e implacável.

— Existe uma lagarta — comecei a dizer depois de um tempo. — Uma lagarta diferente de todas as outras. Às vezes dá para vê-la nas folhas de acanto. Sabe... as lagartas sabem que devem se transformar. Chega um momento em que elas fazem o casulo e depois viram borboletas. Não é assim? É bem simples... Mas essa lagarta... Bom, ela não sabe. Ela não sabe que pode virar borboleta. Se ela não sente que tem que fazer a crisálida... Se ela, bom... *não acredita nisso o suficiente*... não se transforma. Não constrói o casulo. Fica sendo lagarta para sempre. — Encarei as mãos machucadas. — Talvez o que você disse seja verdade: Billie não gosta de garotas. Mas... talvez ela goste de você. Talvez, às vezes, existam pessoas que nos impactam e ficam dentro da gente independentemente da... embalagem externa. Elas são importantes e não podem ser substituídas por ninguém. — Ergui os olhos, relaxada, olhando para a parede. — Talvez Billie nunca tenha pensado em você dessa maneira... Talvez nunca pense, mas... também é verdade que você é a única pessoa que ela quer sempre ter ao lado. E se você não contar a ela... Se não chegar nem a tentar, Miki... nunca vai descobrir se ela sente o mesmo. E aí as coisas não vão mudar nunca. E aí Billie realmente nunca vai te ver dessa maneira. E aí você vai continuar sendo uma lagarta... para sempre.

As palavras se apagaram como a luz de uma vela.

Virei a cabeça para o lado e vi que Miki me encarava.

Ela me olhou de um jeito que eu nunca tinha visto. Com uma pitada de vulnerabilidade, de cumplicidade, como se as minhas palavras tivessem de alguma maneira escalado a sua muralha.

Em seguida, desviou o olhar outra vez e disfarçou uma leve bufada que eu escutei direitinho.

— De todas as pessoas para quem imaginei confessar isso — murmurou —, com certeza você era a última.

Não soou como uma ofensa. Soou como se Miki tivesse acabado de perder uma pequena batalha contra si mesma, e isso de alguma forma fez com que eu me sentisse aceita.

— Vocês sempre foram iguais nisso — murmurou.

— Nisso?

— Sim. Você e ela... O jeito que vocês têm de ver as coisas. Você... às vezes me lembra ela.

Fiquei olhando para ela e Miki balançou a cabeça com um suspiro. Depois, tirou o capuz e o rosto emergiu na luz.

As olheiras contornavam os olhos levemente borrados de maquiagem. Ela abaixou as pálpebras e o cabelo preto emoldurou os traços angulosos do seu rosto. Não pude deixar de notar a agradável harmonia das maçãs do rosto salientes e dos lábios carnudos.

Dentro daquelas calças de bolsos grandes e dos moletons compridos havia uma beleza insuspeita.

Ela notou que eu a estava observando e me lançou um olhar meio hesitante.

— Que foi?

Abri um sorriso.

— Você é bonita, Miki.

Ela arregalou os olhos. No mesmo instante, desviou o olhar, fechou a boca e encolheu o pescoço. Em seguida, abraçou os joelhos, irritada, mas tive a impressão de que as bochechas adquiriram um tom de rosa incomum para a cor da sua pele.

— Você e essas suas... *lagartas* — murmurou, mal-humorada e sem jeito, e eu não pude deixar de sorrir.

Eu ri baixinho, com a cabeça encostada na parede e os olhos semicerrados, e vi a expressão de Miki suavizar.

— Ei... O que está acontecendo?

Viramos o rosto. Billie estava na porta, esfregando o olho com a mão.

— O que vocês estão fazendo aqui? — perguntou ela, sonolenta.

Miki abaixou a cabeça. Por um momento, pareceu prestes a dizer alguma coisa, mas, por fim, permaneceu em silêncio. E eu não precisei de mais nada.

— Fica tranquila — falei. Ergui o rosto e lhe dei um sorriso sereno. — Só estávamos tomando um copo d'água.

Passei o dia inteiro lá.

Nada parecia ter mudado: por mais que agora eu soubesse o segredo de Miki, nada a impedia de revirar os olhos quando Billie começava a provocá-la. Eu tinha certeza de que ela gostava daquela dinâmica entre elas. Era por isso que não conseguia abrir mão.

Enquanto estudávamos, recebi algumas mensagens.

— Quem é? — perguntou Billie, curiosa, esticando o pescoço.

Era Lionel.

Quando me disseram para enviar aquela corrente para quinze contatos, tive um pouco de dificuldade.

Mandei para os poucos números salvos na minha agenda: Anna, Norman, Miki, Billie de novo e o número de serviço da minha operadora, mas depois fiquei sem destinatários. Sendo que eu sabia que ainda precisava enviar para dez pessoas. O meu coração doía só de pensar em decepcionar a avó de Billie. Assim, enviei dez vezes seguidas para Lionel.

Desnecessário dizer que ele ficou maravilhado com a minha devoção religiosa, para dizer o mínimo.

— E aí? — perguntou Billie, morrendo de curiosidade. — Quem é que te escreve assim com tanta frequência? Vai, mostra!

— Ah, ninguém novo... — respondi. — É só... Lionel.

— Lionel? Ah, o garoto do laboratório... Nossa! E vocês se falam?

— Bom... Sim, de vez em quando.

— De vez em... quanto?

— Nã... não saberia dizer — respondi, vendo que agora ela olhava para mim com olhos ardentes de curiosidade. — Eu diria que a gente se fala com frequência.

Billie levou as mãos à boca de forma dramática e eu tomei um susto.

— Ele está dando em cima de você! Tá mesmo, né? Caramba, é óbvio! Ouviu só, Miki? — Ela a cutucou, empolgadíssima. — E você? Você gosta dele, Nica?

Pisquei e a olhei com honestidade.

— Bom, gosto.

Billie ficou boquiaberta e levou as mãos às bochechas. Mas, antes que ela pudesse gritar qualquer coisa, Miki colocou o lápis entre nós.

— Ela perguntou se você gosta... *gosta* — esclareceu, apontando para o meu celular com a ponta. — Se você tem interesse no cara.

Olhei para ela intrigada, mas, assim que entendi, os meus olhos quase saltaram das órbitas. Senti as bochechas pegando fogo e fui logo balançando a cabeça.

— Ah, não, não, não! — me corrigi com certa urgência. — Não, eu... não gosto do Lionel desse jeito! Somos só amigos!

Billie me olhou perplexa, as mãos ainda no rosto.

— Só amigos?

— Só amigos!

— E ele sabe disso?

— Hã? Como assim?

— Ah, vai, me deixa ver!

Billie roubou meu celular e começou a ler as mensagens com uma curiosidade genuína.

— Nossa! — exclamou ela. — Vocês se falam quase todo dia! Ele te escreve pra caramba... Aqui também... E aqui te escreveu com uma desculpa idiota... É, é! Aqui também...

— *Desculpa* — Miki a interrompeu do nada —, mas esse cara só fala dele mesmo.

Fiquei surpresa ao ver que ela também tinha se inclinado para o lado com a testa franzida e estava nos observando. Ela me lançou um olhar cético e questionador.

— Ele pelo menos pergunta como você está?

A pergunta me deixou perplexa.

— Bom, mas eu encontro com ele na escola...

— Ele pergunta? — Ela me interrompeu.

— Não... mas eu estou bem — respondi, sem entender a necessidade daquilo.

Miki me olhou com o semblante meio sombrio antes de voltar a encarar o celular de braços cruzados.

— Ele tem muito orgulho das próprias realizações — falou Billie lentamente, enquanto percorria as mensagens.

Pelo tom de voz, senti que algo nas nossas conversas não estava indo como ela esperava.

— Tem — concordei. — Tem mesmo...

— Só para deixar claro — disparou Miki de uma vez por todas —, vocês falam de outra coisa que não sejam os torneios de tênis dele?

Olhei para as duas: uma com o olhar meio desconfiado, a outra com o meu celular ainda nas mãos.

Para dizer a verdade, não me lembrava de uma única vez em que tenhamos conversado sobre algum assunto que não fosse relacionado a ele. Remoí todas as conversas com Lionel, os passeios e os picolés que dividimos, mas não encontrei nada de diferente.

Miki balançou a cabeça.

— Você é ingênua demais. Como é que não percebe?

Billie devolveu o celular e abriu um sorrisinho hesitante, como se estivesse pedindo desculpas.

— Não queríamos ser invasivas... Espero que você não tenha ficado com essa impressão. Mas é justo que ele te pergunte como você está, não acha? A gente também se vê todo dia, mas eu sempre te pergunto, porque tenho interesse em saber. Nesse sentido, Miki está certa.

— Ele se aproveita dessas conversas para dar vazão ao próprio ego. E você é tão boazinha que nem se dá conta. — Miki estava levemente emburrada e resmungou um insulto quando Billie lhe deu uma cutucada.

— Não liga para ela, Nica, ela fica mal-humorada nessas situações. Mas é o jeitinho dela de se preocupar com alguém.

Miki olhou feio para Billie e aquela frase ficou na minha cabeça. Os meus olhos pousaram nela silenciosamente, tremendo de emoção.

Miki se preocupava comigo?

— Vamos estudar ou não? — grunhiu ela, debruçando-se sobre o livro, e Billie sorriu.

— Tinha gente tão raivosa quanto Miki na sua instituição?

Miki a encarou e tentou pisar no pé dela; enquanto Billie tentava abraçá-la de brincadeira, não consegui me lembrar de ninguém que já tenha se preocupado comigo.

Só um nome me veio à cabeça. Uma vela quase apagada que tinha permanecido ali desde o momento em que ela partira.

Adeline.

Adeline trançando o meu cabelo, limpando os meus joelhos. Adeline, que sempre tinha sido um pouco mais velha do que eu e as outras crianças...

Abri um sorriso, tentando minimizar o momento.

— Não, ninguém nunca me defendeu com tanto ardor.

Percebi que talvez tenha me saído meio mal.

Billie ficou me olhando e uma pergunta tácita surgiu no rosto dela. Percebi que ela já queria me perguntar havia muito tempo, mas sempre tivera medo de ser inapropriada.

— Como era esse lugar?

Hesitei, e Billie pareceu se arrepender na mesma hora de ter sido tão direta, como se tivesse ferido minha sensibilidade.

— Só se você quiser nos contar — sussurrou ela, dando-me uma chance de evitar o assunto.

O olhar ligeiramente envergonhado de Billie me fez entender que não queria me deixar chateada.

— Está... tudo bem — falei com voz carinhosa para tranquilizá-la. — Morei lá por muito tempo.

— De verdade?

Fiz que sim. Uma pergunta após a outra, fui começando a contar aos poucos: descrevi os grandes portões, o jardim malcuidado, as visitas que recebíamos de tempos em tempos e a vida que levei ali, entre as crianças que chegavam e as que partiam.

Ocultei os detalhes mais cinzentos, enterrando-os como poeira debaixo de um tapete. A imagem final que ficou foi a de uma existência um tanto dura e despedaçada.

— E você estava lá há doze anos? Até a chegada da... Anna? — perguntou Billie.

Miki me ouvia com atenção, mas em silêncio.

Fiz que sim mais uma vez.

— Quando cheguei lá eu tinha cinco anos.

— E o seu irmão também estava lá há muito tempo? — Billie contraiu os lábios. — Desculpa. Eu sei que você não quer que eu o chame assim. Saiu no automático... Eu quis dizer Rigel.

— Sim — murmurei, olhando para baixo. — Rigel... já estava lá antes de mim. Nunca conheceu os pais. Quem escolheu o nome dele foi a diretora da instituição.

Billie me olhou surpresa, como todo mundo quando descobre a verdade. Até Miki, que até então estava de fora da conversa, agora me olhava com certo interesse.

— Está falando sério? — Billie estava estupefata. — Ele já estava lá antes de você? Você deve conhecê-lo muito bem.

Não. Não o conhecia.

Mas sabia tudo sobre ele.

Era um paradoxo.

Rigel estava enraizado dentro de mim como um perfume que se usa desde sempre.

— Deve ter sido difícil para os dois — murmurou Billie. — A diretora deve ter ficado bem triste quando vocês foram embora.

Uma lufada de vento esvoaçou o meu cabelo. Durante o tempo que durou a passagem, fiquei olhando para Billie, que estava sorrindo suavemente.

— Ela deve ter ficado chateada quando se despediu de vocês... não? Afinal, ela viu vocês crescerem. Conhecia vocês desde bem pequenininhos.

Fitei os olhos dela. Naquele instante, eles me pareceram maiores do que o normal. Eu mal sentia a brisa nos braços descobertos.

— Não — foi tudo que falei. — A sra. Fridge... não nos conhecia há tanto tempo.

Billie piscou, confusa.

— Desculpa... mas você não disse que foi ela que escolheu o nome de Rigel quando ele chegou?

— Não — respondi mecanicamente, e senti mais uma vez aquela vontade de me *coçar*, mas as minhas unhas estavam paradas. — Foi a diretora antes dela.

Billie ficou maravilhada. Ao lado dela, Miki não tirava os olhos de mim.

As suas pupilas me observavam atentamente e tive quase certeza de que as senti perfurarem o ar, rangerem na minha pele, cravarem-se nela e deixarem uma marca na carne.

— A diretora antes dela? — disse Miki. O vento tinha se tornado um assobio que mordia os meus pulsos. — Foram duas diretoras?

As minhas unhas estavam imóveis. Tão imóveis que dava para sentir a pressão nas coxas.

— Você nunca contou pra gente!

Billie se inclinou para a frente, sem tirar aqueles olhões de mim, e comecei a sentir a dor das unhas afundando na pele. As pupilas de Miki eram dois projéteis vorazes e monstruosos que me devoravam pedaço por pedaço.

— Então — ouvi, enquanto o sangue latejava nas minhas orelhas — vocês dois não foram criados pela senhora... Fridge. Esse é o nome dela, né? Foi a moça antes dela?

Todos os meus sentidos ressoaram. A pele estava tensa e trêmula. Sentia-me úmida, viscosa e gelada. As minhas cordas vocais estavam incrustadas de alfinetes, então apenas assenti mecanicamente, como um soldadinho de chumbo.

— E quantos anos vocês tinham quando a sra. Fridge chegou?

— Doze — me ouvi responder, como se não fosse eu.

Eu não estava ali, tudo estava amplificado, eu sentia como se o meu corpo estivesse prestes a explodir: o suor já estava vindo, a agitação, os arquejos, o coração despedaçado, o terror que me impedia de respirar. Disfarcei, aguentei e engoli, implorei que alguém parasse com tudo, mas Miki não tirava os olhos de mim e o mal-estar me esmagou. Os espinhos na garganta se afiaram e me sufocaram, fazendo os meus olhos se arregalarem. Tudo começou a pulsar e eu ouvi de novo aquela voz rasgando a minha alma, como um monstro.

"Sabe o que vai acontecer se você contar a alguém?"

Billie se aproximou ainda mais, com a enésima pergunta na ponta da língua, mas, naquele momento, Miki acidentalmente derrubou o copo de suco.

Um jato de líquido invadiu a mesa e Billie segurou um gritinho, esquivando-se depressa; ela conseguiu resgatar o livro de biologia antes que molhasse e repreendeu a amiga pela falta de atenção.

Assim, o assunto morreu.

O interesse das duas deu uma trégua e parou de me assombrar. Só naquele momento relaxei as mãos.

Assim que me levantei, vi as marcas de unha no tecido da calça.

Naquela noite, a casa estava silenciosa. Havia somente eu e o copo que segurava entre os dedos.

— Nica?

O cabelo de Anna estava meio bagunçado e a mão segurava o roupão fechado.

— O que está fazendo aqui? — perguntou ao entrar na cozinha.

— Estava com sede.

Ela me lançou um olhar demorado e eu me vi baixando a cabeça.

Em seguida, aproximou-se de mim, lenta e silenciosa. Fiz um esforço para não erguer os olhos em direção aos dela, pois tinha medo do que ela poderia ler neles. Não havia luz no meu olhar, só a escuridão de tudo aquilo que eu jamais conseguiria apagar.

— Não é a primeira vez que você fica acordada — comentou com jeitinho.

— Às vezes, quando vou ao banheiro de noite, vejo uma luzinha acesa no corredor. É a fresta que dá para o seu quarto. De vez em quando ouço você descendo... e caio no sono antes de ouvir você voltando para cima. — Ela hesitou, olhando-me com delicadeza. — Nica... você não tem conseguido dormir?

Havia tato e gentileza na voz dela, mas não me deixei sentir esse afeto.

Eu sentia feridas onde ela buscava o meu olhar.

Eu sentia cicatrizes que nunca paravam de sangrar.

Eu sentia pesadelos espreitando onde os outros sonhavam; quartos escuros e cheiro de couro.

Eu sentia que precisava *ser boa*.

Desviei o olhar do copo para ela. Então, ergui os lábios e sorri daquele jeito meio sintético e plastificado.

— Está tudo bem, Anna. Às vezes não consigo pegar no sono mesmo. Não tem por que se preocupar.

Crianças boas não choram.
Crianças boas não falam.
Crianças boas escondem os hematomas e só mentem para cumprir ordens.

Eu não era mais criança, mas parte de mim ainda falava com a mesma vozinha.

Anna acariciou a minha cabeça.

— Tem certeza?

Sem me dar conta, agarrei-me àquele gesto com tanto desespero que tremi. A ternura foi o suficiente para me despedaçar. Fiz que sim, tentando sorrir, e ela foi preparar um chá de camomila. Recusei quando ela me ofereceu uma xícara. Por fim, decidi dar boa noite e voltar para o andar de cima.

Senti o peso do corpo a cada degrau. Cheguei ao quarto e estiquei a mão para pegar a maçaneta antes que uma voz me interrompesse.

— Eu sei por que você não consegue dormir.

Mantive os olhos concentrados na porta, vazios. Eu não tinha forças para enfrentá-lo, não naquele momento.

Virei-me com olhos opacos, com a calma de quem conhece os próprios demônios e os encara com resignação.

— Você é o único que não sabe.

Rigel me observou da porta do quarto, envolto na escuridão. Em seguida, abaixou o rosto.

— Você está errada.

— Não — sussurrei, com rispidez.

— Sim...

— Ela te *amava*!

A minha garganta chegou a arder com o esforço. Eu tinha levantado a voz. Notei que os meus punhos estavam cerrados e que o meu cabelo caía sobre o rosto.

Essa reação me chocou tanto que me perguntei como poderia ter vindo de uma alma tão dócil quanto a minha. Justo eu, que vivia de delicadeza, cedi daquela forma terrível ao peso do medo.

Era culpa daquelas lembranças. Era culpa *Dela*. Culpa das rachaduras com que Ela havia marcado a minha infância e a de muitos outros. A infância que Ela dera a Rigel, o filho das estrelas, em detrimento de todos nós.

— Você *nunca* entendeu isso.

Naquele momento, eu queria odiar a forma como me sentia ligada a ele. A forma como ele infestava os meus pensamentos. Aquela sensação de doce agonia.

Queria odiar a forma como eu o deixava me olhar como mais ninguém, tão frágil e cheia de arranhões que, aos olhos dos outros, sempre ficavam escondidos por trás de curativos.

Ele jamais compreenderia.

Entrei no quarto e fechei a porta. Com aquele gesto, esperava trancar a dor do lado de fora.

Esperava poder continuar fazendo isso repetidas vezes.

Escondendo e disfarçando.

Cobrindo com um sorriso.

Eu ainda não sabia que no dia seguinte...

Todos os meus escudos se despedaçariam para sempre.

21
SEM FALAR

*Não há pele capaz de cicatrizar
uma ferida da alma.*

Naquele dia, estava chovendo.
O céu era uma placa de metal suja e o damasqueiro do jardim exalava um cheiro tão forte que invadia a casa.
A voz de Asia ecoava pelo ar.
Dalma tinha passado para dar um oi e trouxera um bolo para agradecer a Anna pelas lindas flores que ela lhe enviara. Asia, de volta das aulas na faculdade, estava conversando com as duas na sala de estar.
Não tinha nem me cumprimentado.
Entrou trazendo um pacote daqueles biscoitos de amêndoa de que Norman tanto gostava. Deixou a bolsa no sofá, o casaco no cabideiro e foi até a cozinha, onde Anna e eu estávamos preparando o chá.
— Asia! — Anna lhe dera um beijo em cada bochecha. — Como foram as aulas?
— Uma chatice — respondera, sentando-se na bancada da cozinha.
Eu já tinha abaixado a mão, certa de que, àquela altura, ela não ia mais responder ao meu cumprimento.
Norman desceu quando todo mundo já estava acomodado na sala. Ele parou para dar oi enquanto Anna colocava o bule fumegante na bandeja.
Naquele momento, alguém bateu à porta.
— Nica, pode levar para lá, por favor? — perguntou ela antes de ir abri-la.
Ouvi-a atravessar a sala enquanto eu distribuía o serviço na mesa, e Dalma me perguntou se estávamos esperando mais alguém.
Não consegui descobrir quem era. Em meio ao tilintar das xícaras e à conversa, consegui apenas distinguir uma voz masculina.
— Sra. Anna Milligan? — ouvi.
Depois de um momento, um som de passos ecoou pelo piso.

O desconhecido entrou em casa e fiquei surpresa ao ouvir Anna gaguejar de tão confusa que estava. Norman se levantou e eu fiz o mesmo.

Um homem alto e bem-vestido apareceu na porta; eu nunca o tinha visto antes. Estava vestindo um casaco que abraçava os ombros estreitos e pensei ter vislumbrado parte de um suspensório. Não estava usando gravata e o rosto tinha uma expressão indecifrável.

Todos os olhos se voltaram para ele.

— Peço desculpas pela interrupção — disse ele, notando que não era o único visitante.

Havia um quê de profissionalismo no seu jeito de falar.

— Não era a minha intenção incomodá-los em um momento de lazer. Não vou tomar muito do tempo de vocês.

— Desculpe, mas quem é o senhor?

— Norman, ele... — gaguejou Anna — O senhor...

— Você é o sr. Milligan? — deduziu o homem, reconhecendo-o pelo nome. — Boa tarde. Lamento essa visita, mas vou ser breve. Peço apenas alguns minutos.

— Do... nosso tempo?

— Não, não do seu tempo — disse o homem. — Tenho algumas perguntas a fazer para os dois jovens que moram aqui com os senhores.

— Como?

— Os jovens em guarda provisória, sr. Milligan. — Impassível, o homem passou os olhos pelas paredes. — Eles estão em casa?

Um silêncio pesado pairou sobre a casa. Então, Asia e Dalma se viraram para mim.

Eu estava de pé, de costas para a cozinha, tão chocada que mal conseguia ouvir o som da minha respiração.

Os olhos do homem também se voltaram para mim.

— É a senhorita? A garota que mora aqui?

— O que o senhor quer com ela? — perguntou Anna com determinação.

Ele a ignorou e continuou falando comigo.

— Srta. Dover, tenho algumas perguntas a lhe fazer.

— Ei — disparou Norman. — Quem é o senhor? E o que está fazendo na nossa casa?

O homem tirou os olhos de mim e os voltou para Norman com frieza; em seguida, enfiou a mão no bolso.

Com seriedade, ele o encarou e, após exibir um distintivo brilhante, declarou:

— Detetive Rothwood, sr. Milligan. Departamento de polícia de Houston.

Todos o olharam espantados.

— O q... quê? — gaguejou Norman.

— Deve haver um engano — interveio Anna. — Não? Por que motivo o senhor ia querer interrogar...

— Rigel Wilde e Nica Dover. — O homem leu um cartão que tirou do bolso. — Moram na rua Buckery, 123, com Anna e Norman Milligan. O endereço é esse.

O detetive Rothwood guardou o cartão no casaco e olhou para mim.

— Srta. Dover, com a sua permissão, gostaria de conversar em particular.

— Não, não, espere um minuto! — Anna o encarou determinada, colocando-se entre nós. — O senhor não pode vir aqui e começar a fazer perguntas sem explicar nada! Os meninos são menores de idade, o senhor não vai discutir nada com eles até nos dizer por que está aqui!

O detetive Rothwood olhou para ela de canto de olho. Por um instante, achei que fosse por irritação, mas depois entendi que era apenas de compreensão. A reação de Anna foi a coisa mais próxima de um instinto protetor que eu já tinha visto.

— As informações que eu procuro referem-se a um assunto delicado que chamou a nossa atenção recentemente. Uma investigação está em curso e eu estou aqui para colher depoimentos e tentar esclarecer o que aconteceu.

— A respeito do quê?

— A respeito de alguns acontecimentos envolvendo a instituição Sunnycreek.

Eu o ouvi como se estivesse do outro lado de um vidro.

Congelei. Tive um pressentimento terrível, mas mal consegui escutá-lo, pois um ruído bem sutil começou a ressoar nos meus ouvidos.

— Sunnycreek? — Anna franziu a testa para ele. — Não estou entendendo. Que tipo de acontecimentos?

— Acontecimentos que remontam a vários anos atrás — especificou o detetive. — Minha intenção é esclarecer a verdade.

Aquela ponta de pressentimento transformou-se em uma verruga, depois em um hematoma, em uma mancha e, por fim, gangrenou. Espalhou-se feito tinta, e eu ainda sentia algo me *arranhando* incessantemente em algum lugar.

Eram as minhas unhas.

— É um assunto muito importante. É justamente por isso que estou aqui.

Havia algo de errado com a sala, as paredes estavam se distorcendo, dobrando-se sobre mim: um lento colapso que ia perdendo a cor e que enchia as paredes de rachaduras e de teias de aranha.

Um quarto escuro.

Os olhos do detetive aceleraram a sensação de ruína, como se eu tivesse temido aquela sentença a vida toda.

— Srta. Dover, o que pode me dizer a respeito de Margaret Stoker?

Senti a garganta fechar. A minha mente acionou um mecanismo que colocou todo o corpo em alerta e a realidade começou a descarrilar.

— Quem é essa mulher? E por que os meninos deveriam conhecê-la?

— Nossos registros indicam que a sra. Stoker estava no comando da instituição antes de Angela Fridge assumir. Mas, depois de vários anos ocupando o cargo, ela o deixou. As circunstâncias da demissão não estão claras. Srta. Dover, você se lembra de alguma coisa... específica sobre Margaret Stoker?

— Agora chega!

A voz de Anna cortou o ar. Os meus batimentos eram ensurdecedores e reações familiares invadiam o meu corpo a uma velocidade nauseante. Eu a vi parada de costas para mim, na minha frente, como se quisesse me proteger.

— Queremos saber o que está acontecendo. Chega de respostas que não dizem nada! Que história é essa? Seja claro de uma vez por todas!

O detetive Rothwood não tirava os olhos de mim. O olhar dele me perfurava, me despia, era como uma obsessão. Quando parou de me encarar, ainda senti aqueles olhos cravados em mim, como um bisturi abandonado por um cirurgião.

— Há poucos dias, chegou uma denúncia ao condado de Houston. Foi feita por Peter Clay, ex-residente da instituição Sunnycreek, agora já adulto. A denúncia em questão referia-se a alguns tipos de punição que desrespeitavam as diretrizes da instituição.

— Punições?

— Punições corporais, sra. Milligan — especificou o detetive Rothwood, lançando-lhe um olhar firme. — Tortura e agressões em crianças. Atualmente, Margaret Stoker é acusada de maus-tratos e abuso infantil.

Eu não estava mais ouvindo o detetive.

Peter começou a pulsar violentamente na minha cabeça. *Tinha sido Peter.* A sala começou a girar.

Peter tinha contado. Ele tinha virado o vaso e agora a mancha preta se espalhava por toda parte, devorando tudo pelo caminho.

Várias emoções geladas e insanas vibraram na minha pele, congelaram o meu coração e esmagaram o meu estômago. A agitação voltou, assim como o suor e a sensação de sufocamento. A náusea. O ar martelava ao meu redor como uma criatura viva, e as palpitações aumentaram até doer, até quase romper o peito.

Peter tinha contado e agora todos iam ver. Eu precisava me esconder, me cobrir, escapar, mas as minhas pernas pareciam de chumbo e o meu corpo estava petrificado. A minha mente se encheu de lembranças — o barulho do metal, do couro debaixo dos dedos — *e as unhas arranhavam, arranhavam e arranhavam sem dó nem piedade.*

Os meus olhos arregalados vibravam em todas as direções.

— Você não pode estar falando sério... — murmurou Anna enquanto os meus tremores ficavam cada vez mais fortes. — Isso é... é inconcebível. Nica, ela...

Anna se virou. E me viu.

Ela *me viu*: um feixe de calafrios, os olhos devastados por uma verdade silenciada por tempo demais.

Ela me viu: um emaranhado de frio e suor, ansiedades e medos.

Ela me viu: tremendo incontrolavelmente.

E a boca dela tremeu. O olhar tornou-se incrédulo e angustiado. A voz fez com que eu desejasse desaparecer.

— Nica... — sussurrou, chocada.

E o terror explodiu feito um monstro. A minha pele se rasgou, a taquicardia deu as caras e uma cascata de ansiedades febris me tiraram o fôlego: tremi dos pés à cabeça e tive a sensação de esmagamento mais uma vez — *os cintos, a impotência, a escuridão, os gritos.*

Recuei um passo.

Todos me olharam perplexos, horrorizados, e a criança dentro de mim gritou: "Não, não, não, não me olhem assim, eu vou ser boa! Eu vou ser boa, eu vou ser boa, eu vou ser boa, juro!".

Agora eles sabiam como eu era feia, quebrada, inútil e arruinada, e de repente todo mundo me olhou como *Ela* me olhava, todo mundo passou a ter os olhos, o olhar, a censura e o desprezo dela. Revi aquele rosto, ouvi aquela voz, aquele cheiro, aquelas mãos nos machucados e tudo aquilo foi demais. Foi insuportável.

O meu coração explodiu.

— Nica!

Fugi dali com as pupilas dilatadas e os pulmões inchados de pânico.

Corri pela cozinha, mas, antes que eu pudesse perceber, esbarrei em alguma coisa. Ergui os olhos cheios de lágrimas e estremeci quando descobri que ele tinha ouvido tudo.

O olhar de Rigel foi o golpe final. As íris opacas e conscientes, cheias daquilo que nós dois sempre soubemos, despedaçaram-me de vez.

Eu desviei dele e saí pela porta dos fundos. Ouvi vozes me chamando enquanto eu mergulhava na chuva: a umidade invadiu a minha garganta e nunca na vida eu tinha sentido tanta necessidade do céu, do ar livre, de fugir de muros e tijolos e de mantê-los o mais longe possível de mim.

Fugi porque nunca havia feito outra coisa.

Fugi porque aqueles olhares eram mais do que eu conseguia suportar.

Fugi porque não tinha coragem de me ver pelos olhos deles.

Enquanto eu corria com os pulmões no limite e a tempestade me inundando, percebi que, independentemente da distância que eu percorresse, o Grave sempre me acompanharia.

Ela e aquele quarto escuro jamais me deixariam.

Eu nunca seria livre de verdade.

O desespero me levou a correr descontroladamente. Atravessei um mundo ofuscado pela água, e a lembrança da decepção estampada no rosto de Anna arranhou a minha alma, até que eu finalmente desabei no terreno lamacento de um parquinho à beira do rio.

As minhas roupas estavam totalmente ensopadas. Eu me escondi ali dentro, à sombra de um arbusto, como fazia no jardim do Grave quando tentava escapar *Dela*. Eu procurava o verde, a paz, o silêncio, e rezava para que *Ela* não me encontrasse.

O frio atingiu a minha pele. A água encharcou os meus sapatos e a minha respiração tornou-se um suspiro fraco.

Fiquei ali até o frio entrar nos ossos, esfriando tudo. Pouco a pouco, a visão embaçou.

Quando tudo parecia desaparecer, ouvi um som de passos na terra encharcada. Os passos se aproximaram de mim lentamente, em meio à chuva torrencial. E pararam à minha frente.

Vi de relance um par de sapatos enquanto a minha respiração ficava cada vez mais fraca. Fechei os olhos e tudo desapareceu comigo.

E, enquanto eu ia perdendo os sentidos... um par de braços me levantou do chão. Aqueles braços me envolveram e eu reconheci um perfume familiar, um perfume que rompeu algo em mim, uma espécie de cheiro de casa. Eu me derreti naquele abraço quente, escondendo o rosto na curva daquele pescoço.

— Vou ser boa — sussurrei, com a força que me restava.

Em seguida, o escuro me engoliu, e perdi a mim mesma na escuridão.

22
VOU SER BOA

Só quem conheceu a escuridão
cresce buscando a luz.

Eu nunca fui forte.
Nunca consegui ser.
"Você tem a essência de uma borboleta", dizia a minha mãe, "é um espírito do céu." Ela resolvera me chamar de Nica porque amava borboletas mais do que qualquer outra coisa.
Eu nunca me esqueci disso.
Nem quando o sorriso dela desapareceu entre as memórias.
Nem quando não me restou mais nada dela além da *delicadeza*.
A única coisa que eu sempre quis era uma segunda chance.
E eu amava o céu pelo que era, um manto límpido com nuvens brancas. Eu o amava porque, mesmo depois de uma tempestade, sempre vinha a calmaria. Eu o amava porque, quando tudo desmoronava, ele permanecia igual.
"Você tem a essência de uma borboleta", dizia minha mãe.
Pela primeira vez, gostaria que ela estivesse errada.

🦋

Eu me lembrava daquele rosto como a pele se lembra de um hematoma: era uma mancha nas minhas memórias que jamais iria embora.
Eu me lembrava, porque aquele rosto estava esculpido fundo demais em mim para que eu me esquecesse.
Eu me lembrava porque tinha tentado amá-lo, como se ela fosse a minha segunda chance.
Tinha sido o meu maior arrependimento.
Eu amava o céu e ela sabia disso. Ela sabia disso, assim como sabia que Adeline odiava barulhos e Peter tinha medo do escuro.

Era ali, onde mais doía, que ela atacava. Ela usava as nossas fraquezas, e essas eram as partes em que até os mais velhos continuavam a ser um pouco crianças. Assim como as bonecas, tínhamos todas as formas possíveis de costura e de medos, mas ela sempre conseguia achar o fio e nos desmanchar pedaço por pedaço.

Ela nos punia porque nos comportávamos mal.

Porque era isso que as crianças más mereciam, a expiação da própria culpa.

Eu não sabia qual era a minha. Na maioria das vezes, eu nem sequer entendia por que ela fazia o que fazia.

Eu era pequena demais para entender, mas me lembrava de cada um daqueles momentos como se estivessem tatuados na memória.

Não desapareciam nunca.

Quando um de nós era punido, todos nós fazíamos os nossos próprios remendos e torcíamos para não sermos mais castigados.

Mas eu não queria ser uma boneca. Não, queria ser o céu, com aquele manto límpido e aquelas nuvens brancas, porque não importava quantos rasgos o atravessassem, não importava quantos trovões e relâmpagos abalassem a serenidade: ele sempre voltava a ser o mesmo, sem jamais se despedaçar.

Eu sonhava em ser assim. Livre.

Mas voltava a ser de porcelana e de pano quando os olhos *Dela* pousavam em mim.

Ela me arrastava e eu já via a porta do porão, a escada íngreme que descia para um abismo escuro. Aquela cama sem colchão e os cintos que imobilizariam os meus pulsos a noite toda.

Os meus pesadelos seriam como aquele quarto para sempre.

Mas *Ela*...

Ela era o meu pior pesadelo.

Vou ser boa, dizia a mim mesma enquanto ela passava por mim.

As minhas pernas eram curtinhas demais para poder olhar no rosto dela, mas eu jamais me esqueceria do som daqueles passos. Eles eram o terror de todos nós.

— Vou ser boa — sussurrava enquanto torcia as mãos, desejando ser invisível como uma rachadura no gesso.

E eu tentava ser obediente, tentava não dar motivo para ela me punir, mas eu tinha aquela natureza de borboleta e a delicadeza que herdara da minha mãe. Cuidava de lagartos e pássaros feridos, sujava as mãos de terra e de pólen das flores; ela odiava as imperfeições tanto quanto as fraquezas.

— Para de colocar esses curativos como se fosse uma mendiga!

São a minha liberdade, eu gostaria de responder, *são as únicas cores que tenho*. Mas ela me arrastava e eu só conseguia me agarrar à saia dela.

Eu não queria descer, não queria passar a noite lá.

Não queria sentir o ferro daquela cama arranhando as costas — eu sonhava com o céu e com uma vida fora dali, com alguém que segurasse a minha mão, e não o meu pulso.

E talvez um dia essa pessoa fosse chegar. Talvez tivesse olhos celestiais e dedos gentis demais para me machucar, e então a minha história não seria mais a de uma boneca, mas de outra coisa.

Um conto de fadas.

Com filigranas de fios de ouro e aquele final feliz com o qual eu nunca havia deixado de sonhar.

🦋

A cama vibrava com o barulho das malhas de arame.

As minhas pernas tremiam e a escuridão se fechava sobre mim, descendo como uma cortina de teatro.

Em volta dos pulsos, os cintos rangiam enquanto eu me contorcia, chutava e arranhava o couro com uma intensidade febril.

Os meus olhos ardiam de lágrimas e o meu corpo se contorcia, exigindo um pingo da atenção dela.

— Vou ser boa!

No desespero para me libertar, arranhava com as unhas até quebrá-las.

— Vou ser boa! Vou ser boa, vou ser boa, eu juro!

Ela saiu pela porta atrás de mim e a escuridão envolveu o quartinho.

Tudo o que restou foi um feixe de luz projetado na parede oposta: para além disso, havia só a escuridão total e o eco dos meus gritos.

🦋

Eu sabia... sabia que não deveria falar sobre aquilo.

Nenhum de nós deveria, mas havia momentos em que a luz vazava. Até mesmo em meio às paredes do Grave, havia momentos em que o silêncio parecia um castigo ainda pior.

— Sabe o que vai acontecer se você contar a alguém? — A voz dela era um sibilo semelhante a unhas arranhando uma lousa. — Quer saber?

Quem me perguntava eram sempre os dedos, impressos na carne do meu cotovelo. E eu abaixava a cabeça; como sempre, não conseguia encará-la nos olhos, porque havia precipícios nas suas pupilas, havia quartinhos escuros e medos que eu não tinha coragem de ver.

— Quer saber o que acontece com as crianças desobedientes?

Ela espremia o meu braço até estalar.

E eu sentia o coração escorregar de uma forma que conhecia muito bem, os cintos me segurando, me *esmagando*, o som do couro sob as unhas, a descida que era puro pânico, e então eu balançava a cabeça, costurava os lábios, arregalava os olhos e lhe garantia que seria *boa, boa, boa* como ela gostava.

Éramos uma pequena instituição na periferia de uma cidade que nos esquecera. Nós não éramos nada aos olhos do mundo; também não éramos nada aos olhos dela.

Ela, que deveria ser mais gentil, mais paciente e mais amorosa do que uma mãe, parecia fazer de tudo para ser o completo oposto.

Ninguém percebia o que ela fazia.

Ninguém via o mal na nossa pele.

Mas eu preferia uma bofetada a ficar no porão. Preferia um golpe a ficar com cintos em volta dos pulsos. Preferia um hematoma àquela jaula de ferro, porque eu sonhava em ser livre e hematomas não entram na gente, os hematomas ficam do lado de fora e não nos impedem de voar.

Eu sonhava com um mundo bom e enxergava luz até onde não tinha. Procurava nos olhos dos outros aquilo que eu nunca havia encontrado nela e sussurrava orações silenciosas que eles não ouviam — *me escolha, eu imploro, me escolha. Olhe para mim e me escolha, pela primeira vez me escolha.*

Mas ninguém nunca me escolhia.

Ninguém nunca me via.

Eu era invisível para todos. Gostaria de ter sido para ela também.

— *O que foi que eu te disse?*

Os meus olhos úmidos estavam voltados para baixo, para os sapatos dela, incapazes de se erguerem.

— *Responde* — sibilou. — *O que foi que eu te disse?*

As minhas mãos tremiam enquanto eu segurava o lagarto contra o peito. Eu me sentia insignificante com as pernas curtas de criança e a ponta dos pés convergindo para dentro.

— Eles queriam machucá-lo... — A minha vozinha era sempre fraca demais. — Queriam...

O puxão tirou as palavras da minha boca.

Tentei segurar o lagarto, mas foi inútil: ela o arrancou de mim com violência e os meus braços se esticaram enquanto eu arregalava os olhos.

— Não...

Queimação de pele contra pele, palma contra bochecha, o estrondo do tapa. Escaldante, pungente, como várias picadas de vespa.

— Você se lembra do que me contou?

À sombra daquela tempestade, os olhos de Adeline eram a única cor em um mar de cinza.

— Aquilo que a sua mãe te disse... você lembra?

Fiz que sim e ela pegou a minha mão. Senti o olhar nas minhas unhas esfoladas, que no desespero acabaram quebrando no couro dos cintos.

— Sabe como fazer para tudo passar?

Ergui dois olhos roxos e úmidos e Adeline me deu um dos seus sorrisos. Então, beijou a ponta de cada dedo.

— Viu só? — disse ela, inclinando-se na minha direção. — Agora não dói mais.

Na verdade, ela sabia que nunca pararia de doer. Todos nós sabíamos, porque cada um tinha as próprias costuras, mas todos nós sangrávamos da mesma forma.

Adeline me abraçou contra as roupas puídas que caíam na altura dos ombros, as mesmas que eu usava. E eu me deixei envolver pelo calor que ela emanava como se fosse a última migalha de sol no mundo.

— Não esquece — sussurrou, como se aquela lembrança da minha mãe pertencesse um pouco a ela também.

Então, vasculhei a minha memória e abracei aquela recordação com a maior delicadeza.

— Você é um espírito do céu — repeti para mim mesma como um canto fúnebre. — E, assim como o céu, você não se despedaça.

— Foi você?

Tremi. O terror me paralisava.

Um cachorro de rua tinha entrado na instituição e destruído o escritório dela, espalhando os papéis.

Nada me apavorava mais do que vê-la com raiva. E, naquele momento, estava furiosa.

— Foi você que o deixou entrar?

— Não — sussurrei com a vozinha ansiosa. — Não, eu juro...

Os olhos dela se acenderam de um jeito assustador. O medo me dominou. A minha respiração acelerou, o coração disparou e tudo desmoronou terrivelmente.

— Não, por favor... — choraminguei enquanto recuava. — Não...

Ela jogou as mãos para a frente. Fez menção de me pegar e eu me virei, em uma tentativa de escapar, mas não consegui. Ela me agarrou pela camiseta e me bateu rápida e violentamente na base das costas, com um punho que parecia de pedra. Prendi a respiração e a visão ficou turva.

Desabei no chão com o rim em chamas e uma dor que percorria o meu corpo inteiro como um choque.

— Você e essas suas manias nojentas! — gritou ela da sua altura imponente.

Não consegui respirar. Tentei me levantar, mas a vertigem me impediu. Dores insuportáveis me fizeram derramar mais lágrimas e eu me perguntei se veria sangue na minha urina aquela noite. Eu me cobri com mãos trêmulas e rezei para ficar invisível.

— É por isso que ninguém te quer — sibilou. — Você é uma garotinha mentirosa, suja e desobediente. É aqui que gente como você tem que ficar!

Mordi a língua e tentei não chorar, porque sabia o quanto isso a irritava.

Ela estava rompendo alguma coisa dentro de mim, algo que, em vez de crescer, ficaria pequeno para sempre. Frágil, infantil e arruinado. Um toque de desespero e ingenuidade que me faria ver o lado bom de todo mundo, só para não ver o pior.

Porque não é verdade que as crianças deixam de ser crianças quando sofrem desilusões.

Algumas se veem arrancando tudo.

E continuam crianças para sempre.

🦋

Me escolhe, eu implorava na minha cabeça quando alguém vinha nos ver.

Olha para mim. Eu sei ser boa, eu juro, eu sei ser boa. Eu te dou o meu coração, mas me escolhe, eu imploro, me escolhe...

— O que aconteceu com os seus dedos? — perguntou uma senhora um dia. Estava olhando fixamente para as minhas unhas quebradas.

E, por um momento de loucura, o mundo parou e eu esperei, esperei que ela visse, que entendesse e falasse. Por um momento todos os outros ficaram tão imóveis quanto eu, de olhos arregalados e respiração presa.

— Ah... Nada.

A diretora se aproximou com aquele sorriso que parecia uma chaga e que fazia o sangue gelar.

— É... Quando ela brinca lá fora, só quer saber de cavar a terra, sabe? Cava sem parar, revira a grama, procura pedras... Ela adora. Não é?

Eu queria gritar, confessar, mas aquele olhar sugou a minha alma. Todos os hematomas latejaram ao mesmo tempo. Senti o coração murchar. Na verdade, ela estava dentro de mim, porque o terror me devorou e me fez assentir. Naquele momento, tive medo de não conseguir escapar, tive medo do que ela faria comigo se não tivessem acreditado em mim.

E, naquela noite, a cama tremeu com os gritos, os chutes e os cintos ao redor dos pulsos. A escuridão voltou a cair sobre mim, para me punir por ter chamado a atenção, entre lágrimas e gritos que ficariam ali dentro para sempre.

— Vou ser boa! Vou ser boa! Vou ser boa!

E eu gritaria até perder a voz, se não fosse... aquele toque.

Aquele único toque.

A porta sempre se abria às escondidas, lançando um raio de luz que diminuía no instante seguinte, e passos se aproximavam da cama em meio à escuridão. Dedos quentes encontravam a minha mão e a apertavam com carinho; o polegar traçava círculos que eu jamais esqueceria.

E, então, tudo desaparecia... aquela dor se misturava às lágrimas e o meu coração desacelerava. Os batimentos diminuíam, os arquejos transformavam-se em silvos e o meu olhar tentava atribuir um rosto àquele único gesto capaz de me confortar.

Mas eu nunca consegui enxergar.

Havia só aquele carinho.

Só aquele único alívio.

23
Pouco a pouco

> E a menina disse ao lobo:
> — Que coração grande você tem.
> — É só a minha raiva.
> E então ela disse:
> — Que raiva grande você tem.
> — É para esconder o coração de você.

Eu estava deitada.

Sentia os braços ao lado do corpo e as pernas estendidas. A cabeça estava pesada.

Tentei me mexer, mas não consegui. Alguma coisa estava me segurando, me prendendo ao colchão.

Tentei levantar as mãos, mas elas pareciam estar presas.

— Não... — deixei escapar, enquanto a respiração se enchia de pânico.

O estresse partiu o meu coração e o espremeu contra as costelas. Tentei me levantar, mas alguma coisa me impedia.

— Não...

Tudo começou a pulsar de novo, como um pesadelo sem fim. Os meus dedos se contraíram, arranharam, cavaram. Não conseguia me mexer.

— Não, não, não! — gritei. — *Não!*

A porta se escancarou.

— Nica!

Várias vozes encheram o quarto, mas continuei agitada, sem conseguir ver ninguém. O pânico me cegou. Eu só sentia o corpo preso.

— Doutor! Ela acordou!

— Nica, calma! Nica!

Então, alguém abriu caminho entre eles, empurrou-os para o lado e me libertou com um puxão.

Respirei de uma vez.

Eu me encolhi rapidamente na cabeceira da cama e, ainda em choque, agarrei a mão que encontrei ao meu lado e a apertei entre os dedos. A pessoa que me soltara enrijeceu quando me agarrei a ela com toda a força. Pressionei a testa naquele pulso, tremendo e fechando os olhos.

— Vou ser boa... Vou ser boa... Vou ser boa...
Todos me olharam sem fôlego.

A mão que eu estava segurando se fechou em um punho e eu torci para que não me soltasse. Só quando abri as pálpebras, alguns instantes depois, percebi a quem pertencia.

Rigel tirou os olhos de mim e cerrou a mandíbula. Em seguida, olhou para Dalma e Asia — e para um homem que eu nunca tinha visto — e sibilou:

— *Saiam*.

Houve um longo momento de silêncio, mas não ergui os olhos. Depois de um tempo, ouvi o som dos passos deles enquanto saíam lentamente.

Anna se aproximou.

— Nica...

Ela descansou a mão no meu rosto. Senti o calor na minha bochecha. Eu estava na minha cama, no meu quarto. Não estava mais no Grave. Percebi que o que tinha me prendido antes eram só as cobertas que alguém devia ter ajustado rentes demais ao meu corpo.

Não havia cinto ou malhas de arame.

— Nica — sussurrou Anna, a voz desesperada —, está tudo bem...

O colchão afundou sob o meu peso, mas não consegui soltar o pulso de Rigel. Continuei segurando-o até os dedos de Anna deslizarem delicadamente nos meus e me convenceram a soltá-lo.

Ela acariciou a minha cabeça devagar e eu ouvi os passos de Rigel se afastando; quando ergui os olhos para procurá-lo, vi apenas a porta do quarto se fechando.

— Tem um médico ali fora. — Anna me olhou abalada. — Ligamos para ele assim que você chegou em casa... Eu queria que ele viesse te ver. Você pode ter um pouquinho de febre e tontura... Troquei a sua roupa, mas talvez você ainda esteja com frio...

— Desculpa — interrompi com um sussurro fraco.

Anna parou de falar. Ela me olhou com os lábios entreabertos e eu não consegui sustentar o olhar.

Eu me sentia vazia, quebrada e defeituosa. Eu me sentia destruída.

— Eu queria ser perfeita — confessei. — Para você. Para Norman.

Eu queria ser como os outros, essa era a verdade.

Mas permaneci ingênua e frágil. Vivia dizendo a mim mesma "vou ser boa", porque tinha um medo constante de fazer algo errado e ser punida.

A sensação de ainda ter o cinto na pele me marcara a ponto de me causar o que se chama de "estresse pós-traumático". Às vezes, até um mero abraço apertado demais, a impossibilidade de me mexer ou o simples sentimento de impotência bastavam para me mergulhar no terror.

Eu era uma pessoa quebrada e sempre seria.

— Você *é* perfeita, Nica.

Anna me acariciou devagar, balançando a cabeça. Os olhos dela me transmitiam uma angústia dolorosa.

— Você é... a coisa mais doce e gentil que eu poderia ter tido a sorte de encontrar...

Olhei para ela com o coração vazio e pesado. Mas, no olhar de Anna...

No olhar de Anna não havia censura ou culpa. Havia apenas eu. E, naquele momento, eu me dei conta pela primeira vez de que... os olhos de Anna eram da cor do céu.

Com aquele manto límpido e nuvens brancas, com aquela liberdade que eu tinha procurado em tantos rostos diferentes, assim me vi refletida no olhar dela.

Ali estava o céu que eu sempre havia procurado. Estava dentro dos olhos de Anna.

— Sabe o que mais me impressionou na primeira vez que eu te vi? — Lágrimas surgiram nas minhas pálpebras. Ela abriu um sorriso ligeiramente frágil. — A delicadeza.

E senti o coração se partir com uma dor muito doce, intensa e imensurável. Uma dor prazerosa e dolorosa ao mesmo tempo, e o rosto dela se desfez em lágrimas.

"É a delicadeza, Nica", dizia a minha mãe, sorrindo, "delicadeza, sempre... Lembre-se disso."

Eu vi as duas como se pudesse senti-las dentro de mim.

Mamãe me passando aquela borboleta azul, Anna pondo uma tulipa entre os meus dedos.

Ambas com aquele olhar apaixonado, ambas com brilho nos olhos.

Anna me pegando pela mão e mamãe me ajudando a seguir em frente. *Mamãe rindo e Anna sorrindo*, tão parecidas e tão diferentes, uma entidade habitando os dois corpos.

E aquela delicadeza que nos unia, que nos mantinha próximas... A delicadeza que eu herdara da minha mãe foi justamente o que me permitira ter uma segunda chance.

Eu me inclinei para a frente e afundei nos braços da mulher diante de mim. Eu me agarrei a ela sem me conter, sem ter mais medo de forçar aquela confiança ou de me ver rejeitada, e as suas mãos apressadas agarraram-se a mim como se quisessem me proteger.

— Ninguém nunca mais vai te machucar... *Ninguém*... Eu prometo...

Chorei nos braços dela. Eu me deixei levar. E, naquele abraço desesperado, naquele céu que eu finalmente podia tocar, senti o meu coração confessar a ela algo que eu nunca tinha ousado expressar em palavras.

— Você é o meu final feliz, Anna.

Mais tarde, depois da visita do médico, ela ainda estava ali.

Escutei, com carinho excessivo, as batidas do coração dela enquanto me fazia cafuné.

— Nica...

Ela me afastou apenas o suficiente para que eu pudesse olhar o seu rosto. Depois, estudou os meus olhos avermelhados e colocou uma mecha de cabelo atrás da minha orelha, lançando-me um olhar hesitante.

— O que acha da ideia de falar sobre isso... com alguém?

Anna tinha entendido por que eu não conseguia dormir à noite, como a minha infância fora terrível. Mas a ideia de me abrir para outra pessoa fazia com que eu sentisse uma mão apertando as minhas entranhas, me impedindo de respirar.

— Você é a única com quem eu... conseguiria falar sobre isso.

— Ah, Nica, eu não sou psicóloga — disse ela, como se quisesse ser, só para mim. — Não sei como te ajudar...

— Você me faz bem, Anna — confessei em voz baixa.

Era verdade. O sorriso dela me acalmava. A risada era como música. E o afeto fazia eu me sentir amada de um jeito que ninguém jamais havia feito.

Eu ficava melhor quando estava com ela. Eu me sentia protegida, querida. Eu me sentia segura.

— Você ainda me quer? — sussurrei com medo.

Precisava saber, mas, no fundo, aquela resposta me aterrorizava. Eu nunca mais poderia sonhar do mesmo jeito sem ela.

Anna inclinou o rosto, aflita. No instante seguinte, abraçou-me com todas as forças.

— Claro que sim — repreendeu-me, e a minha alma a amou loucamente.

Desejei tê-la por perto para sempre. Todo dia, a cada momento, desde que ela permitisse.

— Eu queria te entender melhor — a ouvi dizer, a voz frágil.

Naquele momento, notei que, no pulso dela, perto do relógio, havia uma pulseira de couro que eu nunca tinha percebido antes. Não tinha muito a cara de uma senhora como ela, e sim a de um adolescente.

— Nica... Você precisa saber de uma coisa.

No mesmo instante entendi o que ela estava prestes a me dizer. Eu a escutei em silêncio.

— Você e Rigel... não são as primeiras crianças a morarem aqui. — Ela fez uma pausa e, então, disse: — Eu e Norman tínhamos um filho.

Anna levantou o rosto, esperando a minha reação, mas eu sustentei o olhar com carinho, calma e consciente.

— Eu sei, Anna.

Ela ficou surpresa com a minha resposta e me encarou.

— Você já sabia?

— Eu já tinha entendido.

Desde o momento em que cheguei.

Klaus sempre dormindo embaixo da cama de Rigel, as camisetas escuras que de vez em quando eu o via usando. O lugar na mesa à esquerda de Norman, ali onde a madeira estava um pouco mais desgastada, e a moldura vazia na mesa do corredor, como uma ausência que Anna não tinha conseguido suprimir totalmente.

E eu não senti a necessidade de perguntar a ela por que tinha escondido isso de nós. Não a ela. Ela, que tinha feito de tudo para que nos sentíssemos em casa.

— Aquele dia, na instituição — começou a dizer em voz baixa —, no dia em que vocês vieram para casa... foi como um recomeço.

Eu a entendia, porque para mim tivera o mesmo significado. Tinha sido como dizer adeus a uma vida diferente e me segurar a uma segunda chance.

— Nós queríamos que vocês se sentissem em casa — comentou Anna, engolindo em seco. — Queríamos nos sentir... como uma família de novo.

A minha mão deslizou lentamente na dela. Os curativos colorindo a pele.

— Vocês foram a melhor coisa que nos aconteceu — confessei a ela. — Queria que você soubesse. Eu... mal posso imaginar o quanto você sente falta dele.

Anna fechou os olhos e aquelas palavras esculpiram sulcos no rosto dela.

Uma lágrima escorreu por sua bochecha. A voz falhou e ela desmoronou como eu nunca tinha visto.

— Não tem um dia em que eu não pense nele.

Eu a abracei e apoiei a bochecha no ombro dela, esperando lhe dar um pouco de calor. O meu coração doeu junto ao dela. Eu sentia a sua dor como uma onda quente.

— Qual era o nome dele? — sussurrei depois de um tempo.

— Alan. — Anna procurou os meus olhos. — Quer vê-lo?

Eu me endireitei e Anna colocou a mão no peito, puxando o longo colar que usava. Dele saiu um pingente redondo, brilhante e ornamentado, e me dei conta de que nunca a tinha visto sem ele.

Com uma leve pressão, o pingente se abriu como um livrinho dourado.

Dentro dele havia a foto de um garoto. Devia ter uns vinte e poucos anos. Estava sentado ao piano de casa. O cabelo escuro emoldurava o rosto sorridente e dois olhos azuis como o céu brilhavam nas feições agradáveis e suaves.

— Ele tem os seus olhos — comentei com um sussurro, e Anna, apesar de tudo, sorriu; um sorriso molhado sob as pálpebras cheias de lágrimas.

— Ele era o único de quem Klaus gostava — disse ela, ainda com um sorriso trêmulo nos lábios. — Ele o encontrou um dia voltando da escola, quando era pequeno. Ah, você tinha que vê-los... Estava caindo um dilúvio e Alan o carregava nas mãos como se tivesse encontrado um tesouro. Não sei qual dos dois parecia menor e mais encharcado.

Anna segurou firme a foto, sem ousar acariciá-la.

Eu me perguntei quantas vezes por dia ela segurava aquele pingente. Quantas vezes o seu coração se partia dentro daqueles olhos eternamente sorridentes.

— Ele gostava muito de tocar... *Vivia* por aquele piano. De noite, quando eu voltava para casa, não importava a hora, ele sempre estava lá. E me dizia: "Sabe, mãe? Eu poderia conversar só assim, através dessas teclas e desses acordes, e você me entenderia de qualquer jeito". *E ele tinha razão...* — sussurrou ela em meio às lágrimas. — Ele sabia se comunicar só com o piano. Queria virar músico, antes de aquele acidente levá-lo embora...

A voz vacilou e ela engoliu em seco.

O pequeno pingente parecia pesar muito. Envolvi a mão dela na minha para ajudá-la a segurá-lo.

— Eu tenho certeza de que ele conseguiria. — Fechei os olhos úmidos. — Tenho certeza de que Alan teria se tornado um grande músico... E tenho certeza de que ele amava o piano tanto quanto você ama as suas flores.

Anna abaixou a cabeça e eu me agarrei a ela para que as nossas feridas se dessem as mãos. Como se só pudéssemos encontrar a cura assim, chorando e sangrando, mas fazendo isso juntas.

— Nunca quis pegar o lugar dele — sussurrei. — Eu e Rigel... Ninguém jamais poderia substituí-lo. Mas a verdade é que... as pessoas que nós amamos nunca nos deixam de verdade, sabe? Elas permanecem dentro da gente, e um belo dia você percebe que sempre estiveram ali, onde poderia encontrá-las simplesmente fechando os olhos.

Anna abandonou-se nos meus braços e eu queria continuar, queria lhe dizer que o nosso coração não nasce compartimentado, que sabe apenas amar, *amar e ponto final*, cicatriz após cicatriz, hematoma após hematoma.

E eu ficaria feliz em poder ocupar aquele lugar ao lado de Alan, por menor e mais gasto que fosse. Gostaria de preenchê-lo com todas as cores que eu sabia dar... e me deixar ser amada pelo que eu era, e amá-la exatamente da mesma forma, com o meu coração de borboleta.

— Vamos escolher uma foto dele juntas — falei. — Aquela moldura lá embaixo não vai mais ficar vazia.

Algumas horas mais tarde, depois daquela conversa, decidi me levantar.

Enquanto saía do meu quarto enrolada em um moletom, avistei uma figura no corredor.

Eu não sabia que ela ainda estava ali, mas decidi não a ignorar.

— Asia.

Ela parou. Não se virou na minha direção, como sempre.

Ela nunca tinha fingido gostar da minha presença ali e não seria naquele momento que a situação mudaria.

— Sinto muito pelo que aconteceu com você — falou com voz neutra.

Não soube dizer se estava sendo sincera. Ela fez menção de seguir em frente, mas eu a interrompi.

— Asia, eu não vou abrir mão de Anna.

Eu a vi parar de novo, lentamente. A postura tinha um toque de surpresa.

— O que disse?

— Você ouviu — respondi baixinho. — Eu não vou me afastar. — Não havia hesitação no meu tom de voz, apenas calma e firmeza. — Você não sabe o quanto eu queria uma família. Agora que tenho... Agora que tenho essa chance com Anna e Norman... não quero abrir mão disso.

Esperei por uma resposta, mas ela não disse nada. Asia estava imóvel.

— Eu sei que está entendendo o que eu quero dizer — continuei com uma voz mais suave.

A minha intenção não era me impor, mas fazê-la entender. Eu me aproximei lentamente, tentando transmitir as minhas boas intenções.

— Asia, eu... não quero tomar o lug...

— *Não* — ela me interrompeu friamente —, não fala. Não *se atreva* a falar.

— Não quero pegar o lugar de Alan.

— CALA A BOCA!

Tomei um susto quando ela levantou a voz.

Ela se virou para mim e, naqueles olhos sombrios, vi lampejos de uma dor latejante. Eles estavam cheios de dor, uma dor que nunca havia parado de sangrar.

— Não ouse — disse ela, encarando-me com olhos ferozes. — Não se *atreva* a falar dele.

Senti um tom possessivo naquelas palavras, muito diferente do sofrimento impotente de Anna.

— Você acha que sabe de alguma coisa? Você acha que pode vir aqui e apagar tudo que era dele? Todas as fotos, todas as lembranças, tudo? Vocês não sabem nada sobre Alan — rosnou ela —, *nada*!

O rosto dela estava contorcido de raiva, mas eu não reagi. Fiquei encarando-a com olhos calmos e o coração cheio de sinceridade.

— Você era apaixonada por ele.

Asia arregalou os olhos. As palavras acertaram o alvo e seria bom se eu não falasse mais nada, se ficasse em silêncio, mas não foi o que eu fiz.

— É por isso que você não suporta me ver aqui... Porque eu te lembro o tempo todo que ele se foi. Que Anna e Norman seguiram em frente, do jeito deles, e você não. Não é verdade? Você não contou a ele — sussurrei. — Nunca disse a ele o que sentia, ele nunca soube. Ele se foi antes que você pudesse reunir coragem para confessar os seus sentimentos. Esse é o seu maior arrependimento... É isso que você carrega aí dentro, Asia. Você não consegue aceitar que ele não esteja mais aqui, por isso me odeia. Mas você não consegue odiar Rigel — disparei por fim — porque ele te lembra demais de Alan.

Foi muito rápido.

A frustração tomou conta.

Asia rejeitou essas palavras, recusou-se a admiti-las para si mesma, rejeitou-as a tal ponto que a raiva explodiu com violência e a mão voou pelo ar. Vi o brilho dos anéis, depois o tapa explodiu como um trovão.

Eu tinha fechado os olhos, mas no instante seguinte me dei conta de que ela não tinha me acertado. Alguém me afastara dali.

Ergui os olhos e o que vi me chocou.

O rosto de Rigel estava virado para o lado, a habitual compostura com a qual ele mantinha as costas havia desaparecido nos ombros e a cabeça pendia ligeiramente, formando uma onda de cabelo escuro.

Nós o encaramos, incrédulas.

Rigel endireitou a cabeça e os olhos pretos deslizaram até se fixarem em Asia.

Ele a fulminou com um olhar frio e a voz se arrastou com uma lentidão perigosa enquanto cerrava os dentes.

— Eu quero... você... *fora*... daqui.

Asia franziu os lábios com o rosto vermelho. Notei uma pitada de vergonha no olhar dela, então aqueles olhos voaram para além dos ombros de Rigel. Mais para trás, onde um rosto chocado a encarava sem palavras.

— Asia... — murmurou a mãe dela, decepcionada diante daquele gesto que nunca esperaria ver.

Asia cerrou os punhos, prendendo as lágrimas de raiva. Em seguida, o cabelo formou um redemoinho quando ela nos deixou ali e desceu correndo.

Desolada, Dalma levou a mão ao rosto e balançou a cabeça.

— Desculpa — disse com um soluço antes de ir atrás da filha. Parecia estar morrendo de vergonha. — Mil desculpas...

Ela abaixou a cabeça e desceu também.

Naquele instante, notei que a sombra que havia me engolido e protegido não estava mais ali.

Eu me virei e vi Rigel se afastando. E me senti desorientada, instável e atordoada.

Ele desapareceu na curva do corredor e, então, uma necessidade escapou dos meus lábios, como se fosse uma oração.

— Espera...

Dessa vez eu não o deixaria ir embora.

A febre me deu arrepios na espinha, mas eu fui atrás dele. Estava descalça e me arrependi de não ter calçado meias. Os passos ecoaram nas tábuas do assoalho.

Antes que eu pudesse me dar conta, estendi a mão e agarrei a barra da camiseta dele.

Segurei-o com a pouca força que ainda tinha.

— Rigel...

Ele cerrou os punhos, contraindo-os de leve.

Continuou de costas, alto e rígido, mas a proximidade do seu corpo me deu uma estranha sensação de segurança.

— Por quê? — perguntei. — Por que você levou aquele tapa no meu lugar?

Naquele instante, eu não sentia nada além dele. Todos os meus sentidos estavam focados na respiração de Rigel.

— Vai descansar, Nica — respondeu ele, em tom baixo e comedido, ainda de costas para mim. — Você mal consegue ficar em pé.

— Por quê? — insisti.

— Você queria levar aquele tapa? — retrucou, a voz endurecida.

Mordi o lábio e, dessa vez, fiquei em silêncio. Segurei a camiseta com mais força e, com os olhos baixos e aquelas mãos meio infantis, falei:

— Obrigada. Você falou com o detetive... Anna me disse que você contou tudo a ele.

Eu ainda não acreditava naquilo.

Anna havia me assegurado de que eu não precisava mais responder a nenhuma pergunta, porque Rigel já tinha feito aquilo por mim.

Ele lhe contara tudo: os gritos, os tapas, as surras, as ocasiões em que, como castigo, *Ela* não nos dava comida. As vezes em que nos amarrava no porão e o dia em que esmagara os dedos de Peter no batente da porta só porque ele tinha feito xixi na cama de novo.

Ele contara tudo, sem deixar nada de fora. Depois, o detetive lhe perguntara se a diretora o havia tratado de maneira semelhante.

Rigel negara.

Então, o detetive Rothwood lhe perguntara se ela o havia tocado de um jeito diferente do que fazia com os outros, de um jeito impróprio para crianças. Mais uma vez, Rigel negara.

E eu sabia que era verdade.

Porque não tinha como o detetive entender.

O detetive nunca tinha visto a diretora mover os dedinhos dele pelas teclas, com aquele brilho nos olhos que ela nunca reservara a ninguém.

Não tinha visto os dois, sentados no banco, enquanto ele balançava as pernas curtinhas e ela lhe dava um biscoito toda vez que ele acertava um acorde.

"Você é filho das estrelas", sussurrava para ele, usando uma voz que nem parecia a dela. "Você é um presente... Um presente pequenininho."

Não tinha como o detetive saber que a diretora nunca poderia ter filhos, e que Rigel, tão sozinho e abandonado, tinha sido o único que a fizera sentir que ele poderia ser só dela.

Não como nós, que vínhamos de famílias desfeitas, que já tínhamos tido pais. Não como nós, que éramos apenas uma pilha de bonecos usados.

— Eu a odiava.

Tive a impressão de que era a primeira vez que ele confessava aquilo a alguém.

— Odiava o que ela fazia com vocês — falou lentamente. — Nunca suportei aquilo. Todos os dias... eu ouvia você... ouvia *vocês*, sempre.

"Eu sei por que você não consegue dormir", dissera, e eu lhe dera uma resposta injusta. Sempre acreditei que Rigel gostasse de toda aquela atenção, que não se importasse com o que acontecia. Que sempre estivera dentro de uma redoma, protegido de todo o resto.

Mas não era assim. Não chegava nem perto disso.

Parecia que alguém finalmente tinha me dado um raio de luz para dissipar aquela névoa. Estava conseguindo entender melhor os olhares dele, as atitudes, estava entendendo por que ele sempre tinha aquele ar monótono enquanto tocava piano.

Era melancolia.

Rigel carregava consigo um pedaço *Dela*, um fragmento costurado sob a pele que ele nunca poderia arrancar. Por mais que a desprezasse, por mais que quisesse apagá-la, sempre teria algo dela. Perguntei a mim mesma se era pior receber o ódio ou o amor de um monstro.

Por que ele nunca tinha ido embora, se a odiava? Por que decidira ficar?

Desejei que ele falasse comigo de novo. Que se abrisse e me explicasse aquele fragmento do passado que eu nunca tinha entendido. Quão pouco eu sabia sobre ele?

— Eu sei que foi você quem me trouxe pra casa.

Rigel se retesou. Permaneceu parado, quase como se esperasse alguma coisa.

— Foi você quem me achou... — Abri um sorriso desbotado. — Você sempre me encontra.

— Só posso imaginar o quanto isso te incomoda.

— Vira pra mim — sussurrei.

Os pulsos dele transmitiam força e tensão. Os nervos estavam à flor da pele. Tive que pedir mais uma vez antes que ele atendesse ao meu pedido. Bem devagarinho, o tecido escorregou dos meus dedos e, com um movimento interminável, Rigel se virou para mim. E eu senti uma pontada no coração quando os meus olhos pousaram no rosto dele.

Ele estava com um arranhão desagradável na bochecha. A pele estava avermelhada. Devia ter sido o contato com os anéis de Asia quando recebeu o tapa.

Por quê?

Por que ele escondia toda e qualquer dor sem deixar que ninguém o compreendesse?

Levantei a mão por instinto. Os olhos dele seguiram o movimento. Rigel observou a minha mão por baixo do cabelo escuro, hesitante, como se pressentisse as minhas intenções e, ao mesmo tempo, as temesse.

Pareceu reprimir várias vezes o instinto de recuar, mas eu me movi devagar, frágil e perdidamente obstinada. Fiquei na ponta dos pés para poder alcançá-lo e prendi a respiração. Com o coração cheio de esperança, com toda a delicadeza daquele gesto... rocei a bochecha dele.

Quando toquei a sua pele, ele reagiu me lançando um olhar vulnerável e perdido.

Mais uma vez, percebi aquela explosão de emoções, mais uma vez elas me inundaram com um brilho de galáxias desconhecidas. Prendi no peito a respiração que estava segurando e, sem tirar os olhos dos dele, deixei a palma colar na bochecha.

Estava quente. Macia e compacta.

Tive medo de assustá-lo, de vê-lo me rechaçar e ir embora. Mas não aconteceu. Perdi-me dentro daqueles olhos e me afoguei no oceano preto e profundo.

Segundos mais tarde... os punhos que ele havia cerrado se afrouxaram devagar. Os nós dos dedos relaxaram, os dedos perderam a tensão. Nós nos encaramos e, no rosto dele, notei uma docilidade que partiu o meu coração. Um suspiro lhe escapou dos lábios fechados, tão fraco que mal deu para ouvir.

Com aquela expressão doce e submissa, Rigel se permitiu ser tocado. Como se eu tivesse acabado de derrotá-lo com uma simples carícia.

Ele olhou para baixo, então... com uma leve pressão que moldou a minha alma, inclinou o rosto contra a palma da minha mão e manteve o contato.

Senti o coração bater desesperadamente. Uma sensação esplêndida e desestabilizadora me dominou, envolvendo a minha alma, fazendo-a brilhar como um sol.

Rigel reencontrou o meu olhar, observando-me por baixo dos cílios. E eu desejei que aquilo durasse para sempre, que tudo permanecesse imóvel, que aquele momento fosse infinito e que ele me olhasse daquele jeito por toda a eternidade...

— Nica!

Foi como um choque.

O instante se partiu. Rigel se afastou de supetão e me separar dele naquele momento me pareceu o maior pecado que um ser humano poderia cometer. Ele lançou um olhar sombrio por cima do meu ombro e, pouco depois, Anna apareceu com o semblante chocado.

— O que aconteceu com Asia?

Ela parecia consternada.

Não tive tempo de responder antes que Rigel passasse por mim. Os meus olhos se voltaram para ele e senti um impulso irresistível de detê-lo.

A minha mente vibrava. Eu estava enlouquecendo.

Anna me disse que Dalma havia confessado a ela o que tinha visto, mas eu não consegui ouvi-la. Aqueles olhos pretos, a bochecha e a forma como ele havia se entregado ao meu toque ainda dominavam o meu ser. À minha volta orbitava um universo ruidoso, mas o princípio que o sustentava estava se afastando de mim...

— Desculpa, Anna — sussurrei antes de me virar e segui-lo.

Não estava conseguindo pensar com clareza. Corri loucamente escada abaixo, arriscando uma vertigem por causa da febre.

Precisava falar com ele. Precisava fazer perguntas, obter respostas, entender os seus gestos, dizer-lhe que... *que*...

Vi a porta da frente aberta e o reconheci de longe. Saí e encontrei Rigel ali, na calçada. Havia alguém com ele, mas eu já estava com o nome dele na ponta da língua.

— Ri...

Não terminei.

Os meus olhos captaram um único detalhe. Um detalhe *familiar*.

O mundo parou de repente.

Encarei com olhos arregalados a figura que estava de costas, então... percebi quem era. A incredulidade me tirou o fôlego.

Eu jamais poderia esquecer aquela cascata de cabelo loiro.

Jamais.

Nem mesmo depois de todo aquele tempo.

Não era possível...

— Adeline... — sussurrei em choque.

Naquele momento, Adeline ficou na ponta dos pés e pousou os lábios nos de Rigel.

24
CONSTELAÇÕES DE ARREPIOS

> *Rugir não é algo que vilões fazem.*
> *Rugir é algo que quem sangra*
> *e não sabe mais como esconder*
> *a própria dor faz.*

— Eu sei que é você...
 Adeline percebeu que a minha mãozinha segurava a camiseta dela. Ela se virou e me viu ali.
— Quê? — perguntou, confusa.
— Que me faz companhia. Eu sei que é você, lá embaixo, que segura a minha mão quando ela me coloca de castigo.
Aquele carinho no escuro só podia ser dela.
Adeline me olhou por um momento, então... entendeu. Os olhos pousaram no fim do corredor, onde ficava a porta do porão.
— Se ela descobrir... — Olhei para ela, pequena e preocupada. — Você não tem medo disso acontecer?
Ela voltou os olhos para mim de novo. Ficou me encarando por um momento, então, um sorriso muito afetuoso se abriu no seu rosto.
— Ela não vai descobrir.
Adeline pegou a minha mão, tomando cuidado com as unhas quebradas, e eu retribuí o gesto com todo o carinho que tomava conta do meu corpo. Eu me deixei ser abraçada por ela, afundando-me no cabelo macio. Eu a amava do fundo do coração.
— Obrigada — sussurrei com voz de choro. — Obrigada...

Adeline.
O meu coração martelava nos ouvidos.
A mente pulsava com imagens frenéticas: Adeline sorrindo, me consolando, os olhos azuis e o cabelo loiro como o sol; Adeline chorando às

escondidas à sombra da hera, pegando uma das outras crianças nos braços, fazendo tranças no meu cabelo no jardim do Grave, como se, no fim das contas, pudéssemos construir um final feliz sozinhas.
Adeline estava ali.
Adeline estava beijando Rigel.
Paralisada, vi Rigel empurrá-la bruscamente e, em seguida, fulminá-la com um olhar que a fez dar uma risada leve.
Eu não conseguia respirar. Senti um aperto no coração quando os olhos de Rigel perceberam a minha presença e se arregalaram. Eu o encarei com um grito silencioso preso dentro do peito.
Àquela altura, Adeline reparou no olhar dele e se virou com os lábios ainda arqueados.
O olhar pousou em mim... e o sorriso desapareceu.
Vi os olhos dela se arregalarem lentamente, como se ela não pudesse acreditar.
— Nica? — sussurrou, incrédula.
No instante seguinte, como se a ficha tivesse caído, olhou para a casa atrás de mim. Em seguida, virou-se para Rigel.
Ela o observou de um jeito que não consegui decifrar, mas a intimidade daquele olhar me impactou.
— Ah... — Adeline voltou a olhar para mim, comovida. — Nica...
— Nica!
Anna correu até mim, alarmada, e me envolveu com um cobertor enquanto eu mantinha o olhar fixo em Adeline, perplexa.
— Nica, você está com febre! Não pode ficar aqui fora desse jeito! O médico disse que você precisa repousar!
Anna levantou o rosto e encontrou os olhos de Adeline. Elas se encararam por um momento antes que a mulher atrás de mim passasse o braço em volta dos meus ombros.
— Vamos entrar — disse ela, tentando me conduzir —, você não pode pegar friagem de novo...
Eu a segui com dificuldade, enrolada no cobertor.
— Adeline...
— Eu vou voltar — prometeu ela, inclinando-se para mim. — Não se preocupa... e descansa. Vou passar aqui um dia desses para falar com você. Prometo!
Só consegui acenar com a cabeça antes que Anna me levasse de volta para dentro.
Busquei os olhos de Rigel. Com uma pontada de dor, vi que não estavam mais voltados para mim.

— Ah, Rigel... — murmurou ela. — O que você aprontou?

Rigel não conseguiu olhar para ela. Já sentia um desânimo absurdo por aturar aquele tom resignado.

Os olhos *dela* estavam cravados nas suas pupilas, como uma marca que nunca pararia de queimar.

— Por que você está aqui? — disparou Rigel, contrariado, descontando a frustração na garota ao seu lado.

Adeline hesitou antes de responder.

— Você acha que esqueci que dia é depois de amanhã? — disse ela, em voz baixa, em uma tentativa de aliviar a tensão que, no entanto, ele abateu com um olhar.

Ela olhou para baixo.

— Fiquei sabendo sobre Peter... — admitiu. — Um policial veio me fazer perguntas... Perguntou de Margaret. Disse que estava rastreando todas as crianças que estavam na instituição antes da saída dela. Ele me contou que você não estava mais no Grave. E agora consigo entender o motivo.

Fez-se um silêncio que tinha gosto de culpa e de erros contados na ponta dos dedos até perder de vista; Rigel sentiu aquilo como algo inevitável.

— Ela sabe?

— Sabe de *quê*? — sibilou ele, relutante, mas a raiva venenosa colidiu, imponente, contra uma parede: olhos cheios de uma verdade dolorosa.

Porque Adeline sabia. Adeline sempre soubera.

Porque Adeline sempre olhara para ele com aquele interesse que Rigel nunca retribuíra, condenado a um amor indestrutível e eterno.

Porque ela sempre o seguira com os olhos, lá no instituto, só para vê-lo olhar para Nica.

— Que você se deixou ser escolhido para ficar com ela.

Rigel estalou os dentes com um impulso venenoso. O corpo estava tenso e rígido e ele não olhava para ela, mas resolveu ficar em silêncio porque responder seria o mesmo que admitir a única culpa que ele não podia negar.

O verme o estava matando por dentro: Nica tinha visto Adeline o beijando e essa imagem não lhe dava paz. Ele se lembrou da carícia, do jeito como ela o tocara, e foi ainda mais doloroso quando se deu conta de que uma *esperança* tinha se acendido. Uma esperança de que ela pudesse desejá-lo de alguma maneira, de que ela pudesse retribuir aquele sentimento tão desesperado.

— Você não vai dizer uma palavra a ela — ordenou, ríspido. — Fica fora disso.

— Rigel... eu não te entendo.

— Não é para me entender, Adeline — rosnou, em uma tentativa de se defender, de proteger tudo de certo e de errado que ele sabia existir dentro de si.

Ela balançou a cabeça e lhe lançou um olhar que, por um doloroso momento, o fez se lembrar de Nica.

— Por quê? Por que você não conta pra ela?

— *Contar pra ela?* — repetiu ele, prendendo uma risada zombeteira, mas, outra vez, Adeline não se deixou desanimar.

— Sim — respondeu com uma simplicidade que o irritou ainda mais, se é que isso era possível.

— Dizer *o quê?* — rosnou Rigel, como um animal ferido. — Você viu onde nós estamos, Adeline? Você acha mesmo que, se não estivéssemos presos aqui, ela olharia pra mim?

E Rigel odiou aquelas palavras, pois sabia que eram verdadeiras.

Aqueles olhos jamais o procurariam com vontade, desejo ou amor.

Não um desastre como ele.

E ele estava desiludido demais para admitir que daria qualquer coisa para estar errado.

— Uma garota como *ela* jamais poderia querer alguém como *eu* — disparou, amargo, com toda a dor que tentava continuamente suprimir.

Adeline ficou encarando-o com olhos sinceros e genuínos.

E ele se lembraria daquele instante para sempre...

O exato e trágico momento em que aquela única esperança se acendera dentro de Rigel, condenando-o todos os dias e abalando cada uma das suas certezas.

— Se existe alguém capaz de amar tanto assim... Se existe no mundo uma pessoa com um coração tão grande, essa pessoa é Nica.

🦋

— Tem mais alguma coisa que você gostaria de me dizer?

Neguei com a cabeça.

A assistente social me lançou um olhar compreensivo. Era uma mulher extremamente profissional e gentil, discreta e com um olhar atento; apenas um dia havia se passado desde o ocorrido e, embora a visita estivesse marcada para a semana seguinte, tinha sido antecipada. O objetivo era supervisionar o processo de adoção e garantir que tudo estava evoluindo sem problemas ou incompatibilidades. Ela me fizera perguntas sobre Anna e Norman, sobre a escola e como estava sendo a convivência. Antes de falar comigo, havia feito o mesmo com Rigel.

— Muito bem. Vou escrever o primeiro relatório, então.

Ela se levantou e eu também, enrolando-me no cobertor. A febre ainda estava baixando.

— Ah, sra. Milligan — disse, aproximando-se de Anna. — Aqui está uma cópia dos registros médicos dos dois. Como a senhora tem interesse em contatar um psicólogo, acho que podem ser úteis.

Anna pegou as pastas; eram de cor azul-petróleo, finas e ordenadas. Ela as folheou com calma, cuidado e respeito.

— É o meu dever, além do mais, informá-la de que os serviços sociais já disponibilizam um profissional para apoio psicológico caso...

— E quem os examinou? — interrompeu-a Anna.

Li de relance os dizeres *Diagnósticos psicológicos e comportamentais* sobre os papéis que ela estava estudando. Pensei ter visto a foto de Rigel.

A mulher respondeu com naturalidade:

— Um médico especialista, na época em que a sra. Stoker era chefe da instituição.

— Ah — comentou Anna, sucinta. — Então imagino que não tenha nada relacionado a ataques de pânico e distúrbios resultantes de abuso e violência.

Um silêncio glacial pairou sobre nós.

Encarei Anna sem me dar conta do que ela dissera, mas depois entendi. De onde havia tirado aquela voz tão cortante?

A mulher parecia incrivelmente envergonhada.

— Sra. Milligan, não sei o que pensa de nós. O ocorrido com Margaret Stoker...

— Não me interessa — respondeu Anna friamente. — O que eu sei é que aquela mulher foi demitida quando deveria estar na cadeia pagando pelo que fez.

Eu me lembrava do dia em que Margaret foi embora. Um grupo de visitantes notou que alguns de nós estávamos com hematomas e entrou em contato com o Centro Social. Margaret foi demitida no mesmo instante e o pesadelo acabou da noite para o dia, como uma bolha que estourou de repente.

Eu não me esqueceria dos olhares: era como ver o sol depois de uma vida inteira debaixo da terra. Todo mundo vivia com aquele semblante sem vida e os olhos opacos de quem não via a luz fazia muito tempo e já não acreditava mais nela.

Há pesadelos que não imaginamos que podem acabar.

— Onde estavam as inspeções?

Havia inspeções. Mas eram esporádicas demais, negligentes e superficiais.

— Como é possível que ninguém tenha percebido? — prosseguiu Anna, furiosa.

Porque *Ela* era inteligente.

Era boa em só deixar hematomas em partes do corpo que ninguém via.

Era boa em machucar nos lugares mais ocultos.

Era boa em nos transformar em bonecos quebrados que não diziam nada.

Ela era inteligente e, enquanto isso, o mundo se esquecia de nós, confiando-nos a uma mulher que se tornaria a mãe dos nossos pesadelos.

Eu tinha entendido que é assim que se lida com coisas quebradas. Devemos trancá-las longe de tudo para nunca mais precisarmos vê-las. Nós éramos os diferentes, os solitários, os problemáticos, os filhos de ninguém. Aqueles que não sabiam onde colocar.

Às vezes, eu me perguntava o que teria acontecido se eu não tivesse ido parar no Grave, mas em uma instituição diferente. Um lugar controlado e seguro. Um lugar onde não havia camas no porão e ruas sem saída. Um lugar onde não havia *Ela*.

— Eu me pergunto como aquela mulher conseguiu continuar lá durante anos — disse Anna em tom gélido. — Eu me pergunto como vocês não viram, não perceberam, eu me pergunto...

— Anna. — Pus a mão no braço dela.

Observei-a com um olhar transparente, dirigindo-lhe um pedido silencioso. Balancei a cabeça.

Ela estava descontando a raiva na pessoa errada. A assistente não tinha culpa de Margaret ser um monstro. Não era culpa de ninguém.

Alguém deveria ter nos protegido. Alguém deveria ter nos ouvido, ter nos entendido, era verdade, mas não dava para mudar o passado. Desenterrá-lo só me machucava.

Eu não queria sentir mais raiva. Não queria sentir mais ódio.

Isso só me lembrava do quanto esses sentimentos estiveram presentes na minha infância.

— O meu trabalho é cuidar desse processo de adoção. Vou fazer de tudo para que as coisas corram da melhor forma possível — disse a assistente, olhando-nos com uma determinação sincera. — Quero tanto quanto a senhora que Nica e Rigel tenham uma família, uma vida tranquila e um futuro estável.

Anna assentiu, reconhecendo o empenho. Em seguida, acompanhamos a assistente até a porta.

— Tchau.

A assistente abriu a porta e Klaus entrou apressado. Surpresa, ela recuou e esbarrou em Anna, que deixou os arquivos caírem no chão. As pastas se abriram e os papéis se espalharam por toda parte.

Eu me abaixei para ajudá-la quando, de repente, vi nas minhas mãos um papel com a foto de Rigel na parte de cima.

Sem querer, os meus olhos captaram alguns termos: "sintomas", "incapacidade", "recusa", "solidão" e...

— Obrigada, Nica. — Anna pegou os papéis da minha mão e os devolveu à pasta.

Eu a encarei sem vê-la, confusa. Nem cheguei a responder.

Aquelas palavras giraram dentro de mim, fazendo uma bagunça.

Incapacidade. Recusa. Solidão... Sintomas?

Que sintomas? E por que havia tantas páginas sobre ele?

Os pensamentos enchiam a minha mente e eu não conseguia raciocinar. Aqueles detalhes falaram comigo, juntaram algumas peças e revelaram outras. Cada uma delas fazia parte do mistério de Rigel. Cada uma, talvez, compusesse a alma dele...

Será que eu finalmente conseguiria lê-la?

🦋

Adeline veio me visitar naquela tarde.

Abri a porta e ela entrou respeitosamente. Foi tão estranho conduzi-la para dentro de casa que me vi forçada a me virar para encará-la.

Eu não podia acreditar que era ela. Que estava ali.

Parei na sala de estar, meio sem jeito, e os olhos dela me observaram, subitamente cheios de emoções.

— Quer... beber alguma coisa? Anna fez chá — murmurei, torcendo as mãos. — Sei que... bom, antigamente você gostava muito. Se quiser, posso...

Ainda não tinha terminado a frase quando uma rajada de ar me atingiu.

Adeline me abraçou e eu fiquei imóvel, atordoada. Afundei naquele calor inesperado e, ao sentir as mãos dela nos ombros, o meu peito se incendiou. A nostalgia explodiu de uma vez naqueles braços: eu me vi abraçando-a com força, como uma peça que nunca tinha deixado de me completar.

— Eu não sabia que ia te encontrar aqui — sussurrou, trêmula.

Percebi o quanto senti falta dela. Parecia que alguém tinha acabado de me devolver uma engrenagem essencial do meu coração.

No dia em que Adeline fora transferida para outra instituição, o mundo perdera a última luz.

— Como você cresceu...

Ela afastou o cabelo do meu rosto para me observar melhor. Pensei o mesmo dela.

Era uma adulta. Era só alguns anos mais velha do que eu, mas percebi com tristeza que não teria conseguido imaginá-la tão crescida.

No entanto, o sorriso ainda estava ali, assim como os olhos, o cabelo loiro, a voz doce e reconfortante...

Senti uma vontade louca de chorar.

— Como está se sentindo?

— Melhor — respondi, tentando conter as emoções.

Convidei-a para ir ao sofá e, depois, fui pegar o chá.

— Eu não... não sabia que você tinha saído do Grave. — A mão dela deslizou para junto da minha e ela olhou ao redor, comovida e admirada. — É tão lindo aqui... Essa casa parece feita sob medida para você. Eles parecem boas pessoas.

— E você? — perguntei, ansiosa. — Está com uma família? Você mora por aqui?

O sorriso de Adeline perdeu a força.

— Ainda estou lá, Nica — disse com cautela. — Na instituição para onde fui transferida. Agora que já sou maior de idade, deveria ir embora, mas... estou sem emprego — acrescentou com um sorriso triste. — De vez em quando venho para a cidade... Eu tinha arrumado emprego em uma livraria pequena, mas o dono fechou as portas no mês passado.

Senti um aperto no peito.

Eu sabia que tinha dado sorte, que tinha sido uma exceção, mas aquela notícia ainda me doeu.

— Adeline, eu sint...

— Está tudo bem — antecipou-se, tranquila. — De verdade... A essa altura, já passou muito tempo. Estou bem assim.

Ela me deu um sorriso fraco e depois olhou para Klaus, que tinha começado a mordiscar as pontas do cobertor.

— Fiquei sabendo do detetive... Você está bem?

— Anna acha que eu deveria falar sobre isso com alguém — confessei depois de um tempo. — Acha... que poderia me ajudar.

— Eu concordo. — Adeline deu de ombros e suspirou. — Ninguém se cura desse tipo de coisa sozinho.

— Você foi em um psicólogo?

Ela assentiu lentamente.

— Algumas vezes. Fui por conta própria. O dono da livraria era um senhor muito gentil e tinha um amigo psicólogo. Eu não... falei sobre *Ela*. Não falei exatamente sobre Margaret, mas falar me fez bem, de qualquer forma. — Ela balançou a cabeça lentamente. — Mas, Nica... você era muito pequena quando começou a passar por aquelas coisas. Cada um de nós assimila as próprias experiências de formas diferentes. Ainda mais as traumáticas.

Cada um as vive de um jeito particular. É diferente para cada pessoa. Peter, por exemplo... Ele nunca se recuperou.

Mordisquei as costuras dos curativos com nervosismo, e a minha consciência lhe deu razão. *Ela* não tinha ido embora. Ainda era uma presença vívida.

Nem todos nós sofremos os mesmos traumas, mas nenhum de nós jamais foi o mesmo.

"Ninguém se cura desse tipo de coisa sozinho."

Mas a pergunta era...

É possível se curar desse tipo de coisa?

Uma mão afastou gentilmente os meus dedos da boca. Adeline sorriu com ternura.

— Você ainda tem o hábito de morder os curativos quando está nervosa.

Fiquei vermelha de vergonha e olhei para baixo. Era um vício desde criança.

— É por isso que você veio? — perguntei, retomando o assunto. — Porque ficou sabendo do que aconteceu?

Ao ouvir essas palavras, Adeline desviou o olhar. De repente, pareceu desconfortável.

— Não... Na verdade, vim por outro motivo. Eu me lembrei disso na semana passada... e pensei em vir aqui. Pensei em vir pelo Rigel.

O meu estômago se contraiu.

— Pelo... Rigel?

— Não está lembrada? Amanhã é aniversário dele.

Fui pega de surpresa. Fiquei em silêncio, sem palavras.

O aniversário de Rigel.

Dez de março.

Como eu pude esquecer?

Mergulhei naquela informação sem tirar os olhos de Adeline.

Na verdade, aquele não era exatamente o dia em que ele tinha nascido, mas o dia em que o encontraram em frente ao Grave. Como não havia uma forma de determinar a data exata, aquela noite fora a escolhida.

Eu me lembrava do aniversário dele pois era o único que a diretora comemorava. Eu me lembrava de Rigel com a vela em cima de um bolinho iluminando o rosto, sozinho, sentado à mesa da cantina...

— Eu queria fazer uma surpresa — murmurou Adeline. — Mas deveria imaginar que ele não ia reagir do jeito que eu esperava.

A lembrança daquele beijo foi como um soco no coração. Desviei os olhos dela, incapaz de encará-la. Não percebi que as minhas mãos estavam cruzadas sobre os joelhos.

— Para ele nunca foi um dia de comemoração. Rigel... nunca gostou desse tipo de atenção — falei baixinho.

— Não, Nica... Não é por esse motivo. — Adeline olhou para baixo, melancólica. — É por causa do que ele passou.

Encarei-a, impressionada, e ela me lançou um olhar triste.

— Você realmente nunca pensou sobre isso?

Sustentei o olhar de Adeline, e...

E então entendi. Entendi como tinha sido tola.

O que ele tinha passado... *o abandono dos pais.*

— O dia do aniversário dele... o dia em que o encontraram, o faz se lembrar da noite em que a família dele não o quis — confirmou Adeline.

Eu sempre o interpretara mal. Sempre o tinha visto dentro da redoma clara e perfeita, associava o sofrimento àquilo que *Ela* fazia com a gente e estava convencida de que não tinha como ele entender.

Mas e eu? O que eu sabia sobre ele?

— Rigel não é como a gente. — Adeline me olhou com urgência. — Nunca foi... Nós perdemos as nossas famílias, Nica, mas eles não queriam nos deixar. Não temos como entender o que significa ser rejeitado pelos próprios pais e deixado dentro de uma cesta sem sequer um nome.

A eterna desconfiança. A atitude desencantada.

A ausência de vínculos, a armadura para repelir o mundo.

O caráter agressivo e relutante.

Incapacidade, solidão, recusa. Sintomas.

Rigel tinha síndrome do abandono. Era um trauma que ele carregava desde sempre. Tinha crescido dentro dele até se fundir com aquela realidade.

Os sinais estavam ali. Mas eu não os tinha interpretado.

Adeline pareceu me entender.

— Ele nunca vai mostrar o quando machuca — comentou. — Rigel mascara tudo... Ele se contém o tempo inteiro, mas por dentro... tem uma alma tão aberta à dor e aos sentimentos que dá medo. Às vezes não sei como ele ainda não enlouqueceu. Tenho certeza de que ele odeia até o próprio nome — concluiu. — Porque quem escolheu foi a diretora e porque é um lembrete do abandono.

De uma hora para a outra, tudo assumiu uma nuance diferente: Rigel me afastando, Rigel não deixando ninguém se aproximar, Rigel quando era criança, olhando para aquela velinha de aniversário sem ninguém por perto.

Rigel me pegando nos braços no meio do parque, deixando-me tocá-lo pela primeira vez, olhando-me com a docilidade de quem ainda acredita estar ferido...

— Não o abandone, Nica. Não permita que ele se anule. — Adeline me encarou, angustiada. — Rigel se condena a ficar sozinho. Talvez por acreditar que não mereça outra coisa... Ele cresceu com a consciência de não ter sido desejado e está convencido de que vai ser sempre assim. Mas não o deixe sozinho, Nica. Prometa que não vai fazer isso.

Eu não faria isso.

Não mais.

Eu não o deixaria sozinho porque ele já tinha passado tempo demais assim.

Eu não o deixaria sozinho porque os contos de fadas existem para todos.

Eu não o deixaria sozinho porque não é sozinho que se aprecia a vida, e sim ao lado de alguém, de mãos dadas, coração forte e rosto iluminado.

Eu não o deixaria sozinho porque queria falar com ele, ouvi-lo e senti-lo ainda por muito tempo. Eu desejava tocar a sua alma.

Eu desejava vê-lo sorrir, rir e se iluminar, desejava vê-lo feliz como nunca havia desejado o que quer que fosse.

Desejava tudo isso e um pouco mais, porque Rigel havia esculpido o meu coração no ritmo da respiração dele e eu já não sabia mais como respirar de outra forma.

E eu queria gritar aquilo bem ali, naquele sofá, botar tudo para fora e berrar para o mundo, mas me segurei.

Em vez disso, deixei o coração falar e guardei o resto para mim.

— Prometo.

Na tarde seguinte, eu segurava um pacote entre os dedos, andando depressa pelas ruas do bairro.

Estava levemente atrasada. Ergui o rosto e vi de relance o quiosque de sorvete do outro lado da rua.

Atravessei e dei uma olhada ao redor, procurando um rosto familiar.

— Oi — cumprimentei Lionel, que retribuiu. — Desculpa o atraso... Está esperando há muito tempo?

— Não, imagina — respondeu ele, aproximando-se. — Vem, reservei uma mesinha. Na verdade, estou te esperando há um tempinho, sim, mas nada de mais.

Pedi desculpas outra vez e disse que, se ele quisesse, eu poderia pagar o sorvete. Lionel aceitou na mesma hora e eu parei no quiosque para pegar duas casquinhas.

Quando fui até a mesa, notei como ele me olhava. Entreguei-lhe o sorvete e imaginei ter visto os olhos dele deslizarem pelas minhas pernas descobertas.

— Que foi? — perguntei assim que me sentei.

— O seu vestido é bem bonito — comentou ele, olhando para o vestidinho vermelho cheio de bolinhas brancas. Em seguida, observou o tecido esvoaçante que dava um toque de cor à minha pele e a bolsinha marrom que Anna havia me dado. — Cai muito bem em você. Você está linda.

Senti as bochechas corarem e as sobrancelhas se arquearem. Desviei o olhar e, na mesma hora, refleti sobre a conversa na casa de Billie.

— Obrigada — respondi, esperando que ele não percebesse o meu constrangimento.

— Não tinha necessidade de usá-lo para vir aqui.

— Hã?

Lionel sorriu alegremente.

— Não que eu não aprecie... mas não tinha necessidade de colocar um vestido tão bonito só para tomarmos um sorvete juntos. Não precisava, de verdade. É só um sorvete.

— Ah, não, eu... sei. Resolvi usar porque depois tenho um jantar. Sabe, vamos comemorar juntos. Hoje é aniversário de Rigel.

Lionel ficou imóvel por tanto tempo que o sorvete começou a derreter nos dedos dele.

— Ah — constatou, olhando-me sem expressão. — Hoje é aniversário dele?

— É...

Lionel ficou em silêncio. Voltou a tomar o sorvete enquanto eu sorria para uma joaninha que tinha acabado de pousar no dorso da minha mão.

— Então é por causa dele que você colocou esse vestido?

Observei Lionel, que agora mexia no sorvete com uma colher, concentrado demais para me olhar.

— "Por causa dele"?

— Por causa do *irmãozinho* querido? — especificou com desinteresse. — Se arrumou toda bonitinha para o aniversário dele?

Encarei-o, confusa. Eu não tinha vestido aquela roupa para ninguém... Só para mim.

Queria que fosse uma ocasião especial. Fui eu que informei a Anna e Norman e, sabendo que Rigel não gostava de festas, optamos por algo simples, só entre a gente.

Adeline também iria. Pela primeira vez, eu quis vestir algo diferente.

— Vamos fazer um jantar em casa — falei baixinho. — Achei fofo...

— E você coloca um vestido para jantar em casa?

— Lionel... Tem alguma coisa que você queira me dizer?

Eu não estava entendendo. Ele não tinha acabado de me dizer que o vestido tinha ficado bonito?

— Deixa pra lá — murmurou ele, balançando a cabeça. Depois, viu o meu olhar agitado e acrescentou: — Não queria dizer nada. Achei estranho, só isso. — Por fim, mordeu a casquinha e tentou sorrir para mim.

Terminamos os sorvetes em silêncio.

— O que tem aqui? — perguntou depois de um tempo, sacudindo o pacote que eu havia colocado em cima da mesa. — Foi por isso que você se atrasou, né?

— Sim — respondi, levando uma mecha de cabelo para trás da orelha. — Eu vi isso e parei para comprar. Desculpa...

— O que é?

— É o presente de Rigel.

No mesmo instante, Lionel parou de girá-lo entre os dedos e o segurou nas mãos, virando-se lentamente para mim.

— Posso ver?

Fiz que sim e ele desembrulhou o pacote devagar.

Dali, saiu uma pequena esfera de vidro.

Tinha um cordão preto de seda e era preenchida com areia colorida, disposta de forma a desenhar um lindo céu estrelado no vidro. As partículas reluziam contra a luz, piscando como estrelinhas.

E havia a constelação de Orion, impressa como uma teia de aranha de diamantes muito, muito finos.

Eu nem sabia o que era. Um chaveiro, talvez. Não tinha certeza. No entanto, quando a vi por acaso naquela lojinha de vidro soprado, não pude deixar de pensar que era perfeita para ele.

Parte de mim imaginava-a pendurada nos dedos de Rigel enquanto ele brincava com ela distraidamente, concentrado na leitura de um livro...

Lionel virou o presente nas mãos e eu me levantei para jogar a colher fora.

— É feita à mão — comentei. — A senhora me disse que era a última. Acredita que é ela que pinta a areia? Ela põe uma espécie de monóculo, se senta no banquinho e arruma os grãos com uma agulha comprida até...

O barulho do vidro me deu um susto.

Aos pés de Lionel, cacos de vidro brilhavam em meio a uma auréola de areia. Olhei para eles sem fôlego.

— Ah — disse Lionel, coçando a bochecha. — Droga.

Enquanto ele se desculpava, eu me aproximei e fiquei de joelhos no chão, olhando para os pedacinhos entre os dedos.

Aquele presente, escolhido com tanto cuidado... agora estava destruído.

Por quê? Por que tudo sempre tinha que acabar em pedaços, quando se tratava de Rigel?

Segurei os cacos de vidro entre as mãos, tremendo de decepção, e olhei para Lionel. Nos meus olhos havia uma emoção que eu nunca tinha sentido.

Ele pediu desculpas de novo, mas dessa vez não respondi.

🦋

Mais tarde, voltei para casa com o coração pesando no peito. Queria muito ter visto Rigel recebendo aquela lembrancinha, e parte de mim sempre se perguntaria se ele aceitaria.

— Ah, Nica, você voltou! — Anna estava ocupada estendendo a toalha de mesa. — Você pode subir com aquela caixa enquanto eu termino de arrumar a mesa? Pode guardá-la no quartinho no final do corredor.

Ao ouvir essas palavras, procurei o rosto dela e lhe lancei um olhar compreensivo, mas ela sorriu para mim. O quartinho no final do corredor era onde ela guardava as coisas de Alan. Eu obedeci e me dirigi para o andar de cima.

Acendi a luz e botei a caixa ao lado de um armário. Naquele quarto havia roupas, caixas, CDs antigos e pôsteres enrolados perto da parede. Além de alguns livros. Cheguei perto e vi que eram livros da faculdade.

Descobri que Alan estava estudando Direito, assim como Asia.

Tentando ser respeitosa, peguei um livro particularmente grande e o abri. Desejava me aproximar dele, conhecê-lo e saber algo a mais. Queria pedir a Anna que me falasse dele, mas não sabia se ela gostaria disso.

Folheei o livro de Direito Penal, impactada com o número excessivo de páginas. Percebi que estava limpo e arrumado. Alan cuidava muito bem dos próprios livros.

Li distraidamente os títulos dos capítulos:

Crime de abuso infantil...
Crime de bigamia...
Crime de violência doméstica...
Crime de incesto...

Franzi a testa. Houve uma palavra que atraiu a atenção dos meus olhos na mesma hora. *Adoção.*

Eu me concentrei e li o que estava escrito.

🦋

"Em muitos estados, a adoção cria um verdadeiro vínculo familiar. Com o processo de adoção, o *adotado* passa a fazer parte legalmente da família do *adotante*. Portanto, ele torna-se membro da família de pleno direito.

Seção 13 A, código penal do Alabama: Qualquer relacionamento ou matrimônio com um membro da família, seja consanguíneo ou adotivo, é considerado incesto sob a lei.

Isso compreende: pais e filhos de sangue ou adotivos; irmãos ou irmãs de sangue ou adotivos; meios-irmãos ou meias-irmãs.

O incesto é um crime de Classe C. Os crimes de Classe C acarretam pena de prisão até..."

Parei de ler. Fechei o livro e me afastei como se ele tivesse me queimado. Os ouvidos zumbiam.

Fiquei imóvel olhando para a capa, sem de fato vê-la. Uma emoção silenciosa se agitou dentro de mim como um mar tempestuoso. Eu não entendia o que era aquela sensação de vazio. Nem sequer entendia o que estava acontecendo comigo.

Fechei a porta com urgência e recuei sem me reconhecer. Ao voltar, tive a impressão de que as paredes estavam se afastando. Sem mais nem menos, tudo parecia estranho e fora do lugar, como se o meu eixo tivesse mudado.

Afastei aquelas sensações e as tranquei a sete chaves antes de voltar para baixo. Fiz um esforço para me concentrar apenas na comemoração e ignorei aquela vaga emoção dentro de mim, que parecia não me deixar em paz.

Foi um jantar tranquilo.

Pude finalmente apresentar Adeline a Anna e Norman, que ficou o tempo inteiro lhe passando o molho, perguntando se ela queria mais.

Olhei para Rigel várias vezes, tentando ler algo no rosto dele, algo que indicasse se estava gostando do jantar. Infelizmente, Adeline me impedia de vê-lo com clareza.

Chegou o bolo, chegaram os presentes e eu me encolhi um pouco ao me lembrar que não tinha nada para dar.

Por fim, depois de já ter escurecido havia um bom tempo, Adeline decidiu que era hora de ir embora.

Norman se ofereceu para acompanhá-la, mas ela recusou a proposta com educação. Anna deu um beijo em Rigel e subiu para o quarto, onde Norman se juntou a ela depois de nos desejar boa noite.

— Obrigada pela noite — sussurrou Adeline.

Ela me cumprimentou com carinho e depois se aproximou de Rigel, que ainda estava sentado: quase dei um pulo quando ela se abaixou para abraçá-lo.

— Pensa naquilo que eu te falei no outro dia — pensei tê-la ouvido sussurrar.

Ao ouvir aquelas palavras, Rigel virou o rosto, como se não quisesse escutá-las e ao mesmo tempo não conseguisse expulsá-las da mente. Ela suspirou e, em seguida, foi embora.

Ficamos só nós dois.

O silêncio se instalou e Rigel olhou na minha direção: quando notou que eu o observava, imediatamente desviou o olhar e se levantou.

— Rigel.

Eu me aproximei e parei atrás dele.

— Comprei um presente para você hoje... Não esqueci. Infelizmente não pude te dar.

— Não importa — murmurou.

Abaixei a cabeça.

— Eu me importo — retruquei com amargura.

Queria que aquela noite fosse especial para ele. Queria que aquilo o fizesse compreender o carinho das pessoas próximas, por mais que ele não conseguisse enxergar. Eu queria que ele entendesse que não estava sozinho.

— Desculpa — falei, quase sem voz.

Segurei uma ponta da camiseta dele e, dentro de mim, senti a necessidade de chegar mais perto.

— Eu fazia questão. E agora queria... queria poder consert...

— Não fala — a voz dele me interrompeu.

— Eu quero — murmurei, obstinada. — Me deixa consertar isso. Deve ter alguma coisa que você queira... — Apertei ainda mais a mão na camiseta, procurando o olhar dele. — Qualquer coisa...

Rigel respirou lentamente. Ficou em silêncio antes que eu o ouvisse perguntar, em um tom impossivelmente arrastado e profundo:

— Qualquer coisa?

Lembrei-me da forma como ele havia me segurado nos braços debaixo da chuva. O tapa que havia levado no meu lugar. O arranhão no rosto...

— Sim — sussurrei sem hesitar.

— E se eu te dissesse... para ficar parada?

— Como?

Rigel se virou lentamente. Os olhos escuros pousaram em mim.

Eu mal conseguia respirar: no reflexo das suas íris, vi o meu vestidinho vermelho e a boca entreaberta abaixo do olhar prateado.

— Parada — os lábios dele sussurraram, deixando-me à deriva. — *Apenas parada...*

Fiquei imóvel. Presa pelo som daquela voz.

Ele me olhou por baixo dos cílios, alto e imponente, e só então notei a mancha de açúcar de confeiteiro no canto da minha boca. Fiz menção de me limpar.

Mas não consegui. Os dedos de Rigel rodearam o meu pulso e me prenderam: o seu toque sedoso explodiu na minha pele e a minha respiração vacilou.

Ele estava me tocando.

Fiquei inerte enquanto ele abaixou o meu braço lentamente, prendendo-me com o olhar.

— Apenas — ele engoliu em seco — *parada...*

Eu estava hipnotizada.

Encarei-o com olhos indefesos, cheia de sensações descontroladas que me faziam pegar fogo.

As suas pupilas percorreram o meu rosto. Rigel olhou para mim por um momento, e então... inclinou-se para a frente bem devagarinho.

O seu perfume masculino invadiu o meu nariz. O meu coração martelava na garganta.

Ele respirou em cima de mim, e... pousou os lábios no canto dos meus.

Prendi a respiração.

A sua língua quente roçou a ponta da minha boca e eu parei de respirar. Senti o coração tensionar, os joelhos tremerem. Rigel limpou o açúcar de confeiteiro e eu me vi agarrando a bainha do vestido como se fosse o meu único ponto de apoio em meio àquela loucura.

Não estava entendendo mais nada.

Inspirei profundamente, as nossas respirações se misturaram e o perfume dele desceu direto pela minha garganta, embaçando a minha mente como o mais doce dos venenos.

O meu coração estava prestes a explodir. Uma estranha tontura fez a minha cabeça girar e eu esqueci como se respirava.

Ele estava me matando.

Sem fazer sequer um barulho.

Tive a sensação de que os dedos dele também tremiam em volta do meu pulso...

Rigel se afastou e lambeu o açúcar no lábio inferior. Olhei para ele, perplexa, em chamas e arrepiada dos pés à cabeça.

Eu estava sentindo algo que me deixava assustada se mover dentro de mim. As reações da minha pele me aterrorizavam.

Mas a respiração dele me anulou.
Os seus olhos queimaram o meu lábio.
A sua respiração atingiu as minhas bochechas.
Fechei os olhos e...

🦋

Os lábios de Nica.
Rigel não via outra coisa.
O sangue pulsava nas suas têmporas, o cérebro estava confuso. O coração estava prestes a explodir no peito.
Ela não tinha se mexido.
Ainda estava parada...
Sem se dar conta, ele a empurrou levemente para trás, fazendo-a encostar na mesa. Rigel se viu deslizando as mãos pelos antebraços dela até agarrar ambos os pulsos, ofegante.
Ele morria de vontade de beijá-la.
O verme rosnou. E ele ainda sentia o sabor da pele dela na língua, como uma condenação que o faria arder para sempre.
Precisava se afastar dela. Antes que fosse tarde demais.
Precisava deixá-la ir embora, repreendê-la, afastá-la e nunca mais olhar para ela...
Mas Nica estava ali e, *Deus*, era o pecado mais lindo que ele já tinha visto. Com aquele vestido que envolvia os seios e o longo cabelo castanho, os lábios reluzentes e entreabertos respirando todo aquele ar que ele queria arrancar da boca dela.
Ela era esplêndida e irresistível.
Rigel se inclinou levemente para a frente, inalando o perfume doce. Os freios estavam falhando. Ele roçou a pele quente dos pulsos e a sentiu prender a respiração. O coração batia contra as costelas; a tortura era insuportável.
O perfume de Nica estava lhe subindo à cabeça. Ele teve a sensação de não entender mais nada, de estar perdendo a noção da realidade. Nada se comparava ao efeito que Nica tinha sobre ele.
E Rigel queria... *Naquele momento, Rigel só queria...*
Ela estremeceu.
Rigel ergueu os olhos.
Ele a viu engolir em seco com as pálpebras cerradas, o semblante abalado, as bochechas vermelhas e os joelhos bambos.
Ela tremia a ponto de não respirar, até os pulsos tremiam nas mãos dele.
Não conseguia sequer olhá-lo.

E, mais uma vez, o mesmo mecanismo destrutivo foi ativado: o terror, a rejeição, a paixão devastadora, aqueles sentimentos que o sufocavam e o oprimiam, como se estivesse submetido a uma condenação eterna.

A angústia voltou, assim como a frustração, e Rigel gostaria de raspá-la com as unhas, arrancá-la de si mesmo e não se sentir sempre tão sombrio, extremo e errado. Estava cansado de se sentir daquele jeito, mas, quanto mais tentava se rebelar contra si mesmo, mais o coração se escondia dentro do peito como um animal ferido.

Ele só queria se sentir bem. Só queria tocá-la, senti-la. Vivê-la.

Ele a desejava com tudo o que tinha, mas só tinha mordidas, espinhos, dores e uma alma cheia de sofrimento.

E ela nem sequer conseguia olhá-lo nos olhos.

"Se existe alguém capaz de amar tanto assim..." Aquela frase morreu dentro de Rigel, enquanto Nica tremia diante dele.

E Rigel concluiu que havia uma doçura assustadora na maneira como, desde sempre, a própria alma se desintegrava entre os ossos só de olhar para ela.

A mão dele me soltou.

Rigel se afastou e eu mergulhei na realidade.

Não, o meu coração gritou de dor.

Tive a sensação de estar enlouquecendo. De não reconhecer mais o que era acima e o que era abaixo. Não era mais eu mesma: sentia apenas uma força invisível me prendendo a ele.

Eu estava prestes a impedi-lo de sair quando alguém bateu à porta.

Levei um susto e, à minha frente, Rigel virou o rosto e os olhos dispararam para a porta de entrada.

Quem poderia ser àquela hora?

— Não vai embora — implorei a ele. A voz saiu cheia de angústia. — Não foge. Eu te imploro...

Mordi os lábios na esperança de convencê-lo a me esperar, a não desaparecer, pelo menos aquela vez.

Talvez tenha conseguido, pois Rigel não se mexeu. Eu lhe lancei um último olhar antes de me afastar e, enquanto ia em direção à porta, tive certeza de que ele estava me olhando.

Reparei que havia alguém do outro lado do vidro fosco, alguém que batia insistentemente à porta como se não fosse tarde da noite.

Espiei pelo olho mágico. E arregalei os olhos.

Fiquei encarando a porta, confusa e perplexa, e por fim a abri.
— Lionel — falei, sem fôlego.
Ele me olhou com a mão ainda levantada, os olhos em choque. Parecia ter vindo correndo.
— O que está acontecendo? O que você está fazendo aqui a esta hora?
— Eu vi que as luzes estavam acesas — disse ele com urgência, aproximando-se de mim. O olhar alterado me assustou. — Eu sei, já está supertarde, eu sei, Nica, mas... eu não estava conseguindo dormir... Não podia...
— O que houve? Você está bem?
— Não! — respondeu ele, fora de si. — Só consigo pensar nisso, cheguei ao limite. Não aguento essa situação, não suporto que... que você esteja aqui, que... — Lionel mordeu o lábio, confuso.
— Lionel, calma...
— Não suporto que você more aqui com *ele* — disparou por fim.
Senti um embrulho no estômago.
Ao ouvir aquelas palavras, lancei um olhar alarmado por cima do ombro: no silêncio elas haviam reverberado como um tiro de canhão.
Dei um passo à frente e abri um pouco a porta. Lionel recuou e eu desviei o olhar para o portão aberto.
— Está tarde, Lionel. É melhor você ir para casa...
— Não! — interrompeu em tom febril, levantando a voz. Nem parecia ele. — Eu não vou para casa. E não consigo mais fingir que não está acontecendo nada! Não suporto saber que ele vive te rondando, com aquele jeito de babaca intocável, e você com esse seu... *vestido* — prosseguiu, gesticulando loucamente e encarando cada centímetro do meu corpo. Ele cravou as íris nas minhas, de repente iluminadas por um brilho sinistro. — Vocês estavam juntos até agora? É isso? O que foi que ele te pediu de presente, hein? *O quê?*
— Você está fora de si — respondi com um aperto no peito.
— Não quer me contar? — Lionel respirava com dificuldade. O olhar se alternava entre os meus olhos, agitado. — Você ainda não entendeu, né?
Eu me aproximei dele.
— Lionel...
— *Não...!* — explodiu ele, descontrolado, recuando alguns passos. — Como posso fazer você entender? Hein? Como? — Em seguida, passou a mão pelo cabelo. — Você é realmente tão ingênua assim?
Levei um susto quando ele cerrou os punhos.
— Não dá mais para continuar assim, é um absurdo! Quanto tempo faz que a gente se fala? *Quanto tempo?* E você, ainda assim, parece não enxergar nada! O que é que eu tenho que fazer para você entender? O quê? Meu Deus, Nica, se toca!

De repente, as mãos dele agarraram o meu rosto impetuosamente: Lionel me beijou e eu arregalei os olhos. Por instinto, fechei as pálpebras e o empurrei.

Desconcertada, cambaleei para trás e ele me encarou atônito. Em seguida, olhou por cima dos meus ombros.

Tremi ao ver duas íris pretas nos encarando da soleira da porta. Na calada da noite, eram dois abismos impiedosos e sem luz.

Ele só me olhou por um instante, mas foi o suficiente para que o mundo parecesse gritar. Então, deu meia-volta e desapareceu.

— Rigel! — chamei, fazendo menção de segui-lo, mas senti o meu braço sendo segurado.

— Nica... Nica, espera...

— *Não!* — disparei, levantando a voz.

Então, puxei o braço e Lionel ficou me encarando com olhos consternados, antes que eu me virasse e entrasse às pressas.

🦋

Os nervos de Rigel estavam prestes a explodir.

Uma dor surda o devorou enquanto ele se afastava daquela visão, ou melhor, fugia. Uma dor que tinha um desejo mortal de despedaçá-lo, de arrebentar a cara daquele babaca e afastá-lo dela. Ver os dois juntos o enlouquecia.

A mente mergulhou em uma espiral escura e sem sinal de luz.

Sempre soubera que Nica nunca olharia para ele do jeito que olhava para o resto do mundo; não ele, com um coração tão sujo e maltratado.

Havia acumulado ódio demais. Tinha atraído muito desgosto para si, inclusive o dela.

O sangue subiu ao cérebro. Os punhos estavam cerrados. Aquela visão o atormentou e ele sentiu uma necessidade incontrolável de quebrar alguma coisa.

Ninguém jamais o desejaria, *ninguém*, pois ele era quebrado, diferente, mesquinho e um *desastre*.

Rigel mantinha o mundo à distância. Arruinava tudo que tocava. Havia algo de errado com ele e sempre haveria.

Não conseguia sentir emoções comuns, não sabia lidar com um sentimento tão doce quanto o amor sem agredi-lo e despedaçá-lo na tentativa de afastá-lo.

Apegar-se a alguém significava sofrer. Apegar-se a alguém significava abandono, medo, solidão e dor. E Rigel não queria mais voltar a passar por aquilo.

O amor o machucava, mas ali estavam os olhos de Nica, aquele sorriso luminoso e uma doçura infantil que partia o seu coração.

Rigel fechou os olhos com força. O estresse pulsava nas têmporas, pontos brancos explodiam por trás das pálpebras e ele sentia algo crescer dentro de si, uma desolação cruel e abrasadora.

— Não...

Os músculos se contraíram. Rigel rejeitou veementemente aquela dor que sempre ameaçava enlouquecê-lo. Ele fechou os olhos e os arranhou, os torturou, mas a sensação não foi embora.

Furioso, ele chutou a mochila e se sentou na cama. Levou as mãos ao cabelo e, fora de si, quase os arrancou.

— Agora, não... *Agora, não...*

🦋

— Rigel! — chamei da escada.

Cheguei ao andar de cima e fui até o quarto dele. A porta estava entreaberta. Empurrei-a lentamente.

E ali estava ele, sentado na cama, imerso na penumbra.

— Rigel...

— *Não entra aqui* — sibilou, me assustando.

Então eu o encarei, angustiada com aquele tom tão ameaçador.

— Vai embora... — Ele passou o dedo pelo cabelo preto. — Vai embora agora.

O meu coração martelava loucamente no peito, mas não me mexi.

Não tinha intenção de ir embora.

Fui me aproximando devagarzinho, percebendo como ele parecia sem ar, mas Rigel rangeu os dentes com violência.

— Já disse para você *não entrar* — rosnou com raiva, afundando as mãos no colchão.

As pupilas estavam incrivelmente dilatadas, como as de uma fera.

— Rigel... — sussurrei. — Você está... bem?

— Nunca estive *melhor* — sibilou. — Agora vai embora.

— Não — retruquei, obstinada. — Não vou embora...

— *Fora!* — Ele explodiu com tanta violência que me assustou. — Por acaso você é surda? *Já falei pra você sumir daqui!*

Ele gritou comigo de um jeito terrível. Eu o encarei, aflita, os olhos esbugalhados, e vi um sofrimento devastador soterrado como um caco de vidro em meio a toda aquela raiva. Com um nó na garganta, senti que aquele vidro também estava cravado em mim.

Ele estava me afastando de novo, mas, dessa vez, dava para ver o desespero com que me mandava ir embora.

"Porque Rigel se condena a ficar sozinho", ouvi enquanto ele sangrava na minha frente.

— Você me ouviu? VAI EMBORA, NICA! — berrou em um tom que teria aterrorizado qualquer um, mas, para variar, segui o coração em vez da razão.

Envolvi o pescoço dele com os braços e, em seguida, puxei-o para perto de mim.

E o abracei.

Eu o abracei para que nos despedaçássemos juntos, sem entender por que eu também estava me despedaçando.

Eu o abracei com toda a força que havia dentro de mim, e as mãos dele envolveram o meu vestido como se quisessem me afastar.

— Você nunca mais vai ficar sozinho... — sussurrei no ouvido dele. — Eu... não vou te deixar, Rigel. Prometo. — Senti a respiração pesada contra o meu estômago. — Você nunca mais vai se sentir sozinho. *Nunca mais...*

E, no momento em que falei aquelas palavras... os seus dedos esmagaram o tecido do meu vestido e o deformaram. E então... Então eu fui puxada.

Rigel se agarrou a mim. Afundou a cabeça na minha barriga.

A respiração dele tornou-se irregular e despedaçou a minha alma, como se aquela confissão fosse tudo o que ele precisava ouvir.

Um terremoto me atravessou. Arregalei os olhos e afundei as mãos no cabelo escuro, como se ele estivesse me desenraizando de mim mesma.

E, enquanto Rigel me abraçava desesperadamente, como se eu fosse aquilo que ele mais desejava no mundo... o meu coração explodiu.

Explodiu como uma galáxia.

Minha alma se expandiu e envolveu Rigel até se fundir com a respiração dele; senti uma necessidade absoluta de tê-lo ali, abraçado a mim, unidos como pedaços de um único espírito. Unidos pelo coração, como fragmentos que passaram a vida inteira em busca um do outro.

Meu corpo tremia enquanto os olhos arregalados se enchiam de lágrimas. Eu me agarrei a ele, comovida, percebendo a verdade de uma vez por todas.

Era tarde demais.

Rigel já estava dentro de mim. Ele tinha deixado a sua marca por toda parte.

Tudo o que eu queria, tudo o que eu desejava loucamente... era aquele garoto complicado que agora me segurava entre os braços como se aquilo fosse o suficiente para salvar o mundo. Como se aquilo fosse o suficiente para salvá-lo...

Aquele garoto que eu conhecia desde sempre, o menino do Grave com olhos pretos e um olhar sem vida — *Rigel*, gritou cada partícula do meu ser, *Rigel e mais ninguém*.

Tive a sensação de que ele sempre esteve dentro de mim, dando sentido aos meus silêncios, pegando os meus sonhos pela mão mesmo quando eram assustadores demais. Àquela altura, eu já vivia dos batimentos dele, daquele ritmo desajeitado e descompassado que Rigel havia impresso diretamente no meu coração.

Eu pertencia a ele com cada partícula brilhante da minha alma.

Com cada pensamento.

E cada respiração.

Nós éramos o início e o fim de uma única história, eternos e inseparáveis. Rigel e eu, ele estrela e eu céu, ele arranhões e eu curativos, formando, juntos, *constelações de arrepios*.

Juntos... desde o início.

E, enquanto eu me partia para me costurar outra vez com pedaços que gritavam única e exclusivamente o nome dele, enquanto tudo desmoronava e ele virava parte de mim, entendi que o único pertencimento que eu já havia abrigado no meu coração por toda a vida... era ele.

25
ROTA DE COLISÃO

*Meu coração está cheio de hematomas,
mas a alma está cheia de estrelas,
porque algumas galáxias de arrepios
só brilham debaixo da pele.*

O tempo tinha parado.
    O mundo tinha deixado de girar.
    Só havia *nós*.
    Dentro de mim, porém, universos em colisão acabavam de dar novas formas a cada uma das minhas certezas.
    Eu não conseguia me mexer. Meus olhos estavam indefesos e abertos. No entanto, por dentro...
    Por dentro eu não era mais eu.
    Minha alma tremia. As emoções escapavam por todos os lados sem que eu pudesse detê-las. Meus sentimentos corriam ladeira abaixo, cada vez mais velozes, cada vez mais apressados — e *não, não, espera*, gostaria de gritar ao meu coração, *eu imploro, espera, assim não... assim não...*
    Mas ele não parava.
    E era uma loucura pensar que o mundo estava alheio à explosão que acabara de acontecer dentro de mim. Como se eu estivesse condenada a um suplício particular, que me escavava em silêncio e me queimava a cada respiração.
    Os dedos de Rigel tocaram o meu vestido na altura da cintura.
    As mãos subiram em movimentos lentos, enrugando o tecido ao longo das costelas sem que eu ousasse respirar. Eu as queria no meu corpo todos os dias.
    De repente, os lábios dele pousaram na minha barriga.
    Rigel beijou a pele por cima do vestido.
    Fiquei sem ar. Eu estava chocada, hipersensível e pegando fogo, mas não consegui reagir a tempo. Outro beijo, dessa vez mais para cima, em uma costela que arderia para sempre. Tremi e as mãos dele me puxaram para mais perto.

— R... Rigel — gaguejei enquanto ele me dava um beijo longo e ardente no ponto entre as costelas.

Ele parecia completamente perdido no meu calor, no meu perfume, no meu corpo tão próximo.

O meu coração martelava no estômago, reagindo às carícias da boca dele. Apertei o cabelo de Rigel entre os dedos e a minha respiração se perdeu.

Ele beijou a pele nua do meu decote, devagarinho, do jeito que só ele fazia, com os dentes e os lábios. O meu peito subia e descia ritmicamente, e aquela língua quente percorria a minha carne, deixando um rastro de paixão.

Engoli em seco quando os seus dedos percorreram a minha coxa e a apertaram. Rigel a puxou para si e o meu coração não teve forças para se opor.

Tentei ignorar aquela doce tensão que se formava na minha barriga, mas foi impossível. Tive a impressão de que o meu coração se contorcia. Estava me sentindo quente, úmida, trêmula. Eu estava perdendo o controle, não reconhecia nenhuma daquelas sensações, mas todas elas me pertenciam.

Deixei escapar um gemido baixinho.

Ao ouvir o som, as mãos dele me puxaram para os seus braços em um frenesi descontrolado. Com um gesto possessivo, Rigel acomodou a minha coxa no quadril e afundou a boca no meu pescoço, mordendo-o, torturando-o, levando a tensão ao limite. A minha respiração acelerou.

Os dentes dele sondaram a curva do meu pescoço, saboreando-o como a um fruto proibido. As pernas ficaram bambas, o coração passou a ocupar todo o espaço.

Eu não estava raciocinando.

Senti os tornozelos tremendo, os ossos da pélvis pressionando as minhas coxas, as mãos enterradas nos ombros dele para mantê-lo agarrado a mim. Ele se tornara o meu centro, o eixo do meu universo. Tudo o que eu via era ele, tudo o que eu ouvia era ele, cada centímetro do meu ser tremia só de pensar nele.

Os lábios de Rigel beijaram a artéria palpitante do meu pescoço, saciando-se com os batimentos. Eu respirava pesadamente, dominada por sensações violentas, e então os seus dedos apertaram o meu peito. Um forte arrepio contraiu o meu estômago e aquela emoção me assustou.

De repente, a realidade me atingiu como um balde de água fria. Tomei um susto, a tensão se rompeu e o medo de tudo que eu estava sentindo ser real e verdadeiro tomou conta de mim.

— Não!

Eu me desvencilhei do corpo dele e recuei.

O olhar petrificado de Rigel perfurou o meu coração. Ele me encarou por baixo do cabelo desgrenhado e cada passo que eu dava para longe dele era como uma punhalada.

— Não podemos — murmurei, confusa. — Não podemos!

Então, eu me abracei, e ele viu o lampejo de terror nos meus olhos.

— O que...

— É *errado*! — A voz reverberou pelo quarto.

Aquela única palavra fez algo se quebrar dentro de nós.

As íris de Rigel se transformaram. Naquele instante, percebi que nunca as tinha visto tão brilhantes como estiveram até aquele momento.

— É... *errado*? — repetiu, com suavidade. Nem parecia a voz de Rigel. A incredulidade se transformou em dor e o seu olhar se tornou sombrio, como se a alma estivesse murchando sob a pele. — O quê? O que é errado, Nica?

Ele já sabia a resposta, mas, de qualquer maneira, queria a confirmação.

— Isso... — respondi, sem me atrever a dar um nome ao que havia dentro de mim, pois definir aquele sentimento seria o mesmo que o admitir e, portanto, aceitá-lo. — Não podemos! Rigel, nós... nós estamos prestes a nos tornar irmãos!

Dizer aquilo me causou um dano letal.

Seríamos isso aos olhos do mundo. *Irmãos*. Aquele nome, que eu sempre rejeitara, agora parecia uma condenação eterna.

Eu me lembrei do que tinha lido no livro de Alan e senti aquelas palavras me queimarem como uma marca que jamais sumiria.

Era um erro, não devíamos, *não podíamos* — mas a minha alma gritava, era uma injustiça que me tirava o fôlego. E agora o conto de fadas tinha espinhos e páginas apodrecidas e, quanto mais Rigel me olhava, mais eu sentia o meu desejo de criança me esmagar até quase me partir em duas.

Naquele momento, duas esferas brilhantes mantinham em suspenso o equilíbrio do meu coração.

De um lado, luz, calor, esplendor e os olhos de Anna. A família que eu sempre quis. A única esperança que me permitira sobreviver quando a diretora me batia e me machucava.

Do outro, sonhos, arrepios e universos de estrelas. Rigel. Tudo aquilo que ele pintara dentro de mim. Rigel e os seus espinheiros. Rigel e aqueles olhos que entraram na minha alma.

E eu ali, em meio àquele caos, pressionada por desejos conflitantes.

— Você continua mentindo para si mesma...

Rigel ainda me encarava. Mas agora... Agora estava a anos-luz de distância.

Os olhos dele não eram mais feridas abertas, mas abismos profundos e distantes.

— Você continua se iludindo... Você quer acreditar no conto de fadas, mas nós somos quebrados, Nica. Somos despedaçados. Faz parte da nossa natureza arruinar tudo. Nós *somos* os fabricantes de lágrimas.

"Você me arruinou", os olhos de Rigel pareciam sussurrar. "Sim, você mesma, tão frágil e pequena, você é a ruína por excelência."

Senti as lágrimas queimarem as pálpebras.

Falávamos uma língua que os outros não compreendiam, porque viemos de um universo só nosso. Mas nada no mundo arranhava e atingia a alma como aquelas palavras.

— Não posso perder tudo isso — sussurrei. — Não posso, Rigel...

Ele sabia. Sabia o que aquilo significava para mim. Ele me encarou com olhos doloridos, mas, por dentro, estava travando uma batalha que sabia que não poderia vencer.

Eu vi a luz perder a força nos olhos dele.

Senti vontade de segurá-la, mas já era tarde demais.

— *Então vai* — sibilou ele.

Nica estremeceu, com lágrimas nos olhos, e ele sentiu que ia morrer.

Na mente dele, havia gritos e escuridão, além da dor que lhe corroía o coração. Ele sabia como era importante para ela. Sabia o quanto ela desejava uma família. Não podia culpá-la.

Mas a promessa dela havia criado uma esperança que Rigel nem tivera tempo de assimilar, porque ela já a havia arrancado dele. E o mecanismo destrutivo estava dilacerando tudo, partindo-o em mil pedaços.

— Por favor... — Nica balançou a cabeça. — Rigel, por favor, eu não quero isso...

— E o que você quer? O que você quer, *Nica*?

A frustração explodiu. Ele se levantou, oprimindo-a com a sua altura, ardendo sob aquele olhar com que sonhava todas as noites.

— O que você quer de mim? — perguntou, exasperado.

Rigel sentiu o verme se movendo, impelindo-o a encostar nela, tocá-la, beijá-la. Ele cerrou os punhos com um sentimento de impotência. Por um instante, quis arrancar o coração e jogá-lo fora. Sabia que só podia culpar a si mesmo. Afinal, aquele era o castigo doloroso pelo erro que havia cometido.

Tocar piano naquele dia no Grave.

Permitir-se ser escolhido.

Ficar com ela.

Tinha sido um ato de puro egoísmo, um gesto desesperado para não a perder. E agora ele pagaria o preço para sempre.

— Eu não me encaixo no seu conto de fadas perfeito — sussurrou ele com uma amargura dilacerante.

Rigel queria odiá-la. Queria arrancá-la da alma, libertá-la de si mesmo, abandonar a *esperança*.

Mas ela estava cravada no seu coração.

E ele havia tentado se curvar ao amor, mas percebera que só sabia amar assim, daquele jeito desesperado e extenuante, frágil e tortuoso.

Nica o encarou com olhos reluzentes e arrasados, e Rigel por fim entendeu que ela jamais seria dele.

Ele jamais a abraçaria.

Jamais a beijaria, a sentiria, a respiraria.

Ela sempre seria inacessível. Mas estaria perto o suficiente para machucá-lo.

Naquele momento, Rigel entendeu que jamais haveria um final feliz. Não para ele. Então, compreendeu com amargura que deveria feri-la para que ela fosse embora, para que se afastasse do desastre que ele era. Deveria feri-la porque dentro dele havia dor demais e arrependimentos demais para admitir a si mesmo o quanto desejava que ela o escolhesse.

Rigel a desejava com todas as forças. Mas, acima de tudo, queria vê-la feliz.

E, se a felicidade dela era a família, então ele facilitaria a escolha.

— Vai embora. Volta lá para o seu amiguinho. Tenho certeza de que ele mal pode esperar para continuar de onde vocês pararam.

— Não faz isso. — Nica estreitou os olhos. — Não me faz te odiar, porque você não vai conseguir.

Rigel soltou uma gargalhada odiosa, tentando torná-la crível. Merda, como doía rir assim. Era como ser devorado pela dor.

— Você acha que eu quero você por perto? Acha que eu quero a sua *gentileza* idiota? — Jamais suportaria tê-la ao lado dele como uma irmã. Jamais. — Não sei o que fazer com as suas promessas — resmungou, ferido.

Nica desviou o olhar, culpada e aflita. Em seguida, baixou o rosto, então não pôde ver a dor e a tristeza nos olhos pretos que a fitaram.

Rigel sentiu no próprio peito a enésima cicatriz quando as lágrimas escorreram pelo rosto dela. Ele continuou parado, os punhos trêmulos ao lado do corpo, e percebeu que ficar impassível diante de Nica talvez fosse o gesto mais corajoso que já fizera.

E lá ia ela embora. De novo.

E ali estava ele, de volta à condição de lobo.

Ambos de volta aos mesmos papéis.

Percorriam o mesmo caminho.

Mas com mais dor daquela vez. Com mais dificuldade.
Nunca seria como antes.
Nunca mais seria a mesma coisa.

🦋

"Eu nunca mais vou te deixar sozinho."
Senti aquela promessa assombrar a minha alma enquanto fugia.
Dele. De mim mesma. Do que éramos.
Estava tudo errado.
Eu. Rigel.
A realidade que nos unia.
O que eu sentia.
O que eu *não* sentia.
Tudo.
Desci a escada, entrei na cozinha e cheguei à porta dos fundos.
Fui parar no jardim. Eu buscava a natureza, o ar livre e a vegetação sempre que me sentia sufocada. Para mim, parecia a única maneira de respirar.
A escuridão da noite me envolveu e eu me encostei na parede, escorregando lentamente para o chão.
À minha frente, eu via apenas os olhos dele. As íris escuras, a forma como me encararam. A promessa se despedaçando no olhar de Rigel, apagando aquela luz...
No entanto, eu lhe diria aquilo novamente. Faria aquele juramento para sempre, porque parte de mim sabia que jamais poderia mentir, não para aqueles olhos.
Como eu iria olhar para ele dali em diante?
Como iria suportar ficar perto dele sem tocá-lo?
Sem sonhar com ele, sem abraçá-lo, sem desejá-lo?
Como iria ver amor nos outros quando o coração maltratado dele era tudo que eu queria?
Como iria considerá-lo como um irmão?
Eu me sentia partida ao meio.
Estava perdida.
Escondi a cabeça entre os joelhos e senti a vida zombar de mim.
"Com qual pedaço do seu coração você ficaria?", parecia sussurrar para mim, cruel. "Você só pode viver com um, porque depois o outro vai inevitavelmente morrer. Qual pedaço você escolheria?"
Eu me sentia confusa, frágil e desconsolada.

Tinha ultrapassado um limite, e não havia mais retorno. Era tarde demais para voltar atrás.

Nem percebi que o celular estava vibrando. Enfiei a mão no bolso e o peguei.

Uma mensagem enorme preenchia a tela iluminada. Em meio às pálpebras úmidas, quase não consegui desbloqueá-la.

Era Lionel. Estava se desculpando pelo que tinha acontecido, por ter aparecido tarde da noite.

Havia um monte de palavras, palavras demais. Não consegui absorver nenhuma. Estava exausta.

Encarei a tela e, naquele momento, ele me ligou. Vi o nome dele piscar e não tive forças para atender.

Não queria falar com ele. Não naquele momento.

"Eu sei que você está aí", escreveu ele quando viu que eu não estava respondendo. Tinha me visto on-line. "Por favor, Nica, me responde..."

Ele me ligou outra vez. Uma, duas vezes. Na terceira, inclinei a cabeça para trás e fechei os olhos. Atendi com um suspiro.

— Lionel, está tarde — sussurrei, exausta.

— Me desculpa — disse ele na mesma hora, talvez com medo de que eu desligasse. Parecia desesperado e sincero. — Me desculpa, Nica... Eu não deveria ter me comportado desse jeito. Fiz aquilo sem pensar e queria dizer que sinto muito...

Não era o momento para falar sobre aquilo. Eu não conseguia nem me concentrar. Um mundo despedaçado orbitava dentro de mim e eu não conseguia enxergar nada além disso.

— Desculpa, Lionel. Eu não... não quero falar disso agora.

— Não me arrependo do que eu fiz. Talvez não tenha sido a forma correta, mas...

— Lionel...

Ele parou de falar. Estava sendo sincero, eu sentia, mas, naquele momento, eu não conseguia dedicar a minha atenção a ele.

— Amanhã à noite... os meus pais não vão estar na cidade. Vou dar uma festa em casa, e... queria que você viesse. A gente poderia conversar.

Engoli em seco. Eu nunca tinha ido a uma festa na vida, mas duvidava que tivesse ânimo para ir nessa. Olhei para o jardim com pupilas opacas.

— Infelizmente acho que... não estou no clima.

— Por favor, vem — suplicou. Então, pareceu se arrepender da explosão e moderou o tom. — Eu quero conversar com você. E, além disso... uma festa poderia te animar, não?

Ele nem sabia por que a minha voz estava embargada. Não tinha sequer me perguntado. Será que estava achando que era por causa dele?

— Promete que vai vir — insistiu.

De repente, percebi como tudo teria sido mais fácil com Lionel.

Teria sido normal.

Teria sido possível.

Se não fosse pela minha alma.

E pela minha mente.

E pelo meu coração.

Se não fosse pelo céu estrelado que havia no meu interior...

Fechei os olhos com força.

Vou ser boa, a garotinha que havia dentro de mim me lembrou. E eu a afastei, pois não queria ouvi-la.

Proteger o meu sonho. Sentir-me amada por uma família. Era o que eu sempre quisera.

Então, por que doía tanto?

No dia seguinte, acordei com o toque do celular. Mal tinha dormido.

— Nica! — cantarolou uma voz. — Oi!

— Billie? — murmurei, cobrindo as pálpebras com a mão.

— Ah, Nica, você não vai acreditar! Aconteceu uma coisa incrível!

— Hum... — grunhi, meio confusa.

Eu sentia o coração pesado. As emoções da noite anterior esfriaram dentro de mim como escombros carbonizados e me lembraram do que tinha acontecido.

— Juro, estava achando que fosse ser uma manhã como outra qualquer, e quem poderia imaginar? Quando a minha avó me disse que o meu horóscopo estava me dando três estrelinhas na casa da sorte, nunca iria imaginar que fosse *esse* tipo de sorte...

Tentei me sentar enquanto Billie continuava falando pelos cotovelos.

— Por que a gente não se vê hoje à noite? Assim eu posso te contar! Pode vir para cá... A gente pede frango frito e faz aquelas máscaras faciais de ruibarbo que encontrei nos cereais...

— Hoje à noite? — murmurei, evasiva.

— É, você tá ocupada? — perguntou ela com uma pontinha de decepção.

— Sim... Tinha uma festa...

— Festa? De quem?

— Lionel — respondi depois de um tempo. — Ontem à noite... ele me pediu para ir.

Houve um momento de silêncio. Aproveitei para tirar o celular do ouvido e ter certeza de que Billie ainda estava ali.

No instante seguinte, a voz dela explodiu no meu ouvido.

— *Meu Deus!* Tá brincando?! Ele te convidou oficialmente? — Afastei o celular, atordoada. — Não acredito! Então ele gosta de você? Ah, espera, ele te disse que está interessado?

— É só para conversar — expliquei, mas ela não me ouviu.

— Com que roupa você vai? Já sabe?

— Não — respondi, incerta. — Para dizer a verdade, ainda não pensei nisso... Mas, sério mesmo, é só para conversar — deixei claro. Afinal de contas, era a verdade. Lionel me pedira várias vezes, mostrando o quanto se importava.

— Tive outra ideia! — exclamou Billie. — Vou te ajudar a escolher o look! Hoje vou sair com Miki, por que você não vem também? Minha avó me deu um monte de maquiagem de presente que eu nunca usei! Aí, enquanto isso, eu te conto o que aconteceu!

— Mas...

— Deixa de besteira, é perfeito! A gente passa aí para te buscar daqui a pouco, traz uma muda de roupa para hoje à noite! Agora vou ligar para Miki e contar para ela! Até daqui a pouco!

E desligou antes que eu pudesse falar qualquer coisa.

Fiquei encarando o celular, boquiaberta. Depois, me joguei de volta no colchão e prendi um suspiro.

Billie havia se entusiasmado demais com a ideia da festa.

Eu, por outro lado, nem tanto, mas tinha concordado em ir só para falar com Lionel e esclarecer as coisas. Mesmo assim, saí do meu quarto pouco depois com os dedos firmes nas alças da mochila e o olhar ligeiramente sem vida.

Quando me vi no corredor, percebi que não conseguia levantar o rosto.

A porta *dele*... estava ali. A poucos metros.

E, antes que algo dentro de mim começasse a se contorcer daquele jeito doloroso de novo, eu me afastei e alcancei a escada. Desci os degraus e me dirigi para a entrada de cabeça baixa, porque tudo parecia me lembrar Rigel.

Eu o sentia ao meu redor.

Ele estava no ar, como algo invisível e essencial.

Olhei de relance para o piano nos fundos e tratei de desviar o olhar na mesma hora. Cheguei à porta, pela primeira vez ansiosa para sair daquela casa, mas ela se abriu diante dos meus olhos.

— Nica! — Anna piscou. — Ah, desculpa... Está de saída?
Fui logo abrindo espaço para deixá-la passar.
— As suas amigas já chegaram?
Eu tinha dito a ela que ia sair, então fiz que sim. Ajudei-a com alguns envelopes e Anna sorriu para mim.
— Obrigada.
Antes que eu pudesse sair pela porta, ela me deu um beijo delicado no cabelo. Encarei-a, confusa, e ela abriu um sorriso cheio de ternura. De repente, fui tomada por uma sensação de culpa e desespero: Anna não sabia o quanto eu me sentia dividida. Não fazia ideia do que eu estava abrindo mão porque precisava dela...
Abaixei o rosto e mordi o lábio.
— Estou indo — murmurei meio sem jeito.
Saí de casa às pressas, tentando engolir os pedaços do meu coração.
"Nós *somos* os fabricantes de lágrimas..."
Não, disse a mim mesma, afugentando com urgência aquele pensamento enquanto seguia pela entrada da garagem. Mas a voz dele ficou comigo, no meu sangue, um sussurro que não iria embora.
Procurei o carro da avó de Billie, mas não o vi. Porém, reparei em um carro com o motor ligado e me aproximei, mas parei de repente quando vi um homem que eu não conhecia ao volante.
— Nica! É a gente! Entra! — Billie acenou pela janela. — Você demorou — repreendeu enquanto eu me acomodava no assento, hesitante.
Ao lado da janela, Miki me cumprimentou.
— Desculpa — respondi.
O carro seguiu em frente e eu me inclinei para o banco do motorista com um sorriso inseguro.
— Olá... Eu sou Nica.
O homem ao volante me olhou distraidamente pelo retrovisor e, logo em seguida, voltou a encarar a rua. Eu recuei, confusa, e Billie sacudiu a mão.
— Ele nunca fala enquanto dirige.
Lancei um olhar cauteloso para Miki.
— Desculpa ter feito vocês esperarem. É o seu avô?
Billie deu uma gargalhada que me fez pular. Perplexa, olhei para ela e, naquele momento, percebi que o carro estava indo para o norte da cidade, e não para o sul, como eu imaginara.
Eu nunca soube muita coisa sobre Miki. Na escola, ela pedia para que a buscassem em lugares onde os outros não a vissem, talvez porque houvesse algo na sua situação familiar que a incomodava. Eu achava que ela se sentia em desvantagem em comparação com as meninas mais ricas da nossa escola,

mas, quando o carro freou e parou em frente à casa dela... percebi que estava redondamente enganada.

— Chegamos! — cantarolou Billie.

À minha frente, destacava-se um palacete imenso em toda a sua imponência.

Colunas maciças sustentavam um terraço circular em um impecável estilo *liberty*, de um branco ofuscante. Uma ampla escadaria se abria para a alameda ladeada de ciprestes, curvando-se até desembocar em dois felinos esculpidos em pedra que guardavam a entrada, silenciosos e orgulhosos. Ao redor, um esplêndido jardim se expandia em uma profusão de flores.

— Você mora aqui? — perguntei, surpresa, enquanto Miki saía do carro com o chiclete na boca e as mãos enterradas nos bolsos do moletom.

Ela assentiu, passando por mim, e eu a encarei, perplexa. Perto dali, um jardineiro estava podando uma sebe na forma de um cavalo empinado.

— Vem!

Billie me arrastou pela escada branquíssima: a gigantesca porta de nogueira se abriu sem que Miki tivesse tempo de tocá-la.

— Bem-vinda de volta, senhorita.

Uma mulher muito educada nos recebeu, e Billie a cumprimentou com a voz alegre.

Fiquei chocada com o hall de entrada: um grande lustre de cristal dominava um ambiente com piso de granito brilhante.

A mulher me ajudou a tirar o casaco. Eu a olhei, confusa, enquanto Miki tirava o moletom esfarrapado e lhe entregava. Dessa vez, abstive-me de perguntar se era a avó dela.

— Quem é? — sussurrei para Billie.

— Ela? Ah, é Evangeline.

— Evangeline?

— A governanta.

Observei a mulher se afastar.

— Você é filha única? — perguntei a Miki enquanto ela nos guiava.

A opulência que nos rodeava fazia com que eu me sentisse tão pequena e insignificante quanto um percevejo.

Ela fez que sim.

— A família dela vem de gerações de nobres — informou Billie. — Embora não exista mais nobreza hoje em dia... Os bisavós dela eram figurões, sabe? Olha eles ali!

Fixei os olhos em uma pintura que representava um casal: ela com luvas de veludo, ele com grandes costeletas, ambos com semblantes severos e altivos.

Então, vi um quadro que era, para dizer o mínimo, imenso. Havia três pessoas na imagem: um homem de rosto severo e dois olhos gélidos que pareciam perfurar a tela; ao lado dele, mais suave, mas igualmente refinada, em um vestido que realçava o cabelo preto e a pele clara, uma bela mulher exibia um leve sorriso; na frente deles, sentada, estava Miki.

Era mesmo ela, com um vestido de organza e o cabelo bem puxado para trás.

— São os seus pais — constatei, olhando para aquele casal sério e virtuoso.

O pai, em particular, parecia mais uma estátua de mármore do que um homem. Tinha um ar incrivelmente severo, chegando a ser intimidador. Engoli em seco. Toda aquela solenidade era enervante.

De repente, a porta atrás de nós se abriu. Nós três nos viramos e, à nossa frente, apareceu um homem tão imponente quanto uma montanha. Os ombros estavam envoltos em um terno de alta costura e a elegância era visível nas feições aristocráticas; o cabelo era escuro e grisalho, e o maxilar severo era contornado por uma barba milimetricamente aparada, acima da qual se destacavam dois olhos vorazes.

Não tive dúvida: era o pai de Miki.

Ele fixou os olhos em nós e eu estremeci. Senti o impulso de me encolher sob aquele olhar.

Ele inflou o peito e...

— *Patinha!* — cantarolou, radiante.

Em seguida, correu na nossa direção com os braços estendidos.

Eu o encarei em choque quando ele alcançou Miki e a envolveu em um abraço esmagador, girando-a como uma criança. Ele sorriu, extasiado, e as mãos grandes acariciaram a cabeça da filha com muito carinho.

— Minha patinha, como você está? Você voltou! — Ele aninhou a bochecha na dela. — Há quanto tempo não nos vemos?

— Desde o café da manhã, pai — respondeu Miki, desbotada como uma boneca. — Nós nos vimos hoje de manhã.

— Senti saudade!

— E vamos nos ver de novo no jantar também...

— Vou sentir saudade!

Miki suportou toda a atenção do pai com paciência, enquanto eu encarava desconcertada o homem que, momentos antes, tinha me aterrorizado com um simples olhar. O mesmo homem que, agora, paparicava a filha com a mesma vozinha que Norman usava nas tentativas de mimar Klaus.

— Ah, Marcus, por favor, deixa ela respirar!

Uma mulher esplêndida avançou na nossa direção, e só então percebi que era impossível representar tamanha graciosidade em uma tela.

A mãe de Miki era uma mulher de uma elegância rara. Os movimentos pareciam prata líquida e ela deslizava pelo piso quase como um perfume, sedosa e lindíssima.

Miki era muito parecida com ela.

— Wilhelmina — disse a mulher, sorrindo para Billie. — Oi, que bom ver você de novo.

— Bom dia, Amelia! — respondeu a minha amiga.

Miki aproveitou aquele momento para me apresentar.

— Mãe, pai, essa é a Nica.

Eles me lançaram sorrisos calorosos.

— Não é sempre que vemos novas amigas — disse a mãe dela. — Makayla é sempre muito reservada... É um prazer conhecer você.

Makayla?

Ela se virou para a filha.

— De vez em quando eu gostaria que ela usasse umas roupas novas, mas ela insiste naqueles moletons pesados... Ah, meu bem... Você ainda está usando esse trapo surrado?

Percebi que ela se referia à camiseta que Miki estava usando, com o logo do Iron Maiden. Reparei que era a mesma camiseta que eu tinha costurado para ela. O urso panda ainda estava ali, bordado no tecido. Miki não o arrancara.

— Eu tenho essa camiseta há anos — defendeu-se. — E ninguém pode tocar nela.

— Makayla ama esse trapo que insiste em chamar de camiseta — informou a mãe. — Às vezes, com medo de que eu jogue fora, ela usa até para dormir...

— Pai, o carro pode levar Nica depois? Ela tem um compromisso.

— Mas é claro, tudo pela minha patinha — respondeu o pai, todo orgulhoso.

Eu me senti ainda mais desorientada quando o homem que dirigira o carro surgiu na sala com luvas brancas e uma bandeja. O pai de Miki mudou de expressão no mesmo instante e o abordou com um ar conspiratório.

— Ei, Edgard...

— Sim, senhor? — perguntou o mordomo com um incrível nariz adunco.

— Você se certificou de que nenhum *homem* entrou?

— Sim, senhor. Nenhum exemplar de adolescente do sexo masculino entrou por aquela porta.

— Tem certeza?

— Absoluta.

— Que bom — determinou Marcus, triunfante. — Nenhum homem deve chegar perto da minha filhotinha!

Felizmente, ele não estava olhando para ela, porque a expressão no rosto de Miki foi impagável.

— A gente vai subir — resmungou Miki enquanto nos conduzia escada acima.

Acenamos para os pais dela e eles fizeram o mesmo.

O quarto de Miki era um contraste total com o resto da casa: a mesa estava cheia de livros e partituras de violino, as paredes repletas de pôsteres de bandas, recortes de revistas e fotografias. Havia um urso panda de pelúcia sentado em uma cadeira no canto do cômodo.

— Os seus pais são maravilhosos — comentei. — Parecem ser muito presentes.

— Sim — respondeu ela. — Às vezes até demais...

Eu tinha imaginado que Miki não recebia a devida atenção dos pais, mas era bom saber que não era bem assim.

— Preparada?

Billie virou a bolsa de cabeça para baixo e dali saiu uma cascata de caixas e tubos brilhantes que me deixou fascinada.

— Vem, senta aqui — disse ela, empurrando-me para a cadeira.

— E agora... fecha os olhos!

🦋

— Um pouco disso...

Um formigamento nas bochechas.

— E um pouco desse aqui...

Era a primeira vez que eu usava maquiagem; uma sensação totalmente nova para mim.

Na instituição, eu me limitava a observar as mulheres que vinham nos visitar ou os jornais que a diretora jogava fora de vez em quando; na época, eu era apenas uma criancinha de rosto cinza e olhos grandes, que se perguntava como seria brilhar daquela maneira. Agora, no entanto, eu era tímida demais para perguntar a Anna se poderíamos sair para comprar alguns produtos.

— Aí está! — declarou Billie, exultante. — Pronto!

Abri os olhos e vi o reflexo no espelho.

— Ah... uau — sussurrei, impactada com aquela visão.

— Uau mesmo — comentou ela.

Atrás de mim, Miki me olhou com braços estendidos, narinas dilatadas e cara amarrada.

— Mas... o que raios você fez na cara dela?

— Por quê? — perguntou Billie, aproximando o rosto do meu.

Voltei a me olhar: a sombra azul-pavão, o batom flamejante que ultrapassava um pouco os lábios, os botões rosados que se destacavam como maçãs redondas nas minhas bochechas.

— É — retruquei. — Por quê?

Nós duas a encaramos como um par de corujas e ela cobriu os olhos com a mão.

— Vocês duas... — rosnou Miki, balançando a cabeça. — Não tenho forças...

— Não gostou da maquiagem que eu fiz?

— Mas desde quando você sabe se maquiar? Você nunca pegou um pincel na vida! Me dá isso aqui!

Miki tirou o pincel da mão dela e pegou alguns lenços removedores de maquiagem, que esfregou vigorosamente no meu rosto. Ela apagou todo o trabalho para refazê-lo do zero, enquanto Billie fazia beicinho e cruzava os braços.

— Tá bom, já que você é tão boa, pode maquiá-la... — concedeu. — Enquanto isso, vou ajudá-la a escolher o que vestir!

Ela pegou a minha mochila e a ergueu com os dois braços estendidos.

— As roupas que você trouxe estão aqui?

Fiz que sim e Billie abriu o zíper para tirar as roupas lá de dentro, supercuriosa. Passava as mãos pelas saias e blusas com uma atenção que me deixou meio desconfortável.

— Essa é fofa... Ah, essa aqui também... — murmurou, enquanto Miki desenhava duas linhas finas na ponta das minhas pálpebras com algo frio e úmido.

— Gosto desse... Não, esse não... *Ah, meu Deus!* — exclamou Billie. Dei um pulo na cadeira e Miki praguejou.

— Esse! Com certeza! Nica, encontrei o vestido!

Ela o ergueu vitoriosa e, no mesmo instante, algo se retorceu dentro de mim. Era o vestido que eu tinha comprado com Anna, aquele com botõezinhos no peito e o tecido da cor do céu.

— Não — me ouvi murmurar —, esse não.

Nem me lembrava de tê-lo colocado ali. Simplesmente tinha enfiado as roupas dobradas na mochila sem sequer escolhê-las.

— Por que não? — perguntou Billie com olhos consternados.

A verdade... era que nem eu sabia.

— É... para ocasiões especiais.

— E essa não é?

Retorci os dedos.

— Já disse... Vou lá porque Lionel pediu. Vamos só conversar.
— E daí?
— E daí que... não vou lá para me divertir.
— Nica, é uma festa! — disparou Billie. — Todo mundo vai... com roupa de festa! E esse vestido deve ficar maravilhoso em você, maravilhoso mesmo... Tem ocasião melhor para usá-lo?
— Não é pra tanto...
— É, sim — retrucou ela com determinação renovada. Nos seus olhos vi o carinho de quem gostaria de me fazer justiça. — Todo mundo tem que ver você com esse vestido, Nica... Você não vai parecer deslocada, vai por mim... E, se é tão especial para você, também dá para usar em outras ocasiões, mas hoje... Hoje com certeza é uma delas. Você não vai se arrepender, prometo... Confia em mim?

Ela sorriu e, então, estendeu o vestido na cama. Naquele momento, entendi que ela queria que eu tivesse uma noite diferente, única e emocionante. Eu nunca tinha ido a uma festa, nunca tinha usado um vestido como aquele, nunca tinha me maquiado e suspeitava que ela tivesse percebido. Estava fazendo aquilo por mim. Para que eu brilhasse e me sentisse especial.

No entanto, ao ver aquele vestido esplêndido à minha espera, só pude abaixar o rosto e me sentir ainda pior.

Eu sabia para quem gostaria de ter usado aquele vestido, e era alguém que não estaria na festa.

Miki voltou a levantar o meu queixo com um dedo e, sem querer, encontrei os olhos dela, mas desviei os meus antes que ela pudesse ler a sombra amarga do meu tormento.

— Olha só o que eu encontrei!
Billie espiou de dentro do armário.
Quando foi que ela o abrira?
Ela me mostrou um par de sandálias claras e finas, com uma tira delicada que se amarrava ao tornozelo. Eram muito bonitas. E ainda estavam dentro da caixa.
— São... suas? — perguntei a Miki.
Ela fez uma careta.
— Ganhei de presente. De parentes distantes. Não são nem do meu número...
— Mas são do seu! — Billie me passou as sandálias, radiante.
Reparei, insegura, que tinha um saltinho.
— Eu nunca andei de salto...
— Vai, experimenta!
Calcei as sandálias e Miki e Billie me levantaram.

Couberam em mim. Quase caí depois de alguns passos, mas não pareceu ser um problema para elas.

Billie sacudiu a mão.

— Fica tranquila, você tem a tarde inteira para andar com elas e treinar!

Assim passei o resto do dia.

Por fim, depois de terem colocado o vestido em mim e terminado a maquiagem, elas me falaram que eu podia me olhar no espelho.

Obedeci. E...

Fiquei sem palavras.

Era eu. Mas não se parecia comigo.

Cílios espessos e pretos contornavam os olhos cinzentos, fazendo-os brilhar, e o que quer que ela tenha passado nos meus lábios os fez parecer duas pétalas volumosas. As bochechas estavam rosadas e preenchidas, e a minha pele, geralmente acinzentada e meio opaca, reluzia sob as sardas como um veludo evanescente.

Uma fita de seda branca prendia o topo do cabelo, destacando o rosto e deixando o resto das mechas suaves e livres para cair sobre o ombro.

Era mesmo eu ali...

— Ele vai ter um infarto — disparou Billie, sádica e orgulhosa ao mesmo tempo.

Encarei-a com as bochechas quentes e ela deu um gritinho.

— Se eu estivesse com a máquina aqui, tiraria uma foto sua! Você está... *Nossa*, você está parecendo... uma boneca!

Ela alisou o tecido sobre a minha cintura e me admirou com olhos brilhantes.

— Pelo amor de Deus, espera só até alguém te ver! Miki, que tal?

— Vou pedir a Edgard para te deixar bem na porta da casa dele — murmurou Miki, me olhando. — Você não vai andar assim por aí.

Billie riu, eufórica.

— Você vai ver, vai ser um conto de fadas!

Um conto de fadas...

Pois é...

Encarei o meu reflexo com olhos opacos, tentando sentir a mesma euforia que ela, mas não consegui. Dentro de mim só havia um deserto estéril e vazio. E o sussurro do nome *dele*.

— Ah, Nica, antes de você ir eu tenho que contar o que aconteceu comigo hoje!

Billie bateu palminhas de empolgação. E eu me dei conta de que ela havia esperado o dia inteiro para poder nos contar aquilo.

— O que aconteceu? — perguntei, dando-lhe toda a minha atenção.

— Vocês não vão acreditar!

Nós nos aproximamos dela, incentivando-a a falar. Billie fez um pouco mais de suspense, mas tudo indicava que já não podia mais se conter. Por fim, ela explodiu e disse:

— Descobri quem é que me dá a rosa!

O silêncio se instalou entre nós.

Olhei para ela em choque, boquiaberta; ao meu lado, Miki estava petrificada.

— Quê? — engoli em seco.

— É isso mesmo que vocês ouviram! — respondeu ela, toda feliz. — Hoje de manhã eu saí para fazer compras e, enquanto passava pelo parque, encontrei um basset que quase me fez tropeçar... Caramba! Aí chegou um garoto e foi isso, entre uma coisa e outra a gente começou a conversar... e eu descobri que ele estuda na nossa escola! O fato é que ficamos conversando a manhã inteira e ele me acompanhou nas compras. E, depois de rirmos e brincarmos, sabem o que ele me disse? Que estava feliz por Findus, o basset, ter tropeçado justo em mim, porque assim tinha encontrado uma desculpa para poder falar comigo... Diz ele que já queria ter feito isso há muito tempo, mas era tímido demais para se apresentar... E aí, bom, aí tive um estalo! — Os olhos dela brilhavam. — Perguntei se por acaso era ele quem me dava a rosa. "A rosa branca", expliquei, "aquela que recebo todos os anos." E, pois bem, sabem o que ele me disse? Sabem o que ele me disse? *Disse que sim!*

Billie ficou esperando uma reação alegre, mas não foi o que aconteceu.

Não me atrevi a olhar para a cara de Miki. Limpei a garganta e me pronunciei.

— Você tem... certeza? Quer dizer, tem certeza mesmo de que...

— Tenho! Sem sombra de dúvida! Você tinha que ver como ele ficou envergonhado, não conseguia nem me olhar na cara! — Ela bateu palmas, com o cabelo arrepiado de emoção. — Dá para acreditar? É ele! Quem diria que um dia eu iria praticamente tropeçar nele...

— Não.

Ao meu lado, Miki ainda estava imóvel. No entanto, algo parecia ter se rompido nela.

— Não é ele.

— Eu também mal posso acreditar! Juro, jamais imaginaria que um cara tão bonitinho...

— Não — repetiu Miki. — Ele mentiu para você.
— *Nananinanão!* — Billie balançou a cabeça com um sorriso. — Nada disso! Ele mesmo me disse com todas as letras...
— E você acredita nele? Acredita em um desconhecido?
— Por que não deveria?
— Talvez porque isso seja exatamente o que você queria ouvir!
Billie piscou, hesitante.
— E se fosse o caso? — perguntou ela em voz baixa. — Qual é o problema?
— *Qual é o problema?* — repetiu Miki entredentes. — O problema é que, como sempre, você é ingênua demais para não ser enganada!
— Mas como é que você pode saber, hein? Você nem o conhece!
— Ah, e você conhece?
— Bom, um pouco, sim! Passamos a manhã inteira juntos!
— E por isso acredita em qualquer bobajada que ele te diz?
Billie ergueu o queixo e fechou a cara.
— O que deu em você? Se eu soubesse que você teria essa reação, nem falaria nada...
Miki cerrou os punhos, tremendo de frustração.
— E que reação você esperava?
— Que você ficasse feliz por mim! Nica está feliz por mim! — Ela se virou para mim. — Não está?
— Eu...
— Eu deveria estar feliz por você ter deixado o primeiro cara que apareceu te sacanear?
Eu não estava gostando do rumo que as coisas estavam tomando. Sentia uma vibração ruim no ar.
— Eu não fui sacaneada! Ele me disse...
Miki levantou a voz:
— *Não é ele!*
— *É ele, sim!* — disparou Billie, cerrando os dedos. — Para de ficar achando que você está sempre certa!
— E você, para de ficar acreditando em qualquer coisa!
— *Por quê?* — insistiu Billie. O tom de voz tinha mudado. — Por que você tem tanta dificuldade de aceitar que alguém possa se interessar por mim?
— Porque você se sente tão sozinha que não consegue enxergar além do próprio nariz!
Miki se deu conta de que tinha falado mais do que devia quando um lampejo de surpresa atravessou os olhos da melhor amiga.
Eu as encarei sem fôlego e senti um terremoto incontrolável sob os pés.

— Ah, é isso? — sussurrou Billie, lançando-lhe um olhar magoado. — E você, por outro lado, não precisa de nada nem ninguém, né? Os seus pais são presentes o suficiente para que você possa tratar o resto do mundo mal.

— E o que isso tem a ver? — retrucou Miki com o rosto vermelho.

— Tem tudo a ver! Porque você sempre faz isso! *Sempre!* Não consegue nem ficar feliz por mim!

— *Não é ele!*

— É o que você quer! — gritou ela, vomitando ressentimento. — Você *quer* que não seja ele! Quer que eu fique sozinha que nem você, porque não tem mais ninguém que te suporte!

— *Ah, me desculpa!* — gritou Miki, dominada pela raiva. — Sinto muito se às quatro da manhã você não tem ninguém para telefonar além de mim! Deve ser um sofrimento para você ter que ficar me confessando como se sente sozinha!

— Você gosta de ter alguém que te ligue! — explodiu Billie, em meio às lágrimas. — Você adora, pois é o único consolo que pode encontrar para esse seu temperamento nojento! *Ninguém* quer nada com você!

— NÃO É ELE!

— Para com isso!

— Não é ele, Billie!

— Por quê? — berrou ela.

— *Porque sou eu!*

Billie contraiu o rosto em um espasmo rápido. Em seguida, encarou a amiga, imóvel, sem palavras.

— O quê? — ousou perguntar depois de um instante.

— Sou eu — disparou Miki. Fui incapaz de olhá-la enquanto ela acrescentava: — Sempre fui eu.

Billie a olhou consternada, encarou-a de um jeito que eu nunca tinha visto.

— Não é verdade — murmurou depois de um tempo. A incredulidade endureceu o seu rosto novamente. — Não é verdade, você está mentindo pra mim...

— Não estou.

— Está! — explodiu ela, tremendo. — Você está mentindo! Está mentindo!

Miki ficou em silêncio.

E, diante daquele silêncio rendido, a convicção nos olhos de Billie foi mudando até se transformar em cinzas. Lentamente... ela começou a balançar a cabeça.

— Não, eu não acredito em você... — sussurrou, como se estivesse tentando convencer a si mesma. — Por que você faria isso? Por quê... Por que você... — Billie estreitou os olhos. — Por pena?

— Não...
— Por pena? É isso? — As lágrimas escorriam pelo rosto dela. — Eu te inspirava muita compaixão?
— Não!
— Assim eu pararia de reclamar que me sentia sozinha? É por isso?
— Para!
— Me fala a verdade! Me fala de uma vez por todas!
Miki tomou uma atitude desesperada.
A única que poderia expressar o que sentia.
Ela pegou o rosto de Billie e a beijou.
Foi tudo muito repentino. As pálpebras de Billie se fecharam, depois de os olhos se encherem de horror e consternação e, no instante seguinte, ela a empurrou com toda a força.
Então, recuou com o pulso perto dos lábios, tremendo e em choque. Encarou a melhor amiga da última maneira que se olha para alguém que conhecemos desde sempre, com quem já compartilhamos sorrisos e lágrimas.
E, diante daquele olhar, ouvi o barulho do coração de Miki se partindo ao meio.
Em seguida, Billie se virou e saiu correndo.
— Billie! — chamei, angustiada.
Parei do lado de fora do quarto e a vi desaparecer no corredor antes que uma ombrada me fizesse tropeçar.
— M... Miki...
Estendi a mão para ela enquanto ela se afastava no sentido contrário, lutando contra as lágrimas.
Eu me virei de um lado para o outro, aflita, sem saber atrás de quem correr.
Nunca tinha visto as duas brigarem assim, nunca... Elas disseram coisas terríveis uma à outra, coisas nas quais nem acreditavam de verdade. Eu sabia disso. A raiva trazia o pior à tona, até mesmo nas melhores pessoas.
Pensei em Miki, em tudo aquilo que certamente a estava destruindo. No entanto, eu sabia que ela suportara a solidão dos próprios sentimentos todos os dias e conseguira lidar com isso.
Billie, por outro lado, devia estar arrasada...
Eu me virei e corri atrás dela.
Abri as portas uma a uma até encontrá-la no que devia ser uma sala de chá.
Estava agachada no chão, abraçando os joelhos.
Aproximei-me com cautela e me dei conta de que ela não estava tremendo... estava chorando.

Juntei-me a ela, sentindo uma tristeza profunda. Com toda a delicadeza do mundo, apoiei a mão no ombro de Billie e depois me inclinei para abraçá-la por trás.

Esperava não estar sendo invasiva, mas o medo desapareceu quando ela apertou os meus braços com força, aceitando a minha presença.

— Não precisa ficar aqui — sussurrou com voz embargada. — Não se preocupa comigo. Vai, senão você vai chegar atrasada na festa.

Mas eu balancei a cabeça. Sem hesitar, tirei as sandálias e me sentei ao lado dela.

— Não — respondi. — Vou ficar aqui com você.

26
PEDINTES DE CONTOS DE FADAS

Não importa se você está destruído.
Não importa se destruído estou eu.
Até os mosaicos são feitos de cacos quebrados.
E, no entanto, veja como são maravilhosos.

Billie passou um tempão em silêncio. Olhava para o nada com lágrimas cristalizadas e o olhar arrasado de choro.

Eu não conseguia imaginar o que ela estava sentindo naquele momento. Nos olhos dela, provavelmente, passava o filme da amizade de uma vida inteira.

Gostaria de confortá-la. Dizer a ela que tudo voltaria a ser como antes.

No entanto, talvez a verdade fosse que havia coisas destinadas a mudar, apesar dos nossos esforços. Coisas que inevitavelmente se transformavam, porque a vida segue o seu curso.

— Estou bem — disse ela quando o meu carinho a lembrou de que eu ainda estava ali.

Por mais que eu tentasse acreditar em Billie, sabia que nem ela acreditava naquilo.

— Eu sei que não está — respondi. — Não precisa fingir.

Billie fechou os olhos. Balançou a cabeça lentamente, como uma marionete quebrada.

— É que... não consigo acreditar nisso.

— Billie, Miki...

— Por favor, eu... — interrompeu, destruída. — Não estou a fim de falar disso.

Abaixei a cabeça.

— Ela não fez aquilo por pena — sussurrei mesmo assim, sem olhar para ela. — A rosa... Não foi por esse motivo. Você sabe que ela nunca teria feito aquilo por pena.

— Eu não sei de mais nada...

— O que aconteceu não deveria pôr em dúvida toda a amizade de vocês. — Procurei os olhos dela. — A relação de vocês duas sempre foi verdadeira, Billie... Mais verdadeira do que você acredita. — Eu a vi engolir em seco e, então, acrescentei: — Ela ama você... do fundo do coração.

— Por favor, Nica. — Billie contraiu os lábios como se, naquele momento, cada palavra pudesse machucá-la. — Eu preciso de... um tempo. Para assimilar. Sei que não quer me deixar aqui, mas... não precisa se preocupar comigo. Eu vou ficar bem... — Ela notou o meu olhar apreensivo e parecia querer me tranquilizar. — Eu só queria ficar um pouco sozinha.

— Tem certeza?

— Sim, absoluta... — Billie arriscou um sorriso incerto. — Sério, está... está tudo bem. E, além do mais, você tem uma festa para ir, né?

— Não, não importa. A essa altura já está tarde...

— E daí? — perguntou ela. — Não vai me dizer que a gente passou todo aquele tempo te arrumando para nada? Eu não iria aceitar... E, além disso, tenho certeza de que Lionel está te esperando de qualquer maneira...

Tentei pensar em uma resposta, mas ela se antecipou:

— Você deveria ir. Está tão linda... É a sua noite. Não quero que a estrague por minha causa.

— E você? — perguntei, como se procurasse um motivo para ficar. — O que vai fazer?

— Eu vou ficar bem. Já disse... está tudo bem. Já pedi para a minha avó vir me buscar. Ela vai chegar a qualquer momento e me levar para casa...

Falei com Billie que já tinha escolhido ficar, mas ela me levantou, alisou o meu vestido na altura do quadril e me garantiu que eu não precisava me preocupar. Antes que eu insistisse, ela já havia me empurrado delicadamente para fora da sala.

— Vai — disse ela com um sorriso triste, sem me dar chance de argumentar. — E divirta-se... Divirta-se por mim também. A gente se fala amanhã.

Quando dei por mim, estava no corredor com a porta se fechando às minhas costas. Mas, uma vez sozinha, em vez de obedecer, caminhei na direção oposta.

Procurei por Miki atrás de cada porta.

Quando cheguei ao último quarto fechado, concluí que ela devia estar ali, então bati.

Eu a chamei várias vezes antes de sussurrar que sentia muito pelo que tinha acontecido. Disse a ela que não queria ser invasiva, que podia me deixar entrar, por mais que não quisesse falar.

Disse que ficaria ali, ao lado dela. O tempo inteiro.

Mas ela não respondeu.

Miki deixou a porta fechada e eu segui colada na maçaneta, com os olhos fixos no batente e a necessidade de vê-la.

— Senhorita — disse uma voz.

Quando me virei, Evangeline estava me olhando com uma expressão triste.

— O carro está esperando para levá-la aonde quiser.

O olhar angustiado que dirigi a ela foi um pedido silencioso que não consegui conter.

— Eu queria ver Miki...

— A senhorita prefere não ver ninguém agora — respondeu ela lentamente, lançando-me um olhar que falava mais que mil palavras. — Mas ela pediu ao motorista que a levasse para o endereço designado. O carro está esperando na alameda.

Eu não queria ir embora dali assim, sem vê-la.

Evangeline juntou as mãos no colo, consternada.

— Sinto muito.

Baixei o olhar antes de voltá-lo para a porta. Fiquei ali, impotente, observando o quarto fechado, depois me resignei a segui-la escada abaixo.

Evangeline me entregou o casaco, que eu amassei contra o peito. Por fim, depois de me desejar boa noite, ela me acompanhou até a porta e me convidou a entrar no carro.

Edgard abriu a porta do veículo para mim. Agradeci e me sentei no banco de trás; depois, o ruído do cascalho nos acompanhou até os portões.

Eu me virei para dar uma última olhada na casa. Em um piscar de olhos, ela desapareceu por trás das folhas dos ciprestes.

Cheguei à frente da casa de Lionel com as unhas cravadas no vestido, a música alta fazia a cabine do carro vibrar. Fiquei olhando para as pessoas aglomeradas no jardim sem conseguir me mover.

— Não é o endereço certo? — perguntou Edgard.

— Sim... É esse, sim.

Eu me sentia pregada no assento, como se o meu coração tivesse criado raízes. Ainda assim, o olhar cheio de expectativa de Edgard me fez sentir a dose certa de vergonha para me forçar a abrir a porta.

Saí do carro e me vi no escuro da rua, iluminada por postes.

As pessoas lotavam a calçada e a música estava tão alta que eu mal conseguia ouvir os meus pensamentos. Naquela aglomeração de garotos sem camisa, engradados de cerveja e gritos, eu me senti inadequada com o meu vestido cuidadosamente confeccionado.

Fiquei imóvel feito uma estátua de sal e, quanto mais tempo eu permanecia ali, mais algo dentro de mim recuava.

O que eu estava fazendo?

Tinha acabado de chegar e já estava querendo ir embora. Eu deveria abrir caminho em meio à multidão e procurar Lionel, mas a sensação de estar no lugar errado foi se insinuando lentamente dentro de mim.

De repente, me dei conta do que estava sentindo.

Não estava certo.

Algo estava dolorosamente errado.

Havia algo que não sabia como se adequar. Encaixar-se.

Era eu.

Era eu por inteiro, corpo e alma.

Observei o meu próprio reflexo na janela de um carro, aquele vestido me fazia parecer uma boneca.

Mas, por dentro, eu era cinzas e papel.

Dentro de mim havia estrelas e olhos de lobo.

Minha alma estava dividida em duas, mas, sem a outra parte, nem respirar parecia fazer sentido.

Eu tinha ido até ali na esperança de esquecer e, talvez, de encontrar em Lionel um motivo para ficar. Mas estava me iludindo.

Não se engana o próprio coração, gritavam os universos que eu acorrentara. E, nos meus olhos tristes, refletiu-se toda a necessidade extenuante e inconsolável que eu sentia *dele*.

Rigel.

Rigel, que havia fincado raízes dentro de mim.

Rigel, que havia se ancorado aos meus ossos daquela maneira delicada e destrutiva que as flores fazem antes de morrer.

Rigel, que era a minha constelação de arrepios.

Não existem contos de fadas para aqueles que mendigam por um final feliz. A verdade é essa.

E, no momento em que admiti isso a mim mesma, não consegui mais compreender o que estava fazendo ali.

Eu não tinha nada a ver com aquela festa.

Aquele não era o meu lugar.

Estar ali não me faria esquecer os meus sentimentos mais íntimos. Serviria apenas para enchê-los de espinhos.

Decidi ir embora. Encontraria outro momento para conversar com Lionel, mas agora eu só queria voltar para casa.

Porém, antes que eu pudesse me afastar, um par de braços me arrancou do chão.

Contive um grito. Fui pega, virada e carregada feito um saco de batatas. A minha bolsa foi se prendendo em todos os lugares.

— Ei, eu também peguei uma! — exclamou o desconhecido que estava me segurando e, para o meu horror, vi um amigo dele fazendo o mesmo com uma garota risonha.

— E agora? — perguntou um deles, empolgado.

— Vamos jogá-las na piscina!

Eles soltaram um grito poderoso e avançaram em polvorosa em direção à casa. Lutei de todas as formas, implorando para que me soltasse, mas foi inútil. As mãos eram tão pegajosas que eu tinha certeza de que deixariam marcas nas minhas pernas.

Foi só quando entraram na casa, porém, que o frenesi dos dois lhes deu uma trégua e eles olharam ao redor, confusos.

— Ei, mas não tem piscina nenhuma aqui... — resmungou um deles.

Aproveitei aquele momento para me desvencilhar e fugir antes que pudesse ser pega de novo.

Ali dentro estava um inferno. Gente gritando, dançando, se beijando. Um garoto estava esvaziando um barril de cerveja, que bebia através de um tubo, enquanto era aplaudido por uma pequena multidão. Outro agitava o gorro e se sacudia como se estivesse montado em um touro de rodeio; quando olhei melhor, vi que era o cortador de grama vermelho de Lionel.

Procurei a porta com o olhar perdido, pequena demais para enxergar para além de todas aquelas cabeças.

Abri caminho em meio a costas e braços, em busca da saída, mas de repente esbarraram em mim com tanta força que quase caí no chão.

— Desculpa! — disse uma garota que tentava levantar a amiga.

Por que todo mundo parecia tão insano?

— Desculpa, de verdade. Ela bebeu demais...

— Ele era lindíssimo! — gritou a outra, como se tivesse visto um extraterrestre. — Ele era lindo pra caralho e você não acredita em mim! *Você não acredita em mim!*

Tentei ajudá-la a se levantar e ela se agarrou a mim.

— Era o garoto mais lindo que eu já vi! — uivou na minha cara, e o seu hálito cheirava a álcool.

— Sim, tá bom, tá bom — murmurou a amiga. — Um cara surreal, alto, gatíssimo e com os olhos "mais escuros do que a noite"... Claro, como não...

— Ele era *lindo de morrer!* — choramingou a garota. — Um cara assim não pode andar por aí com uma beleza dessa! Eu tive que tentar botar as mãos nele, sabe? Com a pele branca daquele jeito, ele nem parecia de verdade...

Congelei. Petrificada, vi-me apertando o braço dela com mais força do que deveria.

— O garoto que você viu... tinha cabelo escuro?

Ela ficou radiante de esperança.

— Então você também o viu! Ah, eu sabia que não tinha sonhado com ele...

— Onde foi que você o encontrou? Ele estava... estava aqui?

— Não... — lamentou-se ela. — Eu o vi lá fora. Estava ali agorinha, andando pela rua, e eu tentei me aproximar dele... Meu Deus... No instante seguinte já não estava mais lá.

Eu me virei e comecei a empurrar as pessoas para chegar à porta. O meu coração martelava no peito.

Era ele. Sentia isso em cada átomo do meu corpo.

Mas o destino devia estar contra mim. Eu estava quase na saída quando, de repente, senti alguém me agarrar pelo pulso. Ao dar meia-volta, dei de cara com o único olhar que eu não queria encontrar.

— Nica?

Lionel me olhava como se eu não fosse real.

— V... você está aqui — gaguejou ele enquanto se aproximava. — Achei que não fosse te ver... Achei que... que você não viria... mas agora...

— Lionel — murmurei, morrendo de vergonha. — Desculpa... me desculpa mesmo, mas tenho que ir...

— Estou feliz que você veio — murmurou na minha bochecha, o que me fez recuar.

Da boca dele saía um cheiro de álcool fortíssimo e, por conta do barulho, não consegui entender as palavras.

— Eu... tenho que ir.

A música estava alta demais e eu não consegui me fazer entender, então Lionel me pegou pela mão e, com um aceno de cabeça, indicou que eu o seguisse.

Ele me levou até a cozinha; assim que entramos, encontramos alguns garotos perto da geladeira pegando cervejas. Foram embora dali rindo e, em seguida, Lionel fechou a porta para que conseguíssemos conversar.

— Desculpa não ter entrado em contato... — falei com sinceridade. — Eu tinha que ter te dado notícias. Mas, Lionel... Eu não tinha mais certeza se viria, e agora eu...

— A sua presença aqui já é o suficiente — murmurou ele com a voz arrastada.

Lionel sorriu para mim com um olhar lúcido e distante. Depois, serviu um pouco de ponche em um copo de plástico vermelho e me entregou.

— Toma.

— Ah... Não, obrigada...

— Vai, experimenta — insistiu ele com um sorriso de orelha a orelha, antes de tomar um longo gole. — Só um golinho.

Diante daquela insistência, decidi agradá-lo. Eu já estava prestes a voltar para casa, o que custava? Provei a bebida e me vi cerrando os olhos. Franzi os lábios e ele pareceu satisfeito.

— Bom, né?

Tossi com força. Naquele momento, me dei conta de que o drinque devia estar cheio de álcool.

— Sabe, achei que não fosse te ver... — ouvi Lionel comentar. Quando os nossos olhos se encontraram, percebi que ele estava me encarando de uma distância perigosamente curta. — Achei que você não fosse vir...

Senti a necessidade de ser sincera, de encará-lo e dizer que, na verdade, não podia ficar.

— Lionel, eu queria te explicar...

— Não precisa dizer nada, eu já entendi tudo — respondeu ele, prestes a cair em cima de mim.

Soltei o copo e o segurei, cambaleante.

— Está se sentindo bem?

Ele riu.

— Eu só... bebi um pouquinho...

— Acho que foi mais do que um pouquinho — murmurei.

— Não vi você chegando... Achei que você tivesse me dado um bolo...

Eu esperava ouvi-lo rir de novo, mas não foi o que aconteceu. Em vez disso, um silêncio se instalou entre nós e o momento se estendeu.

No instante seguinte, senti a mão dele deslizando na bancada ao meu lado. Nossos olhos se encontraram e Lionel engoliu em seco com a cabeça inclinada na altura da minha.

— Mas agora você está aqui...

— Lionel — sussurrei e senti a sua mão deslizar pelo meu pulso.

— Você está aqui e está... mais *linda* do que nunca...

Eu recuei, mas a bancada estava atrás de mim. Pus uma das mãos no peito dele para detê-lo, já que ele tinha prendido a outra. Olhei para ele com olhos alarmados.

— Você disse que a gente ia conversar... — arrisquei, mas o corpo dele roçou o meu vestido.

— Conversar? — sussurrou ele, grudando em mim. — Não precisamos conversar...

Virei o rosto, tentando escondê-lo com o ombro, mas não adiantou. De qualquer maneira, os lábios dele encontraram os meus, cobrindo-os completamente.

Ele me beijou contra a bancada da cozinha, o gosto de álcool se misturando com a minha respiração. A boca úmida perseguia a minha, quase me sufocando, e os meus esforços para fazê-lo parar foram inúteis.

— Não... Lionel!

Empurrei o peito dele com força, tentando me esquivar de algo que eu não queria, mas a sua mão subiu em direção ao meu rosto para me beijar mais intensamente. Os dedos agarraram o meu cabelo para me segurar ali e eu me vi incapaz de me mexer.

— Por favor...

Ele não me ouviu. Em vez disso, fez a única coisa capaz de me destruir. Imobilizou os meus dois pulsos. E os apertou.

E o meu mundo caiu.

Uma descarga elétrica percorreu a minha espinha, um medo antigo e visceral pressionou o meu coração contra as costelas e eu me engasguei.

O aperto, o pânico, os cintos nos pulsos, os braços bloqueados. O porão escuro. O meu corpo se contraiu. A minha alma se rebelou.

Ouviu-se um estalo altíssimo quando Lionel me soltou.

Uma chuva alaranjada o inundou e o copo de plástico rolou pelo chão, quebrado em vários lugares. Ao puxar o braço, eu tinha pegado a coisa mais próxima e a jogado no rosto dele.

Eu o encarei em choque antes de sair correndo.

Fui embora da cozinha e abri caminho entre as pessoas para sair daquela casa, para deixar para trás o terror que dominara os meus ossos. As batidas do meu coração eram ensurdecedoras. Eu me sentia gelada, úmida e escorregadia.

A realidade martelava o corpo inteiro e o mal-estar fechava a garganta, instilando em mim uma sensação de familiaridade.

Tive a impressão de estar sufocando em meio a todos aqueles corpos que me espremiam até que, de repente, um grito me tirou do devaneio e me fez pular de susto.

Eu me virei junto com todo mundo. E congelei.

Vi uma mancha escura flutuando no ar.

Um morcego entrara pela janela aberta e agora se contorcia no salão lotado, desorientado pela luz e pelos sons. Algumas garotas gritavam horrorizadas, outras cobriam o cabelo com as mãos.

Eu o encarei com o coração disparado. Ele esbarrou em uma lâmpada, atordoado, tentando encontrar uma saída, quando um copo cortou o ar e o acertou em cheio, fazendo-o bater contra a parede.

Alguém começou a rir, as vozes se exaltaram.

Outro copo voou, e vê-lo bater contra a parede provocou um número crescente de risos. O medo logo se tornou divertimento.

No instante seguinte, tudo começou a voar: bolinhas de alumínio, bitucas de cigarro, gorros e pedaços de plástico. Uma chuva de lixo atingiu o morcego e a cena partiu o meu coração.

— Não! — gritei. — Não! Parem com isso!

Ele caiu em uma poça de ponche, as asas ensopadas de álcool. As risadas aumentaram e eu agarrei as pessoas mais próximas pelo braço.

— Chega! Para!

Mas parecia que ninguém me ouvia. As provocações e os gritos de divertimento continuaram. Foi insuportável.

Diante daquela cena, o meu lado mais autêntico assumiu o controle. Comecei a abrir caminho em meio à multidão até conseguir atravessar aquele muro de gente. Eu o vi encolhido contra a parede e tudo o que consegui fazer foi me jogar sobre ele e segurá-lo nas mãos.

Levei um banho de bolinhas de papel e alguém jogou um cigarro em mim.

Segurei o morcego contra o peito, tentando protegê-lo, e senti que ele se agarrava a mim desesperadamente, as garras minúsculas arranhavam a minha pele. Olhei ao redor, apavorada e, por dentro, senti de novo aquele arrepio, aquele pavor que alterava a respiração.

Vi os braços se erguerem — *e a diretora levantando a voz, erguendo as mãos, os dedos apertando, espremendo, empurrando e quebrando costelas* — e o pânico gritou mais alto do que antes.

Passei por aquele muro de gente esbarrando em todo mundo, sem me importar se estava derrubando alguém.

Quando consegui achar a saída, fui com tudo em direção à calçada e deixei aquele inferno para trás, correndo loucamente. Quase caí por causa dos saltos, mas não parei. Corri com dor nos músculos, corri até não ouvir mais barulho algum, corri até chegar em casa.

Só me acalmei quando vi a cerca a poucos metros de mim. Pouco a pouco, recuperei o fôlego, olhando por cima do ombro com certa angústia. Então, concentrei-me no calor que fazia cócegas no meu pescoço: o morcego ainda estava ali, ancorado em mim. Ele estava tremendo. Apoiei a bochecha na cabecinha, acariciando aquela criatura tão pequena e tão incompreendida com cuidado.

— Está tudo bem... — sussurrei.

Ele levantou a cabeça e me olhou, confuso. Dois olhos pretos, reluzentes como bolinhas de gude, atingiram-me direto no coração.

Nada no mundo me lembrava mais Rigel do que aquela criatura da noite, cheia de garras e medos, aninhada nos meus braços. Eu queria voltar atrás, abraçá-lo e ficar com ele. Queria lhe dizer que ele dominava todo o meu ser, com os seus desastres e arrepios.

E eu não sabia mais viver sem isso.

Engoli em seco, abri as mãos e libertei o morcego. Ele arranhou a minha pele, desajeitado, então conseguiu voar.

Mal tive tempo de vê-lo desaparecer no escuro antes de ouvir passos atrás de mim. Uma mão me segurou pelo ombro e me forçou a dar meia-volta.

Dei de cara com dois olhos alterados e levei um susto.

— Nica. — Lionel arfava com o rosto perto do meu. — Mas o que... O que você está fazendo?

— Me deixa em paz — murmurei com urgência, tentando fugir daquele toque.

A mão dele na minha pele me alarmou, despertando imediatamente sensações desagradáveis.

— Por que você foi embora daquele jeito?

Recuei, libertando-me das mãos dele, mas ele me segurou de novo. E eu sabia que Lionel estava fora de si, sabia que ele não era assim, mas não pude deixar de ter medo.

— O que significa tudo isso? Você vem à minha casa e vai embora desse jeito?

— Você está me machucando. — Senti a voz enfraquecer de novo por causa do medo, da sensação de impotência, do pavor que ia abrindo caminho até me sufocar.

Tentei afastá-lo, mas ele não deixou: me agarrou pelos ombros, sem a menor paciência, e me sacudiu com raiva.

— Porra, para com isso e olha pra mim!

De repente, as mãos de Lionel se afastaram de mim.

O corpo dele cambaleou para trás e caiu no chão com tanta força que o deixou sem ar.

Em meio às lágrimas, a única coisa que vi foi a figura alta e temível que saiu deslizando da escuridão e se interpôs entre nós. Os punhos cerrados nas laterais do corpo pegavam fogo, mas emanavam uma calma imóvel e perigosa.

Rigel o encarou de cima, com as veias dos pulsos marcadas e aquela beleza cruel, como um demônio.

— Não *encosta* nela — sibilou, lenta e implacavelmente.

Nos seus olhos brilhava uma fúria tão fria que a voz suave soou assustadora.

— Ah, tinha que ser você! — disparou Lionel com um ódio cego, apoiando-se nos cotovelos.

Rigel arqueou a sobrancelha.

— *Eu* — concordou ele, ironicamente, antes de pisar com força no cabelo de Lionel.

Rigel imobilizou a cabeça dele no chão enquanto Lionel se contorcia no asfalto como uma presa ofegante.

Eu estava sem ar. Nos olhos de Rigel havia uma violência implacável que devorava cada centelha de luz.

Ele virou o rosto para mim. Em seguida, encarou-me por cima do ombro, com um olhar que perfurou a minha alma.

— Entra em casa.

Senti um nó na garganta quando abri o portão com as mãos trêmulas. Achei que ele fosse descontar a ferocidade em Lionel, mas ele o soltou muito, muito devagar. Depois, lançou-lhe um olhar intimidador e fez menção de me seguir. Mas Lionel grunhiu e o pegou pela bainha da calça jeans. Cravou as unhas com força e tentou machucá-lo a todo custo.

— Você se acha um herói? — gritou Lionel, furioso. — É isso que você pensa, né? Você acha que é o mocinho?

Rigel parou de andar.

— O mocinho? — A voz dele era um sussurro baixo e assustador. — Eu... *o mocinho?*

Na escuridão, lábios pálidos curvaram-se para cima.

Ele sorriu.

Sorriu com aquela máscara monstruosa, aquele sorriso que tantas vezes já me fez tremer.

A mão que o agarrara se viu brutalmente esmagada pelo sapato de Rigel. Lionel se contorceu, atordoado e cheio de dor, e Rigel pisou nela com violência até os dedos se soltarem, um a um.

— Quer ver *quem eu sou de verdade*? Você se mijaria antes de abrir os olhos — sibilou Rigel, e eu achei que ele fosse arrebentar o pulso de Lionel. — Ah, não, eu nunca fui o mocinho. Quer ver como eu posso ser *mau*?

Ele afundou o pé novamente, afundou com tanta força que ouvi os ossos estalarem.

Deixei escapar um soluço. Rigel cerrou a mandíbula e os seus olhos, profundos e afilados, fulminaram-me. Só naquele momento pareceu se lembrar de que eu estava ali.

Ele me encarou de uma forma que não consegui interpretar, mas, alguns segundos depois, contra todas as minhas expectativas, cerrou os punhos e o soltou com um gesto seco. No mesmo instante, Lionel retirou a mão, gemendo e se debatendo. Permaneceu indefeso no meio da rua antes que Rigel lhe desse as costas de uma vez por todas, dirigindo-se para onde eu estava feito um anjo terrível.

No instante seguinte, o barulho da fechadura rompeu o silêncio.

Os meus olhos se ajustaram à escuridão. Pouco a pouco, o contorno de Rigel reapareceu no escuro: ele estava atrás de mim, com as costas apoiadas na porta. O cabelo escuro cobria o rosto e a mandíbula se destacava como uma foice em meio às trevas.

Tremi ao ouvi-lo respirar. Aquela intimidade reacendeu tudo aquilo que eu tinha tentado tão desesperadamente suprimir. Eu era uma estátua de carne e desejos que mal conseguia se manter inteira. Pela primeira vez, me perguntei se haveria uma forma de vivermos juntos sem sangrar. Será que haveria um dia em que pararíamos de machucar um ao outro?

— Você está certo. Eu sou... só uma iludida. — Abaixei a cabeça, porque não conseguia mais mentir para mim mesma. — Sempre quis ter um final feliz... Procurei por isso a minha vida inteira, esperando que um dia ele chegasse. Eu desejava isso desde que *Ela*... a diretora... me deu um motivo para esperar por um futuro melhor. Mas a verdade... — Contraí os lábios, derrotada, desistindo completamente. — A verdade é que você, Rigel... você faz parte do meu conto de fadas. — As lágrimas embaçaram a minha visão. — Talvez já fizesse desde o início. Mas nunca tive coragem de enxergar isso com os próprios olhos porque tinha medo de perder tudo.

Ele permaneceu imóvel, envolto no silêncio. Virei o rosto para o lado, tentando controlar as emoções que não me davam paz. O meu coração explodiu e eu estava prestes a chorar.

Vi o piano emitindo uma luz fraca. Olhei para ele por um instante antes de sentir as pernas se moverem naquela direção.

Passei os dedos pela fileira de teclas brancas como se ainda pudesse sentir as mãos dele ali. Fiquei triste ao pensar no que Rigel tinha dito a Lionel.

— Você não é mau. Eu sei quem você é de verdade... e não tem nada de ruim nem de assustador. Você não é assim — sussurrei. — Eu vejo... todas as coisas boas que você não consegue perceber em si mesmo.

— É da sua natureza — disse Rigel depois de um tempo. — Sempre ir atrás da luz que existe nas coisas, como uma mariposa.

Agora, ele estava na porta. As sombras tornavam o seu rosto dolorosamente bonito, mas o olhar estava opaco, sem vida.

— Você procura luz até onde não tem — continuou, lentamente. — Até onde nunca teve.

Eu o encarei com olhos rendidos e indefesos e balancei a cabeça.

— Cada um de nós brilha de alguma forma, Rigel... com algo que existe dentro de nós. Eu sempre procurei o que há de bom no mundo. E o encontrei em você. Não importa qual seja a verdade, porque a única luz que eu vejo agora é você. Para onde quer que eu olhe, a qualquer momento... só vejo você.

Na escuridão, vi as suas íris brilharem. Aquele olhar que eu jamais esqueceria.

Eu vi o coração dele naqueles olhos.

Vi como estava esmagado, maltratado e ensanguentado. Mas também brilhante, vivo e desesperado.

Éramos algo impossível e nós dois sabíamos disso.

— Não existem contos de fadas, Nica. Não para pessoas como eu.

E ali estávamos. Tínhamos chegado ao acerto de contas.

Não havia páginas que continuassem aquela história de silêncios e tremores, não para nós. Nossas almas passaram a vida inteira se perseguindo e, agora, haviam chegado ao fim da linha.

Não nos encaixávamos com mais ninguém, éramos diferentes. E pessoas diferentes como nós tinham uma linguagem que mais ninguém entenderia.

A do coração.

— Eu não quero nada que não envolva você — encontrei a força para admitir, de uma vez por todas, em voz alta.

Tinha acabado de sussurrar para ele o inconfessável, mas não me importava, porque era verdade.

— Você estava certo... Nós somos quebrados... Não somos como os outros. Mas talvez, Rigel, talvez a gente tenha se partido em pedaços para se encaixar melhor.

Ninguém conhecia mais os meus demônios do que ele.

Ninguém conhecia as minhas cicatrizes, os meus traumas, os meus medos.

E eu tinha aprendido a vê-lo como ninguém, pois naquele coração tão diferente eu havia encontrado o meu.

Pertencíamos um ao outro de uma forma que ninguém poderia compreender.

E talvez fosse verdade, talvez fosse da nossa natureza arruinar tudo. Mas, dessa maneira *desastrosa* e *desastrada*, éramos algo que só pertencia a nós dois.

Terror e maravilha. Arrepios e salvação.

Éramos um delírio de notas.

Uma melodia pungente e sobrenatural.

Rigel havia estirado a minha alma de um jeito tão sutil que o nosso destino se escreveu sozinho, como se estivesse em uma página em branco. E eu levei tanto tempo para compreender tudo que, quando dei o primeiro passo, senti que havia passado a vida inteira fazendo isso.

Eu me aproximei dele, avançando em meio à escuridão. As suas íris reluziam como se todo o céu estivesse naquela sala. Ele seguiu cada movimento meu com atenção, como se a confissão que eu tinha acabado de fazer o mantivesse preso ali com uma força que superava a sua vontade.

Sem desviar os olhos, estendi a mão e encostei na dele. Diante dos olhos de Rigel, sempre me sentia uma criatura minúscula e uma entidade perigosa. Senti os músculos contraídos, como se ele quisesse resistir... mas, munida de toda a delicadeza, envolvi o seu pulso e o puxei lentamente para perto de mim.

Levei a mão dele ao meu rosto.

Um músculo da sua mandíbula se contraiu. O toque aqueceu a minha alma. Suspirei e pensei sentir o sangue dele ferver enquanto uma lágrima escorreu dos meus olhos e molhou os seus dedos semicerrados, como se algo dentro de Rigel ainda temesse me tocar.

Ele me encarou como se eu fosse algo imensamente frágil, algo que poderia desmoronar de uma hora para a outra sob os seus dedos.

— Você tinha medo de mim — sussurrou ele.

— Antes... eu ainda não havia aprendido a ver você. — Lágrimas rolaram pelo meu rosto e eu me lembrei do momento em que despedacei tudo. — Desculpa... — sussurrei. — Rigel, *me desculpa...*

Estávamos nos vendo pela primeira vez.

Então, como um milagre em câmera lenta... os dedos dele se abriram na minha bochecha.

Rigel tocou em mim e aquele calor derreteu o meu coração.

O polegar roçou o canto da minha boca, acariciando-o como se aquele gesto contivesse a impossibilidade daquilo que éramos.

— Eu não sou um dos seus bichinhos, Nica — murmurou com a voz triste. — Você não pode... me consertar.

— Não quero fazer isso — sussurrei.

Ele tinha deixado rosas dentro de mim, tinha deixado pétalas e rastros de estrelas onde antes eu era um deserto de rachaduras. E tínhamos compartilhado algo, em silêncio, à sombra dos nossos defeitos.

Rigel era um lobo e eu o queria exatamente por isso.

— Eu quero você... do jeito que você é. Eu te prometi. E não deixei de acreditar nisso... Não vou deixar você sozinho, Rigel. Me deixa... me deixa ficar com você.

"Fica comigo", implorou o meu coração, "fica comigo, por favor, por mais que eu tenha medo, por mais que eu não saiba o que vai acontecer com a gente.

"Por mais que talvez a gente não dê certo, porque existe uma história para cada coisa e não há contos de fadas de lobos e mariposas.

"Mas fica comigo, por favor, porque se nós dois estivermos quebrados, mas juntos, então o resto do mundo é que é defeituoso, não a gente.

"Se estivermos quebrados, mas juntos, então não tenho mais medo."

Beijei a mão dele lentamente.

Rigel contraiu os músculos e parecia que, de tanto prender a respiração, o peito dele estava prestes a explodir.
Eu queria tudo dele: as mordidas, os erros, o caos e as carícias.
Queria a fragilidade.
A alma autêntica.
Queria aquele coração que ninguém conseguia domar.
Queria o garoto sem final feliz, aquele que fora abandonado injustamente debaixo de um céu cheio de estrelas.
Eu me inclinei para a frente e, de repente, ele parou de respirar.
Pressionei a mão pálida no meu rosto e fiquei na ponta dos pés. Então, com toda a delicadeza que eu tinha... fechei os olhos e pousei suavemente os lábios nos dele.
O meu coração martelava contra as costelas.
A boca de Rigel era macia feito veludo quente. Com um estalo suave, eu me afastei e, por um longo momento, ele ficou perigosamente imóvel.
Não entendi que efeito aquele gesto teve sobre ele.
No instante seguinte, senti que estava sendo empurrada para trás. Esbarrei no piano, mas não tive tempo de sentir o coração subindo pela garganta antes que Rigel enfiasse os dedos no meu cabelo e inclinasse a minha cabeça.
Ele arfou e os seus olhos arregalados me encararam como se eu tivesse acabado de fazer a última coisa que ele sonharia de mim. Temi que ele tentasse me afastar, mas, no segundo seguinte, ele me puxou para si e nossos lábios se encontraram.
Um universo de arranhões e estrelas explodiu e eu senti o coração se contrair com força.
Eu me agarrei a ele com mãos instáveis, dominada por aquele impulso irreprimível. Os meus batimentos se aceleraram, as respirações se misturaram e eu senti toda a minha alma gritar o nome dele.
E Rigel me beijou...
Ele me beijou como se o mundo estivesse prestes a desmoronar.
Ele me beijou como se fosse a sua única razão para viver, o único motivo para deixar de respirar.
Os seus dedos tremeram no meu cabelo, desceram até os meus ombros, passaram por trás do meu pescoço, me tocaram e me seguraram firme como se eu pudesse me dissolver a qualquer momento. Eu apertei os pulsos dele para que ele entendesse que eu nunca mais iria embora. Que, por mais que o mundo gritasse que não, nós pertencíamos um ao outro até o nosso último suspiro.
Eu o acariciei com gestos tímidos e incertos, e a inocência do meu toque parecia enlouquecê-lo. Ofegante, ele me segurou pela cintura, esfregou o

tecido que se agarrava ao meu corpo e me abraçou com força enquanto a boca quente e ávida me beijava com ímpeto. Senti os dentes nos meus lábios, na minha língua, e cada beijo era uma mordida, cada beijo era um frio na barriga.

Eu estava sem fôlego, o meu coração batia loucamente, sentia que ia explodir.

Rigel deslizou o joelho entre as minhas coxas, prendendo-me com o corpo, e o beijo tornou-se poderoso, assustador, celestial.

E eu queria lhe dizer que não importava se não existissem histórias para pessoas como nós, que não importava se nunca déssemos certo. Contanto que ficássemos juntos, o futuro não era mais assustador.

Éramos dois exilados do reino dos contos de fadas.

E talvez, no fim das contas, pudéssemos ser um conto de fadas só nosso.

Um conto de fadas de lágrimas e sorrisos.

Arranhões e mordidas no escuro.

Algo ao mesmo tempo precioso e arruinado, onde não havia outro final feliz além de nós.

Envolvi o joelho dele com as coxas e Rigel pegou fogo. Ele parecia incapaz de raciocinar, de se controlar, de se conter. Então, agarrou as minhas pernas para me levantar, as minhas sandálias saíram dos pés e eu tremi quando nossos batimentos colidiram como mundos idênticos.

— *Juntos...* — sussurrei no ouvido dele como uma súplica.

Rigel apertou as minhas coxas até doer e o piano fez um som dissonante quando deslizei e acabei me sentando nele.

Eu me sentia subjugada por ele. Incapaz de me mover. Quanto mais eu o tocava, mais o corpo dele parecia enlouquecer contra o meu.

Mas percebi que, por mais que ele me apertasse, por mais que as mãos dele me segurassem até quase impedir os meus movimentos... eu não tinha medo. Porque Rigel sabia o que eu tinha passado.

Conhecia os meus pesadelos melhor do que ninguém.

Sabia onde todas as minhas rachaduras estavam, e havia algo de protetor e desesperado na forma como ele me tocava. Algo que parecia desejar cada fragilidade minha e ao mesmo tempo preservá-las para sempre. E eu sabia que ele não me machucaria.

Enquanto eu o segurava firme nos braços, entregando-lhe toda a minha doçura, percebi que, por mais que o seu coração fosse um desastre sombrio, eu o guardaria comigo.

Para sempre.

E sempre.

E sempre...

— Nica?
Uma luz. Ruído de passos.
A voz de Anna.
Arregalei os olhos. Antes que eu tivesse tempo de pensar, Rigel se afastou abruptamente.
Parecia que eu tinha acabado de ser arrancada pela raiz.
Quando Anna chegou até mim, envolta em seu roupão, encontrou-me ao lado do piano, sozinha. Eu a encarei com olhos arregalados e dedos retorcidos.
— É você, Nica... — murmurou sonolenta, olhando para meus pés descalços. — Eu ouvi um barulho de repente... O piano... Está tudo bem?
Fiz que sim com lábios franzidos, na esperança de que ela não notasse o rosto corado.
— O que está fazendo aqui, no escuro? Não está conseguindo dormir de novo?
— Eu... cheguei há pouco tempo — falei, a voz meio ridícula, antes de engolir em seco. — Desculpa ter te acordado...
Anna relaxou, olhando para a porta da frente, e eu aproveitei o momento para endireitar apressadamente a alça do vestido.
— Tudo bem, não é nada. Vem.
Ela estendeu a mão para mim com um sorriso.
Abaixei-me para pegar as sandálias e caminhei até ela para que pudesse me acompanhar ao andar de cima; mas, antes de cruzar o arco que dava para o corredor, onde ela me esperava, virei para o lado... e o vi.
Ali, na escuridão, onde não dava para Anna enxergá-lo.
As costas na parede, a perna dobrada e o pé apoiado na superfície, a respiração ofegante e silenciosa inflando o peito. No rosto inclinado para trás, os olhos líquidos e ardentes estavam *cravados* em mim. Os lábios ainda estavam úmidos e inchados depois de todas as mordidas. E, o cabelo, bagunçado pelos meus dedos.
Rigel me olhou como o pecado vivo que era.
E eu senti paz e tormenta... Alívio e decadência.
Relâmpagos incandescentes e trovoadas no escuro.
Senti a tempestade pairando sobre nós, carregada de trovões.
"Sim", sussurrou uma voz dentro de mim, contando os universos purpúreos e estrelados que ele havia deixado em mim, "*...mas olha só que cores lindas.*"

27
A MEIA-CALÇA

*O desejo é uma chama que apaga
a mente e ilumina o coração.*

— Nica?
Pisquei, voltando à realidade.
Norman me observava com alguma preocupação.
— Você está bem?
Ele e Anna estavam me observando.
— Desculpa, me distraí — gaguejei.
— O psicólogo, Nica — repetiu Anna, paciente. — Lembra quando a gente conversou sobre isso? Que talvez discutir o assunto com alguém pudesse te ajudar e fazer você se sentir melhor? — prosseguiu com delicadeza. — Então, uma amiga minha me passou o número de um muito bom... Disse que ele estaria disponível por esses dias. — Ela me estudou com atenção.
— O que acha?
Senti uma pontada de ansiedade na boca do estômago, mas tentei não demonstrar. Anna queria me ajudar, só queria o meu bem. Saber disso aliviou o meu mal-estar, mas não fez com que o sentimento sumisse. O olhar confiante dela, porém, me deu coragem.
— Ok — respondi, tentando confiar nela.
— Ok?
Fiz que sim. Poderíamos ao menos tentar. Anna pareceu feliz por finalmente poder fazer alguma coisa por mim.
— Ótimo. Mais tarde vou ligar para o consultório para confirmar.
Ela sorriu para mim, fazendo carinho na minha mão, depois olhou por cima do meu ombro com a expressão radiante.
— Ah, bom dia!
Todos os meus nervos se contraíram quando Rigel entrou na cozinha. A pele tornou-se sensível à sua presença e o estômago se encheu de faíscas.

Tive que contar com todas as minhas forças para vencer a tentação de olhar para ele.

O que havia acontecido na noite anterior ainda estava vivo dentro de mim.

Os seus lábios, as suas mãos...

Eu os sentia pelo corpo inteiro. Poderia até pensar que tudo aquilo não havia passado de um sonho, não fosse pelo fato de ainda arderem na minha pele.

Quando ele se sentou de frente para mim, arrisquei um olhar.

O cabelo bagunçado emoldurava o rosto atraente; ele levou um copo de suco à boca enquanto os olhos pretos pousavam em Anna e Norman, com a intenção de lhes dizer alguma coisa.

Parecia... normal. Diferente de mim, que estava uma pilha de nervos.

Ele tomou o café da manhã, aparentemente tranquilo, e não olhou para mim em momento algum.

Imagens dos nossos corpos entrelaçados invadiram a minha mente e eu apertei a xícara entre os dedos.

Ele não iria ignorar o que tinha acontecido... certo?

A certa altura, pegou uma maçã com um sorriso preguiçoso e disse algo que fez Norman e Anna caírem na gargalhada. Então, levou a fruta à boca e, enquanto eles estavam distraídos, o olhar se desviou até encontrar o meu.

Rigel afundou os dentes na maçã com uma mordida longa e profunda, acorrentando-me com o olhar. Em seguida, lambeu o lábio superior e, bem devagarinho, percorreu o meu corpo com os olhos.

Levei um momento para notar que a cerâmica quente da xícara estava queimando os meus dedos.

— Está chovendo — ouvi Anna dizer, a um mundo de distância. — Vou levar vocês para a escola hoje.

— Estão prontos? — perguntou ela um pouco mais tarde. Então, vestiu o casaco enquanto Rigel descia a escada. — Pegaram o guarda-chuva?

Enfiei um pequeno dentro da mochila, tentando encaixá-lo entre os livros. Enquanto isso, Anna foi buscar o carro e desapareceu lá fora.

Aproximei-me da entrada. Senti aquele cheiro fresco no ar que eu tanto gostava. Estendi o braço para terminar de abrir a porta e sair, mas algo me impediu.

Uma mão estava segurando a porta acima da minha cabeça.

— Tem um buraco na sua meia-calça. — Aquele timbre profundo e tão próximo me fez estremecer. — Sabia?

Às minhas costas, a presença imponente de Rigel pairava sobre mim.

— Não — respondi em voz baixa, sentindo-o se aproximar ainda mais.
— Onde?

A respiração quente acariciou o meu pescoço. No instante seguinte, senti o dedo dele queimar a minha pele em um ponto logo abaixo da bainha da saia. Ele pressionou a ponta do dedo ali, inclinando o rosto para mim.

— Aqui — disse, baixinho, entredentes.

Olhei para onde ele indicava e engoli em seco.

— É pequeno...

— Mas *tem* — sussurrou com voz rouca.

— Está quase por baixo da saia — respondi. — Mal dá para ver...

— Dá para ver o suficiente... para fazer a gente se perguntar até onde vai.

Senti um tom de controvérsia na voz dele, quase como se um buraco como aquele, em uma garota delicada e inocente como eu, pudesse provocar estranhas alusões no imaginário masculino. Fiquei vermelha.

Será que provocava estranhas alusões no imaginário dele também?

— Eu posso tirar — propus sem pensar. A respiração de Rigel acelerou.

— *Tirar?*

— Sim — comentei, enquanto sentia o torso dele pressionar as minhas costas. — Tenho um par extra que sempre levo comigo... Posso trocar de meia-calça...

— Humm... — murmurou ele na minha pele, como se estivesse perdido em mim.

Aquele simples som fez o meu estômago queimar.

A sua atenção me derretia feito cera e, ao mesmo tempo, fazia com que eu me sentisse viva, elétrica e febril.

Eu me perdi nele, na tensão que ele emanava, no calor, no silêncio, na respiração dele...

O som da buzina me trouxe de volta à realidade: Anna estava nos esperando.

Mordi o lábio enquanto Rigel se afastava e o calor do corpo dele desaparecia dos meus ombros.

Ele passou por mim, saiu pela porta e, no rastro do seu perfume, escondi um suspiro que jamais poderia deixar o mundo ouvir.

🦋

A capa amarela de Billie foi a primeira coisa que vi naquela manhã chuvosa.

Estava parada perto do portão, de cabeça baixa, balançando suavemente o tornozelo em cima do asfalto molhado.

Quando ela abriu um sorriso fraco, mas aliviado, entendi que estava me esperando, porque não queria entrar sozinha.

Ela tentou me perguntar como tinha sido a festa, mas, em vez disso, tentei descobrir como a minha amiga estava. As olheiras me diziam que ela não tinha conseguido dormir muito bem.

— Você... não ligou para ela, né? — perguntei com jeitinho enquanto íamos juntas para os armários.

Billie não respondeu e eu senti muito por isso.

— Billie...

— Eu sei — sussurrou, a voz triste.

Eu não quis insistir, porque sabia que não conseguiria nada forçando a barra. Porém, havia uma parte de mim que, apesar de saber disso, não conseguia ficar de fora.

— Você precisa de um tempo — murmurei — e isso é compreensível. Mas, se você dissesse isso a ela... Se você falasse com ela...

— Não consigo — respondeu, engolindo em seco —, é tudo tão... *tão*...

Billie congelou, e um lampejo de agonia cruzou os olhos claros. Não tive tempo de me virar antes que ela pegasse a mochila e fosse direto para a aula.

Atrás de mim, Miki diminuiu o passo e a acompanhou com o olhar. Os olhos opacos a encararam como se Billie fosse uma ferida.

— Miki — cumprimentei-a com um sorriso que pretendia ser encorajador. — Bom dia...

Ela não respondeu e, em seguida, abriu o armário. O rosto estava tão machucado quanto o de Billie, como se aquela fissura no relacionamento das duas também as tivesse despedaçado.

Abaixei a cabeça.

— Eu queria te agradecer — falei depois de um tempo. — Por ontem. Por ter me levado para a sua casa. E por ter me ajudado com a maquiagem. — Encarei os dedos e segui em frente: — Foi ótimo ter conhecido os seus pais. E sei que talvez não seja isso que você gostaria de ouvir nesse momento, mas... apesar do que aconteceu, gostei da tarde de ontem. Adorei o tempo que passamos juntas.

Miki tinha parado. Não se virou para mim, mas, depois de um tempo, falou comigo.

— Desculpa não ter te respondido — murmurou em voz baixa.

Eu sabia que ela estava falando das mensagens que eu tinha enviado para saber como ela estava.

— Sem problemas. — Toquei a mão dela e Miki observou aquele gesto. — Se quiser conversar sobre isso, estou aqui.

Ela ergueu o olhar e me encarou por baixo do capuz. Não me respondeu, mas os seus olhos sussurraram mais coisas do que ela pretendia dizer.

— Ei, Blackford.

Uma mão se apoiou no armário de Miki sem pedir permissão. Reconheci um menino da turma dela, um cara de cabelo castanho e cheio que eu encontrava de vez em quando durante as aulas compartilhadas.

Ele sorriu daquele jeito arrogante que virava a cabeça de várias garotas.

— Hoje o tempo está combinando com o seu humor, hein?

— Vai se foder, Gyle.

Gyle olhou alegremente para o amigo que estava com ele.

— Eu preciso das suas anotações de ciências — falou, sem rodeios. — Bom, quem é que não precisa... Aquele sem noção do Kryll marcou um teste para semana que vem. Está histérico com a história dos frascos cheios de bichos que não param de sumir do laboratório... Mas você tem as anotações todas, não tem?

Ela o ignorou e ele inclinou a cabeça.

— E aí? — Gyle abriu um sorriso desagradável. — Eu sei que você mal vê a hora de me fazer esse favor. Afinal de contas, deveria estar feliz por existir alguém que se dá ao trabalho de falar com você.

Miki continuou em silêncio e os olhos dele deslizaram pelo corpo dela.

— Se você não usasse sempre esses moletons de mendiga... — insinuou ele, curvando-se sobre ela. — Sabe que outros *favores* você poderia me fazer?

Os dois garotos caíram na gargalhada e Miki lhe deu uma cotovelada nas costelas. Olhei inquieta para a minha amiga e o olhar arrogante de Gyle se voltou para mim.

— Ei, pequena Dover. Tem um buraco na sua meia-calça, sabia? — Arregalei os olhos e ele me encarou como se eu fosse um ratinho. — Provocante...

— Para com isso, seu babaca — rosnou Miki, enquanto eu tentava puxar a saia para baixo, a fim de cobrir o buraco, mas os meus esforços pareciam diverti-lo.

Gyle se inclinou sobre mim com um sorrisinho maldoso.

— Assim a gente só tem um vislumbre — sussurrou no meu ouvido. — Não sabe? Isso deixa tudo ainda mais excitan...

Gyle levou um empurrão que o lançou para o outro lado. Ele foi com tudo para cima da fileira de armários, segurando o braço com uma das mãos.

A expressão estupefata imediatamente se transformou em raiva: ele se virou e os olhos furiosos se voltaram para o culpado. Mas Gyle congelou quando viu quem era.

Rigel se virou lentamente. Cravou as pupilas com naturalidade predatória sobre Gyle e o encarou por um longo instante antes de se dar ao trabalho de abrir os lábios e dizer, em tom de tédio:

— Ops.

Gyle não reagiu. O amigo, que estava atrás dele, também já não estava mais rindo. Ele só pareceu recuperar a voz quando Rigel começou a dar meia-volta.

— Cuidado — murmurou Gyle baixinho, como uma advertência.

Talvez esperasse que Rigel não o ouvisse, mas aqueles olhos felinos já estavam esperando aquilo.

— "Cuidado"? — repetiu com um sorriso mordaz. Algo brilhava nos olhos pretos, uma espécie de divertimento sombrio. — Com quem? *Com você?*

Gyle desviou os olhos com nervosismo. A arrogância tinha se escondido e, de repente, ele pareceu querer engolir as próprias palavras.

— Não importa.

Rigel lhe dedicou um olhar bem demorado. O corredor inteiro passava por ele como um rio de olhares de adoração e hostilidade. E ele bem ali, em meio àquela correnteza, tão alto e tão cruelmente esplêndido. Uma obra-prima de presas e tinta.

Então, por uma fração de segundo, ele olhou para mim. O meu coração afundou, mas a sensação desapareceu quando Rigel se virou e seguiu em frente pelo corredor.

— Babaca arrogante — sibilou Gyle, quando ele já estava longe o suficiente.

Segui Rigel com os olhos enquanto ele chegava ao armário e tirava um livro de lá.

— Não me convence.

Pisquei os olhos, surpresa, e me virei para Miki. Ela estava segurando um livro, mas não olhava para mim.

— Quem? — perguntei, perplexa. Então, liguei os pontos. — Rigel?

Ela fez que sim.

— Ele tem alguma coisa... estranha.

— Estranha? — perguntei, tentando entendê-la enquanto abria a garrafa d'água e a levava aos lábios.

— Sim. É alguma coisa nele. No comportamento.

— Como assim?

— Não sei explicar... Talvez seja só impressão minha. Mas às vezes sinto que ele te olha como se quisesse te *despedaçar...*

Engasguei com a água. Tossi com força e bati no peito, rezando para que ela não notasse o meu desconforto.

— O que isso... — falei e engoli em seco enquanto olhava para tudo que é lugar, menos para ela.

De repente, me senti tão nervosa quanto uma aranha. Voltei a arrumar os cadernos, em uma tentativa de mostrar que estava ocupada, e tive a impressão de que Miki estava me observando atentamente, pelo menos até Gyle resolver lembrá-la de que ele ainda existia.

— E aí? — insistiu de novo. — Me empresta?

— Não — retrucou ela, seca. — Se vira.

— Ah, fala sério! — reclamou Gyle, contrariado.

— Já disse que não.

— Você quer alguma coisa em troca, né? Talvez uma boa foda te fizesse bem, não acha?

— Juro, Gyle, vou quebrar o violino na sua cabeça — rosnou Miki. — Vaza daqui!

— E você, Dover?

Levei um susto. Os meus olhos indefesos se voltaram para Gyle, e ele deu uma risadinha ao ver a minha expressão.

— Você não tem nenhuma anotação?

— Eu... — balbuciei enquanto os olhos dele se concentravam no buraco da meia-calça e percorreriam as minhas coxas.

— Bem que você podia mostrá-las para mim...

Ardi de vergonha quando vi que Rigel, àquela altura, já tinha tirado os olhos do livro que estava folheando e nos encarava.

— Você é boa em anatomia? — Gyle se aproximou do meu rosto. — Imagino que sim...

Algo o acertou em cheio.

O violino ressoou dentro do estojo e ele levou a mão à cabeça, massageando-a com uma careta.

— Não dá para esperar inteligência dessa sua cabeça dura mesmo — disse Miki com dentes cerrados, e isso pôs um ponto final na conversa.

Billie tinha me falado para nunca acreditar em boatos, já que na maioria das vezes eram mentiras. Foi por isso que, enquanto eu saía da sala de aula com a desculpa de ir ao banheiro, me vi torcendo para que ela tivesse razão.

Os meus passos apressados ecoaram pelo corredor vazio. Passei pela fileira de armários até ver a porta branca no final. Percebi que estava entreaberta.

Com uma pitada de coragem, espiei lá dentro, depois a abri, entrei na sala e fechei a porta atrás de mim.

Dois olhos me encararam.

Rigel estava sentado no meio da enfermaria.

— Fiquei sabendo do que aconteceu — falei sem rodeios.

No mesmo instante, percebi a vermelhidão que se destacava na bochecha branca, acompanhada pelo corte que havia rasgado a pele.

Você está bem?, eu gostaria de lhe perguntar, mas um mau pressentimento me fez trocar a pergunta inicial por outra:

— É verdade?

Rigel abaixou o rosto e me encarou.

— O quê?

— Rigel... — Suspirei, exausta.

Era sempre assim com ele, cada palavra era uma insinuação que se dividia em quatro.

— Você sabe. É verdade?

— Depende — respondeu, com indiferença indisfarçável. — A qual parte você se refere?

— Estou falando da parte em que você quebrou o nariz de Jason Gyle na aula de beisebol.

Segundo os boatos, Gyle tivera apenas o azar de estar na frente quando Rigel acertara a bola durante o treino. Pena que foi Gyle quem lançara a bola. E, pela maneira como Rigel tinha balançado o bastão e a devolvido com uma força que poderia ter rompido a barreira do som, o golpe, em vez de terminar em um arco parabólico, acertara em cheio o nariz de Gyle.

"Não foi culpa de Rigel Wilde", protestavam os outros alunos. "Não foi de propósito, ele é inocente."

Rigel estalou a língua.

— Tem gente que seria melhor se nem jogasse, já que não tem espírito esportivo — brincou. — Foi apenas um *trágico* acidente...

— Não foi isso que me disseram — murmurei.

A luz nas íris escuras perdeu a força. Ele me encarou daquele jeito sombrio e arisco que tinha desde criança.

— E o que foi que te disseram?

— Que você o provocou.

Eu tinha encontrado Miki no intervalo das aulas. Perplexa, ela jurara para mim que tinha visto Rigel disfarçar um sorriso torto após o "acidente".

Àquela altura, o professor tinha visto perfeitamente que Gyle voara para cima dele como um animal furioso. Rigel ficara parado por tempo suficiente para receber o soco, então reagiu com uma rajada devastadora de golpes.

Era por isso que eu estava ali. Foi Miki quem me dissera onde encontrá-lo.

— *Provocar*, eu? — repetiu ele em um tom leve e arrastado. — Quanta difamação...

Balancei a cabeça, esgotada, e me aproximei dele. Os olhos pretos ficaram em alerta.

— Como é possível que você sempre se meta em brigas? — perguntei a ele.

Rigel inclinou o rosto para o lado e abriu um sorriso descarado.

— Está preocupada comigo, Nica?

— Estou, sim — sussurrei sem hesitar. — Você sempre acaba se machucando. E a última coisa que eu quero é ver outra ferida na sua pele.

O teor do discurso mudou, como se eu tivesse dito algo importante. Eu não queria brincar com aquele assunto. Então, Rigel passou a me olhar sem jogos ou fingimentos.

— As feridas da pele são as únicas que desaparecem — respondeu, com uma seriedade que me deu um aperto no peito.

— Nem toda dor é destinada a durar para sempre, Rigel — falei. — Algumas coisas podem se curar... E isso acontece aos poucos, com o tempo, por mais que nos pareça impossível... Às vezes, simplesmente acontece. Às vezes... até mesmo uma parte pequena da nós pode sarar.

Ele me lançou um olhar demorado.

Os raros momentos em que Rigel assumia aquela expressão tão *dócil*... eram de arrepiar. Senti vontade de tocá-lo.

Os meus dedos encostaram de leve no pescoço dele e, depois, na mandíbula.

— O que significa... "sarar"? — perguntou, sem tirar os olhos de mim.

Entre as minhas mãos, ele parecia uma fera selvagem, mas, ao mesmo tempo, dócil.

— Sarar significa... tocar com gentileza algo que antes só era tocado pelo medo.

Toquei o corte na bochecha dele e tive a impressão de ter sentido um arrepio percorrer a pele.

De repente, senti uma pontada no coração diante do toque dele.

Prendi a respiração quando aqueles dedos pressionaram a parte de trás dos meus joelhos, coberta pela meia, roçando a carne macia e flexível daquele local.

As pontas dos seus dedos deixaram rastros ardentes nas minhas coxas e ele me puxou para perto de si. Enquanto isso, eu reprimi um arrepio.

— Rigel...

— Você ainda está com essa meia-calça... — comentou ele, notando que eu não a tinha trocado.

Os dedos se insinuaram para dentro dela devagarinho e o meu coração pulsou contra as costelas.

— Rigel, a gente tá na escola...

— Já disse, Nica — rosnou ele. — Esse tom de voz só piora as coisas...

De repente, um som de passos ecoou do outro lado da porta. E eu congelei.

A maçaneta se mexeu.

Sem pensar, dominada pelo pânico, eu o levantei comigo e, depois, nos enfiei em um armário.

O espaço que tínhamos ali era, para dizer o mínimo, ridículo, e no mesmo instante percebi a tolice que eu tinha acabado de cometer. Rigel não precisava se esconder. Ele era o único que podia ficar ali.

A porta se abriu e, pelas frestas de metal, vi a enfermeira entrar.

— Wilde? — chamou a mulher.

Parei de respirar quando vi que a diretora estava com ela.

— Mas ele estava aqui — afirmou, antes de começarem a discutir o ocorrido.

Tentei não fazer nenhum barulho enquanto a voz delas preenchia o ambiente.

Atrás de mim, Rigel não emitia um som. Se não fosse pela pressão do peito dele contra as minhas costas, eu nem teria notado que ele estava ali, tão manso e obediente. No entanto, senti-lo respirar daquela maneira vigorosamente comedida me lembrava de todos os pontos em que os nossos corpos se encostavam.

Aproximei o rosto das frestas e arrisquei olhar com muito cuidado para as duas mulheres. Quanto tempo será que ficariam ali?

Senti o hálito quente de Rigel acariciando a minha nuca. Ele entreabriu os lábios e aquele som sutil deslizou direto para o meu cérebro, provocando um arrepio quente.

Tentei me virar, mas o rosto dele já estava ali, contra o meu pescoço, naquele espacinho minúsculo. O cabelo sedoso acariciava a minha bochecha e o perfume intenso dominou as minhas narinas.

— *Rigel...*

— *Shhh...* — sussurrou no meu ouvido, enquanto as mãos deslizavam pelo meu quadril, modelando-o entre os dedos.

O meu coração disparou.

Antes que eu pudesse fazer qualquer coisa... Rigel mordeu o meu pescoço.

Arregalei os olhos e os meus dedos voaram para os pulsos dele na mesma hora, apertando-os convulsivamente.

O que ele estava fazendo?

Rigel deu um longo beijo no meu pescoço e eu, absolutamente frágil, só pude engolir em seco. O meu corpo delicado e vibrante contra o dele o fez conter um suspiro oculto.

Ele me abraçou por trás com ainda mais força e as mãos incendiaram a minha barriga.

— *Para com isso...* — sussurrei quase sem voz.

A única resposta foi um respiro profundo que invadiu as minhas vértebras e me fez tremer.

Os dedos passaram pelas minhas costelas, pelo vão entre os seios, deleitando-se com as batidas furiosas do meu coração, depois seguraram o meu rosto por baixo, inclinando-o para o lado.

Arfei, com olhos arregalados, quando os lábios ardentes dele se fecharam novamente na curva do meu pescoço, incendiando-me.

Os meus tornozelos formigaram, fiquei sem ar. A boca dele mergulhou no lugar mais macio da minha pele, demorando-se languidamente, como se ele adorasse me provar.

Com a outra mão, Rigel achou o buraco na meia-calça; então, mordiscou o meu pescoço, saboreando-o, e enfiou o dedo na abertura do tecido.

O toque dele se arrastou pela pele nua, entorpecendo-a, e eu só conseguia sentir as batidas violentas do meu coração, o hálito quente dele, o corpo sólido contra o meu, o dedo e algo se enrijecendo, e então...

As duas mulheres foram embora e eu saí correndo do armário, tropeçando sozinha. O ar mudou abruptamente.

Eu me virei com olhos arregalados e um rubor generalizado no rosto, e Rigel me encarou da penumbra, lambendo os lábios inchados e me olhando como se me achasse deliciosa. Balbuciei palavras desconexas antes que uma corrente de ar frio me fizesse olhar para baixo.

Bem ali, onde antes havia um buraquinho, agora se abria uma cratera enorme: um pedaço de carne projetava-se do tecido rasgado. Fiquei boquiaberta e tive certeza de tê-lo visto sorrir.

— Ah, que pena... — murmurou Rigel. — Agora você tem *mesmo* que trocar de meia.

Tinha sido uma loucura correr aquele risco.

Ninguém deveria desconfiar do que existia entre a gente, ninguém deveria saber, senão, perderíamos tudo. Eu não suportaria nunca mais poder ver Anna e Norman. Não agora que tinham se tornado uma parte tão importante da minha vida.

Eu sabia que estava sendo contraditória, mas também sabia que, lá no fundo, eu nunca ia querer destruir o que tínhamos construído.

Rigel não parecia entender a gravidade da situação, e isso me preocupava. Aos olhos dos outros, em breve seríamos uma família. Para alguns, nós já éramos uma.

Precisávamos prestar atenção.

Mas, se por um lado eu tinha plena noção daquilo, por outro não conseguia me livrar da sensação das mãos dele. Eu não estava mais me reconhecendo.

Quanto mais ele me tocava... mais eu me sentia enlouquecer.

O meu coração se agitava.

As mãos tremiam.

O seu toque me moldava e o meu peito se convertia em um êxtase delirante.

Quanto mais eu lhe dava pedaços da minha alma, mais eu me tornava dele.

Como eu ia lidar com tudo aquilo?

— Nica, visita pra você.

Norman entrou no quarto, interrompendo a linha de pensamento.

Eu o olhei sem entender nada; quando cheguei ao andar de baixo, avistei na porta duas íris muito azuis que me arrancaram um sorriso.

— Adeline!

Os olhos dela se encheram de ternura assim que me viu.

— Oi... — disse, com um sorriso afetuoso.

Estava usando um gorro e botas de borracha que a protegiam da chuva. Parecia um raio de sol preso no meio da tempestade.

— Não queria incomodar... — falou em tom de desculpas. — Estava passando pela cidade e... vi que abriram uma confeitaria. E pensei em você — concluiu, meio envergonhada. — A moça tinha acabado de assar umas tortas e eu sei o quanto você gosta de geleia...

Ela me entregou um pacote e a minha garganta se encheu de uma sensação quente e doce como mel.

— Adeline, não precisava... — Peguei o doce e lhe lancei um olhar sorridente. — Por que não fica um pouquinho? Podemos comer juntas... Não vai incomodar — acrescentei, antes que Adeline pudesse dizer alguma coisa. — Temos o chá de que você tanto gosta e está chovendo muito lá fora... Vai, entra.

Ela limpou as botas no capacho e abriu um sorriso agradecido para Norman quando ele pegou o casaco dela para pendurá-lo.

— Pode se sentar enquanto isso — falei. — Vou fazer o chá e já venho.

Adeline fez o que eu tinha dito e, pouco depois, me juntei a ela com a bandeja nas mãos e o bule fumegante.

Ela estava em pé e de costas para mim.

Estava prestes a chamá-la quando percebi que havia mais alguém na sala. Lá no fundo do cômodo, envolto em um silêncio característico, Rigel estava lendo, concentrado, enquanto a luz da janela iluminava a sua pele.

E, naquele momento, o mundo parou.

Naquele momento... entendi algo que talvez eu não tivesse desejado ver antes.

Adeline... Adeline olhava para ele como se não houvesse mais ninguém.

Com olhos sussurrantes.

E lábios que se calavam.

Com o coração partido e a melancolia de algo que sempre foi contemplado de longe.

Adeline... olhava para Rigel exatamente do mesmo jeito que eu.

28
UMA SÓ CANÇÃO

*Quando você não puder ver a luz,
veremos juntos as estrelas.*

— Adeline... O que você sente por Rigel?
Adeline baixou a xícara. Nos olhos dela, reconheci um brilho que emanava surpresa.
— Por que está me perguntando isso?
Talvez Anna estivesse certa sobre mim: o meu coração era muito transparente e, por isso, eu não sabia fingir. Nunca tinha sido boa em esconder os meus sentimentos, e certamente não consegui fazê-lo naquele momento.
— Nica — sussurrou, devagar —, se você estiver falando daquele beijo...
— Eu queria saber — falei. — Eu... eu preciso saber, Adeline. Você sente alguma coisa por ele?
Eu sabia que não podia revelar a ninguém o que havia entre mim e Rigel — por mais que Adeline nos conhecesse desde sempre, muito antes de termos sido adotados juntos, não era algo que eu simplesmente pudesse sair falando.
Se aquela informação vazasse... as consequências seriam desastrosas. Mesmo assim, não pude deixar de fazer a pergunta.
Ela olhou para baixo.
— Conheço vocês dois há um tempão — sussurrou. — Crescemos juntos. Rigel... ele também faz parte da minha infância. E, por mais que eu nunca tenha conseguido compreendê-lo, aprendi a não julgar os gestos dele.
Tive a sensação de que, mais uma vez, algo me escapava. Não estava entendendo. Lá na instituição, eu nunca tinha visto os dois juntos, mas Adeline parecia conhecê-lo de uma forma que eu não conseguia interpretar.
— Rigel me ensinou várias coisas. Não através do que falamos, mas pelas coisas que escolhemos não dizer, afinal, às vezes ficar calado é o maior sacrifício. Ele me ensinou que existem oportunidades que precisam ser aproveitadas

e outras em que só podemos... sair do caminho. Aceitar que não podemos mudar a natureza das coisas, pois o grau de importância que elas têm para nós reside justamente no quanto estamos dispostos a nos sacrificar apenas para protegê-las de longe. Ele me ensinou que aquilo que mais amamos se mede pela nossa coragem de abrir mão.

Adeline ergueu o rosto e me envolveu com os seus olhos azuis.

Eu nunca entenderia aquelas palavras por completo.

Eu nunca entenderia o seu significado oculto.

Aquilo só ficaria claro para mim no final.

Os olhos dela brilhavam como um labirinto de coisas não ditas.

Porque talvez ela também tivesse desejos que aprendera a medir em todas as vezes que escolhera o silêncio no lugar de palavras.

— Pode acreditar em mim, Nica... — disse ela, abrindo um sorriso suave. — O que sinto por Rigel é só um carinho profundo, muito profundo.

Escolhi acreditar em Adeline.

Talvez eu não tivesse conseguido entender muito bem o que ela dissera, mas de uma coisa eu tinha certeza absoluta: confiava nela e sabia que ela jamais zombaria de mim.

Eu queria falar abertamente, confessar a ela o que me ligava a Rigel, mas não podia. Por um lado, sentia a necessidade de compartilhar os medos e as inseguranças com alguém, mas, por outro, sabia que não podia me permitir uma coisa dessas.

Eu estava sozinha com aqueles sentimentos.

Sozinha com ele.

— E aí?

Pisquei. Billie franziu a testa para mim.

— Desculpa, estava no mundo da lua — justifiquei.

— Eu perguntei se você quer estudar comigo — repetiu, a voz neutra. — Se está a fim de ir lá pra casa depois da aula.

— Ah, eu adoraria, mas justamente hoje não posso — respondi com tristeza. — Anna marcou uma consulta para mim.

Billie me olhou por um instante. Em seguida, assentiu lentamente.

Ela estava muito mudada nos últimos tempos. As olheiras deixavam os olhos sérios e fundos, e todas as expressões faciais tinham um ar lento e nervoso, bem diferente daquela vivacidade de sempre.

E, no fundo, eu entendia o motivo.

Fazia dias que ela e Miki não se falavam.

Por mais que a solução parecesse simples, eu sabia que não bastava pegar o telefone e fazer as pazes com a melhor amiga. Algo havia se rompido naquela tarde. Tudo aquilo que disseram uma à outra tinha abalado até mesmo os aspectos mais básicos do relacionamento delas e, quanto mais o tempo passava, mais a ferida entre elas parecia se aprofundar.

— Desculpa, Billie — falei com sinceridade. — Quem sabe outro dia...

Ela assentiu de novo, sem me encarar; deixou o olhar vagar entre o vaivém de alunos, mas, quando os olhos pararam, entendi quem Billie tinha visto.

Miki caminhava pelo corredor com a mochila pendurada no ombro e o rosto sem capuz.

Naquele momento, percebi que ela não estava sozinha. Havia uma garota ao seu lado.

Certamente era uma colega de turma. No passado, eu já tinha visto a menina cumprimentar Miki algumas vezes, por isso, não fiquei tão surpresa ao vê-las juntas.

Percebi uma pontada de insegurança nos olhos maquiados quando ela nos notou.

Ela hesitou por um momento e, em seguida, veio na nossa direção.

Fiquei tão alegre ao vê-la se aproximar que não pude deixar de abrir um sorriso afetuoso.

— Oi... — falei, feliz.

Miki olhou para baixo e eu interpretei aquilo como uma saudação.

— Achei isso aqui. — Foi tudo o que disse ao me entregar uma mochila.

Era aquela com as roupas que eu tinha deixado na casa dela na tarde da festa.

— Ah — respondi, surpresa. — Onde estava?

— Evangeline tinha colocado no meio das minhas coisas.

— Olha só... Bom, obrigada. Ah, sim! — Revirei a mochila em busca de algo e entreguei a ela. — Toma... É pra você.

Miki estendeu a mão e pegou o pacotinho de biscoito, perplexa.

— Anna queria muito agradecer a hospitalidade. E pela carona, pela maquiagem e pelas sandálias... Então fizemos uns biscoitos juntas. — Cocei a bochecha. — É, pois é... os meus não ficaram muito bonitos — admiti, olhando para aqueles ursinhos horríveis, cheios de caroços e deformidades. — Mas eu experimentei e... depois das primeiras mordidas... se você mastigar um pouquinho, não são muito duros...

A colega de Miki sorriu para mim.

— Na verdade, não parecem ruins.

— Espero que não... — falei, apreciando o comentário.

Atrás de mim, Billie nos olhava sem dizer uma palavra.

— Não precisava. — Miki parecia sem palavras. — Não era necessário...

— Isso é coisa que se diga? — brincou a colega, esbarrando no ombro dela de forma amigável. — Ela fez os biscoitos especialmente pra você! Pelo menos agradece!

Miki lhe lançou um olhar rude, mas vi as bochechas corarem sob a maquiagem.

— Claro — murmurou, daquele jeito ligeiramente mal-humorado que me dava a entender que, na verdade, Miki tinha gostado do presente. — Obrigada.

— Sempre emburrada que nem um urso — zombou a amiga, bem-humorada. — Igual quando não bebe café. Vocês sabiam que Makayla fica *intratável* sem a amada cafeína dela?

— Não é verdade... — murmurou Miki.

— Ah, mas é verdade, sim! Ela vira uma fera... Eu garanto — falou com uma risada. — Se eu não conhecesse o jeito dela...

— Mas o que *você* sabe sobre o jeito dela?

Nós nos viramos.

Billie estava de braços cruzados e punhos cerrados logo acima do cotovelo. Havia uma hostilidade no seu olhar que eu nunca tinha visto. Ela só pareceu se dar conta do que tinha feito quando todas nós nos viramos para encará-la. Por instinto, franziu os lábios e foi embora.

Enquanto se afastava, a postura revelou que, na verdade, Billie só estava apertando os braços para não desmoronar em meio às próprias inseguranças.

— Obrigada pelos biscoitos.

Miki puxou o capuz e se afastou pelo lado oposto.

A amiga a seguiu com os olhos; quando os nossos olhares se reencontraram, nenhuma de nós soube o que dizer.

A ferida estava se alargando.

Cada vez mais.

No fim, acabaria por engolir tudo: sonhos, lembranças e momentos felizes.

Não sobraria mais nada.

Apenas escombros.

Apenas o vazio.

A sala de espera do psicólogo era um espaço sóbrio e elegante. Uma planta tropical quebrava a frieza dos tons e, nas paredes cinza, havia um par de pinturas abstratas que, apesar da minha paciência, não consegui interpretar.

Arrisquei dar uma espiada na pessoa ao meu lado.

Rigel estava de braços cruzados, o tornozelo apoiado sobre o joelho e a boca franzida em uma expressão contrariada.

Ele estava irritado. Muito irritado.

O corpo emanava todo o aborrecimento que ele sentia por estar ali graças à iniciativa de Anna, que havia sugerido: "Já que Nica vai... por que você não experimenta também? Talvez você descubra que te faz bem...".

Dava para entender o estado de espírito dele. Quer dizer, Rigel falando de si mesmo de forma abstrata?

Rigel, que havia construído para si uma máscara tão grossa que escondia até o coração?

Era uma ideia tão absurda que parecia inconcebível.

Percorri o perfil do rosto dele. A mandíbula viril estava tensa, o lábio superior levemente franzido. Estava lindo e cativante como sempre, mesmo tão irritado.

Naquele momento, notei a garota sentada ao fundo da sala. Estava com uma revista na frente do rosto, as pernas juntas e os olhos fixos em Rigel. Encarava-o com tanta intensidade que fiquei surpresa ao não ver a pele derretendo sobre os ossos dele. Quando Rigel reclinou a cabeça, a garota amassou levemente a capa da revista.

Naquele momento, olhei melhor para ela... E vi que tinha olhos castanhos esplêndidos e um rosto extremamente delicado.

Era bonita. Muito...

Com um sentimento que não consegui definir, eu me perguntei se ele a notara.

E me virei.

Rigel estava com a cabeça apoiada na parede e o rosto virado para o lado. E o olhar... O olhar estava concentrado na minha mão, perto da perna dele. Eu nem tinha percebido que estava encostando no seu joelho. Ele parecia absorto, como se, apesar do aborrecimento que sentia, aquele ponto exato o fascinasse...

— Até mais!

Um senhor bem-vestido saiu pela porta à nossa frente. E a manteve aberta enquanto um homem na casa dos quarenta anos saía.

— Até semana que vem, Timothy — despediu-se ele. — Então, o próximo paciente é...

Ele deixou o olhar vagar pela sala até avistar Rigel e eu.

— Ah, vocês devem ser os filhos da sra. Milligan — exclamou ele, e vi um músculo se contrair na mandíbula de Rigel. — Já estão aqui, que bom... Senhorita, quer começar?

Mordisquei as costuras dos curativos, sentindo-me tensa, então me levantei.

Ele sorriu e me convidou a entrar.

— Para dizer a verdade... Anna ainda não é a nossa mãe adotiva — especifiquei, quase sem voz.

O doutor olhou para mim, reconhecendo o erro.

— Peço desculpas — disse. — A sra. Milligan me informou sobre a adoção. Eu não tinha entendido que o processo ainda estava em andamento.

Apertei as mãos, sentindo-as suar, e ele notou o meu nervosismo.

O seu olhar era profundo e perspicaz, mas a atenção que emanava não transmitia sujeição, apenas uma sensibilidade inesperada.

— Quer conversar um pouco comigo? — perguntou ele.

Engoli em seco. Sentia o corpo tremer, sussurrando que não, mas tentei ignorá-lo.

Eu queria fazer aquilo por mim.

Queria experimentar.

Por mais que o terror retorcesse as vísceras e a realidade tentasse me esmagar.

Fiz que sim, bem devagar. Custou-me um esforço enorme, talvez o maior que eu já tenha feito.

Uma hora mais tarde, passei por aquela porta de novo.

Eu me sentia tensa e vulnerável, o coração palpitando no peito. Contara a ele um pouco sobre a minha infância, mas não tinha conseguido falar dos traumas, porque, toda vez que eu tentava entrar pelas portas da mente, a ansiedade estava à espreita, pronta para dar o bote.

Eu tinha me agitado, congelado e ficado em silêncio muitas vezes. Tinha falado poucas coisas, hesitante e trêmula, mas, de qualquer maneira, ele me garantira que eu tinha me saído bem. Tinha sido a minha primeira vez.

— Podemos nos ver de novo, se você quiser — disse gentilmente. — Sem pressa. Talvez na semana que vem.

Ele não me forçou a dar uma resposta; em vez disso, permitiu que eu a assimilasse em silêncio, buscando-a dentro de mim. Em seguida, olhou para Rigel.

— Sua vez — disse, enquanto eu voltava a me sentar. — Fique à vontade.

Percebi que Rigel não tinha se movido um centímetro desde que eu o deixara.

Ele me seguiu com o olhar, como se quisesse se certificar de que eu estava bem. Então, depois de um momento, soltou os braços cruzados e decidiu se levantar.

Relutante, dirigiu-se ao consultório.

Ele entrou pela porta com passos comedidos, mas a primeira coisa que pensou foi que não queria estar ali.

Ultimamente... vinha sendo atormentado por um estranho frenesi.

Uma sensação crepitante que incendiava o sangue.

Era visceral, como se fosse um veneno. Confuso e delicioso.

Era ela.

Movido por um impulso irrefletido, ele se virou para procurar os olhos dela: cruzou as próprias íris brilhantes com as dela por um instante, apenas o suficiente para imprimi-la em si mesmo.

Era como se todas as vezes tivesse que olhá-la e contemplá-la, para entender que não era um sonho.

Que, se ele se virasse para olhá-la, ela o encararia de volta.

Que, se ele a tocasse, ela não teria medo.

Que, se ele passasse a mão pelo cabelo dela, ela não sumiria como em um sonho, mas continuaria ali, entre os dedos dele, com os olhos fixos nos dele.

Nica era real.

Tão real que fazia o seu sangue ferver.

Dentro dele, o desastre rugia. Raspava e arranhava as paredes do coração, perguntando-lhe se ele não tinha enlouquecido, se não se tratava apenas da enésima ilusão, e então Rigel se virava para olhá-la, procurando desesperadamente por aqueles olhos e agarrando-se a eles com toda a necessidade que ele não conseguia arrancar da mente.

Ele a carregava impressa nas profundezas do seu ser, ela e os seus olhos claros. E aquela luz acabava cobrindo tudo.

E, embora o coração estivesse mergulhado no delírio, algo dentro de Rigel pulsava com delicadeza.

Algo que sabia ser gentil, que aquecia, que descansava à sombra dos seus espinhos e colocava curativos coloridos entre as frestas da sua alma.

Por um momento, enquanto Nica desaparecia atrás da porta, tão pequena, brilhante e *real*, parte dele lembrou que, por mais que não pudesse vê-la, ela continuaria ali...

— Muito bem, Rigel. É Rigel, certo?

A voz do psicólogo o trouxe de volta à realidade.

Tinha quase se esquecido da presença daquele homem. Quase.

— Soube que essa é a sua primeira vez na terapia também — o ouviu dizer, enquanto examinava o consultório com os olhos, até que algo na mesa chamou a sua atenção.

Pareciam cartões, mas eram do tamanho de páginas de livros. Estavam dispostos em duas fileiras ordenadas e em cada um havia umas manchas pretas que criavam uma série de figuras indefinidas.

— Interessante, né?

Os olhos de Rigel se voltaram para o homem. Estava de pé ao lado dele, olhando para os papéis cheios de borrões.

— É o teste de Rorschach — informou. — Ao contrário da crença popular, não se trata de uma ferramenta para podermos avaliar a instabilidade mental das pessoas. Serve para mostrar como o sujeito percebe o mundo. Ajuda na investigação da personalidade. — O psicólogo removeu algumas placas, mostrando figuras cada vez mais enigmáticas. — Alguns veem raiva, carências, medos... Já outros veem sonhos, esperanças. Amor. — O homem olhou para ele. — Você já se apaixonou?

Rigel sentiu vontade de rir. Mas daquele jeito exagerado, malvado e excessivo que o fazia parecer um lobo.

Ele e o amor travavam uma batalha que durava a vida inteira. Um vivia despedaçando o outro. No entanto, não conseguiam sobreviver separados.

Mas, em vez de rir, Rigel se viu olhando para aquelas manchas sem sentido. Sempre tinha ouvido falar do amor como um sentimento doce e terno que deixava o coração leve. Ninguém falava de espinhos, ninguém falava do câncer que era a ausência, ou do tormento de um olhar não correspondido.

Ninguém falava de como o amor doía, de como ele nos devorava até nos deixar sem ar.

Mas ele sabia que era diferente.

Ele não era como os outros.

Notou que o homem o olhava intensamente, como se intrigado com a nuance que havia nos seus olhos.

— O que é o amor para você?

— Um verme — murmurou Rigel. — As mordidas dele nunca cicatrizam.

Quando percebeu que tinha aberto a boca, já era tarde demais. Ele estava falando consigo mesmo, não com o psicólogo. Era uma reflexão que sempre carregara dentro de si.

Mas o homem estava olhando para ele, e Rigel sentiu cada partícula do corpo rejeitar aquele olhar. Achava repulsivo, opressivo, algo do qual deveria se livrar imediatamente.

Tinha se perdido por um instante dentro de si e Nica conseguira arrancar dele o inconfessável. Rigel prometeu a si mesmo que não aconteceria de novo.

Então, desviou os olhos e voltou a rondar a sala como um animal enjaulado.

— Estou ciente da sua condição.

Rigel congelou no mesmo instante.
— Da minha... *condição?*
Então Anna tinha falado dele com o psicólogo.
Ele se virou lentamente.
— Não precisa ter medo — disse o homem, com serenidade. — Quer se sentar na poltrona?
Rigel não se mexeu. Encarou o rosto dele e, no seu olhar, brilhava uma luz tão afiada que parecia um alfinete.
O psicólogo lhe deu um sorriso tranquilizador.
— Você não imagina como é bom conversar às vezes. Sabe o que dizem? As palavras nos permitem ler a alma.
Ler a alma?
— Todo mundo fica meio tenso no início... é normal. Por que não se senta na poltrona?
Ler... a alma?
Rigel voltou a encará-lo. Olhou para ele com os olhos pretos de tubarão. E, então, sem mais nem menos... sorriu. Os lábios se abriram sobre os dentes em uma das suas melhores obras-primas.
— Antes de começar... gostaria de perguntar uma coisa ao senhor.
— Como?
— Ah, peço desculpas — começou Rigel, aproximando-se. — É a indecisão da primeira vez, o senhor me entende. Afinal de contas, a abordagem confidencial é algo que sempre olhei com relutância. Sabe como é, por causa da minha... condição.
O homem o encarou surpreso quando, em vez da poltrona, Rigel se sentou com desenvoltura na cadeira diante dele.
— É só uma curiosidade — insinuou com educada inocência. — O senhor não vai se importar, não é, *doutor?*
O homem entrelaçou os dedos sob o queixo, acolhendo aquele pedido.
— Estou te ouvindo.
Então, Rigel lhe deu um sorriso comedido, como uma fera domesticada, antes de fazer a pergunta:
— Qual é o objetivo dessas sessões?
— Promover uma melhoria no bem-estar psicológico e te ajudar no crescimento pessoal — respondeu tranquilamente.
— Então o senhor supõe que os seus... *clientes* precisam de ajuda.
— Bom... A partir do momento que vêm até mim por vontade própria...
— E se eles não tiverem vindo por vontade própria?
O homem o olhou com calma e perspicácia.
— Essa é uma maneira de me dizer que você não escolheu estar aqui?

— É uma maneira de compreender a sua abordagem.

O psicólogo pareceu refletir.

— Bom... Eles poderiam descobrir que as consultas os fazem se sentir melhor. Às vezes, as pessoas constroem realidades em que acreditam estar bem. Não acham que precisam disso. Mas, na verdade, sentem-se vazias, inúteis, como uma moldura quebrada ou um caco de vidro.

— Se elas acham que não precisam, então como o contrário pode ser verdade? — questionou Rigel, enigmático.

O homem ajustou os óculos no nariz.

— É o que é. A mente tem engrenagens complicadas, nem tudo é feito para ser entendido. O próprio Rorschach disse uma vez que a alma também precisa respirar.

— Até a sua?

— Como?

— O senhor é humano, doutor, como todo mundo. A sua alma também precisa respirar?

O psicólogo o encarou, como se só o estivesse enxergando naquele momento.

Rigel sorriu ironicamente, mas o olhar permaneceu frio.

— Se eu lhe dissesse que vejo desejos, traumas ou medos naquelas placas, o senhor daria um jeito de me analisar. Mas, se eu dissesse que não consigo ver nada ali, que para mim são só manchas estúpidas, o senhor interpretaria isso de qualquer maneira. Talvez como uma recusa. Um bloqueio. Será que estou errado? — Ele esperou por uma resposta que não veio. — Qualquer que seja a resposta, o senhor vai achar alguma coisa para corrigir. Não importa qual seja a realidade, qualquer pessoa que entrar por aquela porta está fadada a um diagnóstico. Talvez a questão não seja como as pessoas se sentem, doutor. Mas como elas fazem o senhor se sentir. A questão é a sua crença de que obrigatoriamente existe algo de errado com elas, que precisam ser consertadas, porque por dentro são inúteis, vazias e erradas... como uma moldura quebrada ou um caco de vidro.

O homem o encarou e Rigel sustentou aquele olhar, sem nenhuma máscara.

— Vamos, doutor — disse em tom áspero, observando-o por baixo das sobrancelhas pretas. — Não é esse o momento em que o senhor tenta *ler* a minha *alma*?

O silêncio que se seguiu o fez concluir que tinha conseguido o que queria. Nem ferrando que ele se deixaria ser analisado. Já passara por aquilo na infância. Não precisava de mais uma pessoa lhe dizendo de novo que ele era um desastre. Rigel já sabia disso muito bem. Certamente não permitiria que outro profissional espremesse o seu cérebro.

No entanto, a maneira como o homem o olhou, como se, na verdade, já tivesse entendido tudo sobre ele, lhe causou um mal-estar no estômago.

— Você tem um grande mecanismo de defesa, Rigel — disse ele, com conhecimento de causa. E Rigel sabia que não era um elogio. — Hoje você decidiu que eu não posso fazer nada para te ajudar. Mas um dia, quem sabe, você vai compreender que, em vez de te proteger, esse mecanismo te consome.

Desviei os olhos da xícara que segurava e os pousei na figura silenciosa à minha frente.

Rigel estava sentado ao piano. O cabelo caía para a frente e os dedos se moviam lenta e distraidamente pelas teclas.

Por toda a casa, o único som que flutuava no ar era o daquela leve melodia. Estava assim desde que chegamos da consulta.

Logo que a porta do consultório se abrira, a primeira coisa que eu tinha visto fora o rosto sério do psicólogo; a segunda, a expressão fria e sombria de Rigel.

Tinha ficado em silêncio o tempo todo. Eu sabia que ele não era de falar pelos cotovelos, mas, pelo silêncio, entendi que aquele encontro não tinha saído como planejado.

Eu me aproximei e coloquei a xícara fumegante ao lado dele, para que ele notasse a minha presença.

— Está tudo bem? — perguntei em tom afetuoso.

Ele não se virou para me olhar. Simplesmente fez que sim.

— Rigel... O que aconteceu lá na consulta?

Procurei ser o mais delicada possível pois não queria parecer invasiva. Só estava preocupada com ele e queria confortá-lo.

— Nada de importante — respondeu, sucinto.

— Você parecia... chateado.

Busquei os olhos dele, mas ele não retribuiu o olhar. Encarava as teclas brancas como se houvesse diante de si um mundo que eu não podia ver.

— Ele achou que eu o deixaria entrar — murmurou, como se eu fosse a única que poderia entender. — Ele achou... que podia me olhar por dentro.

— E esse foi o erro dele? — sussurrei.

— Não — respondeu Rigel, fechando os olhos. — O erro dele foi acreditar que eu fosse deixar.

Desejei não sentir aquele vazio pungente no peito, mas infelizmente não consegui conter a emoção.

Também é um erro meu, gostaria de lhe confessar, mas fiquei em silêncio por medo de uma resposta.

Rigel era introvertido, complicado e hostil aos afetos, mas, acima de tudo, era único. Já fazia um bom tempo que eu havia percebido que ele erguera uma barreira entre si mesmo e o mundo, uma barreira que fincara raízes no coração, nos pulmões e nos ossos, tornando-se parte dele.

No entanto, eu também sabia que, do outro lado da barreira, resplandecia um universo de escuridão e veludo.

E era justamente naquela galáxia rara e bela que eu queria entrar.

Devagarzinho, com delicadeza.

Não queria machucá-lo.

Não queria mudá-lo ou, pior ainda, *consertá-lo*. Não queria suprimir os demônios, só queria me sentar com eles sob aquele teto de estrelas e contá-las em silêncio.

Será que ele abriria aquela porta para mim?

Olhei para baixo, dominada pelo medo. Por mais que tivéssemos nos aproximado, havia momentos em que ainda estávamos distantes demais para nos entendermos.

Eu me virei para voltar para o outro lado da casa e deixá-lo um pouco sozinho, mas algo me impediu de sair.

Uma mão em volta do meu pulso.

Ele ergueu o rosto lentamente. Os olhos encontraram os meus e, depois de um tempo, atendi àquele pedido silencioso: voltei para perto dele e me sentei ao seu lado no banco.

Sem que eu tivesse tempo de entender, Rigel passou a mão por baixo dos meus joelhos e me arrastou para os seus braços.

O contato do corpo dele com o meu me fez sentir um arrepio na espinha. No instante seguinte, o calor me envolveu e eu senti uma felicidade tão vibrante e intensa que a minha cabeça girou.

Eu ainda não tinha me acostumado a poder tocá-lo. Era uma sensação linda e estranha, sempre nova, sempre poderosa, uma onda de vertigens.

Aninhei a cabeça na curva do pescoço dele e me abandonei contra o tórax palpitante. Quando me aconcheguei naquele calor, ele suspirou lentamente, relaxando.

Por um momento pensei que talvez, se tivéssemos sido feitos da mesma ternura, ele teria inclinado o rosto e apoiado a bochecha na minha cabeça.

— No que você pensa quando toca? — perguntei depois de um tempo, entre as melodias daqueles acordes.

— São os momentos em que eu tento não pensar.

— E consegue?
— Nunca.
Sempre quis perguntar a ele. Nunca o tinha ouvido tocar nada feliz. As mãos de Rigel geravam melodias lindas, angelicais, mas de partir o coração.
— Se você fica triste... então por que toca? — peguei-me perguntando, com o rosto levemente erguido.
Olhei, encantada, os lábios dele se entreabrindo para falar.
— Existem coisas que são maiores do que nós — respondeu ele, enigmático. — Coisas que... nos pertencem sem que possamos nos livrar delas. Nem se quisermos.
Um pressentimento se insinuou na minha mente.
Observei aqueles dedos deslizando lentamente pelas teclas e, de repente, entendi.
— Isso faz você lembrar... *Dela*?
A memória da diretora ainda gerava monstros nos meus pesadelos. Rigel confessara para mim que a odiava, mas, de alguma forma, ele a levava consigo desde criança.
— Me faz lembrar... do que eu sempre fui.
Sozinho, quase dava para ouvir, *abandonado na frente de um portão fechado*. Na mesma hora, desejei que ele parasse de tocar.
Eu queria arrancá-la da alma dele, limpá-lo, retirar dele todo e qualquer vestígio daquela mulher.
Eu a queria longe de Rigel.
A ideia de que ela lhe dera amor, com aquelas mãos cheias de golpes e olhos manchados de raiva, atormentava-me.
Ela era uma doença.
O seu afeto era um hematoma.
E ela havia gravado esse afeto no coração dele por tanto tempo que só de pensar nisso a minha alma se revoltava.
— Por quê? — perguntei, quase sem voz. — Por que você continua tocando, então?
Eu não entendia. Era como coçar um machucado e saber que voltaria a sangrar.
Rigel ficou em silêncio por um tempo, como se estivesse formulando uma resposta dentro de si. Eu amava os seus silêncios e, ao mesmo tempo, tinha medo deles.
— Porque *as estrelas são solitárias* — recitou amargamente.
Tentei entender o significado daquelas palavras tão tristes, mas foi impossível.

Eu sabia que Rigel estava tentando me dar uma resposta, do jeito dele, mas pela primeira vez desejei que ele abrisse as portas do coração e me deixasse entender a chave daquela linguagem secreta.

Eu queria saber tudo sobre ele.

Tudo.

Cada pensamento, sonho e medo.

Cada temor, desejo e ambição.

Desejava entrar no coração dele como ele tinha entrado no meu, mas tinha medo de não encontrar o caminho.

Talvez Rigel não soubesse se expressar de outra forma.

Talvez só conseguisse assim, dando um pedaço de cada vez, na esperança de que eu conseguisse juntá-los.

E eu queria conseguir.

Queria fazê-lo entender que ele era esplêndido.

Extraordinário e inteligente.

E que havia beleza nele, para quem soubesse onde procurar, pois uma alma como aquela só reluzia para poucos.

— Sabe o que eu repetia para mim mesma quando me sentia triste? — Olhei para baixo. Observei os meus curativos e sorri. — "Não importa o quanto machuque. Você consegue desenhar um sorriso por cima de uma cicatriz?"

Ergui os dedos e os deslizei pelas mãos dele, pousando-os ali com suavidade.

Rigel parou quando os sentiu na sua pele. Inicialmente, não tinha entendido o gesto, então voltou a se mover e os meus dedos seguiram cada movimento dele. Eles abaixaram com os dele, dançaram juntos pelas teclas e, conforme as melodias iam nascendo sob as nossas mãos unidas, o meu coração se encheu de emoção.

Nós tocamos juntos. Lentos e incertos. Desajeitados e meio instáveis. Mas juntos.

E então, de repente, aquilo se tornou uma sucessão de notas, cada vez mais vivas e imperfeitas. Eu sorria enquanto as minhas mãos seguiam as dele, desajeitadas, na tentativa de acompanhá-lo, os pulsos sobrepostos.

Tocamos perseguindo um ao outro, encostando pele na pele, e eu ouvi a minha risada se misturando às notas.

Eu ri, ri com o coração, com a alma e com tudo de mim.

Juntos, apagamos a tristeza daquela música.

Apagamos Margaret.

Apagamos o passado.

E, talvez, de agora em diante, Rigel não se lembrasse mais *Dela* enquanto tocava.

E sim da gente.

Das nossas mãos unidas.

Dos nossos corações entrelaçados.

Daquela melodia cheia de imperfeições, erros e falhas.

Mas também de risadas, beleza e felicidade.

Rigel se lembraria dos curativos nos meus dedos, do meu peso nas pernas e do meu perfume na pele dele.

Nós a derrotaríamos juntos. Mesmo sem falar.

Afinal, até a música é uma harmonia que surge do caos.

E nós éramos uma só canção, a mais espetacular e secreta de todas.

Rigel parou de tocar.

Os dedos subiram até a minha nuca e puxaram o cabelo. Lentamente, ele inclinou a minha cabeça para trás e olhou para o meu rosto.

E eu olhei para ele assim, com as bochechas quentes e os olhos brilhando como meias-luas sorridentes. Nos lábios, um sorriso reluzente mostrava todo o calor que explodia no meu coração.

Os seus olhos absorveram cada detalhe do meu rosto.

E ele me olhou como se não houvesse mais nada no mundo que valesse a pena olhar da mesma maneira.

Havia uma beleza nas coisas frágeis que ele jamais compreenderia.

Elas tinham algo que as tornava efêmeras, raras, e tínhamos que vivê-las enquanto havia tempo.

Nica era assim.

Ele jamais entenderia.

Jamais entenderia como algo tão delicado poderia quebrá-lo, em vez de destruí-la.

Ele jamais entenderia como ela conseguira entrar, mesmo quando estava enterrado dentro de si mesmo.

Ele a olhou e a achou linda. Com aqueles olhos de menina e as bochechas rosadas, com aquele sorriso tão meigo e aquela risada que simplesmente despedaçava a alma.

Estava sorrindo para ele.

Ele se perguntou se existia algo mais poderoso no mundo do que o sorriso que Nica lhe dava.

Do que Nica respirando entre as mãos dele, permitindo-se ser tocada, apagando qualquer pensamento só de olhar nos seus olhos.

Ela não apagava os tormentos dele. Ela os pegava pela mão.

Por mais que fossem errados, extremos e desvirtuados.

Por mais que tentassem arruiná-la.

Ela os amansava com uma carícia e conseguia surpreendê-los a cada vez.

E Rigel sabia o porquê, por mais que não entendesse como.

Até os seus tormentos eram apaixonados por ela.

E ele a queria com toda a alma, mesmo que essa alma fosse um desastre.

Rigel engoliu em seco e se viu apertando ainda mais o cabelo dela. Era mais forte do que ele, ele queria abraçá-la, senti-la, tê-la nas mãos. Nunca tinha sido delicado, a única delicadeza que havia dentro de si era aquela que levava o nome dela.

Mas Nica descansou a têmpora no braço dele, plácida e serena como nunca esperaria vê-la, nem mesmo em sonhos.

Ela o encarou sem medo.

E, enquanto aquele sorriso o deixava de joelhos outra vez, Rigel entendeu que quaisquer palavras que existissem para expressar o que ele sentia nunca lhe seriam suficientes.

Ela era a coisa mais linda que Rigel já tivera dentro de si.

E ele só sabia que, custe o que custasse, a protegeria.

A todo momento.

A todo instante, por menor que fosse.

Enquanto fosse capaz.

🦋

A boca de Rigel se fechou na minha e um doce arrepio me estremeceu. Derreti no seu calor enquanto ele me segurava naquele beijo, os dedos ainda fechados no meu cabelo.

Toquei-o na clavícula com a mão e depois envolvi a nuca com uma pressão bem suave. Movi os lábios contra os dele, reagindo com docilidade, e arranquei um suspiro de Rigel.

Queria lhe dizer que eu amava quando ele suspirava assim. Devagarzinho, às escondidas, como se não quisesse ser ouvido nem por ele mesmo.

Ele reclinou ainda mais a minha cabeça, curvando-me sob a sua vontade, e eu me entreguei. Era como cera nas mãos dele.

A sua respiração era intensa, comedida, e as mãos me tocavam como se quisessem explorar a minha alma, mas, ao mesmo tempo, se sentissem intimidadas por ela.

Eu não entendia por que Rigel sempre tremia daquele jeito; tentando lhe transmitir a minha serenidade, acariciei-o lentamente, sugando os seus lábios de leve.

Ele me agarrou com mais força e o estalo úmido do seu beijo soou como uma respiração rouca e quente na minha boca inchada. O sabor me aturdia. A língua era um incêndio.

Rigel não me beijava, me devorava lentamente.

E eu me deixava devorar, porque não desejava outra coisa.

Confusa, mordisquei com imprudência o seu lábio inferior e esse gesto lhe arrancou um gemido gutural. Ele agarrou a minha coxa e eu me vi montando nele, com os seus dedos impressos atrás do meu joelho e a outra mão fechada no meu quadril, empurrando a minha pélvis contra a dele.

Fiquei sem ar.

Tentei recuperar o fôlego, mas a boca quente e voraz dominou a minha e me aturdiu, me curvou e me mordeu possessivamente.

Eu me agarrei a ele, tentando seguir o ritmo, e então as suas mãos me pressionaram contra o seu colo com tanto desejo que prendi a respiração.

Senti a cabeça começar a girar, respirar era cada vez mais difícil.

Rigel me esfregou contra ele e o atrito entre os nossos corpos foi avassalador. A sensação era semelhante ao pânico, mas mais quente, viscosa e urgente.

Tentei me mover, mas os dedos dele me impediram. As mãos afundaram no meu quadril, apertando-o com força, como se Rigel quisesse se fundir a mim. Ele me fez sentir aquele contato incendiário entre nós e, dessa vez, quando me mordeu, não pude reprimir um gemido. Eu me agarrei aos ombros dele e fechei os joelhos com cada vez mais força enquanto as coxas tremiam em contato com o seu quadril.

Tudo se resumia a ele.

À sua mão no meu quadril.

À pressão da sua pélvis.

Aos lábios, à respiração, à língua, às mãos...

Não consegui imaginar o que aconteceria se não tivessem nos interrompido.

Alguém bateu à porta e eu pulei abruptamente.

A boca dele me deixou. E eu me dei conta da respiração irregular, das bochechas coradas e das mãos trêmulas.

Rigel curvou o rosto e arfou levemente na cavidade do meu pescoço. Os dedos ainda estavam encaixados na curva do meu quadril e os músculos tremiam um pouquinho, como se estivessem submetidos a um esforço constante. Ele tinha mais autocontrole do que eu, mais experiência. O corpo poderoso vibrava de forma comedida, não como o meu, que parecia vítima de reações desestabilizadoras.

Não consegui me desvencilhar dele, mas, quando bateram pela segunda vez, percebi que não teria jeito.

Rigel me soltou a contragosto. Desci do colo dele com as bochechas em chamas e fui abrir a porta com o coração partido.

— Anna! — exclamei ao vê-la quase se desequilibrando diante da porta.

Para ajudá-la, peguei o enorme buquê de flores que ela segurava, e o perfume me inebriou.

Levei-o até a cozinha enquanto ela bufava, exausta, colocando as sacolas de compras na bancada.

— Quanta gente! — disparou ela. — Hoje eu não tive um segundinho de paz...

Arrumei as flores em um vaso e observei como brilhavam com frescor. Como sempre, eram maravilhosas. Ela percebeu o meu olhar e abriu um sorriso radiante.

— Gostou?

— São maravilhosas, Anna — admiti, encantada com toda aquela beleza.

— Para quem você tem que entregá-las?

— Ah, não, Nica. Essas não são para entrega. São para você. — Ela me encarou, feliz da vida, e então anunciou: — Quem encomendou foi o seu namorado.

29

A CONTRAGOSTO

Eu não era uma princesa.
Sacrificaria o conto de fadas para salvar o lobo.

— O quê? — perguntei, incrédula.
Anna sorriu como se quisesse me tranquilizar.
— Quem me deu foi um garoto aqui fora — explicou com ternura. — Disse que são para você... Estava todo sem jeito! Eu o convidei para entrar, mas ele não quis, talvez tivesse medo de incomodar — acrescentou ao ver os meus olhos se arregalarem.
Naquele momento, notei algo branco espreitando entre as flores.
Um bilhete. Com um desenho de caracol.
— Nica, não precisa esconder isso de mim. Não é problema nenhum ter um namorado...
— Não — expliquei ansiosa. — Não, Anna... Você está enganada. Ele não é meu namorado.
Ela franziu as sobrancelhas com ternura.
— Mesmo assim, ele me pediu para te entregar...
— Não é o que você está pensando. Ele é só... só...
Um amigo, eu teria dito antes, mas fiquei sem palavras. Depois do que tinha feito, Lionel perdera esse título. Mordi o lábio com força e Anna deve ter notado o meu desconforto.
— Então devo ter entendido errado. Desculpa, Nica. É só que, ultimamente, tenho visto você tão pensativa... E aí esse garoto aparece na nossa porta com flores lindas, eu só achei... — Ela balançou a cabeça e abriu um sorriso suave. — Ah, bom. De qualquer maneira, é um lindo buquê. Não acha, Rigel?
Senti uma tensão dolorosa quando me virei.
Vi Rigel na porta. O rosto estava inexpressivo, mas ele não respondeu. Encarava as flores com dois olhos profundos feito abismos. Desviou o olhar

quando Anna parou ao lado dele e a encarou com as íris pretas, como se ela o tivesse arrancado de algum lugar silencioso e gélido.

— Posso... falar com você um minuto? — perguntou ela.

Não entendi o motivo, mas percebi um toque de aborrecimento no semblante dele. Como se ele já soubesse do que Anna queria falar.

Rigel fez que sim e os dois saíram juntos.

— Recebi uma ligação do consultório... — ouvi Anna dizer escada acima.

Eu me virei de novo e os meus olhos se demoraram no bilhete. Enrolei um pouquinho antes de estender a mão para lê-lo.

Já quis te escrever um monte de vezes e essa me pareceu a melhor maneira de fazer isso.

Não me lembro direito do que aconteceu na outra noite, mas não consigo deixar de lado a sensação de que assustei você. Estou certo? Eu sinto muito...

Quando vamos conversar? Estou com saudade.

Os meus pulsos tremeram. Revi cada momento como se fosse uma cicatriz: os lábios, as mãos, os braços me forçando, me prendendo, a minha voz suplicante.

Com um impulso repentino, arranquei as flores do vaso, fui até a pia e abri a lixeira. Parei com o buquê no meio do caminho, encarando a lata de lixo com dedos trêmulos.

Cravei as unhas entre as folhas, contraí os lábios e a garganta, mas... não consegui ir em frente.

As flores não mereciam aquilo.

Porém, a verdade era outra.

Havia algo dentro de mim que não conseguia excluí-lo. Odiá-lo, destruí-lo, arrancá-lo da minha vida. A parte mais arruinada do meu coração, aquela que a diretora havia deformado.

Vi o desenho estilizado do caracol à espreita entre os botões e não tive forças para fazer aquilo.

Eu deveria ter rasgado aquele pedaço de papel e o jogado fora, mas não consegui.

Eu nunca soube rasgar nada.

Nem com toda a *delicadeza* do mundo.

Nos dias seguintes, chegaram mais buquês esplêndidos. Todos eles com o mesmo bilhete e o desenho de caracol.

Quando eu os via, ao chegar em casa, Anna já os tinha colocado dentro de um vaso.

Certa tarde, chegou também um saquinho de jujubas em forma de crocodilo. Esmaguei a embalagem entre os dedos antes de enfiá-la em uma gaveta, para não ter que olhar para aquilo. No dia seguinte, encontrei mais dois saquinhos amarrados com fita em cima da mesa.

— É um admirador — cochichou Anna para Norman em uma noite, e ele soltou um "Uuuh" conspiratório com o nariz empinado.

Klaus, por sua vez, não gostava de toda aquela movimentação. Ele bufava para os vasos que Anna colocava nos móveis e roía os que não tinham a sorte de estarem altos o suficiente. Parecia até entender que não era ela, mas outra pessoa que os trazia para casa.

Certa noite, ouvi um chiado na cozinha. Acendi a luz e encontrei dois olhos amarelos me encarando, com uma pétala imaculada saindo por baixo do bigode.

— Klaus... — murmurei, exasperada. Eu me aproximei e ele virou as orelhas para trás, voltando a mastigar como se me desafiasse. — Continua... Quer ter dor de barriga outra vez?

Ele escapuliu antes que eu pudesse tirá-lo da bancada: para Klaus, ser pego no colo provavelmente era bem pior do que uma dor de barriga.

Suspirei devagar enquanto observava aquele buquê de rosas brancas. Arranquei o broto que ele tinha destruído e o girei entre os dedos. Já sabia o que estava escrito no bilhete, sem ter necessidade de abri-lo. Eu tinha parado de lê-los porque aquelas palavras só me machucavam.

Encontrei Rigel perto da porta quando me virei. A presença dele se destacava nas sombras e os olhos eram diamantes pretos na escuridão da casa. As íris deslizaram até a rosa branca que eu segurava entre os dedos.

Ele tinha passado aqueles dias sem falar nada. No entanto, eu sabia como interpretá-lo. Ao me aproximar dele, também aprendi a entender os diferentes silêncios que o envolviam.

— Elas não significam nada — sussurrei antes que ele se virasse.

Eu não queria que os traumas e as desconfianças o afastassem de mim, por mais que machucassem o seu coração desde criança.

— Mas você não jogou fora.

Ele me deu as costas e eu mordi o lábio, desejando derrubar todas as paredes que ainda existiam entre nós. Às vezes, eu as via como uma escada sem fim, cheia de rachaduras e degraus quebrados que tentavam me derrubar.

Às vezes, quando eu parava para olhar o topo, exausta, não conseguia enxergá-lo.

Mas eu sabia que ele estava lá.

Sozinho.

Eu era a única capaz de alcançá-lo.

— Nica? — Ouvi uma batida à porta na manhã seguinte. — Posso?

Anna entrou e me encontrou ainda de camisola. Ela sorriu para mim e me deu bom dia. Depois, pegou a escova com a qual eu estava me penteando e, após se sentar na cama, começou a escovar o meu cabelo.

Enquanto ela se dedicava a isso, senti um carinho imensurável aquecer o peito. As mãos dela me tocavam com cuidado, transmitindo conforto e me permitindo sonhar com uma vida de carinhos e sorrisos. Era a melhor sensação do mundo.

— Semana que vem eu vou ter um cliente muito importante — disse Anna, começando a explicar —, ele quer que eu cuide do abastecimento para o evento que está organizando no Clube Mangue. Vai ter muita gente, e ver o nome da minha loja entre as composições vai ser a realização de um pequeno sonho. — O seu toque vacilou e ela hesitou. — Mas, então... O cliente em questão é amigo de Dalma. E isso não teria sido possível se ela não tivesse me indicado — falou Anna, baixinho. — Ela me ajudou muito. Queria poder agradecê-la. Sem ela, eu jamais teria conseguido uma oportunidade tão importante.

Eu me virei.

Ela esperou uma resposta da minha parte, mas, quando viu que eu permaneci em silêncio, prosseguiu, com pesar:

— Eu não esqueci o que aconteceu... Não esqueci o que aconteceu com Asia... Não tem um dia em que eu não pense nisso. Mas eles são importantes para mim e para Norman, Nica... Nós compartilhamos momentos que nunca esqueceremos. — Senti a sombra de Alan reverberar nos olhos dela. — É por isso que eu queria te pedir... Eu queria muito poder convidá-los para vir aqui...

— Anna — interrompi —, não tem problema.

Ela me encarou com os olhos azuis.

Aquele discurso me fez perceber o quanto ela se importava comigo. Mas eu não guardava rancor de Asia. Apesar do que tinha acontecido, o que eu sentia por ela não chegava nem perto de raiva, estava mais para um profundo pesar.

Eu não queria comprometer o relacionamento que ela tinha com Anna. Nunca quis isso. Sabia o quanto se gostavam e não desejava que esse amor fosse abalado por minha culpa.

Ela segurou o meu rosto entre as mãos.

— Mesmo?

— Mesmo.

— Tem certeza?

Assenti lentamente.

— Tenho certeza.

Anna suspirou com a voz trêmula e abriu um sorriso. Então, acariciou a minha bochecha, e eu retribuí o sorriso com toda a felicidade que o toque dela me proporcionava.

Ela terminou de escovar o meu cabelo enquanto me perguntava o que poderia cozinhar. Eu lhe disse que Norman certamente adoraria o famigerado molho.

— Vou ligar para Dalma — anunciou ao nos levantarmos, e me convidou para descer e tomar café da manhã.

Segui para o andar de baixo. Estava me sentindo leve, fresca e radiante. Estava me sentindo feliz. Aqueles momentos com Anna faziam bem ao meu coração e eu adorava que ela sempre pedisse a minha opinião.

Com um alívio na alma, parei na porta da cozinha.

E a minha felicidade só aumentou.

Rigel estava sentado à mesa com um livro e uma xícara.

A têmpora estava apoiada nos nós dos dedos e o cabelo escuro, que se destacava na delicada luz da manhã, caía desordenado ao redor do rosto.

Os olhos fluíam silenciosamente pelas linhas, mas Anna me dissera que ele acordara cedo pois estava com dor de cabeça, então parei para contemplá-lo em silêncio sem que ele notasse a minha presença.

Eu amava fazer isso. Em momentos assim, Rigel era simplesmente ele mesmo. Revelava nuances de si que não permitia que os outros vissem, e mais uma vez me vi hipnotizada por aquela aparência delicada, mas feroz.

A pele branca e inocente, a linha acentuada das sobrancelhas, as maçãs do rosto esculpidas e os olhos selvagens. Os gestos irreverentes, aqueles lábios que distribuíam ataques e sorrisos mordazes a quem ousasse se aproximar.

Rigel virou a página e eu me perguntei que obra-prima não deveriam ser as origens dele para que o desenhassem daquela maneira.

Cheguei mais perto, tentando não o distrair. Contornei a mesa e, aproveitando o momento a sós, inclinei-me sobre ele e lhe dei um beijo na bochecha.

Sem aviso prévio.

Quando me endireitei, vi que ele ficara paralisado e com olhos levemente abalados.

Em seguida, piscou e se virou para mim, surpreso.

— Bom dia — sussurrei com ternura.

Eu abri o meu sorriso mais doce e radiante, depois peguei a jarra e fui até o aparador.

Tive a impressão de ter sentido o olhar dele queimando a pele.

— Quer mais um pouco de café? — perguntei antes de me servir.

Rigel me encarou por um momento antes de assentir, e eu notei que os seus olhos estavam mais atentos.

Voltei a me aproximar e enchi a xícara. O olhar dele passeou pelo meu corpo até se deter no meu rosto.

— Pronto — falei, a voz suave.

Eu me virei e os olhos dele capturaram o brilho sedoso da minha camisola.

Fui pegar outra xícara no aparador, mas a prateleira estava vazia; então, tentei pegar uma na de cima, porém não alcançava.

Olhei para a fileira de xícaras, franzindo a testa e pensando em algo que desse para subir, mas o ruído de uma cadeira chamou a minha atenção.

Rigel se levantou e se aproximou de mim. Então, pegou a xícara sem o menor esforço e se demorou me observando de cima. Os olhos percorreram o meu rosto, concentrando-se na boca e nas íris grandes e resplandecentes.

— Obrigada — falei com um sorriso.

Estendi a mão e fiz menção de pegar a xícara, mas, de repente, Rigel pareceu mudar de ideia. Com um movimento preguiçoso, ele a puxou para longe dos meus dedos e a colocou às costas.

Eu o encarei, perplexa.

— Rigel... — resmunguei. — Pode me dar?

Tracei o contorno do seu braço com os dedos, tentando alcançar a xícara, mas, como não consegui, voltei a encará-lo. Talvez fosse o reflexo do sol, mas pensei ter visto um véu de diversão naquele olhar.

Sorri com indulgência e ele perguntou, em voz baixa:

— Você quer?

— Sim, por favor...

Tamborilei os dedos no pulso dele, mas ele não se moveu para entregá-la. Então, pus as mãos nos cintura dele e ele me observou com um olhar felino.

— Não vai me dar nada em troca? — murmurou com a voz rouca e suave.

A sua respiração era quente e convidativa. E os meus dedos sentiram o calor do corpo.

Desde quando ele tinha vontade de brincar?

Aquela novidade me eletrizou e me abalou ao mesmo tempo. Inclinei o rosto e trouxe a sua mão aos lábios, sem tirar os olhos dele. Beijei a pele. Os dedos, que rodeavam a cerâmica, emitiram um som de fricção, como algo sendo espremido aos poucos.

Rigel me encarou com olhos líquidos e profundos e deslizou a mão pela minha bochecha, passando pelos dedos. Ele acariciou os meus lábios com o polegar e eu beijei a ponta do seu dedo suavemente, com um som de estalido baixinho sob o olhar descoberto e sincero.

Ele se aproximou, observando-me com uma atração ardente, como se quisesse absorver tudo de mim, o perfume, os lábios, os olhos, as mãos, até a pureza...

Um som altíssimo me fez dar um pulo.

Nós dois congelamos.

A voz de Anna quebrou a magia criada entre nós quando ela gritou:

— Alguém pode abrir?

Em seguida, acrescentou:

— Deve ser o correio!

Percebi que Rigel tinha abaixado as pálpebras. As feições transformaram-se em pedra. Quando voltou a abrir os olhos, senti toda a força glacial daquele gesto.

Antes que eu pudesse passar, ele bloqueou o caminho com o braço, me empurrando para trás. Então passou por mim e dirigiu-se ao corredor com passos decididos. Ao passar pela mesa, largou a xícara em cima dela com um gesto seco.

O entregador empurrou o boné para trás quando Rigel abriu a porta. Devia ser novo: ele olhava incerto para a etiqueta, coçando algumas espinhas.

— Olá... Tenho uma entrega para esse endereço — anunciou o rapaz enquanto o bilhete em forma de caracol despontava de um lindo buquê de flores. — Pode assinar aqui?

Rigel encarou o pequeno desenho de Lionel com olhos mordazes. Então, desviou o olhar para o entregador e, com a voz instável, pontuou:

— Acho que houve um *engano*.

— De forma alguma — retrucou o garoto. — A destinatária é uma tal de... Nicol... não, Ni...ca... Dover.

Rigel lhe deu um sorriso tão cortês que dava até medo.

— Quem?

— Nica Dover...

— Nunca ouvi falar.

O garoto baixou o buquê e começou a piscar repetidas vezes, desorientado.

— M... mas... — começou a balbuciar. — Na caixa de correio tem um papelzinho que diz "Dover e Wilde" ao lado de "Milligan"...

— Ah, esses? São os antigos proprietários — respondeu Rigel. — A gente acabou de se mudar. Eles não moram mais aqui.

— E aonde estão morando?

— No cemitério.

— No... *Ah*...

O garoto arregalou os olhos e por pouco os óculos não caíram do nariz. Ele os empurrou de volta e, com isso, as lentes embaçaram.

— Pois é.

— Caramba, eu não sabia... Droga, desculpa...

— Eram idosos — informou Rigel, estalando a língua com a medida certa de drama. — Os dois tinham mais de cem anos.

— Ah... Bom, então melhor para eles... De qualquer forma, obrigad...

— *De nada.*

Com isso, fechou a porta na cara do garoto.

E nenhum buquê de flores pomposo conseguiu atravessar a nossa porta de entrada.

Pelo menos não naquele dia.

🦋

A noite do jantar chegou em um piscar de olhos.

Anna estava tão contente que quase dava para tocar alegria dela.

Olhou satisfeita para a toalha de mesa que eu estava estendendo e depois me contou que tinha encontrado Adeline enquanto voltava para casa.

Anna se afeiçoara a Adeline: adorava-a por causa das boas maneiras e dos sorrisos sinceros; sabia o quanto éramos próximas, e tive a impressão de que ela sentira um aperto no peito quando Adeline lhe confessara que ainda estava desempregada.

— É uma garota tão meiga... — comentou enquanto colocava a torta no forno. — Acabei emprestando um guarda-chuva porque estava enxarcada... Não tinha nem capuz!

Ela fechou a porta do forno e ajustou a temperatura. Depois, tirou as luvas, ligeiramente incomodada.

— Onde você disse que ela mora?

— No Saint Joseph — respondi. — Desde que foi transferida, ela continuou lá. Agora que é maior de idade deveria sair, mas, até conseguir um emprego...

— Eu também a convidei para o jantar — disse Anna enquanto cortava o pão.

Fiquei paralisada com os talheres na mão. Ergui os olhos e a encarei.

— Eu sei que era para ser uma coisa entre a gente, mas simplesmente não consegui. Ela é sempre tão boazinha... e sei o quanto vocês são próximas. Foi um custo convencê-la de que não seria um incômodo, mas, no fim das contas, ela disse que vem. — Anna me deu um sorriso afetuoso. — Está feliz?

O meu coração teria dito que sim se os pensamentos não tivessem me traído. Alguma coisa em mim ainda ardia desde a última vez que nos encontramos. Por um lado, ouvi-la dizer que não sentia nada por Rigel havia me tranquilizado, mas, por outro, temia que não fosse verdade. Eu tinha escolhido acreditar nela, mas aquele pensamento me atormentava.

Anna olhou para o relógio pendurado na parede.

— Ah, eu não tinha visto que era tão tarde! Nica, pode ir se arrumar. Eu termino as coisas por aqui.

Assenti e corri escada acima.

Peguei o roupão e uma calcinha limpa e fui para o banheiro, onde me despi e liguei o chuveiro. Então, deslizei para baixo do jato quente.

Lavei cuidadosamente o corpo e passei um xampu perfumado no cabelo, deleitando-me com toda aquela espuma.

Depois de enxaguar bem, saí com cuidado para não pingar, peguei o roupão e o amarrei na cintura. Era meio pequeno até para mim, mas tinha um tom de lilás que sempre gostei muito.

Vesti a calcinha dando alguns pulinhos no lugar; inclinei o rosto e fiquei olhando a renda branca que delineava a curva da minha pélvis. Era a primeira vez que eu havia escolhido uma diferente daquelas simples de algodão. Mesmo assim, era supermacia ao toque.

Enquanto eu penteava o cabelo, ouvi uma voz me chamar lá de baixo.

— Ah, Nica, esqueci os jogos americanos de renda! Você poderia trazê-los para mim? Estão na cômoda do meu quarto!

Passei a manga pela testa e ouvi Anna acrescentar:

— Na última gaveta de baixo!

Sem pensar, fechei bem o roupão, saí e peguei o que ela me pedira. Entreguei tudo a ela de cima da escada, encontrando-a no meio do caminho.

— Pronto — falei com um sorriso suave, e Anna arregalou os olhos ao me ver de roupão, ainda molhada.

— Desculpa, não sabia que você estava no banho! Assim você pega friagem, meu bem... Obrigada! Sim, esses estão perfeitos. Agora vai se secar...

Ela insistiu que eu tomasse cuidado para não ficar doente, então voltei ao banheiro, encontrando a porta escancarada.

Reprimi um leve arrepio de frio e torci o cabelo para retirar o excesso de água. No instante em que comecei a me pentear, notei a camiseta limpa e dobrada ao lado da pia.

Uma camiseta preta, com botões no peito.

Uma camiseta masculina.

Eu a encarei piscando repetidas vezes, perplexa. E então me dei conta de que não estava ali antes.

Tudo aconteceu em um segundo: a minha mente interpretou e associou aquela presença atrás de mim e eu me virei abruptamente.

Por pouco não derrubei o pente.

Rigel estava à porta. Imóvel.

Sob o cabelo escuro, os olhos pretos estavam *cravados* em mim. Ele segurava firme a toalha em uma das mãos e eu percebi que devia ter voltado para pegá-la no quarto, achando que o banheiro estivesse livre.

— E... eu... — gaguejei, sentindo as bochechas em chamas — não tinha terminado...

Vi que Rigel apertava lentamente o tecido da toalha. Senti a garganta seca e, nos olhos dele, notei uma faísca crua, enquanto percorriam o meu corpo inteiro, deixando um rastro de fogo: eles deslizavam por tornozelos trêmulos, coxas úmidas, a curva dos seios e a pele exposta do pescoço.

Rigel respirou fundo; o som fez o meu sangue ferver. Então, ele me encarou bem nos olhos e eu engoli em seco, à mercê do olhar incandescente.

— Rigel, os convidados já estão chegando. Anna está andando pra lá e pra cá pela casa e... — Segurei firme o pente. Olhei para o corredor atrás dele e, de repente, me dei conta de que estávamos frente a frente, presa e predador. — Preciso sair — disparei.

Rigel me encarou. Por trás daqueles olhos, entrevia-se uma tempestade pulsante, como se a mente estivesse trabalhando a uma velocidade descomunal.

Parecia até que havíamos voltado ao início, quando eu temia passar perto dele, por medo de que viesse para cima de mim. Mesmo que por outros motivos...

— Rigel — falei, tentando ser razoável —, eu preciso passar.

Esperava que a voz não tivesse saído fina e intimidada demais, porque ele já havia me falado do efeito que lhe causava. No entanto, ao ouvir aquele pedido, Rigel semicerrou os olhos e depois... sorriu.

Sorriu de um jeito tão calmo e relaxado que chegava a dar medo.

— Claro — falou com voz controlada. — Pode vir.

Não vou fazer nada com você, parecia me prometer, mas o olhar fez com que eu me sentisse um ratinho diante de uma pantera.

Engoli ainda mais saliva do que antes.

— Se eu for... você vai me deixar passar?

Rigel lambeu o lábio, deixando as pupilas vagarem sem rumo, e naquele instante ele me pareceu, mais do que nunca, uma fera em frente à saída da toca.

— *Uhumm* — concordou.

— Não, fala... — balbuciei.

— O quê? — perguntou ele com uma risada divertida.

— Que vai me deixar passar.

Ele piscou com uma inocência que o fez parecer ainda mais perigoso, se é que era possível.

— Eu vou te deixar passar.

— Promete?

— Prometo.

Eu o encarei por um instante, insegura, antes de decidir me aproximar.

E Rigel de fato manteve a promessa.

Ele me deixou passar.

Ele me deixou passar e depois... me agarrou com tanta vontade que me deixou sem fôlego.

E me dominou. Literalmente.

Ouvi a porta se fechar com um estrondo, senti as costas contra a parede e o corpo dele pairando sobre mim. Arregalei os olhos e Rigel deslizou as mãos pelo meu cabelo antes de unir os nossos lábios.

Ele me beijou com um ímpeto louco e avassalador.

Tentei respirar, não perder a lucidez. Tentei afastá-lo, me desvencilhar, mas ele prendeu o meu lábio entre os dentes e o sugou até as minhas pernas ficarem bambas.

Ele encaixou o corpo no meu e me prendeu, com aquele jeito de lobo e os lábios quentes, e de repente me vi sem forças.

A realidade pulsou, tudo ficou nublado, pensei que fosse enlouquecer.

Eu deveria ter sido racional, entendido que era um risco, mas o que eu sentia por ele era forte demais. Rigel me despedaçava e me sufocava, fazendo-me sucumbir àquelas emoções. Acariciei o seu pescoço e respondi com todo o desespero contido no meu corpo.

Rigel agarrou as minhas coxas e me levantou. O roupão se soltou, escorregou, descobrindo os ombros. Contorci os dedos do pé quando ele mordeu a curva do meu pescoço, provando o sabor da minha pele fresca como se fosse um fruto proibido, doce e suculento. Os meu corpo frágil estremeceu sob os dentes dele e as minhas pernas fraquejaram.

Eu estava tão pouco acostumada a poder tocá-lo e a ser tocada por ele que tremia ao menor contato e as bochechas coravam. Eu me sentia fraca, quente e eletrizada.

Rigel voltou a procurar a minha boca, sem me dar tempo de seguir o seu ritmo, e eu me vi recebendo-o com um leve gemido: ele forçou os meus lábios a se abrirem e, enquanto as nossas línguas se entrelaçavam, um calor furioso se acendeu do meu ventre até a ponta dos pés.

Não entendia como ele conseguia drenar a minha energia daquele jeito e, ao mesmo tempo, fazer com que eu me sentisse tão viva. A luxúria selvagem e o perfume dele me inebriavam completamente.

De repente, as mãos dele deslizaram para dentro do meu roupão e eu enrijeci. Antes que eu me desse conta, inclinei o rosto de lado e me afastei.

Agora, a sua boca estava a um suspiro de distância da minha e compartilhávamos as respirações úmidas. Arfei com os olhos fechados, atordoada, porque o coração batia forte no peito.

Rigel lambeu os lábios inchados. O cabelo sombreava o rosto. Pareceu sentir que havia me assustado, pois encostou a bochecha na minha, tentando se controlar. Naquele momento, notei a forma trêmula como ele me segurava perto de si.

O toque dele era áspero, impetuoso, selvagem. Mas também tinha medo de me machucar.

Eu adorava esse contraste nele, porque, por mais que me agarrasse como uma fera, às vezes parecia me conhecer como ninguém. Rigel não era violento e abusivo, apenas brusco. Era o jeito dele, mas não significava que fosse errado para mim.

Com um movimento suave, ele me deu um longo beijo na artéria pulsante do pescoço. Os polegares fizeram círculos suaves na minha pele e o meu corpo relaxou.

Inclinei a cabeça contra a dele, suspirando.

Fiquei mais calma, a mente mergulhando em um delírio.

Voltei a procurar os lábios dele e os saciei, caindo em uma espiral de beijos ardentes e profundos.

As carícias quentes da sua língua eram lentas e provocantes, e os dedos agarravam a minha cintura com vontade, seguindo inconscientemente aquele ritmo intenso como se ele fosse incapaz de evitar.

O seu sabor me subiu à cabeça. As mãos se afundaram na minha carne e esfregaram o meu corpo contra o dele. Senti as bochechas corarem de novo e a respiração ficar irregular. Uma estranha tensão irradiou-se pelo meu abdome, doce e insuportável.

A sua língua incendiou a minha boca e eu a suguei devagar, quase timidamente, fazendo os seus dedos se cravarem na minha pele.

Levei um susto. As pontas dos dedos dele subiram pelas minhas coxas e roçaram a renda que eu estava usando. Eu o envolvi com as pernas e as nossas respirações voltaram a se perseguir como antes.

Rigel abandonou os meus lábios e começou a morder a mandíbula, o pescoço, o ombro. Parecia perdido, faminto, ávido por mim. Mergulhou energicamente as mãos no meu quadril mais uma vez, como se desejasse sentir a minha carne tremer e ceder conforme os dedos a moldavam. Prendi um gemido de dor e me arqueei contra ele. Agora os dedos estavam atrás de mim, agarrando-se aos meus ombros, enquanto a boca marcava a pele delicada abaixo das orelhas com beijos. As minhas coxas se contraíram e os músculos tremeram.

Rigel inclinou as minhas costas para trás e, apertando a minha pélvis, afundou os lábios no meu peito.

Fiquei sem ar.

Ele me deixava tonta.

Me fazia enlouquecer, entrar em desespero, explodir e respirar.

Me fazia viver.

Me devastava com um beijo e me tornava parte dele.

E eu o deixava fazer tudo aquilo, porque não queria outro lobo além dele.

A sensação que me atravessou foi tão forte que me fez tremer. Queria que não existissem sempre essas sensações entre nós, como se o que tínhamos pudesse ser tirado a qualquer momento. Como se nunca tivéssemos tempo ou palavras o suficiente, nada que nos permitisse viver plenamente.

Desejei entrar no coração dele e saber se ele também sentia aquela necessidade que tirava o sentido de tudo.

De pertencermos um ao outro.

De ficarmos juntos.

De ficarmos abraçados assim.

Alma com alma.

Coração com coração.

E misturarmos as nossas rachaduras, até não termos mais medo...

O barulho da maçaneta veio de uma realidade distante.

Distante demais.

Naquele momento, a porta se entreabriu, a minha alma saltou e a respiração parou no peito.

De repente, o meu braço disparou: joguei a mão no batente e empurrei com força no sentido contrário.

Prendi a respiração quando a voz de Norman surgiu do outro lado:

— Ah... Hum, tem alguém no banheiro?

Eu me afastei de Rigel. Fui tão brusca que senti certa resistência da parte dele, como se tentasse me segurar.

— Ah, Norman, Nica estava tomando banho! — Anna se aproximou e o terror tomou conta de mim. — Talvez não tenha terminado ainda... Nica?

— Ela bateu à porta. — Ainda está se secando?

Comecei a arfar, aterrorizada, percebendo a situação desastrosa em que tinha me metido. Notei marcas de dentes no ombro e no peito e fechei o roupão com gestos febris, lançando um olhar agitado para Rigel: ele ainda estava olhando para *mim*, como se não se importasse com mais nada.

Anna bateu à porta de novo.

— Nica?

— S... sim — falei com voz estridente, engolindo em seco. Rigel lambeu o lábio inferior e eu acrescentei: — Ainda... ainda não acabei.

— Está tudo bem?

— Está!

— Tá bom, então estou entrando...

— *Não!* — gritei, completamente em pânico. — Não, Anna... Eu... eu estou sem roupa!

— Fica tranquila, Norman já foi embora! Você está de roupão, né? Eu queria te mostrar uma coisa...

Eu mal conseguia respirar. Mordi o lábio com força enquanto encarava a porta, tentando raciocinar.

Bem devagar, abaixei a maçaneta e abri o suficiente para que um olho pudesse ser visto.

— Ah, Nica, mas você ainda está toda molhada — observou ela. — O rosto vermelho... Tem certeza de que está bem?

Engoli em seco, tentando desviar a atenção para outra coisa. Naquele momento, percebi que Anna segurava algo entre os braços.

Um vestido.

— Foi Dalma que fez — disse, alegre, ao ver como eu estava olhando para ele. — É para você. Uma lembrancinha por tudo aquilo que aconteceu... Eu sei como você ama cores, mas... ela acha que um tom mais escuro contra a cor da sua pele ficaria maravilhoso... E... aí está.

Era preto.

O tecido macio parecia uma cascata de tinta que brilhava contra a luz. Não consegui vê-lo completamente, mas eu logo entendi que era incrível, para dizer o mínimo.

— Gostou?

— É lindíssimo, Anna — sussurrei, sem palavras. — Eu... não sei nem o que dizer. A Dalma é incrív... *Ah!*

Eu corei e, na mesma hora, levei a mão à boca.

Atrás da porta, Rigel tinha acabado de me dar um beliscão na coxa úmida.

Anna ficou me olhando, confusa e preocupada, e eu a afastei com mãos trêmulas. Então, acompanhei-a pelo corredor, convidando-a a vir comigo.

— Quero experimentar logo! Dalma vai ficar feliz... Que horas eles vão chegar? Caramba, como está tarde...

Continuei falando sem parar e a arrastei para longe, sem lhe dar tempo de olhar para trás e encontrar... *ele.*

O vestido de Dalma era perfeito. Serviu no meu corpo feito uma luva, desenhando as minhas curvas como se tivesse sido feito sob medida. As mangas envolviam os braços até os dedos, mas deixavam os ombros nus.

Alisei o tecido na altura do quadril enquanto me olhava no espelho, chocada.

O preto ressaltava o tom da minha pele e brilhava com reflexos ocultos. Não me apagava; pelo contrário, conferia à minha aparência um raro contraste que fazia com que eu me sentisse tão preciosa quanto uma estrela na noite.

Era maravilhoso.

Eu nunca me acostumaria a me ver assim. Sempre perfumada, com roupas limpas todos os dias. Podendo tomar banho quando eu quisesse, ficar embaixo do chuveiro até me queimar, me olhar em um espelho sem rachaduras.

Sentir tudo isso na pele, como se eu fosse algo bonito que valesse a pena admirar.

Por dentro, ainda era a garotinha que esfregava flores nas próprias roupas e as remendava sozinha. Certas coisas não sumiam, por mais que eu as lavasse.

Penteei o cabelo lentamente e me peguei pensando em como estava grande. Quando eu era pequena, ele inflava a cada rajada de vento e eu sonhava em pairar no céu feito uma libélula: era só uma criança na época, mas isso não me impedia de ter grandes esperanças.

Joguei o cabelo para o lado e tentei fazer uma trança, mas os fios não paravam de prender nos curativos e o resultado foi um emaranhado que me fez desistir. Então, desfiz o penteado e joguei o cabelo para trás, ajeitando-o com os dedos.

Quando desci, os Otter já haviam chegado.

Norman segurava uma garrafa de vinho e vestia um alegre suéter vermelho. Estava falando sobre a colônia de ratos que havia encontrado no sótão de uma senhora. Cumprimentei George, que sorriu para mim por baixo do grande bigode.

Dalma, por sua vez, estava na cozinha com Anna. Assim que me viu, congelou e, pela expressão no seu rosto, parecia emocionada.

— Você está usando o vestido... — murmurou enquanto olhava para mim, como se eu que tivesse dado um presente a ela. — Ah, Nica... Você está maravilhosa.

Ela derreteu, quase comovida, quando eu me aproximei para lhe dar um beijo na bochecha.

— É uma ocasião especial — respondi olhando para Anna, que me deu um sorriso emocionado. — Obrigada, Dalma... Você me deixou sem palavras. É um presente realmente incrível.

Ela corou, toda contente. Só naquele momento percebi que havia alguém atrás dela.

— Oi, Asia.

Asia estava com o ar refinado e sofisticado de sempre. O lindo rabo de cavalo lhe dava aquele aspecto de princesa que também se revelava nos gestos; no entanto, pude perceber o silêncio constrangedor que se seguiu às minhas palavras: ela baixou o rosto e desviou o olhar.

— Oi — murmurou sem me encarar.

Pela primeira vez, não me pareceu soberba, mas quase... envergonhada.

— Vou levar para o carro — comentou, apontando para uma série de pacotes com flores secas de lavanda e jasmim que exalavam um perfume incrível. Com certeza um presente de Anna.

— Quer ajuda? — perguntei enquanto ia atrás dela, mas a resposta foi bastante seca.

— Não.

Parei de andar e a deixei ir sozinha.

As pernas esguias chegaram à porta de entrada e, ali, ela pegou a chave do carro. Mas algo chamou a sua atenção. Asia congelou e eu entendi por quê.

A foto de Alan reluzia emoldurada na mesinha. O vidro precisava ser trocado: tinha uma pequena rachadura na parte de baixo, e ela fixou os olhos bem ali, onde havia um curativo azul cuidadosamente aplicado na fissura.

Azul como os olhos de Alan.

Asia se virou lentamente para mim. O olhar viajou até encontrar os meus dedos, cheios de curativos coloridos; depois, os olhos subiram até o meu rosto. E, por um momento, vi algo suave e frágil naqueles olhos, algo que ela nunca havia me concedido antes.

Algo que denunciava remorso e dor, mas também... resignação.

Em seguida, deu meia-volta e saiu.

Observei Asia desaparecer pela porta e voltei para a sala.

Eu estava enchendo a molheira quando a campainha tocou e alguém foi abrir.

— Pronto. — Anna levou o pulso à testa por causa do calor do forno; a torta estava com uma cara maravilhosa. — Nica, pode conferir se está tudo pronto, por favor?

Fui à sala de jantar para me certificar de que estava arrumada, mas, quando passei pelo corredor, congelei.

Quem tocou a campainha não tinha sido Asia, mas Adeline.

O cabelo loiro e macio iluminou a porta de entrada; ela devia ter acabado de tirar o casaco, mas não consegui vê-la com clareza por causa da parede.

— Você só sabe me olhar assim.

— Assim? — questionou uma voz profunda.

Inexplicavelmente, fiquei tensa.

Era Rigel. Ele havia aberto a porta e agora olhava para ela, altivo e desconfiado.

— Assim... como se eu sempre estivesse no lugar errado — disse ela com um sorriso ferido. Os olhos claros o observaram com uma cumplicidade única. — Você me pediu para ficar fora disso e é o que estou fazendo. Sempre fiz... Estou errada?

O que ela queria dizer?

Fora de quê?

Eles trocaram um longo olhar antes que Rigel desviasse os olhos e, nos de Adeline, eu vi um brilho que não soube definir. Algo que transbordava necessidade, calor e compaixão, e que ele deixou escapar, ou então simplesmente não viu.

Mas eu vi. E, mais uma vez, tive a sensação de que faltava uma peça no quebra-cabeça, que eu tinha ficado para trás, que não sabia do que estavam falando...

Por trás daqueles olhos pretos havia um mundo que eu não podia tocar. Uma alma que Rigel nunca tinha deixado ninguém ver.

Mas por quê?

Por que ela falava disso como se entendesse?

Como se soubesse?

Naquele momento, eles notaram a minha presença.

Os olhos de Adeline brilharam e se fixaram nos meus, e eu encontrei o olhar de Rigel. A urgência com que pareceu se perguntar o que eu tinha ouvido fez com que eu me sentisse ainda mais deslocada.

— Nica — disse Adeline com um sorriso hesitante —, oi...

— Oi — respondi com o coração confuso e inquieto.

Ela tirou um pacote da bolsa.

— Trouxe um doce — disse, envergonhada. — Queria trazer flores, mas, como já é o que Anna vende, achei que seria meio bobo...

Ela se aproximou, olhando para mim, e me deu um sorriso afetuoso.

— Você está lindíssima — sussurrou, como se a flor mais bonita fosse eu.

Eu a segui com o olhar quando ela passou por mim. No momento em que dei meia-volta, Rigel veio na minha direção.

Os pensamentos se silenciaram e, por um momento, esqueci o que queria lhe dizer.

Ele estava usando uma calça escura e uma camisa branca que envolvia o torso de maneira impecável. O tecido branco não destoava em nada da aparência dele; na verdade, fazia dos olhos dois abismos magnéticos e perigosos.

O cabelo preto e as sobrancelhas marcadas se destacavam mais do que o normal, projetando um poder de sedução avassalador.

Eu o encarei com olhos arregalados e o rosto corado, perdida.

Ele parou na minha frente, completamente à vontade naquela beleza implacável, e fiquei impressionada com a intensidade com que olhou para mim. Inclinou o rosto de lado e analisou por baixo dos cílios a roupa que eu estava usando, observando a maneira como aquele vestido delineava as minhas curvas gentis. Por um momento, pareceu prestes a dizer alguma coisa. Então, como em uma luta que aprendera a perder de si mesmo, engoliu as palavras

Eu me perguntei por que ele sempre me olhava daquele jeito. Parecia gritar alguma coisa para mim e, ao mesmo tempo, implorar para que eu não entendesse. E eu me desesperava na tentativa de entendê-lo, mas, por mais que tivesse aprendido a ler os seus silêncios, aqueles olhares ainda eram um enigma inacessível para mim.

Do que Adeline sabia?

E por que Rigel havia aberto o seu mundo secreto para ela?

Não confiava em mim?

Minhas inseguranças me invadiram. Tentei não dar ouvidos a elas, escalaram a minha pele. Olhei para Rigel e o meu coração gritou pelo desejo de uni-lo a mim, de ser importante, de entrar na alma dele como ele tinha feito na minha.

O que eu significava para ele?

— Ah, aí estão vocês! — Norman entrou pela porta e sorriu para nós. — Já estamos prontos! Vocês vêm?

O jantar foi agradável e animado.

A mesa estava posta de forma esplêndida, com bons talheres e pratos que fumegavam ao centro, entre tilintares e aromas.

Adeline tinha se sentado do outro lado da mesa, deixando-me de propósito com o lugar ao lado de Rigel.

Eu a observei de canto de olho, sentindo um véu úmido sobre o coração. Vê-la entre as pessoas que eu amava desencadeava em mim uma série de registros sensíveis e opostos: eu sentia um carinho sem tamanho por ela, mas também muita incerteza.

— Quer um pouco de molho? — Eu a vi perguntar a Asia, que a olhou com desconfiança.

Adeline sorriu em resposta. Então, com gentileza, a ajudou a se servir.

Asia lhe lançou um olhar cauteloso quando a viu pegar um pedacinho de pão para ela e deixá-lo perto do seu prato.

— Que casa cheirosa! — exclamou George. — É como estar rodeado por flores!

— Talvez tenha alguma coisa que a gente não saiba? — acrescentou Dalma.

Eles se viraram para Anna e ela riu.

— Ah, não, não olhem para mim! Dessa vez não tem nada a ver comigo. — Então, olhou para cada um deles e acrescentou com animação: — São todas para Nica.

A comida ficou presa na minha garganta. Fiz um esforço para engolir e todos se voltaram para mim.

— Para Nica? — Dalma me encarou com olhos maravilhados e ternos. — Nica... tem alguém te dando flores?

— Ela tem um admirador secreto — revelou Norman, todo sem jeito. — Um garoto que manda buquê atrás de buquê todo dia...

— Um *pretendente*? Que cara romântico! E quem é? Você o conhece?

Engoli em seco, profundamente desconfortável, e reprimi o impulso de morder a ponta dos curativos à mesa.

— É um colega da escola.

— Tão bom menino! — interveio Anna com entusiasmo. — Tão atencioso... Com todos esses presentes, seria o mínimo oferecer pelo menos um chá! É o mesmo rapaz com quem você ia tomar sorvete, né? O seu amigo?

— Ele... Sim...

— Por que não o convida para vir aqui um dia?

— Eu, é...

Pulei de susto. Uma contração me atravessou.

Por baixo da toalha, uma mão havia pousado no meu joelho.

Os dedos de Rigel aderiram à minha pele e eu me retesei.
O que ele estava fazendo? Tinha enlouquecido?
Esmaguei o guardanapo e encarei os convidados um a um, tensa.
Dalma estava bem do meu lado.
Será que tinha visto?
Naquele momento, ela se virou para me olhar e eu senti o coração martelar na garganta.
— Dar flores de presente não é para qualquer um. Exige uma sensibilidade diferente, profunda... Você não acha?
— Sim... — Engoli em seco, tentando soar normal, mas, diante daquela resposta, a mão de Rigel me apertou. Deixei escapar um arrepio.
Quando Dalma se virou, aproveitei o momento para pegar o pulso dele e tirá-lo de mim. Eu me movi para o lado com as bochechas ardendo.
Todo mundo entendeu mal o meu rubor.
— Aposto que é fofo...
— Fofo e apaixonado!
— A... apaixonado? — balbuciei, quase sem voz.
Anna sorriu para mim.
— Bom, não se dá essa quantidade de flores para qualquer pessoa, não acha? Lionel com certeza tem sentimentos muito profundos por você...
Eu queria ter dito alguma coisa, mas todos começaram a falar juntos, deixando-me tonta. As vozes se sobrepunham, os pensamentos se misturaram e não entendi mais nada.
— Há quanto tempo você o conhece?
— Que menino de ouro...
— Nós também nos apaixonamos na idade deles, né, George?
— Nica — exclamou Anna —, por que você não o convida para vir aqui amanhã à tarde?
O barulho seco da cadeira me deu um susto.
Em meio àquela euforia, quase ninguém notou a saída de Rigel: ele sumiu pela porta, seguido pelos olhos de Adeline e pelos meus.
Sentia frio e um aperto no coração. A sensação piorou quando percebi que Asia estava olhando para o assento vazio. Lentamente, fixou as pupilas em mim.
De repente, tive a sensação de estar sentada em alfinetes.
Olhei para baixo e, murmurando um pedido de desculpas, deixei para trás a sala cheia. Eles mal me notaram e, pela primeira vez, fiquei grata.
Procurei por Rigel e, de repente, ouvi o barulho vindo da sala dos fundos. Corri naquela direção e, ao chegar lá, arregalei os olhos: ele estava ali, rasgando uma a uma todas as flores que Lionel tinha enviado.

— Não! Rigel! Para com isso! — falei, tentando detê-lo.

Peguei-o pelo pulso e ele se afastou de mim tão depressa que as pétalas giraram em torno dele em um vórtice silencioso: os olhos se fixaram nos meus e eu estremeci.

— *Por quê?* — perguntou, cheio de raiva. — Por que você não disse uma palavra?

Eu o encarei de olhos arregalados, mas não tive tempo de responder antes que Rigel desse um passo na minha direção.

— O que você sente por ele?

Uma sensação de entorpecimento me impediu de tirar os olhos do seu rosto.

— O quê?

— O que você sente por ele?

A voz dele soava como um rosnado, mas nos olhos vi pulsar uma vulnerabilidade, como uma ferida. Eu o encarei sem acreditar, porque aquela pergunta abalava toda a confiança que tínhamos trabalhado tanto para construir.

— Nada...

Rigel me olhou com uma amargura ardente. E balançou a cabeça bem devagar, como se estivesse enfrentando uma verdade que não queria aceitar.

— Você não consegue — disparou. — *Você* não consegue. Depois de tudo que ele fez... Depois de todo o assédio e a insistência, depois de quase ter agredido você... você *não* consegue *odiá-lo*.

Aquelas palavras foram como um arranhão.

Eu as senti me atingirem e invadirem a minha pele, porque... eram a verdade.

Eu não podia negar.

Não importava o quanto me machucassem. Eu não sabia detestar... nem com todas as minhas forças.

No entanto, já me ensinaram o que era o ódio. A diretora o havia impresso na minha pele de uma forma que eu jamais poderia esquecer.

Ela havia me despedaçado, me pisoteado, me deformado. Amassado e rachado. Ela havia me dobrado de tal maneira que eu ficara assim para sempre: retorcida e frágil que nem uma criança.

Foi isso o que ela me deixara. Um coração defeituoso, que buscava nos outros a bondade que não havia encontrado *Nela*. Uma mariposa que via luz em tudo, por mais que se queimasse até se consumir.

Contraí os dedos. Encarei Rigel com olhos opacos e também balancei a cabeça, engolindo aquela certeza.

— Não importa — falei suavemente.

— *Não importa?* — repetiu Rigel, estreitando os olhos pretos com uma dor raivosa. — Ah, não? Então o que realmente importa para você, Nica?

Não.
Tudo menos aquilo.
Cerrei as mãos em dois punhos instáveis.
Ele era a última pessoa que poderia pronunciar aquelas palavras.
— Eu sei o que importa — sussurrei com uma voz que nem parecia a minha. Senti o sangue ferver debaixo da pele enquanto olhava para Rigel com olhos brilhantes e lacrimejantes. — Eu fui a única que deixou claro o que realmente importa.
Rigel contraiu as sobrancelhas, como se tivesse sido atingido por um raio.
— O quê?
— *Você!* — A palavra explodiu dos meus lábios. — É você quem nunca liga para nada nem para ninguém, nem percebe o jeito que Adeline te olha! Você age como se fosse uma coisa como outra qualquer, como se não existissem riscos! Sabe o que acontece se formos pegos, Rigel? Você se importa?
Todas as inseguranças tomaram conta. Eu as afastei, mas elas envenenaram o meu coração, lembrando-me de como eu era frágil, vulnerável e cheia de medo. Pela primeira vez, o pânico de não ser suficiente também se projetou em Rigel.
— Você só sabe brincar com fogo, quase dá para dizer que se diverte com isso. Até na mesa, na frente de outras pessoas, você tenta a sorte, e ainda tem coragem de insinuar que sou *eu* que não me importo?
Eu estava fora de mim, mas não consegui me conter. Não dava para suportar aquilo.
Por nós, eu tivera que me comprometer e mentir para a única pessoa que realmente já me amou. A única que eu jamais quis enganar: Anna.
Eu tinha escolhido Rigel, mas aquela escolha despedaçara o meu coração.
E eu a faria de novo uma dezena de vezes, e depois mais cem e mais mil, se isso significasse ficar ao lado dele.
O meu coração se partiria todas as vezes, mas eu ainda o escolheria.
Sempre o escolheria.
No entanto, eu não podia dizer o mesmo de Rigel.
Ele nunca me dera uma só certeza.
Eu havia lhe confessado que o queria ao meu lado, havia mostrado a parte mais íntima e frágil e fora exposta ao seu silêncio.
— Eu estou arriscando tudo. Tudo o que mais me importa. Mas você nem parece se dar conta. Às vezes se comporta como se não fosse nada de mais, como se, para você, não passasse de uma brincad...
— *Não* — interrompeu bruscamente e fechou os olhos. — *Não* diz isso.
Quando os abriu de novo, vi algo se agitar violentamente nas profundezas daquele olhar.

— Nem *se atreva* a dizer isso.

Eu o encarei com olhos opacos e, dessa vez, fui eu quem balançou a cabeça.

— Eu não sei o que eu significo para você — sussurrei com amargura.

— Nunca sei o que você pensa... Nem o que sente. Você é a pessoa que me conhece mais do que qualquer outra, mas eu... não sei quase nada sobre você.

De repente, não parecíamos mais estar no mesmo cômodo, mas a anos-luz de distância.

— Eu te disse que te queria pelo que você é... do jeito que você é... E é *verdade*. Nunca esperei que você retribuísse as minhas palavras ou que se abrisse comigo da noite para o dia. A verdade — sussurrei com voz trêmula — é que qualquer coisa me serviria. Não quero mais nada além de conseguir te entender. Mas, quanto mais eu me esforço, mais você me afasta. Quanto mais eu tento, mais tenho a sensação de que você quer me manter de fora. Afastada. Justo eu, mais do que qualquer um... E não entendo por quê. Nós dois somos quebrados, mas você nunca me deixa entrar, Rigel. Nem por um momento.

Estava me sentindo completamente esgotada.

Nos olhos de Rigel, vi apenas uma escuridão indecifrável.

E me perguntei onde ele estaria por trás daquele olhar.

Se sentia a mesma dor que eu e a mesma necessidade de que eu fizesse parte do seu mundo como ele fazia parte do meu.

Senti um aperto ainda maior no coração. E, percebendo a vista embaçar, abaixei o rosto, pois aquele silêncio era a enésima prova de que eu não tinha forças para escutar.

🦋

Os punhos tremiam.

O verme dentro dele se contorcia como um monstro.

Não conseguia mais. Já não conseguia mais ser ele mesmo... Nunca tinha se sentido tão encurralado dentro do próprio corpo, nunca tinha desejado tanto ser outra pessoa, qualquer uma.

Ela queria *entrar.*

Queria entrar, mas não entendia.

Aquilo só a machucaria.

Ela acreditava que havia algo nele, algo de doce e certo, mas não era o caso. Dentro dele só havia negação, medo e uma alma que exalava tormentos. Havia arranhões e raiva. Dor e a sensação de impotência.

Por dentro, ele era um desastre.

Tinha aprendido a recusar vínculos, afetos, tudo. E também tentara recusá-la: a afastara, arranhara, rasgara, tentara tirá-la de perto, mas, dentro de si, Nica havia levado tudo. Com um sorriso esplêndido e a delicadeza. Com a pluralidade e aquela luz que ele nunca entendera.

E sempre havia torcido para que ela o olhasse, porque naqueles olhos o mundo também parecia brilhar.

Nos olhos de Nica, nem ele parecia mais tão errado.

Mas, agora que ela finalmente o olhava... o medo o dilacerava.

Rigel temia que ela visse como ele era torto, desbotado, estragado e irrecuperável. Temia não ser compreendido, ser rejeitado, vê-la se dar conta de que conseguiria coisa melhor.

Tinha medo de ser abandonado de novo.

E era por isso que não podia deixá-la entrar.

Parte dele a queria para sempre. A outra, aquela que a amava mais que a si mesmo, não conseguia trancá-la naquela jaula de espinhos.

Nica baixou o rosto com um olhar triste.

E Rigel ficou em silêncio, porque, por mais que ela não soubesse, o silêncio lhe custava mais do que qualquer palavra.

Ele a estava decepcionando mais uma vez. Por que, quanto mais tentava protegê-la de si mesmo, mais acabava por machucá-la?

Nica foi embora, levando consigo toda a luz. E, ao vê-la partir, Rigel sentiu um aperto no coração que cravou nele, um a um, *todos* os espinhos das suas aflições.

30

ATÉ O FIM

> *Não quero o final feliz,*
> *quero o gran finale.*
> *Como o dos ilusionistas,*
> *aqueles que nos deixam sem palavras*
> *e nos fazem acreditar, por um instante,*
> *que a magia pode existir.*

Ninguém respirava.

Rigel viu todos imóveis, enfileirados, lado a lado.

E não estava entre eles. Como sempre.

A sombra da diretora pairava diante daqueles corpinhos como um tubarão.

— Uma mulher me disse hoje que um de vocês fez sinais para ela da janela. — A voz era lenta, um ranger de vidro.

Rigel assistia à cena de longe, sentado no banco do piano. O olhar de puro ódio de Peter não lhe passara despercebido.

Ele nunca era punido junto com os outros.

— Ela me disse que um de vocês tentou lhe dizer alguma coisa. Algo que não conseguiu entender.

Ninguém respirou.

Ela olhou para cada um deles, e Rigel viu os dedos se fechando ao redor do cotovelo da garotinha mais próxima.

Adeline tentou não reagir, nem mesmo quando a diretora começou a torcer o seu braço lenta e violentamente.

— Quem foi?

Todos permaneceram em silêncio. Tinham medo dela, e isso era o suficiente para torná-los culpados aos seus olhos. Era assim que ela os via.

A pele de Adeline começou a ficar arroxeada. A diretora a apertava com tanta força que o olhar dele gritava de dor pela menina.

— Monstrinhos ingratos — sibilou a diretora com um ódio sobrenatural.

Rigel entendeu no mesmo instante o que era aquele brilho avermelhado nos olhos dela. Era o brilho da violência.

Todos começaram a tremer.

Margaret soltou Adeline. Depois, com movimentos mecânicos, tirou o cinto de couro da calça.

Rigel viu Nica, ao fundo, tremendo mais do que os outros. Sabia que ela morria de medo dos cintos. Algo o arranhou por dentro enquanto ele a observava, como uma unha rasgando a pele. Ele sentiu o coração parar e as palmas das mãos suarem.

— Vou perguntar mais uma vez — dizia a diretora, caminhando lentamente pela fileira. — Quem. Fez. Isso?

Rigel os viu tremer. Poderia ter dito que foi ele; afinal, já tinha levado a culpa por algo que não tinha feito outras vezes, mas dessa vez não adiantaria. Ele passara o dia inteiro com ela.

Além disso, Margaret estava furiosa. E, quando ficava com tanta raiva assim, alguém sempre sofria as consequências.

Ela queria machucar.

Ela queria bater neles.

Não fazia aquilo por ser doente. Ou perturbada.

Fazia porque tinha vontade.

E Rigel não podia se expor, assumir toda a culpa, senão ela deixaria de confiar nele e de lhe dar mais liberdade do que os outros, e ele não poderia mais proteger Nica.

— Foi você?

Ele a viu parar diante de uma menina de joelhos bambos. Ela fez que não às pressas, de cabeça baixa. Apertava as mãos com tanta força que os dedos ficaram brancos.

— E você, Peter? — perguntou ao garotinho ruivo.

— Não — respondeu ele, quase sem voz.

Aquele pio assustado sempre fora a perdição dele. O couro rangeu nas mãos da diretora.

Rigel sabia que não tinha sido Peter. Ele tinha medo demais para fazer qualquer coisa.

Mas Peter era terno, delicado e sensível. E essa era a sua única culpa.

— Foi você?

— Não — repetiu.

— Não?

Peter começou a chorar porque sabia. Todos sabiam. Ela queria alguém em quem descontar a raiva.

A diretora o pegou pelo cabelo e ele conteve um grito. Peter era pequeno, magro e tinha olheiras que marcavam as bochechas. Parecia patético com aquele nariz escorrendo e os olhos amedrontados.

Rigel viu o asco no olhar da diretora e se perguntou se havia um pingo de humanidade naquela mulher.

Mais uma vez, ele se lembrou de nunca se afeiçoar a ela, por mais que o mimasse, cuidasse dele como uma mãe e lhe dissesse que era especial. Por mais que ela fosse a única que lhe dava um pouco de afeto.

Não podia se esquecer do outro lado da moeda.

Normalmente, a diretora não os punia na frente dele. Sempre se certificava de que Rigel estivesse em outro cômodo, como se ele não soubesse o que ela fazia ou o monstro que era. Mas, daquela vez, não. Daquela vez estava cega de ódio e não via a hora de espancá-los.

— Vira de costas — ordenou.

Os olhos de Peter se encheram de lágrimas. Rigel torceu para que ele não fizesse xixi na calça de novo, senão ela o faria se arrepender de ter manchado o carpete.

A diretora o obrigou a se virar e ele levou as mãos trêmulas à cabeça para se proteger, sussurrando orações que jamais sairiam daquela casa.

A chicotada foi tão alta que todos prenderam a respiração. Atingiu-o nas costas e atrás das coxas, onde ninguém veria as marcas.

O sofrimento fez aquele corpinho estremecer como um trovão e ela pareceu desprezá-lo ainda mais, só por ter reagido à dor.

Como podia? Como podia ser amado por um monstro daquele?

Por que a única pessoa de quem recebia afeto era tão desumana?

Ele se sentiu ainda mais errado.

Deformado.

Inadequado.

A rejeição o invadiu com tanta força que ele se despedaçou por dentro. Ainda mais.

Não deveria se afeiçoar. Não deveria sentir afeto, o afeto era um erro.

— Quero saber quem foi — sibilou a diretora, a raiva alargando as veias das têmporas. Odiava não encontrar o culpado.

Ela caminhou entre as crianças com o cinto na mão e se aproximou de Nica. Naquele momento, Rigel viu com horror que a menina estava mordendo compulsivamente a pontinha dos curativos. Era um gesto que fazia quando estava nervosa, e a diretora percebeu.

Então, parou diante dela, e aqueles olhos brutais se iluminaram quando a ficha caiu.

— Foi você? — sussurrou de modo ameaçador, como se ela já tivesse confessado.

Nica olhou fixamente para o cinto nas mãos da diretora. Estava pálida, encolhida e não parava de tremer. Rigel sentiu o coração martelar nos ouvidos.

— E aí?

— Não.

A diretora a esbofeteou com tanta violência que o pescocinho estalou. Rigel sentiu as unhas afundarem nas palmas da mão enquanto Nica voltava a se virar com a garganta contraída. Uma lágrima escorreu pela bochecha, mas ela nem se atreveu a enxugar.

Então, a diretora torceu o cinto nas mãos, Rigel sentiu o coração acelerar — já dava para ver a raiva, os olhos ensandecidos, a mão se levantando, desferindo golpes, o cinto brilhando no ar — e algo dentro dele gritou.

O pânico o dominou.

Ele fez a única coisa que lhe ocorreu: olhou ao redor e pegou a tesoura que a diretora tinha usado para cortar a partitura. Logo em seguida, com um gesto louco e repentino e seguindo um instinto febril, Rigel enfiou uma lâmina na palma da mão.

No instante seguinte, ele se arrependeu: a dor explodiu furiosamente e a tesoura caiu no chão, fazendo com que todos se virassem.

Gotas vermelhas mancharam o tapete e, quando a diretora percebeu, a mão que estava prestes a atingir Nica se abaixou. Ela correu até ele e segurou a sua palma como se fosse um pássaro ferido.

Só naquele momento Rigel encontrou os olhos de Nica. Estavam amedrontados, frágeis e transtornados.

A dor enfraquecia os seus sentidos. Mas ele jamais se esqueceria daquele olhar.

Jamais se esqueceria dos olhos dela, claros como pérolas de água doce.

Ele sempre guardaria aquela luz dentro de si.

🦋

O cheiro do rio era fresco e pungente. Na ponte, os ruídos do canteiro de obras se perdiam no rolar distante da água.

Eu encarava os trabalhadores sem vê-los. Estavam refazendo o parapeito e fazia algumas semanas que, no lugar da grade, havia uma rede laranja que tapava a vista e não nos permitia contemplar a paisagem.

Eu tinha ido lá para sentir a grama sob os pés e o abraço reconfortante do ar livre, mas o coração pulsava como uma ferida.

Eu só ouvia aquilo.

— Aí está você — disse uma voz quando cheguei em casa.

Anna estava de casaco, pronta para sair, e eu assenti suavemente. Percebi o olhar procurando o meu rosto escondido por trás do cabelo.

— Tem um pouco de bolo ali — disse ela com aquela voz suave que eu tanto amava. — Quer comer alguma coisa?

Respondi que não estava com muita fome; sentia-me lenta, sem vida. Uma ruga de preocupação cruzou a sua testa e eu tentei sorrir.

— Nica... Desculpa por ontem à noite. — Ela me lançou um olhar envergonhado. — Percebi que... talvez tenha exagerado. Com todo aquele papo sobre Lionel e as flores. Peço desculpa. — Em seguida, pôs uma mecha de cabelo atrás da minha orelha. — A verdade é que fico muito feliz por saber que existe alguém que saiba te apreciar por quem você é. Deixar você desconfortável era a última coisa que eu queria.

Pousei a mão na dela e respondi em um sussurro:

— Está tudo bem, não precisa se preocupar.

— Não está, não — murmurou Anna. — Você parece muito abatida. Desde que voltou para a mesa ontem à noite...

— Não é nada — menti, recuperando um pouco da voz. — É... só um pouco de cansaço. — Então, suavizei o olhar. — Não precisa se sentir culpada, Anna. Você não fez nada para me deixar triste.

— Tem certeza? Você me diria, né?

Esperava que ela não sentisse o meu coração tremer com aquela pergunta.

— Claro. Fica tranquila.

Era naqueles momentos que eu não sabia o que mais me machucava. Se era o que eu sentia ou ficar em silêncio sobre o que não podia contar a ninguém.

Anna tinha olhos compreensivos. No entanto, ela era a última pessoa no mundo a quem eu poderia confessar esses sentimentos.

— Melhor colocar um cachecol — comentei com um sorriso. — Está ventando um pouco lá fora.

Ela me agradeceu. Esperei que saísse e me despedi, mas, assim que ela se foi, a sensação de vazio voltou com a mesma força de antes.

Caminhei lentamente para a sala de estar e me sentei no sofá, abraçando os joelhos.

Então, perguntei-me se era assim que Billie e Miki estavam se sentindo, como se algo essencial estivesse fora do eixo. Eu só gostaria de poder falar sobre isso com alguém.

— Achei que fosse vir de fora.

Ao meu lado no sofá, Klaus me encarou com um olho semiaberto. Naquele momento, ele me pareceu ser o único com quem eu poderia me abrir.

— Quando tudo começou... — sussurrei. — Achei que qualquer obstáculo que pudesse surgir viria de fora. Que de alguma forma... nós o enfrentaríamos juntos.

Olhei para o gato e vi os seus olhos se fecharem.

— Estava errada — murmurei. — Não tinha levado em conta o aspecto mais importante.

Klaus me observou em silêncio. Enquanto isso, eu deslizei e me enrolei, como se quisesse me proteger do mundo.

Deixei o cansaço tomar conta dos meus pensamentos. Caí no sono, mas nem dormindo consegui encontrar a paz que esperava.

A certa altura, pensei ter sentido algo me tocar no rosto.

Dedos... acariciando a minha bochecha.

Eu teria reconhecido aquele toque em meio a mil outros.

— Eu queria deixar você entrar — o ouvi sussurrar. — Mas, por dentro, sou uma trilha de espinhos.

Ele disse aquilo como se não soubesse dizer de outra maneira, e aquele tom melancólico queimou o meu coração. Tentei me agarrar à realidade, lutar contra o sono, mas foi em vão. As palavras se perderam comigo até desaparecerem.

Quando acordei, já era noite. No instante em que abri os olhos, senti dois pesos em mim.

Um era aquela frase, que eu tinha certeza de não ter sido um sonho.

O outro...

O outro era Klaus, aninhado em cima de mim, dormindo com o focinho enfiado na curva do meu ombro.

No dia seguinte, Rigel não foi comigo à escola.

Fiquei sabendo quando Norman desceu a escada e me disse, com um sorriso desajeitado, que me levaria; Rigel não estava se sentindo bem, a dor de cabeça do dia anterior ainda não tinha passado.

Naquele dia, não consegui prestar atenção nas aulas direito. A mente não parava de viajar para a tarde anterior, para aquelas poucas palavras que ele havia sussurrado por acreditar que eu estivesse dormindo.

Ao sair, à sombra de um céu que ameaçava chover, olhei ao redor, desejando não cruzar com Lionel. Até aquele momento, eu tinha conseguido evitá-lo até nas aulas de laboratório, sentando-me à mesa mais afastada da dele.

— Está indo para casa?

Billie me olhou por baixo da nuvem de cachos. Encontrei o seu olhar lento e opaco e franzi as sobrancelhas com um sorriso contrito.

— Sim... — murmurei, suavizando o tom de voz.

Ela assentiu em silêncio; as olheiras que marcavam o seu rosto eram visíveis até da sombra do capuz.

— Tá bom — sussurrou.

Naquele momento, percebi que ela sentia a mesma solidão que eu. Billie precisava de mim. Precisava de uma amiga...

Antes que ela desse meia-volta, eu a segurei pela ponta do moletom.

— Espera — falei. Nossos olhares se cruzaram novamente. — Está a fim de... sair para comer alguma coisa?

Eu a vi hesitar.

— Agora?

— Sim... Tem um café depois do cruzamento, um pouco depois da ponte. Quer comer alguma coisa comigo?

Billie me encarou por um momento, incerta. Em seguida, baixou o rosto e pegou o celular com dedos trêmulos.

— V... Vou dizer à minha avó que vou sair...

Sorri para ela com ternura.

— Tá bom. Então vamos.

Passamos a tarde inteira juntas.

Almoçamos dois sanduíches e depois ficamos nos sofazinhos do café enquanto chovia lá fora, tomando milk-shake de chocolate em meio às almofadas.

Billie me falou de várias coisas. Ela me disse que talvez os pais voltassem no fim do mês, mas, àquela altura, já tinha perdido as esperanças.

Eu a escutei o tempo inteiro, sem interrompê-la em momento algum. Achei que quisesse desabafar, mas percebi que tudo o que ela precisava era de um pouco de companhia.

À noite, quando nos despedimos, ela ainda parecia triste, mas os olhos brilhavam com um alívio silencioso.

— Obrigada — disse ela.

Eu lhe dei um sorriso encorajador e apertei a sua mão com carinho.

Enquanto eu voltava para casa sob a primeira luz dos postes, o meu celular tocou. Tirei-o do bolso e vi quem era antes de atender.

— Anna? Oi...

— Oi, Nica, onde você está?

— Já estou chegando — respondi. — Desculpa, acabei me atrasando... Eu deveria ter te avisado.

— Ah, meu bem... Eu não estou em casa — disse ela com um suspiro, e a imaginei com a mão na testa. — O evento no clube está me enlouquecendo! Eu ainda tenho alguns pedidos para revisar e não posso mesmo deixar para amanhã... Não, Carl, essas não ficam aí — a ouvi dizer ao assistente. — Não, querido, essas ficam junto das begônias para a entrada, ali... Ah, desculpa, Nica, mas realmente não sei que horas vou terminar hoje...

— Não se preocupa, Anna — tranquilizei-a. — Pode deixar que eu preparo algo para Norman quando ele chegar em casa...

— Norman vai jantar com os colegas hoje à noite, lembra? Vai voltar tarde, e é por isso que te liguei...

Enquanto eu abria o portão, ouvi Anna suspirar.

— Rigel ficou sozinho o dia todo... Você poderia ver como ele está? Pelo menos para verificar se ele não está com febre — pediu ela, angustiada.

Acabei me lembrando do dia em que, algum tempo antes, eu havia ligado para ela quando ela e Norman estavam na conferência. Anna sempre morria de preocupação com a gente.

Mordi o lábio e, então, assenti. Depois lembrei que ela não estava me vendo e, ao entrar em casa e deixar as chaves na tigela, respondi que ela poderia ficar tranquila e não se preocupar.

— Obrigada — murmurou como se eu fosse um anjo.

Então, ela se despediu e eu encerrei a ligação.

Tirei os sapatos para não sujar o piso e procurei por Rigel. Como não o encontrei em lugar algum, deduzi que estivesse no quarto, e subi a escada.

No entanto, diante da porta, hesitei. O coração batendo forte no peito.

A verdade era que eu tinha pensado nele o dia inteiro e, agora que estava ali, tinha medo de enfrentá-lo.

Reuni forças, levantei a mão e bati à porta.

Quando entrei, a luz fraca da janela delineou o contorno do quarto.

A figura de Rigel estava envolta em sombras. Quando avistei o contorno sólido do peito dele, senti um aperto no coração e por um momento ouvi a sua respiração.

Estava chovendo lá fora, mas o cheiro que me acompanhava não era suficiente para mascarar o dele. Aquele cheiro se mesclou ao meu sangue e me lembrou da profundidade com que ele havia entrado na minha alma.

Com delicadeza, estendi a mão e a pousei no seu rosto; estava quente, mas, felizmente, sem febre.

Suspirei. Deslizei a ponta dos dedos pela pele, fazendo-lhe um carinho escondido, e depois dei meia-volta. Já tinha chegado à porta quando a sua voz me interrompeu.

— Eu só vou te machucar.

Permaneci imóvel. Escutei aquelas palavras como se, lá no fundo, em algum lugar, eu já as conhecesse.

— Eu sou assim... — murmurou com voz desencantada. — E não sei ser diferente.

Fiquei olhando para a frente com as pálpebras semicerradas e o semblante sem vida, como se o meu coração fosse um diamante empoeirado que tivesse parado de brilhar.

Então, fui me virando lentamente. Rigel estava sentado, segurando firme a beira da cama, mas o rosto estava abatido, sombreado pelo cabelo. Parecia querer me impedir de vê-lo.

— A verdade é essa...

— Estou conseguindo dormir de noite — interrompi, exausta, mas determinada. — Não preciso mais deixar a luz acesa. Não me levanto no meio da noite. Os pesadelos não foram embora... mas estão diminuindo. E estão diminuindo porque, naquele breu, não vejo mais o porão, mas os seus olhos. — Semicerrei os meus, devastada. — Você está me curando, Rigel. Mas nem se dá conta disso.

Ele tinha me enchido de estrelas. E não percebia.

— *É possível* se curar... — sussurrei, acreditando piamente nas minhas palavras.

Mas Rigel ergueu os olhos. E naquele instante entendi que, qualquer que fosse a verdade por dentro daquele olhar, era algo que me transcendia. Ele nunca se mostrara daquela maneira para ninguém.

— Existe uma parte quebrada dentro de mim... que nunca vai sarar.

"As estrelas são solitárias", dissera ele há algum tempo, com o mesmo sentimento indescritível.

Percebi que ele estava me dizendo algo importante, que estava tentando, de algum jeito, me fazer entender.

A porta para a alma de Rigel não me parecia mais o portão de uma fortaleza, mas a entrada de uma densa floresta de cristal, prestes a implodir.

— Certas coisas não têm conserto, Nica. E eu sou uma delas. Eu sou um *desastre* — sussurrou, inflexível. — E vou ser para sempre.

— Não me importo — falei baixinho, com sinceridade.

— Não, você não se importa — repetiu ele, com um toque de aspereza. — Nada nunca é irrecuperável o suficiente para você. Nada é assustador o suficiente, sombrio ou ruim. Esse é o seu jeito.

— Você não é irrecuperável — rebati.

Por que Rigel não parava de se condenar à solidão? Aquilo me doía, porque era a única dor que ele não me deixava acessar.

Ele me olhou com uma mistura de ironia e amargura.

— Toda história tem um lobo... Não finja que não sabe o papel que eu sempre tive na sua.

— Chega! — rebelei-me, obstinada. — É isso que você acha que é para mim? O monstro que estraga a história? É assim que você queria que eu te enxergasse?

— Você não faz *ideia* de como eu queria que você me enxergasse — sussurrou ele, arrependendo-se logo depois.

Eu o encarei em choque. Tentei me agarrar àqueles olhos, mas ele cerrou a mandíbula e não me permitiu.

— Rigel...

— Você acha que eu não *sei*? — interrompeu com raiva, e os olhos dispararam na minha direção.

Por um momento, o jeito que ele olhou para mim, tão intenso, e ao mesmo tempo dócil, me lembrou um lobo contemplando a *sua* lua.

— Eu sei o quanto isso te custou. *Eu sei*. Leio isso nos seus olhos todos os dias. Não tem nada no mundo que você quisesse mais: uma família.

Congelei, sem me dar conta de que tinha me aproximado dele.

— Essa situação te sufoca. Você não quer mentir, mas se vê obrigada a fazer isso o tempo inteiro. — E então ele disse, direto ao meu coração: — Você *nunca* vai ser feliz assim.

Senti a garganta arder. As lágrimas queimaram os meus olhos e confirmaram toda a minha fragilidade.

Rigel lia a minha alma.

Sabia o que movia os meus desejos mais brilhantes.

Conhecia os meus sonhos, tormentos e medos.

E eu fui tola de achar que ele não tinha se dado conta.

Não conseguia me esconder.

Não dele.

Aquele olhar era a condenação com a qual eu nunca deixaria de sonhar.

A voz era uma ferida que eu carregaria comigo para sempre.

Mas o perfume era uma música.

E, nos seus olhos, eu me salvava.

Eu era dele.

De um jeito estranho, louco, doloroso e complicado.

Mas era dele.

— Eu te escolhi... — sussurrei, desarmada. — Acima de tudo... eu te escolhi, Rigel. Você nunca vai entender, porque só consegue ver as coisas em preto e branco. Eu sempre quis uma família, *é verdade* — falei, baixinho —, mas escolhi você porque pertencemos um ao outro. Não tenta me afastar... Não me deixa longe de você. Você não é o preço a pagar. Você é o que me faz feliz... — Fechei os olhos, arrasada. — Eu quero entrar... mesmo que, por dentro, você seja uma trilha de espinhos.

Um lampejo de luz atravessou os seus olhos e eu aproveitei o momento para estender a mão e segurar o rosto dele.

Eu sempre tinha medo de vê-lo se afastar, de senti-lo se rebelar contra o meu toque, mas Rigel se limitou a virar os olhos na minha direção, duas galáxias pretas e esplêndidas.

Lancei-lhe um olhar suplicante e, por um momento, pude jurar que ele estava me olhando da mesma maneira.

Por quê?
Por que não conseguíamos ficar juntos?
Por que não podíamos viver aquilo como todo mundo?

— Eu quero você — falei mais uma vez, encarando-o diretamente nos olhos. — Você e só você. O que quer que você seja, como quer que você se veja... eu te quero do jeito que você é. Você não está tirando nada de mim, Rigel. Nada...

Acariciei a bochecha dele, apegada àquelas íris escuras, e torci para que ele acreditasse em mim. Queria lhe dar os meus olhos para que ele pudesse se ver como eu o via, porque eu adorava aquela complexidade mais do que qualquer outra coisa.

— Se eu te deixar *entrar*... — sussurrou suavemente — você vai se machucar.

Abri um sorriso triste e balancei a cabeça. Então, mostrando-lhe todos os curativos, falei:

— Nunca tive medo de me machucar.

Ele fechou os olhos, vencido. Sem lhe dar tempo de fazer mais nada, levantei o seu rosto e encostei os meus lábios nos dele.

Eu não sabia de que outra forma dar voz ao meu coração. Assim, ancorei-me àquele beijo como se a minha vida dependesse disso.

As mãos se agarraram ao meu quadril e as minhas lágrimas escorreram pelas maçãs do rosto dele.

Nós nos ancoramos um ao outro, agarrados e acorrentados, cientes de que afundaríamos. De que nos perderíamos para sempre, pois naquele oceano que era a realidade não havia lugar para duas pessoas como nós.

Estávamos quebrados, despedaçados, arruinados.

Mas uma luz brilhava dentro de nós com a força de centenas de estrelas.

Ele tinha a força de um lobo.

E a delicadeza de uma borboleta.

E eu não conseguia acreditar que algo tão lindo e sincero também pudesse ser errado.

Eu o beijei quase com angústia e o abracei com tanto ímpeto que caímos para trás. Os ombros dele tocaram o colchão e eu continuei encarando-o, sem soltá-lo.

Senti os seus batimentos martelando o meu estômago. Rigel passou os dedos pelas minhas costas e se agarrou a elas como se tivesse enlouquecido. As mãos tremiam, como toda vez que ele me tocava. Naquele momento, pensei que nunca mais queria ser tocada por outra pessoa.

Ele era único.

Mas também... o único.

O único capaz de me despedaçar.

O único capaz de me recompor.

O único capaz de me abalar com um sorriso e me destruir com um olhar.

Rigel, a minha alma reivindicou. Eu o abracei com força, arranhando-lhe os ombros com os meus curativos para não deixá-lo escapar.

Você não está sozinho, gritou cada um dos meus beijos, e a mão dele se fechou no meu cabelo, apertando-o com força. Permiti que ele o pegasse entre os dedos, que deixasse a sua marca em mim até o último arrepio.

Rigel fechou as mãos no meu quadril e, no instante seguinte, eu estava no colchão.

Ele me pressionou contra a cama. Senti os seus músculos tremerem, como se precisassem desafogar, explodir e se libertar. Passei as mãos pelo cabelo dele e o beijei com paixão. As nossas línguas se entrelaçaram e algo dentro dele cedeu.

Impulsivamente, ele prendeu o meu pulso acima da cabeça, agarrou a minha coxa com força e a pressionou contra o próprio quadril. Os dedos ásperos deixaram sulcos em forma de meia-lua na minha carne e eu me arqueei sem nem perceber: nossos lábios se separaram em um arquejo silencioso.

Rigel congelou, ofegante, e me olhou. Pareceu se dar conta só naquele momento da forma violenta como tinha me agarrado, prendendo-me em uma posição dominadora.

Eu sentia o esforço constante que ele fazia para manter essa parte de si sob controle.

Observei-o com o coração na garganta, indefesa naqueles braços. As mãos dele seguravam o meu corpo com força, mas tremiam como as minhas. Olhei para ele porque, embora Rigel nunca tivesse sido delicado, os seus olhos eliminavam o medo.

Eram os olhos que eu conhecia desde sempre.

Que me embalavam à noite até que eu adormecesse.

Que me acompanhariam para sempre, pintados na minha alma.

Aqueles olhos jamais me machucariam.

Lentamente, torci o tornozelo atrás dele. Fiz isso com toda a minha delicadeza, indefesa e desarmada. Rigel me olhou com a mandíbula contraída e, enquanto uma lágrima escorria pela minha têmpora, eu estendi a mão para acariciar a sua bochecha.

— Está ótimo assim — sussurrei. — Você é o meu lindo *desastre*...

Ele me olhou, refletindo um sentimento mudo. Uma emoção poderosa e ininteligível.

Senti um aperto no coração quando ele levantou a mão que estava prendendo e a levou à boca. Os lábios pousaram no meu pulso fino e o beijaram lentamente. O rosto entre os meus curativos era a coisa mais doce, impossível e desejada que eu já tinha visto.

Ali estava ele, Rigel, cara a cara com os meus erros. Ele beijou as pontas dos meus dedos, uma a uma, e eu senti as lágrimas se acumularem até queimarem os olhos.

Ele *não* era o meu melhor erro.

Não.

Rigel era o meu destino.

Rigel era o meu final quebrado, amarrotado e lindo.

E seria para sempre.

Envolvi Rigel com os braços e o puxei para mim. Consumimos os nossos lábios em beijos e as mãos dele deslizaram para baixo do vestido que eu estava usando.

Estremeci com o toque daqueles dedos quentes.

Rigel respirou lentamente e seguiu a curva da minha pélvis como se tivesse desejado aquilo a vida toda. O meu coração batia furiosamente, como um tambor.

Ele me acariciou com gestos profundos, tocando pontos que eu nem sabia que existiam. Pouco a pouco, foi abrindo caminho entre as minhas escápulas e, de repente, o fecho do meu sutiã se abriu e se soltou.

Prendi a respiração.

Antes que eu pudesse voltar a respirar, Rigel deslizou os dedos por baixo do sutiã e os colocou sobre os meus seios. Quando os apertou, senti as bochechas queimarem e a respiração acelerar. Eu pegava fogo por dentro, invadida por sensações incríveis e completamente novas. Ele roçou o meu mamilo, tocando-o, provocando-o, traçando círculos com os dedos, então uma estranha sensação de calor se espalhou daquele ponto até incendiar todo o meu ventre.

Quando percebi que ele estava levantando os meus braços, senti o coração disparar. O tecido do meu vestido quase rasgou quando ele arrancou o meu sutiã.

O ar do quarto atingiu a minha pele e eu me vi totalmente exposta. Movida pelo instinto, levei os braços ao peito, na tentativa de me cobrir. Procurei imediatamente os olhos dele e vi que já estavam cravados em mim, dois abismos de terror e esplendor.

Eu me senti inadequada, pequena e frágil. Eu me senti vulnerável, a ponto de resistir no momento em que ele me pegou pelos pulsos.

Rigel os afastou com extrema lentidão, prendendo as minhas mãos nas laterais da cabeça.

E então me olhou. Inteira.

As pupilas deslizaram pela minha pele, devorando-me como se eu não fosse real.

No instante em que voltou a me olhar, notei um calor nunca visto antes nos olhos dele.

Poderoso. Extremo. E ardente.

Algo incompreensível que tornou a minha respiração irregular.

Rigel se inclinou sobre mim e envolveu o meu mamilo com os lábios. Os meus olhos se abriram ligeiramente e eu tentei me mover, mas as mãos dele prenderam os meus pulsos contra a cama, imobilizando-me. Ele chupou o meu mamilo entre os dentes e uma suave tensão me invadiu, até se tornar uma sensação quente e insuportável. Senti o corpo se contorcer, implorar para se curvar, mas tudo que consegui fazer foi apertar as coxas desesperadamente ao redor da perna dele.

— Rigel... por favor... — Eu arfava, sem saber exatamente o que estava pedindo.

Em resposta, os dentes dele se fecharam ao redor da ponta do meu peito e a sensação se intensificou. As minhas costas arquearam, os lábios tremeram e a tensão no abdome foi aumentando até me deixar sem ar.

Eu estava sensível, sensível demais. O meu corpo era gelo e fogo, mal conseguia identificar o que estava sentindo. Era tudo tão intenso que me vi estreitando os olhos.

Naquele momento, Rigel se levantou e tirou a camiseta.

Parecia arder de desejo de sentir o contato entre a nossa pele. O farfalhar do tecido se misturou com a minha respiração, e o cabelo preto caiu desordenadamente para a frente, emoldurando o seu rosto.

Estremeci mais uma vez diante da obra-prima que era aquele corpo.

A pele branca fazia com que os ombros largos parecessem esculpidos em mármore. O peito definido parecia feito para ser tocado, sentido e admirado, mas a beleza crua e exagerada me intimidou tanto que mantive os braços em volta do peito, incapaz até mesmo de tocá-lo.

Eu o encarei com as bochechas queimando, os dedos perto dos lábios inchados e os olhos trêmulos. E aquele rosto de anjo caído me olhou mais uma vez, como se não acreditasse no que estava vendo.

Ele era o meu conto de fadas. Àquela altura, eu tinha certeza.

Mas também era o meu maior arrepio.

O meu medo mais insano.

E o único pesadelo que eu jamais queria deixar de ter.

Quando voltou a me beijar, eu explodi.

A pele dele me incendiou e a sensação que surgiu foi tão intensa que me agarrei aos ombros dele com força. Senti os seios nus contra o seu tórax, o atrito da pele contra a minha, e foi incrível.

Rigel se encaixou entre as minhas pernas e me tocou por inteiro com os dedos ardentes, como se quisesse absorver e tirar tudo de mim, até a minha alma. De repente, tive a sensação de que tudo no corpo dele gritava para que eu o tocasse.

Incerta, apoiei os dedos na pele dele, pois não sabia onde pôr as mãos.

Pouco a pouco, fui traçando o contorno dos seus braços e das articulações vigorosas dos ombros. Mais uma vez me senti menor, mais insegura e frágil do que já era.

No entanto, no instante seguinte, o dorso das suas costas se enrijeceu e eu notei que o meu toque havia provocado aquela reação, por mais que tenha sido inseguro. Com mais ousadia, percorri o peito dele, acariciando-o até o pescoço antes de afundar os dedos no cabelo.

A boca dele deixou a minha para traçar uma descida de beijos quentes na minha pele. Rigel afundou os lábios na minha barriga, mordendo-a e acariciando-a com a língua, antes de seguir em frente.

Respirei fundo e cerrei os dedos, segurando-o pelo cabelo. Sangue pulsava sob os lábios dele como uma sinfonia louca de arrepios.

Rigel beijou a parte interna da minha coxa, a região mais macia e sensível. Então, levantou a minha perna trêmula e prosseguiu com aquela tortura até me fazer perder toda a lucidez: mordiscou o meu tornozelo, e os olhos pretos deslizaram sobre o meu corpo, incendiando-me.

Ele arfava de joelhos em cima da cama, com os lábios carnudos e os olhos reluzentes, e aquele espetáculo me deixou sem fôlego.

Os ossos da pélvis delineavam a base do abdome, e o peito amplo exalava uma aura sedutora e infernal. Era algo ao mesmo tempo esplêndido e assustador, mas era impossível tirar os olhos dele.

As minhas bochechas pegavam fogo e, embora as pernas estivessem fechadas e trêmulas, o coração era uma flor aberta e pulsante.

No instante seguinte, as mãos de Rigel desceram até a minha pélvis. A realidade martelava ao meu redor, mas nada era mais concreto do que os dedos dele roçando a borda da minha calcinha.

Com a respiração acelerada, Rigel parou e me encarou nos olhos.

E eu sabia o que estava prestes a acontecer.

Era um ponto sem retorno. A fronteira além da qual não se podia voltar.

Lentamente, como se esperasse a minha recusa, os dedos de Rigel se engancharam no elástico. Depois, puxaram-no para baixo.

E eu senti o coração parar.

A respiração cessar.

Cada nervo do meu corpo estava ciente do tecido que deslizava pelas minhas pernas até desaparecer.

Arfei, frágil e extenuada, enquanto os olhos de Rigel desciam até o ponto agora exposto.

Juntei as coxas. Nunca quis tanto escapar da condenação do seu olhar. Nunca quis tanto me esconder e sumir. Tentei me curvar, mas, antes que eu pudesse fazer qualquer coisa, os dedos dele deslizaram para lá.

E me tocaram como ninguém jamais tocara: ele roçou a carne dócil daquela área e o meu gemido de surpresa o levou a se acomodar acima de mim de novo. Rigel se abaixou para chupar o meu peito e a sensação foi tão intensa que me perturbou.

Ele brincou e massageou, e a minha respiração se tornou errática. Eu me senti enlouquecer. Comecei a tremer e as bochechas voltaram a arder. Por um lado, desejei que Rigel parasse com aquilo, porque, por outro, eu não conseguia suportar aquele fogo ardente.

De repente, vi-me agarrada a ele, incapaz até mesmo de falar, e um gemido escapou dos meus lábios.

— Rigel...

Em resposta àquela súplica, os dedos entre as minhas coxas começaram a me massagear com mais força e as carícias com a língua se intensificaram.

A minha pélvis se arqueou e os olhos se arregalaram, levando-me a cravar as unhas nas costas dele.

Senti os membros vibrarem convulsivamente. O quarto começou a orbitar. As pernas tremeram e comecei a sentir um formigamento que quase me deixou sem oxigênio.

Era a sensação mais quente do mundo.

Antes que aquela tensão chegasse ao limite, Rigel se afastou e foi para o lado. Ouvi um farfalhar de calças e um som de plástico amassando, mas estava tão perdida que nem consegui entender.

A mão dele se fechou na minha pélvis e me puxou para perto. Engoli em seco quando senti o toque do seu desejo entre as pernas. Àquela altura, eu estava tão hipersensível que tremia por qualquer coisa.

Não havia mais nada que nos separasse naquele momento. O coração começou a bater com força e os olhos se agitaram.

— Olha pra mim — sussurrou ele.

Em uma fração de segundo, encontrei os olhos dele.

E Rigel me olhou... me olhou de uma forma que eu jamais entenderia por completo. Infinitas emoções crepitavam e eu corri atrás de cada uma delas, tentando deixá-las gravadas na memória.

Até torná-las minhas.

Única e exclusivamente minhas.

Então, ele me penetrou. Reprimi um gemido de dor e senti os músculos tensos e quentes. O meu corpo enrijeceu e senti uma pontada que ia abrindo caminho dentro de mim enquanto ele avançava lentamente, tentando não me machucar.

Inspirei profundamente, sentindo uma lágrima rolar pela minha têmpora. Mas Rigel não tirou os olhos dos meus, nem por um segundo. As pupilas, profundas e dilatadas, continuaram ancoradas nas minhas, como se ele quisesse gravar na alma cada nuance daquele instante.

Cada nuance de *mim*.

E eu permiti.

Permiti que levasse tudo.

Tudo o que eu podia lhe dar.

E, por fim, nos encaixamos... como pedaços quebrados de uma única alma.

E, pela primeira vez na vida, pela primeira vez desde que eu era apenas uma garotinha, cada parte de mim pareceu encontrar o lugarzinho certo.

Sem rachaduras ou lascas.

Rigel se fundiu a mim e a sua mão agarrou-se às minhas costelas como se quisesse alcançar o meu coração. Ele apoiou a outra na cabeceira da cama, inclinou o rosto e encostou a testa na minha.

Fez isso porque, talvez, ele também quisesse me dizer algo sem usar palavras.

Fez isso porque, *embora nunca tivesse tido delicadeza*, estava escolhendo me dar a parte mais terna de si mesmo.

E, à medida que o mundo se reduzia a nada além de nós dois, eu queria lhe dizer que não importava se ele fosse um desastre por dentro, pois, com aquela tinta que me transmitira, escreveríamos algo só nosso.

E talvez Rigel permanecesse tão impenetrável quanto a noite e tão multifacetado quanto uma abóbada de estrelas, mas, naquela única canção, os nossos corações batiam como apenas um.

Daríamos um jeito.

Juntos.

Daríamos um jeito porque, por mais que não existisse, nós o escreveríamos com aquilo que tínhamos.

Com as nossas almas.
E os nossos corações.
Com melodias secretas e constelações de arrepios.
Com toda a força de um lobo e a delicadeza de uma borboleta.
De mãos dadas...
Até o fim.

31

DE OLHOS FECHADOS

Te amo como só as estrelas sabem amar:
de longe, em silêncio, sem nunca se apagar.

Naquela noite, não tive pesadelos.
    Nada de porões.
Nada de cintos.
Nada de escadas caracol em direção ao escuro.
O tempo inteiro... tive a sensação de que havia alguém me observando. Somente quando os pesadelos bateram à porta dos pensamentos é que tive a impressão de ouvir um gemido escapar dos meus lábios. Mas, no instante seguinte... sumiram. Algo me envolveu e os mandou embora, e os membros afundaram no esquecimento, embalados por um calor reconfortante.

🦋

Abri as pálpebras, ligeiramente atordoada.
Não sabia que horas eram. Do outro lado da janela, o céu estava daquela cor escura e um tanto suave que ainda não havia perdido o matiz da noite. Deviam faltar algumas horas para o amanhecer.
Pouco a pouco, comecei a me situar. Percebi que os ossos da minha pélvis doíam e sentia os músculos das pernas levemente enrijecidos. Movi as coxas debaixo da coberta, mas, ao fazê-lo, notei a leve queimação que vinha lá de baixo.
Naquele momento, me dei conta do peso que aquecia a minha cintura.
Olhei para baixo. Um pulso definido envolvia o meu quadril; observei o contorno forte e angular e fui subindo até chegar ao garoto que estava ao meu lado.
O outro braço de Rigel estava dobrado sob o travesseiro e a respiração era leve e regular. As sobrancelhas destacavam as maçãs do rosto elegantes,

e o cabelo escuro caía em cascata sobre o travesseiro como seda líquida, macio e despenteado. Os lábios estavam inchados e um pouco rachados, mas esplêndidos, como de costume.

Sempre adorei vê-lo dormir. Rigel exalava uma beleza surreal. As feições relaxadas o tornavam... charmoso e vulnerável.

Senti o coração martelar no peito.

Tinha acontecido mesmo?

Com um leve farfalhar, estendi a mão. Hesitei e, depois, com um gesto cauteloso, toquei o rosto dele, sentindo-o quente sob as pontas dos dedos.

Ele realmente estava ali.

Tudo aquilo realmente tinha acontecido...

Uma felicidade irreprimível encheu o meu coração. Semicerrei os olhos, inalando aquele perfume masculino, depois deslizei silenciosamente para a frente, aproximando-me dele.

Com jeitinho, pousei os lábios nos dele. O estalido lento e suave daquele beijo ecoou no silêncio. No momento em que voltei a olhar para ele, percebi que tinha aberto os olhos. As íris se destacavam abaixo dos cílios escuros e eu as senti voltadas para mim, pretas e incrivelmente profundas, antes que eu pudesse retribuir.

— Te acordei? — sussurrei, perguntando-me se não tinha sido delicada o suficiente.

Os olhos permaneceram fixos nos meus, mas Rigel não respondeu.

Relaxei contra o travesseiro, apreciando o olhar dele em mim.

— Como está se sentindo? — perguntou, observando o meu corpo enrolado na coberta.

— Bem. — Procurei os olhos dele, aninhada na cama e sentindo a felicidade aquecer as bochechas. — Bem como nunca tinha me sentido antes.

A imagem de Anna e Norman passou pela minha cabeça e lembrei que era melhor voltar para o meu quarto.

— Que horas são? — perguntei, mas Rigel entendeu o meu medo na hora.

— Ainda faltam algumas horas pra eles acordarem — disse ele, e eu interpretei como um "pode ficar mais um pouquinho" sem necessidade de palavras.

Eu queria que nos olhássemos nos olhos, mas estava muito em paz para não me contentar com o corpo dele ao lado do meu. O cansaço percorria a minha pele, mas, depois de um momento indefinido, em vez de fechar os olhos, sussurrei, de todo o coração:

— Eu sempre amei o seu nome.

Não sabia por que tinha escolhido aquele momento para fazer tal comentário; nunca tinha confessado isso a ele, nem uma vez sequer. No entanto, agora eu sentia a alma conectada à dele como nunca antes.

— Sei que você não concorda comigo — acrescentei suavemente enquanto ele voltava a olhar para mim. — Sei... o que representa para você.

Naquele momento, Rigel me observava com atenção; nos olhos dele brilhava algo remoto que eu contemplava sem tentar interpretar.

Falei com ele em voz baixa, com sinceridade.

— Mas não é verdade. Esse nome não te liga à diretora — comentei, suave como um sussurro.

Rigel continuou me encarando, intercalando entre os olhos e os lábios, deitado com o cabelo espalhado pelo travesseiro. A intimidade daquela fala reverberou no seu olhar inescrutável.

— E me liga ao quê? — perguntou com a voz rouca e lenta, como se não acreditasse muito na resposta.

— A nada. — Ele me encarou sem entender, e eu lhe lancei um olhar afetuoso. — Não te liga a nada. Você é uma estrela do céu, Rigel, e o céu não te acorrenta.

Estendi um dedo. Acariciei a pele do ombro dele com a ponta e, abaixo dos olhos... juntei uma marca de nascença com a clavícula, depois uma, duas, três pintinhas. Então, as três estrelas da cintura, mais abaixo. Em silêncio, tracei a constelação de Orion na pele dele.

— O seu nome não é um peso... É especial. Como você, que só brilha para quem sabe onde olhar. Como você, que é silencioso, profundo e multifacetado como a noite. — Juntei as pontas na parte de baixo com um rastro invisível. — Já pensou sobre isso? — Sorri ao dizer aquelas palavras. — Eu tenho nome de borboleta. A criatura mais efêmera do mundo. Mas você... você tem um nome de estrela. Você é raro. Pessoas como você brilham com luz própria, por mais que não saibam disso. E Rigel faz de você... exatamente quem você é.

O meu dedo se deteve no peitoral dele, na altura do coração. Bem ali, na ponta mais distante daquela constelação invisível, devia estar a estrela que lhe nomeava.

Com um farfalhar, virei-me para procurar o vestido no chão: vasculhei o bolso e me virei para ele com algo entre os dedos.

Rigel olhou para o curativo roxo que eu segurava. O cansaço me envolveu, mas, antes que ele pudesse entender, eu o abri e o colei na altura do coração.

— *Rigel* — sussurrei, apontando para o curativo, para a sua estrela.

Depois, peguei um curativo igual, abri a embalagem e o colei no meu coração.

— *Rigel* — completei, apontando para a minha pele.

Pousei a palma da mão ali e senti aquele gesto entrar em mim como uma promessa.

Mesmo enquanto o sono lentamente tomava conta de mim, dava para sentir a mão dele apertando o lençol que envolvia o meu quadril.

— As estrelas *não* estão sozinhas. Você não está sozinho — falei, sorrindo com ternura e fechando lentamente os olhos. — Eu levo você... sempre comigo.

Não esperei que Rigel respondesse.

Adormeci em paz, pois tinha aprendido a respeitar os silêncios dele.

Tinha entendido que não deveria pedir respostas quando batia à porta da alma dele. Deveria apenas entrar devagar, me sentar naquele jardim de rosas de cristal e esperar com atenção e paciência.

E, dessa vez, eu o senti, senti que me olhava fixamente.

O olhar me acompanhou o tempo todo, e eu nunca entendi o seu *verdadeiro* significado.

Até que chegasse o momento... eu jamais entenderia.

Deslizei para o calor reconfortante da respiração dele e adormeci.

Quando acordei, mais tarde... ele já não estava ali.

O ar estava quente naquele fim de tarde.

O vento agitava as árvores e trazia consigo o cheiro fresco das nuvens. Quando respirei fundo, tive a impressão de que eu poderia subir com a brisa e caminhar pelo céu.

Fazia apenas uma semana desde aquela manhã.

Os meus passos ecoavam no asfalto da calçada, calmos e comedidos; àquela hora, não havia ninguém ao redor, éramos os únicos.

— Olha — sussurrei em um sopro de brisa.

A mochila bateu suavemente nas minhas costas quando eu parei.

O pôr do sol coloria o rio, fazendo-o reluzir como um baú cheio de minerais; os pontos onde estavam refazendo o parapeito estavam delimitados por uma rede laranja, mas, para além dela, dava para ver as sombras que se estendiam pelas copas das árvores. De cima da ponte, a água brilhava com reflexos nítidos e cintilantes.

Rigel, um passo à minha frente, era um perfil esculpido no ar avermelhado. Olhava na direção que eu havia indicado, com o cabelo preto esvoaçando. Aquela luz tão quente fazia os olhos pretos parecerem ainda mais brilhantes.

Agora, voltar da escola com ele era um dos momentos que eu mais amava. Não que fossem ocasiões especiais, mas havia uma paz na maneira como podíamos ficar um ao lado do outro, sem nada a temer. Estávamos longe o suficiente de tudo e todos para deixar o mundo de lado por um instante.

— São bonitas, né? Todas essas cores — murmurei enquanto a água rolava ao longe bem abaixo de nós, brilhando com reflexos tipo mel.

Mas eu não estava olhando para o rio; estava olhando para ele.

Rigel percebeu. Lentamente, virou-se para mim.

Fitou os meus olhos, talvez porque também tivesse aprendido a entender algo sobre a gente, aquele algo que atravessava os nossos olhares e era invisível à atenção dos outros. Nossos silêncios tinham palavras que mais ninguém podia ouvir, e era ali que estávamos destinados a nos encontrar: entre as coisas não ditas.

Ele esperou que eu o alcançasse, com aquela delicadeza que eu nunca deixava de ter quando me aproximava dele. Parei a uma distância que poderia ser considerada aceitável; por mais que não houvesse ninguém por perto, por mais que os funcionários que trabalhavam nas obras já tivessem ido embora, nós estávamos ao ar livre e havia limites que não podíamos esquecer.

— Rigel... Está preocupado com alguma coisa? — Sustentei o seu olhar e vi algo nele que me levou a seguir em frente. — Você está distante. Já faz uns dias que parece incomodado com algo.

Não, incomodado não era o termo certo.

Era mais profundo.

Era algo que eu não sabia reconhecer, e a sensação não me deixava em paz.

Rigel balançou a cabeça lentamente, desviando o olhar de mim. Os olhos dele apontavam para longe, onde o rio se perdia em uma faixa indefinida entre as árvores.

— Eu nunca me acostumei — admitiu com a voz fraca.

— Com o quê?

— Com esse seu jeito — explicou com um tom inusitado, quase rendido.

— De conseguir ver o que os outros não veem.

— Então é isso? — Procurei os olhos dele, intuindo que os meus sentimentos estavam certos. — Tem algo errado?

Ele ficou em silêncio e eu suavizei o tom de voz.

— É o psicólogo... certo? — falei suavemente. — Vi você falando com Anna hoje de manhã... Lembro que ela quis conversar com você depois da consulta daquele dia. E anteontem... você passou a tarde fora.

Deslizei as mãos sobre as dele e os seus olhos vibraram por um instante antes de se desprenderem do horizonte e se concentrarem naquele gesto.

— Rigel — arrisquei, baixinho. — Quer me contar o que está acontecendo?

Lentamente... os olhos dele foram subindo até encontrar os meus.

Rigel me lançou aquele olhar de novo. O mesmo daquela manhã de uma semana antes, com uma mancha que nada poderia limpar.

De repente, algo chocante aconteceu. Eu nunca teria esperado aquilo.

Por um momento que me deixou confusa e sem fôlego, as defesas nos olhos de Rigel se desfizeram de uma só vez, e o que saiu dali foi uma onda de sentimentos que me dominou feito um maremoto.

Remorso, desespero e um calor incontrolável explodiram naquele olhar, e eu estremeci com os olhos arregalados, invadida por emoções tão fortes a ponto de não conseguir me ver tendo forças para continuar de pé.

O meu coração se partiu, devastado, e eu recuei meio passo.

— Rigel... — sussurrei, quase sem voz.

Eu estava incrédula, mas não entendia o que acabara de acontecer. Antes que eu pudesse fazer qualquer coisa, porém, ele se inclinou para me dar um longo beijo no canto dos lábios.

Quando se afastou, voltei a procurá-lo com pupilas desnorteadas e urgentes, confusa com aquela tempestade de emoções e aniquilada por uma atitude tão imprudente.

O que aquilo significava?

Eu estava prestes a lhe perguntar quando, de repente, vi o mundo cair.

Os meus olhos se moveram para além dos ombros dele. *E eu o vi.*

A poucos metros de nós, uma figura se destacava em meio aos uivos do vento.

Um rosto que nos encarava. Um olhar imóvel.

Mas não era um rosto qualquer.

Não.

Lionel.

Senti o coração afundar com um soluço silencioso. No grito dos meus olhos esbugalhados, Rigel se virou, e o olhar escureceu drasticamente quando deu de cara com o garoto atrás dele.

Lionel segurava um lindo buquê de flores, idêntico aos que lotavam a nossa casa. No olhar confuso e chocado, vi cada sequência do que havia acontecido se repetindo. Do que era realidade.

Os dedos entrelaçados. A intimidade das nossas respirações. A proximidade dos nossos corpos. *Os lábios dele no canto dos meus.*

Depois de semanas, depois de tanto tempo... bastou só aquele segundo.

Só aquele momento.

E, por fim, ele entendeu.

Ele entendeu e, para ele, entender foi como cair e ralar o joelho.

Lionel me olhou sob uma luz diferente, e o olhar ardeu em mil tons: consternação, descrença, derrota e devastação.

Lentamente, abaixou o braço que segurava as flores. Então, como uma cascata de ácido, encarou Rigel com olhos rancorosos.

— Você... — sibilou com uma voz que eu mal reconheci. O buquê tremeu e uma fúria sobrenatural aguçou as feições dele. — No fim das contas, você conseguiu. Conseguiu botar as suas mãos *nojentas* nela.

— Lionel... — comecei a gaguejar, mas Rigel me interrompeu inesperadamente.

— *Ah*, mais um buquê de flores — insinuou em um tom mordaz. — *Quanta originalidade*. Pode deixar lá na varanda, alguém vai se dar ao trabalho de levar para dentro.

Na voz dele brilhava uma raiva excessiva, reprimida, e os olhos de Lionel pegaram fogo. Então, foi com tudo para cima dele, devorando o asfalto.

— Você sempre foi um *pedaço de merda* — acusou, e o pescoço ia adquirindo um tom de roxo preocupante. — Desde o início eu soube que você era um babaca arrogante! Você tinha que botar a porra das mãos nela, né? Tinha que botar, senão, não estaria agindo como o *filho da puta que você é*!

— Talvez ela quisesse *a porra das minhas mãos* nela — enfatizou Rigel, contraindo os lábios em um sorriso cruel. — Muito mais do que *as suas*.

— Rigel! — implorei de olhos arregalados.

Lionel avançou e gritou a um palmo do rosto dele:

— Está feliz agora? *Hein?* — A voz dele exalava uma tensão nervosa. — Está feliz agora que pegou ela de jeito? Está satisfeito? Você não merece uma garota como ela!

Um terremoto assustador eclodiu nos olhos de Rigel, ardendo como uma ferida.

— *Você* — cuspiu com uma fúria sobrenatural —, *você* não merece uma garota como ela.

— Eu tenho *nojo* de você. — Lionel olhou para ele com rancor e, quando tentei acalmá-lo, o olhar também me queimou. — Vocês dois são nojentos! Acham que vão se safar? Acham mesmo? Bom, estão muito enganados. O teatrinho sujo de vocês termina aqui. — Lionel fulminou Rigel novamente, cheio de desprezo. — Eu vou contar para todo mundo. Todo mundo vai saber o que vocês fazem naquela casa, que *tipo* de família vocês são. Todo mundo! Vamos ver o que as pessoas têm a dizer sobre isso.

Arregalei os olhos, sentindo o pânico fechar a minha garganta.

— Lionel, por favor...

— *Não* — disparou ele, vingativo.

— Por favor, você tem que entender!

— Já entendi o suficiente! — disse com repulsa. — Tudo está claro o suficiente. Tão claro que eu poderia até vomitar — prosseguiu, cerrando os dentes. — Você escolheu dar para o seu futuro irmão adotivo, Nica. Parabéns. Escolheu deixar esse cara tocar em você, um filho da puta doente que mora com você e só deveria te ver como irmã. Irmã, entendeu? Tudo isso é indecente!

— Me dá uma caixinha de chocolate, vai — disparou Rigel, mordaz. — Assim fazemos as pazes.

No segundo seguinte, Lionel já estava em cima dele.

Tudo aconteceu de repente, as flores caíram no chão, a violência explodiu, monstruosa. Golpes, socos e rosnados encheram o ar, enquanto eu arregalava os olhos, em pânico.

— Não! — berrei com lábios trêmulos. — Não!

Em um impulso insano, atirei-me sobre eles para tentar detê-los. Arranhava os braços dos dois, o pânico crescendo na minha voz:

— Parem! Por favor, não! Parem com...

As palavras se desfizeram na minha boca. O meu rosto voou para o lado e o cabelo me chicoteou: o mundo girou com uma violência nauseante antes que eu caísse no chão.

O impacto com o asfalto me tirou o fôlego. Senti um arranhão na bochecha e o olho direito arder tanto que me vi obrigada a fechá-lo. Por um instante, durante o qual não entendi nada, uma dor aguda pulsou entre as têmporas como um tambor.

Então, apoiei-me sobre os braços, instável, e o gosto de ferro do sangue encharcou a minha língua. As pálpebras não paravam de arder. Com olhos trêmulos e lacrimejantes, encarei o culpado pelo golpe.

Lionel me olhava fixamente com o semblante devastado. Havia uma sensação de puro horror no seu olhar pasmo.

— Nica, eu não... — Ele engoliu em seco, destruído. — Juro, eu não queria...

Lionel não viu Rigel imóvel, o cabelo preto cobrindo a cara. Não viu o rosto virado para mim, como se fosse ele quem tivesse me batido.

Não viu os olhos gélidos, nem as pupilas pontiagudas olhando para o lado em descrença brutal.

Não viu nada disso.

Não...

Ele só viu o brilho das íris pretas, incendiárias, cortando furiosamente o ar e encarando-o.

Rigel o agarrou pelo cabelo e o golpeou com tanta força que cortou o lábio. Um gemido de dor irrompeu da boca de Lionel enquanto uma enxurrada de socos o atingia: ele o massacrou com uma fúria cega, dobrou-o, esmagou-o e espancou-o, e Lionel reagiu tentando acertá-lo de todas as formas. Conseguiu lhe dar um arranhão no rosto e a ferocidade dos gestos deles degenerou a ponto de se tornar insuportável.

— Por favor! CHEGA! — As lágrimas queimaram os meus olhos. — *Por favor!*

Um soco atingiu Rigel na têmpora, cortando a sobrancelha dele. Os seus olhos desapareceram diante daquele ataque desconexo e eu estremeci até os ossos.

— Não!

Os meus joelhos ardiam, mas me levantei e me atirei em cima deles.

Eu tinha acabado de parar no chão por aquele exato motivo, mas nem mesmo o gosto de sangue foi suficiente para me parar.

A dor na bochecha não foi suficiente. Nem o golpe que me derrubou.

O medo e o nó na garganta não foram suficientes.

Nada disso foi suficiente, *porque...*

Porque eu, até o fim... no fundo, tinha um coração de mariposa. E o teria para sempre.

Porque era da minha natureza me queimar, assim como Rigel dissera. E eu só entenderia as repercussões do meu gesto quando fosse tarde demais.

Em meio às lágrimas que inundavam a minha visão, eu me joguei em cima deles, agarrando o que pude. Segurei pulsos e braços sem sequer saber a quem pertenciam, e fui empurrada um monte de vezes enquanto agarrava, arranhava e implorava sem parar.

— Chega! Rigel, Lionel, *chega!*

Tudo aconteceu muito rápido.

Um empurrão me pegou de surpresa. O meu corpo foi jogado para trás. Tropecei e, graças à violência do golpe, colidi com algo que cedeu sob o meu impacto.

Um rangido terrível vibrou no ar, um som que parou o tempo.

Sob o meu peso repentino, a rede laranja que substituía o parapeito se rompeu.

Arregalei os olhos, incapaz de entender o que realmente estava acontecendo. Tentei me agarrar a alguma coisa, tentei pegar impulso para a frente, mas o peso da mochila me puxou para trás e eu perdi o equilíbrio.

No grito silencioso dos meus olhos esbugalhados, consegui distinguir, como em câmera lenta, o rosto de Rigel.

Ele se virando, o cabelo golpeando a pele.

O olhar dilacerado, cheio de um terror cego que eu nunca mais veria nele.

Ele foi o único ponto de apoio em um mundo que estava desaparecendo.

Em uma sequência excruciante de segundos, vi o seu corpo se atirar e se esticar na direção do meu. O braço se estendeu a ponto de quase rasgar e a sombra me envolveu no instante em que eu caía no nada.

Rigel me agarrou e o ar gritou monstruosamente em queda livre, uma criatura estridente que arrancou lágrimas dos meus olhos.

Enquanto caíamos daquela altura vertiginosa, enquanto o corpo dele se interpunha sob o meu e ele me segurava como um escudo, eu não consegui sentir nada além da incredulidade da morte.

E ele.

A pressão das mãos dele, que apertaram o meu peito até quase me fundir com o seu batimento cardíaco.

Antes que o impacto nos mergulhasse em uma escuridão violenta, antes que tudo se arrebentasse no gelo, senti os lábios dele perto da minha orelha.

O som daquela voz foi a última coisa que consegui ouvir.

A última... antes do final.

Em meio aos uivos do vento... no mundo que morria tragicamente ao nosso redor, antes que a escuridão acabasse com nós dois, ouvi apenas a voz de Rigel sussurrando:

— *Eu te amo.*

32
AS ESTRELAS SÃO SOLITÁRIAS

Todos acreditam que a morte é uma dor inaceitável.
Um vazio súbito e violento... Uma fatalidade em que tudo se torna nada.
Eles não sabem o quanto estão enganados.
A morte... não é nada disso.
É a paz por excelência.
O fim de todos os sentidos.
A aniquilação de todos os pensamentos.
Eu nunca tinha pensado no significado de deixar de existir. Mas, se havia uma coisa que eu tinha aprendido... era que a morte não deixava ninguém escapar sem exigir algo em troca.
Ela já tinha me atingido de raspão uma vez naquele acidente, quando eu tinha apenas cinco anos.
Ela me livrara, mas, em compensação, levara os meus pais.
Não iria me poupar. Não desta vez.
Ali estava eu de novo, na balança oposta à da vida.
E, do outro lado, havia um preço que eu *jamais* poderia pagar.

Um som agudo.
Era a única coisa que eu percebia.
Pouco a pouco, do nada, mais uma coisa veio à tona. Um cheiro asséptico e pungente.
À medida que se intensificava, comecei a sentir os contornos do meu corpo.

Eu estava deitada.

Tudo pesava tanto que parecia que o meu corpo estava preso. Só não conseguia entender ao quê. Instantes depois, notei que algo mordia o meu dedo.

Tentei abrir os olhos, mas as pálpebras estavam feito pedras.

Depois de inúmeras tentativas, consegui reunir energia para empreender aquele esforço.

A luz entrou, sutil e feroz como uma lâmina, ferindo a vista até me obrigar a cerrar as pálpebras. Assim que consegui lutar contra aquela intensidade, não consegui enxergar nada além de... branco.

Concentrei-me no meu braço estendido sobre um cobertor imaculado. No indicador, uma espécie de grampo pressionava a ponta do dedo e pulsava com o meu batimento cardíaco.

Naquele momento, o cheiro de desinfetante era tão forte que me deixou enjoada. Eu me sentia fraca e atordoada. Tentei me mexer, mas foi impossível.

O que estava acontecendo?

Distingui a figura de um homem sentado em uma cadeira próxima à parede. Encarei-o com os olhos semicerrados e só depois de alguns momentos encontrei forças para abrir os lábios.

— Norman... — falei com a voz fraca.

Foi um silvo quase inaudível, mas Norman levou um susto: olhou para mim e se levantou de um salto, derramando o copo plástico de café no chão. No mesmo instante, correu até a cama aos tropeços e me olhou com tanta emoção que o rosto ficou roxo. No segundo seguinte, virou-se em direção à porta.

— Enfermeira! — gritou. — Chama o médico, rápido! Ela acordou, está consciente! E a minha esposa... Anna! Anna, vem, ela acordou!

Passos apressados ecoaram pelo ar. Em um instante, o quarto foi invadido por enfermeiras, mas, antes de todo mundo, uma silhueta feminina surgiu na porta: agarrou-se ao batente e, então, arregalou os olhos com tanta emoção que as lágrimas começaram a rolar, incontroláveis.

— Nica!

Anna abriu caminho entre as pessoas e se juntou a mim, segurando-se à minha coberta. Ela me fitava com olhos febris e dilatados de tanto chorar, dominada por um desespero inconsolável que distorcia a sua voz.

— Ah, Deus, obrigada... *Obrigada...*

Ela pôs a mão em concha sobre a minha cabeça com gestos trêmulos, como se tivesse medo de me quebrar, e lágrimas inundaram as feições coradas.

Mesmo com os sentidos lentos e nebulosos, percebi que nunca a tinha visto com o rosto tão abalado.

— Ah, meu bem... — disse ela, fazendo carinho em mim. — Está tudo bem...

— Senhora, o médico está vindo — informou uma enfermeira, antes de levantar o meu travesseiro com diligência.

— Está me ouvindo, Nica? — perguntou a mulher com voz cristalina. — Consegue me ver?

Assenti lentamente, enquanto ela examinava o soro e verificava os sinais vitais.

— Não, não, devagar — sussurrou Anna quando tentei mover o braço esquerdo.

Só naquele momento me dei conta do quanto cada movimento doía: uma dor excruciante perfurou o meu tórax e alguma coisa me impediu de completar aquele gesto.

Não, não alguma coisa... Uma bandagem.

O meu braço estava dobrado contra o peito e enfaixado até o ombro.

— Não, Nica, não encosta — advertiu Anna quando tentei esfregar o olho, que ardia terrivelmente. — Um vaso capilar se rompeu, o seu olho está vermelho... E como está o tórax? Dói quando respira? Ah, dr. Robertson!

Um homem alto e grisalho, de barba curta e aparada e o jaleco de um branco imaculado veio até a cama.

— Desde quando está consciente?

— Poucos minutos — respondeu uma enfermeira. — Os batimentos estão regulares.

— Pressão?

— Sistólica e diastólica normais.

Eu não estava entendendo nada. Até os meus pensamentos estavam mudos e atordoados.

— Oi, Nica — disse o homem, com voz clara e cautelosa. — Eu sou o dr. Lance Robertson, médico do Saint Mary O'Valley e chefe desta unidade. Agora vou monitorar as suas reações a estímulos. Talvez você sinta um pouco de tontura e náusea, mas é completamente normal. Não se preocupe, tudo bem?

O encosto do leito começou a subir.

Assim que senti o peso da cabeça sobre os ombros, uma vertigem excruciante revirou as minhas entranhas: uma ânsia de vômito contraiu o estômago e eu me inclinei para a frente, mas do corpo vazio não saiu nada além de uma tosse forçada e ardente que encheu os olhos de lágrimas.

No mesmo instante, Anna correu ao meu socorro, tirando o cabelo do meu rosto. Eu me agarrei às cobertas quando outra ânsia de vômito esmagou furiosamente o abdome, torcendo o corpo frágil ao extremo.

— Está tudo bem... São reações normais — tranquilizou o médico, sustentando-me pelos ombros. — Não precisa se assustar. Agora vou ficar aqui... Consegue se virar sem mexer a perna?

Eu estava atordoada demais para entender o que ele queria dizer. Só então notei a estranha sensibilidade que sentia em um dos pés, como se tivesse algo inchado. Mas ele já havia erguido o meu queixo com um dedo.

— Agora, acompanhe o meu indicador.

Ele acendeu uma luz no meu olho, mas, quando fez o mesmo com o outro, a ardência me incomodou tanto que tive que fechá-los. O dr. Robertson me disse que estava tudo certo, e eu fiz um esforço para continuar com aquele exercício até o homem parecer tranquilo.

Ele apagou a lanterna e se inclinou sobre mim.

— Quantos anos você tem, Nica? — perguntou, olhando-me fixamente.

— Dezessete — respondi devagar.

— Em que dia você nasceu?

— Dezesseis de abril.

O médico conferiu o prontuário e depois voltou a me observar.

— E essa senhora — disse ele, apontando para Anna. — Sabe me dizer quem é?

— É... Anna. Ela é a minha mãe... Quer dizer... a minha futura mãe adotiva — gaguejei, e Anna semicerrou os olhos com ternura.

Ele jogou o meu cabelo para trás, acariciando as minhas têmporas como se eu fosse a coisa mais frágil e preciosa do mundo.

— Certo — concordou o médico. — Nenhum trauma a nível neurológico. Ela está bem — anunciou, para alívio de todos.

— O que... aconteceu? — perguntei por fim.

Em algum lugar, a minha consciência sabia, porque o corpo estava uma bagunça e tudo se reunia ali, em uma confusão violenta. Mas, enquanto as lágrimas fechavam a garganta, não conseguia encontrar a resposta. Olhei para Anna e absorvi o tormento angustiado que percorria o seu rosto.

— A ponte, Nica. — Ela me ajudou a lembrar. — A rede das obras arrebentou e você... caiu... no rio... — disse ela com dificuldade, destruída. — Alguém viu vocês e no mesmo instante ligou para a emergência... O hospital entrou em contato com a gente...

— Você está com duas costelas fraturadas — interveio o médico. — E o ombro estava deslocado. Já o colocamos no lugar, mas vai precisar ficar imobilizado por pelo menos três semanas. Você também torceu o tornozelo — acrescentou —, certamente devido ao rebote do impacto. Considerando o que você passou, saiu praticamente ilesa.

Ele hesitou, sério.

— Acho que você não se dá conta da sorte que teve — acrescentou, mas eu não estava mais ouvindo.

Uma sensação de terror tomou conta dos meus pulmões.

— Aquele garoto também estava lá com você — prosseguiu Anna. — Lionel... você se lembra? Ele também está aqui. Foi ele quem ligou para a emergência, a polícia fez perguntas a ele, mas eles queriam saber...

— Onde ele está?

Ela se sobressaltou.

Os batimentos pulsavam na minha garganta com tanta força que cheguei a sufocar.

Ao me ver assim, Anna quase desmoronou.

— Está na sala de espera, bem ali na frente...

— Anna — supliquei, tremendo sem parar. — Onde ele está?

— Já disse, ele está aqui for...

— Onde Rigel está?

Diante daquela pergunta, todos olharam para mim.

Nos olhos de Anna, vi uma angústia que jamais conseguiria expressar em palavras.

Norman apertou a mão dela. Depois de um momento que me pareceu interminável, pegou a cortina ao lado da minha cama... e então a abriu.

Ao meu lado, o corpo devastado de um garoto jazia imóvel.

Uma tontura violenta me consumiu e eu me agarrei à grade da cama para não desmoronar.

Era Rigel.

O rosto estava caído de lado no travesseiro. Hematomas consumiam a pele e a cabeça estava enfaixada com um número desproporcional de gazes, entre as quais despontavam mechas de cabelo preto. Os ombros estavam imobilizados em uma única bandagem complicada, e dois tubos plásticos terminavam nas narinas, ajudando no suprimento de oxigênio para os pulmões. Mas o que mais me destruiu foi ver que ele respirava tão devagar que parecia inerte.

Não.

A ânsia de vômito voltou a me sufocar, enviando uma descarga de gelo aos meus ossos.

— Gostaria de poder dizer que ele teve tanta sorte quanto você — sussurrou o médico. — Mas, infelizmente, não é o caso. Ele está com duas costelas fraturadas e três luxadas. A clavícula está fraturada em vários lugares e ele está com uma leve lesão no osso ilíaco. Mas... o problema é a cabeça. O traumatismo craniano fez com que ele perdesse muito sangue. Acreditamos que...

O médico se interrompeu quando uma enfermeira o chamou da porta. Ele pediu licença por um instante e se retirou, mas eu nem sequer o vi. Ao olhar para Rigel, senti uma devastação surda insuportável.

O corpo... Ele tinha me protegido com o corpo...

— Sr. e sra. Milligan — chamou o dr. Robertson, segurando documentos. — Podem vir aqui um instante?

— O que aconteceu? — perguntou Anna.

Ele a olhou de um jeito que não consegui definir. E ela... pareceu entender na hora. No mesmo instante, os olhos que eu tinha aprendido a amar se arregalaram em desespero.

— Senhores, chegou. A confirmação do Centro de Serviço Social...

— Não — disse Anna, e então balançou a cabeça e afastou-se de Norman. — Por favor, não...

— Este é um hospital particular, os senhores sabem... E ele...

— Por favor — implorou Anna com lágrimas nos olhos, agarrando o jaleco dele. — Não o transfira. Por favor, este é o melhor instituto da cidade, não podem mandá-lo embora! Por favor!

— Sinto muito — respondeu o médico com pesar. — Não depende de mim. Entendemos que a senhora e o seu marido não são mais os guardiões legais do rapaz.

O meu cérebro levou um momento para processar aquela informação.

O quê?

— Eu vou pagar tudo! — Anna balançou a cabeça febrilmente. — Nós vamos pagar pela internação, pelo tratamento, por tudo aquilo que ele vai precisar... Não o mande embora...

— Anna... — sussurrei, destruída.

Ela segurou firme o jaleco do médico em um gesto de súplica.

— *Por favor...*

— Anna... O que ele está dizendo?

Ela tremeu. Segundos depois, como se admitisse dentro de si uma derrota dolorosa, Anna baixou lentamente a cabeça. Em seguida, virou-se para mim.

No instante em que vi os olhos arrasados, o abismo dentro de mim se expandiu.

— Foi um pedido dele — confessou com uma dor palpável. — Uma vontade dele... Ele foi irredutível. Na semana passada... me pediu para interromper o processo de adoção. — Anna engoliu em seco e balançou a cabeça lentamente. — Concluímos tudo nos últimos dias. Ele... não queria mais ficar.

O mundo se reduzira a uma pulsação sufocante e eu nem tinha me dado conta. Um vazio surdo no meu coração estava tolhendo o sentido de tudo.

O que ela estava dizendo?

Não era possível. Na semana passada, nós...

Um pressentimento deu um nó no meu peito e me dominou.

Será que Rigel tinha feito esse pedido depois que ficamos juntos?

"Você nunca vai ser feliz assim."

Não.

Não, ele tinha entendido, eu tinha explicado a ele.

Não, nós tínhamos derrubado os nossos muros e olhado um dentro do outro pela primeira vez, e ele tinha entendido, *tinha entendido...*

Não podia ter feito aquilo. Abrir mão de uma família, voltar a ser órfão...

Rigel sabia, ele sabia que os jovens devolvidos não ficavam no Grave. Eram considerados problemáticos e, como tais, eram encaminhados para longe, para outras instituições. E eu nunca ia saber para onde o mandariam, por questões de confidencialidade. Eu nunca o encontraria.

Por quê? Por que não me disse nada?

— Agradeço a confiança no nosso instituto — disse o dr. Robertson a Anna. — No entanto, senhores... preciso ser sincero e informar que a situação em que se encontra o rapaz é crítica. A lesão cerebral traumática é profunda e Rigel está perigosamente próximo do que nós chamamos de... terceiro estágio do coma. Também é conhecido como um coma profundo. E, no momento... — Ele hesitou, procurando as palavras certas. — As expectativas de regressão são distantes. Talvez, se ele fosse um rapaz como os outros, o quadro clínico não teria sido tão grave, mas... por conta da condição dele...

— Condição? — sussurrei, quase sem voz. — Que condição?

Anna arregalou os olhos e virou-se para mim. Mas o que me chocou não foi vê-la calada daquele jeito rendido, e sim o olhar do médico, que me encarou como se eu nem conhecesse o garoto ao meu lado.

— Rigel sofre de uma patologia rara — respondeu o dr. Robertson. — Uma síndrome crônica que, com o tempo, foi diminuindo. É um distúrbio neuropático que se manifesta com crises de dor no quinto nervo craniano. Em particular... as têmporas e os olhos. Ele nasceu com isso, mas, com o tempo, aprende-se a conviver com o problema de alguma maneira... Infelizmente não tem cura, mas os analgésicos podem ajudar a controlar a dor e, com o passar dos anos, ajudar a reduzir as crises.

O tempo passava, mas eu não existia mais.

Eu não estava mais ali. Não estava naquele quarto.

Eu estava fora daquela realidade.

No grito incrédulo da minha alma, senti apenas o meu olhar deslizar na direção de Anna.

E não precisou de mais nada: ela se desfez e explodiu diante dos meus olhos.

— Eu sinto muito, Nica! — Ela irrompeu em lágrimas. — Sinto muito... Ele... Ele não queria que ninguém soubesse. Ele nos fez prometer não contar a você... desde o dia em que chegou... Ele nos fez jurar... A sra. Fridge tinha nos informado, mas Rigel nos fez prometer... — Ela cerrou os olhos, soluçando sem parar. — Não pude dizer não... Não pude... Eu sinto muito...

Não.

Um rugido ensurdecedor me sacudiu por dentro.

Não era real.

— Quando você o encontrou no chão na noite em que a gente saiu... eu estava morrendo de preocupação... Pensei que ele tivesse tido uma convulsão e desmaiado...

Não.

— Eu tinha falado com o psicólogo sobre a condição dele, para ajudá-lo... Ele deve ter contado e Rigel reagiu mal...

— Não — foi a única palavra que os meus lábios sussurraram.

A náusea latejava nas minhas têmporas e eu não sentia mais nada.

Não era verdade. Se ele tivesse uma doença, eu saberia. Conhecia Rigel desde sempre. *Não era verdade...*

Então, uma lembrança se esgueirou traiçoeiramente na minha memória.

Ele sentado na cama. O olhar que ele me lançara naquela noite, quando me dissera:

"Existe uma parte quebrada dentro de mim... que nunca vai sarar."

E o mundo explodiu. Eu me senti despedaçar enquanto cada peça finalmente se encaixava.

As dores de cabeça constantes.

A apreensão exagerada de Anna quando ele tinha febre.

Aquela cumplicidade entre eles que eu nunca tinha entendido.

Rigel na noite do próprio aniversário, no quarto, com os dedos no cabelo e as pupilas dilatadas.

Rigel cerrando os punhos e fechando as pálpebras enquanto se afastava de mim.

Rigel no corredor, de costas. Aquele *"Você queria... me consertar?"* rosnado como um animal ferido.

Tentei resistir àquela invasão, rejeitá-la e afastá-la, mas ela se agarrou às minhas costelas, ofuscando a visão. A última peça entrou na minha mente com uma força cruel.

Rigel no Grave, quando éramos crianças.

Aquelas balinhas brancas que a diretora só dava para ele.

Não eram balas.

Eram remédios.

A minha garganta se fechou abruptamente. Mal deu para ouvir o médico quando ele voltou a falar.

— Quando indivíduos com uma psique mais frágil do que os outros sofrem traumas desse tipo, o cérebro tende a proteger o sistema. Os estados de inconsciência em que caem, na maior parte dos casos, transformam-se em... um coma irreversível.

— Não.

Engoli em seco. O corpo tremia violentamente e todos se viraram na minha direção.

Ele havia se jogado daquela ponte por mim.

Para me salvar.

Por mim.

— Nica...

— Não...

Outra vez, a ânsia de vômito me lançou para a frente e, agora, o suco gástrico queimava a minha garganta, corroendo o que restava do meu corpo.

Alguém veio me segurar, mas estremeceu quando o empurrei.

A dor me devastou até a loucura e eu perdi a última centelha que me ancorava à realidade.

— Não! — gritei, começando a ficar agitada.

As lágrimas devoraram os meus olhos e eu me inclinei na direção dele, tentando alcançá-lo. Aquele não podia ser o fim, tínhamos que ficar juntos. *Juntos*, berrou a minha alma, contorcendo-se em si mesma. Vozes tentavam me acalmar, mas a devastação dentro de mim era tão violenta que chegava a me cegar.

— Nica!

— *Não!*

Afastei os braços de Norman e, em um acesso de raiva, desvencilhei-me das cobertas. Os bipes cresciam de modo alarmante, as costelas fraturadas latejavam e o ar se enchia de gritos e pânico. Eles tentaram me segurar, mas eu me contorci com toda a força que havia em mim e a minha voz inundou as paredes do quarto.

A cama estremeceu sob o barulho estridente das barras de metal.

Puxei o braço com toda a força e a agulha do soro se soltou com uma pontada abrasadora enquanto eu me contorcia e arranhava o ar com movimentos febris.

Senti algumas mãos agarrarem os meus pulsos, tentando me segurar — e, no frenesi da dor, acabaram virando *cintos de couro dentro de um porão escuro*. O terror explodiu e a angústia me mergulhou de volta nos pesadelos.

— *Não!*

As minhas costas se arquearam e os curativos rasgaram o vazio.

— *Não! Não! Não!*

Então, senti um formigamento agudo no antebraço e cerrei os dentes com tanta força que o gosto de sangue dominou a minha boca.

O esquecimento me engoliu.

E, no escuro, sonhei apenas com o preto, um céu sem estrelas e olhos de lobo que nunca mais se abririam.

🦋

— Ela teve um choque. Muitos pacientes entram em colapso, pode acontecer... Sei que o que os senhores presenciaram os impressionou, mas agora ela deve ficar tranquila. Só precisa descansar.

— O senhor não a conhece. — A voz de Anna soava angustiada. — Não sabe como ela é. Se conhecesse Nica, não diria que é normal. — Depois, com um soluço, acrescentou: — Eu nunca a vi assim.

As vozes desapareceram em universos distantes.

Mergulhei novamente em um sono profundo e artificial, e o tempo se perdeu comigo.

Quando reabri os olhos, não fazia ideia de que horas eram.

Sentia a cabeça indescritivelmente pesada e uma dor aguda pinicava o fundo dos olhos. Ao abrir as pálpebras inchadas, a primeira coisa que notei foi um reflexo dourado.

Não era o reflexo do sol. Era cabelo.

— Oi... — sussurrou Adeline quando a olhei.

Ela estava segurando a minha mão e os belos lábios estavam destruídos de tanto chorar. Estava com uma trança, como quando morávamos no Grave. Eu sempre a amara porque ela, ao contrário de mim, brilhava mesmo dentro daquelas paredes cinzentas.

— Como... Como está se sentindo? — O tormento estava estampado no seu semblante, mas ela mantinha aquela doçura com que tentava me tranquilizar apesar da dor que sentia. — Tem água aqui, se quiser... Quer tentar tomar um gole?

Eu sentia o gosto da bile na boca, mas permaneci imóvel, quieta e vazia. Adeline franziu os lábios e, depois, afastou delicadamente a mão da minha.

— Está aqui, espera...

Ela esticou a mão para alcançar a mesinha e, naquele momento, reparei no segundo copo ao lado da cama.

Alguém tinha colocado uma pequena flor de dente-de-leão ali dentro.

Era como as que eu pegava quando criança, no pátio da instituição: eu as soprava e o meu pedido era sempre ir embora dali para viver o conto de fadas com o qual sempre sonhei.

Eu sabia... Ela havia trazido a flor.

Adeline levantou o encosto da cama para me ajudar a beber. Depois, devolveu o copo à mesinha e algo dentro dela se rachou ao me ver assim, tão indefesa. Ela endireitou o cobertor para mim e olhou para o meu braço, onde se destacava o arranhão que a agulha havia deixado na pele quando a arranquei. Naquele momento, os olhos dela se encheram de lágrimas.

— Eles queriam imobilizar os seus pulsos — sussurrou. — Para impedi-la de se debater de novo e se machucar... Pedi para não fazerem isso. Sei o que isso causa em você... Anna também se opôs.

Adeline olhou para cima, dando vazão à dor com olhos cheios de lágrimas.

— Eles não vão transferi-lo.

Ela caiu no choro, soltando soluços guturais, e então me abraçou. Depois de ter passado a vida inteira desejando afeição humana, pela primeira vez eu estava inerte feito uma boneca.

— Eu também não sabia — confessou, abraçando-me com tanta força que quase doía. — Eu não sabia da doença... Eu juro...

Deixei que ela chorasse até perder o fôlego. Deixei que tremesse em cima de mim, que arranhasse e soluçasse, deixei que sangrasse como ela sempre havia feito comigo. E, enquanto aquele corpo desabava contra o meu peito exausto, eu me perguntei se a dor que estávamos sentindo não era exatamente a mesma.

Só depois de um tempo Adeline pareceu encontrar forças para me soltar. Ela endireitou os ombros, mas a cabeça permaneceu baixa, como se, apesar de toda a dor, ainda tentasse ser um ponto de referência para mim.

— Nica... Tem uma coisa que eu nunca te contei.

Uma lágrima escorreu do seu rosto e morreu no chão. A tristeza daquelas palavras foi tão intensa que me fez olhar para ela.

Adeline tirou alguma coisa do bolso. Depois, com dedos trêmulos, pôs na minha coberta.

A minha polaroid surgiu em cima da colcha, toda amassada.

A foto que Billie tinha tirado, aquela que eu nunca mais tinha encontrado e achava que tinha perdido.

Estava ali.

— Encontraram na carteira dele — murmurou Adeline —, em um bolso interno. Estava sempre... com ele.

O mundo desabou de vez.

E eu senti crescer em mim uma verdade que estava escondida havia muito tempo.

Uma verdade feita de olhares secretos, de palavras não ditas, de sentimentos silenciados por anos, nas profundezas da alma.

Uma verdade... que eu nunca pude ver, que o coração dele havia mantido em silêncio todos os dias.

— Não era eu, Nica — a ouvi dizer de um mundo que se desintegrava. — No Grave, quando Margaret te prendia no porão... não era eu que segurava a sua mão.

E, enquanto a dor me despedaçava e tudo ardia dentro de mim, finalmente entendi o que nunca tinha compreendido.

Todas as frases e comportamentos.

E, ao sentir aquela verdade invadindo as profundezas do meu ser, notei que virava parte de mim, que se fundia à minha alma e fazia tremer, um a um, todos os meus espinhos de pesar.

— Durante todo esse tempo... A vida inteira, ele sempre... sempre te...

🦋

Ele sempre soubera que havia algo de errado consigo mesmo.

Havia nascido ciente disso.

Sentia isso desde que se entendia por gente. Rigel convencera a si mesmo de que era por isso que fora abandonado.

Ele não era como os outros.

E não havia necessidade de ver os olhares da diretora, nem a maneira como balançava a cabeça quando as famílias o escolhiam; Rigel os espiava do jardim, e naqueles rostos via uma pena que ele nunca tinha pedido.

🦋

— E aí?

O homem que apontava uma lanterna no olho dele não respondera. Havia inclinado o rostinho infantil e, assim, Rigel tinha visto faíscas efervescentes explodirem diante da pupila.

— De onde a senhora disse que ele caiu?

— Da escada — respondera a diretora. — Como se nem a tivesse visto.

— É culpa da doença — dissera o médico, semicerrando os olhos enquanto o examinava. — Quando a dor é muito forte, a dilatação da pupila provoca desorientação e uma espécie de alucinação.

Rigel tinha entendido pouco daquelas palavras, mas não levantara a cabeça. O médico o sondara com os olhos, e ele sentira naquele olhar um conhecimento inaceitável.

— Acho que a senhora deveria levá-lo a um psicólogo infantil. A condição dele é de fato única. Somada ao trauma...

— Trauma? — perguntara a diretora. — *Que trauma?*

O médico lhe lançara um olhar que misturava perplexidade e indignação.

— Sra. Stoker, o menino mostra sinais evidentes de síndrome do abandono.

— Não é possível — sibilara a diretora com a voz que fazia as outras crianças chorarem. — O senhor não sabe o que está dizendo.

— A senhora mesma disse que ele foi abandonado.

— Ele ainda usava fralda! Não pode se lembrar do que aconteceu, era só um bebê recém-nascido!

O médico, estoico, lançou-lhe um olhar de autoridade máxima.

— Ele é perfeitamente capaz de compreender agora. As crianças, desde pequenas, sentem a falta de pontos de referência e tendem a se culpar. Elas refletem essa ausência em si mesmas e se atribuem a culpa. É possível que ele esteja convencido de que a condição com que nasceu seja o motivo de ter sido...

— Ele não sofre de *nada* — pontuara a diretora com uma obstinação raivosa. — Eu dou a ele tudo o que ele precisa. *Tudo.*

Rigel jamais esqueceria o olhar do médico, pois era o mesmo que aprendera a ver tantas outras vezes, em rostos sempre diferentes. Aquela compaixão fazia com que ele se sentisse ainda mais inadequado, se é que era possível.

— Olhe só para ele... É um desastre. — Rigel o ouvira murmurar. — Negar a evidência não o ajudará.

As crises nunca vinham da mesma forma.

Algumas vezes, eram apenas um formigamento atrás dos olhos, em outras desapareciam por dias e depois explodiam com uma ferocidade repentina — aqueles eram os momentos que ele mais odiava, porque não tinha nem tempo de se recuperar e elas já voltavam com mais força do que antes.

E então Rigel coçava as pálpebras, arranhava as roupas, esmagava o que tinha por perto até reduzir tudo a pedaços. Ele sentia o coração disparar na garganta com um som horroroso e desafinado e, com pânico de que o vissem, fugia e se escondia nos lugares mais distantes.

Ele fazia isso porque era pequeno, como um filhote de animal. Ele fazia assim porque, naquela escuridão, sentia a concretização do que sempre tinha sido.

Solitário.

Solitário porque, se não tinha sido o suficiente nem aos olhos da mãe, jamais o seria para ninguém.

Era sempre a diretora que o encontrava.

Ela o fazia sair delicadamente e o pegava pela mão, sem se importar com o sangue que manchava os dedos.

Cantarolava para ele certas histórias sobre estrelas, estrelas distantes que se sentiam solitárias, e Rigel tentava não olhar para a saia amarrotada, cheia de dobras que se formavam ao castigar alguém.

Era assim que a desordem ia crescendo nele: com o passar do tempo, aprendera que afetos não existem, pois as estrelas são solitárias.

Sempre tinha sido um menino diferente.

Não funcionava como os outros, não *via* como os outros — *ele olhava para ela e, quando o vento esvoaçava o longo cabelo castanho, via asas polidas nas costas dela, um brilho que desaparecia no instante seguinte, como se nunca tivesse existido.*

O médico o avisara que ver coisas que não existiam podia ser uma consequência da dor. Sabia disso perfeitamente bem, mas Rigel odiava aquele defeito mais do que qualquer outra fraqueza.

Era como se a doença zombasse dele, e toda vez que as faíscas embaçavam a sua visão, ele via um sorriso radiante e olhos cinzentos que jamais o olhariam com aquele calor.

Nas faíscas ele via sonhos. Ilusões.

Nas faíscas, ele a via.

E, talvez, no fim das contas, ele não se sentisse tão falho se houvesse ao menos uma parte de si que não fosse tão torta, violenta e errada.

Mas, à medida que aquele amor infeliz ia se tornando cada vez mais forte, Rigel olhava para as unhas cravadas na terra e as explosões pareciam os sulcos deixados por uma fera.

"Vai melhorar com o tempo", dizia o médico.

As outras crianças mantinham distância de Rigel e olhavam-no com o medo de quem vê alguém arranhar as teclas do piano de repente, ou arrancar a grama feito um louco.

Não se aproximavam porque tinham medo dele, e para ele, tudo bem.

Não suportava a pena. Não suportava aqueles olhares, que o jogavam no lixo do mundo. Não precisava ser lembrado de como era diferente: não se escolhe certas condenações, elas têm a cor dos nossos silêncios e a dor invisível das nossas culpas.

Mas talvez fosse justo aquela a culpa mais dolorosa: o silêncio. E ele não entenderia até uma tarde de verão, quando se aproximara da pia da lavanderia com um copo.

Rigel ficara na ponta dos pés, estendendo o bracinho, mas uma dor aguda o cegara antes que pudesse completar a ação.

A dor explodira feito um enxame de espinhos e ele cerrara os dentes; o copo quebrara na pia e Rigel não conseguira fazer nada além de espremer, espremer, espremer até sentir o vidro cortar a pele.

Gotas vermelhas mancharam a porcelana — *e Rigel viu flores de sangue e mãos de fera, dedos contraídos como garras de um animal.*

— Quem está aí? — dissera uma vozinha.

Ele tinha levado um susto, mas, antes mesmo do choque, sentira um aperto no estômago e uma sensação de queimação. Os passinhos de Nica ecoavam pelas tábuas do assoalho e, no mesmo instante, aquele sentimento se transformara em um terror insano.

Ela não.

Não aqueles olhos.

Não podia suportar a ideia de que, embora ele sempre fosse o primeiro a afastá-la, Nica pudesse vê-lo como a fera quebrada e sanguinolenta que ele era.

Talvez porque, através da pena, Nica pudesse encontrar uma fresta por onde se esgueirar e, uma vez dentro, ele não conseguiria mais afastá-la.

Ou talvez porque ver-se nos olhos dela... seria como olhar para dentro de si mesmo e se enxergar como o desastre que sabia que era.

— Peter, é você? — sussurrara Nica, e Rigel escapara antes que ela pudesse vê-lo.

Ele se escondera nos arbustos, em busca da solidão, mas a dor voltara e ele caíra no meio da grama.

Fechara os olhos e arranhara as folhas com dedos agitados. Não encontrava outra maneira de descarregar aquela dor terrível.

"Vão melhorar com o tempo", dissera o médico. E, pela primeira vez, com as têmporas ainda latejando, Rigel teve vontade de sorrir. Mas aquele sorriso amargo e cruel, aquele sorriso que quase doía. Aquele sorriso que de alegre não tinha nada, porque, afinal, ele sabia que, se vinha de dentro, não podia ser nada além de *torto, violento* e *errado*.

E Rigel se perguntara se, no fundo, os lobos também riam exatamente assim, com um silvo vazio e as mandíbulas cerradas.

No entanto, por mais que não tivesse esperança... Rigel não conseguira parar de pensar nela.

Nica contornava a escuridão, abria caminho entre a tinta e a podridão. Ela, que apesar de tudo sempre sorria, tinha uma luz que ele nunca entendera.

— Existe um conto de fadas para cada um de nós. — Rigel a ouvira dizer certa vez, com olhos claros, sardas ao vento e uma margarida no cabelo.

Rigel permanecera indiferente, como sempre fazia, porque nada é mais assustador para o escuro do que a luz e, ao mesmo tempo, nada o atrai da mesma maneira.

Nica estava com o bracinho em volta de um garotinho mais novo, frágil e minúsculo.

— Você vai ver... — Sorrira com os olhos marcados pelas lágrimas, mas esperançosos como o amanhecer. — Nós também vamos encontrar o nosso.

E, ao olhar para ela, Rigel se perguntara se poderia haver algo para ele também, em algum lugar, entre páginas esquecidas. Algo bom. E gentil. Que soubesse tocar com delicadeza e sem querer necessariamente consertar.

Olhando-a de muito longe, como sempre, Rigel se perguntara se esse "algo" não poderia ser ela.

— Você deveria dizer a ela — havia sussurrado uma voz, certa noite.

Rigel havia fechado a porta do porão, onde Nica finalmente tinha conseguido adormecer. No entanto, ele não se virara.

Sabia quem o descobrira. Aqueles olhos azuis sempre o seguiam.

Atrás dele, Adeline havia amassado a bainha do vestidinho cinza antes de sussurrar:

— Ela acha que sou eu que seguro a mão dela.

Rigel abaixara o rosto e pensara em Nica atrás daquela porta. Ela, que amava tanto os contos de fadas, que sonhava desesperadamente poder viver em um.

— Assim está bom — respondeu ele. — Deixa ela acreditar nisso.

— Por quê? — Adeline o encarara com uma pitada de desespero. — Por que não fala pra ela que é você?

Rigel não respondera. Então, em silêncio, apoiara a mão na porta. Aquela mão que só lá embaixo, na escuridão dos sonhos desfeitos, conseguia encontrar forças para tocá-la com cada pedacinho de si.

— Porque não existem contos de fadas em que o lobo segura a mão da menina.

Ele sempre odiara olhá-la no rosto.

Exatamente como ele amara, com desespero excruciante, cada centímetro dela.

E Rigel tentara erradicar aquele amor, arrancara cada pétala com mãos que aprenderam a rasgar tudo desde a infância.

Mas, depois de uma pétala havia outra, seguida de mais uma e, naquela infinita escada caracol, ele havia afundado tanto nos olhos de Nica que era impossível emergir dali.

Ele se afogara dentro dela, e a esperança lhe tocara o coração.

Não queria ter esperança. Era algo que ele odiava.

Ter esperança significava se iludir achando que um dia iria se curar, ou que a única pessoa que o amava não era um monstro que espancava as outras crianças até sangrar.

Não.

Não era para ele.

Rigel queria apagá-la, afastá-la, tirá-la de perto de si.

Livrar-se daqueles sentimentos, porque eram *tortos*, *violentos* e *errados*, assim como ele.

Mas, quanto mais o tempo passava, mais Nica afundava no seu coração.

Quanto mais os anos os mudavam, mais os espinhos daquele amor com final perdido se cravavam nos dedos dele.

E, conforme os dias se tornavam anos, conforme ela continuava a sorrir, Rigel entendera que, naquela doçura, havia uma força que mais ninguém tinha.

Uma força diferente.

Ter um espírito como o de Nica significava reconhecer a dureza do mundo e decidir, todo dia, amar e ser gentil.

Sem comprometimentos. E sem medo.

Apenas com o coração inteiro.

Rigel jamais ousara ter esperanças.

Mas se apaixonara perdidamente por ela, que era a própria esperança.

— Pegou todas as suas coisas?

Rigel se virara.

A mulher estava na porta do seu quarto. Dissera que se chamava Anna, mas Rigel mal tinha ouvido o que ela e o marido falaram pouco antes.

Ele a vira olhar para a cama vazia que pertencera a Peter.

— Quando estiver pronto...

— Ela falou com vocês. Não falou?

Anna erguera os olhos, mas os dele já estavam ali, fixos no rosto dela, inescrutáveis.

— Sobre o quê?

— Sobre a doença.

Ele a vira se retesar. Anna o encarara estupefata, talvez surpresa por ele estar falando do assunto com aquela frieza sintética.

— Sim... Ela nos informou. Disse que as crises diminuíram com o tempo... mas nos deu a lista de todos os remédios, de qualquer maneira.

Anna olhara para ele com uma sensibilidade que não o tocara.

— Sabe... Isso não muda nada — tentara tranquilizá-lo, mas Rigel sabia que eles tinham visto a *nota* sobre ele, e isso mudava muitas coisas. — Para mim e para Norman é...

— Eu tenho um pedido.

Anna piscara os olhos, surpresa com a interrupção.

— Um pedido?

— Sim.

Devia ter se perguntado se aquele era o mesmo garoto educado e afável que, até um momento antes, lá embaixo na sala de estar, se apresentara com o mais encantador dos sorrisos.

Ela franzira a testa com uma expressão incerta.

— Claro... — murmurara.

Naquele momento, Rigel se virara na direção da janela.

Lá embaixo, para além do vidro empoeirado, Nica estava colocando uma caixa de papelão no porta-malas do carro.

— Do que se trata?

— De uma promessa.

Quando se cresce com coração de fera, aprende-se a reconhecer as ovelhas.

E ele soubera imediatamente, muito antes de Lionel agarrar Nica na rua e sacudi-la para conseguir o que queria.

Enquanto o jogava no chão, ele teve uma sádica satisfação em infligir a mesma dor física com a qual tinha lidado a vida inteira. A raiva patética de Lionel apenas alimentara a escuridão que havia nele.

— Você se acha um herói? — disparara Lionel. — É isso que você pensa, né? Você acha que é o mocinho?

— O mocinho? — ouvira-se sussurrar. — Eu... *o mocinho?*

Rigel queria jogar a cabeça para trás e soltar uma gargalhada cruel.

Queria lhe dizer que não é típico dos lobos *ter esperança*, que dentro dele havia podridão demais para um sentimento tão doce e luminoso.

Se era verdade que existe um conto de fadas para cada um de nós, o dele havia se perdido no silêncio de uma criança defeituosa com as mãos sujas de terra.

— Quer ver *quem eu sou de verdade*? Você se mijaria antes de abrir os olhos.

Rigel esmagara a mão dele no chão, desfrutando da dor infligida.

— Ah, não, eu *nunca* fui o mocinho. Quer ver como eu posso ser *mau*?

Ele teria lhe mostrado de bom grado, se não tivesse se lembrado de que Nica estava ali.

Ele se virara para procurá-la.

Ela estava observando.

E, diante daqueles olhos esplêndidos, Rigel havia falhado, mais uma vez, em se ver como o monstro que era.

Havia um castigo pior do que as crises.

E só ela podia infligir.

— Nós dois somos quebrados — sussurrara Nica. — Mas você nunca me deixa entrar, Rigel. Nem por um momento.

E Rigel tinha visto de novo os vidros quebrados, os cortes nas mãos.

Tinha visto a grama arrancada e o sangue nos dedos.

Tinha visto a si mesmo, tão sombrio e tão solitário, e não conseguira suportar a ideia de deixá-la entrar naquele desastre do qual ele jamais se livraria. Nem a ideia de ver Nica tocar aquela parte tão nua e furiosa, que massacrava a sua alma e gritava de dor feito uma criatura viva.

Assim, ficara em silêncio. Mais uma vez.

E aquele olhar de decepção havia cavado um buraco no seu coração como uma cicatriz.

Ele queria amá-la.

Vivê-la.

Respirá-la.

Mas a vida só o ensinara a arranhar e rasgar.

Jamais saberia amar com gentileza. Nem mesmo a ela, que era a personificação da gentileza.

E, ao ver aqueles olhos tão lindos se encherem de lágrimas, Rigel entendera que, se havia um preço a se pagar para salvá-la de si mesmo, lhe custaria tudo.

Tudo o que ele tinha.

Cada unidade de pétala, por aquele amor com final perdido.

Mais cedo ou mais tarde, aquele momento chegaria.

Rigel sempre soubera disso. Mas ficara tão cego pela esperança de poder ficar com Nica para sempre, de não ficar mais sozinho, que acabara por se refugiar na ilusão.

Ele a olhara deitada na sua cama, as costas nuas despontando das cobertas. Então, abrira a mão. Enquanto olhava para o curativo roxo que ela colara no seu peito, entendera o que tinha que fazer.

Cerrara os punhos e, depois de ter fechado a porta, descera a escada com um único objetivo.

O verme afundara as presas no seu coração, tentando desesperadamente impedi-lo, mas Rigel o afogara dentro de si com toda a força que lhe restara.

Ele procurara o conto de fadas, mas o encontrara nos olhos de Nica.

Ele o lera na pele dela.

Sentira-o no seu perfume.

Gravara-o nas memórias daquela noite e, agora, sabia que nunca mais esqueceria.

No andar de baixo, a luz da cozinha já estava acesa. Embora fosse muito cedo e os outros ainda estivessem dormindo, ele sabia exatamente quem encontraria ali.

Anna estava com o roupão enrolado no corpo e o cabelo despenteado. Colocava um bule no fogão, mas não demorara muito para notá-lo parado na porta.

— Rigel... — Ela levara a mão ao peito, pega de surpresa. — Oi... Está tudo bem? É muito cedo ainda... Eu estava prestes a subir para ver como você estava se sentindo... — Então, lhe lançara um olhar preocupado. — Está melhor?

Ele não respondera. Encarara Anna com aqueles olhos que não sabiam mais se esconder, porque agora que estava abrindo mão *dela*, não precisava mais fingir.

Ela o olhara sem entender.

— Rigel?

— Não posso mais ficar aqui.

Ele cuspira aquelas palavras como se fossem ácidas.

Do outro lado da cozinha, Anna permanecera imóvel.

— Quê? — dissera ela, quase sem voz. — Como assim?

— Isso mesmo. Não posso mais ficar aqui. Preciso ir embora.

Ele percebera que falar nunca tinha sido tão difícil. E doloroso. O coração se recusava a se separar dela.

— Isso é... alguma piada? — Anna esboçara um sorriso, mas só uma careta pálida saíra. — Alguma brincadeira que eu não estou sabendo?

Ele a olhara no rosto porque, mesmo sem falar, Rigel sabia que os olhos expressavam toda a firmeza daquela escolha. E só restava a ela entender.

Lentamente, todos os traços de cor foram desaparecendo do rosto adulto.

— Rigel... O que você está dizendo? — Anna o encarara com olhos arrasados. — Você não pode estar falando sério. Não... — Ela se agarrara ao olhar dele à medida que a decepção ia afinando a voz. — Eu pensei que você estivesse bem, que estivesse feliz... Por que está me dizendo isso? Fizemos alguma coisa? Eu e Norman... — Então, fizera uma pausa antes de sussurrar: — É por causa da doença? Se...

— Não tem *nada* a ver com a doença — sibilara ele, sempre muito sensível àquele nervo exposto. — É uma escolha minha.

Anna lhe lançara um olhar angustiado e Rigel o sustentara com toda a determinação que ele tinha.

— Pede para revogar a adoção.

— Não... Você não pode estar falando sério...

— Nunca falei tão sério na vida. Pede. Faz isso hoje.

Anna balançara a cabeça. Nos seus olhos brilhava uma obstinação maternal que ele nunca entenderia.

— Você acha que eles vão conceder assim? Sem um motivo? É um assunto sério. Não funciona desse jeito, tem que ter motivos específicos...

Mas ele a interrompera.

— Tem a nota.

A confusão se fez evidente no rosto de Anna.

— Nota? — repetira, mas Rigel sabia que ela tinha conhecimento.

Aquela linha indelével no decreto de guarda provisória era um privilégio reservado somente a ele.

— Aquela que fala sobre *mim*. Se as minhas crises interferirem na harmonia familiar e se transformarem em episódios de violência, o processo de adoção pode ser interrompido.

— Aquela nota é uma aberração! — disparara Anna. — Não tenho intenção de usá-la! Os episódios de violência se referem à sua família adotiva e você nunca machucou nenhum de nós! A doença não é uma escapatória, pelo contrário, é um motivo para ficar com você!

— *Ah*, por favor — retrucara Rigel com um sorriso sarcástico. — Você só me quis porque eu te lembrava o seu filho.

Anna se retesou.

— Não é verdade.

— Ah, mas é. Não foi isso que você pensou quando me viu ali, tocando aquele piano? Não finge que não foi. Vocês não foram até lá por mim.

— Você não...

— *Eu não sou* Alan — sibilara, fazendo-a estremecer. — Nunca fui. E *nunca* vou ser!

Ali estava ele de novo. Ao olhar para aqueles olhos, agora vazios, Rigel tivera a enésima confirmação de que nada lhe fazia melhor do que atacar e ferir.

Por um instante, Anna não pudera fazer nada além de absorver a crueldade daquelas palavras. Quando abaixara o rosto, ele teve certeza de ter visto as mãos dela tremerem.

— Você nunca foi o substituto dele. Nunca. Nós nos afeiçoamos a você... pela pessoa que você é. Só pelo que você é. — Um sorriso amargo marcara os lábios de Anna enquanto ela balançava a cabeça. — Eu queria pelo menos acreditar... que você se afeiçoou a nós da mesma forma.

Rigel não respondera. A verdade era que ele notara que sabia ou amar desesperadamente ou não sentir nada, e naquele abismo que havia no meio não existia afeto.

Recebê-lo da diretora o pressionara diversas vezes a recusar qualquer apego espontâneo que tentasse nascer nele.

— Não posso apoiar esse pedido. Embora seja a sua vontade... Não posso fazer você voltar para lá. — Anna levantara o rosto; nos olhos, havia sofrimento, mas também determinação. — Como pode querer voltar para aquele lugar horrível? *Não* — continuara antes que ele a interrompesse. — Você acha que eu não entendi que tipo de instituição é aquela? A vontade de ir embora é tão forte assim?

Rigel cerrara os punhos. O verme o mordera por toda parte, dilacerando e arranhando, e ele o ouvira gritar desesperadamente.

— Deve ter outra solução. Seja o que for, podemos encontrar juntos, podemos...

— Eu estou apaixonado por ela.

Rigel se lembraria para sempre da sensação ardente daquela confissão. Eram coisas tão particulares que não falava delas nem para si mesmo, e fazer aquilo na frente de outra pessoa parecia intolerável.

No silêncio glacial, as palavras soaram como uma condenação.

— *Estou*. — disparara entredentes. — Com todo o meu ser.

Rigel sentira o olhar de Anna sobre ele, e não precisou levantar o rosto para encontrá-la paralisada de incredulidade. Ele cravara as unhas na palma das mãos e, por fim, lhe devolvera um olhar profundo e consciente.

— Entende agora? Eu *nunca* vou vê-la como irmã.

E Anna não fizera nada, nada além de encará-lo como se não fosse mais ele que estivesse ali, e sim alguém que estava vendo pela primeira vez.

Rigel permitira.

— Aqui não é o meu lugar. Enquanto eu continuar... ela nunca vai ser feliz de verdade.

Enquanto abaixava o rosto, enquanto se lembrava de Nica sorrindo para ele com aquele curativo colado no peito, Rigel compreendera de uma vez por todas que, se existia um final para pessoas como ele... estivera dentro dele desde o início.

"As estrelas são solitárias", dissera-lhe a diretora certa vez. "Como você. Estão distantes, algumas já se apagaram. As estrelas são sóis, mas não deixam nunca de brilhar, mesmo quando não as vemos."

E Rigel havia entendido ali, com aquela constelação que Nica traçara no seu peito.

Entendera depois de vê-la dormir a noite toda, sem fechar os olhos por um único instante.

Entendera que, em alguma parte, no fundo do coração, sempre a teria com ele.

"Você não está sozinho. Eu levo você... sempre comigo."

Pois as estrelas são solitárias, mas nunca deixam de brilhar, mesmo quando não podemos vê-las.

E Rigel sabia que sempre brilharia por ela, mesmo se nunca mais a visse.

Ela, que era um pouco a sua estrela; ela, que sempre fora a coisa mais preciosa que os seus olhos já tocaram...

Rigel a contemplaria daquela frestinha que era o seu coração e saberia que, onde quer que estivesse, Nica seria feliz. Com uma família de verdade e com o conto de fadas que sempre desejara.

— *Ela* merece... tudo aquilo que você pode dar.

— Rigel... quer me dizer o que está acontecendo?

Ele jamais esqueceria aqueles olhos.

Os olhos de Nica.

Foi ali que ele se perdera, quando era apenas uma criança.

Rigel olhara dentro daquelas íris de fabricante de lágrimas e, mais uma vez, entendera que não podia mentir para ela.

"O que está acontecendo é que estou abrindo mão de você", gostaria de lhe dizer, se ele não tivesse sido sempre assim. "Pela primeira vez, desde que você levou tudo de mim, estou abrindo mão de você."

Mas não conseguira. Nem mesmo no final.

Assim, ele fizera a única coisa que jamais se permitira.

Havia baixado a guarda.

Rigel a olhara por um instante com os olhos do coração, e aquele amor ardente explodira das suas pupilas como um rio caudaloso.

Ela ficara sem fôlego, incapaz de entender, e ele a gravara na memória, da cabeça aos pés, até a última partícula.

— Rigel...

Não tinha como prever o que aconteceria a seguir.

Não tinha como saber que eles nunca chegariam em casa, que aquelas palavras não ditas ficariam presas dentro dele como o último dos seus lamentos.

Mas ele sempre se lembraria do grito congelado nos olhos dela.

Assim como jamais se esqueceria do terror daquele momento, ou do baque surdo do coração subindo à garganta. A rede de segurança cedera e Nica caíra para trás.

Rigel se lançara para a frente e a adrenalina dilatara as suas pupilas — o cabelo de Nica se espalhara e ele vira *asas de mariposa abertas ao pôr do sol, um anjo prestes a levantar voo.*

Mais uma das suas alucinações. A última.

Rigel a agarrara com força, e forçar o corpo para baixo do dela fora apenas um instinto natural, nascido da necessidade que ele sempre tivera de protegê-la. Talvez até de si mesmo.

E, antes mesmo de assimilar aquele final, Rigel ouvira as palavras explodirem da própria boca como a redenção de uma existência inteira.

— *Eu te amo.*

Nica tremeu nos seus braços, como uma borboleta presa nos dedos dele por muito tempo.

E, enquanto aquele sussurro o deixava para sempre, Rigel sentira pela primeira e última vez na vida... a paz.

Um alívio doce, eterno, aquele abandono quase exaustivo contra o qual sempre lutara.

Ele nunca estaria sozinho.

Não.

Porque Nica estava dentro dele. Com aqueles olhos de menina e o sorriso que lhe despedaçava o coração... Ela, ela que nunca iria embora, teria um lugar *eterno de estrela* dentro do seu coração.

E, enquanto o mundo rasgava a última página daquela história sem fim, Rigel enterrara o rosto no pescoço dela, como um lobo, e a segurara firme, com tudo de si.

Com toda força e todo fôlego...

Com cada palavra não dita e cada migalha de pesar.

Com cada pétala sua.

E com cada espinho.

Tudo que ele tinha... por aquele amor com um final perdido.

"Adeus", disse o tordo para a neve,
amando-a pela última vez.
"Eu estava com frio, mas você tentou me cobrir.
E agora entrou no meu coração."

Que pedaço escolheria?
   Do seu coração.
   Você só pode viver com um, porque depois o outro morre.
   Que pedaço escolheria?
   "Você", responderia Rigel de olhos fechados.
   Sempre, e em qualquer caso. "Eu escolheria você."

33
FABRICANTE DE LÁGRIMAS

E assim nasceu o Amor. Começou a caminhar pelo mundo, e um dia conheceu o Mar, que ficou encantado e lhe deu a sua tenacidade. Conheceu o Universo e ele lhe deu os seus mistérios. Depois, conheceu o Tempo, e ele lhe deu a eternidade. Por fim, conheceu a Morte. Era temível, maior do que o Mar, o Universo e o Tempo. Ele se preparou para enfrentá-la, mas ela lhe deu uma luz. "O que é isso?", perguntou, então, o Amor. "É a esperança", respondeu a Morte. "Assim, quando eu vir você de longe, sempre saberei que está chegando."

Quando criança, eu tinha ouvido falar que a verdade torna o mundo colorido.

Esse é o acordo. Até que você a conheça, nunca verá a realidade em todas as suas nuances.

Agora que eu as via, agora que já sabia de tudo aquilo de que antes não fazia ideia, deveria ver o mundo com as cores brilhantes de quem finalmente compreendia.

No entanto... nada nunca foi tão cinza.

Nem o mundo. Nem a realidade. Muito menos eu.

Quando pequena, eu também tinha ouvido falar que não se pode mentir para o fabricante de lágrimas. Porque ele nos lê por dentro... Não há emoção que possamos esconder dele. Tudo de mais desesperador, comovente e sincero que move o nosso coração foi injetado por ele.

Quando criança, eu o temia como se fosse um monstro. Para mim, ele não era nada além do que queriam que acreditássemos: um bicho-papão que, caso mentíssemos, viria nos buscar para nos levar embora.

Eu ainda não sabia o quanto estava enganada. Só compreenderia no final.

Só com os olhos cheios daquela verdade, eu finalmente entenderia um conto de fadas que me acompanhara por toda a vida.

Adeline me contou tudo.

Com as palavras dela, reconstruí o fio de uma vida paralela à minha, vivida na solidão.

Cada pedaço, cada migalha de papel...Tudo voltou ao lugar, formando as páginas de uma história que finalmente consegui ler.

Daquele momento em diante, a única coisa que se alojou nos meus olhos foi a consciência de um final que eu jamais poderia imaginar.

No dia seguinte, um oficial da polícia veio me fazer algumas perguntas. Ele pediu que eu contasse o que havia acontecido, e eu respondi às perguntas com uma voz monótona. Contei-lhe a verdade: o encontro com Lionel, a briga, a queda.

Por fim, depois de anotar algumas informações em um bloco de notas, o homem me encarou e perguntou se Lionel nos empurrara intencionalmente.

Fiquei em silêncio. Cada segundo daquele momento passou pela minha mente: a raiva, a fúria vingativa, o semblante distorcido de desgosto. Então, mais uma vez, falei a verdade.

Havia sido um acidente.

Assim que souberam do que tinha acontecido, Billie e Miki também foram correndo para o hospital.

Miki chegou muito cedo; ficou esperando do lado de fora, em uma das cadeiras em frente ao quarto; só se levantou quando Billie surgiu às pressas no corredor, ofegante e com os olhos cheios de lágrimas.

Elas se entreolharam em meio ao vaivém das enfermeiras; uma com os lábios franzidos de angústia, a outra com o rosto vermelho de choro.

No instante seguinte, Billie abraçou Miki e começou a chorar.

Elas se envolveram como nunca tinham feito antes, agarradas uma à outra, e o abraço das duas irradiou todo o calor de um afeto recuperado. Permaneceram assim por um bom tempo, então pouco a pouco se soltaram, encarando-se. O olhar que trocaram antes de entrarem prometia luz e claridade depois de um temporal terrível.

Elas iriam conversar.

Muito, e demoradamente.

Ainda tinham tempo.

— Nica!

Billie correu até a cama e se jogou em cima de mim para me abraçar. As costelas fraturadas latejaram dolorosamente, mas eu me limitei a estreitar os olhos sem emitir som algum.

— Eu nem acredito... — soluçou ela. — Quando soube da notícia, eu não... Juro, fiquei sem ar... *Meu Deus*, que coisa terrível...

Dedos tocaram os meus, envolvendo-os suavemente.

Miki apertou a minha mão, com olhos escuros e manchados de rímel.

Não tive forças para dizer a Billie que ela estava me machucando.

— Se tiver algo que a gente possa fazer... — a ouvi murmurar, mas o meu coração era um buraco profundo e o som se perdeu no caminho.

Naquele momento, Miki se virou na direção de Rigel. Lembrei-me de quando ela me disse que algo nele não a convencia. Ela havia visto o lobo, assim como todo mundo, e, assim como todo mundo, não conseguira ver a alma que pulsava dentro dele.

— Ah, minha foto... — Billie sorriu, enxugando as lágrimas com os dedos. — Você ainda tem...

A polaroide estava ali, frágil e amassada, com aquela leveza trivial que ainda me prendia à realidade de uma forma insuportável.

Senti o coração definhar entre as costelas quando ela sussurrou, emocionada:

— Não sabia que você estava com ela aqui...

Queria lhe contar o significado que havia por trás daquela foto. Queria que ela sentisse a dor angustiante que me corroía por dentro, porque aquilo estava me matando.

Talvez um dia eu lhe contasse.

Um dia diria a elas que nem todas as histórias estão nas páginas dos livros. Que algumas são invisíveis, silenciosas e ocultas, vivem em segredo e morrem sem serem ouvidas. Contos de fadas sem fim, destinados a permanecerem para sempre incompletos.

Talvez um dia eu lhes contasse o nosso.

Elas me observaram incertas, em busca de alguma migalha de mim, da leveza que sempre me caracterizara, mas eu não reagi. Permaneci desamparada, então as duas decidiram me deixar em paz.

Só quando já estavam na porta é que me ouvi sussurrar lentamente:

— Ele me protegeu.

Miki, que saía por último, deteve-se e olhou para trás.

Não levantei o rosto, mas o olhar dela me alcançou. Ela se virou novamente, mas, ao fazê-lo, os olhos pousaram em Rigel.

Ao ficar sozinha, voltei a atenção para as minhas mãos.

Ambas estavam pálidas. A pele estava descoberta dos pulsos até a ponta das unhas. Nos dedos, salpicavam aqui e ali marcas rosadas, pequenos cortes e cicatrizes.

Ergui os olhos pouco a pouco. Uma enfermeira estava ajustando o soro de Rigel, do outro lado da cama dele.

— Meus curativos — murmurei com a voz mecânica. — Onde estão?

Ela notou que eu a estava observando. Os meus olhos descoloridos brilharam com uma luz estranhamente vívida, que a fez hesitar.

— Você não precisa mais usá-los, não se preocupe — respondeu, com gentileza.

Não mudei a expressão. Então, ela se aproximou de mim, apontando para os meus dedos.

— Está vendo? Já desinfetamos todos os cortes. Estão limpos. — Ela inclinou o rosto em um sorriso que não retribuí. — Você fazia jardinagem? Foi assim que ficou com todas essas marcas?

Permaneci em silêncio e a encarei como se ela nem tivesse falado. Talvez ela tenha notado que eu ainda a olhava, com olhos sérios, destruídos, mas brilhantes.

— Eu *quero*... os meus curativos.

A mulher me observou estupefata, sem saber o que dizer. E piscou várias vezes, incapaz de me entender.

— Você não precisa mais — repetiu, talvez se perguntando se o pedido sem sentido era apenas uma consequência do choque.

Desde que eu havia enlouquecido, gritando e arranhando até arrancar o acesso do soro, as enfermeiras daquele departamento me lançavam olhares cautelosos.

Por isso a mulher pareceu muito aliviada ao ver alguém entrar. Deu meia-volta depressa e desapareceu, o que me fez erguer o rosto.

No entanto, desejei nunca ter feito isso.

O ar congelou ao redor, bloqueando a saliva na minha garganta.

Lionel entrou com cautela, invadindo o espaço da sala. Tinha marcas nos olhos e lábios mordidos, devorados pela angústia, mas não tive tempo de ver mais nada porque os meus olhos se moveram mecanicamente para a parede.

Eu queria detê-lo, dizer que não se aproximasse, mas percebi que a minha respiração estava comprimindo tanto a garganta que eu não conseguia emitir som algum. Quando parou ao lado da cama, nunca sofri tanto com o estado de impotência em que me encontrava.

Nada me pareceu mais demorado do que o instante em que ele ficou ali, ao meu lado, em meio àquele silêncio que não sabia como quebrar.

— Eu sei que talvez eu seja a última pessoa que você queira ver.

Ele não conseguia nem olhar para Rigel. Só de pensar que estava estirado atrás de Lionel, com a vida por um fio, eu sentia um embrulho no estômago.

— Eu... soube que você falou com um oficial. Sei que... contou que foi um acidente. Eu queria te agradecer por ter falado a verdade.

Continuei olhando para o lado, insensível; Lionel buscou o meu olhar por um bom tempo, com a necessidade de quem não sabe se redimir das próprias culpas.

— Nica... — sussurrou com a voz cheia de súplica, buscando a minha mão com a dele. — Eu jamais ia quere...

Ele levou um susto quando eu puxei o braço com força. Os fios por onde passava o soro brilharam violentamente e eu o encarei com os olhos mais dilatados e incandescentes do que nunca. O meu pulso tremia enquanto eu pronunciava, com uma lentidão glacial:

— Não encosta mais em mim.

Lionel me encarou, ferido com aquela reação que eu nunca tivera antes.

— Nica, eu não queria isso. — A voz dele era um lamento cheio de remorso. — Acredita em mim, me desculpa... Eu não deveria ter dito aquelas coisas... Eu estava fora de mim... E o soco, Nica, eu juro que nunca quis bater em você... — Então, olhou para o meu olho vermelho e mordeu os lábios, abaixando o rosto.

Ainda não conseguia olhar para Rigel.

— Não vou contar pra ninguém. De vocês dois...

— Não importa mais — respondi, quase sem voz.

— Nica...

— *Não* — falei em um sussurro implacável. — Agora não serve de mais nada. Eu te considerava meu amigo. Um *amigo*, Lionel... Você sabe o que significa a palavra *amizade*?

A minha voz era um silvo frio e irreconhecível.

Mas aquela não era eu.

Não, porque eu era sempre dócil e delicada, e tinha um sorriso no rosto para cada ocasião. Eu tinha cristais de entusiasmo incrustados nos olhos e dedos sempre cheios de curativos coloridos.

O que eu era naquele momento era o resultado de uma história partida ao meio.

De um presente de aniversário reduzido a cacos de vidro perto de uma barraca de sorvete. De uma festa que acabara em fuga, de uma respiração que se despedaçara em forma de medo quando as mãos dele me agarraram. Da decepção que partira o meu coração quando ele cuspiu toda a sua raiva e desgosto em nós, jurando nos condenar.

Não, aquela não era eu.

Eram as cinzas das páginas chamuscadas que agora arranhavam a minha garganta.

— Eu teria perdoado tudo. *Tudo*... mas isso não.

Eu sabia que não era culpa dele. No entanto, no fim daquela escada que havia começado com um caracolzinho, eu me perguntei se alguma vez Lionel já me amara com o desinteresse puro e incondicional que eu reservara a ele.

— Vai embora.

Ele engoliu a angústia.

Era verdade que eu tinha coração de mariposa.

Era verdade que eu buscava a luz até me queimar, porque aquilo que eu passara durante a infância havia me deformado irremediavelmente. Mas, por mais que as partes mais arruinadas dentro de mim tentassem me fazer encará-lo de frente, nada poderia me convencer a perdoá-lo.

Ele arrancara um pedaço da minha alma.

Lionel contraiu os lábios, buscando palavras que morreram no silêncio. Nada do que ele dissesse poderia me devolver o que fora tirado de mim.

Por fim, derrotado, abaixou o rosto. Em seguida, deu meia-volta e se afastou lentamente antes que a minha voz o chamasse de volta.

— Lionel. — Ergui as íris desbotadas e o fitei nos olhos. — Quando sair por aquela porta, não volte mais.

Ele engoliu em seco amargamente e me lançou um último olhar. Depois, foi embora.

E nem naquele momento se virou para olhar para Rigel.

Talvez porque pessoas como Lionel não consigam ver a realidade em todas as suas cores.

Não têm coragem de enfrentá-la nem de ver a si mesmas dentro dela.

Por mais que fizessem de tudo para eliminar os tons mais escuros; por mais que a dilacerassem com as unhas, fazendo a tinta jorrar.

No fim das contas, só sabem ir embora, sem coragem de dar uma última olhada.

Eu não estava conseguindo comer direito.

Nunca sentia fome e as bandejas que me serviam às vezes ficavam intactas. Anna tentava me animar, mas o olhar abrigava um desconforto que tornava cada tentativa inútil.

Naquela noite, enquanto ela me ajudava a me ajeitar de um modo que as costelas fraturadas não doessem, também notei o desconforto nos olhos dela.

— Que tal assim? — perguntou. — Está machucando?

Balancei a cabeça com um movimento imperceptível.

Depois de um momento, a mão de Anna encontrou o meu rosto e eu ergui os olhos. Dentro dos dela, vi uma afeição trêmula e dolorida.

Ela ficou um tempão me fazendo carinho. Observou cada canto do meu rosto, e eu sabia o que estava prestes a dizer antes mesmo de ouvir a sua voz.

— Eu achei que tivesse perdido você também.

As pupilas dela acompanhavam o movimento das minhas lentamente, enquanto rugas iam se formando na testa.

— Por um instante... achei que tivesse visto você partir como Alan. — Ela reuniu todas as forças, mas não conseguiu segurar o choro; as lágrimas encheram os seus olhos e Anna baixou o rosto, fechando a mão no colo. — Não sei o que eu faria... sem o seu sorriso doce. Não sei o que eu faria se não te encontrasse mais na cozinha de manhã, me dando bom dia, me olhando desse seu jeitinho. Não sei o que eu faria sem o seu rosto alegre para me lembrar de que o dia está lindo, mesmo quando chove ou de que sempre existe um motivo para vencer a tristeza. Eu não sei o que faria sem você... Sem a minha Nica... — A voz falhou e eu senti Anna adentrando o meu ser, rompendo aquela sensibilidade que nublava tudo.

Movi a mão livre e a pousei sobre a dela, quente e trêmula.

Anna ergueu os olhos e, naquele céu que eu tanto amava, vi o reflexo das minhas próprias íris trêmulas de choro.

— Você é o sol — sussurrou, encarando-me com olhos de mãe. — Você virou o meu solzinho...

Eu a envolvi com o braço enquanto as lágrimas escorriam, extenuadas. Anna me abraçou desesperadamente contra o peito e eu fechei os olhos, deixando-me embalar como uma criança.

Com a tristeza transbordando dos nossos corações, fundidos como uma vela, chorei todas as lágrimas que agitavam o peito dela e ela chorou todas as minhas.

Como mãe e filha... unidas e próximas.

Anna inclinou o rosto e se virou para o lado. Olhou para Rigel com a mesma afeição desesperada que tinha reservado para mim. Então... afastou-se e me encarou.

Fez isso daquela forma profunda e consciente que só os adultos têm. Ou, melhor dizendo... que só as mães têm.

E eu entendi. Ali, no silêncio daquele hospital, eu entendi que ela *sabia*.

No mesmo instante, senti o coração desabar como um castelo de cartas.

— Eu não sabia como te contar... — sussurrei, aniquilada. — Não podia fazer isso... Mas também não sabia como fazê-la entender que mentir para você partia o meu coração. Você é a melhor coisa que já me aconteceu... Eu tinha medo de te perder. — Riachos quentes corriam pelo meu rosto e eu me senti despedaçar. — Meu coração estava partido. Esperei você por muito tempo, Anna, mais do que você imagina, mas Rigel... Rigel é tudo que tenho... Tudo. E agora ele... — Levei o pulso ossudo aos olhos, que ardiam de lágrimas.

Anna me abraçou, mas não disse nada. Ela também sabia que havia algo intransponível naquele vínculo entre nós.

No entanto... não fez com que eu me sentisse errada.

— Rigel me contou — sussurrou ela, e algo no meu coração emperrou como se fosse uma engrenagem enferrujada.

Tremi de incredulidade e a confusão tomou conta de mim: eu só consegui abraçá-la ainda mais forte, enquanto esperava que ela continuasse.

— Agora eu entendo que ele nunca teria feito isso se não precisasse. Ele sabia que, caso contrário, eu não teria acatado o pedido dele. Ele... queria que você tivesse uma família, em todos os sentidos.

Anna segurou o meu rosto e buscou os meus olhos, mas os encontrou olhando para baixo. E viu os lábios trêmulos e mordidos. Então, encostou a testa na minha, sustentando o gesto até o choro diminuir.

— O médico não te contou isso para não alimentar falsas esperanças — sussurrou ela, após um tempo. — Mas... ele me falou que ouvir as vozes dos entes queridos às vezes pode ajudar.

Ergui os olhos opacos e ela prosseguiu:

— Ele disse que estimula a consciência e a memória de longo prazo. Nenhum de nós teria o poder de fazer a diferença. Mas você... — Anna abaixou a cabeça e engoliu em seco. — Você tem esse poder. Ele ainda pode te ouvir.

Naquela noite, quando o hospital mergulhou em um silêncio de santuário, o meu coração ainda não tinha parado de tremer. Por um tempo que eu não conseguiria precisar, as palavras de Anna cavaram caminhos dentro de mim e ecoaram no meu desânimo.

Fiquei olhando o vazio. Na escuridão, a única coisa que eu podia ouvir era aquele nada intransponível que fazia cada respiração perder o sentido.

Ele estava ali, a poucos passos de mim. No entanto... nunca estivera tão distante.

— Você queria ir embora — sussurrei no escuro.

Eu tinha ficado imóvel e mal conseguia vê-lo. Mas eu saberia traçar o contorno daquele rosto até de olhos fechados.

— Você queria ir embora sem me dizer nada... porque sabia que eu faria de tudo para te impedir. Você sabia que eu não ia permitir. — Encarei-o com olhos sem vida. — Eu e você deveríamos ficar juntos. Mas talvez essa sempre tenha sido a diferença entre a gente. Eu sempre me iludo demais. Você... nem uma única vez.

Senti a garganta se fechar, mas não tirei os olhos dele. Sentia algo por dentro, uma força que fazia de tudo para sair.

— Foi você quem me deu a rosa — prossegui. — Você a despedaçou porque não queria que eu soubesse. Sempre teve medo de que eu te visse como é... Mas você estava *errado* — sussurrei com a voz se desfazendo.

— Eu te vejo, Rigel. E o único arrependimento que tenho... é não ter feito isso antes.

Desejei não sentir as lágrimas queimarem os olhos de novo, mas foi inevitável.

— Eu queria que você me permitisse te entender... mas você me afastou todas as vezes. Sempre acreditei que você não conseguia confiar totalmente em mim, que não conseguia me dar uma chance... Não era o caso. Não foi para mim que você nunca deu uma chance, mas a si mesmo.

Estreitei os olhos.

— Você é injusto, Rigel.

Algo em mim estremeceu com o silêncio de um terremoto e tudo ficou azedo e efervescente.

— Você é injusto — acusei em meio às lágrimas. — Você nunca teve o direito de decidir por mim... De me manter afastada. E agora está prestes a me deixar de fora de novo... Sempre sozinho, até mesmo no fim. Mas eu não vou deixar — insisti. — Entendeu? Eu não vou deixar!

Afastei a coberta. Estendi a mão para aquele corpo imóvel e ardi de desespero quando vi que estava longe demais.

Deslizei até sair do colchão e os meus pés tremeram ao baterem no chão. O tornozelo reclamou, rígido e inchado, e eu me segurei à grade da cama, tentando me sustentar de pé por conta própria, mas foi uma aposta patética e as pernas falharam.

Desabei no chão em cima do antebraço livre, sentindo uma pontada. As costelas fraturadas urraram na carne e uma rajada de dor me fez prender a respiração.

Não conseguia nem imaginar o que as pessoas pensariam de mim se me vissem. Eu era uma visão lamentável, com os lábios franzidos de dor enquanto as lágrimas morriam nos ladrilhos. No entanto, de alguma forma, consegui encontrar forças para me rastejar até a cama dele.

Peguei a mão de Rigel e a puxei com dificuldade para mim; segurei-a firme como ele já segurara a minha tantas vezes, no escuro daquele porão, quando éramos crianças.

— Não me deixa para trás de novo — implorei de joelhos, sentindo as lágrimas brotarem nos olhos. — Não faz isso, por favor... Não vai para onde eu não possa te alcançar. Me deixa ficar do seu lado. Me deixa viver você por quem você é. Vamos ficar juntos para sempre, eu não posso suportar um mundo em que você não esteja comigo. Eu quero acreditar, Rigel... Quero acreditar que possa existir um conto de fadas em que o lobo segura a mão da menina. Fica comigo e vamos escrevê-lo juntos... Por favor...

Pressionei a testa contra a mão dele, molhando os nós dos dedos.

— *Por favor...* — repeti com a boca retorcida de tanto chorar.

Não sei por quanto tempo fiquei ali, querendo me fundir com a alma dele. No entanto, algo mudou aquela noite.
Se era verdade que ele podia me ouvir...
Então eu lhe daria tudo o que tinha.

No dia seguinte, pedi às enfermeiras que não fechassem mais a cortina que me separava de Rigel. Nem de manhã e nem à noite: eu queria poder ver o rosto dele o tempo todo.

Quando Anna chegou ao hospital, não me encontrou com os olhos opacos e a expressão vazia, como acontecera nos dias anteriores.

Não.

Eu já estava acordada, sentada entre as cobertas com o olhar atento e desperto.

— Bom dia — falei, antes que ela pudesse dizer qualquer coisa.

Ela me encarou surpresa, piscando, e, quando notei que Adeline também estava ali, senti um quentinho derreter o meu olhar.

— Oi — falei em voz baixa.

Ela lançou um olhar perplexo para Anna e depois se virou para mim com uma expressão sincera.

— Oi...

Pouco depois, ela trançava o meu cabelo enquanto eu comia purê de maçã com uma colher.

Um após o outro, os dias foram passando, implacáveis. Enquanto o meu quadro clínico ia se normalizando, eu aproveitava cada momento livre para tentar fazer com que Rigel ouvisse a minha voz.

Lia livros e histórias para ele, contos do mar; narrava tudo o que Anna me contava, e as minhas palavras acompanhavam o silêncio até o anoitecer.

O dr. Robertson vinha regularmente para verificar o meu estado de saúde. Ele olhava para o livro que eu segurava nas mãos e, quando se virava na direção de Rigel, o mundo de repente parava e eu sentia uma esperança sufocante me tirar o fôlego.

Então eu me detinha e ficava olhando para o médico com uma voracidade ardente, como se, naquele corpo imóvel, ele pudesse enxergar um detalhe que os outros não tinham conseguido ver. Um movimento... Ou uma reação... Qualquer coisa que pudesse chamar a atenção do seu olhar profissional.

Toda vez que o dr. Robertson saía, o meu coração doía tanto que eu precisava morder o lábio para não destruir as páginas com as unhas.

Não havia mais a sombra dos dias anteriores naquele quarto.

Eu pedira que sempre abrissem as cortinas para que Rigel pudesse ver o céu. Ou para que eu pudesse ver por ele e descrever tudo.

— Hoje está chovendo — falei certa manhã, olhando para fora. — O céu está iridescente... Parece uma placa de metal pingando. — Então me lembrei de uma coisa e, em voz baixa, acrescentei: — É tipo aquele céu que de vez em quando víamos no Grave, lembra? As crianças diziam que aquela era a cor dos meus olhos...

Como sempre, as palavras ficaram sem resposta. Às vezes, aquele silêncio liberava em mim um desejo tão absurdo que eu imaginava ouvi-lo me responder. Outras, porém, o sofrimento era tão pesado que me parecia uma batalha que não daria para vencer.

E, quanto mais o tempo passava... mais diminuía a esperança de que ele pudesse acordar.

Quanto mais os dias corriam, um após o outro, mais a frustração parecia um veneno que me tirava a fome e enfraquecia o meu pulso.

Billie e Miki tentavam de todas as formas ficar perto de mim. Anna fazia de tudo para me transmitir serenidade; trazia a geleia de amora que eu tanto amava e, de vez em quando, me levava para dar um passeio pela enfermaria na cadeira de rodas.

Um dia, uma enfermeira a chamou e ela me deixou por um momento ao lado da máquina de café, falando que voltaria logo. Anna deve ter tomado um susto quando, ao voltar, não me encontrou mais onde havia me deixado. Ela me procurou por toda a enfermaria, morrendo de preocupação, e só quando passou na frente do nosso quarto o pânico liberou a sua garganta: eu estava ali, ao lado da cama de Rigel, com a mão apoiada na dele e os ossos dos ombros desaparecendo atrás do encosto da cadeira de rodas.

— Você precisa comer — sussurrava ela, depois de jogar fora as torradas com geleia que eu não conseguia nem encostar.

Eu não respondia, refém de um mundo impenetrável, e a Anna só restava abaixar a cabeça, vencida por aquele silêncio.

Então, ela me ajudava a tomar banho e, quando abria a camisola diante do espelho do banheiro, eu via toda a vida que estava doando a Rigel, alma e ossos, até a última fibra.

Se havia um preço a se pagar por dar a ele tudo o que eu tinha, estava gravado nas olheiras que devoravam as maçãs do rosto salientes.

À noite... não conseguia dormir. O bipe agudo do coração de Rigel era o único som que pulsava no escuro e, espremida entre as cobertas, eu contava os batimentos e rezava para que não parassem. O terror de adormecer e nunca mais ouvir aquele som era tão opressor que chegava a me sufocar.

Quando as enfermeiras detectavam os sintomas de estresse no meu rosto, administravam remédios para dormir, mas a fúria com que eu tentava combater os efeitos levava o meu corpo à beira do esgotamento.

— Você não pode continuar assim — disse o dr. Robertson certa noite, quando eu já havia atingido o limite.

O meu corpo estava à beira do colapso e o processo de cura tivera uma recaída terrível.

— Você precisa comer mais e repousar, Nica. Não vai se recuperar se não dormir.

Ele olhou para mim, envolta em cobertores grandes demais, magra e frágil como uma crisálida, e pareceu não aguentar mais.

— Por quê? Por que você está lutando contra os remédios para dormir? Do quê você está fugindo?

Pouco a pouco, virei o rosto na direção dele, impassível como um fantasma, e vi o meu reflexo no olhar do médico.

Naquele rosto emaciado no qual os olhos cinzentos ocupavam todo o espaço, havia uma obstinação que brilhava loucamente.

— Do tempo — confessei, a voz fina como um fio de seda. E ele não pôde deixar de me encarar, derrotado e consciente. — Cada dia que passa o leva para mais longe.

Billie e Miki vinham me visitar com frequência; e Adeline estava ali todos os dias, cuidando de mim e trançando o meu cabelo como quando éramos crianças.

Eu já tinha me acostumado a receber visitas. Mas jamais sonharia em ver Asia entrar ali certa tarde.

A princípio, tive certeza de que estava confusa. Mas, quando Adeline também se levantou, surpresa por encontrá-la ali, percebi que os meus olhos não estavam me enganando.

Não havia sinal de maquiagem no rosto dela, mas não pude deixar de notar que mantinha a mesma aparência limpa e arrumada de sempre; o cabelo estava preso e ela usava um moletom cinza que não diminuía em nada o charme sofisticado.

Asia olhou ao redor com cautela, como um animal em um ambiente desconhecido, e por um momento me perguntei se não tinha vindo só porque estava procurando por Anna.

Então, os nossos olhares se encontraram; um momento se passou antes que ela olhasse para mim por completo. Percorreu as feições emaciadas do meu rosto, depois o corpo envolto pela camisola larga.

Ouvi Adeline entrelaçar os dedos e dizer em voz baixa:

— Vou deixá-las a sós.

— Não — rebateu Asia, impedindo-a de sair. Depois, em um tom mais suave, acrescentou: — Fica.

Quando chegou à minha cama, sem se sentar nem se aproximar de mim, não pude deixar de imaginar o motivo da presença dela ali.

Ela ficou olhando para o tubo de soro que terminava no meu braço. Depois, sem que eu dissesse nada, os olhos desviaram lentamente na direção de Rigel. Asia o encarou por muito, muito tempo, tanto que, quando finalmente começou a falar, percebi que ela estava mordendo os lábios.

— Eu já te invejei várias vezes — murmurou ela do nada. Fez isso sem tirar os olhos de Rigel. — A gente não teve muitas oportunidades de se ver. Mas, nas poucas que tivemos, eu tive que admitir que você não faz ideia do que significa desistir. Nunca desistiu de tentar fazer amizade comigo... por mais que eu sempre tenha te rejeitado e te tratado como um obstáculo. Mesmo sem te conhecer, não demorei muito para entender que você não sabe se dar por vencida. — Ela se virou lentamente para me encarar, cheia de culpa. — Mas olha só pra você agora. Você deixou de lutar.

Não, eu queria lhe dizer, isso era justamente o que eu não tinha feito.

Havia uma tenacidade inabalável dentro de mim, que drenava até o meu oxigênio. Eu tinha me reduzido àquilo justamente porque não sabia me resignar.

No entanto... fiquei em silêncio. Permaneci inerte diante dela, e a falta de reação surtiu nela um efeito que eu não poderia imaginar.

Tristeza. Pela primeira vez desde que eu a conhecera, Asia pareceu me entender. Mais do que qualquer outra pessoa.

— Você não pode ajudá-lo a menos que se ajude primeiro — sussurrou em um tom de voz completamente diferente, que parecia vir de dentro. — Não faz como eu... Não deixa a dor te destruir. Não deixa a dor te afogar. Você tem uma chance que eu nunca tive. Uma esperança. Mas, se você jogar isso fora, eu não vou te perdoar.

Ela me encarou com dureza e eu a vi tremer, mas, diante daquele tremor, enxerguei toda a necessidade de quebrar a parede dentro da qual eu estava definhando.

— Não se combate a morte com o sacrifício. E sim com a vida. Você que me fez entender isso. A mesma garota que após ter comido o pão que o diabo amassou me disse que não se afastaria, que não abriria mão de

Anna, ainda está nesse quarto. *Vamos* — rosnou ela —, tira essa garota aí de dentro. Não é se anulando que você vai salvá-lo... É dando a ele um motivo para acordar. É fazendo com que ele veja que você está aqui, e que está bem, e que está lutando para viver, por mais que viver, no momento, esteja te destruindo. Não deixa o sofrimento transformar você em alguém que não é, você não pode cometer o mesmo erro que eu... Não podemos evitar a dor, mas podemos escolher como lidar com ela. E, se viver quer dizer resistir, então faz isso por ele também, passa a sua força e a sua coragem para ele. É bem ali, à vida que ainda bate no peito dele, que você tem que se agarrar com todas as forças.

Ao fim daquele discurso, percebi que ela estava ofegante, com lágrimas presas entre os cílios e o olhar duro transbordando de emoção.

Ela nunca tinha me olhado daquele jeito. Nunca, nem sequer uma vez.

No entanto... eu me lembraria daquele olhar para sempre.

Asia desviou os olhos de mim, talvez consumida pela explosão emocional pela qual se deixara levar, e até Adeline, atrás dela, a encarou sem palavras. Ela escondeu o rosto de mim e os olhos lacrimejantes voltaram a se fixar em Rigel.

— Você ainda tem uma escolha — disse suavemente —, não joga isso fora.

Eu a observei se virar bruscamente para ir embora, do mesmo jeito que tinha chegado: os dedos segurando firme a bolsa e os ombros rígidos.

— Asia.

Ela se deteve. Então, me concedeu um olhar por cima do ombro e me encontrou ali, em meio àquelas cobertas, com o rosto abatido e os olhos tomados por uma luz frágil.

— Vem me visitar de novo.

Algo brilhou dentro do olhar de Asia. No instante seguinte, ela foi embora, mas não antes de dar uma última olhada em Adeline.

Nada tinha mudado; porém, naquele momento, senti que via o mundo com mais clareza.

— Adeline... Posso te pedir um favor? — perguntei.

Ela se virou para me olhar e esperou. Os meus olhos encontraram os dela.

— Meus curativos. Pode trazer pra mim?

Por um instante longuíssimo, Adeline me encarou com as pálpebras arregaladas, como se, lá dentro, entendesse o significado das minhas palavras.

E então... sorriu.

— Claro.

Quando me vi com os curativos nas mãos, em meio àquelas paredes brancas, senti algo dentro de mim começar a se endireitar.

Eu os escolhi com cuidado e, entre todas aquelas cores que sempre senti serem minhas, voltei a perceber parte de mim.

E ali estava um amarelo, como os olhos de Klaus.

Um azul-celeste, para Anna e Adeline.

Um verde para Norman, tão suave quanto o seu sorriso.

Um laranja para a vivacidade de Billie, um azul-marinho para a profundidade de Miki.

Um vermelho para Asia e a sua personalidade ardente feito fogo.

E, por fim...

Por fim, um roxo para Rigel, como aquele que eu tinha colado no peito dele naquela noite.

Ao vê-los todos juntos nas mãos, entendi que, por mais que o amor tivesse várias nuances diferentes, cada uma delas convergia para o mesmo lugar: o coração. E que todas juntas moviam uma força única e invisível que só a alma poderia sentir.

Aqueles dias foram difíceis.

O estômago era um nó apertado que parecia rejeitar alimentos. A ânsia de vômito me revirava as entranhas e Anna corria, afastava as cobertas e me ajudava a virar de lado antes que eu devolvesse a refeição ao chão.

No entanto, pouco a pouco voltei a comer, com mais obstinação do que antes.

Rapidamente, pude voltar a andar. O tornozelo sarou e as costelas não doíam mais feito cacos de vidro quando eu me levantava. A comida gradualmente começou a permanecer no estômago e a recuperação voltou a evoluir.

Asia veio me visitar de novo, como eu havia pedido. No início, não pareceu convencida; mas, quando viu o contorno mais colorido do meu rosto e o meu estado de saúde, a expressão dela se suavizou de modo quase imperceptível.

Dia após dia, o meu rosto se enchia e os ossos dos ombros sumiam debaixo da pele. A tala foi removida do meu braço e fui recuperando todos os movimentos.

Mas, enquanto o meu corpo se recompunha... o de Rigel permanecia igual, imóvel e preso àquele frágil batimento cardíaco.

Acorda, pulsava o meu peito, à medida que eu ia voltando à vida.

Rigel ainda respirava com dificuldade e nada parecia mudar o estado precário da situação dele.

— *Acorda* — murmurava, baixinho, enquanto as enfermeiras trocavam as bandagens.

Mas o rosto dele estava ficando mais fino e as veias dos pulsos, cada vez mais acentuadas.

As sombras sob as pálpebras pareciam encovadas e, quanto mais eu segurava a sua mão, mais frágil a pele me parecia; quanto mais eu o observava dormir assim, mais ele murchava diante dos meus olhos.

Eu lhe contava velhas lendas, certas histórias de lobos voltando para casa, mas, enquanto de dia eu lutava na luz e na esperança, de noite o desejo de vê-lo abrir os olhos exauria a minha alma e a minha respiração.

— Acorda — implorava no escuro, como se fosse uma oração. — *Acorda, Rigel, por favor, não me deixa... não consigo existir sem os seus olhos, e esse meu coração de mariposa não pode me aquecer, não sabe fazer nada além de se queimar e tremer; acorda e segura a minha mão, por favor, olha pra mim e me diz que somos eternos juntos. Olha pra mim e me diz que sempre vai estar comigo, porque o lobo morre em todas as histórias, mas não nessa... Nessa ele vive, é feliz, caminha de mãos dadas com a menina. Por favor... acorda...*

Mas Rigel permanecia imóvel e, no travesseiro, eu sufocava lágrimas que não queria que ele ouvisse.

— Acorda — sussurrava para ele até os meus lábios se separarem.

Mas ele... nunca acordava.

Tive alta alguns dias depois, sob o olhar satisfeito do médico.

Nos seus olhos reconfortados pude ler todo o alívio de me ver de pé, curada e saudável, pronta para ir embora. Não tinha como ele saber que o meu coração estava sangrando exatamente como no primeiro dia, dilacerado, porque um pedaço de mim ainda residia naquele quarto.

Pouco a pouco, fui voltando a frequentar a escola.

No primeiro dia, assim como nos seguintes, foi impossível não perceber os olhos sempre fixos em mim. Os cochichos me seguiam aonde quer que eu fosse, e todos ainda falavam sobre o acidente.

Assim que voltei, descobri que Lionel tinha se mudado para outra cidade.

A vida retomou o fluxo tranquilo e corriqueiro, mas não se passava um dia sem que eu fosse visitar Rigel.

Levava buquês de flores para ele, substituindo os velhos; continuava lhe contando histórias e fazia os deveres de casa em uma cadeira perto da parede; repassava os conteúdos de geografia e biologia e, juntos, estudávamos literatura.

— Hoje o professor pediu para a gente fazer uma redação sobre uma obra antiga de nossa escolha — comentei certa noite. — Eu escolhi *A Odisseia*. — Acariciei as páginas do livro sob o bipe agudo dos batimentos cardíacos de Rigel. — No fim das contas, Ulisses volta para casa — falei suavemente. — Depois de tantas dificuldades... Depois de ter passado por provações indescritíveis... Ulisses consegue. No fim das contas, volta para Penélope. E descobre que ela tinha esperado por ele. Passou todo aquele tempo esperando por ele...

Rigel permaneceu imóvel, naquela brancura sem vida. As pálpebras estavam tão pálidas que pareciam uma mortalha.

Às vezes, eu me perguntava quanto lhe custaria levantar aquelas duas abas finas de pele que lhe cobriam os olhos.

Eu ficava com ele o máximo de tempo que podia. As enfermeiras tentavam me mandar embora e me expulsar daquelas quatro paredes brancas, talvez mais pelo meu bem do que por não respeitar as normas do hospital.

Por fim, elas desistiram quando, certa noite, me pegaram tentando dormir enrolada nas cadeiras de metal do corredor. Não me repreenderam daquela vez. Mas a enfermeira-chefe me disse que, à noite, pelo menos à noite, eu precisava ir para casa.

Mas eu não queria...

Eu queria ficar com ele.

Porque Rigel estava ficando mais pálido e mais distante, e a minha alma corroía os meus ossos por cada momento que eu não passava agarrada à mão dele, tentando resgatá-lo daquele abismo.

Por isso, eu sempre chegava um pouco mais cedo e conversava com ele um pouco mais. Nos finais de semana, era eu quem abria as cortinas para ele de manhã, era eu quem lhe dava um bom-dia sussurrado e sempre levava um novo buquê de flores.

Mas à noite...

À noite eu sonhava com mãos brancas e pálpebras abertas em galáxias de estrelas.

Sonhava com ele me olhando com aqueles olhos únicos e profundos, e a cada vez... Rigel sorria para mim.

Sorria daquele jeito doce e sincero que eu nunca tinha visto nele... daquele jeito real que escavava em mim uma ausência dilacerante.

E, quando eu percebia pela manhã que tudo aquilo não havia passado de um sonho, quando percebia que ele não estava de fato ali, o meu peito se partia ao meio e eu só conseguia morder o travesseiro até sentir o sabor das lágrimas.

Porém, assim que começava o horário de visitas, lá estava eu, naquele quarto branco, com as flores e a alma em pedaços.

— Ah... — suspirei certa manhã, ao ver que depois de uma tempestade o sol finalmente tinha rasgado o céu: a luz se fragmentara em um milhão de pedacinhos e um arco-íris brilhava vibrante, com todas as tonalidades.

— Olha, Rigel — sussurrei. Um sorriso triste fez um nó na minha garganta. — *Olha só que cores lindas...*

A minha mão tremeu. Momentos depois, eu já estava saindo do quarto com lábios franzidos e os dedos cobrindo os olhos.

Havia algo de desesperador em ver a vida seguir em frente.

Algo que, apesar da minha ansiedade, fazia o tempo fluir como um rio inexorável.

Não importava quantas vezes eu desejasse que ele diminuísse a velocidade.

Não importava quantas vezes eu implorasse para que parasse, que olhasse o que estava deixando para trás.

O mundo não esperava por ninguém.

Segurando a corda de um balão com os dedos e usando um vestido canelado, naquele dia de primavera, observei a cama lá da porta.

O meu cabelo estava solto e eu ouvia o mesmo som que sempre pulsava no ar.

Aproximei-me da cama dele devagar. Ali, naquele silêncio que mantinha tudo em suspenso por tempo demais, reuni coragem para encará-lo mais uma vez.

Quase um mês.

Quase um mês tinha se passado desde o acidente.

— Billie trouxe para mim — sussurrei lentamente. — Trouxe alguns, na verdade. Diz ela que um aniversário sem balões não é um aniversário de verdade.

Baixei o rosto, frágil como uma folha. Então, estendi a mão até a cabeceira de metal e o amarrei ali, para que permanecesse com ele; ver aquele balão ao lado do seu corpo imóvel fez o meu coração doer.

Eu me sentei na cama.

— Anna fez um bolo de morango. Estava perfeito... O creme derretia na boca. Nunca tinha tido um bolo de aniversário... Mas, pensando melhor, talvez você não fosse gostar. Eu sei que você não gosta de coisas doces demais. — Olhei para as palmas das minhas mãos, abandonadas no colo. — Klaus sempre dorme debaixo da sua cama, sabia? Por mais que vocês nunca tenham se dado bem... acho que ele sente muito a sua falta. Adeline também. Ela não diz isso, tenta me animar, mas... os olhos dela me falam. Ela se importa muito com você. Quer muito que você volte.

Com o cabelo cobrindo o rosto abaixado e os cílios brotando para além dos fios, fiquei ouvindo o som dos batimentos dele por instantes intermináveis.

— Sabe, Rigel... Este seria um bom momento para você abrir os olhos.

Senti uma leve queimação na garganta e engoli em seco, tentando não desabar; pouco a pouco, voltei os olhos para ele.

A luz da janela beijava as pálpebras abaixadas. Já fazia uma semana que não tinha mais nenhuma bandagem na cabeça de Rigel e o médico dissera que, pela falta de movimento, as costelas estavam cicatrizando.

No entanto, a mente nunca estivera tão distante.

Olhando para ele, não pude deixar de admitir que, mesmo com a morte o rondando, Rigel sempre tivera aquela beleza que emudecia o coração.

— Seria um presente inesquecível — falei, sentindo as lágrimas atravessarem as minhas têmporas e chegarem aos olhos. — O melhor presente que você poderia me dar.

A minha mão deslizou até a dele, e eu nunca quis tanto que ele a apertasse de volta como naquele momento. Que ele a fechasse e depois esmagasse a minha até eu perder a sensibilidade dos dedos. Notei de novo aquela sensação de desmoronamento, o pressentimento que eu sabia estar prestes a me destruir.

— Por favor, Rigel... Ainda tem tantas coisas que precisamos fazer juntos... Ainda tenho tanto para te falar... E você precisa crescer comigo, se formar e... tem que comemorar o seu aniversário muitas vezes ainda, e tem que... Tem que ter toda a felicidade que merece... — Lágrimas embaçaram a minha visão. — Eu posso te dar isso. Vou fazer de tudo para te fazer feliz. Prometo... Isso é tudo o que eu quero. Não me deixa nesse mundo sozinha, nós dois somos quebrados e você... Você é o meu encaixe. O meu lindo encaixe...

As lágrimas caíram no dorso da minha mão. O coração acelerou e, mais uma vez, me senti desesperadamente dele.

— Você é a minha luz. E eu estou perdida sem você. Estou perdida... Por favor, olha pra mim... Se você consegue me ouvir, eu te imploro. Volta pra mim...

Algo se encolheu dentro da minha mão.

Uma contração.

Levei um momento para processá-la... e o mundo virou de cabeça para baixo.

Ele tinha se mexido.

Uma emoção violenta dominou a minha garganta e fiquei sem respirar por tanto tempo que a minha voz falhou.

— D... doutor! — sibilei com dificuldade.

Engoli em seco, cambaleando para fora da cama, e corri até a porta com gestos trêmulos.

— Doutor! — gritei. — Dr. Robertson, vem! Rápido!

O médico chegou correndo e, ao ver a expressão no seu rosto, entendi que os gritos repentinos haviam desequilibrado até mesmo um profissional como ele.

— O que aconteceu? — perguntou, correndo para conferir os sinais vitais de Rigel pela tela.

— Ele... reagiu — disparei freneticamente. — Reagiu ao que eu disse... Ele se mexeu...

O médico parou de observar o monitor; então, virou-se para mim. E, ao me olhar, deu de cara com olhos avermelhados e dedos entrelaçados, frágil e trêmula.

— O que você viu? — perguntou, agora em um tom mais cauteloso.

— Ele se mexeu — respondi de novo. — Eu estava segurando a mão dele e ele mexeu os dedos...

O dr. Robertson deu mais uma olhada nos sinais vitais de Rigel; depois, balançou a cabeça.

— Sinto muito, Nica. Rigel não está consciente.

— Mas eu senti — insisti. — Juro, ele apertou a minha mão, não estou imaginando coisas...

O médico suspirou, enfiou os dedos no bolso do jaleco e tirou dali o que parecia ser uma caneta de metal; então, acendeu-a, e dela saiu um feixe de luz fininho, que ele apontou para a pupila de Rigel depois de ter levantado a pálpebra.

Não houve reação.

O mundo desmoronou lentamente. E só me restou ficar olhando para ele, frágil e inútil.

— Mas eu... Eu...

— Pode acontecer de os pacientes em coma se mexerem de vez em quando — disse o médico. — Eles podem ter espasmos, contrações... Às vezes chegam até a chorar. Mas...não significa nada. O movimento é de puro reflexo, uma reação involuntária aos remédios...

Ele me olhou com uma apreensão que me despedaçou ainda mais.

— Sinto muito, Nica.

Nos meus olhos chorosos, senti pela primeira vez algo que queima muito mais do que as lágrimas: a desilusão.

E eu entendi, mais do que nunca, como era destrutivo agarrar-se a uma esperança.

O dr. Robertson pôs a mão no meu ombro antes de sair. Eu sabia que, se tivesse tido forças para olhá-lo, teria sentido a sua dor por ter arrancado mais um sonho de mim.

E ali eu fiquei, no dia do meu aniversário de dezoito anos.

Com o coração definhando entre as costelas e o balão pairando sobre o corpo imóvel.

🦋

Quando criança, eu tinha ouvido falar que a verdade torna o mundo colorido.

Esse é o trato. Até que você a conheça, você nunca verá a realidade em todas as suas nuances.

Mas algumas verdades têm nuances que nos anulam.

Algumas verdades têm histórias que não estamos preparados para abrir mão.

Eu não estava preparada para abrir mão da minha.

Mas eu não tinha mais sorrisos para mostrar a Rigel. Não tinha mais contos de fadas para contar.

Tinha apenas um coração vazio, que me corroía por dentro como um elemento estranho. Havia momentos em que eu tinha a impressão de senti-lo escapar do peito e atingir o chão com um baque, sob os meus olhos dormentes.

Nesses mesmos momentos, eu pensava que, se o meu coração tivesse realmente caído, eu teria me abaixado para pegá-lo sem hesitar. Dentro de mim, cada sensação era dor.

Naquela noite, enquanto fiquei ali com ele, nem as enfermeiras entraram para me dizer que eu tinha que ir embora.

Talvez por terem visto os meus olhos vidrados e não terem conseguido me arrancar daquela cama que parecia manter vivo não um coração, mas dois.

Já tinham se passado alguns dias desde o meu aniversário e nada tinha mudado.

Ele ainda estava ali. Eu ainda estava ali.

Talvez ficássemos ali para sempre.

Eu já não tinha mais histórias para lhe contar; e toda luz que eu tentara lhe dar se apagara como um fósforo dentro daqueles olhos fechados.

Não restava mais nada.

Na minha alma havia apenas um vazio profundo. E foi daí que ouvi ressurgirem palavras que me acompanharam a vida inteira.

— Era uma vez, em um tempo muito, muito distante, um mundo onde ninguém chorava.

A minha voz era um sussurro irregular.

— As emoções não queimavam, e os sentimentos... não existiam. As pessoas viviam com a alma vazia, despidas de emoções. Mas, escondido de todos, em uma imensa solidão, havia um homenzinho vestido de sombras. Um artesão solitário, cujas habilidades tinham um poder estranho e incrível. Dos seus olhos claros feito vidro, ele esculpia e confeccionava lágrimas de cristal.

"Um dia, um homem apareceu na porta dele. Viu as lágrimas do artesão e, movido pelo desejo de poder experimentar um pingo de sentimento, perguntou-lhe se poderia ficar com elas. Nunca, em toda a sua vida, desejara algo tanto quanto desejara a capacidade chorar.

"'Por quê?', perguntou-lhe o artesão com uma voz estranha.

"'Porque chorar significa sentir', respondeu o homem. 'Nas lágrimas se oculta o amor e a mais compassiva das despedidas. Elas são a extensão mais íntima da alma, aquilo que, mais do que a alegria ou a felicidade, nos faz sentir verdadeiramente humanos.'

"O artesão perguntou-lhe se ele tinha certeza, mas o homem implorou; então, ele pegou duas das lágrimas e as inseriu sob as pálpebras dele.

"O homem foi embora, mas, depois dele, vieram vários outros.

"Todos eles pediam a mesma coisa, e o artesão os ajudava. As pessoas choravam: de raiva, desespero, dor e angústia.

"Eram paixões dilacerantes, desilusões e lágrimas, lágrimas, lágrimas; o artesão maculava um mundo puro, tingia-o com os sentimentos mais íntimos e extenuantes.

"E a humanidade se desesperou, tornando-se aquela que conhecemos.

"E é por isso que... toda criança tem que ser boa.

"Porque a raiva não está na sua natureza, o ciúme e o rancor não estão na sua natureza.

"Toda criança tem que ser boa porque choros, birras e mentiras não lhe pertencem.

"E, se você mente, ele ouvirá. Se você mente, quer dizer que pertence a ele, e ele vê tudo, cada emoção que te move, cada arrepio da sua alma. Não se pode enganá-lo.

"Portanto, seja bom, menino. Seja obediente.

"Jamais seja um mau menino e, acima de tudo, lembre-se: não se pode mentir para o fabricante de lágrimas."

As palavras se perderam no silêncio.

Agora que estavam ali, brilhando de tinta, pareciam apenas esperar o fim.

— Sempre foi assim para mim — confessei. — Sempre quiseram que a gente acreditasse nisso. No monstro a ser temido... Mas eu estava errada.

Os meus olhos se voltaram para ele com pálpebras pesadas de lágrimas.

Eu tinha passado um tempão procurando o nosso conto de fadas, sem saber que sempre o tivera dentro de mim desde o início.

— Olha, Rigel — sussurrei por fim, destruída. — Olha como você me faz chorar. Aí está a verdade, então... Você é o meu fabricante de lágrimas. — Balancei a cabeça, desmoronando de vez. — Percebi tarde demais. Cada um de nós tem o seu fabricante de lágrimas... É aquela pessoa capaz de nos fazer chorar, de nos alegrar ou nos despedaçar com um olhar. É aquela pessoa que, dentro de nós... tem um lugar tão importante que nos faz entrar em desespero com uma palavra ou nos emocionar com um sorriso. E não se pode mentir para ela... Não se pode mentir para aquela pessoa, porque os sentimentos que nos ligam a ela transcendem qualquer mentira. Não se pode dizer a quem amamos que o odiamos. É isso mesmo... Não se pode mentir para o fabricante de lágrimas. Seria como mentir para si mesmo.

A angústia me dominou e cada centímetro da minha pele doía. Sabia que, se existisse um final para aquela história, ficaria para sempre com aquele menino de olhos pretos que eu tinha visto tantos anos antes atrás da porta de uma instituição.

— Eu queria ter te olhado nos olhos enquanto dizia isso — falei em meio aos soluços, espremendo o cobertor com os dedos. — Queria que você lesse isso no meu olhar no momento em que eu te dizia... mas talvez seja tarde demais. Talvez o nosso tempo tenha acabado... e esse seja o último momento que me resta...

Descansei a testa no peito dele. E, enquanto o mundo desaparecia comigo, confessei-lhe as únicas palavras que havia guardado para o nosso final.

— *Eu te amo, Rigel* — sussurrei com o coração despedaçado. — Te amo como se ama a liberdade na escuridão de um porão. Como se ama uma carícia após anos de hematomas e de surras... Te amo como só se ama o céu, que nunca se despedaça. Te amo mais do que já amei qualquer cor na minha vida... E te amo... como só sei amar você, *apenas você*, que me faz bem e mal mais do que qualquer outra coisa, que é a luz e a escuridão, o universo e as estrelas. Te amo como só sei amar você, que é o meu fabricante de lágrimas...

O choro me estremeceu até os ossos e eu me agarrei às páginas daquela história com tudo que havia dentro de mim.

Com cada partícula desesperada do meu ser...

Com cada lágrima e cada respiração.

Com todos os meus curativos e aquela alma que não poderia mais sentir.

E, por um momento... jurei sentir o coração dele bater mais forte. Queria pegá-lo entre as mãos e abraçá-lo contra o corpo, protegê-lo para sempre. Mas só podia levantar os olhos e encará-lo como tinha feito todos os dias.

Só podia reunir coragem para olhá-lo de novo.

E, dessa vez...

Dessa vez, quando o meu coração saiu do peito... eu o ouvi bater.
Mas não me abaixei para pegá-lo.
Não. Permaneci indefesa.
Porque as minhas pupilas...
As minhas pupilas olhavam diretamente para outras pupilas.
Os meus olhos... olhavam diretamente para outros olhos.
Olhos cansados, exaustos.
Olhos pretos.
Por um instante, deixei de existir. A emoção que me dominou foi tão visceral e incrédula que me anulara, eu estava apavorada demais para ter esperança.
Com os olhos afogados em lágrimas, encarei aquela fenda fininha que separava as suas pálpebras, incapaz de me mexer. Senti que, se eu ousasse respirar, aquele momento se estilhaçaria como se fosse vidro.
— *Rigel...*
Mas os olhos dele...
Os olhos dele permaneceram ali.
Não sumiram como nos sonhos.
Não evaporaram como uma ilusão.
Permaneceram voltados para mim, frágeis e reais, olhos cansados de lobo que devolviam o meu reflexo.
— Rigel...
Tremi violentamente, devastada demais para acreditar naquilo. Mas eu não estava imaginando. Rigel estava olhando para mim. Aquilo não era um sonho.
Rigel tinha aberto os olhos.
A minha testa se contraiu em sulcos e o nome dele surgiu nos meus lábios: por fim, me soltei e aquele vazio devorador explodiu de mim, junto com um terremoto de angústia e de dor.
Uma alegria tão intensa atravessou o meu corpo que me tirou o fôlego. Eu me deitei com a cabeça no peito dele, sem energia, e aqueles olhos foram o mais lindo milagre de todos.
Mais amado do que qualquer céu.
Mais desejado do que qualquer conto de fadas.
Porque é verdade que há uma história para cada um de nós, é verdade, mas a minha não tinham mundos brilhantes nem filigranas douradas, não... A minha tinha roseiras de espinhos e pálpebras abertas sobre galáxias de estrelas.
Tinha constelações de arrepios e espinhos de pesar, e eu os apertei desesperadamente, e os abracei um a um, até o último.

Levei a mão à bochecha de Rigel aos soluços, e ele continuou a me olhar como se, mesmo na completa confusão que sentia naquele momento, entendesse que estava diante de um rosto que provocava nele um sentimento muito profundo e ilimitado.

E eu... não desviei os olhos dos dele.

Nem por um segundo. Nem mesmo quando estendi a mão para o lado e pressionei o botão para chamar as enfermeiras... Ou quando todos chegaram às pressas e vozes incrédulas explodiram.

Nem mesmo quando todo o departamento mergulhou em um frenesi inesperado.

Fiquei com ele o tempo inteiro, acorrentada àquele olhar, de corpo e alma.

Fiquei com ele exatamente como fizera todas as noites nos meus sonhos, e todos os dias de todas as semanas.

Fiquei com ele sem nunca ir embora, até...

Até o fim.

꧁🦋꧂

Demorou um pouco até que Rigel conseguisse falar.

Eu sempre acreditei que aqueles que acordavam de um coma se mostravam receptivos logo de cara ou, em todo caso, donos do próprio corpo, mas descobri que não era assim.

O médico me informou que levaria algumas horas até que ele pudesse ter controle total dos próprios movimentos e que, quando o coma durava mais que duas semanas, muitos pacientes caíam em um estado vegetativo, mas ficou feliz em me informar que, após tantas complicações, pelo menos essa última lhe fora poupada.

Ele também me explicou que, depois de acordar, algumas pessoas podiam ficar agitadas e agressivas porque não reconheciam o lugar em que se encontravam. Por isso, ele recomendou que eu falasse com Rigel com calma, quando estivesse ao lado dele de novo.

Antes de me deixar a sós com Rigel novamente, o dr. Robertson apoiou a mão no meu ombro e me deu um sorriso tão esperançoso que encheu os meus pulmões.

Quando ele saiu, levei uma mecha para trás da orelha e me virei na direção do garoto que estava deitado na cama.

Ao vê-lo tão calmo, o meu coração sentiu um alívio imenso.

Percorri o seu rosto com os dedos, traçando as feições, e, abaixo de mim, Rigel abriu os olhos.

Piscou devagar, ainda fraco demais para se mexer, e se concentrou no contorno do meu rosto.

— Oi... — sussurrei, mais suave do que nunca.

A linha que indicava os batimentos sinalizou duas palpitações próximas.

Ao ouvir aquele som tão presente do coração dele, lágrimas de uma alegria irreprimível fecharam a minha garganta: enquanto me reconhecia, as suas pupilas se ancoraram nas minhas feito estrelas binárias.

Afastei delicadamente algumas mechas de cabelo dele, tentando convencer a mim mesma de que não estava sonhando.

— Finalmente você voltou — sussurrei. — Você voltou para mim.

Rigel me encarou com os olhos cheios dos meus e, por mais que o corpo dele estivesse visivelmente exausto, para mim, ele estava mais maravilhoso do que nunca.

— Como nas suas histórias — disse ele com voz rouca e, ao ouvir o som daquela voz de novo, senti um amor tão ardente que comecei a tremer.

Lágrimas brotaram nos meus olhos como velhas amigas e eu permiti que me dominassem, abalada demais para lutar contra elas.

— Você... estava me ouvindo?

— Todos os dias.

Abri um sorriso em meio às lágrimas, sentindo-as escorrer pelo rosto. Tudo aquilo que eu lhe contara, sussurrara, confessara, ele tinha ouvido. Tudo.

Rigel sabia que eu não deixaria que ele se fosse de novo. Por nenhum motivo do mundo.

— Eu te esperei por muito tempo — sussurrei, enquanto os meus dedos se entrelaçavam aos dele, sentindo o seu aperto.

Demos as mãos, como o lobo e a menina, e naquelas palmas unidas encontrei toda a luz que eu nunca tinha deixado de procurar.

— *Eu também.*

34

RECUPERAÇÃO

*Existe uma força que não pode ser medida.
É a coragem de quem nunca deixa de ter esperança.*

A recuperação de Rigel levou algum tempo.
Vários dias se passaram antes que ele conseguisse restabelecer completamente uma rotina de sono, e mais alguns foram necessários para permitir que o corpo retomasse o domínio de cada estímulo e movimento.

Ele recuperou a lucidez e, apesar dos impedimentos físicos que o prendiam à cama, não demorou a revelar todas as nuances indisciplinadas da sua personalidade.

No entanto, se existia uma coisa que Rigel nunca tinha tolerado era receber cuidados ou demonstrações de preocupação, fossem quais fossem. Talvez porque, devido à doença, ele as rechaçara tantas vezes que, com o tempo, desenvolvera uma espécie de aversão a qualquer um que se aproximasse dele com o olhar preocupado. Portanto, enquanto lutava para acordar, Rigel não tivera que lidar com a possibilidade de se ver todos os dias forçado aos cuidados amorosos de completos desconhecidos.

Principalmente da equipe de enfermagem.

Ao longo daquelas semanas, todas passaram a amar aquele garoto encantador com aparência de anjo que dormia um sono injusto e lutava pela própria vida; e todas cuidaram dele com muita atenção, trocando os curativos e olhando para ele como um sonho frágil demais para durar.

Agora que o garoto havia aberto as pálpebras, revelando dois magnéticos e irreverentes olhos de lobo, o ar parecia crepitar, eletrizante e exaltado.

E aquilo era algo que, como se podia imaginar, não agradara nem aos médicos, nem à enfermeira-chefe, muito menos a Rigel.

— Srta. Dover? — chamou uma voz certa tarde.

Eu estava a um passo da porta do quarto dele e, quando me virei, vi que era a enfermeira-chefe vindo na minha direção.

— Ah, bom dia! — Segurei firme as flores que estavam comigo e o livro que eu trouxera para ele. — Tudo bem?

Ela, uma mulher grande com seios proeminentes e braços fortes, pôs as mãos na cintura e me olhou com uma expressão bem pouco amistosa.

— Aconteceram alguns *desentendimentos*...

— Ah, hum... de novo? — gaguejei, tentando tornar a conversa mais leve com uma risada, mas ela não parecia de bom humor, então me limitei a abrir um sorriso meio forçado.

— Eu imagino... sim, que tenha sido alguma... *divergência*... — arrisquei.

— Mas tente entendê-lo, não é fácil para ele. Não faz por mal... É um cara legal. Ele ladra, mas não morde. — Então, pensei no assunto um instante e me corrigi: — Quer dizer, na verdade ele morde, de vez em quando... mas está mais para uma defesa... — Balancei a cabeça delicadamente. — É que, sabe... Essa situação o estressa.

— *Estressa?* — repetiu ela, indignada. — Veja bem, ele recebe todo o cuidado e atenção que precisa! — rebateu. — Mais ainda, até!

— Exatamente...

— *O que disse?*

— Tenho certeza disso — tratei de acrescentar depressa. — É só que ele... bom... como posso dizer... é meio *selvagem*, mas... garanto à senhora que é um bom garoto. A senhora se surpreenderia se soubesse o quanto ele sabe ser educado. Só precisa se acostumar um pouco...

Vi que ela estava me encarando com a testa ainda franzida, então, tirei um lírio do buquê e entreguei o esplêndido perfume, dando a ela o mais suave dos sorrisos. Diante daquela doçura, ela amoleceu e pegou a flor com um grunhido, e eu fiquei feliz.

— Não se preocupe. Confia em mim. Tenho certeza de que ele vai saber se comportar da forma mais adequada que...

— O que você está fazendo?

Eu me virei na mesma hora. Aquele tom alarmado tinha vindo do quarto de Rigel.

Entrei lá às pressas sem nem pensar duas vezes: a enfermeira em frente à cama estava corada e agitada.

Desviei dela e, só então, eu o vi.

Banhado pelo sol que iluminava as cortinas brancas, o peito de Rigel estava envolto em uma bandagem elaborada e os cobertores puxados até a altura da pélvis. Sombras destacavam-se abaixo das maçãs do rosto e, sob as sobrancelhas arqueadas, as íris estavam ressaltadas de forma assombrosamente incrível.

E ele as usava para fulminar a enfermeira ao lado.

— O que está acontecendo? — perguntei quando vi que o torso dele estava levantado e o braço, apoiado no colchão para fazer impulso. Entre os dedos, ele agarrava o cobertor como se fosse uma espécie de prisão.

— Eu disse a ele que não pode se levantar — respondeu ela. — Mas ele não quer me dar ouvidos...

— Está tudo bem — falei, abrindo um sorriso educado para a mulher enquanto colocava a mão no ombro de Rigel e o trazia de volta para baixo. Senti que os músculos mal continham a vontade de se rebelar. — Não tem motivo para se alarmar...

Ela escapuliu dali, levando consigo a bandeja do almoço. Eu a observei desaparecer pela porta e então me virei para ele, abrindo um sorriso suave.

— Aonde você pensa que vai?

Rigel olhou para mim como uma fera em cativeiro. No entanto, preferiu limitar-se a isso.

Arrumei as flores calmamente, como se não o tivesse flagrado desobedecendo ao médico de novo.

— Como você está hoje?

— Às mil maravilhas — disse ele em tom mordaz. — Daqui a pouco eles vão pendurar uma plaquinha do lado de fora do meu quarto, como em um zoológico.

Rigel não estava de muito bom humor. Provavelmente o fato de ter sido flagrado tentando fugir de novo não tinha ajudado.

— Você precisa ter paciência — arrisquei delicadamente, arrumando as pétalas com os dedos. — Está nas mãos de profissionais muito capazes, sabia? E seria bom, de vez em quando, ser gentil. Ou pelo menos não tão hostil. Você poderia ao menos tentar?

Rigel me encarou com o lábio superior ligeiramente franzido e eu lhe lancei um olhar indulgente.

— Me disseram que você foi rude com um enfermeiro... É verdade?

— Ele queria enfiar dois tubos de plástico no meu *nariz* — sibilou, indignado. — Eu disse a ele que poderia educadamente enfiá-los no meio do...

— Ah, Nica, que bom te ver de novo!

O dr. Robertson entrou no quarto com o jaleco esvoaçante e uma pasta debaixo do braço. Em seguida, juntou-se a nós e, alegremente, disse:

— Bom dia, Rigel. A sopa estava boa?

Rigel sorriu educadamente.

— Estava *deprimente*.

— Estamos de bom humor, pelo que vejo — comentou o médico, passando a lhe fazer as perguntas de rotina.

Ele perguntou se Rigel estava cansado naquele dia, ou se tivera algum tipo de vertigem. Perguntou-lhe também se as dores de cabeça eram frequentes e Rigel respondeu tanto quanto necessário, como se respondê-lo fosse uma obrigação que não tinha como evitar.

— Bom — comentou o dr. Robertson. — Eu diria que a recuperação está indo bem.

— Quando é que vou poder ir embora daqui?

O médico piscou e o observou com olhos arregalados.

— *Ir embora?* Ir embora... Bom... A microfratura da pélvis foi curada. A clavícula... ainda vai levar algumas semanas. E as costelas ainda não sararam. Colocar a vida em risco não é algo que se possa ignorar, né?

Rigel lhe lançou um olhar perfurante, mas o médico o sustentou firmemente.

— Além disso, devo lembrar também que, por mais desagradável que possa ser a comida de hospital, é importante que você coma. É necessário para que o seu físico se recupere.

Fiquei olhando de um para o outro, sem entender muito bem por que pairava no ar aquele claro sentimento de desafio. Rigel parecia estar se esforçando muito para não dizer nada que pudesse soar rude, como eu havia acabado de sugerir, e quase percebi um ar de presunção no dr. Robertson, como se ele tivesse vencido o jogo.

— Volto aqui mais tarde — informou o médico, satisfeito. E foi embora, sumindo triunfantemente pela porta.

Rigel se afundou nas almofadas com um suspiro tão resignado que soou como um rosnado. Em seguida, levantou os braços e os cruzou sobre o rosto.

— Se eu ficar mais um pouco aqui...

Era incomum ouvi-lo falar tanto. Mas o que tínhamos passado derrubara o muro atrás do qual ele sempre havia ocultado a alma. Era como se, depois das minhas palavras e do que eu tinha feito por ele, Rigel finalmente tivesse entendido que não precisava mais se esconder de mim.

— Você ficou um mês em coma — o lembrei enquanto me sentava ao lado dele. — Não acha que tudo isso é... necessário?

— Eu ficaria *agradecido* — disse ele entredentes — se pelo menos os curativos não fossem trocados toda hora desnecessariamente.

— Você não pode deixar que te mimem de vez em quando?

Rigel congelou. Afastou o braço e olhou para mim como se eu tivesse dito a coisa mais ridícula do mundo.

— *Que me mimem?* — repetiu com sarcasmo.

— Sim, que te mimem... — respondi, corando. — Sei lá, sabe, relaxar... deixar se levar um pouco. Sei que não é fácil para você... mas, de vez em quando, você pode tentar se entregar aos cuidados de alguém. Curtir um pouco de atenção — balbuciei, olhando para ele de relance.

Os braços de Rigel ainda estavam cruzados sobre o rosto, mas os olhos estavam fixos em mim.

Por um instante, tive a impressão de que ele estava pensando seriamente no verbo *mimar*, mas com um significado bem diferente do meu...

Antes que ele pudesse dizer qualquer coisa, eu me levantei com um movimento delicado. Alisei a camiseta que estava vestindo e ajeitei o cabelo atrás da orelha.

— Aonde você vai? — perguntou, como se eu estivesse partindo para o outro lado do mundo.

Eu me virei e percebi que ele ainda estava me observando.

— Só vou às máquinas de venda automática — respondi e, depois, ri. — Está com medo de que eu vá embora?

Rigel me olhou de relance, talvez temendo que, deixando-o à mercê dos médicos, alguém pudesse se aproveitar da minha ausência para enjaulá-lo naquele quarto.

Era incomum vê-lo tão vulnerável e nervoso, preso em um ambiente que, graças à personalidade complexa, lhe parecia hostil, então sorri gentilmente para ele e acariciei o cabelo escuro.

— Vou pegar um pouco d'água. Já volto... Dá uma olhada no livro que eu trouxe para você, é aquele sobre as estrelas, que você pediu.

Eu lhe lancei um longo olhar antes de sair.

Atravessei o corredor inteiro até a recepção, onde peguei algumas moedas e parei em frente à máquina de venda automática.

— Ah, você está aqui!

Atrás de mim, uma garota esguia caminhava na minha direção.

— Adeline!

Ela abriu um sorriso radiante enquanto eu jogava o cabelo para trás. Estava vestindo uma blusa índigo esvoaçante que combinava perfeitamente com os seus olhos.

— Trouxe as chaves de casa para você... Anna disse que você esqueceu.

Ela me passou o chaveiro em forma de borboleta e eu o peguei.

— Ah, obrigada, não precisava se incomodar...

— Fica tranquila, eu estava por perto... Asia está lá fora, ela passou na frente da loja de carro e agora vai me levar para casa. Deu tudo certo com os lírios?

— Perfumadíssimos — agradeci, alegre. — Você estava certa.

Nos olhos brilhantes dela encontrei aquela luz que nos unia.

Adeline não precisava mais procurar emprego. O evento no clube tinha sido um sucesso e os arranjos de flores de Anna foram tão requisitados que, nos dias seguintes, o telefone tinha explodido com ligações constantes. Ela fora contratada para uma sequência interminável de eventos, um mais importante do que o outro, e a loja tivera a tão esperada oportunidade que merecia.

Mas a coisa não acabava ali: com os olhos cheios de afeto, Anna perguntara a Adeline se aceitaria trabalhar na loja, oferecendo-lhe o emprego que ela tanto procurava.

Quando Carl, o assistente de Anna, vira Adeline entrar pela porta, o queixo dele quase tocara o chão. Ele se oferecera imediatamente para ajudá-la, mas não sabia que Adeline sempre tivera uma sensibilidade rara, capaz de iluminar até os dias mais cinzentos; e, para mim, não fora nenhuma surpresa descobrir que ela tinha uma afinidade particular com as flores que a tornava perfeita para aquele trabalho.

E não havia palavras... capazes de expressar o que eu sentia quando entrava na loja e as encontrava ali, juntas, rindo e batendo papo.

Eu sempre quisera que Adeline continuasse na minha vida.

Agora sabia que ela faria parte dela para sempre.

— Asia não vai entrar? — perguntei, olhando para a porta.

— Ah, não, está no carro me esperando — disse com um sorriso, balançando a cabeça. — Você sabe como ela fica impaciente.

Entre elas surgira uma amizade inesperada durante a minha internação. Quando Asia voltara para mais uma visita, Adeline fizera de tudo para envolvê-la: as duas ficavam atrás de mim, cada uma com uma mecha do meu cabelo, e, enquanto Asia resmungava dizendo que era impossível, Adeline ria baixinho e lhe mostrava como fazer uma trança espinha de peixe.

Com o tempo, Asia passou a me visitar mesmo sem ninguém pedir.

— Até que ela não é tão ruim — sussurrou Adeline em tom de brincadeira.

— Não, não mesmo — concordei. — Ela tem uma personalidade meio difícil, mas... é uma boa pessoa. Só sabe dizer que eu sou obstinada. — Sorri ao me lembrar das palavras dela. — Incurável, teimosa e tenaz como a esperança.

— É verdade. Você é mesmo. Você é como a esperança.

Ergui o rosto e observei Adeline. O seu tom não era despreocupado como o meu. Não... Era sincero.

— Eu não conseguiria fazer o que você fez.

— Adeline...

— Não — disse ela com voz transparente. — Eu não conseguiria dar conta. Ficar do lado dele todos os dias sem nunca desanimar. Acordar todas as manhãs com força para sorrir. Você deu tudo de si para ele... Falou com ele todos os dias e todas as noites. Você teve força para seguir em frente mesmo quando estava enfraquecendo... Você nunca desistiu. O que o médico disse é verdade. Só uma luz tão poderosa quanto a sua poderia trazê-lo de volta.

Um calor envergonhado preencheu o meu peito e eu arqueei ligeiramente os lábios.

— O médico nunca disse isso... — murmurei, mas Adeline me lançou o mesmo sorriso frágil.

— Ele me pediu para não comentar com você.

Abaixei o rosto e encarei os dedos. Os curativos eram uma reconfortante profusão de cores.

— Asia me ajudou. No momento em que eu estava definhando, ela me ajudou a não me perder. Agora eu sei por que Anna gosta tanto dela... ela estava certa sobre Asia.

Adeline acariciou o meu braço em um gesto de encorajamento.

— Ah — exclamou quando uma buzina soou lá de fora. — Tenho que ir agora...

— Você não vai dar um oi para Rigel?

— Ah, eu adoraria, mas Asia está me esperando! Talvez eu volte amanhã, depois do expediente... Você vai estar aqui?

Assenti, feliz.

— Claro.

Ela sorriu para mim. Depois, despediu-se e deu meia-volta em um redemoinho de fios dourados.

Eu a observei sair correndo e, espiando pelo portão, vi quando abriu a porta de um carro.

Asia levantou os óculos escuros, murmurando algo que parecia uma bronca, e vi Adeline rir enquanto colocava o cinto. Momentos depois, saíram cantando pneu.

Voltei com um sorriso nos lábios e o cabelo farfalhando nas costas.

Quando cheguei ao quarto de Rigel, notei que ele não estava mais sozinho.

Havia uma bandeja ao lado da cama e a enfermeira que a trouxera estava ajustando o lençol para que os tubos do soro não ficassem emaranhados.

Percebi que já a tinha visto um monte de vezes ali dentro; era ela quem trocava os curativos dele. Era bem jovem e delicada feito um cervo, mas, quando ela tocava a pele de Rigel, eu sentia uma coceira na boca do estômago.

Rigel pareceu notar que ela o estava observando; estava prestes a fulminá-la, mas, no último segundo, uma faísca atravessou os olhos. Ele olhou para a etiqueta no uniforme dela e se ergueu, pairando sobre ela com um sorriso persuasivo.

— O que me diz, Dolores, podemos comer algo *decente* por aqui?

Ela corou e arregalou os olhos. Tentou responder, mas, diante daquele olhar, só saíram palavras desconexas.

— Desculpa, mas não... não sou eu...

— H-hum.

A enfermeira deu um pulo como se algo tivesse explodido. Depois, virou-se para mim e me encontrou ali, parada na porta. Com as bochechas em chamas, passou por mim e sumiu.

Encarei Rigel com o lábio franzido. Fui até a cama e botei a garrafa na mesinha de cabeceira, enquanto ele via a tentativa de melhorar o almoço ir pelos ares.

— Será que você poderia evitar... subornar as enfermeiras? — murmurei, fazendo um leve beicinho.

Rigel se endireitou entre as cobertas com gestos rígidos.

— Estava tentando ser *cortês*... — disse entredentes, sem fazer o mínimo esforço para soar convincente.

Eu o encarei com um toque de reprovação.

— Você não pode se levantar — lembrei, olhando o curativo complexo na clavícula. — O médico disse que você precisa manter o braço o mais imóvel possível... Está doendo, né? — sussurrei, vendo o perfil ligeiramente contraído da mandíbula dele. — Ah, Rigel... você sabe que não deve fazer esforço...

Rigel nem se importava com as costelas fraturadas, mas eu me lembrava bem das dores que me assombravam a cada momento. Até respirar doía. Eu tinha certeza de que ele estava sentindo aquela mesma dor.

— Se você quer ir embora daqui, precisa manter a calma, seguir as recomendações e, acima de tudo... comer — concluí, desviando os olhos para a bandeja que tinham lhe trazido.

Rigel lançou um olhar hostil para a comida, mas eu estendi a mão para pegá-la e coloquei a bandeja em cima dos joelhos, observando o conteúdo: um copo d'água e uma fruta, que para os convalescentes era purê de maçã.

Peguei a embalagem de plástico e a revirei entre os dedos antes de abri-la; então, coloquei a colher de chá na bandeja e a levei até ele.

— Vai, come.

Ele fulminou o purê com os olhos como se pudesse envenená-lo, mas, tirando isso, tive a sensação de que estava sentindo muita dor ao se mexer; Rigel havia se desgastado muito com aquela movimentação toda, embora jamais fosse admitir.

— Não, obrigado — murmurou em um tom que teria feito qualquer um desistir, mas não a mim.

Com gestos delicados, peguei a embalagem e a segurei entre os dedos. Ajustei a postura no assento e, então, afundei a colher na polpa dourada.

— O que você está *fazendo*?

— Quanto mais parado você ficar, melhor... O médico também disse isso, não disse? — Abri um sorriso terno. — Vai, abre.

Rigel me encarou, com a colher na mão, como se mal pudesse acreditar. Quando pareceu entender que a minha intenção era justamente aquela de que suspeitava, ou seja, de *dar comida na boca dele*, ele semicerrou os olhos com uma expressão indignada e feroz.

— De jeito nenhum.

— Vai, Rigel, deixa de ser criança... — sussurrei enquanto me aproximava. — Vai logo. — Posicionei a colher na beirada da boca dele e lhe lancei o meu olhar mais indefeso.

Ele contraiu a mandíbula e me encarou com lábios cerrados, como se o instinto de jogar a bandeja longe travasse uma batalha furiosa com o fato de ter sido eu a propor aquele gesto.

— Vai... — falei com voz aveludada.

Rigel cerrou os dentes. Parecia estar se esforçando bastante para segurar as palavras que lhe pressionavam a garganta. Então, ao encarar a minha expressão doce e disposta e o toque de encorajamento nos meus olhos, depois do que me pareceu ter sido uma verdadeira batalha interna, enfim decidiu abrir a boca.

Levei a colher para dentro dos seus lábios com um gesto suave, e Rigel me encarou com olhos de fogo até quase me consumir. Por fim, com um olhar cheio de amargura, ele engoliu.

— Bom, estava tão ruim assim?

— Sim — disparou, mal-humorado, mas eu já tinha preparado uma segunda colherada.

Por um momento, pensei que ele fosse destroçá-la com os dentes. Mas, com um pouco de boa vontade e paciência, consegui convencê-lo a comer mais da metade.

A certa altura, uma gota dourada escapuliu do canto dos seus lábios e, sem pensar, usei a colher para recolhê-la. Quando viu que os meus olhos ardiam de ternura, não aguentou mais.

— *Já chega* — sibilou Rigel, arrancando a embalagem e a colher das minhas mãos.

Ele as jogou na mesinha de cabeceira e, antes que eu pudesse protestar, a bandeja acabou tendo o mesmo destino.

— Ah, bom... — sussurrei bem baixinho — Quase conseguimos...

O braço deslizou em volta da minha cintura e me puxou para perto de si.

Tentei não cair em cima dele, mas foi inútil: a força com que ele me segurava me impedia de sair dali.

— Rigel — balbuciei, pega de surpresa —, o que você está fazendo?

Tentei me afastar, mas ele me abraçou, pressionando-me contra o corpo. Antes que eu pudesse dizer mais alguma coisa, ele levou os lábios ao meu ouvido e rosnou com irreverência:

— Você não vai me negar um pouquinho de... *mimo*, vai?

As minhas bochechas pegaram fogo enquanto o calor da sua pele me lembrava do quanto eu tinha sentido falta dele. Fiquei ofegante e Rigel afundou o rosto no meu pescoço, inalando o perfume e me envolvendo com o braço. Senti os pulmões dele se expandirem lentamente.

— Rigel, estamos em público... — murmurei, vermelha.

— *Mmm...*

— Se alguém entrar aqui...

Os dedos dele tiraram lentamente a minha camiseta de dentro da calça jeans, encontrando um caminho sobre a pele da minha cintura. Quando apertou o meu quadril, prendi a respiração.

— R... Rigel, você não vai querer irritar a enfermeira-che...

Estremeci e arregalei os olhos, em choque, levando a mão para baixo do rosto.

Ele tinha acabado de morder o meu pescoço.

— *Rigel!*

O tempo curou mais de uma ferida.

Billie e Miki foram o meu maior alívio.

O que tinha acontecido comigo fizera com que elas levassem em conta que, às vezes, a vida pode ser imprevisível e não há tempo o suficiente para desperdiçá-la com mal-entendidos. Assim, finalmente tinham conversado cara a cara e, embora nenhuma das duas tenha me falado qual fora o teor da conversa, entendi que a tempestade havia passado.

Certa vez, cheguei até a ver as duas chegando na escola de mãos dadas; ao notar o olhar honesto de ambas, entendi que aquele gesto simplesmente demonstrava o retorno de um afeto mútuo.

No entanto, ao examinar o rosto de Miki, não encontrei melancolia ou decepção; entendi que, para ela, poder estar de novo ao lado de uma pessoa que lhe era tão importante superava qualquer desejo do coração.

E provavelmente o relacionamento delas não seria mais como era antes... mas, olhando-as de mãos dadas, entendi que, pouco a pouco, as duas também encontrariam um jeito de manter a proximidade.

Até o fim.

Certa tarde, eu as convidei para virem à minha casa para fazermos um trabalho de escola juntas; naquele mesmo dia, peguei o meu coração e o abri como um livro.

Contei tudo.

Desde quando perdi os meus pais; quando me vi diante dos portões de uma instituição, com cinco anos, sozinha e sem nada. Falei de quando os dias no Grave viraram anos e da diretora, das páginas que ela arrancara de nós, marcando para sempre a história da nossa vida.

E, então, falei sobre Rigel.

Contei tudo, nos mínimos detalhes, sem deixar nada de fora; cada ataque e provocação, cada segredo e cada palavra não dita; cada momento que nos aproximara e nos unira com um fio mais forte do que o destino.

Contei a nossa história e, naquele momento, senti que não teria mudado uma vírgula.

Por mais que fosse tão imperfeita e diferente, por mais que, aos olhos de muitos, sempre seria algo incompreensível... aquela era a única história que eu queria.

No hospital, as coisas melhoraram.

Tiraram as bandagens de Rigel e ele começou o processo de reabilitação. A recuperação total dos movimentos gerou vários problemas, e perdi a conta de quantas flores tive que dar à enfermeira-chefe pelas várias *divergências* que ocorreram.

Além do mais... havia a questão da adoção.

Como Rigel não era mais membro da família Milligan, deveria voltar a uma instituição, mas Anna fez de tudo para evitar que ele fosse mandado para longe. Deu vários telefonemas e apresentou-se pessoalmente ao Centro de Serviços Sociais explicando que, devido à doença de Rigel, tê-lo por perto lhe permitiria manter contato e, assim, manter a serenidade mental que era crucial para a condição dele.

Graças ao médico, de fato, Anna anexou documentos que destacavam como a harmonia psicológica de Rigel influenciava na manifestação das crises dele; um clima de paz, conforme demonstrado, tornava-as mais leves e esporádicas; o estresse e a angústia, por outro lado, só as agravavam.

Por fim, para surpresa e alívio de todos, foi definido que ele seria transferido para o instituto Saint Joseph. O mesmo de Adeline.

O Saint Joseph era muito mais perto que o Grave e a apenas algumas paradas de ônibus de distância; o diretor era um homem baixinho e atarracado, e Adeline me garantiu que, apesar do jeito rabugento, era uma boa pessoa: observando os seus olhos sinceros, parte de mim sentiu um alívio ao saber que Rigel não ficaria sozinho.

Em relação à escola, porém, Anna já tinha pago as mensalidades do ano inteiro, então ele concluiria os estudos comigo.

Enquanto eu caminhava pelo corredor vazio no fim daquela tarde, os meus passos ecoaram contra as paredes como já fizeram inúmeras vezes. No entanto, foi difícil imaginar que, no dia seguinte, eu não voltaria mais ali.

Parei diante do quarto de sempre.

A cama estava arrumada e a cadeira encostada na parede tinha sumido. A mesinha estava vazia, sem nenhuma flor que quebrasse toda aquela brancura.

Tinha chegado o momento de ele ter alta.

Parada diante daquela porta, admirei o seu perfil, que se destacava contra a luz.

Lá fora havia um crepúsculo lívido, ainda salpicado de chuva. As nuvens brilhavam com um vermelho flamejante e a luz que resplandecia no ar parecia capaz de quase tudo.

Rigel estava parado perto da janela. O cabelo preto emoldurava o rosto e os ombros fortes se destacavam contra o vidro; estava com a mão enfiada no bolso, e aquela pose o tornava tragicamente fascinante.

Tirei um tempinho para contemplá-lo em silêncio.

Eu o revi criança, com aquele rostinho de anjo e olhos tão pretos.

Eu o revi aos sete anos, com os joelhos ralados e os curativos nas mãos.

Eu o revi aos dez, com uma velinha à frente e o olhar perdido no vazio.

Eu o revi aos doze, com olhar desconfiado e queixo baixo, e depois aos treze, quatorze e quinze, aquela beleza sem escrúpulos que parecia nunca ter fim.

Rigel não se deixando tocar, silenciando a todos com inteligência, jogando a cabeça para trás e desatando a rir sem alegria. Rigel estalando a língua descaradamente, apavorando a todos com um simples olhar — Rigel me observando de longe, escondido, com olhos de garoto mas coração de lobo.

Rigel, tão raro, complicado, sombrio e encantador.

Eu o olhei por completo e não pude acreditar que ele era... meu.

Que, dentro dele, o coração de lobo carregava o meu nome, em silêncio.

Eu jamais deixaria que ele se afastasse de novo.

🦋

— Então, aqui estamos nós — ouviu.

Rigel virou a cabeça e viu Nica se aproximando com as mãos entrelaçadas nas costas. O cabelo comprido ondulava lentamente e havia algo de absolutamente brilhante nos poços de estrelas que ela tinha no lugar dos olhos.

Então, parou ao lado dele, perto da janela.

— E aí, Rigel? Você aceita não fugir mais? — perguntou Nica. — Aceita ficar comigo?

Rigel a encarou com olhos semicerrados.

— Você aceita ficar comigo? — Ele rebateu a pergunta, com a voz rouca e calma. Depois, observou-a atentamente e sussurrou: — Aceita... o que eu sou?

Nica ergueu os cantos dos lábios. Olhou para Rigel daquele jeito que derretia a sua alma e respondeu:

— Já aceitei.

E Rigel sabia que era verdade.

Demorara muito a entender isso. A aceitar.

Foram necessárias todas aquelas súplicas que Nica lhe fizera.

Foram necessárias as lágrimas. E os gritos. Fora necessária a angústia de vê-lo ir para um lugar que ela não podia alcançar.

Foram necessárias aquelas palavras que ela lhe sussurrara na última noite para que Rigel entendesse de uma vez por todas.

Por um instante, perguntou-se o que teria acontecido se as coisas tivessem se desenrolado de outra forma. Se eles nunca tivessem caído daquela ponte. Ele teria ido embora para salvá-la de si mesmo e Nica jamais saberia que cada escolha que Rigel fizera ao longo da vida girava em torno de um único propósito.

Ela.

Talvez um dia, depois de um tempo impossível de se prever, eles teriam se reencontrado.

Ou talvez não. Talvez acabassem se perdendo para sempre e ele teria passado uma vida inteira imaginando-a crescer.

Mas ela estava ali, depois de semanas de lágrimas nos olhos.

E, contemplando aqueles olhos que ele carregava dentro de si desde pequeno, Rigel sentiu o coração sussurrar para ela...

Só assim pude entender.

Sentindo você do meu lado todos os dias.

E ouvindo o seu choro todas as noites.

Nunca acreditei de verdade que você pudesse... me querer.

E, agora que você sabe o desastre que eu sou, pode entender por quê.

Sempre achei que você teria sido mais feliz se eu tivesse aberto mão de você. Eu não sei ser como os outros, gostaria de lhe dizer, com o coração em desespero, *nunca fui e nunca vou ser.*

Mas você me fez entender... que eu estava errado.

Porque, agora que você sabe de tudo, sei que me vê de verdade por aquilo que eu sou. E, apesar disso, você não quer me mudar. Apesar disso, você não sente medo. Apesar disso, tudo o que você quer é... ficar comigo.

E, no fim, no fim de todas aquelas palavras não ditas, no fim de tudo o que ele sempre tinha sido, Rigel fechou lentamente os olhos e apenas sussurrou...

— Aceito.

Ela sorriu, trêmula e radiante.

— Que bom — sussurrou com uma emoção que parecia escancarar o peito.

O olhar de Nica parecia dizer: "Teremos tempo para fundir nossas imperfeições e fazer algo bonito com elas".

Ela era tão, mas tão irresistível que Rigel se perguntou como estava conseguindo conter o impulso de tocá-la. Antes que pudesse fazer qualquer coisa, porém, Nica estendeu os braços para a frente e lhe entregou o que estava escondendo nas costas.

Ele ficou pasmo.

Era uma rosa preta. Com muitas folhas e um caule cravejado de espinhos.

Era como aquela que ele lhe dera havia muito tempo e depois despedaçara em um rompante de angústia.

— É... pra mim?

— *Eu?* — Nica arqueou a sobrancelha em tom de brincadeira. — *Dar uma flor pra você?*

Rigel inclinou o rosto para o lado, prestes a fechar a cara; já estava franzindo a testa, mas algo totalmente inesperado aconteceu.

Uma força invisível arqueou os seus lábios e, pela primeira vez, ele sentiu nascer dentro de si algo sincero e espontâneo.

Não a careta com a qual mascarava a dor. Não...

O que Rigel viu no reflexo dos olhos dela foi um sorriso impiedosamente esplêndido.

Nica o encarou sem respirar. Os olhos ainda brilhavam um pouco, mas, agora, estavam arregalados e emudecidos como ele nunca os tinha visto.

Se fosse possível, Rigel teria desejado que ela o olhasse daquele jeito para sempre.

— Eu gosto quando você sorri — sussurrou Nica, retribuindo o sorriso.

Agora, os dedos tremiam e, ao vê-la daquele jeito, com as bochechas coradas e a emoção iluminando os olhos, o impulso de tocá-la tornou-se insuportável.

Rigel deslizou os dedos pelo cabelo dela e a puxou para si.

Tentou não machucá-la enquanto a segurava perto do corpo.

Meu Deus, o cabelo dela... o perfume... os olhos brilhantes que sempre o olhavam sem medo, cheios de expectativa, mesmo quando a segurava daquele jeito.

Nica era a estrela dele.

Rigel inclinou-se sobre a orelha dela e, com a mão livre, envolveu a mão que Nica usava para segurar a rosa.

Enquanto o verme reivindicava aqueles lábios convidativos, Rigel ficou pensando que poderia dizer a ela qualquer coisa a respeito de tudo o que sempre carregara dentro de si, ali e naquele momento.

Bem no fim de tudo.

Que a amara todos os dias, desde quando eles eram apenas crianças.

Que a odiara porque ele nem sequer sabia o que era o amor, e então se odiara exatamente pelo mesmo motivo.

Que ela lhe fazia bem de um jeito que quase lhe fazia mal, porque cada flor dentro dele mordia e tinha espinhos, como aquela rosa que seguravam entre os dedos.

Poderia lhe dizer muitas coisas, todas ali, no ouvido dela.

Poderia sussurrar: "Eu te amo com todo o meu ser".

Mas, em vez disso, segurando firme o cabelo dela, escolheu dizer:

— Você é... o *meu* fabricante de lágrimas.

E Nica, tão doce, pequena e frágil, sorriu. Sorriu com as lágrimas e com os lábios.

Porque era como se Rigel estivesse lhe dizendo...

Você é o motivo pelo qual posso chorar e a razão pela qual eu sou feliz.

Você é o motivo pelo qual a minha alma é plena e sente, sente tudo aquilo que pode sentir.

Você é o motivo pelo qual suporto qualquer dor, porque vale a pena mergulhar na noite para ver as estrelas.

Você é tudo isso para mim e muito mais do que eu saberia dizer.

Mais do que qualquer um poderia entender.

Ele a beijou, mergulhando na sua boca. Devorou os lábios dela suavemente, devagarinho, achando-os incrivelmente macios e doces.

Nica segurou o rosto dele entre as mãos e, pela primeira vez, Rigel pensou que havia um alívio naquela dor incrédula que só ela conseguia lhe infligir.

Porque aquelas pétalas e espinhos sempre fariam parte dele.

Do início ao fim.

E... não importava se era a rosa que ele segurava na mão ou as que carregava dentro de si.

Afinal, as flores que ela lhe dera eram iguais.

35
UMA PROMESSA

Existem três coisas invisíveis de poder extraordinário.
A música, o perfume e o amor.

O sol de junho brilhava no céu.
 O ar estava quente e leve como uma pétala de flor.
 No pátio da escola, em meio ao alvoroço de centenas de vozes, uma multidão de famílias e alunos estava no auge das comemorações.
 Era o dia da formatura.
 Avós orgulhosos abraçavam os netos, assim como os pais que os imortalizavam, e uma música suave e delicada saía dos alto-falantes da escola como trilha sonora para cada palavra.
 Parecia um daqueles dias impossíveis de esquecer, um dia em que até o ar tinha algo de mágico, diferente e especial, capaz de ficar na memória para sempre.
 — Sorriam!
 O clarão de um flash se refletiu nos nossos sorrisos. Anna segurava o meu braço e Norman me abraçava pelo ombro enquanto eu segurava o diploma nas mãos, eufórica. A beca batia nos tornozelos e o capelo me dava um ar mais engraçado do que solene.
 — Essa ficou muito boa! — exclamou Billie, vitoriosa, e o cordão dourado do chapéu de formatura balançou no ar.
 — Você é uma fotógrafa habilidosa — reconheceu Norman, tímido e sorridente, talvez por causa das várias fotos que ela já havia tirado de nós.
 Ela ficou ainda mais exultante.
 — Temos que tirar uma de todo mundo junto! — disse, feliz da vida. — Quero pendurar no hall lá de casa!
 Billie nos deu o sorriso mais alegre que eu já tinha visto. Os olhos brilhavam como se fossem pedras preciosas. Ela se virou e correu um pouco mais à frente, onde Miki e os pais estavam na companhia de outros dois adultos.

Os pais de Billie riam animadamente e se destacavam em meio à multidão como um par de papagaios coloridos: ele usava uma camisa tropical e ela tinha a cabeça cheia de cachos e um par de brincos de festa pomposos, presente de alguma comunidade indígena da Amazônia. Quando Billie nos apresentou, eles apertaram os meus dedos com ambas as mãos, entusiasmados, e me observaram com aquele olhar apaixonado que eu já tinha visto um monte de vezes nos olhos da minha amiga.

Gostei demais deles.

Eu sabia o quanto era importante para Billie que os pais estivessem ali naquele dia, mas, ao ver o carinho que tinham pela filha, entendi que não perderiam aquilo por nada no mundo.

Agora, estavam absortos em um relato eletrizante que, a julgar pelos gestos, parecia uma caçada de macacos: os pais de Miki, impecáveis como a realeza, os ouviam com um leve sorriso e as mãos gentilmente apoiadas nos ombros da filha.

Estava tudo bem.

Havia luz na minha vida.

E aquele era um dia de imensa felicidade, um momento de pura alegria. Por uma fração de segundo, parte dos meus pensamentos se concentrou no meus pais.

Queria que eles estivessem ali...

Queria que eles pudessem me ver.

Nas minhas memórias, eles eram o detalhe mais precioso: eu os via de costas, eu parava para observar tudo, eles caminhavam diante dos meus olhos. Papai era a imagem mais borrada dos dois, uma silhueta desfeita pelo tempo, mas da mamãe eu me lembrava como uma luz que nunca é esquecida.

Eu ficava para trás, com a curiosidade que o mundo despertava em mim desde pequena, e ela, envolta na luz do dia, sempre se virava para me encontrar.

Ela olhava na minha direção, sorridente, e a mão que estendia para mim se destacava em meio aos raios de sol.

"Nica?", era tudo que ela dizia. Tinha a voz mais doce do mundo. "Vem."

Alguém colocou a mão no meu rosto.

Eu me virei e vi que Norman estava ajustando cuidadosamente a corda do meu capelo. Olhei para ele, que me deu um sorriso discreto. A consideração daquele gesto foi um alívio no coração.

— Chegaram!

Um coro de vozes entusiasmadas ergueu-se ao redor. Alguns se viraram. Em meio às pessoas, vários pares de garotas e garotos avançavam pelo gramado, levando grandes cestos pendurados nos braços.

— O que é isso? — perguntou Anna, tentando ver.

— É para a despedida dos formandos — respondi enquanto um sorriso surgia no meu rosto. — Achei que não fossem fazer, mas...

Eu sabia que nos anos anteriores eles tinham preparado um pequeno espetáculo, mas, dessa vez, foi diferente: o mesmo comitê encarregado de organizar o Dia das Flores tinha pensado em algo que pudesse ser, ao mesmo tempo, divertido e comemorativo.

Coroas de flores começaram a substituir os capelos de todos: lírios brancos para as meninas e, para os meninos, folhas de um lindo verde-floresta enfeitadas com pequenas frutinhas escuras.

Com certeza era uma escolha inusitada, quase bizarra, mas ver todos aqueles jovens andando orgulhosamente por aí com brotos e frutinhas na cabeça me fez sorrir.

Anna levou a mão ao peito e riu.

Não tive tempo nem de reagir antes que alguém tirasse o chapéu da minha cabeça e o trocasse por uma coroa de flores: quando me virei, vi Billie rindo alegremente e se voltando para Miki, que soprou uma mecha de cabelo preto que tinha ficado presa debaixo da coroa de lírios da amiga e ergueu o rosto para fulminá-la com os olhos.

Ela pegou uma coroa de uma cesta sem sequer se virar e lançou um olhar flamejante para Billie.

— Você se prepare... — ameaçou, brandindo a coroa como uma arma contundente.

Foi inútil tentar intervir: fiquei olhando enquanto Miki a perseguia e enfiava a coroa de flores na cabeça dela como se quisesse derrubá-la.

Lancei um olhar radiante para Anna e Norman e, animada, peguei uma coroa masculina. Em seguida, fui me afastando em meio às pessoas.

Abri caminho pela multidão de rostos felizes enquanto a fragrância das flores começava a se espalhar pelo ar. Por fim, quando encontrei o que procurava, parei. Perto dali, um jovem fascinante conversava com a diretora; junto deles havia também mais duas pessoas, um homem e uma mulher, que certamente falavam com ele sobre o futuro.

Rigel estava de costas, com a beca desabotoada, o capelo debaixo do braço e a mão enfiada no bolso, que deixava à mostra a calça de corte elegante.

Fui me aproximando com cautela, sem querer interromper um momento importante, mas naquele instante o homem e a mulher assentiram e apertaram a mão dele. A diretora fez um aceno de cabeça e os convidou a segui-la: juntos, eles se afastaram, e eu decidi alcançá-lo acelerando o passo.

Parei atrás dele e chamei a sua atenção pigarreando.

Rigel se virou e me olhou, mas, quando viu a minha expressão travessa, a voz soou um tanto incômoda.

— Chega de foto...

Em resposta, levei a coroa para perto do rosto dele, eufórica. Os olhos pretos se concentraram nela e ele arqueou a sobrancelha.

— Só pode estar de brincadeira — disse Rigel em voz neutra, embora eu tenha detectado uma pontinha de incerteza na entonação, como se ele tivesse aprendido com o tempo a entender quando eu estava falando sério.

— Quer colocar? — perguntei.

— Dispenso *com o maior prazer* — brincou ele, mordaz, com aquela adorável atitude de estraga-prazeres.

Mas eu estava aprendendo a entendê-lo.

— Vamos — insisti, aproximando-me com um sorriso. — Todo mundo está usando...

— Não...

Eu o interrompi antes que ele pudesse rebater: com um salto, estendi a mão e a coloquei na cabeça dele. Algumas bagas caíram e ricochetearam no peito. Rigel piscou os olhos, rígido, como se não tivesse caído a ficha de que eu tinha acabado de fincar uma coroa de flores na sua cabeça.

Mas, antes que ele pudesse reagir, segurei o seu queixo entre os dedos e fiquei na pontinha dos pés para beijar a mandíbula.

Ele franziu a testa e eu lhe dei um sorriso angelical.

— Ficou ótimo em você — comentei, balançando levemente enquanto pegava a mão dele e entrelaçava nossos dedos.

Rigel percebeu que eu estava tentando amolecê-lo e, com o coração acelerado, quase pensei tê-lo visto levantar um canto dos lábios.

Pode sorrir, gostaria de lhe dizer, com o coração batendo forte, *pode sorrir, de verdade, está tudo bem...*

— Aham, sei.

Lentamente, ele foi levando as nossas mãos entrelaçadas para as minhas costas e me puxou para perto de si. Fiquei presa com o pulso para trás e aqueles olhos semicerrados me encarando.

A coroa realmente tinha lhe caído muito bem: parecia um príncipe dos bosques.

— Satisfeita? — murmurou.

Fiz que sim, radiante, e uma pétala de lírio balançou entre os meus olhos. Rigel observou a expressão no meu rosto enquanto a minha outra mão acariciava sua bochecha.

— Eu sonhei com esse dia. — Percorri o rosto dele com os olhos. — Eu sonhei em te ver aqui. Sonhei em ver você se formando comigo.

A doçura da minha voz fez o olhar se aprofundar. Ele sabia que eu estava me referindo a quando achei que o tivesse perdido. Então, ficou em silêncio, deixando-me tocá-lo, e baixou os olhos até encontrar os meus lábios.

— O que vai acontecer agora?

— O que a gente quiser que aconteça — respondi com afeto, porque não estava mais com medo. — Esse é só o começo.

Fechei os olhos, desfrutando daquela proximidade, e aninhei a cabeça no pescoço dele. Deixei-me envolver pelo seu calor e desejei que ele sentisse a alegria que estremecia o meu coração.

Eu tinha vida dentro de mim e estava feliz. Feliz por vê-lo ali, com aquela coroa na cabeça, feliz por estar com ele no início de uma nova e linda jornada.

Eu estava pronta.

— Ei!

Billie acenou com a máquina fotográfica.

— Temos que tirar a foto de todo mundo junto!

Por sorte, a distância a impediu de ouvir o comentário mal-educado de Rigel: os outros se juntaram a nós e, depois de uma infinidade de fotos, seguimos com as comemorações.

No fim do dia, o pátio estava cheio de pedaços de pétalas e frutinhas espalhados por todo lado. Despedi-me de Rigel quando ele foi obrigado a ir embora, provavelmente para dar continuidade à conversa com a diretora, e ficamos apenas nós no pátio.

Tinha sido um dia inesquecível.

Senti alguém passar os dedos pelo meu cabelo.

Era Anna. Com gestos deliberados, ela ajeitou um lírio na minha testa e me olhou com ternura.

— Estou muito orgulhosa de você...

Todo o carinho contido naquelas palavras ficaria gravado na minha memória para sempre. Eram tão sinceras e cativantes que eu não conseguia me afastar dos olhos dela.

Havia algo que eu queria lhe pedir. Já fazia um tempo que desejava fazer isso, na verdade, mas nunca tivera coragem. Naquele momento, ali na frente dela, percebi que não queria mais esperar.

— Anna — sussurrei —, eu queria visitar Alan. — A voz soou suave, mas decidida.

Senti a mão parar no meu cabelo.

— Eu queria ter pedido antes — admiti, escolhendo as palavras com cuidado. — Nunca parecia ser o momento certo. Não sabia nem se podia pedir. Mas eu gostaria... muito. — Observei-a com olhos suaves e honestos, sustentando o seu olhar. — Acha que poderíamos ir fazer uma visita?

O rosto de Anna expressou um sentimento que eu nunca tinha visto antes.

Eu sempre tivera medo de ser invasiva, inapropriada e insensível. Sempre temera passar dos limites, porque o afeto era uma dádiva que eu só tinha visto de longe.

Apenas com o tempo compreendi que no amor não existe intromissão, mas partilha.

Anna inclinou o rosto e, no seu olhar, vi uma resposta que não precisava de palavras.

Fomos direto para lá.

Eu ainda estava usando a coroa de lírios.

Já era tarde, e a luz do pôr do sol banhava os mármores brancos. Não havia ninguém no cemitério, o sossego pairava entre os epitáfios e se fundia ao ar quente e perfumado do início do verão.

Alan estava nos fundos, à sombra de uma bétula.

Quando chegamos, notei que alguém lhe deixara algumas flores: estavam frescas, não deviam ter mais de um dia.

— Asia — murmurou Anna com um sorriso agridoce.

Não havia uma única camada de musgo na pedra: intuí que ela ia ali com frequência para verificar se estava sempre limpa e arrumada.

Norman se abaixou e depositou um buquê de flores em tons de azul na grama que crescia em frente à lápide. Levou um bom tempo para acertar o papel, certificando-se de que não estava amassado e que cada dobra e cada canto estavam perfeitos.

Quando se levantou, Anna foi até ele e acariciou o seu ombro. Descansou a cabeça na dele enquanto eu observava o túmulo de Alan, e o vento era o único som à nossa volta.

Eu queria lhe dizer muitas coisas.

Queria falar de mim, dele, da pessoa que ele era, confessar-lhe que, embora eu nunca tenha ouvido o som da sua voz, de uma forma impossível, estranha e indefinida eu o sentia por perto.

Queria preencher aquele silêncio, dar-lhe algo em troca, algo que, no entanto, eu não tinha como expressar, porque a minha presença significava a ausência dele.

Queria encontrar uma maneira de falar com ele do fundo do coração, mas, quando Anna e Norman se viraram, no silêncio que nos envolveu, eu ainda estava ali, parada na frente da lápide.

Eu os ouvi andando devagar, os sapatos batendo no paralelepípedo.

Não me mexi: continuei observando a inscrição gravada no mármore, sem ver mais nada além daquilo.

Lentamente, levantei os braços e tirei a coroa da cabeça. Ajoelhei-me diante dele e, então, a coloquei ao pé do seu nome, segurando-a por um momento entre os dedos cheios de curativos.

— Vou cuidar deles — sussurrei, dando voz ao meu coração. — Vou tentar estar à altura de duas pessoas tão extraordinárias. Prometo.

Um vento trouxe a fragrância das flores próximas.

Eu me levantei, enquanto o cabelo solto esvoaçava ao meu redor. Dentro de mim, aquela promessa alcançou o fundo da alma. Eu a manteria com todo o meu ser, todos os dias, enquanto me fosse possível.

Para sempre.

— Nica? — ouvi alguém me chamar.

Dei meia-volta. Os raios quentes do sol inundavam tudo. Norman e Anna me esperavam no caminho de pedra. Ela sorriu, cercada de luz. Em seguida, estendeu a mão.

E eu ouvi, no fundo do meu coração, a voz mais doce do mundo sussurrar:

— *Vem.*

36
UM NOVO INÍCIO

Todo fim é o início de algo excepcional.

Três anos depois

Um calor agradável entrava pela janela aberta.
 Do bairro tranquilo vinha o farfalhar das folhas e o canto primaveril dos pássaros.
— Então... A leptospirose é uma infecção que tem sintomas bifásicos... — Mordisquei a caneta, concentrada.
Lambi o lábio e anotei as informações no papel, terminando o trabalho que deveria entregar na semana seguinte.
Klaus tirava um cochilo entre as minhas pernas cruzadas; acariciei-o distraidamente ao mesmo tempo em que folheava o livro sobre doenças infecciosas para consultar os apêndices.
Estava no terceiro ano da faculdade de Medicina Veterinária, uma profissão que eu havia escolhido de corpo e alma; achava todas as matérias fascinantes, mas, apesar disso, o caminho exigia muito esforço e, por mais que aquele fosse um dia especial, eu com certeza não poderia deixar de estudar...
— Nica! Chegaram!
Uma voz me chamou lá de baixo e eu levantei a cabeça na hora. Um sorriso se abriu nos meus lábios e, no mesmo instante, larguei a caneta na cama.
— Já estou indo!
A minha euforia foi tão estridente que Klaus acordou indignado. Ele se levantou e pulou para o chão, irritado, bem no momento em que eu fazia o mesmo.
Corri até a porta do quarto, mas, no último segundo, derrapei e parei em frente ao espelho.

Notei o meu estado e ajeitei de leve a camisa listrada colada ao corpo, tirando os pelos de gato do short jeans.

Eu parecia meio dispersa, mas isso não me incomodou. Olhei para o meu reflexo e a superfície do espelho me devolveu a imagem do rosto fresco e luminoso de uma jovem adulta.

O rosto não era mais aquele retrato magro e acinzentado que cruzara a soleira de casa pela primeira vez anos antes.

Quem me olhava de volta era uma garota de tez rosada e saudável, com sardas destacadas pelo sol e rosto fino, mas carnudo. Pulsos delicados, sem ossos à mostra, e um olhar luminoso que refletia uma alma feita de luz. Curvas mais suaves e pronunciadas completavam o que, no momento, era de fato o corpo de uma jovem de 21 anos.

Bom... vinte e um anos *recém-completados.*

Sorri, soprando a mecha rebelde que roçava a minha testa, e então saí do quarto.

Nos meus dedos brilhavam apenas três curativos coloridos. Eu os olhei com entusiasmo, percebendo como foram diminuindo progressivamente ao longo dos anos.

Quem sabe um dia eu não precisasse mais deles... Eu olharia para as mãos sem nada, sabendo que todas as cores estavam dentro de mim. Sorri de novo... *só dentro de mim.*

No corredor, encontrei Klaus, ainda ofendido pelo que acabara de acontecer, e, ao passar por ele, belisquei o seu traseiro.

O gato deu um pulo, ultrajado, e eu aproveitei que ainda estava meio sonolento para bater em retirada. Ele estava com treze anos, e passava mais tempo dormindo do que qualquer outra coisa, mas ainda tinha bastante energia e sempre corria feito um pião.

Eu ri enquanto Klaus me perseguia escada abaixo e, naquele momento de total euforia, o meu pensamento voou momentaneamente para *ele.*

Quando é que me ligaria? Seria possível que ainda não tivesse arrumado um tempo para me escrever?

Cheguei ao térreo e pulei para o lado: já Klaus, por sua vez, passou direto por mim sem conseguir me agarrar a tempo. Entrei na sala de jantar toda sorridente.

— Cheguei — disse, ouvindo o gato miar, vingativo, à distância.

Anna se virou e sorriu para mim. Estava linda e radiante: usando uma camisa de algodão bufante e calça azul meia-noite, ela parecia o sonho luminoso que eu tanto desejara na infância.

E não era o único...

A sala era uma explosão de cravos. O ar exalava um perfume intenso que invadiu as minhas narinas. Entrei prestando atenção aos vasos no chão, e ela me passou uma das flores enquanto eu passava por cima de um buquê avermelhado. Peguei-a entre os dedos e, trocando um olhar de cumplicidade, enterramos o nariz na corola.

— Pão!
— Lavanderia e...
— Papel novo!
— Casca de maçã... não, melhor... Gengibre...
— Definitivamente tem cheiro de pão. Recém-assado!
— Nunca uma flor cheirou a pão!

Como sempre, não pude deixar de rir. Enterrei o nariz no cravo e soltei uma risada cheia de divertimento, e ela se juntou a mim.

Aquele sempre seria o nosso jogo.

Por mais que, durante todo esse tempo, muitas coisas tenham mudado, Anna e eu... nos olharíamos assim para sempre.

Depois do sucesso daqueles anos, os negócios aumentaram tanto que ela não apenas tinha expandido a loja, mas aberto mais duas. Uma já estava funcionando fazia alguns anos, a outra estava quase pronta e, embora já tivesse arranjos de flores espalhados por toda a cidade, as encomendas não paravam de chegar.

Agora uma TV de última geração brilhava na nossa sala de estar e os sofás eram novos; os tetos foram todos repintados e um belo carro vermelho estava estacionado na entrada reformada. Mas aquela ainda era a nossa casa, e eu não a mudaria por nada no mundo.

Eu gostava assim, com o papel de parede e as escadas estreitas, com o piso liso onde Klaus escorregava e as panelas de cobre que brilhavam na luz da cozinha.

E Anna também... apesar das roupas sofisticadas e da elegante presilha prateada que no momento brilhava no cabelo, ela ainda tinha os mesmos olhos que eu tinha visto ao pé da escada naquela manhã do Grave.

Ela se tornara a minha mãe adotiva.

Depois de um ano de guarda provisória, ela e Norman finalizaram a minha adoção e tínhamos nos tornado uma família.

Agora, eu era Nica Milligan.

E, embora a princípio a mudança de sobrenome tenha me assustado, depois de um tempo eu me convenci de que tinha feito a escolha certa. Não havia nada mais bonito do que ler o meu nome e ver a união de quatro pessoas que me amaram como filha.

— É melhor eu dar um sumiço nisso antes de hoje à noite, senão a gente não vai ter onde jantar — constatou Anna em tom descontraído.

— Podemos comer assim também, Adeline e Carl não se importariam... — Girei o cravo e depois perguntei, ansiosa: — Você acha que Carl vai pedi-la em casamento? Sei que talvez seja meio cedo, mas ele tem 28 anos... e, toda vez que tento perguntar isso para Adeline, ela fica supercorada e esconde o sorriso com as mãos...

— Aquela menina está escondendo coisas da gente — comentou Anna com uma risada, brincando com a haste de uma flor.

O toque do celular chegou aos meus ouvidos. Endireitei o pescoço e me virei, criando um redemoinho de fios de cabelo.

É ele!

Murmurei para Anna que tinha que atender e saí correndo da sala. Eu estava certa de que deveria procurar no quarto, mas a direção de onde vinha o som me fez intuir que eu tinha esquecido o celular do lado de fora. Fazer um lanche ao ar livre, ao sol, com os pés descalços e o cheiro de ar puro já tinha se tornado um hábito indispensável.

Corri até a varanda, mas quase tropecei em alguém.

— Ah, Nica, cuidado!

— Desculpa, Norman — respondi, tentando arrumar o cabelo que estava todo bagunçado.

Ele me entregou o celular que eu havia deixado na mesa de ferro e relaxei o rosto, radiante.

— Obrigada.

Norman sorriu para mim e, depois, esticou o pescoço para me dar um beijo na bochecha. Ele sempre tinha sido meio desajeitado, mas essa era uma das coisas de que eu mais gostava da sua doçura.

— Parabéns de novo — disse ele, com o boné do trabalho na cabeça. — Nos vemos hoje à noite?

— Claro. — Levei os braços às costas e balancei, feliz, movendo os dedos dos pés. — Esperamos você em breve. E... por favor, tenha piedade daqueles pobres ratinhos...

— Nada de rato, é mais um ninho de vespas...

— Bom, elas também têm uma razão de existir — rebati sem rodeios, inclinando o rosto. — Não acha?

— Explica isso para a sra. Finch — respondeu Norman, olhando-me com aquela expressão eloquente, como se eu fosse meio travessa.

Sempre tivemos visões diferentes sobre o trabalho dele e eu nunca perdi uma oportunidade de injetar nos seus pensamentos um pouco do meu raciocínio. No passado, isso nem passaria pela minha cabeça, mas, para mim, crescer significara me familiarizar com o mundo, fortalecer as minhas certezas e aprender a não temer o julgamento da minha família.

Inclinei a cabeça e me despedi antes virar o celular que ainda tocava com apreensão.

Não, não era ele.

Era Billie.

Uma gota de decepção manchou o meu coração. Não havia nada que me alegrasse mais do que falar com as minhas amigas, mas, apesar disso, não pude conter a pontada de desânimo que senti quando vi que não era o nome *dele* piscando na tela.

Será que tinha se esquecido?

Não podia ter se esquecido de um dia tão importante... certo?

Engoli a amargura e me preparei para atender.

— Alô?

— PARABÉNS! — O grito explodiu no meu ouvido, fazendo-me cambalear.

— Billie! — Dei uma risada confusa. — Você já me deu parabéns, a gente se falou hoje de manhã!

— Já abriu o nosso presente? — perguntou ela, curiosíssima, referindo-se ao pacote que ela e Miki tinham me enviado.

— Ah, sim — respondi, passeando pela varanda. — Vocês são... loucas!

— Então você gostou?

— Gostei demais — sussurrei com sinceridade. — Mas não precisava. Sabe-se lá quando custou...

— Segui a dica do meu pai — disse animada, ignorando as minhas palavras. — Ele diz que é uma das melhores do mercado. Tira fotos incríveis, e você precisa ver que paleta de cores! Já experimentou? A gente mandou alguns filmes também, você viu?

— Sim, já tirei uma. — Peguei uma foto de dentro do bolso da calça jeans e a olhei com ternura. Anna e Norman, na nossa sala de jantar, sorriam abraçados. — Ficou muito boa — sussurrei, toda feliz. — Muito obrigada... de verdade.

— Imagina! — exclamou ela. — Não é todo dia que se faz 21 anos! É um marco importante... quase mais do que a maioridade! Merecia um presente adequado... E hoje à noite, então? Tudo confirmado? Vamos jantar na sua casa?

— Sim, Sarah disse que vai trazer o bolo e Miki, o vinho.

— Vamos torcer para Miki relaxar um pouco — confessou ela, esperançosa. — Pelo menos hoje à noite... Sabe, Vincent tenta agradá-la de todas as formas, mas... enfim, Miki é Miki...

Suspirei em solidariedade.

E me lembrei de quando éramos apenas garotinhas. Aquele momento depois do acidente tinha sido um recomeço para todos.

A princípio, não tinha sido fácil. Billie tinha ciúme de tudo que Miki fazia sem ela. Esse comportamento também me confundia, e mais de uma vez me peguei pensando que talvez a parte mais íntima e emocional dela no fundo correspondesse aos sentimentos da amiga. Logo depois percebi que não era o caso.

Miki era parte fundamental da sua vida e, com o tempo, Billie adquirira a maturidade necessária para entender que se distanciar um pouco não significava que iria perdê-la. Compreendera que não poderia sufocá-la com o afeto que nutria por ela e, quando Sarah entrara na vida de Miki, Billie tinha sido a que mais se esforçara para que ela se sentisse à vontade.

Miki conhecera Sarah em um show do Iron Maiden, dois anos antes; quando elas ficaram juntas, o pai dela ficara atônito ao perceber que todos aqueles cuidados para que nenhum *homem* entrasse em casa tinham sido em vão.

— Vincent é um bom garoto — tentei tranquilizá-la. — Miki só precisa de tempo. Você sabe como ela é...

— Pois é... — resmungou Billie do outro lado.

Estava namorando com Vincent havia vários meses. Era um cara espontâneo e meio sem jeito, que teria me lembrado uma versão mais jovem de Norman, se eu o tivesse conhecido naquela época.

Ele sabia como a relação dela com Miki era sólida e sempre tentava envolver a amiga da namorada nas coisas: sempre lhe deixava o melhor lugar à mesa e tentava de todas as maneiras diverti-la com piadas, talvez buscando uma espécie de aceitação que ela, no entanto, não facilitava.

Miki nunca tinha sido boa em fazer novos amigos. E Vincent... bom, ele não era um amigo, e sim o namorado de Billie. E, embora aquele lugar especial no coração dela agora pertencesse apenas a Sarah, talvez por algum tipo de... proteção natural em relação à melhor amiga, Miki ainda não tinha deixado a defensiva de lado.

A relação das duas sempre tinha sido muito exclusiva. Talvez fosse por isso que era tão complicado.

— Dá um tempo a ela. Você vai ver que vai dar tudo certo.

— É que... Eu só queria que ela gostasse dele, só isso — disse Billie com um suspiro. — Eu faço muita questão... Saber que as pessoas que eu amo gostam dele é importante para mim — murmurou, e eu semicerrei os olhos, compreensiva; éramos muito parecidas nesse quesito.

— Tenho certeza de que ela gosta dele. Só que ela precisa do próprio tempo para externar isso. E, além do mais, Sarah adora Vincent... Ela vai conseguir amolecê-la, você vai ver. Não se preocupa.

Billie suspirou novamente, mas, dessa vez, tive certeza de que ela estava sorrindo.

— Vamos torcer para que o vinho faça efeito. — Ela deixou escapar, e eu reprimi um sorriso.

Conversamos mais um pouco, e depois me despedi, prometendo que nos falaríamos mais tarde para combinarmos o horário.

Quando desliguei, aquele leve sentimento de decepção não tinha sumido. O meu coração doía um pouco, como se alguém o estivesse espetando com um alfinete.

Era um dia especial e apesar de, desde pequena, eu nunca ter tido muitas expectativas, as coisas tinham mudado, nós tínhamos crescido e eu não conseguia deixar de pensar que receber parabéns dele no dia do meu aniversário de 21 anos era um desejo pelo qual ninguém poderia me culpar.

Eu só queria ouvir a sua voz acariciar os meus ouvidos e observar aqueles olhos escuros dentro dos quais eu tinha deixado o meu coração. *Eu o queria ali*, a todo custo, e, embora tivesse sido eu a primeira a lhe dizer que tinha um trabalho para entregar, não me conformava com a ideia de que justamente naquele dia estivéssemos separados.

Que justamente naquele dia ele não tivesse ligado.

Que justamente naquele dia ele tivesse alguma obrigação da faculdade.

Graças às excelentes notas com que havia saído do Ensino Médio, Rigel havia obtido uma promissora bolsa de estudos na Universidade Estadual do Alabama.

Eu sempre pensei que ele fosse se inclinar para matérias mais... filosóficas ou literárias, dada a sua vasta bagagem cultural, mas Rigel decidiu estudar Engenharia. E, entre todos os ramos possíveis, tinha escolhido a Aeroespacial.

Era uma das carreiras mais difíceis e complexas e muitos alunos desistiam antes mesmo de completar o primeiro ano, mas foi a partir do final do Ensino Médio que eu percebera como o universo, de alguma forma, o fascinava.

No hospital, ele só queria saber de ler livros sobre mecânica celeste e, quanto mais eu lhe trazia textos sobre a cinemática das estrelas, mais ele parecia inclinado a perder o sono para passar a noite entendendo as suas leis e teorias.

Sendo sincera, eu nunca tinha pensado que ele pudesse se interessar tanto pelo espaço. Provavelmente pela relação controversa que sempre tivera com o próprio nome, e com tudo o que a solidão das estrelas significava para ele. Mas também era possível que, de certa forma, constelações e galáxias tenham se internalizado nele a tal ponto que o desejo de entender os seus segredos se transformara em um interesse profundo e insondável, até se tornar uma escolha.

Só temos medo daquilo que não conhecemos, li certa vez. E Rigel optara por não se deixar dominar por aquilo que o marcara, e sim estudá-lo e compreendê-lo, dissecá-lo e torná-lo seu. Talvez as estrelas sempre tivessem feito parte da vida dele, desde que o guardaram naquela noite, embrulhado em uma cesta diante dos portões do Grave.

Os professores viviam lhe dizendo como ele era brilhante, que certamente teria uma carreira espetacular.

Porém, por mais feliz que eu estivesse, o percurso que ele escolhera tomava ainda mais tempo do que o meu. E, como se isso já não bastasse, desde o primeiro ano, Rigel começara a dar aulas particulares para ganhar um dinheiro extra.

Era absurdo quantos alunos se desesperavam para passar nas provas. Ainda mais em uma faculdade difícil como a dele. Alguns lhe ofereciam somas exorbitantes em troca de ajuda, outros precisavam superar o último obstáculo para se formar e pareciam dispostos a tudo.

Por isso, quase nunca nos víamos ultimamente. Rigel andava muito ocupado com os trabalhos que devia entregar e as aulas particulares tomavam grande parte do seu tempo, como se... tivessem um propósito específico para ele.

Rigel certamente não era uma pessoa que fazia o possível para ajudar os outros; se estava fazendo aquilo, havia um motivo. Eu tinha entendido que aquele dinheiro lhe serviria para algo, porque ele não o gastava com besteira, como outras pessoas fariam.

Era um mistério que ele não quisera me explicar.

Mesmo depois de tanto tempo, ele ainda escondia segredos de mim. Essa certeza só fez aumentar a dor que eu sentia.

O celular voltou a me sobressaltar.

Era uma mensagem.

Uma mensagem *dele*...

O meu coração bateu forte, mas, no momento em que a abri, fiquei surpresa ao ver que não era o que eu esperava.

Ele tinha me enviado um endereço.

Abaixo disso, as únicas palavras que acrescentara tinham sido: "Vem aqui".

Encarei a mensagem, na esperança de encontrar algo a mais ali, talvez um "parabéns", algum indício, alguma coisa, mas só recebi decepção. Não havia nada.

Reli o endereço que ele me enviara, mas não o reconheci. Imaginei que fosse ao centro, mas aquela rua não me dizia mais nada. Não havia algo de especial naquela mensagem, de diferente.

Com uma pontada de decepção no coração, baixei os olhos e voltei para dentro de casa.

Meia hora mais tarde, eu já estava no local. Olhei ao redor em busca dele e, quando notei que não estava em lugar algum, presumi que ainda não tivesse chegado. Mandei uma rápida mensagem informando que eu estava ali.

De repente, a tela do meu celular se acendeu de novo. A solicitação de chamada de vídeo emitia uma luz intermitente. Dois olhos verdes brilhavam na foto do contato e eu ergui o celular antes de atender.

— Will — cumprimentei, enquadrando o meu rosto na tela.

Um garoto de cabelo castanho respondeu com entusiasmo.

— Parabéns, *olhos de prata*!

Um sorriso se insinuou levemente nos meus lábios e eu balancei a cabeça, envergonhada.

— Obrigada...

— E aí? Como é a sensação de ser adulta?

— É uma sensação de não parar de estudar nunca — respondi em tom de brincadeira. — Ainda tenho que terminar o trabalho de doenças infecciosas. Em que altura você está?

— Eu comecei, mas... Ah, vai, não quero falar disso.

Will fazia o mesmo curso que eu. Como tínhamos a mesma grade, já acontecera várias vezes de discutirmos as matérias ou trocarmos informações sobre os textos que tínhamos que preparar. Era um cara despojado, com olhos verdes vibrantes e um tipo físico atlético. Nos últimos tempos, sempre guardava lugar para mim na terceira fileira ao lado dele, por mais que eu não tivesse pedido.

Ficamos jogando conversa fora e o seu sorriso deslumbrante me acompanhou enquanto eu caminhava pela calçada sob o sol da tarde.

— Isso me deixa nervosa. O laboratório, quero dizer... Eu queria ser boa, mas usar o bisturi sempre me deixou mal. Eu sei que vai ser o nosso trabalho, que vamos fazer o bem, mas não é o meu forte...

— Mas você é ótima. Muito mais delicada do que os outros. Você lutou um ano inteiro para ganhar coragem... E o cuidado que você dedica a isso... é incrível. Será que tenho que te lembrar que o professor usou você de exemplo na última aula?

Mordi o lábio e baguncei a mecha de cabelo que caía nos meus olhos. Os olhos de Will seguiram o movimento com o qual corri os meus dedos pelos fios.

— Sabe, Nica, eu estava pensando... — começou a dizer com uma voz meio diferente. — Então, tem uma cervejaria ótima no centro... Sabe qual é? Aquela na esquina do parque. Agora que você pode beber, bom... não tem mais desculpa para não ir. Eu poderia passar para te buscar hoje à noite...

Olhei para ele, mas as intenções que brilhavam ali dentro prenunciavam um quê de subentendido que me fez desviar o olhar.

Balancei a cabeça, umedecendo os lábios.

— Já tenho compromisso...

— Ah, claro, com o seu namorado, né?

Ao pensar em Rigel, a imagem dele se refletiu nos meus olhos como uma luz desorientadora; eu me senti vulnerável por apenas um instante, mas foi suficiente para Will perceber.

— Ah, não me diga... O seu namorado se esqueceu do seu aniversário.

Ao ouvir aquelas palavras que eu não sabia se devia tomar por verdadeiras, sorri com um toque de autopiedade.

— Não é isso.

Ele não conhecia Rigel. Não fazia ideia do que tínhamos passado e do que nos ligava, porque ninguém além de nós poderia ler as cicatrizes que compartilhávamos e entender a profundidade da nossa relação.

Estávamos acorrentados um ao outro de um jeito que mais ninguém conseguia entender. Nem mesmo o tempo nos afastaria... Nós o derrotáramos juntos três anos antes.

— Ele está só... muito ocupado. Só isso.

— Você parece muito confiante — afirmou Will, encarando-me com olhos atentos. — Mas... nunca fala dele.

Aquela constatação me impactou. Parei para refletir e, depois de um instante, percebi que ele não estava errado.

Era verdade... Raramente falava de Rigel. Cada página nossa era um fragmento que eu mantinha longe de olhares indiscretos, como um labirinto do qual só eu tinha a chave. Eu não conseguia falar normalmente sobre o nosso relacionamento porque seria como tentar explicar o oceano a alguém que nunca o tinha visto. Seria como reduzi-lo a uma extensão de água sem levar em conta a profundidade dos abismos ou a beleza dos cenários azuis, ou então as imensas criaturas que flutuavam dentro dele com majestosa leveza.

Certas coisas só podem ser compreendidas quando vistas com os olhos da alma.

Ao me ver pensativa, Will interpretou o meu silêncio como uma hesitação.

— Sabe, *olhos de prata*... Eu jamais iria me esquecer do seu aniversário.

Pisquei e fixei os olhos nos dele, que estavam firmes e determinados. Ele sorriu preguiçosamente do outro lado da tela.

— Se, em vez de ficar aí se preocupando com o seu namorado ausente, você topasse tomar essa cerveja comigo, com certeza esqueceria esse cara que te ignora com tanta crueldade...

Percebi enquanto Will ainda falava. Havia reconhecido *aquela* sensação tarde demais, um fio de diamante que perfura o ar e atinge o crânio.

Eu me virei com o coração martelando na garganta.

Ele sempre havia sido como um arrepio nas costas... Um formigamento frio e ardente ao mesmo tempo.

O perfil de um jovem adulto se destacava na porta do edifício.

O cabelo preto absolutamente inconfundível refletia a luz do sol, e os pulsos pálidos se destacavam nitidamente contra o tórax largo. Com estatura magnífica, ele estava com um dos ombros apoiados no batente, e uma jaqueta de couro abraçava o braço bem torneado, exaltando o seu charme perigoso.

A beleza explosiva que desenhava as feições dele não era mais a beleza intrigante de um menino, e sim a arrogante de um homem. A mandíbula havia perdido todo e qualquer traço de infantilidade e, sob as sobrancelhas arqueadas, os olhos pretos criavam um contraste atraente de tirar o fôlego.

Rigel me encarou de braços cruzados, rosto inclinado e olhos afilados que exalavam um magnetismo venenoso.

Senti uma alegria ardente apertar a garganta. O meu coração disparou de emoção e o corpo se contraiu quase até a ponta dos pés, mas, quando percebi o olhar incendiário voltado para mim, tudo parou de forma brusca.

Congelei com uma expressão estupefata e, na mesma hora, entendi que ele não só estava ali, como também devia ter ouvido cada palavra.

— Rigel. — Engoli em seco, com olhos brilhantes de expectativa, apesar de tudo.

Sentia uma felicidade irreprimível, mas aquele olhar letal não pressagiava o encontro de contos de fadas que eu esperava.

— O que houve? — perguntou Will, sem conseguir ver.

A minha língua parecia amarrada, então decidi erguer o celular para que ele pudesse julgar por si mesmo. Enquadrei o garoto atrás de mim, e o seu charme infernal dominou tudo, mesmo àquela distância. Tentei sorrir enquanto Will se transformava em uma estátua de sal.

— Rigel, você já... já conheceu William?

— Ah, acho que ainda não tive o *prazer* — sibilou de cabeça baixa enquanto estalava a mandíbula.

A voz profunda sacudiu as paredes do meu estômago e o mesmo aconteceu com os olhos de Will do outro lado da tela.

O problema de quando Rigel se irritava assim era que ele ficava, se possível, ainda mais atraente. E, definitivamente, imprevisível demais.

Rigel se afastou da porta com um movimento felino e veio na minha direção. Cada passo era suave e preciso, como o de um predador implacável. Observá-lo se aproximar fez a minha pele se arrepiar. Embora as emoções que ele estava transmitindo fossem tudo menos positivas, sentia que, a cada passo que dava, o mundo se curvava para enquadrar melhor a presença dele.

Will empalideceu quando viu que eu ainda estava inclinando a tela para poder ver toda a sua altura conforme ele se aproximava.

— O... oi, eu sou Will. Colega de faculdade de Nica. Você... sim, é o...

— *Namorado* — completou Rigel enquanto avançava. — *Companheiro. Parceiro.* Pode escolher qual gosta mais.

Nos olhos de Will detectei o mais profundo desconforto.

A imagem que devia ter dele era evidentemente muito diferente do que estava vendo.

Rigel parou atrás de mim e eu também me vi engolindo em seco. Então, ele se inclinou para a frente e, fixando o olhar em Will, sibilou:

— O que estava dizendo?

— E... eu estava justamente dizendo... quer dizer, perguntando à Nica se ela queria que todos nós saíssemos juntos para comemorar, sei lá... em algum lugar...

— Mas que proposta *encantadora* — disse ele lentamente, em um tom que de *encantado* não tinha nada. — Quanta consideração da sua parte. Porque sabe, por um momento, meu caro William... eu tive a desagradável impressão de que você a estava chamando para sair.

— Não, eu...

— *Ah*, certamente devo ter ouvido errado — rosnou Rigel, despedaçando-o com o olhar. — Um cara inteligente como você com certeza não se atreveria a fazer uma proposta desse tipo, certo?

— Rigel — sussurrei, tentando acalmá-lo, mas tomei um susto quando ele tirou o celular da minha mão.

O meu queixo caiu e, antes que eu pudesse pegar de volta, ele o ergueu ao nível dos olhos.

— Rigel!

— Agora que penso a respeito, *William* — continuou ele, estalando a língua enquanto eu tentava pegar o celular de volta —, acho que vamos recusar a sua oferta tão *gentil*. Aliás, tenho uma ideia melhor. Por que não vai beber sozinho aquela cerveja que tanto está querendo? Assim talvez você possa pensar direitinho naqueles que *te ignoram com tanta crueldade.*

William o encarou consternado e deve ter pensado que ele era um desequilibrado quando Rigel lhe deu aquele sorriso de arrepiar.

— Divirta-se. Foi um verdadeiro prazer conhecê-lo... *Ah*, só mais uma coisa... — Então, abaixou tanto a voz que mal dava para ouvi-lo. — Da próxima vez que você a chamar de *olhos de prata,* vai ter um motivo para se chamar de *olho roxo.*

Com isso, encerrou bruscamente a chamada de vídeo.

Eu o encarei boquiaberta, transtornada. Ele nem se dignou a olhar para mim enquanto eu engasgava com os olhos arregalados.

— Não... Você... Você acabou de ameaçá-lo?

— Não — respondeu sem titubear. — Eu dei um conselho a ele.

Antes que eu pudesse dizer qualquer coisa, ele se virou e me deu um vislumbre da raiva colossal que endurecia as suas feições.

Então, devolveu-me o celular e me fulminou com os olhos por baixo do cabelo escuro.

— *Que bom* — sibilou ele rispidamente — que você me disse que ele não estava dando em cima de você.

Pisquei, ainda franzindo a testa.

— Ele não estava... Até agora há pouco, não...

— Sim, e eu imagino que, em uma turma de oitenta pessoas, ele guarde o seu lugar porque se sente *sozinho* — murmurou enquanto me rodeava.

Senti-o roçar as minhas costas e um arrepio percorreu a minha pele. A presença avassaladora do seu corpo despertou em mim um profundo sentimento de pertencimento.

— Pelo menos ele me ligou... — sussurrei antes que pudesse me conter.

A frase queimou os meus lábios e no mesmo instante me arrependi de ter falado aquilo.

Rigel parou abruptamente e pairou sobre mim.

— *Como?*

Eu me preparei para o combate, ciente de que não poderia mais retirar o que acabara de dizer. Algo dentro de mim me levou a reconhecer isso e seguir aquela trilha pungente que me atormentava havia horas.

— Nenhuma mensagem. Nenhum sinal de vida... São cinco e meia, Rigel. Você me faz vir para este endereço sem me dar nenhuma explicação e aparece aqui assim, raivoso e intratável...

Na verdade, fiquei extremamente emocionada por ele ter *aparecido ali assim,* porque só de tê-lo por perto a minha alma ardia em forma de um delírio luminoso. Mas não dava para fingir que eu não estava magoada com o fato de ele ter me ignorado o dia todo.

— Isso tudo é porque eu fui *rude* com o seu amiguinho?

— Não quero falar sobre Will. Não me importo com ele agora! — A minha voz endureceu e eu semicerrei os olhos.

As minhas pernas estavam tensas e eu estava quase na ponta dos pés, com dedos cerrados e o cabelo roçando os quadris.

— Mas eu me importo com o fato de que... em um dia tão importante, você...

— Você achou que eu tivesse esquecido?

A lentidão com que ele articulou aquela frase me fez erguer os olhos e encará-lo. Galáxias suspensas giravam nas íris tão familiares que me cativavam, mas ao mesmo tempo tão infinitas que faziam a minha cabeça girar. Senti uma pontada de culpa.

— Não — respondi, baixando o tom de voz. — Mas você está sempre tão ocupado que... — Deixei a frase no ar, sem conseguir tirar os olhos dele.

Mordi o lábio e me senti absurdamente vulnerável sob aquele olhar, como se eu estivesse me expondo bem ali.

Eu sabia que Rigel tinha as obrigações dele, sabia que elas tomavam tempo, mas...

Aquelas aulas particulares sem graça eram mesmo mais importantes do que o tempo que passávamos juntos?

Eu me virei e, movida por um impulso desconhecido, afastei-me dele. Não sabia por que aquele tipo de vergonha começava a tomar conta de mim, mas eu estava me sentindo quase... incompreendida, como uma menininha, apesar dos 21 anos, porque no fundo eu sabia que ele tinha projetos, planos, e a última coisa que eu queria era atrapalhar o futuro dele.

Eu estava prestes a descer da calçada quando duas mãos me agarraram pela cintura.

Rigel pressionou as minhas costas contra o peito e a pegada foi tão forte que chegou a me desequilibrar. Aqueles dedos que sabiam deslizar com tanta habilidade pelas teclas do piano se afundaram na carne macia dos meus quadris, e o perfume masculino me deixou totalmente atordoada.

— Você acha que eu estou ocupado demais para me lembrar de *você*?

Estremeci quando ele acariciou a minha orelha com os lábios ardentes. E, quando vi os sapatos dele atrás dos meus, a minha respiração falhou. A presença dele exercia uma pressão fervente contra as minhas costas.

— É isso que você acha? — sussurrou com a voz rouca. — Você acha que hoje...eu não estava pensando em você?

Tentei me virar, mas Rigel me manteve naquela posição, prendendo-me com força contra ele.

— Ou então que — prosseguiu ele, me fazendo suspirar — eu não passei o dia todo... esperando o momento em que finalmente poderia... *te tocar*?

Ele roçou o meu pescoço com os lábios e os dentes, e cada centímetro do meu corpo ardeu ao compasso da sua respiração. Ele me segurava apenas pelo quadril, mas eu sentia arrepios em cada nervo.

Estremeci quando ele pressionou a boca na minha orelha, sussurrando tão baixinho que parecia reprimir a vontade de me morder:

— Você acha que eu não estou morrendo de vontade de sentir o seu perfume? Ou o gosto da sua boca? Você acha que... eu não durmo todas as noites... imaginando que tenho você — perguntou, agarrando possessivamente o meu quadril — nas minhas mãos?

O ar mal chegava aos meus pulmões quando Rigel se inclinou sobre mim.

— Você é cruel, mariposa.

Os meus batimentos estavam a mil, o coração bombeava choques incessantes para cada terminação nervosa do meu corpo. Respirei lentamente, quase às escondidas, como se a minha respiração pudesse trair a maneira como ele me cativava com a sua presença.

— *Mariposa?* — murmurei. — Pensei que você não fosse mais me chamar assim...

Rigel acariciou a minha bochecha com o nariz e eu quase parei de respirar quando as mãos dele deslizaram lentamente pela minha barriga, me pressionando contra ele.

— Mas você é a *minha mariposa* — sussurrou com uma doçura ardente. — Minha... *pequena mariposa*.

Fraquejei, totalmente perplexa com aquele tom que Rigel nunca tinha usado antes, e ele aproveitou o momento para me perguntar, em tom persuasivo:

— Não quer ouvir o que eu tenho para falar?

Cada partícula do meu ser lhe dizia que *sim*, porque era aquilo que eu tinha desejado o dia inteiro. Continuei imóvel, em um silêncio cheio de expectativa, e Rigel entendeu a minha resposta sem que eu precisasse dizer nada.

Notei que ele estava enfiando a mão no bolso da jaqueta. Senti o farfalhar do tecido antes que ele voltasse a inclinar o rosto na direção do meu.

O cabelo macio roçou a minha têmpora quando ele sussurrou baixinho no meu ouvido:

— Feliz aniversário, Nica.

Ele deslizou algo metálico e frio em volta do meu pescoço.

Pisquei, surpresa, e abaixei o rosto. Quando vi o que era, todos os pensamentos silenciaram.

Era um colar fino, de prata clara e brilhante, com um pingente em forma de gota no meio. O cristal do qual tinha sido feito era tão esplendidamente lapidado que brilhava como se fosse uma estrela branca.

Naquele momento, entendi.

Não era uma gota. Era uma lágrima.

Como as do fabricante.

— Agora quer saber por que eu te trouxe aqui?

Eu me virei, ainda abalada com aquele presente que escondia dentro de si um significado imenso e só nosso. Rigel me puxou devagar para perto dele, mas entendi que estava apenas me convidando para me aproximar da porta da qual havia saído.

Só fui entender quando os seus olhos pousaram em uma das campainhas e os meus os acompanharam.

Na terceira fileira, uma nova plaquinha dizia WILDE.

Ergui o rosto, consternada, incapaz de falar.

— É o meu apartamento — disse ele.

— O seu...

Rigel me encarou com olhos pretos e profundos.

— Tenho juntado dinheiro desde o início da faculdade. As aulas particulares... eram para pagar o aluguel, quando eu encontrasse um lugar. E encontrei. — Senti o coração pulsar nos ouvidos enquanto ele murmurava: — Lembra daquela garota que não conseguia se formar? Com a minha ajuda, ela conseguiu passar na prova que já vinha arrastando há um ano. E, para me agradecer por eu ter sido um *ótimo professor* — disse ele, esboçando um sorriso sarcástico —, ela me ofereceu um belo apartamento na cidade a um preço excepcional. Eu queria que fosse uma surpresa.

Eu o encarei com olhos arregalados e o coração agitado, e ele levou uma mecha do meu cabelo para trás da orelha, inclinando o rosto atraente.

— Não estou te pedindo nada — sussurrou, olhando para mim. — Eu sei que a sua casa é aquela onde você mora agora. Sei que você finalmente está aproveitando tudo que tem. Mas, se quiser vir algum dia... Ficar comigo...

Não consegui mais me conter. O meu peito explodiu, irradiando um calor que anulou até a luz do sol. Eu o abracei pelo pescoço e o apertei com toda a força que tinha.

— É maravilhoso! — gritei, fazendo-o cambalear. Fiquei agarrada ao corpo dele e ele me segurou. — Ah, Rigel! Eu nem acredito!

Eu ri enquanto afundava o rosto no pescoço dele, emocionada por ele não precisar mais ficar na instituição, por ter um lugar para ele, uma casa *dele*, emocionada pela sua liberdade. E emocionada por ele ser tão único e surpreendente, por não precisarmos mais ficar tão distantes, porque eu não via a hora de passarmos dias inteiros e noites sem fim juntos. E acordarmos lado a lado, passarmos os fins de semana juntos e tomarmos café da manhã na cama aos domingos.

O melhor presente que eu poderia desejar.

Peguei o rosto de Rigel entre as mãos e o beijei, absurdamente feliz, rindo com os lábios colados quando arranquei um gemido dele.

Rigel me abraçou com tanta força que dava para sentir o seu coração, e eu senti que batia como o meu, do mesmo jeito louco e descompassado.

Ainda éramos quebrados, e isso não mudaria.

Éramos pessoas arruinadas e seríamos assim para sempre.

Mas, naquele conto de fadas que acorrentava profundamente as nossas almas, havia algo de escancarado e indestrutível.

Poderoso e inoxidável.

Nós.

E, ao final da nossa última página, entendi que a eternidade existe para quem ama sem medida, nem que seja só por um instante.

Porque nenhum fim é de fato um fim.

Todo fim é apenas...

Um novo início.

37
COMO AS FLORES DE AMARANTO

Não quero ter você sem os seus demônios,
sem os seus defeitos ou a sua escuridão.
Se nossas sombras não podem se tocar,
então nossas almas também não podem.

O apartamento de Rigel ficava no terceiro andar daquele prédio.
Não tinha elevador, mas as escadas brilhavam como pérolas, eram bem-iluminadas e terminavam em uma grande porta de madeira escura. Na parede ao lado, a plaquinha de latão da campainha reluzia com o nome dele.
Pelo menos foi isso que eu pude ver, antes que ele cobrisse os meus olhos com a mão.
— Está olhando? — perguntou.
— Não — respondi, sincera como uma criança.
Eu queria conter melhor o entusiasmo, mas tinha certeza de que devia estar derramando algum tipo de luz líquida pelos poros.
— Sem trapacear — advertiu no meu ouvido com a voz arrepiante.
Inclinei o rosto, sorrindo, porque ele tinha me feito cosquinha. Eu adorava quando ele se entregava a gestos tão verdadeiros e brincalhões. Naqueles momentos, Rigel me mostrava um lado de si que me deixava louca.
Procurei a fechadura com os dedos, sem a menor ajuda dele, mas, assim que a encontrei, não tive dificuldade em inserir a chave que ele tinha me passado.
Abri a porta e uma rajada de luz entrou pelas frestas dos dedos.
— Está pronta?
Fiz que sim, mordendo os lábios, e foi então que ele tirou a mão dos meus olhos.
Diante de mim abriu-se um ambiente acolhedor, luminoso e de charme contemporâneo. Os tons do mobiliário, de estilo moderno, eram condizentes com um design simples, em variações de creme, onde o chão brilhante de madeira escura fazia um contraste cativante. Dos caixilhos das janelas até as almofadas do sofá, tudo combinava com o piso de taco cor de café de

maneira elegante, mas decisiva. Entrei com cuidado, explorando o ambiente com os olhos.

O ar tinha cheiro de novidade e frescor. Vi de relance a porta do quarto, no final de um pequeno corredor, e os meus passos ecoaram até a cozinha, o meu lugar preferido da casa. Para mim, era um lugar de partilha, de conversas, convidados e aconchego. Observei as tonalidades cândidas que realçavam a iluminação natural do apartamento. Vi uma bancada espaçosa e os acabamentos em aço, assim como os da pia e do fogão, de uma claridade delicada e brilhante.

Era linda. Não parecia de forma alguma a casa de um estudante universitário.

Eu me virei na direção de Rigel com olhos luminosos, e só naquele momento percebi que ele estava me observando o tempo todo. Por mais que fosse seguro de si, mordaz e intimidador, ele parecia estar esperando a minha opinião.

— É maravilhosa, Rigel. Estou sem palavras. Gostei demais — comentei com um sorriso extasiado, e ele me observou com uma estranha emoção no olhar.

Com as bochechas pinicando de felicidade, voltei a explorar o apartamento, animada e curiosa. Já dava até para imaginá-lo vagando por aquelas paredes, com um livro na mão e uma xícara de café na outra. Aproximei-me de um belo móvel sob a janela e abri um saco de papelão que trazia comigo; depositei ali uma plantinha com flores que formavam cachos vermelhos no topo.

Eu sabia que Rigel não era um grande fã de plantas e, de fato, ele a encarou franzindo as sobrancelhas.

— O que é isso? — perguntou com uma pontada de decepção.

Esbocei um sorriso, intuindo que ele a achava estranha e meio feinha.

— Não gosta?

Pela forma cética como olhou para a planta, eu sabia que a resposta era *não*.

— Não tenho tempo para cuidar dela — respondeu, fugindo da pergunta. — Vai morrer.

— Não vai — assegurei-lhe com um sorriso —, confia em mim. — Cheguei mais perto dele, observando-o com animação. — Agora... fecha os olhos.

Rigel inclinou o rosto e me olhou intrigado, estudando cada movimento meu com atenção. Não esperava aquele pedido, e a natureza desconfiada o induzia a nunca aceitar ordens de ninguém. No entanto, quando parei na frente dele, resolveu obedecer.

Levantei o seu pulso e abri os dedos macios. Então, deixei um objeto pequeno e brilhante cair na mão dele, como ele tinha feito comigo.

Agora, era a minha vez.

— Pronto, pode olhar agora.

Rigel abriu os olhos e os abaixou.

Na mão dele havia um lobinho esculpido em um material preto e lustroso como obsidiana. As inúmeras facetas refletiam a luz como uma pedra iridescente, fazendo com que o corpo esguio parecesse selvagem e precioso. Era refinado e único. Quando eu o vira, tinha literalmente me apaixonado.

— É um chaveiro. Para a chave do seu apartamento — expliquei.

— Um... lobo?

Não consegui entender se ele tinha gostado.

— É selvagem, solitário e ligado à noite. É maravilhoso na sua força misteriosa. Me faz pensar em você.

Rigel ergueu os olhos e me encarou. A sinceridade fez as minhas bochechas arderem e eu me perguntei se não tinha exagerado com as intenções doces e ingênuas, mas eu queria que Rigel entendesse que, embora ele sempre considerasse a sua natureza controversa um fardo, eu amava o seu jeito de ser mais do que qualquer outra coisa.

Com uma pitada de constrangimento, abri o saco pela última vez e tirei um porta-retratos.

Era uma foto de nós dois, no dia da formatura.

Eu o abraçava com um sorriso que fazia os meus olhos brilharem; o fotógrafo o pegara de surpresa, porque, em vez de olhar para a câmera, Rigel estava com os olhos voltados para mim.

Amava aquela foto a ponto de mandar emoldurá-la.

— Esta é a minha favorita — murmurei com um rubor infantil. — Mas você não é obrigado a deixá-la aí, se não gostar. Achei que talvez você fosse gostar de ter algo familiar que...

— Fica aqui comigo esta noite.

O corpo dele invadiu o meu espaço e o seu perfume me inebriou. Ele me cobriu com a sua sombra e, ao erguer os olhos, vi que estava pertinho, ardente e terrivelmente fascinante.

— Fica aqui... — sussurrou baixinho. — Deixa o seu cheiro na minha cama. E as suas coisas aqui. — A voz ficou mais profunda. — Coloca o seu sabonete no chuveiro. É lá que quero te encontrar quando eu acordar...

Respirei com dificuldade enquanto Rigel apoiava as mãos no móvel atrás de mim e me prendia. Depois de todo aquele tempo, ainda não conseguia me acostumar com ele. Agora, já não era mais um garoto, e a natureza parecia ter um plano preciso para torná-lo um anjo atraente e sobrenatural em todos os aspectos. Às vezes, eu desejava que ela parasse, pois, quanto mais Rigel crescia, mais se apoderava de uma segurança e uma dominância capazes de abalar qualquer mulher.

— Prometi a Anna que voltaria para casa para jantar com ela... — sussurrei enquanto ele mordia lentamente a pele abaixo da minha mandíbula. Rigel a chupou devagarzinho e o meu corpo derreteu.

Suspirei, esquecendo o que estava dizendo, e Rigel pôs a mão no meu pescoço para reclinar o meu rosto e permitir que o nosso contato se aprofundasse.

Estar trancada em um apartamento com ele certamente não era algo do qual eu pudesse me lamentar, mas a sua presença não me ajudava a cumprir essas promessas.

— Rigel...

Contraí os lábios enquanto ele se aproximava de novo para pressionar o corpo contra o meu. Lenta e ardente, a sua boca se moveu atrás da minha orelha e os dedos se emaranharam no meu cabelo, curvando-me à sua vontade.

Ele era bom nisso.

Tinha uma força persuasiva muito forte, tanto nos gestos quanto na voz. E, infelizmente, sabia como usá-la direitinho...

Naquele momento, ouvi o celular tocar e pulei. Por instinto, apoiei as mãos no seu peito e Rigel reprimiu um gemido rouco e contrariado.

Ele não gostava quando alguém interrompia a sua intenção de me devorar lentamente.

— Vou trazer as minhas coisas — assegurei-lhe suavemente, tocando o seu pescoço. Rigel se afastou de mim e eu lhe dei um sorriso. — Mas me dá um tempinho.

Deixei o porta-retratos nas mãos dele. Ele me seguiu com o olhar, carrancudo, e depois voltou a atenção para a nossa foto. Antes de correr para atender, vi os olhos pretos grudados ali, contemplando-a em silêncio.

Quando vasculhei a bolsa e encontrei o celular, já tinha parado de tocar. Puxei-o e vi que havia três chamadas perdidas de Adeline, uma atrás da outra.

Fiquei me perguntando o motivo daquela insistência, porque aquilo não era comum. Dei uma olhada para ver se tinha me mandado alguma mensagem para explicar, mas, como não vi nada, resolvi ligar para ela.

Iniciei a chamada e levei o celular ao ouvido, mas não tive nem tempo de ouvir o primeiro toque: um barulho altíssimo explodiu no ar e fez o meu coração pular na garganta.

Levei um susto enorme. Sem fôlego, larguei o celular, corri para o outro cômodo e, ao chegar, arregalei os olhos.

Rigel estava encostado na parede com os músculos trêmulos e havia uma cadeira, a que ficava perto da janela, caída ao seu lado. Os dentes estavam cerrados violentamente e os braços, acometidos por espasmos incontroláveis, eram um feixe de nervos prestes a explodir.

Eu o encarei com falta de ar, assustada.

— O que... — comecei a dizer, mas não terminei.

Vi os punhos cerrados, os dedos agarrados com força à moldura. Ele exalava uma tensão neurótica e ardente que me deixou sem fôlego.

Estava tendo uma crise.

Rigel cerrou os olhos com força e aquela dor invisível o levou a um frenesi terrível: ele caiu de joelhos, o vidro se estilhaçou entre os dedos e os cacos cortaram a pele, manchando-a de sangue. Então, segurou a cabeça entre as mãos, afundando convulsivamente as unhas no cabelo preto, e eu tremi diante daquela cena.

— Rigel...

— *Não chega perto!* — berrou com uma ferocidade que me assustou.

Eu o observei com o coração na garganta, angustiada com aquela reação. As pupilas dele estavam dilatadas e as feições, tão comprimidas que pareciam irreconhecíveis.

Não queria se expor para mim naquele estado, não queria se expor para ninguém, mas eu jamais o deixaria sozinho. Tentei dar um passo à frente, mas ele explodiu de novo.

— Já te disse para ficar longe! — rosnou feito uma fera.

— Rigel — sussurrei, desarmada e sincera. — Você não vai me machucar.

Olhos ferozes me encararam por baixo do cabelo bagunçado. Dentro de toda aquela dor que os tornava brutais, vi um grito de sofrimento que partiu o meu coração.

Eu tinha noção das coisas, sabia que os ataques podiam ser perigosos para quem estava ao redor dele, mas não temia pela minha segurança. Aproximei-me devagar, tentando parecer indefesa, e ele me encarou ofegante. O meu maior medo era assustá-lo, provocar nele uma reação ainda mais violenta, mas os tremores diminuíram lentamente, sinal de que a crise estava passando.

Eu nunca tinha visto uma assim.

Cheguei perto dele, sentando-me ao seu lado, e Rigel virou o rosto para o outro lado. Vi os nervos da mandíbula tensos e a veia marcada na têmpora e imaginei que a cabeça devia estava explodindo.

Com gestos cautelosos e muito leves, deixei as mãos deslizarem pelo peito dele e o abracei por trás.

Dava para sentir o coração dele bater loucamente. Ainda estava tremendo.

— Está tudo bem. Estou aqui — falei com a voz mais suave possível.

Eu sabia o quanto aquele tom o acalmava e o tranquilizava.

Ele estava fincando as unhas na palma das mãos. Temi que também tivesse machucado a cabeça, mas não me mexi para verificar, não naquele momento. Ele precisava de calma e silêncio.

No chão, a nossa foto jazia entre cacos de vidro manchados de sangue. Estava arranhada e arruinada. Rigel olhou para a moldura quebrada e o vidro estilhaçado pelo que me pareceu uma eternidade.

— Eu sou um desastre.

— Um desastre maravilhoso — acrescentei.

Uma ruga de amargura cruzou a boca dele, mas eu não o soltei. Descansei a cabeça nas suas costas e lhe transmiti todo o meu calor.

— Você não é errado. Não é... Não pensa isso nem por um segundo — falei com a voz suave e, quando percebi que não ia me responder, continuei: — Você sabe o que é aquela plantinha que eu trouxe? É amaranto. Significa "aquele que não murcha". É a flor imortal. Como o sentimento que eu tenho por você. — Abri um sorriso e fechei os olhos. — Ela também é diferente de todas as outras flores. Necessita de pouquíssimos cuidados, tem uma aparência atípica e é muito persistente. É forte, assim como você. E é única, exatamente como você.

Não sabia se as minhas palavras poderiam tocá-lo, mas queria fazê-lo entender que, embora eu não pudesse acompanhá-lo na dor, talvez enfrentá-la juntos pudesse torná-la menos insuportável.

— Para de tentar fazer com que isso seja algo especial. Eu nunca vou funcionar direito — admitiu a si mesmo.

Eu sabia o quanto a doença afetava a sua psique. Os ataques não apenas o exauriam fisicamente, mas também afetavam a mente. Distorciam-na. Geravam ressentimento, inaptidão e uma frustração tão profunda que o levava a renegar a si mesmo.

— Não importa.

— Importa, sim — sussurrou, cheio de amargura.

— Não. E sabe por quê? — perguntei suavemente. — Porque, para mim, você é perfeito assim. Eu quero cada parte de você, Rigel... Até aquelas que você insiste em esconder. As mais frágeis e diferentes. Você não é errado. Você é o meu docíssimo e complicadíssimo lobo...

Mais uma vez, percebi que estava sendo exageradamente emotiva, mas, aos meus olhos, a vulnerabilidade fazia dele algo que precisava ser protegido. Lembrei-me de quando, aos dezoito anos, aquele acidente quase o levara embora. Quase me deixei morrer por não aceitar perdê-lo. Eu era jovem demais na época para perceber o quanto estava errada, mas, naquele momento, eu me dei conta de que, por ele, ainda estava disposta a me entregar por completo.

— Estou aqui por você. Sempre vou estar aqui por você...

Levantei o rosto e lhe dei um beijo no ombro, apoiando o queixo nele. Após uma última olhada, fui ao banheiro e voltei com o que precisava.

Dessa vez, sentei-me de frente para ele. Umedeci uma bolinha de algodão com o álcool e então, com delicadeza, limpei os cortes nas suas mãos. Limpei a pele, tomando cuidado para não o machucar, e ele acompanhou cada movimento meu com os olhos.

Por fim, depois de ter higienizado um corte que chegava até o indicador, tirei os curativos do bolso e coloquei um no dedo dele.

Escolhi o roxo, igual ao que eu tinha colado no seu peito muitos anos antes. Talvez Rigel tivesse notado, porque ergueu o rosto e me encarou.

E eu lhe dei um sorriso cheio de ternura.

— Deixa que eu te veja por você, porque você não sabe se olhar.

Beijei a mão dele e, antes que ele pudesse reagir, cheguei mais perto e me aninhei contra o seu peito.

Rigel não me abraçou. As mãos dele ainda tremiam.

Mas o coração estava comigo.

Batia contra o meu.

E, em meio àqueles cacos de vidro, as nossas almas se deram as mãos e caminharam sob as estrelas.

Mais uma vez.

Naquela noite, fiquei com ele.

Contei a Anna o que tinha acontecido e lhe confessei que não queria deixá-lo sozinho. O tempo todo, em vez de dormir, eu acariciava o cabelo dele e torcia para que as dores de cabeça persistentes fossem embora. Suspeitei que aquela explosão repentina tivesse sido resultado do estresse dos últimos meses. Em meio a aulas particulares, estudos e projetos a serem realizados, Rigel se submetera a uma pressão excessiva que repercutira no organismo. Essa convicção me perseguiu até amanhecer, até eu voltar para casa, com a cabeça nele o tempo todo.

Preparei alguma coisa para comer no almoço, ainda pensando na imagem de Rigel segurando a cabeça entre as mãos. Eu queria resetar a minha mente, rebobiná-la como uma fita antiga, mas estava fadada a reviver aquele momento e me perguntar como devia ser para ele suportar aquela dor a vida inteira.

Quando a campainha tocou, fui arrancada dos meus devaneios. Fui abrir a porta, perguntando-me se não seria Norman passando em casa para almoçar, mas não demorei muito para notar que estava errada.

Era Adeline. Na mesma hora me lembrei das chamadas perdidas e de não ter mais tentado retornar.

Ela me olhou com falta de ar e eu levei a mão à testa.

— Ah, Adeline, me...

Estava prestes a pedir desculpas, mas notei uma expressão no rosto dela que não via fazia algum tempo. Muito tempo. Algo visceral e antigo ressurgiu dentro de mim antes mesmo que ela falasse.

— Nica — enunciou. — Margaret está de volta.

Eu devia estar em outra dimensão, pois de repente tudo pareceu deixar de existir. O ar, a terra, o sol, o vento, a mão segurando a maçaneta.

— O quê?

— Ela voltou. — Adeline entrou e fechou a porta. — Foi detida no aeroporto. Está aqui, Nica. Já faz duas semanas.

Depois da denúncia de Peter, três anos antes, descobriu-se que Margaret tinha deixado o país fazia muito tempo. Mais precisamente quando a demitiram do Grave sem sequer investigarem a sua conduta brutal.

Na época, tivemos medo de que ela fosse escapar impune, mas Asia havia garantido que, no estado do Alabama, os crimes mais graves, incluindo crimes de violência, não prescreviam.

Margaret não só cometera um crime terrível como também o agravara com a repetição ao longo dos anos, com danos psicológicos e crueldades injustificadas.

Não importava quantos anos se passassem. Ela havia espancado, humilhado e dado surras em crianças de quem deveria cuidar, e nem mesmo o passar do tempo poderia apagar tal conduta.

— Ela achou que fosse voltar aqui como se nada tivesse acontecido. Não fazia ideia de que alguém tinha apresentado uma queixa contra ela. Foi detida assim que chegou.

Adeline falava com uma agitação convulsiva, mas, além disso, havia um sentimento de fundo que eu também percebia em mim — uma mistura de perplexidade, paralisia, vingança e terror. Deixei que ela desabafasse, porque eu estava chocada demais para reagir.

Ela caminhou pela sala e se virou para me olhar com a emoção estampada nos olhos.

— O julgamento vai acontecer em breve.

Metabolizar aquelas palavras foi estranho e impossível. Eu não conseguia acreditar que estivesse ali, vivendo aquela situação. Eu me sentia descolada da realidade.

— Eles vão precisar do máximo possível de testemunhas. Infelizmente, depois de todos esses anos, não é fácil rastrear todas as crianças. Muitos já são adultos, alguns sumiram, outros não vão vir.

Adeline fez uma pausa e, no mesmo instante, entendi o que ela estava prestes a me pedir.

Ela me olhou com aqueles olhões azuis e então, com uma voz suave, mas firme, disse:

— Vai ao julgamento, Nica. Presta depoimento comigo.

Aquele pedido me provocou um pânico irracional. Eu deveria ter ficado feliz com aquela notícia, desejado justiça, mas a ideia de que *Ela* estivesse tão perto do meu presente me perturbava até a alma.

E eu sabia por quê. Eu ainda ia ao psicólogo. Os medos diminuíram, mas não sumiram. Eu ainda não conseguia usar cinto. A sensação do couro me nauseava. E, em algumas situações, os meus terrores voltavam como monstros e corroíam a minha alma.

Eu não tinha sarado. Às vezes, ainda a sentia ali, como uma presença que nunca ia embora, como se à noite eu ainda pudesse ouvir a voz horrível dela sussurrando no meu ouvido: "Você sabe o que vai acontecer se você contar a alguém?".

— Eu também quero esquecê-la, Nica. — Adeline semicerrou os olhos e cerrou os punhos num gesto frágil. — Eu também... Não tem um dia em que eu não deseje ter tido uma infância diferente. Feliz. Livre *Dela*. Mas chegou a hora... A nossa hora chegou; finalmente alguém está disposto a nos ouvir. Agora está nas nossas mãos. Não podemos ficar em silêncio, não podemos nos isentar, não agora... Por mim, por você, por Peter e por todos os outros. Ela merece pagar pelo que fez.

Adeline me encarou sem ar e com os olhos marejados, mas vi uma determinação de ferro no seu rosto. Ela estava morrendo de medo. Dava para ver isso nos seus olhos.

Nenhum de nós queria revê-la.

Nenhum de nós gostaria de reencontrar aquele rosto.

Mas todos nós compartilhávamos as mesmas cicatrizes.

O mesmo desejo desesperado.

Encerrar aquele pesadelo para sempre.

Olhei para aquela garota que eu considerava um pedaço de mim desde a infância e, nela, revi nós duas, pequenas e cheias de hematomas, apoiando uma à outra apesar de tudo.

— Eu vou depor.

Cerrei os dedos para que ela não me visse tremer.

No seu olhar se acendeu uma luz bruxuleante, mas poderosa.

— Só preciso que você me prometa uma coisa — continuei. — Rigel não pode saber de nada.

Adeline ficou imóvel. Notei nos olhos dela um toque de surpresa e confusão que me fez desviar o rosto. Não precisava nem olhar para ela para entender que ela também considerava a presença de Rigel um apoio que me daria força e coragem.

— É por...

— Não quero ele lá — interrompi, mais inflexível do que nunca.

Fechei o punho, e o olhar que lhe lancei, pela primeira vez na vida, não admitia respostas.

— Ele não pode ir.

🦋

No fatídico dia, eu estava vestindo uma calça escura justa e o cabelo longo ia até a bainha do coletinho cinza por cima da blusa de seda branca. Sentia que aquele pedacinho de pano me sufocava, por isso continuei torturando-o com os dedos. Anna tinha me perguntado se eu não preferiria usar uma das suas jaquetas por cima da blusa, mas a ideia de algo apertando os meus pulsos foi o suficiente para revirar o estômago.

Fora da sala do tribunal, o majestoso piso de mármore ressoava com os passos de homens elegantes e mulheres de ar profissional. Era um ambiente refinado e solene, com tetos tão imponentes que fizeram com que eu me sentisse pequena e insignificante.

— Vai dar tudo certo — sussurrou Anna.

Ao lado dela, Adeline engoliu em seco de modo imperceptível. Os olhos azuis pareciam um mar de inverno: nervoso, turvo e agitado. Estava pálida, com leves olheiras que me diziam que eu não tinha sido a única a passar noites em claro antes daquele dia. Carl não pudera vir e ela sentia falta da presença dele.

— Vou estar lá dentro para apoiá-las, sentada com o público — continuou Anna. — Temos só que esperar... Ah, ali está ela.

Eu me virei para a figura que subia a escadaria.

Asia veio na nossa direção, usando uma saia escura e uma blusa de cetim azul-petróleo amarrada na altura do pescoço. A ausência de salto realçava o aspecto juvenil, mas a aura decidida que ela emanava fazia com que estivesse em perfeita simbiose com aquele ambiente distinto e formal.

Fiquei surpresa com a presença dela ali. Eu sabia que ela era formada em Direito e queria trabalhar com direito civil, mas não esperava vê-la.

O que estava fazendo ali?

— Desculpem — disse com determinação. — Eu me perdi com a mudança de horário.

Os olhos de Adeline pareceram vibrar e se iluminar ao vê-la. Entendi então que fora ela quem a convidara para vir. Asia se aproximou da amiga e, pelo jeito como sustentou o seu olhar, senti uma força silenciosa se espalhando pelo ar.

Ela viera para nos apoiar.

Naquele momento, também fiquei feliz por ela estar ali.

— Temos que entrar. — Asia nos lembrou com naturalidade. — Anna, você vai se sentar na tribuna. Já vocês duas vão ter que esperar nos fundos até serem chamadas para testemunhar. Nesse momento, o procurador vai solicitar que vocês se apresentem ao banco das testemunhas. — Asia nos encarou com firmeza. — Tentem ficar tranquilas. O nervosismo não vai ajudar e a defesa pode levar o júri a acreditar que vocês estão mentindo. Respondam às perguntas com calma, com o máximo de clareza possível, ninguém vai apressar vocês.

Torci as mãos enquanto tentava memorizar as orientações de Asia, mas tive a desagradável sensação de que já havia esquecido tudo. Eu deveria falar com clareza diante de um público sobre algo que, independentemente do passar dos anos, ainda me dava embrulho no estômago. Tentei me lembrar de por que estava ali, o motivo pelo qual estava fazendo aquilo, e procurei me fortalecer.

Ao entrarmos na sala, fiquei surpresa com o silêncio respeitoso que reinava no ar, apesar da multidão que ocupava o espaço. Alguns jornalistas, situados na lateral, esperavam a chegada do juiz, na esperança de publicar a matéria completa na edição da noite.

Anna se virou para nós e nos lançou um olhar encorajador ao qual me agarrei com todas as forças. Logo em seguida, foi se sentar na tribuna. Eu a segui com os olhos enquanto nós nos acomodávamos nas cadeiras perto da parede.

Naquele momento, desejei que uma presença alta e tranquilizadora, com inconfundíveis olhos pretos, estivesse ali ao meu lado.

Olhando para mim daquele jeito profundo e único.

Apertando a minha mão com os dedos macios.

Enfrentando a todos com o olhar, porque eu estava nervosa e assustada.

E me lembrando que, por mais que os pesadelos fossem escuros, no escuro eu podia ver as estrelas...

Não, decretou minha alma. *Não, ele não deveria estar ali.*

Ele deveria ficar longe.

No escuro.

E a salvo.

O juiz entrou, anunciado pelo oficial de justiça, e todos se levantaram. Quando nos sentamos novamente, a voz do secretário anunciou:

— O estado do Alabama contra Margaret Stoker.

Uma compreensão repentina fechou a minha garganta.
Ela estava ali.
De repente, não me sentia mais confortável na minha pele. Comecei a suar. Comecei a arranhar compulsivamente o pulso com o dedo indicador, coçando a carne até ficar vermelha, e me senti pegajosa, tensa e suada de novo.

Eu queria coçar até sangrar, até ficar com casquinha e depois arrancá-la também, mas Asia pegou a mão com a qual eu esfolava a pele e a apoiou no colo, segurando firme. Não tive forças para me virar e olhar para ela. Adeline apertou a minha outra mão, agarrada a mim, e eu retribuí o gesto até doer.

— Obrigado, Meritíssimo. Membros do júri — sentenciou o procurador, após explicar o caso e as acusações. — Com a sua permissão, darei início à oitiva das testemunhas.

— Prossiga, advogado.

O homem agradeceu ao juiz com um aceno de cabeça e se virou para o público.

— Como primeira testemunha, chamo a depor Nica Milligan.

Uma descarga de adrenalina percorreu o meu corpo e eu estremeci.

Era eu. Eu era a primeira.

Levantei-me com um calafrio e segui em frente no silêncio do tribunal, como se vestisse uma pele que não era minha. O ar parecia feito de espinhos. Tentei ignorar os olhares, os rostos que me seguiam como se fossem manequins mudos, mas aquela plateia parecia quase gritar na minha cabeça até dominar todos os pensamentos.

Em instantes, passei pela tribuna e o oficial de justiça me fez prestar juramento. Depois, indicou-me o banco das testemunhas, onde fui me sentar sob o olhar do júri. O coletinho estava me asfixiando. As mãos suavam.

Fiquei sentada na ponta da cadeira, com os joelhos juntos e os dedos entrelaçados entre eles como uma pilha de nervos, sem sequer ousar olhar ao redor.

— Por favor, senhorita, diga o seu nome para registro — solicitou a acusação.

— Nica Milligan.

— E a senhorita mora na rua Buckery, número 123?

— Sim...

— A senhorita finalizou o processo de adoção dois anos atrás. Está correto?

— Está correto — respondi novamente, quase sem voz.

— O seu sobrenome anterior era Dover. Confirma a afirmação?

Dei outra resposta afirmativa e ele avançou alguns passos, prosseguindo com o questionamento.

— Então a senhorita, no tempo em que ainda atendia pelo nome de Nica Dover, era uma das crianças que viviam na Instituição Sunnycreek.

— Sim — murmurei.

— E a aqui presente sra. Stoker dirigia a instituição à época?

Congelei. O tempo parou.

Uma força visceral me fez olhar para cima e ficar cara a cara com a realidade.

E eu a vi.

Sentada à mesa dos réus, como uma fotografia antiga.

Olhei para a mulher que havia roubado os meus sonhos de infância e o tempo pareceu voltar atrás em anos.

Não havia mudado. Ainda era *Ela*.

Margaret me encarava com olhos pungentes feito alfinetes e um cabelo grisalho pegajoso que batia na altura dos ombros. Tinha envelhecido, o rosto de mastim ainda trazia as marcas da fumaça de cigarro e do álcool, mas aquela aparência desleixada só aprofundava ainda mais o seu olhar, tornando-o feroz. Ainda tinha os antebraços fortes e as mãos grandes e nervosas que haviam fraturado as minhas costelas mais de uma vez.

Se eu olhasse para elas, ainda poderia senti-las afundando na minha carne.

Continuei a encará-la e ela me examinou com os olhos, estudando as minhas roupas limpas e a aparência adulta e saudável como se não me reconhecesse completamente; parecia não acreditar que, depois de todo aquele tempo, aquele monstrinho com dedos cheios de curativos e rosto sujo pudesse ser a garota arrumada e bem-alimentada à sua frente.

Uma estranha agitação tomou conta do meu coração. As têmporas latejavam, a pulsação disparou. Parecia que alguém tinha acabado de virar a minha alma do avesso.

— Srta. Milligan?

— Sim — sussurrei com a voz irreconhecível.

Os meus dedos tremiam incontrolavelmente, mas fiz um esforço para não deixar transparecer. O advogado pôs as mãos para trás.

— Responda à pergunta.

— Sim. Ela dirigia a instituição.

Alguma coisa em mim gritou, contorcendo-se, e ameaçou me sufocar. Eu me rebelei contra aquelas sensações, obrigando-me a permanecer no presente, a não jogar fora todos os esforços que eu tinha feito na terapia. Já tínhamos enfrentado a diretora várias vezes na minha cabeça, mas tê-la na minha frente era como um pesadelo que virava realidade.

O advogado prosseguiu com as perguntas. E eu fui respondendo devagar, lutando contra as minhas inseguranças. Embora as palavras travassem e às vezes eu quase perdesse a voz, não parei em momento algum.

Eu queria encará-la e mostrar a mulher que eu tinha me tornado, com orgulho.

Queria lhe mostrar que eu tinha corrido atrás do meu sonho assim como corria atrás das nuvens no céu quando era pequena. Sem jamais desistir.

E queria que ela olhasse para mim pelo que eu era, que visse a força dos meus olhos luminosos e a tenacidade com que eles brilhavam, embora por dentro sempre existisse aquele coração de mariposa.

No entanto, o tempo todo, não consegui olhar para o rosto dela.

— Muito bem. Não tenho mais perguntas, Meritíssimo.

O procurador voltou a se sentar, satisfeito com as minhas declarações, e então chegou a vez do advogado de defesa.

Ele começou o contra-interrogatório, tentando me confundir, mas eu não me deixei levar. Não me contradisse, não retratei as palavras, pois cada lembrança ainda era real na minha cabeça e viva na minha pele.

Eu me mantive firme nas minhas declarações e agravei ainda mais as acusações, motivo pelo qual a defesa, a certa altura, decidiu se retirar.

— É o suficiente, srta. Milligan — disse ele.

Eu tinha conseguido.

Ergui os olhos.

Para além da compostura, os rostos do júri revelavam uma multiplicidade de emoções que iam da frieza à tensão e à incredulidade.

Naquele exato momento, tinha acabado de contar os detalhes de quando ela me amarrava no porão e me deixava sozinha, me contorcendo de medo. De quando os meus lábios se abriam de tanto gritar ou de sede. De quando ela ameaçava arrancar as minhas unhas para que eu parasse de quebrá-las no couro dos cintos.

Desviei o olhar até encontrar o de Margaret. *Ela* me encarou com aqueles olhos escuros e perscrutadores, como se finalmente me reconhecesse.

E então sorriu.

Sorriu como fazia enquanto fechava a porta do porão atrás de si. Como quando eu me agarrava à sua saia. Sorriu daquele jeito torto e repugnante, uma careta que era uma vitória.

Uma emoção vermelha e brutal agarrou a minha garganta.

Eu me levantei às pressas e, a pedido do juiz, deixei o banco das testemunhas, suada e agitada. Tremia incontrolavelmente. Atravessei a sala do tribunal com o sangue martelando nas têmporas, mas, quando cheguei aos fundos, em vez de me sentar de novo na cadeira agarrei a maçaneta e saí correndo dali. A bílis me subiu à garganta e por pouco não encontrei o banheiro a tempo: agarrei-me à cabine e, então, vomitei todo o mal-estar que corroía a minha alma.

O suor subiu pela minha pele e esmagou as entranhas. Estremeci quando as lágrimas do esforço me cegaram: eu a revi ali, com aquele sorriso irônico e toda a dor que havia me causado.

Diante *Dela*, eu não era uma mulher de 21 anos.

Ainda era a menininha suja que rezava para *ser boa*.

Senti mãos me tocando, buscando contato comigo, mas a repulsa me invadiu e o cérebro rejeitou aquele toque. Afastei os dedos que tentaram me ajudar, e uma voz familiar tentou me persuadir a raciocinar.

— Solta... Não. Para...

Asia tentou me acalmar, lutando contra os tapas com que eu a afastava. Talvez eu a tenha machucado, mas eu estava fora de mim: ela conseguiu me segurar pelos ombros e eu estremeci.

— Está tudo bem. Você foi ótima. Você foi ótima...

Tentei me afastar, mas ela me bloqueou, segurando-me de um jeito estranho, anguloso e complexo. Mas, mesmo assim, carinhoso.

Tentei me desvencilhar, mas, por fim, aqueles toques venceram qualquer relutância.

As suas mãos não eram suaves como as de Anna, nem familiares como as de Adeline.

Mas me sustentavam.

E, por mais que viéssemos de realidades diferentes, por mais que viéssemos de universos que nunca se tocaram, deixei as minhas lágrimas escaparem e permiti que ela, pela primeira vez, se conectasse com aquele coração de menina que eu nunca quis deixar ninguém ver.

🦋

Naquela noite, fiquei no chuveiro por um tempo interminável. Limpei o suor, a angústia e os arrepios que grudaram na minha pele. Limpei o cheiro do medo, os arranhões nos pulsos e o que restou daquele dia.

Depois, cheguei ao apartamento de Rigel com a alma enrugada e os olhos vazios.

A minha existência parecia borrada, como algo apagado com uma borracha. A verdade era que eu precisava respirar um pouco a presença dele, vivê-lo nem que fosse só por um instante, porque na escuridão em que às vezes eu mergulhava, ele era a única luz capaz de me aquecer.

Ele nem se dava conta do poder que tinha sobre mim.

Rigel pegava a escuridão e a transformava em veludo. Tocava o meu coração e de repente tudo parecia funcionar, como se ele conhecesse a melodia secreta que movia as minhas engrenagens complexas. Ele tinha o paraíso nos olhos e o inferno nos lábios, e era a única realidade que tornava todas as outras insignificantes.

Enfiei a chave na fechadura. Deveria ter batido à porta, mas, quando senti aquele cheiro no ar que era dele, entrei silenciosamente sem nem pensar duas vezes.

Deixei a bolsa deslizar no sofá e tirei o casaco, percebendo a luz de um abajur iluminando a mesa no outro cômodo. Esperei vê-lo ali, mas encontrei apenas um livro aberto sobre o movimento dos satélites, um copo d'água, um prato com algumas migalhas e algumas folhas de anotações preenchidas com a sua caligrafia elegante.

Acariciei a caneta apoiada no sulco entre as páginas e o imaginei ali, estudando, enquanto a lâmpada iluminava aqueles traços maravilhosos e aquela expressão concentrada que sempre fazia enquanto lia.

No instante seguinte, notei uma presença silenciosa atrás de mim.

Eu me virei, porque sabia que ele tinha o hábito de espreitar nas sombras.

— *Talvez* você queira se explicar.

Estava na porta, magnífico e aterrorizante. Os olhos perfuravam a escuridão daquele jeito que tantas vezes me fizera tremer. Ele esmagava um jornal na mão. Estava enrolado nos dedos, mas não precisava me mostrar para eu saber o que estava escrito.

O caso das crianças do Sunnycreek estava rodando o país.

Ele se aproximou e bateu o jornal na mesa com um gesto seco, sem deixar de me prender com o olhar tempestuoso. O perfume familiar despertou o meu coração. Por mais que naquele momento os seus olhos estivessem me afastando e me afundando como buracos negros, eu sentia o corpo reagir à sua proximidade como se nunca tivesse sido tão dele.

— *Por quê?* Por que você não me contou?

Estava com raiva.

Muita.

Ele queria ter ido. Não tinha gostado do meu comportamento, e a ideia de não ter estado comigo naquele momento batia de frente com o instinto primordial que regia o seu coração.

Eu só queria mergulhar nos braços dele, sentir-me abraçada, segura. Mas sabia que não poderia evitar aquele confronto, pois Rigel merecia uma explicação para o que eu havia feito.

— Se eu tivesse te contado, você teria ido — sussurrei. — E era justamente o que eu estava tentando impedir.

— Tentando... *impedir?* — Ele estreitou os olhos, reduzindo-os a dois raios cortantes. — E por qual motivo, Nica?

Uma certeza cruzou o olhar dele como um raio, daquela maneira destrutiva e hostil que o tornava meu inimigo.

— Que foi, achou que eu fosse *fraco* demais para ir? — Deu um passo na minha direção, liberando raiva e dor. — É por causa do que você viu no outro dia? Da crise?

— Não.

— Então por quê?

— Eu não queria que ela visse você — sussurrei com uma sinceridade desconcertante.

Rigel não se mexeu, mas algo se cristalizara nas suas íris.

— Eu não ia suportar que ela voltasse aqueles olhos para você de novo — confessei. — Não ia suportar saber que, ao ver você, algo nela se acenderia. Eu jamais ia aceitar. Eu odeio a obsessão que ela sempre teve por você, o afeto doentio que impôs. Isso me tira o fôlego. Eu a queria longe. Queria proteger você dela, por mais que isso significasse passar por tudo sozinha!

Os meus punhos tremeram e senti a garganta arder. Senti as lágrimas ameaçarem cair mais uma vez. Eu só sabia chorar, àquela altura já tinha chegado ao limite.

— E faria tudo de novo — sibilei entredentes, pensando naquela careta, na destruição que havia me infligido. — Faria de novo uma centena de vezes para mantê-la longe de você. Eu não me importo se você está com raiva de mim agora. Eu não me importo, Rigel, eu teria feito qualquer coisa, *tudo*, para impedi-la de ver você novamente!

Cerrei os olhos e uma força desesperada explodiu como uma estrela.

— Então, pode ficar com raiva. Pode rosnar pra mim! — incitei, enquanto o choque de tudo o que acontecera naquele dia atingia os meus nervos. — Pode me dizer que eu errei em não deixar você ir, pode me dizer que eu cometi um erro! Pode dizer o que quiser, mas não me manda pedir desculpas, não faz isso, porque a única coisa que me faz sentir bem, a única coisa que me dá um alívio nessa confusão toda é saber que uma vez, apenas uma vez, eu pude fazer alguma coisa para conseguir te proteg...

As mãos dele me agarraram e me puxaram para perto de si.

Eu colidi com o seu peito e um soluço me deixou sem fôlego. O calor dele me envolveu como uma luva e o mundo vibrou entre os braços de Rigel, silenciado por uma força invisível, doce e muito poderosa.

Tremi enquanto as lágrimas corroíam o meu coração e a força ameaçava me deixar.

— Boba — sussurrou bem baixinho no meu ouvido.

Fechei os olhos com amargura. Meu Deus, eu não queria ouvir mais nada. Queria que Rigel apagasse Margaret para sempre só de falar comigo com aquela voz tão profunda.

A mão dele subiu até a minha nuca, tentando me embalar, e eu me agarrei àquele gesto com um sentimento de desespero. Deixei que acarinhasse o meu coração, tocando-o à sua maneira. Eu o amei ainda mais pela forma como ele sabia me recompor, só de me segurar assim.

— Não precisa me proteger — murmurou com uma doçura que cativou a minha alma. — Você não tem que me defender de nada. Esse... é o meu trabalho.

Mergulhei o rosto no seu suéter limpo e perfumado. Então, balancei a cabeça, grunhindo contra o seu peito.

— Eu vou sempre te proteger — confessei, pequena feito uma criança, porque não sabia ser de outra maneira. — Por mais que você ache que não tem necessidade...

Rigel me abraçou com mais força e eu deixei que ele absorvesse tudo de mim, centímetro por centímetro, até me fundir ao seu calor. Ele sabia que eu era assim, que nós éramos assim, obstinados e impossíveis até o fim.

Continuaríamos a nos sacrificar um pelo outro.

Continuaríamos a nos proteger do nosso jeito, preferindo silêncios a palavras, e gestos a qualquer outra coisa.

Continuaríamos a nos amar assim, daquele jeito excessivo e imperfeito, cheio de erros, mas sincero como o sol.

Olhei para ele com olhos lânguidos e destruídos, e ele inclinou o rosto, retribuindo o meu gesto com um olhar calmo e profundo.

O meu coração palpitou, emocionado mais uma vez com o rosto dele, com tudo o que ele significava para mim, e Rigel baixou a cabeça para beijar os meus lábios.

A boca macia fez o meu estômago formigar de calor. Envolvi os ombros dele com os braços e o puxei para perto de mim com uma necessidade ardente.

Entrelacei a minha língua com a dele e Rigel apertou o meu quadril, tentando me segurar, me parar. Ele se esforçou para conter o impulso que ameaçava me atacar como uma fera, mas eu afundei os dedos nos seus ombros e pressionei o corpo no dele.

— Preciso de você — implorei. — Preciso disso. Por favor...

Rigel respirou fundo com o peito vibrante e o cabelo caindo nos olhos. Peguei o seu rosto só para afundar os lábios doces e carentes nos dele.

Os seus músculos enrijeceram. Ele prendeu a respiração na garganta.

Senti o autocontrole dele vacilar. Aumentei as investidas suaves da minha boca, e a insistência do meu corpo miúdo finalmente o fez ceder.

Ele agarrou a minha nuca e a sua boca se impôs sobre a minha, consumindo-me com beijos ardentes. A língua de Rigel me invadiu e a sua confiança me aturdiu, desencadeando um arrepio intenso na minha espinha. Deslizei as mãos pelo cabelo preto e o beijei com uma paixão avassaladora, arrancando um gemido rouco dele.

A sua respiração tornou-se voraz, apressada. Rigel foi me fazendo recuar até esbarrar na beirada da mesa, que ele esvaziou bruscamente com o braço: o copo e o prato se estilhaçaram e uma chuva de papéis caiu sobre o piso enquanto ele me agarrava pela cintura para me deitar.

Com dedos trêmulos, tentei tirar o suéter dele, e Rigel o jogou no chão junto com a camiseta, queimando como um fogo violento. O cabelo escuro caía como uma auréola suave sobre os ombros fortes e não tive tempo de admirá-lo antes que ele agarrasse o fecho da minha calça, levantasse o meu quadril com um gesto brusco e a deixasse deslizar pelas minhas pernas. Fiquei mais ofegante. As bochechas ardiam e eu me vi levantando os braços quando as suas mãos ásperas quase arrancaram o moletom que eu estava usando.

Não havia calma. Nem paciência. Estávamos nos atacando como animais furiosos.

O ar entorpeceu a minha pele, enchendo-a de sensações gélidas e ardentes. As escápulas nuas colidiram com a mesa e Rigel fechou a mão na curva do meu pescoço, apertando-a até os meus nervos pegarem fogo. Eu estremeci sob o toque e o coração disparou quando Rigel cravou os dedos na minha coxa e afundou os dentes na parte de dentro, onde a carne era mais sensível e macia. Fechei os olhos e senti um choque que me fez agarrar as bordas da mesa.

O meu corpo começou a tremer e eu deixei Rigel apagar tudo de mim, tomar o que quisesse e me saciar só com ele.

Eu não me importava com os sinais.

Eu não o deteria.

Precisava disso.

Do seu toque ardente, das suas mordidas, do seu amor sombrio.

Eu precisava me perder na sua alma, porque era o único lugar que nunca me assustaria.

Minhas mãos tremeram, os músculos enrijeceram. Rigel arrancou a minha calcinha com determinação e o elástico afundou na pele, deixando-me sem fôlego. Em seguida, sem delicadeza, ele me agarrou pelos tornozelos, arrastando-me pela mesa até que eu colidisse com a sua ereção. O corpo dele queimava de tensão, de frenesi, da necessidade de me saborear, de me devorar, de me fazer dele.

E eu o queria por aquilo que era, porque não desejava que fosse nada além de si mesmo.

Um lindo demônio. O único anjo que vivia na escuridão da minha alma.

Respirei com dificuldade enquanto o seu toque possessivo incendiava a minha pele.

Ele percorreu as minhas coxas com os dedos e depois afundou as pontas nelas, para sentir a carne aveludada modelando-se nas mãos. Apertou até encher as palmas, até doer, e um suspiro fino escapou dos meus lábios.

Aquele som o fez apertar ainda mais forte. Fechei os olhos e curvei os tornozelos, e Rigel se curvou para envolver e mordiscar minha intimidade com seus lábios quentes. Abri os olhos e a minha respiração ficou presa na garganta.

Eu me contraí por instinto, mas ele agarrou o meu quadril e me prendeu com mãos firmes e inabaláveis. Começou a torturá-la com os dentes, beijando e lambendo, chupando sem dó nem piedade, e uma tempestade implacável me fez estreitar os olhos. Eu gemi, as minhas pernas ficaram dormentes, o meu abdome pulsava intensamente.

Aquela língua ávida continuou me acariciando impiedosamente e os dentes estimularam nervos, desencadeando choques avassaladores na minha pele.

A minha respiração tornou-se irregular, eu tremia, as bochechas queimavam. Agarrei o cabelo dele entre os dedos, mas Rigel não se deteve, girou a língua ao redor da ponta sensível e depois a enfiou com mais força do que antes. Mordi os lábios e os seus dedos arranharam a minha pele, imobilizando-me enquanto aquelas carícias quentes me provocavam com doce crueldade, destroçando os meus músculos.

Quando se endireitou, eu estava sem palavras, exausta e trêmula. Um zumbido ensurdecia o meu cérebro. Rigel lambeu os lábios vermelhos, inchados e violentos e, seguindo o instinto impulsivo que o devorava, pegou o elástico da calça de moletom e a abaixou.

Mal tive tempo de lembrar que agora tomava anticoncepcional antes que ele me pegasse de jeito pelo quadril e o levantasse até fazê-lo estalar. Aquelas mãos me tiraram o fôlego.

Ele nunca havia sido delicado, e eu não pretendia lhe pedir para abrir uma exceção naquele momento. Rigel estava sempre tentando se controlar, se reprimir, como se tivesse um medo constante de me despedaçar. Era voraz, selvagem e impetuoso, mas, ali, desejei que continuasse a esculpir a minha alma, fizesse o mundo desaparecer com a rispidez de sempre e o levasse embora, para o mais longe possível.

Senti sua virilidade abrir caminho entre as minhas pernas, e os meus batimentos se fizeram irregulares. O sangue fervia, o corpo estava incandescente e as palpitações explodiam no coração.

Eu queria inclinar o rosto, encontrar os olhos dele, mas Rigel me penetrou com vigor, e a sensação que me dominou foi tão repentina e impetuosa que eu enrolei os dedos e arqueei a coluna.

As minhas coxas tremiam, como se eu nunca conseguisse me acostumar com ele. Cravei as unhas na madeira da mesa e Rigel começou a respirar daquele jeito rouco e viril, desfrutando da sensação quente e indulgente que o envolvia. Mordi os lábios, pequena e trêmula, mas, em vez de começar o ataque, ele levou a mão ao meu rosto e fixou os olhos nos meus.

O tempo parou.

Eu me agarrei ao olhar dele, o meu peito explodiu com uma emoção irreprimível. Retribuí com tudo de mim, amando-o loucamente, despejando nele tudo o que eu sentia.

Era ali que as nossas almas se encontravam.

Era ali que elas se davam tudo.

Com os olhos fixos nos meus, Rigel começou a se mover dentro de mim. Penetrava-me com força e profundidade, prendendo-me na superfície da mesa, apertando o meu quadril até os ossos doerem.

A respiração dele preencheu o ar.

O mundo se afastou.

Transformou-se nos olhos dele.

Transformou-se na sua pele, no seu perfume, no seu vigor e na sua força.

Transformou-se nele.

E o escuro virou veludo.

Em meio às sombras, estrelas floresceram.

Rigel debruçou-se sobre mim e eu correspondi às investidas exigentes com as pernas dormentes e os tornozelos trêmulos. A pressão da mão no meu quadril doía, mas cravei as unhas nas suas costas e retribuí os seus beijos com toda a doçura que estremecia o meu corpo.

Porque éramos uma galáxia de estrelas, eu e ele.

Um caos magnífico.

Um delírio resplandecente.

Mas só brilhávamos juntos.

E seríamos sempre assim.

Difíceis de compreender.

Imperfeitos e fora do comum.

Mas imortais...

Assim como as flores de amaranto.

38

IMENSURÁVEL

> *Vistamo-nos, então, de estrelas.*
> *Caminhemos entre os sonhos.*
> *Teremos corpos celestes, sabia?*
> *Você vestirá o meu amor como uma eternidade.*
> *E qualquer lua, vendo você brilhar, ansiará pelo amor*
> *de um sol que a faça brilhar do mesmo modo.*

Um anel.

Carl presenteara Adeline com um anel.

A notícia do noivado deixara todo mundo eufórico: Anna levara as mãos ao coração, toda emocionada, e eu abraçara a minha amiga com um impulso tão entusiástico que caímos juntas no sofá.

Sentia uma alegria que nunca conseguiria expressar em palavras, que enchia o coração de música e transbordava de luz. Eu a amava muito e ela merecia ser feliz.

Para celebrar a ocasião, dali a alguns dias, Anna decidira organizar uma festinha lá em casa e convidara todos os nossos amigos; afinal de contas, Adeline também já era da família.

"Você vai chegar a tempo, né?", digitei no celular enquanto os meus passos ecoavam pela calçada de concreto.

Caminhava a passos largos pela rua e o vento acariciava os fios que caíam sobre os ombros.

"Sim", foi a única resposta de Rigel, conciso como sempre. Nunca desperdiçava palavras, nem mesmo nas mensagens.

Eu sabia como ele estava ocupado com os estudos e tudo mais, mas esperava que ele não se atrasasse, pelo menos naquela noite.

"A gente se vê às oito, então", escrevi, alegre e serena.

Naquele dia, eu tinha outro motivo para estar de bom humor: havia passado com louvor na prova sobre doenças infecciosas, após semanas de estudo. Não era uma matéria fácil, e na mesma hora eu ligara para Rigel para lhe contar como estava feliz, porque ele sabia o quanto eu me empenhava na faculdade. Ele era sempre o primeiro para quem eu ligava depois de uma prova, e o único que, quando me elogiava, me fazia sorrir e ficar toda boba feito uma criancinha.

"Divirta-se com os seus colegas", respondeu ele, com uma consideração incomum.

Eu ia tomar uma cerveja com alguns colegas de faculdade antes do jantar. Segundo eles, uma prova tão importante precisa ser comemorada, e eu achei a ideia bem legal. Tinha passado em casa para me trocar, já me vestindo para a noite, assim não teria que sumir mais tarde, com os convidados em casa.

"Obrigada", escrevi, sorrindo para a tela, depois guardei o celular e corri para chegar ao bar.

Achei o lugar bem-iluminado, refinado e convidativo: o vitral mostrava fileiras de luminárias penduradas no teto, como galhos de salgueiro-chorão, e os sofás de couro tornavam o ambiente o local certo para relaxar com os amigos.

Will já tinha chegado. Estava esperando ali em frente, mas só percebeu a minha presença quando parei atrás dele.

— Oi! Está esperando há muito tempo?

— Ei. Não, acabei de cheg... — As palavras sumiram da sua boca quando ele se virou.

Ele me olhou de cima a baixo e eu, por minha vez, verifiquei o meu reflexo na vitrine do bar para ter certeza de que não havia nada fora do lugar.

Estava usando botas de salto alto, calças justas e uma jaqueta curta que batia na altura da cintura; na parte de cima, optara por uma blusa cinza-pérola que combinava com os meus olhos. A blusa tinha um corpete rígido e mangas compridas bufantes, em organza, que faziam dela uma peça sofisticada e feminina. Havia deixado o cabelo solto e, no pescoço, reluzia o esplêndido pingente em forma de lágrima que Rigel me dera de presente de aniversário.

Para a noite, eu também tinha aplicado uma maquiagem leve que destacava o brilho dos meus olhos, enquanto um batom suave acentuava a maciez dos lábios e os deixava ainda mais carnudos, evidenciando a cor rosada das bochechas.

Alguns anos antes, depois de ter superado os obstáculos e ganhado confiança, Anna e eu compartilhamos um daqueles momentos entre mãe e filha com o qual eu sempre tinha sonhado: tínhamos saído para comprar maquiagem juntas e ela me ensinara a usá-la. Devagarinho, com calma, cuidado e paciência. Tinha sido um momento muito íntimo e importante para mim, que eu guardaria para sempre.

Norman, por sua vez, havia me ensinado a dirigir e, graças a ele, consegui tirar a carteira de motorista. Ele me acompanhara no dia da prova e, apesar do meu nervosismo, conseguira me acalmar com a tranquilidade de sempre.

Após ter sido aprovada, eu saíra do prédio acenando com a carteira, e ele me dera um abraço suave, orgulhoso e desajeitado, rindo por trás dos óculos de armação grossa.

Eram momentos assim que eu guardava na memória, como um cofre precioso cheio de tesouros.

Naquele momento, percebi que Will olhava para as minhas pernas. Bille tinha me dito que aquela calça realçava as minhas curvas mais do que qualquer vestido, mas eu a escolhera por ser extremamente confortável, porque gostava de usá-la, não para atrair olhares indesejados.

Desviei os olhos dele e olhei ao redor.

— E aí — falei, mordiscando o lábio —, os outros estão vindo, ou...

— Estão vindo. — Will voltou olhar para o meu rosto. — Você sabe que eles sempre se atrasam. Até para as aulas. — Então, esboçou um sorriso que realçou os olhos verdes.

Era um cara atraente, com um bom porte físico e um sorriso que conquistava o coração de qualquer mulher. Era também um daqueles sorrisos ensolarados e contagiantes que muitas vezes, com a minha habitual ingenuidade, eu retribuía; mas, toda vez que fazia isso, os olhos dele ficavam pensativos, como se aquele meu jeito tão genuíno de ser contivesse algum detalhe brilhante que as outras, com os seus olhares de adoração, não tinham.

— Você foi muito bem na prova hoje — murmurou Will com voz afetuosa.

Vi que ele tinha se aproximado. Deslizou o olhar pelo meu rosto e eu abri um sorriso de alívio.

— Obrigada. Você também. Eu estava meio nervosa no início... Ainda bem que deu tudo certo.

— A gente podia estudar juntos da próxima vez — propôs, sem tirar os olhos de mim. Ele alternava o olhar entre as minhas pupilas, como se os meus olhos o enfeitiçassem. — A gente podia se encontrar depois da aula... Sabe, eu não moro tão longe da faculdade. Você podia ir lá em casa...

— Oi, gente!

Duas colegas se juntaram a nós, interrompendo a conversa. Will mordeu o lábio e olhou para elas, depois retribuiu com um sorriso. Eu realmente queria pensar que a proposta dele era apenas platônica, mas temia que não fosse o caso. Deixei o pensamento de lado e me concentrei nas garotas. Era raro sairmos juntas, mas eu gostava delas, falávamos da nossa paixão em comum e compartilhávamos uma realidade que nos interessava. Tinha mais um casal que iria, mas descobrimos que, por causa de algum contratempo, não conseguiriam mais comparecer.

— Então... é só a gente?

Will esperou a confirmação delas, que fizeram que sim. Com essa declaração, ele desviou os olhos de volta para mim. Ficou me observando um momento antes de acrescentar:

— Então vamos entrar...

— Já ouvi falar muito bem daqui — comentei com um sorriso contente, apontando para o bar. — Duas amigas próximas já vieram e me disseram que as cervejas artesanais são ótimas! Além disso, com as bebidas, eles servem também uns sanduíches com um molho especial, e também uma batata frita que é de...

Não tive tempo de terminar antes que alguém chegasse por trás, erguesse o meu rosto com força e me desse um beijo na boca.

Tomei um susto e reconheci o perfume de Rigel com o coração a mil: os dedos dele apertaram a minha mandíbula e me submeteram a um beijo tão ardente e repentino que me tirou o fôlego. Ele devorou os meus lábios e veio para cima de mim com tanto impulso que o meu corpo frágil quase cedeu sob aquela força incendiária.

Eu me agarrei ao braço dele e Rigel cravou os olhos afiados em Will, lançando-lhe um olhar incandescente sem parar de me beijar. Quando espremi o couro da sua jaqueta e tive certeza de que não tinha mais ar no meu peito, ele decidiu se desvencilhar.

Vermelha e desnorteada, endireitei o cabelo, e Rigel pôs o braço em volta do meu ombro antes de se virar com inocente casualidade para os rostos emudecidos dos presentes.

— Ah, *William* — disse ele, estalando a língua —, você também veio. Mas que cabeça a minha, eu *realmente* não tinha te visto.

Mas claro que tinha visto. Tinha até fulminado Will com os olhos.

Will o encarou petrificado, e as garotas olharam para ele sem entender nada.

Certamente tinha feito uma entrada teatral, mas eu sabia que não era a única razão pela qual a sua aparição estava causando tanto espanto.

Rigel não era exatamente o tipo de cara que se esperava encontrar por aí. Ele era um cara assustador e encantador. Exalava uma autoridade masculina que, somado ao físico escultural, fazia dele um predador nato.

— Mas... isso é jeito de me cumprimentar? — murmurei, indignada e ainda perplexa.

— Não vai dizer que não gostou, mariposa — sibilou no meu ouvido, com aquela voz rouca e divertida que fez o meu estômago pegar fogo.

Fechei a cara para ele, ainda vermelha como um pimentão, e o censurei com os olhos.

— Então você é o namorado misterioso dela — comentou uma das garotas, encorajada pela outra.

Elas o observaram com admiração e ele ergueu o rosto, dando-lhes um olhar astuto.

— Eu sou Rigel — respondeu com um meio sorriso, dando voz ao nome de estrela.

Ele nunca tinha sido do tipo extrovertido, e certamente não ia começar a ser agora, mas eu conhecia muito bem a sua capacidade de agradar a todos e percebi que essa era justamente a intenção naquele momento.

— Ah, Nica é sempre tão discreta quando se trata de você! — Elas me repreenderam com carinho. — Nunca conta nada! Ela nos disse que você estuda Engenharia e toca piano, mas, fora isso, parece sempre...

— O que aconteceu com as suas mãos? — interrompeu Will.

Encarava os dedos de Rigel, cheios de hematomas e arranhões.

Eram os machucados do dia da crise, aqueles dos quais eu tinha cuidado, mas Rigel o encarou com faíscas nos olhos.

— Ah, nada. Uma briga — respondeu com tranquilidade.

Mas que mentira!

Will assumiu uma expressão cautelosa.

— Uma... briga?

— Não, não, ele só se cortou — tentei minimizar, mas Rigel ergueu um canto da boca com toda a desenvoltura de quem não precisa levantar a voz para que a sua versão dos fatos prevaleça.

— Uns caras me tiraram do sério. Talvez eu devesse ouvir o meu psiquiatra quando ele me diz que tenho *graves problemas* de controle da raiva e uma forte propensão para ter *transtornos de personalidade...*

Ele deu uma risada leve, balançando a cabeça, e Will o encarou com olhos arregalados.

Abri um sorriso nervoso.

— Ele... Ele gosta de brincar...

As garotas relaxaram, absorvendo aquele estranho senso de humor, mas Will permaneceu congelado, como se a personificação do meu namorado fosse ainda pior do que a ideia que tinha formado na cabeça.

— E aí, vamos? — propôs Rigel com ar inocente, terrível até o âmago.

O braço ainda rodeava os meus ombros, como se ele se sentisse bem relaxado naquela situação. Tive a impressão de ter visto Will engolir em seco de forma quase imperceptível.

— Então... você também vem?

— Ah, o convite não se estendia a mim? Mas na chamada de vídeo daquela tarde eu achei que sim... — Rigel deixou as palavras no ar e lhe lançou um olhar penetrante que fez alusão a todos os adoráveis *conselhos* daquela conversa.

Will pareceu captar a mensagem. Ele deu meia-volta e entrou no bar, apressado, como se não quisesse mais nada além de ser devorado pela porta giratória. As minhas colegas entraram logo atrás dele, conversando tranquilamente sobre como o lugar parecia sofisticado.

— Sabe — murmurou Rigel com aspereza quando ficamos a sós —, você tem o estranho dom de atrair imbecis.

— Dá pra parar de botar medo nele? — Eu lhe lancei um olhar sério.

— De forma alguma — respondeu, apertando o abraço para sussurrar as palavras no meu ouvido.

O calor compacto do corpo de Rigel testou a minha boa vontade e suspeitei que ele soubesse disso.

— Foi por isso que você veio? Por causa de Will? — perguntei com certa dureza na voz enquanto passávamos juntos pela porta giratória.

Ele tocou o meu rosto com o pulso e eu senti vontade de apertá-lo. Só um pouco.

— Já faz um tempo que você queria que eu conhecesse seus amigos... Estou errado?

Olha só, Rigel tentando virar o jogo. Era verdade que eu já tinha comentado isso com ele muitas vezes, mas eu o conhecia bem o suficiente para entender que não era por uma *vontade repentina* de socializar que ele estava ali naquele momento.

Rigel parou a porta com a mão. Então, inclinou o rosto e me encarou com olhos profundos e aveludados.

— Não está feliz por eu ter vindo? — perguntou, modulando a voz para que parecesse mais grave, ao mesmo tempo em que absorvia a minha vontade e me trancava nas íris escuras.

Eu o observei com um nó na garganta, os olhos brilhantes e as bochechas ardendo um pouco, porque na verdade eu estava emocionada por Rigel ter vindo, mais do que imaginava. Ele fixou os olhos e os lábios nos meus, e o meu coração derreteu com um suspiro.

— Você vai se comportar direitinho? — perguntei em um tom carinhoso.

Ele arqueou a sobrancelha com um toque de hilaridade, exibindo aquele comportamento angelical que o fazia parecer o pior dos demônios.

— Não é assim que eu *sempre* me comporto?

Eu o olhei com eloquência, mas durou pouco, pois Rigel liberou a porta novamente e me empurrou para a frente.

Um calor agradável percorreu a pele do meu rosto. Ali dentro, o ambiente era ainda mais legal: as luzinhas criavam um efeito quase natalino, relaxante e confortável, e notei um monte de jovens sentados às mesas e aos balcões. Deduzi que fosse um bar popular entre os universitários.

Encontramos os outros lá nos fundos, sentados em sofás ao redor de uma mesa circular. Nós nos sentamos e Rigel ficou com a jaqueta de couro, mas eu tirei a minha; deixei-a no sofá ao meu lado e fiquei só com a blusa, alisando o tecido no busto e olhando ao redor com brilho nos olhos, fascinada com aquele ambiente. O cabelo escorregou pela nuca e eu o coloquei atrás da orelha com um gesto lento, encantada, percebendo só naquele momento que Will, do outro lado da mesa, observava de canto de olho a minha figura envolta no tecido luminoso de organza.

Então, desviou os olhos na mesma hora e os voltou para o balcão antes que eu assentisse com um sorriso para as minhas colegas, concordando com elas que aquele bar era muito legal.

Ao meu lado, Rigel recostou-se no assento e estendeu o braço atrás de mim. Parecia estar de olho na fileirinha de botões que descia até a base das minhas costas, mas continuei falando com as meninas, concentrada demais na conversa para notar qualquer outra coisa.

Eu estava sentindo uma estranha euforia: Adeline ficando noiva, a faculdade indo bem, a minha família afetuosa e especial... Todas as emoções se misturaram, resultando em uma miscelânea de felicidade que iluminou as minhas bochechas e fez os meus olhos brilharem.

Enquanto os outros estavam distraídos, Rigel se inclinou sobre mim e levou os lábios quentes ao meu ouvido.

— Sabe, eu estava aqui *pensando...* — sussurrou com a voz rouca, suave e venenosa.

Aquelas palavras deslizaram como seda, e eu me aproximei dele, de leve, sussurrando com um sorriso.

— Em quê?

— Em todas as coisas que eu queria *fazer com você*.

Engasguei com a saliva. Corei com os olhos arregalados e, do outro lado da mesa, vi Will nos olhando hesitante. Pensei nas coisas que Rigel fazia comigo e, corei ainda mais.

Rigel enterrou o rosto no meu cabelo, incendiando a minha pele com a sua respiração, e eu concluí que ele não estava se comportando bem, estava dando o pior de si. Se já era difícil administrar as sensações de tê-lo por perto, ouvi-lo falar comigo daquele jeito íntimo e atrevido certamente não me ajudava em nada.

Estremeci quando senti a vibração do celular dele nas costas.

Rigel se afastou de mim com certa relutância e, com um gesto suave, tirou-o do bolso. Notei que era um dos muitos alunos que entravam em contato para ter aulas quando ele ergueu os olhos aguçados e se levantou para atender lá fora, onde a ausência de vozes e ruídos permitiria que ouvisse a chamada.

Eu o vi desaparecer em meio às pessoas que inconscientemente abriam caminho para ele, e mais uma vez estranhei vê-lo ali, como uma cor que nunca conseguia se fundir.

Rigel sempre parecia deslocado em relação aos outros caras. Todos me pareciam iguais ao lado dele, como pedras ao lado de um diamante: claro, cada um tinha a própria tonalidade, ou era diferente à sua maneira, mas Rigel era mais multifacetado do que todos os outros e tinha veias que irradiavam o brilho das estrelas. Ele tinha uma natureza cortante e um coração de cristal, mas uma alma como a dele brilhava para poucos.

E eu a abraçaria com força.

Envolvendo-a por completo...

— Boa noite — disse uma jovem garçonete com um sorriso, estalando a caneta. — Qual vai ser o pedido?

Nós a cumprimentamos e escolhemos os pedidos, que ela rapidamente anotou em um bloco de notas. Para Rigel, pedi uma cerveja escura não muito defumada, na esperança de que ele fosse gostar, e então a garota se afastou.

Eu me juntei aos outros e acabamos conversando sobre a faculdade; falamos de algumas matérias e dos laboratórios da tarde. Quando os pedidos chegaram poucos minutos depois, Rigel ainda não tinha voltado.

Procurei-o com os olhos; não queria ficar muito apreensiva ou pesar o clima, só que, por causa da doença, eu sempre tinha medo de que ele pudesse ter uma crise e passar mal. Embora não houvesse nada que eu pudesse fazer além de ajudá-lo a tomar os remédios, a ideia de que poderiam acontecer a qualquer momento me perturbava.

Eu me levantei com a desculpa de que voltaria logo e fui procurá-lo; só queria ter certeza de que ele estava bem, mesmo que fosse apenas dando uma olhada através da porta, mas não precisei ir até a entrada. Para a minha surpresa, encontrei-o parado perto do balcão, com o celular ainda na mão e o rosto virado para um... *grupinho de pessoas?*

— Rigel?

Peguei a sua mão e ele se virou na mesma hora, olhando para os dedos cheios de curativos que se entrelaçavam com os dele. Ficou tranquilo quando percebeu que era eu, mas, até mesmo depois de anos, ainda havia gestos espontâneos com os quais não estava acostumado.

Vi que ele estava com três garotos e uma garota que eu nunca tinha visto antes.

— Oi — cumprimentei, surpresa e confusa, então ergui os olhos e procurei os dele. — Você não voltou mais...

— Culpa nossa. A gente se encontrou por acaso — respondeu um deles amigavelmente, com as mãos nos bolsos do casaco.

Lancei-lhes um olhar curioso, mas, ao notar a minha expressão ainda desnorteada, a garota abriu um sorriso discreto e, com um toque de satisfação, anunciou:

— Estudamos na mesma faculdade.

— Ah! — Sorri de orelha a orelha, e a notícia me fez sentir um quentinho no peito.

Era a primeira vez que eu tinha a oportunidade de conhecer os colegas de faculdade de Rigel e fiquei extremamente feliz com aquilo.

— Prazer! Eu sou Nica.

— Você é... amiga dele? — perguntaram, hesitantes, então entendi que o caráter solitário de Rigel, resistente a qualquer tipo de confiança, era o motivo da incerteza deles.

— Sou namorada dele — respondi calmamente, provocando uma reação de espanto.

Todos sorriram para mim com uma nova percepção, como se a minha doce e exuberante presença o tornasse menos inacessível.

— Entendi... — comentou o cara de antes, dando uma piscadela junto com os outros.

— Você não nos disse que tinha namorada, Wilde — comentou a garota com um sorriso, fazendo um esforço para ser ouvida por mim. — Nunca, nem uma vez...

Ele olhou para mim como se esperasse que essas palavras fossem me magoar ou me fazer achar que estava sendo ignorada, mas o meu rosto permaneceu sereno.

Eu não precisava saber o motivo: Rigel era reservado, retraído e introvertido, certamente não era do tipo que falava de si mesmo para os outros. Eu o conhecia, e isso não me faria duvidar dele.

O que compartilhávamos era intocável, transcendia nossas almas e era mais forte do que qualquer palavra.

No entanto, ela interpretou o meu silêncio como uma vitória. Vi a satisfação no seu rosto quando esbocei um sorriso antes de me virar para Rigel.

— Só queria dizer que as bebidas chegaram — disse a ele em voz baixa, na intenção de lhe dar espaço. — Pedi uma cerveja escura para você. — Em seguida, virei-me novamente para os outros e abri mais um sorriso. — Foi um prazer. Boa noite.

Eles fizeram o mesmo, expressando a vontade de que voltássemos a nos ver, mas a garota permaneceu em silêncio e mordiscou o interior da bochecha com uma expressão irônica. Ela me lançou um olhar desdenhoso e depois se virou para Rigel com voracidade; e essa foi a última coisa que eu vi antes de dar meia-volta.

Fiz menção de ir embora, mas de repente pensei melhor e voltei: determinada, agarrei o rosto de Rigel e pressionei os lábios nos dele.

Eu me agarrei a ele e o dominei em um beijo de cinema, afundando os dedos no cabelo escuro até deixá-lo sem ar.

Eu o beijei com um ímpeto que surpreendeu até a mim: apoderei-me da sua boca, da sua força, do seu coração, de tudo, e por fim me afastei com um estalido alto, deixando os lábios dele vermelhos e inchados.

O silêncio foi total.

Todos me olharam espantados, alguns com as sobrancelhas erguidas, outros com uma aprovação silenciosa estampada no rosto, mas eu não me virei.

Imóvel nas minhas mãos, Rigel me observou com as pálpebras ligeiramente arregaladas, cabelo desgrenhado e o espanto embutido nos olhos pretos. Aquela expressão foi tão incomum e adorável que sorri para ele com ternura.

— Te espero lá na mesa.

Dei-lhe mais um beijo suave nos lábios e me afastei totalmente plena, sentindo o seu olhar ardente e o semblante desconcertado da garota voltados para mim.

Quando ele voltou para a nossa mesa e se sentou no mesmo lugar de antes, percebi por trás dos seus gestos uma vibração sutil, que mais ninguém poderia ter notado além de mim. E só tive a confirmação disso mais tarde, na rua, no momento em que nos despedimos dos outros para irmos à festa.

— O que foi aquilo? — sibilou no meu ouvido, insinuante, enquanto deslizava o braço ao redor dos meus ombros com determinação.

Senti o tom de zombaria na sua voz e o olhei de soslaio antes de desviar o olhar.

— *Não vai dizer que não gostou...* — murmurei, envergonhada demais para encará-lo.

Rigel mordeu o lábio e, em um momento raro, uma risada baixa e rouca brotou do peito dele. O som me abalou até os ossos e, apesar do rubor persistente, encarei-o. Fiquei observando-o enquanto ele ria, um tanto surpresa, e imediatamente o meu peito se encheu de um amor ardente.

Eu deveria estar acostumada a vê-lo sorrir e ser ele mesmo, mas nunca conseguia. E era quase... estranho vê-lo assim, iluminado com aquelas cores vivas, mas não era uma estranheza desagradável, não, era uma estranheza linda, maravilhosa, surpreendente, de tirar o fôlego. Era uma estranheza que cativava a alma e o coração, como o clarão de um raio na noite.

Eis o que Rigel era para mim: a luz na escuridão.

Aquele raio de tempestade que brilhava mais do que o sol.

— Arrepiante... — comentou ele, arrastando as sílabas, com o sorriso ainda brilhando nos dentes.

Com a alma impregnada daquela risada, eu o abracei e inclinei a cabeça para trás, rindo baixinho com os lábios colados no seu braço.

Sempre havia algo de único e especial na nossa normalidade.

E isso... Isso jamais mudaria.

🦋

— Parabéns! — exclamei enquanto puxava Adeline para um abraço.

Ela estava linda e radiante, com um vestido em tons pastel, e, mesmo que ao abraçá-la eu não visse o seu rosto, era possível sentir o calor nas suas bochechas. Nós nos soltamos e ela sorriu para mim com brilho no olhar e nos brincos que contornavam as bochechas rosadas. Ela estava maravilhosa. Carl, ao lado dela, sorriu para mim, as orelhas vermelhas de emoção.

— Os pais dele também vieram — disse Adeline, apontando para a família de Carl entre amigos e outras pessoas no local.

Insisti que queria conhecê-los e eles foram apresentados a mim com aquele orgulho cativante reservado aos familiares.

Cumprimentei Dalma e George, que seguravam uma taça de champanhe, e vi Asia ao lado deles. Parei e dei um sorriso sem graça, um pouco abatido, mas carregado de mil significados. Ela respondeu com um olhar profundo, inclinando a cabeça em um gesto que talvez um dia nos permitisse construir muitas coisas.

Jamais esqueceria o que ela havia feito por mim alguns dias antes, no julgamento.

De repente, a campainha tocou. Os convidados ainda estavam chegando, então olhei para Rigel e disse que iria recebê-los. Ele acenou com a cabeça e naquela hora os pais de Asia vieram cumprimentá-lo e jogar conversa fora. Deixei-os lá e fui abrir a porta.

— É aqui a festa?

Uma garota de expressão animada apareceu na minha frente com as mãos nos quadris.

— Sarah! — exclamei sorrindo, e ela levou a mão à boca enquanto me olhava com entusiasmo.

— Que bairro lindo, Nica, é uma graça! Cheio de florezinhas e cercados...

— Quer fazer o favor de sair da frente? — apressou uma voz atrás dela, abrindo caminho com o cotovelo.

Miki entrou com um olhar carrancudo, enquanto eu admirava o rosto anguloso e atraente da mulher que ela havia se tornado.

O cabelo longo e castanho balançava sobre o peito, mas a linda boca de lábios carnudos não havia perdido o hábito de mascar chiclete. Ela estava usando uma calça preta justa, botas militares de sola grossa e uma jaqueta clara, sob a qual, apesar dos anos que se passaram, ela ainda escondia o corpo.

Miki sempre teve curvas generosas, mas nunca gostou de exibi-las; ela se sentia mais à vontade vestindo roupas largas e confortáveis. Embora tivesse amadurecido com o tempo, o estilo não havia mudado.

— Estou feliz que você veio — cumprimentei-a, mas ela me respondeu com um olhar impaciente e se virou para tirar a jaqueta.

Olhei para ela um pouco surpresa e perguntei a Sarah:

— O que aconteceu? Por que ela está de mau humor?

— O que rolou foi que, enquanto estávamos abastecendo o carro, um babaca qualquer assobiou para ela... E você sabe como ela fica com essas coisas...

Miki a encarou com raiva.

— O mínimo que você podia ter feito era não ter dado corda — retrucou ofendida.

Sarah respondeu com uma risadinha sarcástica:

— Só estava concordando com o elogio...

Naquele momento, felizmente, mais alguém bateu à porta. Abri e no mesmo instante fui surpreendida por um flash potente.

— Bum! — Billie exclamou, explodindo de euforia. — Ah, ficou ótima... Vou chamar de *Ataque da pantera*... — disse ela, satisfeita consigo mesma, enquanto reparava no olhar ameaçador de Miki fixo no celular. Diante disso, ela ergueu os olhos e acrescentou, sorrindo com entusiasmo: — Olá!

Desde que cortou o cabelo, os cachos loiros de Billie se espalhavam em todas as direções, mas, na minha opinião, o corte era perfeito para ela. Acentuava a sua personalidade efervescente.

— Você chegou na hora certa — cumprimentei-a enquanto anunciava a sua chegada para o pessoal. — Norman está servindo champanhe.

Atrás dela, um rapaz muito alto e um pouco desengonçado entrou com timidez. Usava um boné, mas imediatamente o tirou, como se estivesse entrando em uma igreja.

— Olá, Nica... Obrigado pelo convite. Eu... eu trouxe essa garrafa...

— Vincent! — exclamou Sarah sorrindo, levantando os braços como se o seu time tivesse feito um gol.

— Ah, oi, Sarah...

— Como você está musculoso! Que incrível! Olha só! — anunciou ela, tocando nos braços magros dele, e Vincent, lisonjeado, ficou corado.

— Bem, você sabe que eu comecei a malhar e... Ah, oi, Miki — murmurou com uma preocupação repentina.

Miki respondeu da maneira habitual, sem olhar para ele, e Vincent apertou o boné nas mãos, olhando para ela com o canto do olho.

Ele se esforçava para conquistar um mínimo da aprovação de Miki, mas não parecia estar conseguindo. Ao mesmo tempo, Vincent era um menino tão tímido e desajeitado que era impossível não gostar dele, e eu tinha certeza de que Miki, debaixo daquela carranca, havia notado.

— Venham, fiquem à vontade — disse a eles enquanto os chamava para entrar. — Anna acabou de tirar os salgados do forno.

Eu sabia que a festa era para Adeline, mas tomei a liberdade de convidar os meus amigos também. Adorava estar rodeada de pessoas queridas, era como se eu estivesse dentro de uma bolha quentinha, macia e envolvente. Queria sempre recebê-los em casa. Talvez por ter sido uma criança sem nada que fosse meu, cresci com a convicção de que a felicidade precisa ser compartilhada.

Sarah não estava bebendo, mas Vincent logo surgiu com dois copos na mão. Passou um para Billie, que abriu um sorriu caloroso por trás do emaranhado de cachos.

— Obrigada, meu bem.

Achei que o outro seria para ele próprio, mas ele estendeu a mão para Miki. Ela olhou para o copo, impassível.

— Não gosto de champanhe — respondeu, desviando o olhar.

— Eu sei — assentiu Vincent, constrangido. — É por isso que eu te trouxe vinho branco... Sei que é o seu favorito.

Miki olhou para ele, e atrás dela, Sarah beijou a ponta dos dedos e levantou os polegares em aprovação.

Percebi que Billie observava a melhor amiga com uma pitada de apreensão, mas suspirou aliviada ao ver que Miki aceitou o vinho que Vincent estava oferecendo.

Levou o copo ao peito, com aquela expressão de quem não sabe muito bem como responder a uma gentileza e, ao cruzar com o olhar esperançoso de Billie, agradeceu:

— Obrigada.

Vincent corou e recuou um pouco; até que se deu conta de que agora estava com as mãos vazias e foi buscar algo para beber.

— Adoro esse garoto — confessou Sarah, enquanto reparava nele e Norman se cumprimentando, cada um mais sem jeito que o outro.

Os olhos de Billie brilharam com gratidão e percebi o quanto aquelas palavras a confortavam, pois era a única coisa que esperava ouvir.

Pouco depois, quando a festa estava no auge, vi Vincent gesticulando, imerso em uma conversa animada.

Rigel estava ao lado dele, de braços cruzados sobre o peito, uma taça de champanhe na mão e a cabeça ligeiramente abaixada, fazendo sombra. Estava lançando um olhar afiado de canto de olho para Vincent, visivelmente desconfiado do que ele estava dizendo, mas ao mesmo tempo contido o suficiente para não o deixar perceber.

Tentei esconder um sorriso, mas foi impossível.

Vincent amava temas como espaço, cosmologia e teoria quântica, e parecia ter um apreço enorme por Rigel. Apesar dos silêncios e das desconfianças, e mesmo que Miki parecesse a pessoa mais bem-humorada do mundo ao lado de Rigel, Vincent sempre ficava feliz em vê-lo.

E por mais diferentes que fossem, Rigel se esforçava para ser... gentil com Vincent. Educado, pelo menos.

Naquele momento, percebi que, um pouco mais adiante, Anna observava Rigel. O olhar levemente triste revelava um afeto por ele que jamais seria correspondido.

"Não consigo me conectar com eles", admitira Rigel para mim certa vez.

Estávamos dando uma volta depois de jantar com Anna e Norman, e essa confissão abafada havia quebrado o silêncio. Soube imediatamente o que queria dizer. O tom de voz dele era diferente quando deixava a alma falar.

Ergui os olhos e o vi, com o rosto virado para o lado e as mãos nos bolsos da jaqueta, o cabelo escuro se confundindo com a noite. Quando esses momentos aconteciam, me olhar nos olhos era um contato direto demais para Rigel.

Ele não conseguia se apegar a eles.

Ele não conseguia se apegar a ninguém. A verdade era essa.

A síndrome do abandono e o peso psicológico da doença criaram nele uma grave insegurança emocional desde criança.

E a relação que tinha com a diretora... só piorou as coisas. Desde a infância, Rigel sentia desesperadamente uma necessidade por afeto, mas obtê-lo de uma mulher como aquela o levou a rejeitar qualquer forma de amor que recebia. Margaret era um monstro e ele sabia disso.

Isso o levou a negar afeto, e não apenas a crescer sem amarras, como também a rejeitá-las. A solidão, a frustração e a ausência de pontos de referência estáveis prejudicaram muito a sua capacidade de criar vínculos afetivos.

Não era culpa dele. Ele se protegia como se estivesse tratando uma doença e havia desenvolvido os anticorpos que não lhe deixavam adoecer.

Na escuridão daquela rua, aceitei o seu silêncio e peguei-o pela mão. Eu não poderia dizer o quanto Anna e Norman o amavam de verdade, mas, no fundo, eu tinha certeza de que, mesmo que o menino que um dia havia sido não existisse mais, ele gostaria de um dia retribuir tudo o que fizeram.

A campainha tocou novamente.

Larguei o copo e fui para a porta, mas antes de chegar à entrada, Klaus passou entre minhas pernas. Ele parou e me lançou um olhar indignado, incomodado por ter tantos convidados em casa; peguei-o nos braços e ele miou com raiva. Beijei a sua cabeça e cocei atrás da orelha do jeito de que ele gostava; sorri quando ele deixou escapar um ronronar. Acariciei-o com ternura e o deixei no primeiro degrau da escada, de onde me lançou um olhar ressentido, provavelmente ofendido por eu não ter continuado a mimá-lo como merecia.

— Estou indo...

Abri a porta.

E fiquei paralisada.

O passado se abriu diante de mim e me arrancou do presente por um momento.

O garoto à minha frente se virou. E no instante em que o vi, senti o coração desaparecer e o tempo parar.

— Peter? — sussurrei em voz baixa.

Ele me olhou com uma expressão que eu lembrava perfeitamente.

— Nica...

Senti o coração inchando até me deixar sem ar. Estava tão incrédula que estendi os braços sem nem pensar direito.

Abracei-o e senti o cabelo dele acariciar as minhas bochechas.

Peter ficou trêmulo, o corpo rígido, mas eu estava sendo dominada por uma emoção forte demais para me conter.

Eu lembrava como ele era um menino magrinho de olheiras persistentes, que sempre chorava mais do que as outras crianças e se escondia atrás de qualquer um. Nunca soube se defender da crueldade; uma alma delicada como a dele não tinha forças nem para se proteger.

— Não... não consigo acreditar... — disse e me afastei um pouco.

Senti os olhos lacrimejarem e, naquele momento, notei a palidez extrema do rapaz enquanto os nervos do seu pescoço ficavam tensos. Levei um momento para me tocar de que aquela reação havia sido causada por mim.

— Sim...

Peter se forçou a sorrir, mas o canto da boca se contorcia, como se ele tivesse um tique nervoso. A ponta dos lábios parecia estar formigando sem parar, e eu estava completamente confusa, até que entendi: eu o havia assustado. Não tinha notado uma coisa fundamental. Peter era como eu, só que ainda pior.

Ele também havia parado de crescer.

Adeline já tinha me contado sobre isso há muito tempo. Ele nunca se recuperou.

— Adeline me convidou — disse ele, engolindo a saliva. Parecia estar relaxando aos poucos. — Eu estava aqui... para o julgamento. Vi você naquele dia — confessou. — Vi vocês duas. Eu estava lá também. Ouvi você no banco das testemunhas, Nica. Queria ter te parabenizado, mas depois não te encontrei mais.

Eu havia saído de lá correndo, por isso não me vira.

Sorri para ele. Um sorriso trêmulo com o qual eu esperava transmitir tudo o que sentia.

— Se eu soubesse que você estava lá, eu teria reunido forças para ficar.

Os olhos de Peter viraram para o lado por uma fração de segundo, e eu senti que essa era a sua maneira de mostrar desconforto e timidez, então suavizei a voz.

— Foi muito corajoso, o que você fez. Sem você... ela nunca teria sido condenada.

Margaret já não tinha mais como assombrar as nossas vidas. Com os vários depoimentos, as provas contundentes e os relatos dos transtornos psicológicos permanentes que havia causado, o tribunal não apenas a considerou culpada. Com a sentença que recebeu, *Ela* nunca mais poderia machucar quem quer que fosse.

Não poderia mais afetar o nosso futuro.

Apenas o passado.

Queria saber o que *Ela* pensou quando descobriu que Peter foi o responsável pelo desencadeamento de todo o processo. Justo aquele que nunca teve forças para agir, o que sempre foi pequeno demais e quem *Ela* mais aterrorizou.

— Vem — chamei-o calorosamente, e abri caminho para que pudesse entrar.

Mantive uma distância aceitável, esperando que ele entendesse que eu não invadiria o seu espaço sem consentimento novamente.

Peter entrou com cautela e deixei que ele mesmo tirasse o casaco.

Era tão estranho vê-lo ali, no presente, e a primeira coisa que passou pela minha cabeça foi apresentá-lo a Anna e Norman.

Levei-o até o sofá e perguntei se queria algo para beber, mas ele disse que não. Notei que sofria leves palpitações na pálpebra enquanto observava o ambiente e que os gestos denotavam certo nervosismo.

Tinha o mesmo cabelo ruivo e os mesmos olhos azul-claros coroando o nariz comprido. O rosto era salpicado de sardas e ele exibia um porte magro praticamente inalterado, embora agora mais de acordo com o de um jovem adulto. Ainda parecia pequeno, frágil e assustado. Como na infância.

— Então... esta é a sua casa?

— Sim — respondi com suavidade, sentando-me perto dele lentamente. — Conheci os Milligan quando tinha dezessete anos. Fizeram uma visita ao Grave... São pessoas muito doces. Gostaria de apresentá-los, se você quiser.

Eu não queria ultrapassar os limites de Peter. Ele acabara de chegar e, além disso, não sei até que ponto ele se sentiria à vontade com estranhos. Talvez Adeline não tivesse contado que haveria tanta gente. Ele continuou olhando ao redor, como se quisesse fixar um par de olhos em cada pessoa.

— Eu sei que você foi adotado quando foi transferido para o Saint Joseph — comentei, procurando o olhar dele enquanto colocava o cabelo atrás da orelha, e ele assentiu.

Peter foi embora junto com Adeline, mas não ficou muito tempo na nova instituição.

— Os Clay — começou a explicar, mostrando-me a foto de um casal feliz e sorridente com uma criança fazendo o sinal de vitória.

Tinham a pele escura, e Peter estava com o braço apoiado nos ombros do outro filho, com uma expressão serena no rosto.

Sorri e ele pareceu relaxar de maneira quase imperceptível.

— Eles vieram quando eu tinha treze anos — continuou. — Naquele dia... Bem, tropecei no tapete. Queria causar uma boa impressão, mas acabei destruindo a planta da entrada. E mesmo assim eles decidiram que queriam me conhecer. Eles me acharam... legal, eu acho.

Ri e levei a mão à boca, e Peter sorriu de volta. Ele me contou mais sobre os pais, a escola, como foi sair da instituição e ser acolhido por uma família. Eu me reconheci em muitas das suas palavras e fiquei feliz por ter me contado parte de como tinha sido a sua vida.

De repente, Peter congelou. O rosto enrijeceu, e o olhar tornou-se atônito, como se estivesse em choque. Continuei olhando para ele, confusa com aquela mudança tão brusca, até que me virei instintivamente para acompanhar a trajetória do seu olhar.

O meu coração disparou assim que me dei conta. Rigel.

Ele tinha visto Rigel no fundo da sala.

Adeline estava em uma conversa animada com ele, e embora os lábios pálidos de Rigel estivessem fechados como de costume, os olhos escuros estavam atentos. Ela sorriu e deu um tapinha de brincadeira no ombro dele, e ele respondeu algo que a fez gargalhar.

— Ele — disse Peter com um tom de voz irreconhecível. — O que... ele está... fazendo aqui...?

— As coisas não são como você pensa, Peter — apressei-me a dizer.

Sabia bem quem Rigel havia sido nas nossas memórias de infância: o monstro cruel e violento sobre o qual o próprio Peter havia me alertado.

— Tem coisas que você não sabe — continuei com a voz suave. — Rigel nunca teve nada a ver com a diretora. Pode acreditar em mim.

Talvez se ele o tivesse visto no julgamento contra Margaret, seria diferente, mas Rigel não estava lá naquele dia.

— Eu devia imaginar que mais cedo ou mais tarde isso voltaria a acontecer. Olha só pra ele — expressou com desprezo, pois diante dos seus olhos estava um rapaz lindo e impecável, enquanto ele próprio, por outro lado, sempre carregaria consigo as marcas do abuso. — Não mudou nada.

— Ele não é quem você imagina — reafirmei com uma pontada de amargura.

O corpo de Peter estava tenso e o tremor na pálpebra indicava que o nível de estresse estava aumentando. Tive vontade de apertar a sua mão, mas logo vi que não seria uma boa ideia.

— Peter — reforcei —, Rigel é tão diferente do garoto que você conheceu...

— Está defendendo ele? — Ele me olhou incrédulo. — Depois de tudo o que ele fez com você?

Peter me olhou como se eu fosse uma estranha. Era como se uma sombra tóxica e cinzenta repentinamente tivesse coberto o seu rosto.

— É óbvio. No fim das contas ele sempre foi bom nisso. Manipular as pessoas... Foi por isso que Adeline o convidou. Mesmo depois de tanto tempo...

Os olhos dele acusavam um traço de ciúme quando os fitei novamente. Enxerguei lá dentro um sentimento reprimido que percebi ser voltado para Adeline.

No entanto, embora Peter sempre tenha desprezado Rigel, parecia ter mais ciúme dele do que do próprio Carl.

— Você está enganado — respondi com calma e sinceridade. — Adeline gosta dele. Para ela é como se fosse... um irmão.

— É, mas não via problema nenhum em transar com ele — revidou com acidez.

Fiquei sem fôlego.

Olhei para Peter, imóvel, como se o meu coração tivesse parado.

— O quê?

— Como assim "o quê"? Você não sabia?

Estava congelada. Instintivamente os meus olhos foram na direção de Adeline. Eu a vi ali, sorrindo, feliz, perdidamente apaixonada pelo rapaz com quem ia se casar, mas aquelas palavras estavam corroendo o meu cérebro.

— Eu dividia o quarto com ele — Peter me lembrou —, sei muito bem do que estou falando. Eu tinha que me levantar e sair toda vez que ela chegava...

Toda santa vez... Ela só tinha olhos para ele. Só para ele. Como se Rigel já não roubasse a atenção de todo mundo. — Peter lançou a ele um olhar cheio de ódio. — Não me surpreende em nada vê-lo aqui. Não se esqueça do efeito que ele tinha sobre você. Ou que continua tendo...

— Rigel está aqui comigo — deixei escapar quase mecanicamente. O meu cérebro estava em turbulência e tinha uma sensação estranha no peito, mas mesmo assim aquelas palavras saíram da minha boca. — Nós... estamos juntos.

Nunca imaginei Peter me olhando daquela forma, como se eu tivesse acabado de contar algo abominável. A consternação que sentia criava um contraste estranho no rosto dele: o olhar era de criança, mas a fúria incrédula que emanava era a de um adulto.

— Vocês estão juntos? — repetiu como se eu tivesse enlouquecido. — Você está com ele? Você não lembra como ele te tratava? Ele te odiava, Nica!

— Ele não me odiava, Peter — discordei. Mesmo que Rigel fosse um caso incompreensível para os outros, Peter fazia parte do nosso passado, e eu queria fazê-lo entender. — Era o oposto disso...

— Claro — resmungou, sarcástico. — Ele estava apaixonado por você, mas transava com outra de vez em quando.

Tomei um susto. As palavras me atingiram em cheio, como um chute bem dado. Fiquei sem palavras e Peter balançou a cabeça, demonstrando simpatia.

— Você sempre foi ingênua demais, Nica.

Senti uma agitação no fundo do peito, como se algo estivesse queimando. Uma sensação persistente, até que os meus olhos não conseguiram mais evitar e se voltaram para Rigel.

O olhar intenso cortou a sala. Adeline não estava mais ali, a atenção dele agora estava voltada para o garoto sentado ao meu lado no sofá. Ele olhava para Peter sem piscar, com um brilho de certeza, a mesma que tive quando o reconheci ao abrir a porta.

Naquele instante, o olhar dele encontrou o meu.

Imaginá-lo com Adeline, aos toques e suspiros como fazíamos, corroeu-me por dentro.

Eu finalmente havia entendido o beijo que ela havia dado nele quando reapareceu alguns anos atrás. Adeline e Rigel compartilharam muitos desses no passado.

O pensamento embrulhou o meu estômago.

Levantei-me, desviando o olhar, e pedi licença a Peter antes de sair da sala.

Sabia que não conseguiria fazê-lo mudar de opinião. Ele tinha muita convicção sobre as certezas do passado para reavaliá-las. Não estava disposto a repensar as nossas vidas, o que me fez sentir uma necessidade enorme de fugir dali. A imagem de Adeline estava cravada nos meus olhos e, apesar do que eu sentia, não estava disposta a estragar aquele dia.

Segui pelo corredor e entrei na sala dos fundos. O meu cabelo descansou sobre os cotovelos quando me sentei ali, no meio do tapete, longe de tudo e de todos.

Quando ouvi alguém fechar a porta atrás de mim, virei-me sabendo com certeza quem havia chegado.

— Você dormiu com Adeline? — perguntei de supetão, sem me segurar, como se aquelas palavras estivessem queimando os meus lábios.

Rigel me olhou minuciosamente, com o rosto abatido e uma expressão fechada, que escurecia o seu olhar.

— Foi isso que Peter te contou?

— Responde, Rigel.

Só recebi o silêncio. Mas eu havia aprendido a interpretar aquela ausência de palavras melhor do que qualquer resposta.

Desviei o olhar, desapontada, até que me virei para ele novamente.

— Quando você ia me contar?

— O que exatamente você queria que eu dissesse?

— Não vem com essa. Você sabe muito bem como vocês dois são importantes para mim. Imaginar vocês... — Busquei as palavras, mas a amargura fechou a minha garganta.

Eu não devia me importar dessa forma. Tudo isso aconteceu antes de Rigel e eu ficarmos juntos. O que isso tinha a ver com a gente? Nada.

No entanto, o pensamento se agarrou às minhas inseguranças e não me deixava em paz.

Adeline me dizia que Rigel era o único que segurava a minha mão quando Margaret me castigava, que era ele que sempre me protegia, que os seus gestos sempre revelaram uma conexão única e profunda, desde o início. Mas agora todas aquelas palavras pareciam vazias, distantes.

Era tudo mentira?

— Por isso você sempre ficava tão tenso quando eu comentava sobre o meu passado com ela. Você tinha medo de que eu descobrisse.

Eu precisava ser racional, mas o fato de ter sido enganada me atormentava. O medo de ter acontecido algo entre os dois passou pela minha cabeça várias vezes, e em várias ocasiões eu tentava me lembrar das origens daquela relação, o que só acontecia porque eles nunca tinham sido honestos comigo.

Por que eles sempre tinham que me deixar de fora, me proteger, decidir tudo por mim?

Não podiam apenas me dizer a verdade?

— Isso foi há tanto tempo — respondeu Rigel em voz alta, como se fosse fisicamente difícil pronunciar as palavras. — Não, eu não queria que você soubesse. Que outra escolha eu tinha?

— Você escolheu não me contar — falei, devagar.

Ele ergueu as sobrancelhas com a amargura na minha voz. Deu um passo na minha direção, a frustração clara nos seus olhos.

— Então é assim que funciona? Peter aparece e voltamos ao ponto de partida?

— Deixa Peter fora disso — retruquei com seriedade. — Ele é o único que foi sincero.

— Peter não sabe de nada — berrou, furioso, pairando sobre mim. — Depois desse tempo todo, você prefere acreditar nele?

— Essa não é a questão...

— Mas é o suficiente pra fazer você perder toda a sua confiança em mim!

— Eu confiaria a minha vida a você! — exclamei de peito aberto, com os olhos arregalados; eu estava completamente fragilizada. — Você não entende? Eu confio em você como confio em mim mesma, foi você quem preferiu esconder de mim algo desse tamanho. Você sabe o quanto você e Adeline são importantes na minha vida. Você sabe que eu a considero uma irmã... Quantas outras coisas você deixou de me contar?

Talvez eu estivesse exagerando, talvez não devesse confrontá-lo, mas o fato de terem decidido esconder isso de mim em vez de falar abertamente me deixava com uma sensação imensa de desilusão.

Talvez outra garota no meu lugar preferisse não saber.

Talvez preferisse viver na ignorância, feliz e ingênua.

Mas não eu.

Eu era um livro aberto para Rigel. Confiava nele mais do que em qualquer pessoa, mas precisava que ele confiasse em mim da mesma forma, que não se calasse por medo de me perder. Jamais me perderia, eu só queria a verdade. Por acaso ele achava que eu me afastaria dele por algo que aconteceu anos atrás?

Suspirei devagar e balancei a cabeça; abaixei os braços em um gesto lento e o encarei com olhos tristes.

— Você pode me contar qualquer coisa — declarei. — Quando decide não fazer isso, é aí que me machuca. Se não quiser falar sobre Adeline, nunca saberei o que aconteceu entre vocês. Está tudo bem... — aceitei, apesar do que estava sentindo. — Mas às vezes só queria que você... me deixasse entender melhor como se sente. Eu te conheço, Rigel, mas nem sempre consigo decifrar o que você está pensando. — Segurei-o pelos braços, abaixei a cabeça e deixei a parte mais sincera do meu coração falar. — Você pode confiar em mim — afirmei com a mais pura sinceridade. — Não precisa ter medo de me machucar. E se não quiser falar sobre isso... Se você não quiser falar sobre Adeline... Então não vou mais perguntar. Seja lá a conexão entre vocês, se não puder me contar... eu aceito. — Engoli em seco. — Não vou duvidar de você, mas gostaria que também não duvidasse de mim. Quero que se sinta à vontade pra falar comigo... e que seja sincero. Sou perdidamente apaixonada por você — admiti, enfim. — Isso nunca vai mudar.

Levantei a cabeça. Acho que eu estava com a expressão mais submissa do mundo. Tentei sorrir, mas a amargura estampada nos meus olhos me fez desistir. Desviei o olhar e suspirei.

— Vamos voltar para a sala — sugeri enquanto passava por ele.

Cheguei à porta e a abri, disposta a retomar as conversas, a continuar com a festa, disposta a voltar para aquela realidade que se passava além do nosso relacionamento, mas não consegui.

Uma mão pousou no batente da porta e voltou a fechá-la com firmeza.

A respiração de Rigel acariciou a minha nuca, o peito quente tocou as minhas costas.

Não me mexi ao sentir a solidez do corpo dele contra o meu. Fiquei imóvel, presa naquele calor, como se ali fosse o meu fim e o meu começo.

Eu nunca me esqueceria do silêncio daquele momento.

— Eu te amo desde os cinco anos de idade.

A voz rouca de Rigel tornou-se um sussurro quase inaudível. Os lábios dele deslizaram na minha orelha, lentamente, como se aquelas palavras fossem um segredo inconfessável. Prendi a respiração.

— Tentei evitar esse sentimento com todas as minhas forças — continuou, com uma voz que lentamente escapava da sua boca —, mas você não me deu opção. Você abalou a minha estrutura. Você tirou tudo de mim e eu te odiei por isso. Fiquei com ela porque procurava você nas outras garotas... Mas nenhuma delas tinha as suas sardas, nenhuma delas tinha o seu cabelo e os seus olhos claros.

Ele fez outra pausa, ainda pressionando o corpo contra o meu, o calor da respiração continuava no meu pescoço. Senti o quanto era difícil para ele articular essas palavras.

— Eu nunca soube amar — confessou com uma nota de amargura e derrota na voz. — Nunca sei o que falar e não sou agradável. Não acredito em sentimentos porque não consigo me conectar com as pessoas... Mas se o amor existe, ele tem os seus olhos, a sua voz e esses malditos curativos nos dedos.

Ele ergueu a mão para mim.

Tirou do bolso um dos curativos que eu havia deixado na casa dele, abriu-o e colocou no meu dedo anelar.

Como um anel.

— Isso é tudo o que tenho para te dar. E, se um dia você quiser se casar comigo, Nica, o mundo inteiro saberá que você é minha, como já era desde o começo, secretamente.

Os meus olhos estavam bem abertos. Lágrimas tremeluziam dentro deles, impedindo-me de enxergar. Não conseguia acreditar nas palavras que acabara de ouvir, que havia sido ele quem as tinha falado. O meu peito latejava como se alguém tivesse acabado de me infligir uma ferida aberta.

Pouco a pouco, tremendo, virei-me até ficar de frente para ele. Rigel retribuiu o meu olhar com toda a sua alma.

— Para mim, você tem os olhos do fabricante de lágrimas — confessou —, e sempre terá.

Uma onda quente e violenta tomou conta do meu peito. Um aglomerado de sentimentos sem começo nem fim explodiu dentro de mim, queimando tudo no caminho, inundando a minha essência com uma luz que mais ninguém poderia me dar.

Lágrimas escorriam pelo rosto. Rigel tocou a minha bochecha, acariciou-a lentamente, e eu não via mais um lobo, e sim outra coisa.

Era o menino que olhou para mim pela primeira vez na porta do orfanato.

Era a mão que teve coragem de segurar a minha em um porão.

Eram os braços que me levantavam e me protegiam.

O rosto esbofeteado no meu lugar.

Era o coração que nunca havia ousado entregar a mim.

Mas que, em todos os momentos e lugares, gritava o meu nome.

Estava oferecendo-o a mim com os dedos machucados e, embora nunca tivesse aprendido a amar com delicadeza, estava enfim me mostrando a parte mais frágil e crua de si mesmo.

Pela primeira vez na vida, Rigel me confessou palavras que inconscientemente eu desejava ouvir havia anos.

Esperei, aguardei, amei em segredo.

Mesmo que eu nunca mais as ouvisse, mesmo que ele continuasse sendo o garoto que só falava com os olhos, o meu coração estaria para sempre repleto desse amor.

Porque não era verdade que éramos um desastre. Não.

Éramos uma obra-prima.

A mais bela e incrível de todas.

Coloquei a mão sobre a dele e sorri. Sorri com o coração, com a alma, com as lágrimas e com aquele pequeno curativo no dedo.

Sorri para ele como a mulher que era e como a menina que sempre seria.

E ele sorriu de volta, com toda a profundidade do seu olhar.

Apenas com os olhos.

Aqueles que eu amaria para sempre, até enlouquecer.

Joguei-me nos seus braços e afundei no seu peito como nunca antes. Agarrei-me a ele com cada fibra do meu ser, e Rigel se inclinou sobre mim, segurando-me como se eu fosse o menor, mais frágil e mais precioso bem no mundo. Ele me ergueu nos braços e eu me entreguei ao seu coração como uma borboleta.

Colamos uma testa na outra e o beijei de novo, de novo e de novo. Cada beijo era um sorriso, uma lágrima que nos uniria para sempre.

E, quando chegamos às últimas páginas do nosso final, percebi que, se havia uma moral nessa história... éramos nós.

Sim, nós.

Porque as nossas almas brilhavam com a força de mil sóis.

E, assim como as constelações milenares, a nossa história foi escrita ali.

No céu infinito.

Entre furacões de angústias e nuvens de poeira estelar.

Eterna e indestrutível...

Imensurável.

EPÍLOGO

As luzes de Natal brilhavam como vaga-lumes.
    Uma linda árvore iluminada irradiava lampejos dourados que se espalhavam pelos cantos mais remotos da sala. Atravessei o mármore reluzente no escuro, iluminado apenas pelos enfeites, tentando não fazer barulho.

No sofá, em frente à lareira, uma menina dormia enroscada e feliz.

Um braço forte a segurava com gentileza. E o rostinho descansava no peito de um homem encantador.

O rosto de Rigel estava virado para o lado, de olhos fechados.

Aos 34 anos, ele estava mais atraente do que nunca. Uma barba por fazer sombreava a mandíbula, e cada músculo do seu corpo parecia ter sido moldado para responder a um instinto protetor, natural e intrínseco. O corpo adulto, com ombros largos e pulsos definidos, passava uma sensação envolvente de segurança que podia ser notada assim que se entrava no mesmo ambiente.

Peguei a menina com cuidado, tentando não acordá-la, e a coloquei nos braços.

Eles passaram o dia todo juntos.

Quando ela chegou nas nossas vidas, cinco anos antes, Rigel me confessou um medo: temia não sentir afeto por ela, assim como acontecia com as outras pessoas.

Porém, agora que já havia passado um certo tempo, tenho certeza de que o medo desapareceu no instante em que a viu nos meus braços, pequena e indefesa, com aquele cabelo preto idêntico ao dele.

Delicada, preciosa, pura... como uma rosa preta.

Naquela mesma tarde, apoiada na entrada da porta, eu os encontrara ali, sentados no banquinho do piano. A criança nos seus braços, com um vestido de veludo.

— Papai, me ensina uma coisa nova — pediu ela, olhando para ele com admiração, como sempre fazia.

Ela o amava loucamente e vivia dizendo que o pai era o melhor do mundo porque mandava satélites para o espaço.

O rosto de Rigel se inclinou, pensativo, e os cílios pousaram delicadamente sobre as maçãs do rosto. Em seguida, pegou uma das mãozinhas dela e colocou contra a palma da própria mão.

Ele nunca tinha sido delicado com ninguém. Mas com ela...

— Muitos dos átomos que compõem o seu corpo, desde o cálcio nos seus ossos até o ferro no seu sangue, foram criados no coração de uma estrela que explodiu bilhões de anos atrás. — A voz lenta e profunda acariciava o ar como uma bela sinfonia.

Eu tinha certeza de que ela não entendia exatamente o que o pai estava dizendo, mas a boca dela se abriu, formando uma pequena letra "O". Quando fazia essa expressão, Rigel dizia que ela ficava idêntica a mim.

Nessa hora, chamei atenção para a minha presença, encostada no arco da sala.

— A professora da escolinha me contou algo curioso... — comecei a dizer. — Parece que a nossa filha não deixa que nenhum garotinho chegue perto dela porque alguém a convenceu de que eles transmitem doenças. Você sabe alguma coisa sobre isso?

— Não faço ideia — respondeu ele.

A menina olhou para o pai com uma carinha franzida e preocupada.

— Não quero a doença dos garotinhos, papai. Não vou deixar que nenhum deles chegue perto de mim.

Ela o abraçou e fiquei apenas observando, com uma sobrancelha arqueada e os braços cruzados.

Rigel fez uma careta.

— Ela é uma garota muito inteligente — sussurrou, satisfeito consigo mesmo.

Só de lembrar disso me dava vontade de sorrir.

De repente, a ouvi choramingar e senti os seus braços no meu pescoço.

— Mamãe...? — murmurou enquanto esfregava o rostinho em mim.

— Durma, meu amor.

Ela me abraçou com as mãozinhas, e o cabelo macio fazia cócegas no meu queixo. Senti o aroma do xampu de cereja e fiz cafuné nela enquanto subia as escadas.

— Mamãe — resmungou de novo —, o papai estava passando mal? Ele voltou a ter dor de cabeça?

Aproximei o rosto da sua cabeça e a abracei contra o peito.

— De vez em quando acontece, mas logo passa... Sempre passa. Ele só precisa descansar. O seu pai é muito forte, sabia?
— Eu sei — afirmou, convicta, com a voz delicada.
Ela abriu um sorriso quando chegamos ao quarto e eu a deitei na cama. Acendi uma pequena luminária que projetava estrelas no teto e a cobri com cuidado. Ela abraçou o meu antigo bichinho de pelúcia de lagarto, todo remendado para que ainda pudesse ser usado, até que notei os olhos grandes e escuros me encarando, como se de repente tivesse perdido o sono.
— O que houve? — perguntei com ternura.
— Não vai me contar uma história?
Acariciei o cabelo preto e o ajeitei para o lado.
— Você já devia estar dormindo, Rose.
— Mas é Natal — retrucou com aquela vozinha. — Você sempre me conta uma história linda na noite de Natal...
Ela me olhou esperançosa, com o narizinho minúsculo e a pele branca, e não encontrei motivos para recusar.
— Tudo bem — concordei, sentando-me ao lado dela.
Rose sorriu alegre e os seus olhos brilharam com o reflexo das milhares de estrelinhas.
— Qual história você quer ouvir?
— A sua e do papai — respondeu prontamente, entusiasmada, enquanto eu puxava o cobertor sobre o seu peito.
— De novo? Tem certeza? Conto essa história todo ano...
— Eu gosto — contestou, firme, dando o assunto por encerrado.
Sorri e me acomodei ao lado dela na cama.
— Está bem... Por onde quer que eu comece?
— Ué, pelo começo!
Virei para o lado e a fitei com carinho. Arrumei os travesseiros e me certifiquei de que ela estava confortável e de que não sentiria frio.
— Desde o começo? Vamos lá.
Apoiei-me com a mão na cama, olhei para as estrelas sobre a nossa cabeça e comecei a falar lentamente, com a voz suave...
— No Grave, tínhamos várias histórias. Relatos sussurrados, contos de ninar... Lendas na ponta da língua, iluminadas pelo brilho de uma vela.
Encarei os olhos dela com amor e sorri.
— A mais conhecida era a do fabricante de lágrimas...

AGRADECIMENTOS

Até o fim.
   E termina a nossa viagem...
É incrível ter alcançado o fim desta história.
Agradeço a todos que chegaram até aqui.
À Francesca e ao Marco pela oportunidade extraordinária.
À Ilaria Cresci, minha editora durante este longo trajeto. Sem ela essa história jamais teria ganhado vida. Ela esteve ao meu lado dia e noite, nos momentos de ansiedade e de alegria, e se dedicou ao projeto com a seriedade de uma profissional e a paixão de uma amiga. Aprendi muito com ela e sou muito grata por isso.
À minha família, que, mesmo sem saber, me deu coragem para correr atrás de um pequeno grande sonho. Às minhas queridíssimas amigas pelo entusiasmo com que abraçaram a ideia e pelo afeto que demonstraram ao acreditar profundamente no projeto. Você são a minha força.
E, finalmente, a todos os meus leitores e leitoras, que sonharam, voaram e imaginaram comigo. Vocês acreditaram na história desde o começo, aguardando com paciência, todos os dias, apoiando-me em cada decisão e sempre me acompanhando nessa viagem, lado a lado.
Tudo isso é para vocês.
É para vocês que dedico essas últimas palavras, porque são a essência do livro, a alma da história e o coração pulsante do projeto.
Espero que entendam que...
Chorar é humano. Chorar significa sentir, e não há nada de errado nisso, não há nada de errado em desabar e colocar tudo para fora. Não quer dizer que somos fracos, e sim que estamos vivos, que o nosso coração bate, se importa e desperta emoções.

Espero que entendam que...

Não precisam ter medo de se sentirem imperfeitos. Todos nós somos. Histórias também existem para aqueles que acham que não as merecem, para quem acredita ser diferente ou estranho demais para merecê-las.

Busquem histórias.

Criem histórias. Não se deem por vencidos. Nem sempre é fácil encontrá-las. Às vezes se escondem em uma pessoa, em um lugar, em um sentimento ou dentro de nós mesmos. Às vezes estão um pouco abatidas, mas estão ali, diante dos nossos olhos, à espera de serem descobertas.

E espero que entendam que...

Todos nós temos o nosso fabricante de lágrimas. E todos nós, no seu devido momento, somos o fabricante de lágrimas de alguém. Não esqueçamos do poder que temos sobre quem nos ama. Não esqueçamos da dor que podemos causar, que uma palavra ou um gesto podem ter um impacto enorme no coração de alguém. Às vezes um toque de delicadeza pode fazer toda a diferença.

Parece triste, não é mesmo?

Chegar ao fim.

Mas no fundo... Todo final é apenas um novo começo.

Espero que Rigel tenha feito você entender que um momento de silêncio pode elucidar a profundidade do universo. E Nica, por sua vez, que há curativos para tudo o que passamos. Devemos carregá-los com orgulho nos dedos, para que possamos lembrar que, apesar das feridas, precisamos seguir adiante, sem nunca desistir.

Carregar as feridas com orgulho. Sempre.

E jamais deixar de seguir adiante. Jamais.

Combinado?

Agora... Chegou a hora de ir embora.

Nosso tempo chegou ao fim. Porém...

Lembrem-se: não se pode mentir para o fabricante de lágrimas.

E se alguém lhes disser que histórias não são reais...

Respondam que existe uma que eles não conhecem.

Que nunca ouviram.

Que apenas nós podemos contar.

E se quiserem ouvi-la... Voltem aqui.

Segurem a minha mão.

Apertem-na com força e sigam-me.

Passaremos por lugares sombrios, mas eu conheço o caminho.

Vocês estão prontos?

Muito bem. Vamos lá...

Este livro foi impresso pela Assahi, em 2024, para a
HarperCollins Brasil. O papel do miolo é
pólen natural 70g/m², e o da capa é cartão 250g/m².